# 錢注杜詩研究

李　爽　著

**图书在版编目(CIP)数据**

《钱注杜诗》研究/李爽著.—上海:上海古籍
出版社,2016.9
ISBN 978-7-5325-8110-8

Ⅰ.①钱… Ⅱ.①李… Ⅲ.①杜诗—注释—文学研究
Ⅳ.①I207.22

中国版本图书馆 CIP 数据核字(2016)第 104711 号

## 《钱注杜诗》研究

李 爽 著

上海世纪出版股份有限公司
出版
上 海 古 籍 出 版 社
(上海瑞金二路 272 号 邮政编码 200020)

(1)网址:www.guji.com.cn
(2)E-mail:guji1@guji.com.cn
(3)易文网网址:www.ewen.co

上海世纪出版股份有限公司发行中心发行经销
常熟文化有限公司印刷

开本 700×1000 1/16 印张 23.25 插页 2 字数 369,000
2016 年 9 月第 1 版 2016 年 9 月第 1 次印刷
印数:1—1,300
ISBN 978-7-5325-8110-8
Ⅰ·3069 定价:78.00 元
如有质量问题,请与承印公司联系

# 序

　　杜诗之传播至宋日隆,于是注家蜂起,至有"千家注杜"之说。然彼时之注多未脱离传统局限,多以注明典故,解释词语,结合生平考辨相关事件、人名、地名、典章为主。元明两代批选盛行,然于学术观点仍多因袭,少有创见。至清初情形大变,杜诗注释成为显学,数量之多,质量之高,观点之新远超前代。其中尤以浦起龙《读杜心解》、杨伦《杜诗镜铨》、仇兆鳌《杜诗详注》、钱谦益《钱注杜诗》水平最高。《读杜心解》简明扼要,却无"释事忘义"之弊。《杜诗镜铨》平正通达,少有牵强附会之陋。《杜诗详注》详赡全面,颇多集解集注之功。三书有一共同之处,即注重杜诗之历史背景,并结合这些史实,论述分析杜诗之历史价值,此诚为杜诗注释史之一大进步、一大成果也。

　　然此进步与成果实发轫于清初钱谦益之《钱注杜诗》。钱注之前,注杜者亦有对史实之考辨,但只视其为体例之一端,并未形成系统观念。钱注则不然,其最大特点即在于以史证诗,以诗证史,诗史互证,史诗互补,并以此为纲,形成一套系统完整、观点鲜明的学术体系。要言之,钱氏认为杜诗社会时局之作与自我行踪之作多与隐忧玄宗、肃宗之矛盾,感叹肃宗之寡恩与任人不当,不满其排斥玄宗旧臣密切相关。因此这些作品大多暗含"隐形"的微言大义与深刻的历史内涵。这种具有"史识"性的观念无疑会提升杜诗注释之水平。钱氏为此亦自诩道:"若《玄元皇帝庙》、《洗兵马》、《入朝》、《诸将》诸笺,凿开鸿蒙,手洗日月,当大书特书,昭揭万世。"(《草堂诗笺元本序》)

　　这一注释体系适合杜诗创作之实情。老杜诗内容与题材最值得称道者有三:一是真切而深刻地记述当时的社会现实,尤其是安史之乱前后的历史;二是记录自己动荡漂泊的一生;三是咏叹亲历亲见的自然风物。此三者可用古人的三个词语概况之:即"诗史"(语出唐人孟棨《本事诗》);"年谱"(语出明人江盈科《雪涛诗评》);"图经"(语出宋人林亦之《送蕲师》)。注释"诗史",诗史互证自然是不二法门。注释"年谱"与"图经"亦如此。老杜对自己"年谱"式经历的记录又何尝不与那段悲惨历史紧密相关,不加历史考证如何能探索其深刻内涵?老杜那些写景咏物之作又何尝不寄托着时代的悲慨,不加历史考证何能揭示其深刻寄托?因此《钱注杜诗》以史解诗的学术观与方法论可谓正中杜诗之肯綮。

然争论亦随之而来。有人质疑钱注常先入为主,深文周纳,难免穿凿附会之嫌。看来,问题的症结不在应不应诗史互证,而在钱氏在互证时是否科学公允。

李爽博士的博士论文正为解答此疑难而做。论文认为钱氏对《洗兵马》1600多字的笺注可为全部笺注之纲,即在表面"喜悦"的背后实含一忧患讽规的"隐性"之纲,这一"隐性"之纲,"不但独具创发性,而且深具系统性,贯穿杜诗创作各个阶段"。为有说服性,论文对《钱注杜诗》中凡涉及到的诗史互证的笺注,包括相关的历史事件、历史人物、典章职官,以至典故词语、修辞手法皆详加考辨,爬罗剔抉,旁搜远绍,不肯遗漏其万一。而其征引的材料皆以第一手为准,扎实有据,不为空言。通过博洽翔实的分析论证,从而得出这些笺注"与唐史实际是符合,还是不合,还是部分符合"的公允的结论。经过严谨周密的考辨,最终的结论是符合率约为百分之九十,不符合率仅为百分之十。因此《钱注杜诗》可谓"开启了对杜甫微言政治抒情诗的深度系统解读,是中国微言诗学史上的一座里程碑",这一结论深具说服力。又,论文还对《钱注杜诗》的版本流传以及钱注与钱诗之关系做了深入的考察与探索,其功亦不可没。

李爽在攻读硕士期间已从邓小军先生着手研究这一课题;攻读博士期间继续刻苦研读,终于完成博士论文《钱谦益〈钱注杜诗〉研究》之初稿;毕业后,又经三年补充修订,现将正式付梓出版。噫,此书亦可谓"十年磨一剑"矣。十年之内,其治学之专,可谓心无旁顾;其用功之勤,可谓孜孜不倦;其考证之周,可谓巨细无遗;其精神之佳,可谓感人至深。十年辛苦,吾尝亲见亲闻,并为之赞叹不已——学术薪传,不但后继有人,且青出于蓝矣,此较一书之出版更令人欣慰。

是为序。

赵仁珪

2015年春

# 目　　录

# 绪　　论

## 一、选题价值与意义

《钱注杜诗》是清初成就甚大的杜诗注本,开创了杜诗笺注的新局面,对有清一代治杜注杜产生了深远的影响。钱谦益《草堂诗笺元本序》借钱曾语自述:"草堂笺注,……皆吾夫子独力创始。"①此非虚言。钱谦益笺注杜诗,于诗史关系,特为具眼,以史证诗,又以诗证史,对杜诗、唐史均有重要发明。其学术价值,不仅远超出宋代注家抄书注杜的层面②,而且也超过清代注家无关宏旨的琐细考证的水平③。清阎若璩称"杜甫诗注,亦只牧斋佳耳"④;王鸣盛推为"从来注杜第一善本"⑤。近代学者胡适之先生盛赞"钱牧斋的笺注杜诗

---

① 〔唐〕杜甫撰,〔清〕钱谦益笺注:《钱注杜诗》卷首,上海古籍出版社1979年版,第4页。

② 按:宋代注杜大体为字句、篇章、典故之注释,及人物、地理、职官等细节史实之注释,我们并不否定宋注在杜诗注释史上的开创性成就。参阅莫砺锋《论宋代杜诗注释的特点和成就》,《中华文史论丛》2006年第1辑。

③ 参阅邓魁英《漫谈学习古典文学的门径》:"历代注释杜诗,以仇兆鳌的注为最详备,从词语、掌故到某些历史史实都作了引证解释,可谓无一字无来历,但与钱谦益对杜诗的注释相比,其学术价值不免相形见绌了。原因在钱谦益对唐代历史很熟,他着重以唐史来注解杜诗,对杜诗的理解就更胜一筹。"(邓魁英、聂石樵《古代诗文论丛》,北京师范大学出版社1993年版,第531~532页)

④ 〔清〕阎若璩:《潜邱札记》卷五《与戴唐器》,清乾隆九年阎学林眷西堂刻本,国家图书馆善本特藏部藏,书号:00185。

⑤ 王欣夫撰,鲍正鹄、徐鹏标点整理《蛾术轩箧存善本书录》庚辛稿卷四著录一清康熙六年原刻初印本钱谦益笺注《杜工部集》二十卷,其卷二末有清王鸣盛手跋云:"此书为从来注杜第一善本,亦牧翁生平著述之最佳者。"(上海古籍出版社2002年版,第221页)又,清道光间陈仅《竹林答问》:"问:'虞山诗笺何如?'答:'杜诗注,自当以钱笺为第一。其附会穿凿不可从者,前人已论之矣。'"(周维德笺注《诗问四种》,齐鲁书社1985年版,第337页)

最了不得"①。日本杜诗研究专家吉川幸次郎先生考断"注释杜甫要有钱牧斋的学识与见识"②。事实上，《钱注杜诗》不仅为杜诗学重镇，亦为深入体察钱谦益诗文、诗学之突破口，其蕴涵之研究价值，可谓深刻而丰富。

　　笔者研读《钱注杜诗》及相关史料，深感学界对《钱注杜诗》的关注探讨，迄今仍存在若干盲点。第一，《钱注杜诗》之版本，尚无全面研究，尤刊本系统外之写本，实处于沉湮未明之状态；第二，杜诗学界探讨钱注学术创见核心内容，所论多有偏颇或粗疏之处，未能深中要旨，而对钱注"隐性"的学术创见核心体系及其价值、意义，至今尚无人揭示研讨；第三，学界对钱注与牧斋诗文之关系，仅有点滴零散之涉猎，实深具发掘之空间。此项论题，恰处于杜诗学研究与钱谦益研究均显薄弱之交叉地带，但正可为《钱注杜诗》与钱谦益诗歌研究提供一新的学术视野与解读角度。有鉴于上述研究盲点，本书将以专题研究之方式，对三项论题分别进行细致考量，以期深化清代杜诗学个案研究，并为深入体认杜诗历史蕴涵与牧斋诗歌艺术造诣之一助。

## 二、研究历史与现状

　　《钱注杜诗》作为清代杜诗笺注的开山之作，虽遭禁毁犹暗中流传，自清末宣统间重新公开刊印后，渐受学人关注。1949 年后尤其是新时期以来，研究成果颇丰，但亦存在诸多不足。以下将对《钱注杜诗》研究史（与本书论题相关的三个方面）作一简要梳理，在此基础上指出《钱注杜诗》研究中存在的不足之处。笔者视阈有限，疏漏之处，祈方家不吝教正。

---

　　① 胡颂平编著《胡适之先生晚年谈话录》1959 年 2 月 28 日（星期六）："今天先生在卧房里吟诵杜甫的《咏怀古迹》五首的一首。一会儿出来了，……于是谈起钱牧斋的笺注杜诗最了不得。"（新星出版社 2006 年版，第 9 页）又，钱仲联《治学篇》："笺注是一种专门的学问，……只有读多方面的书，才能左右逢源，以博辅专，写出有学术价值的笺注著作来。《杜诗钱注》之所以不可与《杜诗镜铨》一类的评点式的读本同日而语，其原因便在于此。"（《梦苕盒论集》，中华书局 1993 年版，第 541 页）许永璋《取雅去俗 推腐致新——略评〈钱注杜诗〉》："必也有杜之襟怀、学问与阅历，挥如神之笔，成不朽之诗，而后始能注杜。是故能诗而注诗，自殊于不能诗而注诗；诗之高者而注诗亦异于诗之下者所注之诗。……钱氏之诗，雄于一代，其所笺注之杜诗，与仇兆鳌辈仅工时文，而以说时文之法所说之杜诗，岂能同日而语。"（《草堂》1982 年第 2 期，收入许炯编《许永璋唐诗论文选》，南京出版社 1993 年版，第 141 页）

　　② 原载黑川洋一《杜甫と吉川先生と私》，《吉川幸次郎全集》第十二卷月报，东京：筑摩书房，1968 年 6 月，第 6 页，转引自连清吉《吉川幸次郎及其杜甫研究》，《杜甫与唐宋诗学》，台北：里仁书局 2003 年版，第 45 页。

### （一）《钱注杜诗》版本研究

《钱注杜诗》之版本，学者多据周采泉著《杜集书录》①与郑庆笃、焦裕银、张忠纲、冯建国编著《杜集书目提要》相应条目之著录②，至今尚无专文研究。近年出版的孙微《清代杜诗学文献考》与张忠纲、赵睿才、綦维、孙微编著《杜集叙录》③，对钱注版本之著录亦基本承袭前人。

实际上，《钱注杜诗》之刊行，颇经波折，始则有明末《读杜小笺》、《二笺》之撰刻，间历清初钱、朱注杜之争，终则托遗稿于族孙钱曾，牧斋逝后三年方得遵王增补，季振宜刊刻。在此过程中，实产生了大量稿抄本、批校本（详下文），反映了牧斋杜诗笺注的原始面貌与流变形态，是刊本系统之重要参照。惜此论题，迄今并无关注与深入研究。如今藏台湾中研院历史语言研究所傅斯年图书馆的"钱牧斋杜注写本"④，乃《钱注杜诗》成书史上一重要版本，但上述四家书目均未著录。笔者目前检阅杜诗学文献、论著所及，仅见叶嘉莹先生《杜甫秋兴八首集说》征引数条⑤，但吉光片羽，并未作专力考察。

要之，《钱注杜诗》版本问题，表面上似无探讨余地，实则存在鲜为人知的研究空间，即刊本系统外之写本。

### （二）《钱注杜诗》学术创见核心内容的价值

《钱注杜诗》卷首钱谦益《草堂诗笺元本序》借钱曾语自述："若《玄元皇帝庙》、《洗兵马》、《入朝》、《诸将》诸笺，凿开鸿蒙，手洗日月，当大书特书，昭揭万世。"⑥观此，可知钱氏所以自负者，即其笺注之发明所在。在《钱注杜诗》五十余处笺文中，《洗兵马》笺注为最长之一篇，共一千六百余字，是钱注学术创

---

① 周采泉：《杜集书录》，上海古籍出版社1986年版。
② 郑庆笃、焦裕银、张忠纲、冯建国编著：《杜集书目提要》，齐鲁书社1986年版。
③ 孙微：《清代杜诗学文献考》，凤凰出版社2007年版；张忠纲、赵睿才、綦维、孙微编著：《杜集叙录》，齐鲁书社2008年版。
④ 傅增湘《藏园群书经眼录》及《藏园订补邵亭知见传本书目》均著录，详见下文。
⑤ 叶嘉莹《杜甫秋兴八首集说》之《引用书目》"杜诗钱注"条著录："明钞本二十卷二函六册，卷首有柳如是图记及清道光庚戌（公元1850年）陆僎重装并跋之题字。"（河北教育出版社2000年版，第5页）但未著录收藏地。全书引及上述明钞本计有9处。据同书《〈杜甫秋兴八首集说〉增辑再版后记》，此书原为叶先生在台湾大学讲授杜甫诗时撰写，初稿完成于1964年。叶先生所见当即为傅斯年图书馆藏本。
⑥ 《钱注杜诗》，第4页。

见的核心成果。

清代朱、仇、浦、杨及沈寿民、潘耒等注家、评家，或微言以持异义，或显攻而蔑其人，对《洗兵马》钱注竞起而非之，可见清代主流的杜诗学史对钱注学术创见核心内容持否定态度。清末及民国时期，《钱注杜诗》虽重获公开流布，然学人仅有零星评鉴①，并无深入细致之研究。

20世纪60年代，胡小石先生指出："昔钱牧斋作《草堂诗笺》，深得知人论世之义，高出诸注家。其于《洗兵马》一篇，即发扬玄、肃当时宫闱隐情。惟于《北征》，初未之及。"②遂据钱注《洗兵马》笺意作《杜甫〈北征〉小笺》。70年代，朱东润先生《杜甫叙论》论《洗兵马》诗言："我们把唐代的史实和谦益的言论，加以核对，我们不能否定谦益的看法。"③但只此一句，并未详细论证。许永璋《取雅去俗 推腐致新——略评〈钱注杜诗〉》一文考鉴钱氏人品，表揭诋毁者之阴暗心理；辨析钱注精蕴，驳正攻讦者之诬枉论调，称在《洗兵马》笺注中"钱氏以精确史实，阐明诗意，道前人之所未道，发前人之所不敢发"④。总之，以上三文所论精允，但分量单薄，尚不足以拨开笼罩钱注的重重云雾。

又，蒋寅《钱谦益的诗学理论及其批评实践》云："日本杜诗研究专家吉川幸次郎博士论钱注的优点，也推崇钱谦益精熟唐史，如玄宗还京，肃宗已帝，父子间嫌隙渐成，宦竖横行，排斥旧臣，杜甫为上皇危，为房琯等讼冤，从无言之者，至钱注乃发其微。"⑤吉川先生对钱注学术创见核心内容之把握，可谓有识。

台湾学者彭毅《钱牧斋笺注杜诗补》一书"专就钱氏笺注有关唐代史实者

---

① 如：邓实《〈钱笺杜诗〉元本二十卷》高度评价钱注："予读钱氏笺，其独识博引，实有过人者。钱氏生当鼎革，慨然念乱，与工部丁天宝之难，伤心兵火，同抱幽忧，故时有借题发挥，抒其愤懑之处。其《洗兵马》、《入朝》、《诸将》诸笺，固无愧所谓'凿开鸿濛[蒙]，手洗日月'者。"见邓实编录《国学保存会藏书志》，《国粹学报》1908年第49期，广陵书社2006年影印（底本为民国初年分类汇编本），第10册，第5863～5864页。

② 胡小石：《杜甫〈北征〉小笺》，《江海学刊》1962年4月号，收入《杜甫研究论文集》第三辑，中华书局1963年版，第218页。

③ 朱东润：《杜甫叙论》，人民文学出版社2006年版，第77页。按：据其自序，此书成于1977年。

④ 许永璋：《取雅去俗 推腐致新——略评〈钱注杜诗〉》，《许永璋唐诗论文选》，第144页。

⑤ 原载吉川幸次郎《论牧斋之训诂学》，《吉川幸次郎遗稿集》第二卷，东京：筑摩书房1995年版，第365页，转引自蒋寅《钱谦益的诗学理论及其批评实践》，《中国社会科学院文学研究所学刊》，中国社会科学出版社2007年版，第188页。

予以补正"①。彭氏覆核、钩稽史料之功,虽不可没,但其于《序》文中征引并认同对钱笺极力攻讦的潘耒、沈寿民的讲法,否定了钱注学术创见核心内容②,书中作者之按语亦同此论调。钱注精彩之见既已失其光彩,无关宏旨之论又如何能体现其笺注价值呢?

香港张国文《评杜甫〈洗兵马〉诗的钱谦益笺》认为"细读全诗,觉得钱氏的论证虽然详细,总是有失杜公微旨","他笺注这首诗,正是根据他对一些史事的理解,而附会在诗中"。钱笺失误的原因,一是"刻意求新,所以难免有穿凿附会的地方",二是"钱氏失节降清的心理影响"③,实全面否定了《洗兵马》钱笺。

在当代大陆杜诗学界,郝润华《〈钱注杜诗〉与诗史互证方法》④一书,或由于着眼方法论,未将《钱注杜诗》学术创见核心内容作为考察重点,论《洗兵马》笺注学术价值语焉不详,判断似显模棱两可⑤。孙微《清代杜诗学史》第二章《清初的杜诗学研究》第三节《钱、朱注杜公案分析》对《洗兵马》钱注的价值也没有作出明确清晰的表述⑥。近年,林继中先生《杜诗〈洗兵马〉钱注发微》一文认为:"钱笺将该诗主题归结为'《洗兵马》,刺肃宗也',实在是有悖于文本显示的主导气氛,即《杜臆》所谓'喜跃之象浮动笔墨间'",但"钱氏以其对唐史的熟悉,及其对明末政治斗争的体验,悟出杜诗文本潜在的意义,自有其

---

① 彭毅:《钱牧斋笺注杜诗补·凡例》,台北:台湾大学文学院1964年印行,第1页。

② 彭毅《钱牧斋笺注杜诗补·序》:"钱注……自矜能探揣杜陵心事,以为许多发现都是'开凿鸿濛[凿开鸿蒙],手洗日月'(见《草堂诗笺元本序》)的创见,而这种言外之意,自不免主观臆测,则穿凿附会的地方也就多了。……钱氏心高志广,对当时的朝廷就非常不满,后来又失身异族,内心不无愧怍,而潜意识中,可能有掩饰自己过失的意图。像《洗兵马》、《收京》、《建都》……诸笺,回护房琯,归罪肃宗和权臣,及谓杜诗'讥刺'等处,都能窥见这种痕迹。……纵然钱氏非有意为之,而对于了解杜诗,却实在是一种障碍。"(第7~8页)

③ 张国文:《评杜甫〈洗兵马〉诗的钱谦益笺》,香港中文大学学士论文,黄继持指导,1986年,第3、6、18页。此文承蒙潘玲师姐(香港城市大学语文学部教师)代为查阅,谨此致谢。

④ 郝润华:《〈钱注杜诗〉与诗史互证方法》,黄山书社2000年版。

⑤ 郝润华《〈钱注杜诗〉与诗史互证方法》第三章论《洗兵马》:"从钱笺来看,房、张二人均为玄宗旧臣,又都曾为肃宗所重用,由于遭疑忌而被肃宗贬黜,因此,他们得到杜甫的同情。这是钱氏独具慧眼之处。但是他把这首诗的主旨理解为讥刺肃宗则颇显穿凿。杜甫对玄、肃父子之间的矛盾有所了解,但涉及到君主,要为尊者讳,因此,在这首诗中杜甫对胜利的歌颂超过对肃宗及当时政治的批评。"《前言》:"钱氏的结论大部分是符合历史事实的。当然,钱注的实证方法也有因求之过深而失于穿凿之处,比如说他对唐玄宗与唐肃宗的关系问题求之太过,略嫌牵强,这主要集中在对《洗兵马》一诗的笺注中。……但钱氏看出此诗中隐含的讽刺意味还是独具慧眼的。"(第92、4~5页)相似意见见同书第67、68、96页。

⑥ 孙微:《清代杜诗学史》,齐鲁书社2004年版,第98~113页。

合理性与深刻性"①。陈莼珊《〈钱笺杜诗〉研究》②与刘重喜《明末清初杜诗学研究》上编《〈钱注杜诗〉研究》③,多汇集前人对《洗兵马》钱笺的评说。其他相关论著提及钱注《洗兵马》,大体否定多于肯定,即使肯定,对其学术价值,亦未能深中要旨。

值得一提的是,邓小军先生《杜甫疏救房琯墨制放归鄜州考——兼论唐代的制敕与墨制》④、《杜甫〈北征〉补笺》⑤、《隐藏的异代知音》⑥、《杜甫曲江七律组诗的悲剧意境》⑦、《杜甫与李泌》⑧诸文,运用以史证诗之方法,通过考唐史以释杜诗,对钱注学术创见核心内容予以有力支持并作出重要发展。

综上可见,学界对《钱注杜诗》学术创见核心内容的价值、意义,聚讼纷纭,迄今并无深入细致之考察与明晰有力之定位。尤要者,《钱注杜诗》围绕《洗兵马》笺注实暗含一"隐性"的核心笺注体系,不但独具创发性,而且深具系统性,此项突破性成就迄今无人揭示研讨。事实上,对《钱注杜诗》的真正理解必须最终落实到对其学术创见核心体系(内容)的理解上,是为《钱注杜诗》研究首先应解决的核心问题。

### (三)《钱注杜诗》笺注中寄托自己感遇的注释特色

清朱鹤龄《杜工部诗集辑注》沈寿民《后序》言:"往方尔止尝语余云:虞山笺杜诗,盖阁讼之后,中有指斥,特借杜诗发之。"⑨首揭钱注此种隐曲,但所论似显武断,有失公允。

---

① 林继中:《杜诗〈洗兵马〉钱注发微》,《中华文史论丛》2011年第3辑,第348、367页。

② 陈莼珊:《〈钱笺杜诗〉研究》,学苑出版社2011年版。

③ 刘重喜:《明末清初杜诗学研究》,中华书局2013年版。

④ 邓小军:《杜甫疏救房琯墨制放归鄜州考——兼论唐代的制敕与墨制》,《杜甫研究学刊》2003年第1期、第2期,收入《诗史释证》,中华书局2004年版,第117~161页。邓文下注说明:"清钱谦益《钱注杜诗》卷二《洗兵马》笺曰:……本书讨论肃宗朝士大夫清流与浊流之分野,只是钱氏之说的继续。"(第117页)

⑤ 邓小军:《杜甫〈北征〉补笺》,《北京大学学报》(哲学社会科学版)2007年第3期,第26~37页。

⑥ 邓小军:《隐藏的异代知音》,《文学遗产》2007年第3期,第23~32页。

⑦ 邓小军:《杜甫曲江七律组诗的悲剧意境》,《北京大学学报》(哲学社会科学版)2011年第4期,第55~64页。

⑧ 邓小军:《杜甫与李泌》,《杜甫研究学刊》2012年第2期,第11~21页;第4期,第70~78页。

⑨ [唐]杜甫撰、[清]朱鹤龄辑注:《杜工部诗集辑注》,《四库禁毁书丛刊补编》第81册影印中国科学院图书馆藏清康熙金陵叶永茹刻本,北京出版社2005年版。

陈寅恪《柳如是别传》第五章："细绎牧斋所作之长笺，皆借李唐时事，以暗指明代时事，并极其用心抒写己身在明末政治蜕变中所处之环境。实为古典今典同用之妙文。"①窥破了《钱注杜诗》"古典今典同用"的独特笺注方法，启人深思，实为此论题研究之发轫。

日本学者长谷部刚《从杜诗笺注看钱谦益的著述态度》一文"又发展了陈寅恪的观点"，"也认为钱氏对杜诗的笺注是他自身在明末社会中的体验和写照。比如说钱氏之所以强调杜甫与唐代党争的关系，是因为钱氏欲以此来讽喻明末党争之激烈以及自己在党争中的地位等等"②。

綦维《孝子忠臣看异代　杜陵诗史汗青垂——试析〈钱注杜诗〉中钱氏隐衷之抒发》一文结合钱氏生平，对《钱注杜诗》中所抒发隐衷的由来、内容及对注释杜诗的正负影响进行了分析探讨③。杜萌若《杜诗〈月夜〉钱注发微》④与周生杰、韩召强《钱笺〈秋兴八首〉发微》⑤二文则就钱注单篇笺释，阐发牧斋寄寓其间的微旨。

郏烈波《钱谦益心态与文学思想研究》第六章《钱谦益的文学思想（下）》第二节《钱谦益与〈钱注杜诗〉》论析了杜诗笺注中渗透的钱谦益所理解的杜甫人格与心态⑥。杨思贤《钱谦益政治生涯与文学》第三章《政治因素影响下的文学》第二节《杜甫的"刺君"与钱谦益的"刺世"——笺注"杜诗"背后的现实情怀》认为"牧斋的'讥刺'解说隐含了他强烈的干预当下的意识，浓厚的现实情怀"⑦。王欢《钱谦益与杜甫诗学关系浅探》第三章《钱谦益的杜诗研究》第二节《"房琯罢相"事与党争之祸》简析了钱谦益笺注杜诗对"房琯罢相"事

---

①　陈寅恪：《柳如是别传》，三联书店 2001 年版，第 1021 页。

②　〔日〕长谷部刚：《从杜诗笺注看钱谦益的著述态度》，东京：早稻田大学文学部中国诗文研究会《中国诗文论丛》第 14 集，1995 年。按：此文未有中文译文，笔者转引自郝润华《〈钱注杜诗〉与诗史互证方法》，第 32 页。

③　綦维：《孝子忠臣看异代　杜陵诗史汗青垂——试析〈钱注杜诗〉中钱氏隐衷之抒发》，《杜甫研究学刊》2001 年第 4 期，第 59～66 页。

④　杜萌若：《杜诗〈月夜〉钱注发微》，《杜甫研究学刊》1995 年第 3 期，第 30～32 页。

⑤　周生杰、韩召强：《钱笺〈秋兴八首〉发微》，《聊城大学学报》（社会科学版）2005 年第 5 期，第 74～77 页。

⑥　郏烈波：《钱谦益心态与文学思想研究》，南开大学博士学位论文，2003 年，第 180～185 页。

⑦　杨思贤：《钱谦益政治生涯与文学》，南京师范大学硕士学位论文，2007 年，第 40～47 页。

的高度关注与其自身亲历明末党争之祸的关系①。

纵观以上诸研究,陈寅恪先生而后,宏观论述有余,微观考察不足。研究所得结论并未完全落实到牧斋杜诗笺注、诗文作品及相关史料等原始文献上,辗转相因多,独立发明少。实际上,陈寅恪先生《柳如是别传》已依牧斋杜注与诗文二者互证之方法为其论点提供了个案例证,惜未引起关注;邓小军先生《红豆小史》一文再举例证,并明确揭示了《钱注杜诗》与牧斋诗文互证互补的密切关系②,为研究钱注中寄托自我感遇指出一新的路向。但上二例皆仅为零星简略的探讨,尚有待向更深广的领域开掘。

## 三、研究构想与研究方法

本书研究构想:

第一章,《钱注杜诗》版本研究。宏观巡览《钱注杜诗》版本,大致勾勒出钱注产生、流变、刊行之轨迹。重点考察今存"钱牧斋杜注写本",概述其基本情况,初步揭示其版本价值,并详考其递藏源流,以期弥补《钱注杜诗》版本研究,尤其是稿抄本系统研究之不足。

第二、三章,《钱注杜诗》学术创见核心体系考释。依据相关史料,对《钱注杜诗》学术创见核心成果即《洗兵马》笺注,是否符合唐史实际与杜诗创作实际,作出深入细致之考察、判定;首次揭示《钱注杜诗》围绕《洗兵马》笺注构筑的学术创见核心体系,梳理其内在脉络,详考其利弊得失,并在此基础上,探讨此核心体系于古典诗歌(杜诗)注释史及杜甫研究史之价值与意义。

第四章,钱谦益杜诗笺注与诗文作品关系探微。以钱谦益杜诗笺注与诗文作品互证互补关系为观察视角,希冀在新的学术视野下,将《钱注杜诗》与钱谦益诗歌研究推向一新境界。本章一方面以钱谦益诗文作品为参照,深入体认牧斋杜诗笺注中蕴藏的笺注理念及其渊源,对杜诗的独特理解,以及隐微寄托的明末政治境遇与易代故国之思;另一方面以钱谦益杜诗笺注为参照,深入体认牧斋诗歌的用典、制题及长律章法。

---

① 王欢:《钱谦益与杜甫诗学关系浅探》,复旦大学硕士学位论文,2007 年,第 32～37 页。
② 邓小军:《红豆小史——以王维、杜甫、〈云溪友议〉、钱谦益为中心》,《中国文化》第 21 期,2002 年,收入《诗史释证》,第 474～479 页。

本书拟定研究方法：立足坚实考证，不作浮泛论述，力求依据文献史料得出可靠结论。各章的主要研究方法概述如下：

第一章，采用文献学方法，考察书目题跋与目验今存版本相结合，在大量占有史料的基础上，梳理辨析版本价值，细致勾勒递藏源流。

第二、三章，微观考证与宏观梳理相结合，试图通过一个个笺注个案的微观考证，最终上升到对整部钱注学术创见内在脉络及核心体系的宏观把握，深刻揭示它在注释史上的价值与意义。个案研究中采取比较论证法，将《钱注杜诗》置于杜诗注释史上考察其学术发明，参照宋代杜注与清代主要杜注，以见钱注对前代注释之承继与后代注释对钱注之接受。

第四章，使用"以钱证钱"的文本细读比照法，将钱谦益杜诗笺注与其诗文作品比照细读，烛照两者之间的内在关联，以期相互印证、相互发明，开启新思路，获致新认识。

本书研究旨在突出问题意识，详人所略，略人所详，不求面面俱到，只检有心得者考论之。全书围绕同一注本展开，四章三个专题，类似板块式组合。具体到各个专题的研究对象、研究方法、研究缘起等，章内将再作详细交待。

# 第一章 《钱注杜诗》
## 版本研究

　　本章在对《钱注杜诗》版本作宏观巡览的基础上,专力考察未获学界普遍关注之"钱牧斋杜注写本",概述其基本情况,初步揭示其版本价值;详考其递藏源流,细致还原其流传情境。透过诸项探讨,期望拂拭历史的尘灰,使这一沉湮百年之孤本重现光彩。

## 第一节　《钱注杜诗》版本述略

　　钱谦益(1582～1664)注杜始于明崇祯六年(1633)作《读杜诗寄卢小笺》上、中、下三卷,次年又撰成《读杜二笺》一卷,遂并《小笺》刊刻,有明崇祯毛氏汲古阁刻本①。其后更增益《二笺》为上、下二卷,末附《注杜诗略例》若干则。明崇祯十六年(1643),钱谦益的门生瞿式耜将《读杜小笺》、《读杜二笺》合刻

---

　　① 明崇祯毛氏汲古阁刻《钱卢两先生读杜合刻二种》五卷,即钱谦益撰《读杜诗寄卢小笺》三卷、《二笺》一卷及卢世㴶撰《读杜私言》一卷。笔者寓目本为国家图书馆善本特藏部藏本缩微胶片,书号:2580。此本首叶钤有"傅增湘印"、"双鉴楼藏书记",检傅增湘撰《藏园群书经眼录》卷一二集部一唐五代别集类"《读杜诗寄卢小笺》二[三]卷《读杜二笺》一卷清钱谦益撰"条著录:"《小笺》为癸酉作,《二笺》为甲戌作,后附卢世㴶《读杜私言》一卷。毛子晋刻于湖南读书岩,写刊俱精雅,与八唐人集同,在汲古阁刊本中最为少见也。钤有'潘茟坡图书印'。(徐梧生遗书,己巳三月翰文斋阅。)"(中华书局2009年版,第4册,第862页)[清]莫友芝撰,傅增湘订补,傅熹年整理《藏园订补郘亭知见传本书目》卷一二上集部二上别集类一上汉至盛唐亦补录此本:"明末毛氏汲古阁刊本,十二行二十字,行款与毛刻唐人八家诗同,题刊于湖南读书处。余藏。"(中华书局2009年版,第3册,第986页)

于《初学集》末卷一〇六至一一〇①，此为《钱注杜诗》之始源与基础。后又有清康熙惠氏红豆斋抄本《读杜诗寄卢小笺》三卷②，清宣统三年（1911）上海国学扶轮社石印本《读杜小笺》三卷《读杜二笺》二卷③。《读杜小笺》、《二笺》仅在明末清初短暂流行，至钱谦益卒后三年，钱曾增补校订，季振宜刊刻之《杜工部集》二十卷行世，遂替代《小笺》、《二笺》。

《钱注杜诗》原刻本，即清康熙六年（1667）季振宜静思堂刻《杜工部集》二十卷。今北京出版社《四库禁毁书丛刊》、上海古籍出版社《续修四库全书》皆据此静思堂刊本影印④。此刊本书名页右侧上方小字题"季沧苇先生校阅"，正中大字题"钱牧斋先生笺注杜工部集"，左侧下方小字题"静思堂藏板"。版式为四周双边，黑口，半叶十一行，行二十字，双行小字字数不等，版心双鱼尾间，上刻"杜集卷几"，下刻本卷叶次。各卷卷端第一行书大题"杜工部集卷之几"，第二行书注释人"虞山蒙叟钱　谦益　笺注"九字。除笺注正文外，刊印内容主要有：《草堂诗笺元本序》；季振宜《序》；《注杜诗略例》；《杜工部集附录志传集序》；《诸家诗话》；《唱酬题咏附录》；《少陵先生年谱》；《杜工部集目录》八种⑤。刊刻始末详见卷首季振宜《序》。

《中国古籍善本书目》著录此原刻本三十二部，均为批校本⑥。笔者检阅

① 笔者比对了《读杜小笺》、《二笺》之《初学集》本与汲古阁本，兹简述两本异同。《读杜小笺》三卷，《初学集》本《读杜小笺下》删除了汲古阁本《秋兴》与《收京》之间《大历三年春白帝城放船出瞿唐峡久居夔府将适江陵漂泊有诗》"五云高太甲，六月旷抟扶"句笺注，其他篇目编次同，笺注内容略有增删。《读杜二笺》，《初学集》本将汲古阁本之一卷增益为上、下二卷，《初学集》本上卷与汲古阁本篇目编次同，仅将《咏怀古迹》"伯仲之间见伊吕，指挥若定失萧曹"句笺注移入下卷，笺注内容略有增删，而《初学集》本下卷其他篇目之笺注，皆为汲古阁本所无。

② 据《中国古籍善本书目》著录，此本今藏中山大学图书馆，笔者未见。

③ 笔者寓目本为国家图书馆普通古籍部藏本，书号：81872。

④ 台湾大通书局1974年出版《杜诗丛刊》亦据静思堂刊本影印，笔者未见。

⑤ 笔者寓目两本刊有钱谦益《复吴江友人书》，国家图书馆普通古籍部藏，书号：81823、112986。

⑥ 《中国古籍善本书目》集部卷二三唐五代别集类著录（笔者自分类）：1. 批本（手批）：清钱陆灿批点并跋本；钱陆灿批本；清王士禛批本；清沈岩圈点批注本；清商盘批点本；清李文藻批校本；清倪象占批校并跋本；清朱为弼批校本；清何绍基批本；清桂馥批校本。2. 批本（手批兼录批）：清陈治批校并录清钱陆灿、汪琬、俞犀月批本；清陆超曾批校并录宋苏轼等十六家评语　清袁廷梼跋本；清唐岳批校并录查查慎行批本。3. 批本（录批）：清李邦燮录诸家批校本；清□端甫录清俞犀月、李因笃批校本；清陈撰录清何焯、查慎行批校本。此外，还有佚名过录诸家批校本，此不具录。4. 校本：清张宗柟校　张元济跋本；清王懿荣校本。5. 题跋本（批校并跋本见上）：清莫友芝跋本（上海古籍出版社1998年版，上册，第80～84页）。按：笔者将《中国古籍善本书目》与《稿本中国古籍善本书目书名索引》（天津图书馆编，齐鲁书社2003年版）核对，两书著录条目、内容全同。

国家图书馆藏《钱注杜诗》原刻本（包括初印本和后印本）计二十六部①，寓目所及，亦大都有圈点、批注、题跋。实际上，《钱注杜诗》今存原刻本的数量还远不止此②。由是可见，《钱注杜诗》原刻本在清初刊印之多，流传之广，批校之盛，禁毁后仍不乏暗中收藏、批校者，经清之世，绵延不绝③。

清高宗乾隆三十四年（1769）六月，下旨钱谦益《初学集》、《有学集》禁书毁板④。禁毁旋即波及钱谦益所有著述，辗转牵连，即使片简寸纸，亦难幸免，《钱注杜诗》当然亦在其列⑤。今存季振宜静思堂原刻本《杜工部集》，多有涂抹挖补之迹。笔者于国家图书馆寓目一本，季振宜《序》中凡有"（钱）牧斋先生"、"牧翁"、"绛云"字样的十一处文字均被涂成墨条，各卷卷端原刊"虞山蒙叟钱谦益笺注"九字均被涂成墨条，卷二末、卷五末、卷一〇末、卷一四末、卷一八末、卷二〇末的校阅者姓名亦被涂成墨条⑥；又一本，卷三、卷七、卷一〇、卷一三、卷一六（各册首卷）卷端原刊"虞山蒙叟钱谦益笺注"九字，其中"谦益"二字被墨涂抹过⑦；又一本，各卷卷端原刊"虞山蒙叟钱谦益笺注"九字，其

---

①　国家图书馆善本特藏部原藏两部善本（《中国古籍善本书目》著录）：即清钱陆灿批点并跋本与清沈岩圈点批注本。国家图书馆普通古籍部藏有四部善本（《中国古籍善本书目》著录）的缩微胶片，其中三部原件收藏于湖北省图书馆：即清商盘批点本，清陈治批校并录清钱陆灿、汪琬、俞犀月批本，佚名录查慎行、邵长蘅批本；一部原件收藏于广东省中山图书馆：即清□端甫录俞犀月、李因笃批校本。另藏一缩微胶片：原件收藏于湖北省图书馆的佚名录俞犀月等批校本。国家图书馆普通古籍部原藏普通线装书十九部［目前已有四部提善］。总之，在国家图书馆可以寓目的原刻本（包括初印本和后印本）有二十六部。

②　按：中国大陆各公共图书馆、高校图书馆藏善本书目，如《浙江图书馆古籍善本书目》《山东师范大学图书馆藏古籍目录》《中国人民大学图书馆古籍善本书目》《清华大学图书馆藏善本书目》《北京师范大学图书馆古籍善本书目》《南开大学图书馆藏古籍善本书目》（以上为笔者已查阅者）多有著录，且大多亦为批校本。此尚未及海外藏书。

③　详请参阅拙著《〈钱注杜诗〉禁毁后原刻批校本题识辑述》，《文献》2010 年第 2 期，第78～84 页。

④　参阅《清实录·高宗纯皇帝实录》卷八三六乾隆三十四年六月丙辰（六日）上谕，《清实录》第 19 册，中华书局 1986 年影印中国第一历史档案馆藏原皇史宬大红绫本，第 155～156 页。

⑤　参阅庄吉发《清高宗禁毁钱谦益著述考》："高宗初仅降旨销毁《初学》《有学》二集，旋又波及钱谦益所有著述，即使片简寸纸，亦难幸免，辗转牵连，儒林著述或府县志书，内有钱谦益序文后跋，或题词批语者，一律遭禁"，"清高宗销毁钱谦益著述实即乾隆年间纂修四库全书之前规模最大的一次禁书运动"（庄吉发著《清史论集》三，台北：文史哲出版社 1998 年版，第 181、176页）；杨海英《钱谦益及其被禁毁的著作》："对钱谦益的处理，无疑属四库禁毁中的最高级别，在严打之列。"（何龄修、朱宪、赵放编《四库禁毁书研究》，北京出版社 1999 年版，第 164 页）

⑥　清乾隆五十六年（1791）陈治批校并过录清钱陆灿、汪琬、俞犀月批本，此本原藏湖北省图书馆。笔者寓目者为据原件拍摄之缩微胶片，国家图书馆普通古籍部藏，编号：S0778。

⑦　清嘉庆元年（1796）端甫阅乃父之录清俞犀月、李因笃批校本，此本原藏广东省中山图书馆。笔者寓目者为据原件拍摄之缩微胶片，国家图书馆普通古籍部藏，编号：S0711。

中"蒙叟钱谦益"五字被割裂后用相近的印纸粘补过①。中华书局图书馆藏有一部洪亮吉批本②，各卷卷端原刊"虞山蒙叟钱谦益笺注"九字于纸上全部挖去并精心修补。成都杜甫草堂博物馆两部藏本，其中一部各卷卷端原刊"虞山蒙叟钱谦益笺注"九字挖去"蒙叟钱谦益"五字，另一部则九字全部挖去，形成全行空白③。凡此种种，皆为《钱注杜诗》经此浩劫之见证。

　　幸而钱注虽久悬禁列，仍暗中流传，至清末宣统间重新公开翻刻，始重见天日，其间长达一百四十余年之久④。有清宣统二年（1910）上海寄青霞馆及国学扶轮社铅印本⑤，清宣统三年（1911）上海时中书局石印本⑥，1915 年上海广益书局排印本⑦，1935 年上海世界书局排印本等。1958 年中华书局上海编辑所据清康熙静思堂原刊本断句排印，书名《钱注杜诗》，1979 年上海古籍出版社予以修订再版，2009 年重印并归入《中国古典文学丛书》，此本为今大陆地区通行之整理本。

　　以上是对《钱注杜诗》成书、刊刻、流传过程中所产生之不同版本的宏观

---

　　① 清嘉庆二年（1797）毛琛第五次过录李天生批本，国家图书馆普通古籍部藏，书号：96502［目前已提善］。

　　② 此本各册卷端有"更生居士手批"朱字，下钤"亮吉"白文方印，卷内朱墨批点，中华书局图书馆藏，书号：133705～133712。

　　③ 此两部《杜工部集》，蒙《杜甫研究学刊》编辑彭燕老师襄助，请邓小军老师代为寓目，谨此致谢。据《成都杜甫纪念馆馆藏杜集目录》著录一本："《杜工部集》二十卷，清虞山钱谦益牧斋笺注，清乾隆时就康熙版重印本，十六册，各卷首页书名后第二行挖去作者姓名后再印。"（《草堂》1982 年第 1 期，第 96 页）

　　④ 详请参阅拙著《〈钱注杜诗〉暗中流传与突破禁毁考述》，首都师范大学硕士学位论文，2007 年。

　　⑤ 笔者寓目本一部为寄青霞馆刊本，国家图书馆普通古籍部藏，书号：101609。此本牌记题"宣统二年岁在庚戌九月上海印成"。书名页正中大字题"钱虞山注杜工部集廿卷"，左侧下方小字依次题"长洲何义门侍讲评点"、"寄青霞馆藏本"。另一部为国学扶轮社刊本，国家图书馆普通古籍部藏，书号：99563。此本牌记题"宣统庚戌十月重镌"。书名页右侧上方小字题"季沧苇先生原校阅何义门先生评点"，正中大字"钱牧斋先生笺注杜工部集"，左侧下方小字"静思堂原本"。卷末版权页"总售处"条刊："神州国光社"、"国学扶轮社"。可见，二本均题为何焯评点本。据洪业《杜诗引得序》："上海国学扶轮社重印《钱注》本，上有潘耒眉批，辄痛贬钱笺之穿凿过甚。……国学扶轮社谓是何焯所批，盖误也。"（《洪业论学集》，中华书局 1981 年版，第 334 页脚注③）

　　⑥ 笔者寓目本为国家图书馆普通古籍部藏，书号：96643。书名题作《诸名家评定本钱牧斋笺注杜诗》，牌记题"宣统三年正月时中书局印行"，书眉辑有清初吴农祥、李因笃（或李天馥）、王士禛、朱彝尊、查慎行、邵长蘅等诸家评语。可参阅周采泉《杜集书录》内编卷九辑评考订类二相应条，第 601～603 页。

　　⑦ 笔者寓目钱谦益《钱牧斋先生笺注杜工部集》，1921 年上海广益书局铅印本，国家图书馆普通古籍部藏，书号：147451。

巡览。微观细索,钱谦益注杜实尚存一"隐形"的写本、批校本系统,反映了牧斋杜诗笺注的原始面貌与流变形态,是刊本系统之重要参照,惜此点迄今无人关注研讨。兹就笔者检阅史料所及,简述稿抄本系统基本情况。

清祁理孙(1627~1663)《奕庆藏书楼书目》"四部汇"目下"《远山堂杂汇》"条著录:"《读杜小笺遗事》。"①不著作者和卷数。周采泉推断"此书当成于晚明时,书名既云《遗事》,则非钱氏原作,大约属于《小笺》补遗之作"②。此书今佚。柴萼(1893~?)《梵天庐丛录》卷一六"柳如是二则"之二:"吾郡金拱伯言,于某友架上,见有绛云老人《读杜小笺》钞本,……与今刻本殊有增损,其《二笺》共有三卷,较今本多二十馀条。"③不知柴著确否,此钞本尚存天地间否。要之,牧斋晚明间对其崇祯六、七年所撰《读杜小笺》、《二笺》续有订补之钞本,今仅见文献著录之蛛丝马迹,书籍本身或已风流云散矣。

清朱鹤龄于其《杜工部诗集辑注》卷首钱谦益《吴江朱氏杜诗辑注序》后自识云:"愚素好读杜,得蔡梦弼草堂本点校之,会萃群书,参伍众说,名为《辑注》。乙未,馆先生家塾,出以就正。先生见而许可,遂捡所笺吴若本及九家注,命之合钞。"④钱谦益《复吴江潘力田书》云:"长孺授书江村,知其笃志注杜,积有岁年,便元本相付,曰:'幸为我遂成之。'"⑤清顺治十二年乙未(1655),钱谦益授朱鹤龄之"元本",即"所笺吴若本",当为其杜诗笺注之初稿本⑥。钱、朱注杜

---

① [清]祁理孙藏并编:《奕庆藏书楼书目》,《中国著名藏书家书目汇刊》明清卷第14册,商务印书馆2005年影印国家图书馆藏抄本,第434页。

② 周采泉《杜集书录》内编卷八辑评考订类一"《读杜寄卢小笺》三卷《二笺》二卷"条,第462页。

③ 柴萼:《梵天庐丛录》,1926年上海中华书局石印本,国家图书馆普通古籍部藏,书号:37382、8965。

④ 《杜工部诗集辑注》,《四库禁毁书丛刊补编》第81册,第3页。

⑤ 《牧斋有学集》卷三九,[清]钱谦益著,[清]钱曾笺注,钱仲联标校《钱牧斋全集》,上海古籍出版社2003年版,第6册,第1350页。

⑥ 清钱谦益《吴江朱氏杜诗辑注序》:"余笺解杜诗,兴起于卢德水,商推于程孟阳。已而学子何士龙、冯己苍、族子夕公递代雠勘,麄有成编,犹多阙佚。"(《牧斋有学集》卷一五,《钱牧斋全集》,第5册,第699页)《钱注杜诗》卷首季振宜《序》:"牧斋先生仕宦垂五十年,生平精力,购古书百万卷,作楼登而藏之,名曰绛云。一旦弗戒于火,皆为祝融取去。……而杜诗笺注巍然独存于焦头烂额之馀。"(第2页)按:清顺治十二年(1655)朱鹤龄获睹钱谦益"所笺吴若本",实绛云馀烬之物也,后因钱、朱注杜之争,二人杜注分刻两行,在此过程中,牧斋对此前仅"麄有成编,犹多阙佚"之本作了大量修订增补。简恩定《清初杜诗学研究》第四章《钱谦益与朱鹤龄注杜之争的原因与评估》末提出一个疑问:"即比对钱、朱二人注之后,发现朱鹤龄本中,存有引用钱笺之文,然却不见于今本《钱注杜诗》及《小笺》、《二笺》。"(台北:文史哲出版社1986年版,第182~183页)莫砺锋《朱鹤龄杜诗辑注平议》一文对此提出一种解释:"由于朱氏所引者乃钱注之初稿而非定稿,而钱氏日后对之有所删改所致。"(《文史》2002年第4辑,第207页)

之争起①,牧斋对初稿反复斟酌,屡加订补,《复吴江潘力田书》云:"荒村暇日,覆视旧笺,改正错误,凡数十条。推广略例,胪陈近代注杜得失,又二十条。别作一叙,发明本末。"②又《与张松霞》云:"《杜诗笺注》,正欲奉寄,偶一繙阅,缺误良多。诚恐贻笑大方,尚思整齐补缀,然后借重玄晏,悬诸国门也。"③此"正欲奉寄"之《杜诗笺注》,当为一清稿本,牧斋"尚思整齐补缀",可见其注杜郑重谨严之态度与专勤笃定之工夫。清瞿世瑛《清吟阁书目》卷三名人批校刊本著录:"《补杜诗笺》,钱蒙老梁甃园手录,八本。"④此书当为钱谦益在《读杜小笺》、《二笺》("刊本")基础上大规模("八本")补笺("名人批校")之稿本。《清吟阁书目》为瞿氏"咸丰丙辰(六年)秋手订"⑤,咸丰十年(1860)庚申之乱,清吟阁藏书毁于战火⑥,此部珍贵稿本或亦荡为灰烬矣。要之,上述钱谦益注杜之初稿本、清稿本及历次修订增删之批校本,今大多已亡佚不存。

笔者检阅书目文献,注意到近人傅增湘(1872～1949)《藏园群书经眼录》及《藏园订补邵亭知见传本书目》均著录尚存一"钱牧斋杜注写本"。赵仁珪师曾致函傅熹年先生,问询此书下落,傅先生电复:此书他祖父经眼,但并未收藏。后经笔者多方查考,此写本今藏台湾中研院历史语言研究所傅斯年图书馆,作为《钱注杜诗》成书史上一重要版本,亦或为稿抄本系统唯一存世本,此"钱牧斋杜注写本",历经劫难,保藏完好,但迄今尚未获学者之普遍关注,更遑论充分研究利用,故下文将作重点考察。

---

① 关于钱、朱注杜公案,前人研究已较为成熟,可参阅洪业《杜诗引得序》,《洪业论学集》,第 329～334 页;陈寅恪《柳如是别传》第五章《复明运动》,第 1013～1032 页;简恩定《清初杜诗学研究》第四章《钱谦益与朱鹤龄注杜之争的原因与评估》,第 123～183 页;孙微《清代杜诗学史》第二章《清初的杜诗学研究》第三节《钱、朱注杜公案分析》,第 98～113 页;裴世俊《杜诗学史中的〈钱注杜诗〉——钱谦益笺注杜诗的缘起》,《聊城大学学报》(哲学社会科学版)2002 年第 1 期,第 111～115 页;莫砺锋《朱鹤龄杜诗辑注平议》,《文史》2002 年第 4 辑,第 202～223 页。

② 《牧斋有学集》卷三九,《钱牧斋全集》,第 6 册,第 1352 页。

③ 《牧斋外集》卷二二,《钱牧斋全集》,第 8 册,第 826 页。

④ [清]瞿世瑛藏并编:《清吟阁书目》,《中国著名藏书家书目汇刊》近代卷第 1 册,商务印书馆 2005 年影印 1918 年仁和吴氏双照楼刻本,第 103 页。张忠纲、赵睿才、綦维、孙微编著《杜集叙录》清代编误著此书为"丁白《宝书阁书录》著录"(第 229 页)。

⑤ 《清吟阁书目》卷首书名下自注,《中国著名藏书家书目汇刊》近代卷第 1 册,第 3 页。

⑥ 参阅赵国璋、潘树广主编《文献学辞典》"清吟阁"条,江西教育出版社 1991 年版,第 774～775 页。

# 第二节 "钱牧斋杜注写本"考

兹录傅增湘《藏园群书经眼录》及《藏园订补郘亭知见传本书目》著录"钱牧斋杜注写本"之原文如下，是为笔者关注、查考之缘起。

傅增湘《藏园群书经眼录》卷一二集部一唐五代别集类"《杜工部诗集》二十卷 唐杜甫撰 清钱谦益注"条著录：

> 清写本，十行二十字，异字注本文下，注文在每首诗后，盖钱牧斋杜注写本也。
>
> 收藏有"柳隐如是"朱白文、"陆沅字冰篁"、"陆僎字树兰"各印。
>
> 后有陆僎手跋：
>
> "右《杜工部集》为明人钞本，惜无款识。查高大父《点勘楼书目》：康熙丁亥秋仲，于太仓王氏得明钞杜集六册，卷端有柳如是图记，即此集也。爰付重装，并志数语于卷末。时道光庚戌三月十三日吴邑陆僎记于洗马里之东皋草堂。"(庚午)①

清莫友芝撰，傅增湘订补，傅熹年整理《藏园订补郘亭知见传本书目》卷一二上集部二上别集类一上汉至盛唐亦补录"《杜工部诗集》二十卷"条：

> 唐杜甫撰，清钱谦益笺注。〇清写本，十行二十字。异字在本文下，注文在每首之后。钤柳如是、陆沅、陆僎印。有道光三十年陆僎手跋，言据其高祖《点勘楼书目》，此书为康熙四十六年得之太仓王氏。②

经笔者查考，此"钱牧斋杜注写本"今藏台湾中研院历史语言研究所傅斯年图书馆善本室(以下简称"傅图本")。网络检索"傅斯年图书馆珍藏善本图籍书

---

① 傅增湘：《藏园群书经眼录》，第 4 册，第 861 页。

② ［清］莫友芝撰，傅增湘订补，傅熹年整理：《藏园订补郘亭知见传本书目》，第 3 册，第 986 页。

目资料库"著录:"《杜工部集》二十卷附录一卷,唐杜甫撰,明钞本,6 册;26 公分(线装),附录:1. 志传集序;2. 少陵先生年谱;3. 唱酬题咏;4. 注杜诗略例,清道光三十(庚戌)年陆僎重装并跋,'柳隐如是'、'吴门陆僎一字树兰之印'、'东方文化事业总委员会所藏图书印'等印记。"①正合傅增湘先生之著录,是乃海内孤本,殊足珍贵。笔者成功申请傅图珍藏图籍局部复制,得以获睹此写本之真容,庶几可作诸项有价值之探讨。本书末附录傅图藏钱注写本书影数帧,是为本书研讨之文献证据,读者亦可借此获一直观之感受。

## 一、"钱牧斋杜注写本"版本价值初探

笔者依据已复制傅图本之部分文献,概述此"钱牧斋杜注写本"的基本情况,初步揭示其版本价值。

此写本半叶十行,行二十字,双行小字字数相同②。各卷首叶第一行署"杜工部(诗)集卷第几",第二行低一字署类目,第三行低三字署篇目,正文连属,每首诗后之注文均较诗歌正文低一字书写,各卷卷末署"杜工部集卷第几(终)"。共二十卷,无目录,附录依次为《志传集序》、《少陵先生年谱》、《唱酬题咏》、《注杜诗略例》。

此写本共六册。第一册首叶钤有"柳隐如是"朱白文中方印、"陆沉字冰篁"白文中方印、"陆僎字树兰"朱文中方印、"东方文化事业总委员会所藏图书印"朱文大方印、"史语所收藏珍本图书记"朱文长方印、"傅斯年图书馆"朱文小长方印。第二册首叶钤有"吴门陆僎一字树兰之印"白文大方印(同上者不重出,下同此义例)。第六册末空白叶钤有"季沧苇藏书印"朱文长方印,《注杜诗略例》末叶空白处题"道光庚戌重装并系以跋爰志所由",并钤"苏台陆僎"白文中方印。全书之末有清陆僎跋:

> 右《杜工部集》一部,为明人钞本,惜无款识。查高大父《点勘楼书
> 目》:康熙丁亥秋仲,于太仓王氏得明钞杜集六册,卷端有柳如是图记,即
> 此集也。爰付重装,并志数语于卷末。时道光庚戌三月十三日吴邑陆僎

---

① 傅斯年图书馆珍藏善本图籍书目资料库:http://www.ihp.sinica.edu.tw/ttscgi/fsndb2/ttsweb?@@473331562。

② 按:张元济《续古逸丛书》之四十七《宋本杜工部集》影印绍兴三年建康府学吴若重刻二王本残本(宋刻卷一〇至一二;毛钞卷一三、一四),半叶十行,行二十字,双行小字字数不等。

记于洗马里之东皋草堂。①

"康熙丁亥"为康熙四十六年(1707)，"道光庚戌"为道光三十年(1850)。跋文下钤"名余曰僎"、"陆树兰"两方白文小方印，同叶另钤有"东方文化事业总委员会所藏图书印"白文大方印。由这些钤印、题跋，可见此写本自明末历有清一代以至今日，传承有绪，幸得保藏，本书下一专题将详考其递藏源流。

此写本字迹清晰工整，楷体中颇带隶意，用笔顿挫，功力深厚，当为清稿本。柳如是之钤印，表明此写本曾经其收藏，故写本之抄写时间当在清康熙三年(1664)钱、柳相继谢世前。季振宜(号沧苇)之钤印，则表明此写本与其康熙六年(1667)静思堂刊本《杜工部集》的密切关系。综合推断，此写本或为季振宜刊刻时据以校勘之参校本(详下文)。清陆僎跋文所言"明人钞本"，恐有误，傅增湘先生鉴为"清写本"，甚是。

此写本作为前刊本形态的文本，对窥测钱注的原始面貌实具重要意义。笔者将此写本与清康熙六年季振宜静思堂刻本对照，写本无《草堂诗笺元本序》、季振宜《序》、《杜工部集目录》及《诸家诗话》，其他编次及刊印内容则与静思堂刻本大体相同。兹就笔者复制傅图本之部分文献，与季振宜静思堂刻本②比勘，列表叙录其相异处如下：

表1-1　傅图藏写本与季振宜静思堂刻本《杜工部集》比勘表

| 序号 | 卷篇[相异点] | 钱牧斋杜注写本 | 静思堂刻本 | 类型及辨析 |
|---|---|---|---|---|
| 1 | 卷一类目 | 古诗五十二首 | 古诗五十五首 | 修订分卷篇目 |
| 2 | 卷一《奉赠韦左丞丈二十二韵》"纨袴"条注 | 无 | 前书叙传：……师古曰：…… | 增补笺注条目 |
| 3 | 卷一《奉赠韦左丞丈二十二韵》"观国宾"条注 | 黄鹤《年谱》：开元二十二年，……是年方二十三岁，所谓忤下考功第也 | 黄鹤《年谱》：开元二十二年，……是年方二十三岁，明年下第，所谓忤下考功第也 | 增订笺注脱文 |

① 汤蔓媛纂辑《傅斯年图书馆善本古籍题跋辑录》集部录有此跋之图版及释文，台北：中研院历史语言研究所，2008年，第178～179、580页。

② 《四库禁毁书丛刊》集部第40册，影印清华大学图书馆藏清康熙六年季振宜静思堂刻本；上海古籍出版社据季氏静思堂原刊本断句排印本。

续　表

| 序号 | 卷篇［相异点］ | 钱牧斋杜注写本 | 静思堂刻本 | 类型及辨析 |
|---|---|---|---|---|
| 4 | 卷一《奉赠韦左丞丈二十二韵》 | "诗赋"条注在前，"观国宾"条注在后 | "观国宾"条注在前，"诗赋"条注在后 | 依据诗歌文本实际调整笺注条目顺序 |
| 5 | 卷一《送高三十五书记》诗题 | 送高三十五书记十五韵 | 送高三十五书记 | 刻本同绍兴初浙江翻刻二王本残本毛钞① |
| 6 | 卷一《夜听许十损诵诗爱而有作》"五台"条注 | 无 | 《华严大疏》：…… | 增补笺注内容 |
| 7 | 卷一《桥陵诗三十韵因呈县内诸官》"洪河左滢濴"句下注 | 皆作营，一作濴 | 滢，《玉篇》同荣，胡坰乌迥二切，无营音。濴字，《玉篇》、《韵略》俱无。毛氏据此诗增，恐非，当作濴 | 订补校勘内容 |
| 8 | 卷一《桥陵诗三十韵因呈县内诸官》"桥陵"条注 | 《长安志》：桥，在奉先县西北三十里丰山 | 《长安志》：桥陵，在奉先县西北二十里丰山 | 订正抄写脱文及笺注内容 |
| 9 | 卷一《沙苑行》"每岁攻驹冠边鄙"句"攻"字下注 | 一作攸，一作牧 | 一作收，一作牧 | 修订校勘内容② |
| 10 | 卷一《沙苑行》"归至尊"条注 | 《唐六典》：…… | 《唐六典》：……今本六典云：…… | 增订笺注内容 |
| 11 | 卷一《骢马行》"初得花骢大宛种"句"花"字下注 | 一作驹 | 无 | 删订校勘条目③ |
| 12 | 卷一《骢马行》"隔目"条注 | 《西京赋》：隔目高良 | 《西京赋》：隔目高匡 | 订正抄写讹字 |

① 检核：［唐］杜甫《宋本杜工部集》，《续古逸丛书》之四十七，商务印书馆 1957 年影印；江苏古籍出版社 2001 年重印。是书实为二王本各种翻刻本及钞本的配合本，是今存最早的宋本杜诗。具体配合之版本情况，请参阅是书后附张元济《跋》文。

② 绍兴初浙江翻刻二王本残本毛钞作"一作收"。

③ 刻本同绍兴初浙江翻刻二王本残本毛钞。

| 序号 | 卷篇［相异点］ | 钱牧斋杜注写本 | 静思堂刻本 | 类型及辨析 |
|---|---|---|---|---|
| 13 | 卷一《大云寺赞公房四首》其四"听听国多狗"句"听听"下注 | 一作狋狋 | 无 | 删订校勘条目① |
| 14 | 卷一《大云寺赞公房四首》"听听"条注 | 《九辩》：…… | 《九辩》：……冯已仓曰：……蔡梦弼云：…… | 增补笺注内容 |
| 15 | 卷二类目"古诗四十二首"下注 | 送京师，出华州作 | 还京师，出华州作 | 订正抄写讹字 |
| 16 | 卷二《苏端薛复筵简薛华醉歌》"山东"条注 | 本朝杨慎据李阳冰、魏颢序，欲以为东山李白 | 近时杨慎据李阳冰、魏颢序，欲以为东山李白 | 订正用语② |
| 17 | 卷二《洗兵马》"紫禁正耐烟花绕"句"紫禁"下注 | 无 | 吴本作驾 | 增补校勘条目③ |
| 18 | 卷二《洗兵马》"洗兵马"条注 | 《西溪丛话》：左思《魏都赋》洗兵海岛，刷马江州。《六韬》：武王问太公，雨辒车至轸，何去。……《魏武兵要》曰：大将将行，雨濡衣冠，是谓洗兵 | 《西溪丛语》：左思《魏都赋》洗兵海岛，刷马江洲。《六韬》：武王问太公，雨辒车至轸，何也。……《魏武兵要》曰：大将将行，雨湿衣冠，是谓洗兵 | 校勘笺注字句 |
| 19 | 卷二《洗兵马》"朔方"条注 | 《旧书》：肃宗大关六军，……房琯败于陈涛，……惟倚朔方为根本 | 《旧书》：肃宗大阅六军，……房琯败于陈陶斜，……惟倚朔方军为根本 | 校勘笺注字句 |

① 刻本同绍兴初浙江翻刻二王本残本毛钞。
② 同例：写本《注杜诗略例》"元人及本朝之宗刘辰翁"，刻本作"元人及近时之宗刘辰翁"。
③ 写本同绍兴初浙江翻刻二王本残本毛钞。

续 表

| 序号 | 卷篇[相异点] | 钱牧斋杜注写本 | 静思堂刻本 | 类型及辨析 |
|---|---|---|---|---|
| 20 | 卷二《洗兵马》"崆峒"条注 | 《元和志》：……陇州之北即灵州，灵州即灵武，南回自原州入，…… | 《元和志》：……陇山之北即灵州，灵州即灵武也。肃宗即位灵武，南回自原州入，……《南部新书》：…… | 增订笺注内容 |
| 21 | 卷二《洗兵马》"问寝"条注 | 《高力士传》：……悉令收付所司…… | 《高力士传》：……悉令收付所由…… | 刻本当误① |
| 22 | 卷二《洗兵马》"萧丞相张子房"条注 | 次年正月，镐罢 | 次年五月，镐罢 | 订正笺注内容② |
| 23 | 卷三《遣兴三首》其一"黄叶坠我前"句"坠"字下注 | 无 | 一作堕 | 增补校勘条目③ |
| 24 | 卷三《遣兴三首》其二"马邑"条注 | 《唐志》：……宝应六年，…… | 《唐志》：……宝应元年，…… | 订正笺注内容④ |
| 25 | 卷四《石笋行》 | 苔藓食尽波涛痕 | 苔藓蚀(旧作食)尽波涛痕 | 增订校勘条目⑤ |
| 26 | 卷四《石笋行》"石笋"条注 | 扬雄《蜀王本纪》云：……颜色美绝，……墓于成都郭中。……《华阳国志》曰：……益地数亩……其石……《今本华阳国志》云：……故其庙称青赤黑黄白帝也。《梁益记》云：……《寰宇记》：……在郭内州西门之外大街中 | 扬雄《蜀王本纪》云：……颜色美丽，……葬于成都郭中。……《华阳国志》曰：……盖地数亩……立石……《今本华阳国志》云：……故其庙称青黑赤黄白帝也。《梁益州记》云：……《寰宇记》：……在郭内州城西门之外大街中 | 校勘笺注字句 |

① 检核：[唐]郭湜《高力士外传》，丁如明辑校《开元天宝遗事十种》，上海古籍出版社1985年版。
② 检核：《旧唐书》卷一〇《肃宗本纪》，写本误。
③ 写本同绍兴初浙江翻刻二王本残本毛钞。
④ 检核：《新唐书》卷四三下《地理志》，写本误。
⑤ 绍兴初浙江翻刻二王本残本毛钞作"蚀"，无异文。

续　表

| 序号 | 卷篇［相异点］ | 钱牧斋杜注写本 | 静思堂刻本 | 类型及辨析 |
|---|---|---|---|---|
| 27 | 卷四《枯楠》篇后注 | 石林云：凡诗当为房次律而作 | 石林云：此诗当为房次律而作 | 订正抄写讹字 |
| 28 | 卷四《丈人山》 | 不唾青城池 | 不唾青城地 | 订正抄写讹字 |
| 29 | 卷四《丈人山》"丈人山"条注 | 《玉匮经》曰：……真仙之宗秩。……一名春城，一名青城都，…… | 《玉匮经》曰：……真仙之崇秩。……一名赤城，一名青城都，…… | "宗"、"崇"，刻本误；"春"、"赤"，写本误① |
| 30 | 卷四《丈人山》"不唾"条注 | 《智度论》：若入寺时，当歌呗赞叹，不唾增地 | 《智度论》：若入寺时，当歌呗赞叹，不唾僧地 | 订正抄写讹字 |
| 31 | 卷四《戏作花卿歌》题下注 | 无 | 吴若本注题下：…… | 增补吴若本注文② |
| 32 | 卷四《戏作花卿歌》"绵州副使著柘黄"句"使"字下注 | 一作史 | 无 | 删订校勘条目③ |
| 33 | 卷五类目 | 古诗五十二首 | 古诗五十六首 | 修订分卷篇目 |
| 34 | 卷五类目下注 | 再至阆川 | 再至阆州 | 订正抄写讹字 |
| 35 | 卷五《观打鱼歌》"绵州"条注 | 《寰宇记》：……涪州之所经。开皇五年，……《水经注》：……又言是洛水，故语曰绵洛为设沃也。…… | 《寰宇记》：……涪水之所经。隋开皇五年，……《水经注》：……又言是洛水…… | 订正抄写讹字、脱字，删订笺注内容 |

① 检核：［明］陈耀文《天中记》卷七山类"青城"条，广陵书社 2007 年影印清光绪刊本，上册，第 225 页。

② 《续古逸丛书》集部《宋本杜工部集》影印绍兴三年建康府学吴若重刻二王本残本，其中宋刻卷一○至一二；毛钞卷一三、一四，故今已无法检核钱注之征引。《宋本杜工部集》卷四影印绍兴初浙江翻刻二王本残本毛钞，同诗题下无任何注文。

③ 刻本同绍兴初浙江翻刻二王本残本毛钞。

| 序号 | 卷篇[相异点] | 钱牧斋杜注写本 | 静思堂刻本 | 类型及辨析 |
|---|---|---|---|---|
| 36 | 卷五《观打鱼歌》"赤鲤"条注 | 《酉阳杂俎》：唐朝律，……杜宝《大业拾遗录》：……横渎逆流西北十馀里，…… | 《酉阳杂俎》：国朝律，……杜宝《大业拾遗录》：……横渎进流西北十馀里，…… | 订正用语（"唐朝"、"国朝"）；"逆"、"进"，似刻本误① |
| 37 | 卷五《观打鱼歌》"槎头"条注 | 《襄阳耆旧传》：……敬儿作六舻船。……梦弼曰：……襄阳俗谓鱼槮为槎头，言所积柴木槎枒然也 | 《襄阳耆旧传》：……敬儿作舻船。……梦弼曰：……襄阳俗谓槮为槎头，言积柴木槎枒然也 | 校勘笺注字句 |
| 38 | 卷九《对雪》 | 战哭多新思 | 战哭多新鬼 | 订正抄写讹字 |
| 39 | 卷九《元日寄韦氏妹》诗题 | 元日 | 元日寄韦氏妹 | 写本同绍兴初浙江翻刻二王本残本毛钞 |
| 40 | 卷一二《江畔独步寻花七绝句》其四"少城"条注 | 故《蜀都赋》云：亚以少城，接于其西 | 故《蜀都赋》云：亚以少城，接乎其西 | 校勘笺注字句 |
| 41 | 卷一二《江畔独步寻花七绝句》其五 | 可爱深红与（一云映，晋作与）浅红 | 可爱深红爱（一云映，晋作与）浅红 | 订正诗歌正文 |
| 42 | 卷一二《戏作寄上汉中王二首》其二"修竹"条注 | 《水经注》：……菁菁相望 | 《水经注》：……菁菁实望 | 校勘笺注字句 |

由上表显示，在笔者复制傅图藏写本钱注杜诗 26 篇②中，有 19 篇与静思

① 检核：《太平御览》卷九三六作"迎流西北"，《天中记》卷五六鱼类"角长一尺"条作"逆流西北"。

② 笔者复制篇目如下：卷一《奉赠韦左丞丈二十二韵》、《送高三十五书记十五韵》、《夜听许十损诵诗爱而有作》、《桥陵诗三十韵因呈县内诸官》、《沙苑行》、《骢马行》、《大云寺赞公房四首》；卷二《苏端薛复筵简薛华醉歌》、《洗兵马》；卷三《贻阮隐居》、《遣兴三首》；卷四《石笋行》、《枯楠》、《丈人山》、《百忧集行》、《戏作花卿歌》；卷五《观打鱼歌》；卷九《对雪》、《月夜》、《遣兴》、《元日》；卷一二《江畔独步寻花七绝句》、《覭月呈汉中王》、《戏作寄上汉中王二首》、《投简梓州幕府兼简韦十郎官》、《登高》，总计 26 篇。按：上表撰定后，蒙中研院中国文哲研究所博士后商海锋君代为复制《钱注杜诗》学术创见核心体系总表》（见本书第三章）中所列诗篇的傅图写本，与静思堂刻本比勘后，发现相异点之类型与表中所列大体相同，故不一一条列，个别有价值的信息，于相关处注出。

堂刻本具不同程度之差异，计相异处 38 条，卷首类目相异处 4 条，可见两本细部实存在较大差异。静思堂刻本改正了写本抄录中之脱字、夺字、讹字及用语不妥处，修订增补了写本的校勘及笺注条目、内容。据此可见，清顺治十八年(1661)钱谦益杜诗笺注成书后，钱曾订补之力实巨(详下文)，康熙六年(1667)季振宜刊刻时诸位校勘者之功或亦不容小觑①。

　　值得关注的是，上表第 21 条、29 条存在写本不误而刻本有误之情况。此涉及康熙六年季振宜刊刻本是否完全符合钱注最终勘定原貌之问题，据钱曾《读书敏求记》卷二之中《〈广异记〉六卷》条："杜诗《诸将》篇'昔日玉鱼蒙葬地'，以此书'刘门奴'事注之，流俗本误为'明奴'，非也。考之《广记》善本亦然。丙午[丁未]夏，沧苇邀予渡江，校刊牧翁《草堂笺注》。日长苦志，数月始溃于成。后偶以事还家，忽为妄庸子改作'明奴'②，且行间多以方空界字，可恨也。"条下章钰案："今流传季刻本钱注杜诗《诸将》第一首，注正作'明奴'，如此《记》所说。行间亦多方匡。"③由是可见，季刊本最后剞劂时，实有个别不合钱曾勘定本之处，而傅图藏写本可订正刻本之误，故具有一定校勘价值。

　　又，此写本附录《少陵先生年谱》末抄录了一段季振宜静思堂刻本所无之文字：

---

　　①　笔者对比《四库禁毁书丛刊》影印清华大学图书馆藏清康熙六年季振宜静思堂刻本《杜工部集》二十卷与上海古籍出版社据静思堂原刊本断句排印本《钱注杜诗》，发现原刊本于每卷卷末刊有当时本卷校勘者之姓名，排印本无。今逐录如下："杜工部集卷之一：泰兴县八十老人季寅庸因是氏校。杜工部集卷之二：常熟县钱曾遵王氏校。杜工部集卷之三：泰兴县戴清应商氏校。杜工部集卷之四：季振宜沧苇氏校。杜工部集卷之五：钱曾遵王氏校。杜工部集卷之六：季振宜沧苇校。杜工部集卷之七：泰兴县李元益三友氏校。杜工部集卷之八：季八士南宫氏校。杜工部集卷之九：季寅庸因是氏校。杜工部集卷之十：钱曾遵王氏校。杜工部集卷之十一：常熟县陆贻典敕先氏校。杜工部集卷之十二：休宁县朱名鼎石钟氏校。杜工部集卷之十三：宜兴县陈维崧其年氏、季公琦希韩氏同校。杜工部集卷之十四：钱遵王、戴应商校。杜工部集卷之十五：三原县孙枝蔚豹人氏、常熟县毛扆斧季氏同校。杜工部集卷之十六：季沧苇、季八士校。杜工部集卷之十七：泰兴县张茂枝因亓氏校。杜工部集卷之十八：常熟县钱沅楚殷氏校。杜工部集卷之十九：戴应商校。杜工部集卷之二十终：钱遵王、季沧苇校。"据上，钱注静思堂刻本校勘者有：泰兴县季寅庸(字因是)、戴清(字应商)、李元益(字三友)、张茂枝(字因亓)、季振宜(号沧苇)、季八士(字南宫)；常熟县钱曾(字遵王)、陆贻典(字敕先)、毛扆(字斧季)、钱沅(字楚殷)；休宁县朱名鼎(字石钟)；宜兴县陈维崧(字其年)、季公琦(字希韩)；三原县孙枝蔚(字豹人)，共十四人。至于以上诸人是仅挂名还是实际参与校勘，俟考。

　　②　《钱注杜诗》卷一五《诸将五首》，依上注此卷为"三原县孙枝蔚豹人氏、常熟县毛扆斧季氏同校"，钱曾所谓"妄庸子"，是否即指此校勘者，抑或指刻工，存疑俟考。

　　③　[清]钱曾著，管庭芬、章钰校证，佘彦焱标点：《读书敏求记校证》，上海古籍出版社2007年版，第155页。

附宋高宗授杜甫裔孙杜邦杰承节郎敕

初政之临,祗奉慈训。爰推庆泽,普及万方。凡尔有官,始于一命。咸进厥秩,特为异恩。往其钦承,弥务共恪。可特授承节郎。奉敕如右。

绍兴三十二年十一月二十二日

侍中中书平章事

仆射

右敕用白绫,字行书,方寸许,亦藏杜富家。

《钱注杜诗》卷二《述怀一首》注:"唐授左拾遗诰:'襄阳杜甫,尔之才德,朕深知之。今特命为宣义郎,行在左拾遗。授职之后,宜勤是职,毋怠。命中书侍郎张镐赍符告谕。至德二载五月十六日行。'右敕用黄纸,高广皆可四尺。字大二寸许,年月有御宝,宝方五寸许。今藏湖广岳州府平江县裔孙杜富家。"①按清乾隆《平江县志》卷二二《古迹志》"杜氏遗敕"条载有唐授杜甫左拾遗敕与宋高宗授杜甫裔孙杜邦杰承节郎敕,卷二三《艺文志》载有明嘉靖间参政陈垲《跋杜氏诰敕》一文,此篇跋文对唐宋两敕的纸张、材质、字体等皆有详细之记载,跋文云:"嘉靖壬寅春,予驻节岳之平江,阅县志,载有杜子美为左拾遗敕,及其裔孙杜邦杰为承节郎敕,云尚存于县市民杜富家。亟命求其家,得之。子美敕为唐至德二载所授,邦杰敕为宋绍兴三十二年所授。文皆简古,真敕语也。唐敕用黄纸,高广皆可四尺,厚如钱,故久存。字大二寸许,倔而劲。年月有御宝,宝方五寸许。色转沉,中有碎裂,而全者皆为蛇文矣。宋敕用白绫,如今敕度,而细腻坚厚,非今所及。字用行书,方寸许,俊逸流动,有晋风神,且类今所传宋高宗御书,或当时宫中宦官、女史所习也。年月隐隐有御宝,年月后细楷书侍中、中书、平章、仆射等官,盖中书所奉行也。后复有承节郎四行书字。"②复据"杜氏遗敕"条

---

①　《钱注杜诗》,第51页。

②　[清]谢仲坑纂修,石文成增修:《(乾隆)平江县志》二十五卷首一卷末一卷,清乾隆八年(1743)修,乾隆二十年(1755)增修,《中国地方志集成·湖南府县志辑》第8册据清乾隆二十年增修刻本影印,江苏古籍出版社2002年版,第163~164页。查检:[清]许国璠纂修《(康熙)平江县志》一卷(清康熙刻本,国家图书馆善本特藏部藏,书号:A05086)记载极为简略,无杜氏唐宋两敕及陈垲《跋杜氏诰敕》;[清]李遇时修、杨柱朝纂《(康熙)岳州府志》卷二五《侨寓》平江县条:"至德二载授甫左拾遗诰·宋绍兴三十二年授甫裔孙邦杰承节郎敕二文见存县志。"(中国科学院图书馆编《稀见中国地方志汇刊》第38册据清康熙二十四年刻本影印,中国书店1992年版)兼可参阅丘良任《杜甫之死及其它》,《安徽大学学报》(哲学社会科学版)1979年第4期,第68~69页。

转载"弘治旧志"云云①,可推知至迟在明弘治间编撰之《平江县志》中已有上述唐宋两敕的相关记载,嘉靖间编撰之《平江县志》中初载陈垲跋文,后隆庆、崇祯修志当亦刊载此敕文及跋文②,是为《钱注杜诗》卷二《述怀一首》注与写本附录文字之文献来源。但明代《平江县志》今已不存,明代弘治、隆庆《岳州府志》相关部分或无记载或为缺卷③,故无从查验其原始文献。钱谦益注意利用当时最新发现的文献材料(方志中所载实物证据)注释杜诗,显示出其敏锐深邃的学术眼光。写本《少陵先生年谱》后附录宋高宗授杜甫裔孙杜邦杰承节郎敕,是为杜甫后人仕宦经历及有宋典章之珍贵文献,静思堂刻本将此条文字刊落,甚为可惜。

综而言之,傅图藏"钱牧斋杜注写本"作为前刊本形态的文本,不仅反映了钱谦益杜诗笺注相对原始之面貌,更重要的是,在写本与季振宜静思堂刻本的对比中,我们可以考见钱注由未定稿本,经由增补删校,向最终勘定刻本流变之轨迹。复缘季刊本雠刻过程中的复杂情况,此写本对刻本尚具一定之校勘价值。惜笔者仅获准复制少量内容,日后如有机缘目验此写本全书,更拟全面考察其与季振宜静思堂刻本之异同,或对解决《钱注杜诗》底本、成书、注释等问题有所裨益。

## 二、"钱牧斋杜注写本"递藏源流考

下文考察傅图本陆㻋跋文、各家藏书印所涉及之人物、年代、地点、事实,

---

① 清乾隆《平江县志》卷二二《古迹志》"杜氏遗敕"条:"按《弘治旧志》云:平江故老相传,今七都地名小田杜昂家即唐杜甫后裔,及索其家谱,载杜预、杜暹、杜审言、杜甫,皆杜昂远祖。窃恐世远传讹,谱牒苟简,不足据信,舍置久之。一日,小田宗派居县市民人杜富因献家藏诰敕二通,阅之,则前朝织锦,墨迹甚古,御宝犹新,乃唐肃宗至德二载及宋绍兴三十二年杜甫暨其裔孙杜邦杰诰敕二通,读之今[令]人起敬等语。旧志将诰敕附载《流寓志》,今以其人事无考,所传特诰敕遗迹,改附于此。"(《中国地方志集成·湖南府县志辑》第8册据清乾隆二十年增修刻本影印,江苏古籍出版社2002年版,第150页)

② 据湖南省平江县志编纂委员会办公室汇编《明清方志汇刊·平江县志》出版说明:"明、清两代是历史上编修地方志的全盛时期。明永乐、弘治、嘉靖、隆庆、崇祯,清康熙、雍正、乾隆、嘉庆、同治年间,均编修了县志。其中乾隆年间三次修志。……按成稿次数计算,平江自宋至清600多年间,共编修成17次县志稿。由于多方面的原因,这些书稿未能完整地保存和流传下来。"(国防大学出版社1994年版)

③ [明]李镜修,刘玑、刘袭纂:《(弘治)岳州府志》,《天一阁藏明代方志选刊续编》第63册据宁波天一阁藏明弘治元年刻本影印,上海书店1990年版。[明]李元芳修,钟崇文纂:《(隆庆)岳州府志》(卷一四《侨寓传》缺),《天一阁藏明代方志选刊》第57册据宁波天一阁藏明隆庆刻本影印,上海书店1982年版。

对"钱牧斋杜注写本"递藏源流作一详证。

## (一) 柳如是──→[钱曾]──→季振宜(顺康之际──康熙前期)

1. 柳如是(顺康之际)

傅图本第一册首叶钤有"柳隐如是"朱白文中方印。

柳如是(1618～1664),本姓杨,名爱。后更姓柳,名隐,亦名是,字如是,一字蘼芜,号我闻居士,又称河东君①。明崇祯十四年(1641),归钱谦益为侧室。如是工吟咏,擅丹青,灵心慧目,文采博奕,与牧斋书典相娱、诗词唱和之外,更助其校雠图史,考异订讹,甚至参与斟定《列朝诗集》之《香奁》集。兹引数条文献为证:

钱谦益《献岁书怀二首》其二:

> 香残漏永梦依稀,网户疏窗待汝归。四壁图书谁料理,满庭兰蕙欲芳菲。②

又《绛云楼上梁以诗代文八首》其七:

> 宝架牙籤傍绮疏,仙人信是好楼居。风飘花露频开卷,月照香婴对校书。拂纸丹铅云母细,篝灯帘幕水精虚。昭容千载书楼在,结绮齐云总不如。③

钱谦益《中秋日携内出游次冬日泛舟韵二首》柳如是《依韵奉和二首》其一:

> 月幌歌阑寻麈尾,风床书乱觅搔头。④

清顾苓《河东君小传》:

_____

① 参阅陈寅恪《柳如是别传》第二章《河东君最初姓氏名字之推测及其附带问题》,第16～37页。

② 《牧斋初学集》卷二〇《东山诗集三》,《钱牧斋全集》,第1册,第686页。

③ 《牧斋初学集》卷二〇《东山诗集四》,《钱牧斋全集》,第1册,第741～742页。

④ 《牧斋初学集》卷二〇《东山诗集三》,《钱牧斋全集》,第1册,第667页。

> 宗伯……为筑绛云楼于半野堂之后。房栊窈窕,绮疏青琐。旁龕金石文字,宋刻书数万卷。列三代秦汉尊彝环璧之属,晋唐宋元以来法书名画,官哥定州宣成之瓷,端溪灵璧大理之石,宣德之铜,果园厂之髹器,充牣其中。君于是乎俭梳靓妆,湘帘斐[棐]几,煮沉水,斗旗枪,写青山,临墨妙,考异订讹,间以调谑,略如李易安在赵德卿家故事。①

清钮琇《觚賸》卷三《河东君》:

> 宗伯吟披之好,晚龄益笃。图史校雠,惟柳是问。每于画眉馀暇,临文有所讨论,柳辄上楼缮阅。虽缥缃浮栋,而某书某卷,拈示尖纤[籤],百不失一。或用事微有舛讹,随亦辨正。宗伯悦其慧解,益加怜重。②

清沈虬《河东君记》:

> 河东君柳如是者,吴中名妓也。……归钱之后,稍自敛束,在绛云楼校雠文史。牧斋临文有所检勘,河东君寻阅,虽牙籤万轴,而某册某卷,立时翻点,百不失一。所用事或有误舛,河东君从旁颇为辨正,故虞山甚重之。③

《柳夫人事略》:

> 牧斋又建绛云楼以居之。二人朝夕晤对,校雠异书古本,往往牧斋要检某卷考证,如是随手抽检,百不失一。虞山人对河东君称为奇才。④

《虞山钱牧斋先生遗事》:

---

① 〔清〕顾苓:《河东君小传》,清范锴《华笑廎杂笔》卷一,道光刊本,范景中、周书田编纂《柳如是事辑》,中国美术学院出版社 2002 年版,第 5～6 页。
② 〔清〕钮琇:《觚賸》,康熙壬午临野堂刊本,《柳如是事辑》,第 15 页。
③ 〔清〕沈虬:《河东君记》,录自黄承增辑《广虞初新志》卷二六,嘉庆癸亥寄鸥闲舫刊巾箱本,《柳如是事辑》,第 18～19 页。
④ 钱文选:《诵芬堂文稿》六编,1943 年排印本,《柳如是事辑》,第 28 页。

柳夫人生一女，嫁无锡赵编修之子玉森。柳以爱女故，招婿至虞，同居于红豆村。后柳没，其婿携柳之小照至无锡，赵之亲戚咸得式瞻焉。其容瘦小，而意态幽娴，丰神秀媚，帧间几栩栩欲活：坐一榻，一手倚几，一手执编，牙籤缥缃，浮积几榻。自跋数语于幅端，知写照时，适牧翁选《列朝诗》，其中《闺秀》①一集，为柳斠定，故即景为图也。②

清钱谦益《列朝诗集小传》闰集朝鲜"许妹氏"条：

柳如是曰：……承夫子之命，雠校香奁诸什，偶有管窥，辄加椠记。③

由以上材料可见，钱谦益诗言柳如是"风飘花露频开卷，月照香婴对校书"，如是诗自言"风床书乱觅搔头"，乃是写实，而非泛语也。柳如是与钱谦益于绛云楼中"朝夕晤对"，长期浸涵书海，不但学识增益，且当对牧斋书籍分类典藏之法烂熟于心，其协助牧斋校雠文史，检勘图籍，能够做到"虽牙籤万轴，而某册某卷，立时翻点，百不失一"，洵非偶然。陈寅恪先生谓"'四壁图书谁料理'，自是非牧斋藏书之富，而河东君又为能读其藏书之人，不足以当此语"④，甚是。至于柳如是曾勘定《列朝诗集》之《香奁》集，陈寅恪先生认为"揆以钱柳两人之关系及河东君个人兴趣所在"⑤，当切合事实。清顺治七年（1650）十月，绛云楼失火，"凡宋、元精本，图书玩好，及所裒辑《明史稿》一百卷，论次昭代文集百馀卷，悉为煨烬"⑥，柳如是校勘之图籍，当亦有遭焚毁者。

绛云馀烬之遗珍，继以碧梧红豆之芳泽，柳如是收藏校勘之书籍，虽吉光片羽，亦备受后世藏书家宝爱。

清黄丕烈（1763～1825）《荛圃藏书题识》卷一〇集类四"《乐府新编阳春白雪》十卷元本"条：

① 按：据《列朝诗集》闰集，"闺秀"二字，应作"香奁"。
② 《虞山钱牧斋先生遗事》，《柳如是事辑》据范氏净琉璃室所藏旧钞本校点，第378页。
③ ［清］钱谦益：《列朝诗集小传》，上海古籍出版社2008年版，第813～814页。
④ 陈寅恪：《柳如是别传》第四章《河东君过访半野堂及其前后之关系》，第776页。
⑤ 陈寅恪：《柳如是别传》第五章《复明运动》，第1004页。
⑥ 金鹤冲：《钱牧斋先生年谱》庚寅（清顺治七年），《牧斋杂著》附录，《钱牧斋全集》，第8册，第943页。

元刻《阳春白雪》,为钱塘何梦华藏书,矜贵之至,因其是惠香阁物也。惠香阁初不知为谁所居,梦华云是柳如是所居。兹卷中有"牧翁"印,有"钱受之"印,有"女史"印,其为柳如是所藏无疑。"惜玉怜香"一印,殆亦东涧所钤者。卷中又有墨笔校勘,笔姿秀媚,识者指为柳书,余未敢定也。要之,书经名人所藏,图章手迹倍觉古香,宜梦华之视为珍宝矣。先是曾影钞一本,与余易书,但重其为元刻,而其馀为古书生色者,莫得而知。今展读一过,实餍我欲,虽多金,又奚惜耶? ……命工重装,并志缘起。嘉庆十有四年己巳正月二十八日雨窗识。复翁。

……

越岁辛未中春二十有二日,钱塘陈曼生偕其弟云伯同过余斋,出此相示。因云伯去年曾摄常熟邑篆,有修柳如是墓一事,于河东君手迹亦有见者。兹以校字证之,云伯以为然,当不谬也。复翁记。①

又同书同卷"《乐府新编阳春白雪》十卷<sub>元钞本</sub>"条:

惠香阁藏元人旧钞本《阳春白雪》十卷,依元刊本校录一过,分注于下。丙子二月花朝,牧翁。

元人旧本《阳春白雪》,刻与钞异,其元刻亦牧老手校,有惠香阁女史题字,在遵王处。此本亦惠香闺中物也。余得之句曲廿馀年矣。康熙十年之春,朴学老人记。

予昔年得惠香阁所藏元刻《阳春白雪》十卷,初不知惠香阁为何人,钱唐何梦华谓为柳如是斋名,原本有"钱受之"、"东涧"二印,"惜玉怜香"一印,无柳如是印。今获此本,字作松雪体书,雅秀可爱。卷中校字与元本中笔迹的出一手,古秀妩媚,风韵尤绝。中有柳如是小印、惠香阁印。卷尾有牧翁印,并题字一行,知元刻与此同出一源。……甲申二月,复见心翁记。

按:清黄丕烈藏《乐府新编阳春白雪》元刻本"卷中又有墨笔校勘,笔姿秀

---

① [清]黄丕烈:《荛圃藏书题识》,《宋元明清书目题跋丛刊》清代卷第7册影印1919年金陵书局刻本,中华书局2006年版,第254页。下条同。

媚,识者指为柳书",复以校字证之"曾摄常熟邑篆,有修柳如是墓一事,于河东君手迹亦有见者"的陈云伯,云伯亦以为然,但此本无柳如是印;元钞本"卷中校字与元(刻)本中笔迹的出一手,古秀妩媚,风韵尤绝",且"中有柳如是小印",复据前何梦华(元锡)指惠香阁为柳如是斋名,莪圃遂鉴定上两书曾经柳如是收藏校勘,其所言甚有真实之可能①。

莪圃著录之元刻本,后归钱塘丁氏善本书室②,今藏南京图书馆。《中国古籍善本书目》集部卷三一曲类散曲著录:"《乐府新编阳春白雪》前集五卷后集五卷,元杨朝英辑,元刻本,清柳是校,清黄丕烈、丁丙跋。"③上海古籍出版社《续修四库全书》与北京图书馆出版社《中华再造善本》,皆据南京图书馆藏元刻本影印。笔者检阅,此本为蝴蝶装,前有柳如是小像一幅。卷中少量墨笔校字,确是"笔姿秀媚"。莪圃著录之元钞本,后辗转流入聊城杨氏海源阁,清杨绍和《楹书隅录续编》与杨保彝《海源阁宋元秘本书目》皆有著录④,但海源阁藏书散出后,此本去向不明。

又,陈寅恪《柳如是别传》:"据神州国光社影印东涧写校李商隐诗集三卷。其中除牧斋外,别有一人校写之手迹。取国光社影印柳如是山水画册河

---

① 陈寅恪《柳如是别传》第四章《河东君过访半野堂及其前后之关系》:"何黄二氏均以惠香阁为河东君所居及认惠香与河东君为一人,殊为谬妄。观牧斋自题其所校录《阳春白雪》之年月,可知至迟在崇祯九年丙子二月花朝日,牧斋已与惠香阁之名发生关系。"(第475页)按:柳如是过访半野堂是在崇祯十三年庚辰冬。即使惠香阁最初不是柳如是所居,惠香与柳如是亦并非一人,但依字迹及藏印观,柳如是曾收藏校勘此两书,当有极大可能。其中曲折隐微,尚待细考。刘尚恒《"可怜共命鸟,犹逐绛云飞"——柳如是与钱谦益的书缘》认为:"一、若如陈先生云'先有建筑物之名,后有人名,人因建筑物得名。惠香之名,疑是其例',则柳如是尝居此阁。二、何元锡指惠香阁为柳氏斋名,虽文献不足征,恐另有所据。何为清乾嘉间杭州藏书大家,熟于书林掌故。三、惠香阁藏本与柳如是校读本,实为两事,不可混淆。"(蔡焜主编,曹培根编著《常熟藏书家藏书楼研究》,上海文化出版社2002年版,第91~92页)

② [清]丁丙《善本书室藏书志》卷四〇集部二十著录此本,《宋元明清书目题跋丛刊》清代卷第3册影印清光绪二十七年钱塘丁氏刻本,中华书局2006年版,第927页。

③ 《中国古籍善本书目》集部,下册,第2165页。

④ [清]杨绍和《楹书隅录续编》卷四集部"元钞本《乐府新编阳春白雪》十卷"条:"予斋藏宋元刊词颇寥寥,昔得莪翁旧藏《东坡乐府》、《山谷词》、《辛稼轩长短句》,皆元精椠。而《辛词》为信州九行本,字作松雪翁笔意。此本钞手极旧,字迹古秀,于信州本为近。元人佳钞殊不易觏,且重以惠香名迹,尤足珍爱。惟是集多寡不同,分卷亦异,惜未得莪翁元刻一为校勘耳。壬戌十月既望,密娱轩识。有'牧翁'、'钱受之印'、'惠香阁印'、'惜玉怜香'、'遵王藏书'、'朴学斋'、'复翁'、'百宋一廛'各印。"由是可见此元钞本之授受源流。[清]杨保彝《海源阁宋元秘本书目》卷四集部元本著录:"元钞本《乐府新编阳春白雪》十卷,四册。"(王绍曾、崔国光等整理订补《订补海源阁书目五种》,齐鲁书社2002年版,第492~493、725页)

东君题字相比较,颇有类似之处。但以无确切不疑之河东君手迹可为标准,故未敢断定东涧写校李集中,别一人之手笔,出于河东君也。"①笔者观《东涧写校李商隐诗集》天头地脚及行间之校字②,约略有两类书体,一为刚健粗笔,一为细字蝇楷。后者颇有菉圃所谓"古秀妩媚"之韵致,但是否为柳如是手迹,尚难确证。

以上为柳如是收藏校勘书籍情况之概观,诸条端绪,可为深入理解傅图本递藏之缘起,提供一基本历史背景。

本书所考傅图藏"钱牧斋杜注写本",第一册首叶钤有"柳隐如是"朱白文中方印,柳如是曾收藏此书,必无疑义。但此本是否为柳如是抄录,正如寅恪先生所言"无确切不疑之河东君手迹可为标准"③,故仅从抄写字迹辨识,实难以遽断。检阅文献,柳如是与钱谦益《读杜小笺》,则殊有一段因缘。

柴萼《梵天庐丛录》卷一六"柳如是二则"之二:

> 吾郡金拱伯言,于某友架上,见有绛云老人《读杜小笺》钞本,蝇头细楷,笔致秀健,为柳如是亲写本。末附绛云老人跋。与今刻本殊有增损,其《二笺》共有三卷,较今本多二十馀条。其人甚宝贵之。某京客愿以千二百金得之,终不可也。④

陈寅恪《柳如是别传》释《东山酬和集》壹河东柳是字如是《庚辰仲冬访牧翁于半野堂奉赠长句》"千行墨妙破冥濛"句:

> 牧斋《读杜诗寄卢小笺》,成于崇祯六年之末。《读杜二笺》则与《寄卢小笺》同刻于七年甲戌九月。河东君于七年及九年曾两次游嘉定,与

① 陈寅恪:《柳如是别传》第四章《河东君过访半野堂及其前后之关系》,第841页。

② 《东涧写校李商隐诗集》,台北:学海出版社影印,1998年。按:此书原钞本今藏辽宁省图书馆,国家图书馆普通古籍部藏有清宣统元年罗振玉影印本,书号:93616。

③ 周书田、范景中辑校《柳如是集》前附:柳如是嘉莲诗翰墨迹、柳如是楷书题望海楼楹联墨迹、柳如是山水图册题字、选自《玉台名翰》之柳如是书迹(碑刻),中国美术学院出版社2002年版。陈寅恪《柳如是别传》第二章《河东君最初姓氏名字之推测及其附带问题》谓柳如是《湖上草》乃为"依据(河东君)手写原本摹刻者。"(第21页)

④ 柴萼:《梵天庐丛录》,1926年上海中华书局石印本,国家图书馆普通古籍部藏,书号:37382、8965。

程孟阳、李茂初诸名士酬酢往还。谈诗之际,在第壹次,孟阳当以牧斋《读杜小笺》之未刻抄本相示。在第贰次更宜从孟阳处得见牧斋此笺五卷刻本。即使未见牧斋原书,此笺下卷论《寄韩谏议》诗及《秋兴》八首之三等,皆引孟阳之说。程氏必以牧斋用其解杜之语,自鸣得意,故亦应以书中旨趣告之。然则河东君"千行墨妙"之语,即指牧斋此书而言耶?①

按:柴萼所记"柳如是亲写本"之《读杜小笺》及三卷《读杜二笺》,不知是否确有其书,如确有,又不知其书是否尚存世间,文献无征,非敢断言。但揆以陈寅恪先生对柳如是赠钱谦益诗句"千行墨妙破冥濛"颇具启发之推释,擅书之河东君,出于对牧斋杜笺由来已久之关注、妙赏,遂助牧斋抄录其增补之《读杜小笺》、《二笺》,当极有可能。后钱谦益《草堂诗笺元本序》所谓"凿开鸿蒙,手洗日月"②之语,或即出柳如是诗句"破冥濛"三字,若实如此,河东君赠诗之赞誉,可谓切中钱笺之特质,故深得牧斋之知许。柳如是既然可能抄录《读杜小笺》、《二笺》,其亦可能抄录牧斋杜诗笺注全本之清稿。且由上述柳如是协助牧斋校雠文史、检勘图籍之史料观,此写本之校勘亦可能有柳如是"拈示尖纤[籤],百不失一"之功。笔者姑试作以上之推测,以待他日之证明。

综上所述,傅图藏"钱牧斋杜注写本",首由柳如是收藏,其抄写时间当在清康熙三年(1644)钱、柳相继谢世前。柳如是可能为此本之抄录者,甚至可能参与部分校勘工作。

2. [钱曾]——季振宜(康熙六年——康熙前期)

傅图本第六册末空白页钤有"季沧苇藏书印"朱文长方印。

季振宜(1630~?),字诜兮,号沧苇,扬州泰兴人。清顺治四年(1647)进士,授兰溪令,历刑、户两曹,擢御史。季氏为清初著名藏书家,以精藏宋元版本著称。傅图藏"钱牧斋杜注写本"第六册末空白页钤有"季沧苇藏书印"朱文长方印,此写本曾经季振宜收藏,必无疑义。但其授受之源,非直接柳如是,而是经由钱曾之津梁。兹详述如下。

钱曾(1629~1701),字遵王,号也是翁,又号贯花道人,江苏常熟人。钱谦益的族曾孙,于学问、藏书,亲炙而得其传。钱谦益将绛云馀烬转授钱曾,

---

① 陈寅恪:《柳如是别传》第四章《河东君过访半野堂及其前后之关系》,第533~534页。
② 《钱注杜诗》卷首,第4页。又见《牧斋有学集》卷一五,《钱牧斋全集》,第5册,第702页。

其中大半为赵琦美脉望馆抄校本,此外亦有其他刊本及钞本。顺、康间钱谦益与朱鹤龄注杜之争,钱曾勉力协助牧斋校勘椠刻杜诗笺注,二人书札往还,商量邃密。

《钱牧斋先生尺牍》卷二《与遵王》三十首之十四:

杜诗写就首卷,须见示过,付梓为望。

又二十四:

《秋兴》旧本乞付看,即欲改定相商也。

又二十六:

杜诗昨送去一本,再付一看,尚有好检点处也。

又二十七:

笺中有《柏茂林》五言古及《过始兴寺与李秘书》二首,检来一看。

又三十:

杜笺一册,略为校对送去。恐中间疏误处不少,更烦详细刊定,庶可不遗人口实耳。①

由上可知,钱谦益晚年注杜之写校本及历次订补之钞稿,必当尽付遵王。尤要者,牧斋于弥留之际,将杜诗笺注此部凝聚其一生心力的未完之作,全幅付与遵王,殷殷嘱托,得其诺许,方才瞑目。

《钱注杜诗》卷首季振宜《序》:

① 以上五条见《钱牧斋全集》第7册,第327、331～334页。

丙午冬,予渡江访虞山剑门诸胜,得识遵王。遵王,钱牧斋先生老孙子也。……一日指杜诗数帙,泣谓予曰:"此我牧翁笺注杜诗也。年四五十即随笔记录,极年八十书始成。得疾著床,我朝夕守之。中少间,辄转喉作声曰:杜诗某章某句,尚有疑义。口占析之以属我,我执笔登焉。成书而后,又千百条。临属纡,目张,老泪犹湿。我抚而拭之曰:而之志有未终焉者乎?而在而手,而亡我手,我力之不足,而或有人焉,足谋之而何恨。而然后瞑目受含。……"遵王衮衮诵之,若数一二。盖牧斋先生投老,……其家族子孙,虽冠带得得,其与之共读书者,则惟遵王一人。以是牧斋先生所读书,遵王实能读之。凡笺注中未及记录,特标之曰,具出某书某书,往往非人间所有,又独遵王有之。遵王弃日留夜,必探其窟穴,擒之而出,以补笺注之所未具。装合辐辏,眉目井然,譬彼船钉秤星,移换不得,而后牧斋先生之书成。……丁未夏,予延遵王渡江,商量雕刻。日长志苦,遵王又矻矻数月,而后托梓人以传焉。……遵王真不负牧翁幽冥之中者哉。康熙六年仲夏泰兴季振宜序。①

清钱曾《读书敏求记》卷二之中"《广异记》六卷"条:

丙午夏②,沧苇邀予渡江,校刊牧翁《草堂笺注》。日长苦志,数月始溃于成。③

清钱曾《述古堂藏书目序》:

丙午、丁未之交,胸中茫茫然,意中悯悯然,举家藏宋刻之重复者,折阅售之泰兴季氏。④

清伍崇曜《述古堂书目跋》:

---

① 《钱注杜诗》,第1～2页。
② 按:依上季振宜《序》,"丙午"(清康熙五年)当作"丁未"(清康熙六年)。
③ [清]钱曾著,管庭芬、章钰校证,佘彦焱标点:《读书敏求记校证》,第155页。
④ [清]钱曾撰,瞿凤起编:《虞山钱遵王藏书目录汇编》附录二甲原书序跋,录自南海伍崇曜《粤雅堂丛书·述古堂书目》,上海古籍出版社2005年版,第312页。

盖遵王书多得自牧翁，后又售于泰兴季氏。则是编与《绛云楼书目》、《季沧苇藏书目》读之，亦可以略知聚散之源委。①

由以上材料可知：

第一，钱曾于钱谦益缠绵病榻间，朝夕陪伴，执笔录下牧斋《杜诗笺注》"成书而后，又千百条"之大量订补文字，其中"凡笺注中未及记录，特标之曰，具出某书某书"者，遵王"弃日留夜，必探其窟穴，擒之而出"，真可谓"不负牧翁幽冥之中者"②。清康熙五年丙午（1666），季振宜见遵王"一日指杜诗数帙"，泣曰"此我牧翁笺注杜诗也"，是"杜诗数帙"当为钱曾"补笺注之所未具"的订补本。而钱曾所谓"极年八十书始成"之本，则当为清顺治十八年（1661）牧斋《杜诗笺注》脱稿时之写本③，此写本极有可能即是柳如是收藏之"钱牧斋杜注写本"。退一步言，即使脱稿本与柳如是藏本并非一书，但牧斋将其举付遵王，以备勘校之用，实当无疑义。

第二，钱曾与泰兴季氏订交于清康熙五年（1666）④，此年冬季振宜渡江来常熟访遵王，聆其言，读其书，遂有志校刊牧斋《杜诗笺注》遗稿。翌年，即清康熙六年丁未（1667）夏，季振宜延遵王渡江至泰兴，商量雕刻牧斋《杜诗笺注》，遵王复矻矻数月，而后托诸梓人，沧苇为撰序文，并同与校雠。钱曾《寄怀季沧苇一百韵》"开雕东涧注，雠勘少陵笺"句下自注："牧翁暮年，自称东涧

---

① ［清］钱曾撰，瞿凤起编：《虞山钱遵王藏书目录汇编》附录二乙刻书序跋，录自南海伍崇曜《粤雅堂丛书·述古堂书目》，第 315 页。

② 柳作梅认为钱曾对牧斋之杜诗笺注之印行不遗余力，其理由有三：一是怵于公议，欲以此掩盖；二是觉昨之非，欲以此忏悔；三则附名于牧斋，藉以名垂千古。见柳氏著《清代之禁书与牧斋著作》，台湾：《图书馆学报》第 4 期，1962 年 8 月，第 190 页。按：此文笔者尚未及见，转引自刘福田著《钱曾〈牧斋诗注〉之史事考察》第二章第三节《钱曾与柳如是自缢的关系》，台湾东海大学中国文学系博士学位论文，2001 年，第 28 页，国家图书馆学位论文阅览室藏。

③ 金鹤冲《钱牧斋先生年谱》鸿朗庄严辛丑（清顺治十八年）："《杜诗笺注》脱稿，阎百诗云：'杜诗注，亦只牧斋佳耳。'"（《牧斋杂著》附录，《钱牧斋全集》，第 8 册，第 950 页）

④ 钱大成《钱遵王年谱稿》康熙五年丙午（1666）："是年二月，先生至泰兴。十六日，季寅庸设谯邀观女伎，演关汉卿《大江东》杂剧。酒阑，先生作绝句十二首。"（［清］钱曾撰，谢正光笺校《钱遵王诗集笺校》增订版附参考资料，台北：中研院中国文哲研究所，2007 年，第 345 页）按：绝句见《今吾集》，题作《丙午仲春十六日季因是先生肆燕相邀观女伎演剧酒阑作断句十二首》，前一首题为《季沧苇侍御休沐归里》（《钱遵王诗集笺校》增订版，第 193～196 页）。

老人。《杜陵笺注》实藉手沧苇,以垂永久。"①可见遵王对季氏助其雠刊牧斋杜注之深谢。上述钱曾"补笺注之所未具"的订补本,当即季氏雠刊时之底本;"极年八十书始成"之写本,及柳如是藏写本(若二本并非一书),当即季氏雠刊时之参校本。

第三,"丙午、丁未之交",即康熙五年至康熙六年间,钱曾举家藏宋刻之重复者,折阅售之季振宜。但季振宜未撰藏书题跋,其间传递之迹,难以辨识。简秀娟据钱曾《读书敏求记》所载考察:"遵王藏书中,提及归于季氏者有八种,其中只宋刊本《方言》十三卷,是原谦益藏书。"②是为一般之授受。钱、季两人知交契合,可见一斑。复揆诸康熙丙午、丁未间,遵王、沧苇共与牧斋杜注校雠、刊刻之役,过从甚密。牧斋杜注底本及诸参校本,当于此时经钱曾流入季振宜,后即归季氏之藏书。今检钱曾《述古堂藏书目》、《也是园藏书目》,均无牧斋注杜写本之相关著录,可能遵王未视此诸本为"藏书",待《杜诗笺注》雠刊完毕之后,即为得鱼忘筌之遗佚。检季振宜《季沧苇藏书目》,亦无傅图藏"钱牧斋杜注写本"之相关著录③,此写本或因"佞宋"风气下并不受重视而被漏著。

综上所述,季振宜当于康熙六年刊刻钱谦益《杜诗笺注》之时,通过钱曾获得柳如是收藏之"钱牧斋杜注写本"。

## (二) 太仓王氏——→吴门陆氏(康熙中叶——道光三十年后)

### 1. 太仓王氏(康熙中叶——康熙四十六年)

傅图本全书之末清陆㴙跋记其"高大父《点勘楼书目》"著录:"康熙丁亥(四十六年)秋仲,于太仓王氏得明钞杜集六册。"由是可知,康熙四十六年(1707)秋仲前此六册杜集钞本曾藏"太仓王氏"。"太仓王氏"为何许人? 此书又如何由季振宜流入"太仓王氏"? 目前殊难确考。笔者依据相关文献及

---

① [清] 钱曾:《判春集》,谢正光笺校《钱遵王诗集笺校》增订版,第 244 页。谢正光笺:"此诗作年不能确定。……按诗自序有云:'详述十年来聚散荣枯之感。'遵王与季氏订交于康熙五年,后推十年,则应为康熙十四年(一六七五)也。"(第 246 页)

② 简秀娟:《钱谦益藏书研究》第三章《钱谦益藏书聚散概况》第三节《散佚状况》,台北:汉美图书有限公司 1991 年版,第 182 页。

③ [清] 季振宜藏并编《季沧苇藏书目》一卷著录:"《杜工部集》廿五卷,元板。又一部照宋抄,二十卷,六本。"(《中国著名藏书家书目汇刊》明清卷第 20 册影印清嘉庆十年吴县黄氏士礼居刻本,商务印书馆 2005 年版,第 216 页)

研究,暂作一初步推测,容待日后细检详查。

明末清初"太仓王氏"声名显赫者,有两个家族,同姓不同宗,因先世发祥地不同,分别被称为琅琊王氏与太原王氏。钱谦益与太原王氏交谊深厚,非比寻常。牧斋《王奉常烟客七十寿序》云:"余庚戌(明万历三十八年)二座主,皆出太原文肃公(王锡爵)之门。次世谊,二公于辰玉先生(王衡,锡爵子)辈行,而余于烟客奉常(王时敏,衡子)则兄弟也。奉常又命二子执经余门。盖余与王氏交四世矣。"①观钱谦益、王时敏二家文集,自清顺治五、六年以迄康熙元、二年,十数年间,文字往还不绝②,而烟客亲访牧斋于虞山至于数四。尤要者,王时敏服膺牧斋之作,深爱笃嗜,无以复加,竟至晨钞冥写,专精不怠。

潘重规先生《王烟客手钞钱谦益初学集考》一文,通过比对合观钱谦益《牧斋初学集》、《有学集》与王烟客文集尺牍,证明了其所藏五厚册无标署名氏之清初(顺治四年至六年)抄本《初学集》,实为王时敏手录并朱笔勘校、圈点。潘藏清初抄本《初学集》次叶反面有王时敏题记云:

> 余年艾矣,摊纸日度数千言,午夜梦回,腕楚辄作呻吟声,晨起科头,笔墨戛戛然且握管不释手也。专勤笃嗜,其不暇逸乎哉! 书成为识之如此。己丑(顺治六年)中秋,识于吴兴氏之寓楼。③

清王时敏《王烟客先生集》尺牍下《致钱谦益》:

> 垂老端忧,屏居多暇,时取古人书读之。……差幸一隙微明,于先生鸿著,独有深嗜,不啻饥渴之于饮食。寤寐访求,寒暑抄写,积久遂已成帙。每当衰惫不支,忧思轸结,旋视录本,则霍然体轻,洒然意释,顿失愁病所在。小窗晴暖,眼病昏眵,映檐把读,不知日之移暑。自谓残年乐事,无以逾之。……以为雄肆高华,臻文宗之极致,上下千百年,纵横一

---

　　① 《牧斋有学集》卷二四,《钱牧斋全集》,第 5 册,第 949 页。
　　② 参阅潘重规《王烟客手钞钱谦益初学集考》附录钱王两家往还文字,《钱谦益投笔集校本》附录,台北:文史哲出版社 1973 年版,第 76～85 页。
　　③ 潘重规:《钱谦益投笔集校本》附录《王烟客手钞钱谦益初学集考》,第 69 页。

万里,惟老先生一人而已。①

清钱谦益《牧斋有学集》卷一三《病榻消寒杂咏四十六首》其十落句:

> 嗜痂辛苦王烟客,摘埴怀铅十指皴。②

又卷三九《复王烟客书》:

> 鄙人制作,不胜昌歜之嗜,至于篝灯缮写,目眵手胼,非知之深、好之笃,何以有此?上下古今,横见推挹,顾影茫然,不知所措。……寒灯卧病,蘸药汁写诗,落句奉怀,附博一笑。③

潘重规《王烟客手钞钱谦益初学集考》:

> 牧斋以宏[弘]光元年乙酉降清,清军挟之而北,次年丙戌(顺治三年),以疾自免归。是时法令严,朝官无敢谒假者。谦益竟驰驿回籍。归遂牵连淄川谢陛案,银铛被逮,北上乃解。归以隐语作楸枰三局,寄广西瞿式耜,又与郑成功、张名振、张煌言及诸起事谋恢复者交通。是丁亥己丑(顺治四年至六年)间,正牧斋身世阨陧、蒙垢含耻之时,使非深知牧斋志行者,谁肯为掌录其文,至于指皴腕脱乎?……烟客精钞是集,不仅有读其书尚想其人之意;抑亦民族种性,血心情感有交汇流注于楮墨之间而不可解者。……彼经年累月,篝灯缮写,至于指皴腕楚,目眵手胼,岂独慕其文章"轶驾韩欧",抑亦深悼其"输囷肝胆,隐跃笔端"者而不能已也。④

邓之诚《清诗纪事初编》卷一"王时敏"条:

①　[清]王时敏撰,邹登泰辑:《王烟客先生集》,1916 年苏州振新书社铅印本,国家图书馆普通古籍部藏,书号:97143。
②　《钱牧斋全集》,第 5 册,第 644 页。《病榻消寒杂咏四十六首》序:"癸卯(康熙二年)冬,苦上气疾,卧榻无聊,时时蘸药汁写诗,都无伦次。"(第 636 页)
③　《钱牧斋全集》,第 6 册,第 1364、1366 页。按:以上三条文字均作于清康熙二年(1663)冬。
④　潘重规:《钱谦益投笔集校本》附录,第 69～70、75 页。

王时敏,本名赞虞,字逊之,号烟客,晚号归村,世称西田先生,太仓人。祖锡爵,万历时官大学士。父衡以进士第二人及第,告终养归。先后卒。时敏年十九,独当门户,以荫为尚宝丞,累官太常寺少卿。崇祯庚辰(十三年)以病归,为人有智计。……不乐美宦。易代后以父执事钱谦益,请业甚谨。时与吴伟业酬唱往还,皆东林也。……鼎革之际,独能保其家。盖善以术自全者。诸子皆富文采,而掞独贵。以遗老终于康熙十九年,年八十九。事具程穆衡《太仓(娄东)耆旧传》。①

吴晗《江浙藏书家史略》"王时敏"条:

吴伟业《和王太常西田杂兴韵》,其六云:"萧斋散帙知耽癖,高座谈经早解围。"

《天禄琳琅续编》,《内经素问》有"娄东扫花庵鉴赏"、"王时敏印"、"烟客氏"朱记。

《平津馆鉴藏书籍记》,《通典详节》有"王时敏鉴赏书画记"印。②

由以上材料可知,王时敏(1592~1680)手自抄录钱谦益文集,实不独慕其文章之"雄肆高华",更缘深知其内心之隐恨孤忠,正潘重规先生所谓"血心情感有交汇流注于楮墨之间而不可解者"。时敏对牧斋为人为文,真乃"知之深、好之笃"矣。时敏自谓"垂老端忧,屏居多暇,时取古人书读之",吴梅村"萧斋散帙知耽癖"之句是为写实。时敏既酷嗜收书、读书,其对牧斋之文字当更是勤力搜求,备加珍爱。笔者据此推断,王时敏很可能即收藏"钱牧斋杜注写本"之"太仓王氏",若推断不误,此六册杜集钞本归藏"太仓王氏"之时间,当于康熙十九年(1680)王时敏谢世前。至于此写本如何从季振宜流入"太仓王氏",中间是否还曾转手他人,俟考。

2. 吴门陆氏(康熙四十六年——道光三十年后)

傅图本第一册首叶钤有"陆沉字冰篁"白文中方印、"陆僎字树兰"朱文中方印;第二册首叶钤有"吴门陆僎一字树兰之印"白文大方印;第六册《注杜诗

① 邓之诚:《清诗纪事初编》,上海古籍出版社1984年版,第50~51页。
② 吴晗:《江浙藏书家史略》,中华书局1981年版,第128页。

略例》末叶空白处题"道光庚戌重装并系以跋爱志所由",并钤"苏台陆僎"白文中方印。全书之末有清陆僎跋:"查高大父《点勘楼书目》:康熙丁亥(四十六年)秋仲,于太仓王氏得明钞杜集六册,卷端有柳如是图记,即此集也。爱付重装,并志数语于卷末。时道光庚戌(三十年)三月十三日吴邑陆僎记于洗马里之东皋草堂。"跋文下钤"名余曰僎"、"陆树兰"两方白文小方印。

由上"高大父《点勘楼书目》",陆沆(字冰筐)、陆僎(字树兰)之钤印,及陆僎之跋文,可知此"明钞杜集六册",即今傅图藏"钱牧斋杜注写本",于康熙四十六年(1707)秋归于吴门陆氏,后经陆氏家族几代人长达百余年起伏隐显之递藏,道光三十年(1850)由陆僎重装并跋。兹检阅相关文献,依时间顺序考述陆氏家族递藏情况如下。

(1)陆锡纯

陆僎跋述及"高大父《点勘楼书目》"云云,可见《点勘楼书目》的著者乃陆僎之高祖(远祖),亦即康熙四十六年(1707)秋"明钞杜集六册"(傅图本)归于吴门陆氏家族的第一代收藏者。

笔者于国家图书馆善本阅览室寓目一明正德十三年慎独斋刻本宋吕祖谦辑《大宋文鉴》,此本卷末亦有陆僎跋,逐录如下:

> 偶阅《点勘楼书目》,是书于乾隆十九年甲戌,先高祖购之王子重家。屈指已一百有五年。重读一次,志所自来。时咸丰八年十一月廿七日,古吴陆僎记。①

由上可知《点勘楼书目》于清咸丰八年(1858)尚存于陆氏后裔陆僎处,今暂未查知其存世与否。陆僎之"先高祖"("高大父"),即点勘楼主人是为何许人,笔者尚未检到直接确凿之史籍记载。网络检索上海敬华艺术品拍卖有限公司 2005 年秋季艺术品拍卖会古籍善本专场,2024 号拍品清陆锡纯《百禄总

---

① [宋]吕祖谦辑《大宋文鉴》一百五十卷《目录》三卷,明正德十三年慎独斋刻本,清陆僎跋,存一百五十二卷(《文鉴》全,《目录》上、下卷),国家图书馆善本特藏部藏,书号:13396。此本钤印有:"名余曰僎"白方、"陆树兰"白方、"沆"朱圆、"吴门陆僎一字树兰之印"白方、"观古堂"朱方、"叶德辉"白方、"郋园"朱方、"东莞莫伯骥所藏经籍印"白方、"东莞莫伯骥号天一藏"朱方等。

登》一册之书影两帧及介绍①,遂获一间接线索,兹录书影文字如下:

清陆锡纯《百禄总登序》:

> 《百禄总登》者,凡先世所贻,及本身所制恒产、恒业、书籍、碑版、器皿、玩好,以及一物之微,都登此册,以便稽考。且异日分授,按册可配。并将时直写明,禄之多寡,展卷了然。向闻有人命此名,行此法,好高者或不能无嗤,而余以为可取,故师之。其先后叙次,亦不无微意云。雍正十一年癸丑四月下浣湖西主人识,时年六十。 非公共之物,不入此册。乾隆十一年丙寅四月下浣改定重录,时年七……

又此本卷尾有 1957 年黄裳跋②:

> 此《百禄总登》一册,乾隆中陆锡纯所撰。杂记家业、田地、器物,总账颇详尽。不独可为姑苏旧家掌故,而清初升平时世,江南地主家业经济状况,皆可于此中觇之,非弃物也。其人有藏书楼二,一名亦朗亦敬楼,一名点勘楼,书目具不在此册内,大是可惜。前钤二印,却古而佳,其人殆亦一收藏小名家也。偶得之于旧书肆中,归来灯下漫记数语。丁酉腊月十三日,黄裳记。

依黄跋“《百禄总登》一册,乾隆中陆锡纯所撰”,“其人有藏书楼二,一名亦朗亦敬楼,一名点勘楼”,可知《点勘楼书目》的著者是为湖西主人陆锡纯。黄裳先生曾目验此书,跋语当是根据《百禄总登》书中内容而题,故可据信。《百禄总登序》陆锡纯自述于雍正十一年癸丑(1733),“时年六十”,由此推知其出生于康熙十三年甲寅(1674)。至乾隆十一年丙寅(1746)改定重录《百禄总登》时,为七十三岁。乾隆十九年甲戌(1754),购《大宋文鉴》于王

---

① 书影来源:http://www.sh-jinghua.com。据其拍品介绍:“清陆锡纯撰《百禄耗(总)登》,竹纸,线装一册,清乾隆间陆氏清稿本。28×17 cm。此用湖西草堂绿格纸誊写。钤印:‘湖西主人’、‘吴县蒋炳章留庵藏书’、‘洁白天民’、‘上海图书馆藏’、‘上海图书馆复还图书章’。”

② 笔者比照黄裳《劫馀古艳:来燕榭书跋手迹辑存》(大象出版社 2008 年版)一书影印其书跋手迹,此跋确系黄裳所题。检阅黄裳《来燕榭书跋》(上海古籍出版社 1999 年版)、《来燕榭读书记》(辽宁教育出版社 2001 年版)并未著录此跋,可能是因黄跋“佚失孔多”(《来燕榭书跋·后记》)之故。

子重(材任)家时,为八十一岁。吴门陆氏之聚书可能肇自陆锡纯,其人于康熙乾隆时"殆一收藏小名家也"。康熙四十六年(1707)秋陆锡纯于太仓王氏得"明钞杜集六册",并著录于《点勘楼书目》,即今傅图藏"钱牧斋杜注写本"。

兹进有可述者,"钱牧斋杜注写本"的收藏者陆锡纯与《牧斋初学集诗注》、《有学集诗注》写本的收藏者陆積、陆锡畴父子实为同族。

笔者于国家图书馆善本阅览室寓目一清抄本清杨宾辑《尺牍新编》,此本卷末有陆僎跋,逐录如下:

> 杨大瓢先生手钞尺牍四册,元公族祖明瑟园故物也。经蒋春皋、黄莞翁审定,的系先生手笔,洵可宝也。先生讳宾,一生行谊,俱载郡志。与元公族祖往来颇密,故先生之笔墨最夥。是志。咸丰丙辰(六年)七月之朔,古吴陆僎记。①

按:陆僎跋题于"咸丰丙辰"即咸丰六年(1856),言清杨宾辑《尺牍新编》为"元公族祖明瑟园故物"。据邓小军先生《周法高〈足本钱曾牧斋诗注〉书后》一文考察:"水木明瑟园为清康熙乾隆时陆積(研北)、锡畴(茶坞)父子之著名园林,位于苏州灵岩之上沙,天平、灵岩诸山之间";"苏州陆氏水木明瑟园藏书丰富";"陆積、锡畴父子两代不仅为康熙乾隆时隐士,而且心怀'汐社高节'之思,与朱彝尊、全祖望等内心同情明朝的人士为好友。然则陆積当年冒着满清文字狱之危险收藏《初学》、《有学集诗注》,是很自然的事";"陆氏水木明瑟园之衰落,在乾隆初叶;陆锡畴之去世,在乾隆十七年(1752)三月以后、十八年七月之前"②。跋言"与元公族祖往来颇密"之杨宾(1650~1720),字可师,号耕夫,晚号大瓢山人,浙江山阴人,任侠好客,父因通海案坐事获罪,偕妻长流宁古塔,没戍所,宾扶丧奉母归,"康熙十七年,侨寓吴门,巡抚举

① [清]杨宾辑《尺牍新编》甲集二卷乙集一卷丙集三卷丁集三卷,清抄本,清陆僎跋,国家图书馆善本特藏部藏,书号:18689。此本钤印有:"吴门陆僎一字树兰之印"白方、"沉"朱圆、"曾在陆树兰处"朱方、"名余曰僎"白方、"陆树兰"白方、"陆沉之印"朱方、"靖伯"朱方、"苏台陆僎"白方、"一氓读书"朱方、"成都李一氓"朱方、"观古阁藏"朱方等。

② 邓小军:《周法高〈足本钱曾牧斋诗注〉书后》,《学林漫录》十六集,中华书局2007年版,第144页。

宾应博学鸿儒,力辞,去"①,以布衣终。由是可知,陆僎之"元公族祖",当指水木明瑟园的主人陆積或陆锡畴,其与杨宾"往来颇密"之知交,透露出陆氏父子内心深处不甘屈服于清朝统治的隐微情感。复依生卒年及姓名推断,陆锡畴与陆锡纯当为族中同辈兄弟。

陆積、锡畴父子藏《牧斋初学集诗注》、《有学集诗注》写本,为至今所知二集注释之唯一足本(已不存),康熙五十八年己亥(1719),竺樵于水木明瑟园抄配陆藏写本所有、康熙玉诏堂刻本《初学集诗注》、《有学集诗注》所无之钱曾注文即《原注补抄》及《投笔集》于康熙玉诏堂刻本之上,竺樵原注补抄《初学集诗注》、《有学集诗注》康熙玉诏堂本,今亦藏傅斯年图书馆②。"钱牧斋杜注写本"与《牧斋初学集诗注》、《有学集诗注》写本,康熙时皆藏姑苏陆氏,陆氏家族对钱谦益著述之珍爱保藏,非深知牧斋志行者不能为。此两部钱谦益著述之写本及抄配本,后辗转流传,今日又同藏于傅图。世间冥冥之中,竟有如此契合! 当日专制帝王之禁令,实不可磨灭牧斋著述历劫不涸之精魂,虽厄于一时,却伸于百世。

(2) 陆观潜——→陆宇丰——→陆敬

从陆锡纯到陆沆、陆僎之几代人,皆令名不彰之吴中耆宿,于"钱牧斋杜注写本"中并未留下任何递藏之迹。笔者检阅相关文献,于其生平事迹约略得之,是为陆氏家族递藏此写本过程中"隐"之一面(相对陆沆、僎父子"显"之一面与陆锡纯半"显"半"隐"之一面)。

今南京图书馆藏一明万历三十一年吴献台刻本宋王应麟撰《困学纪闻》二十卷,卷一末有陆观潜跋:

> 是书为李君明古藏本,自序首至一卷十一页硃笔,俱明古照义门先生勘正本,楷法精整。余于雍正戊午③得之珠明寺前书摊。乾隆丁卯(十二年)同陈君元璟寓秦淮河亭,见行箧中有勘正全帙,乃其尊人良直秉铎赣榆时,照原本对校者。借归芳溪别筑,重阳前校勘二卷。戊辰(乾隆十三年)清和刻期校毕。卷第三、第四、第五、第九、第十,则陈本又缺对校。

---

① 王钟翰点校:《清史列传》卷七〇《杨宾传》,中华书局 1987 年版,第 18 册,第 5739 页。
② 详请参阅邓小军《周法高〈足本钱曾牧斋诗注〉书后》,《学林漫录》十六集。
③ 按:清世宗雍正计十三年,无"戊午"年,此误,当为"丙午"(雍正四年)或"戊申"(雍正六年)。

近桐乡汪氏有刊正本，当觅补竟也。夏五既望，识于点勘楼下南窗。长洲陆观潜。①

清丁丙(1832～1899)《善本书室藏书志》卷一八子部九上"《困学纪闻》二十卷 明刊本 李明古藏书"条：

> 前有至治二年牟应龙序，自序后接目录。朱笔记丙戌春为故友阎百诗先生较此书，付之开雕，因记诸。第一卷尾后墨笔记云："是书为李君明古自序首至一卷十一叶，俱照义门先生勘正，楷法精整。余于雍正戊午得之珠明寺前书摊。乾隆丁卯同陈君元璓寓秦淮河亭，因借得其尊人校本校勘二卷。第三、第四、第五、第九、第十，则陈本缺。长洲陆观潜。"有"端门"小印，又有"蘅香草堂"、"陆沉之印"、"靖伯"、"李氏收藏"、"木彊人李鉴"诸印。彊字明古，吴县人，家多藏书。②

由上引陆跋及丁志可知，陆观潜为点勘楼之后人，陆沉之先人。黄秀文《中国年谱辞典》据陆观潜《陆端门自订年谱》一卷稿本著录其生平："陆观潜(1694～?)，清江苏苏州人，字端门。康熙五十三年(1714)补长洲县学弟子员。屡试未第，家居以终。"③陆观潜生于康熙三十三年(1694)，活动于康熙中后期、雍正及乾隆前中期，是点勘楼主人陆锡纯(生于康熙十三年)之子。当乾隆十三年戊辰(1748)观潜书上跋于"点勘楼下南窗"时，观潜五十五岁，其父锡纯七十五岁(参上文)。兹录陆观潜及其子孙之相关文献如下：

清顾震涛(1790～?)《吴门表隐》卷一七：

> 陆观潜，字端门，贡生。性至孝，端方敦品，学院刘墉给匾旌间，衬祀复旧祠。子宇丰，字驭平，乾隆壬申(十七年)恩科举人。孙恭，字丽亭，

① 《明刊本困学记[纪]闻跋》，《江苏省立国学图书馆第三年刊》之《馆藏善本书题跋辑录》三子部，1930年，第20页。

② ［清］丁丙：《善本书室藏书志》，《宋元明清书目题跋丛刊》清代卷第3册，第619页。

③ 黄秀文主编《中国年谱辞典》著录："《陆端门自订年谱》一，谱主手稿本。南京图书馆藏。卷首有'陆端门'朱文小方印。该谱记述谱主生平求学及交游经历，并收入大量唱和诗文、家谱序跋及墓志铭等。卷末附有《自叙》一篇，记其为自己所作之墓志铭及遗嘱等，记事止于乾隆三十六年。"(百家出版社1997年版，第402页)

庚子(乾隆四十五年)举人;敬,字俨若,戊子(乾隆三十三年)举人①,官中书。事母至孝,闭门著书,并儒术著名。三条蒋庼壎录。

又卷九:

奉直大夫、贡生陆观潜暨配章、陈二宜人,副室周、毛二孺人墓在木渎黑鱼浜。观潜笃孝能文,列祀复旧祠。陆僎录。

中书陆敬暨配汪宜人、副室汪氏、节妇王氏墓在春渡桥。冯培志。敬孝友端方,乐善不倦,多文博古,子孙众多,皆有文名。

又卷二〇:

陆沅,字冰筜,贡生。候选训导,事父敬至孝。②

清王昶(1725～1806)辑《湖海诗传》卷三一"陆敬"条:

字默斋,吴县人。乾隆三十三年举人,官内阁中书。

其下选录陆敬诗两首,其一《普门焰口行》:

老僧登坛作胡语,普度十方沾法雨。林深月黑风飕飗,恍惚灵来啸俦侣。空中阵阵饥鸢呼,台上梵呗声模糊。愿将调御慈悲力,先使人间少饿夫。

又其二《独游武林雨中至旧馆》:

---

① 检《乾隆三十三年戊子科顺天乡试录》之《中试举人二百三十一名》目下著录:"第一百五名,陆敬,江南苏州府吴县附监生,春秋。"(清乾隆刻本,国家图书馆善本特藏部藏,书号:A03848)按:笔者已检阅上海图书馆珍藏,顾廷龙主编《清代朱卷集成》(台北:成文出版社影印,1992年)与来新夏主编《清代科举人物家传资料汇编》(学苑出版社2006年版),均无陆敬相关资料。

② 以上三条见[清]顾震涛撰,甘兰经等校点《吴门表隐》,江苏古籍出版社1999年版,第270、112～113、332页。

荷笠重寻胜，兹游信不群。人如曾识燕，山有未归云。隔岸双峰隐，冲烟一艇分。临风怀旧侣，话雨蓺炉薰。①

清潘奕隽(1740～1830)《三松堂集》卷一三②《正月二十五日默斋招饮一枝轩》二首其二：

卅载交情密，忘形任滑稽。达看同辈宦，稳但一枝栖。环几梅花放，依檐竹荫齐。高斋幽意足，不必到潭西。时邀同游邓尉不果，故云。

又卷一四③《七友歌》之"默斋"：

士龙才调宜台阁，藉甚声名初入洛。年来闭户拥青毡，懒看翻阶红芍药。峥嵘岁月奔轮驰，几辈校书复著作。相逢且覆掌中杯，帘外霜浓风卷莝。④

又卷一七⑤《陆默斋挽诗》：

花下共衔卮，回头曾几时。屏问金缕曲，卷里牡丹诗。今年三月，同人集山塘，芝岩填金缕曲，余换韵和之。默斋两用韵见和余赋牡丹遮字韵诗，默斋和作最为新警。泡影原知妄，浮休询可悲。寻芳重挈侣，忍听唱新词。客冬嘉平，默斋招饮一枝轩，余赋探春令，有"等转头，九九寒消，相与再结寻芳伴"之句，命工谱之管弦。今谱成，而默斋逝矣。⑥

清王昶撰，清毛庆善编《湖海诗人小传》卷三一"陆敬"条：

---

① 以上三条见[清]王昶辑《湖海诗传》，《续修四库全书》集部总集类第1626册据清嘉庆八年三泖渔庄刻本影印，上海古籍出版社2002年版，第200页。
② 卷下注："始己未(嘉庆四年)冬至庚申(嘉庆五年)秋。"
③ 卷下注："始庚申(嘉庆五年)秋至辛酉(嘉庆六年)秋。"
④ 以上两条见[清]潘奕隽《三松堂集》，《续修四库全书》集部第1460册据天津图书馆藏清嘉庆刻本影印，第680～681、689页。
⑤ 卷下注："始甲子(嘉庆九年)夏至丁卯(嘉庆十二年)春。"按：据卷内诗歌编次，此诗当作于嘉庆十年乙丑(1805)。
⑥ [清]潘奕隽：《三松堂集》，《续修四库全书》集部第1461册，第25页。

善按：有《默斋诗存》。①

潘景郑(1907～2003)《著砚楼书跋》"惠松崖手校《隶续》"条：

> 此惠松崖先生手校曹刻《隶续》二册，虽寥寥不多，而精义蕴蓄，一字
> 千金，殊可宝也。旧藏吾吴陆氏，卷末有道光己酉（二十九年）陆僎手跋
> 云："是书为松崖先生评阅，先中翰一枝轩藏书也。乾隆乙巳（五十年），
> 钱参军泳借阅度校，客夏消暑，曾将原阅重度二册。兹雨窗无事，繙阅此
> 书，古色古香，溢于纸上。"而梅溪先生亦有识语云："右洪景伯《隶续》廿
> 一卷，乾隆五十年九月，从吴郡陆舍人默斋假观，因记。"别有致默斋函一
> 通黏册首。按默斋名敬，即僎跋所称先中翰者是也。余藏有《默斋诗钞》
> 五卷，《诗馀》一卷，惜未携来，不幸已为兄子所论斥，遂不复能踪迹
> 矣。……一九五五年十二月十七日。②

由以上材料可知：

第一，陆观潜、陆宇丰、陆敬为祖孙三代。《吴门表隐》谓陆沆"事父敬至
孝"，又载有"陆僎录"之陆观潜文献。陆敬为"乾隆三十三年举人，官内阁中
书"，清代称内阁中书为中翰③，故陆僎跋文所称"先中翰"之"吴郡陆舍人默
斋"，即其祖父陆敬，室名一枝轩④。综合判断，陆敬"子孙众多"，其一支即为
陆沆、陆僎父子（详下文）。复依潘奕隽《陆默斋挽诗》，陆敬卒于嘉庆十年
(1805)。

第二，吴门点勘楼后嗣之家风，世代以"孝"、"文"著称。陆观潜"端方敦
品"，"笃孝能文"；陆敬"孝友端方，乐善不倦，多文博古"，与兄陆恭"闭门著
书，并儒术著名"，且"子孙众多，皆有文名"。潘奕隽谓陆敬"达看同辈宦，稳
但一枝栖"，"年来闭户拥青毡"，"几辈校书复著作"，与《表隐》正相发明，可见

① ［清］王昶撰，［清］毛庆善编：《湖海诗人小传》，周骏富辑《清代传记丛刊》，台北：明文
书局1985年版，第24册，第658页。此本卷末有毛庆善题识，落款云："道光三十年岁在庚戌仲
冬月，吴县后学毛庆善识。"由是可见毛庆善与陆敬为同乡，故知其有《默斋诗存》。
② 潘景郑：《著砚楼书跋》，上海古籍出版社2006年版，第143～144页。
③ 据《辞源》（修订本）"中翰"条，商务印书馆1983年版，第89页。
④ 杨廷福、杨同甫编《清人室名别称字号索引》（增补本）著录陆敬籍贯、字号及别称室名
等："吴县，默斋，一枝轩。"（上海古籍出版社2001年版，第609页）

敬之不慕荣利,笃志向学。潘氏称许"默斋和作最为新警",可见敬之工诗。陆敬诗词集《默斋诗钞》五卷,《诗馀》一卷,清道光刻本,其同乡后学毛庆善曾寓目,后潘景郑有收藏,今上海图书馆、日本内阁文库有藏本①。王昶《湖海诗传》传其遗珍,"愿将调御慈悲力,先使人间少饿夫",陆敬之"乐善"仁心于此呈现。

第三,陆观潜收藏并跋明万历三十一年吴献台刻本宋王应麟《困学纪闻》,后归钱塘丁丙善本书室;陆敬收藏同乡惠栋手校清康熙四十五年曹寅扬州使院刻本宋洪适《隶续》,经其孙陆僎手跋,后归同乡潘景郑宝山楼。钱泳(1759～1844)曾向陆敬借阅惠栋手校曹刻《隶续》,可见一枝轩藏书在当时小具声名。陆敬与同乡藏书家潘奕隽诗酒酬唱,过从甚密("卅载交情密")②。由是可见,吴门陆氏此条支脉,承继陆锡纯点堪楼收藏之传统,可谓累世爱博嗜古。笔者从书目题跋中检出数条陆氏藏书印之记载,以管见此家族递藏书籍之轨迹。

清丁丙《善本书室藏书志》卷二七集部六"《南丰先生元丰类稿》五十卷附一卷<sub>明嘉靖刊本 吴门陆氏藏书</sub>"条:

> 有"陆敬俨若"、"陆树兰"、"余名曰僎"、"吴门陆僎鉴藏"、"沆"诸印。③

傅增湘《藏园群书经眼录》卷三史部一纪传类"《古史》六十卷<sub>宋苏辙撰</sub>"条:

> 宋刊本。……宋讳避至桓字止,慎字不避。当是绍兴时刊本。间有补版,在明正德以前④。……
>
> 收藏钤有"陆沆字冰篁"、"陆僎字树兰"、"吴中陆敬字俨若号爽泉所藏"、

① 据李灵年、杨忠主编《清人别集总目》相应条目,安徽教育出版社 2000 年版,中册,第1204 页。柯愈春著《清人诗文集总目提要》卷三二相应条目,北京古籍出版社 2001 年版,第 1 册,第 862 页。
② 据笔者粗略统计,潘奕隽《三松堂集》中,与陆敬(默斋)诗酒酬唱或对其追悼忆念之诗约二十余首。
③ 〔清〕丁丙:《善本书室藏书志》,《宋元明清书目题跋丛刊》清代卷第 3 册,第 713 页。
④ 傅增湘《藏园群书经眼录》前《目录》同书注:"宋刊递修本。"(第 1 册,第 23 页)

"平原敬印"、"思原斋收藏"、"陆沆之印"、"靖伯氏"等印。(丁巳岁收得)①

王重民(1903～1975)《中国善本书提要》史部纪传类"《宋史新编》二百卷"(国会)条：

> 明嘉靖间刻本。……原题："明南京户部主事莆田柯维骐编。"……卷内有："湘西贺瑗所藏"、"苏台陆僎"、"名余曰僎"、"陆印观潜"、"陆沆之印"、"陆树兰"、"蘅香草堂"等印记。②

由上举钤印可见，从陆观潜到陆敬，再到陆沆、陆僎，陆氏家族藏书一脉相承，世代递传。

值得深思的是，本书所考"钱牧斋杜注写本"传自陆锡纯点堪楼，历经陆观潜、陆宇丰、陆敬三世保藏，却并未留下任何收藏之迹(钤印或题跋)。其中微曲，或因此六册钞本杜集"无款识"而未受重视，但"卷端有柳如是图记"足以证明此钞本之渊源，陆氏"多文博古"，累世收藏，必可洞见。较为合理之解释，当与钱谦益著述于乾隆时遭禁毁有关。乾隆三十四年(1769)六月，清高宗下旨禁毁钱谦益《初学集》《有学集》，旋即牵连至钱谦益所有著述，因书恶人，因人毁书，株连瓜蔓，爬剔唯恐不尽，几欲天壤间不留其一字。是年，陆观潜七十六岁；子陆宇丰，乾隆十七年(1752)恩科举人；孙陆敬，乾隆三十三年(1768)顺天乡试举人，他们皆历经乾隆中后期至嘉庆初年天风海雨般的禁书运动。当时严酷之禁令，可能使祖孙三代心有余悸，对"钱牧斋杜注写本"虽暗中保藏不绝，却未敢留下收藏图记。

(3) 陆沆、陆僎父子

傅图藏"钱牧斋杜注写本"钤有："陆沆字冰篁"、"陆僎字树兰"、"吴门陆僎一字树兰之印"、"苏台陆僎"、"名余曰僎"、"陆树兰"诸印。书末陆僎题跋，记述了其于道光三十年(1850)重装是书之举，并探寻此本渊源所自，实出其高祖(远祖)点勘楼。此本自康熙四十六年(1707)秋归吴门陆氏，历经四世，至陆沆、陆僎父子始得彰明。

---

① 傅增湘：《藏园群书经眼录》，第2册，第153～154页。
② 王重民：《中国善本书提要》，上海古籍出版社1983年版，第84～85页。

清顾震涛《吴门表隐》卷二〇：

> 　陆沆，字冰篁，贡生。候选训导，事父敬至孝。父病，露祷旋愈。父殁营葬，港浅舟胶。沆泣祷，顷刻水涨，若有神助，给谏冯培记其事。力学好古，通经能文，笃于伦叙。岁饥，竭力助赈，三次力辞奖典，乡里贤之。卒年七十五，封承德郎。著有《月满楼诗文集》、《印谱》、《古器款识》、《金石考异》。弟准，字果泉，贡生，综贯经史，试辄高等，孝友敦行，士林望重；潮，贡生，有文行。①

由上可见，陆沆"力学好古，通经能文，笃于伦叙"，弟准"综贯经史"、"孝友敦行"，潮亦"有文行"，兄弟三人承续了陆氏先世"孝"、"文"之家风。陆沆"岁饥，竭力助赈，三次力辞奖典"，实践了其父陆敬"愿将调御慈悲力，先使人间少饿夫"之宏愿。沆学有根柢，工诗能文，尤精版本目录、金石篆刻，且颇有著述。综合上文，从陆锡纯、陆观潜、陆宇丰、陆敬，直至陆沆、陆僎，吴门陆氏此条支脉，世代仕宦虽不显赫，但笃守孝悌友爱之家风与博古能文之家学，历六世而力行不辍。尤陆沆、陆僎父子，绍继吴门陆氏的藏书传统，并将其发扬光大。

王欣夫（1901～1966）《蛾术轩箧存善本书录》未编年稿卷一"《吴郡志》五十卷六册"条：

> 　宋吴郡范成大撰。明常熟毛晋汲古阁刊。初印本。
>
> 　每卷后有"同郡后学毛晋订正重刊于虞山汲古阁"篆书两行。据《跋》盖得牧斋所藏宋刊，仍多残阙，……然毛氏重雕后，板经久毁。黄琴六为张若云校刻时，已叹为罕觏。此为当时初印本，尤为可珍。……
>
> 　此本为吾乡惠松崖、陆树兰递藏，后入吾曹叔彦师复礼堂，三百年来流传不出吴门。树兰名僎。父沆字靖伯，号冰篁。所居曰东皋草堂，吴

---

① ［清］顾震涛撰，甘兰经等校点：《吴门表隐》，第332页。本书卷前《吴门表隐诗》录陆沆冰篁题诗："道存风雅说吴侬，瞻仰难消块磊胸。纵使畸人好终隐，也教供与瓣香浓。"陆僎树兰题诗："衡泌萧然老此身，吴门皋庑迹都湮。表彰幸得词人在，留作千秋笔底春。"（第27页）顾震涛《例言》云："是书间录近时乡望各条，似与表隐不合，因尚未列志，录以待采。"按：依上可知顾震涛与陆沆、陆僎父子相识，陆沆卒于道光十四年（1834）《吴门表隐》梓板前，"卒年七十五"，由是可推其当生于乾隆二十五年（1860）前后。

门藏书世家。……是其父子搜罗珍秘，正在乾、嘉、道吴下藏书之风极盛时，乃独阒寂无闻。荛圃、千里题跋，未尝一及。叶菊裳先生《藏书纪事诗》以显微阐幽为旨，亦所未载。《吴长元三邑诸生谱》①并无其人。或曾改名欤？累世爱博嗜古，仅藉此破书数册，得留姓名，至可唏已。②

按：王欣夫先生为江苏吴县（今苏州市）人，曾随吴县专精三礼的经学大师曹元弼（号叔彦）学习经学，其得见惠栋、陆僎递藏之汲古阁初印本《吴郡志》，当于受业复礼堂之时。欣夫先生慨叹陆氏此"累世爱博嗜古"的"吴门藏书世家"，于后世"独阒寂无闻"，"仅藉此破书数册，得留姓名"。笔者在查考陆氏生平事迹时，亦与欣夫先生同一感慨。兹录检阅所及的书目题跋中有关陆沅、陆僎藏书之文献数条，以证欣夫先生谓"其父子搜罗珍秘，正在乾、嘉、道吴下藏书之风极盛时"，所言不虚矣。

清黄丕烈《荛圃藏书题识》卷五子类二"《白虎通》四卷元刻本"条：

此小字本《白虎通》，元刻之精妙者，太仓故家物也。……是书有毛晋图章，知为汲古旧藏。古香袭人，装潢亦颇不俗。吾闻太仓多故家，藏书甚富，余年来从书船友稍得之。书中有"平原陆氏家藏"一印，痕迹尚新，当是其家所自出。余友瞿安槎③于玉峰小试，亦曾见此，谓书主人与渠相识，当托其搜访来历，以著古书之源流云④。嘉庆己未（四年）岁中夏

---

① ［清］钱国祥等纂辑《苏州府长元吴三邑诸生谱》九卷卷首一卷，清光绪三十二年刻本，国家图书馆普通古籍部藏，书号：53691、21997 等。按："三邑"指长洲县、元和县、吴县。

② 王欣夫撰，鲍正鹄、徐鹏标点整理：《蛾术轩箧存善本书录》，第 1448～1449 页。

③ 瞿中溶（1769～1842），字镜涛，一字安槎，号木夫，又号苌生，晚号木居士，江苏嘉定（今属上海）人，钱大昕婿。嘉庆十九年举人，曾官湖南布政司理问。博综群籍，尤邃金石之学，兼长音韵。工书画、擅诗文。据瞿中溶编《瞿木夫先生自订年谱》道光四年甲申五十六岁："候陆果泉明府准出汉镜元权见示。"又道光八年戊子六十岁："陆果泉寄赠元和蔡铁耕云所著癖谈刻本，铁耕好古泉，此其说古泉也。"（《乾嘉名儒年谱》第 13 册影印民国间吴兴刘氏嘉业堂刻本，北京图书馆出版社 2006 年版，第 317、335 页）瞿安槎相识之"书主人"，或指陆准（字果泉），即陆沅（字冰篁）之弟。清钱泳《履园丛话》卷二"阅古""元石礎"条："余得礎后，友人赋诗者甚众，吴门陆君果泉又为赋《石礎歌》，用韩昌黎《石鼓歌》韵，尤妙，附记于此。"下录陆果泉《石礎歌》全文（张伟点校，中华书局 1979 年版，第 58 页）。

④ 上引《蛾术轩箧存善本书录》，王欣夫先生谓陆沅、陆僎父子"荛圃、千里题跋，未尝一及"，按黄丕烈（1763～1825）江苏吴县（今苏州市）人，顾广圻（1766～1835）江苏元和（今苏州市）人，二人与陆沅（约 1755～1829）、陆准兄弟大体同时，又为同乡。由此条黄跋观，黄丕烈对其同乡"平原陆氏"知之甚少。

月下浣一日……黄丕烈。①

清丁丙《善本书室藏书志》卷四经部七"《熊先生经说》七卷<sub>惠松崖手批通志堂</sub><sub>本</sub>"条：

> 此通志堂刊本。末有陆沇记云：熊氏经说，系红豆斋藏本，墨笔批
> 抹，俱松崖先生手迹②。

又卷六史部一"《宋史》四百九十六卷<sub>明成化刊本 钱谷藏书</sub>"条：

> 开卷首行大名在下，犹存旧式。此卷末有钱氏叔宝记云："嘉靖
> 甲寅冬十一月，沈玄洲所赠《宋史》内缺《志》九卷、《列传》二十四卷，
> 手自钞完，藏于十友斋，谷记。"所钞卷端钤"钱谷"、"古吴钱氏收藏
> 印"、"句吴逸民钱氏叔宝"诸印。后又有咸丰八年吴门陆僎记云："钱
> 叔宝先生，讳谷，吴县人。少贫失学，迨壮，游文待诏门，日取架上书
> 读之。闻有异书，辄借观钞录，几于充栋。是书为先生手校，末志'嘉
> 靖甲寅'，屈指已三百有五年矣。先君子冰篆先生云：余家于康熙初
> 得于昆山叶氏。又传数世，至嘉庆甲子（九年），先君子重加装订，并
> 录《苏州府志·文苑·钱谷传》。"有"陆僎之记"、"陆沇之印"、"靖伯"
> 等印。

又卷一六子部五"《小儿卫生总微论方》二十卷<sub>明宏〔弘〕治刊本</sub>"条：

---

① 〔清〕黄丕烈：《荛圃藏书题识》，《宋元明清书目题跋丛刊》清代卷第7册，第100页。
按：此元刻小字本《白虎通》后归瞿镛铁琴铜剑楼，见《铁琴铜剑楼藏书目录》卷一六子部四杂家
类，今藏国家图书馆善本特藏部，书号：06889。

② 〔元〕熊朋来《熊先生经说》七卷，清康熙纳兰成德刻《通志堂经解》本，清惠栋批，清陆沇
跋，清丁丙跋，二册，原藏南京图书馆。笔者寓目者为国家图书馆普通古籍部藏缩微胶片，书号：
S1927。全书卷末有跋："熊氏经说七卷，系红豆斋藏本，墨笔批抹，俱松崖先生手迹也。"跋下钤
"陆沇之印"朱白方各一。又钤有"善本书室"朱方、"八千卷楼"朱方两印。清丁丙跋题全书扉页
（原跋字迹潦草，不易辨认）。此本其他钤印有："钱唐丁氏藏书"白方、"八千卷楼丁氏藏书印"白
方、"当归草堂"朱方、"江苏第一图书馆善本书之印记"朱方等。

有"陆沇之印"、"靖伯氏"两印。陆盖苏人也。

又卷二七集部六"《重刊嘉祐集》十五卷<sub>明嘉靖刊本 陆靖伯藏书</sub>"条：

此乃明嘉靖壬辰(十一年)太原府重刻本，尚是赵宋以来旧第。有"陆沇之印"、"靖伯"、"吴门陆沇鉴藏"三印。①

清萧穆(1835～1904)《敬孚类稿》卷五《跋影刊宋椠孔氏家语》：

予二十年前在上海广方言馆，与新阳赵静涵元益同事，赵君好藏古书，一日，出示道光间吴门陆僎所录惠半农、陆敕先两家校阅《孔氏家语》旧刊本，陆君又得录乾隆间邵北崖太史泰假其友人徐晓亭学博以北宋精本校勘毛氏汲古阁刊本，增损数十字，并其卷第先后亦为改正。②

清缪荃孙(1844～1919)《艺风藏书记》卷六诗文第八上"《西城别墅诗》一卷"条：

无锡朱襄赞皇手钞本。西城别墅者，王渔洋山人之园，王启涑、启大昆仲以十二断句咏之。同人唱和成帙，赞皇与焉。首录《渔洋山人记》，有"朱襄赞皇甫"白文小印。后归吴县陆靖伯，并录《吴县志·朱襄传》于后。有"沇印"朱文小印。前有"陆沇之印"白文、"靖伯氏"朱文两大方印。

陆氏手跋曰："己酉(乾隆五十四年)季春七日于马铺桥书肆得此册，装订毕，录《吴县志·传》于后。时天雨新霁，星月有烂，灯下志。沇。"

又《艺风藏书续记》卷四史学第五"《英庙北狩录》一卷"条：

---

①　以上四条见[清]丁丙《善本书室藏书志》,《宋元明清书目题跋丛刊》清代卷第3册,第442、473、586、718页。

②　[清]萧穆撰,项纯文点校,吴孟复审订:《敬孚类稿》,黄山书社1992年版,第102～103页。

明钞本。明安成王懋资撰。初名《勉庵赘录》，专记英宗北狩之事，尚属翔实。首叶有"陆沅之印靖伯"朱文联珠小方印，后有"陆沅之印"朱白文方印，又"靖伯氏"朱文小方印、"苏台陆僎"白文中方印。①

罗振玉(1866～1940)《雪堂类稿》戊《长物簿录》之四《藏书目录题识》"《啸堂集古录》二卷影宋钞本"条：

> 宋王俅撰。后有"乾隆戊申(五十三年)八月吴门陆沅[沅]，得于白门陶秋艇明经"款一，下有"字曰清[靖]伯"印。前后有"顾士坚"、"铭三"、"邵泰"、"曾在鲍子年处"、"执盖郎"、"鲍氏观古阁藏"、"陆沅私印"、"苏门[台]陆僎"、"曾在陆树兰处"、"鲍康读过"、"陆沅字冰篁"、"陆僎字树兰"、"古吴陆僎珍藏之章"、"陆沅藏本"、"橘孝"、"石廉之裔"、"吴门陆僎鉴藏"、"观古阁印"诸印。②

傅增湘《藏园群书经眼录》卷七子部一艺术类"《清河书画舫》十二卷明张丑撰"条：

> 旧写本，书口上有"六川书屋"四字。
> 有陆僎识语："是书向为蒋春皋明经所藏，嘉庆甲戌(十九年)，先大人得于书贾倪嵩山家，手钞者，喜其一笔不苟，古色古香，溢于纸上。爰志其由。时咸丰辛亥(元年)闰月十有九日，古吴僎书于洗马里之延绿舫。"后钤"陆郎"白文印。
> 钤印录后："吴门陆僎字树兰之印"白、"陆氏之印"白、"平原"白、"陆靖伯珍藏印"朱、"沅"朱圆、"名余曰僎"白、"陆树兰"白、"树兰过眼"白、"孝行之门"朱、"湖西草堂"白、"橘孝石廉之裔"朱。(癸丑)

又卷一○子部四类书类"《姬侍类偶》不分卷题寮斋周守忠撰"条：

① 以上两条见[清]缪荃孙著，黄明、杨同甫标点《艺风藏书记》，上海古籍出版社 2007 年版，第 125～126、322 页。
② 罗振玉撰述，萧文立编校：《雪堂类稿》戊《长物簿录》，辽宁教育出版社 2003 年版，第1057～1058 页。

> 明写本,棉纸蓝格,十行二十字。前有序……卷后有嘉靖癸未仲冬次渠滕霄跋。前人以朱笔校过。
>
> 钤印有:"陆沇"、"靖伯"、"陆僎"、"字树兰"四印。馀则近人缪艺风①、许博明、蒋祖诒耳。(壬午)②

罗振常(1875～1942)《善本书所见录》卷二史部"《入注附音司马温公资治通鉴目录》五卷《外纪》十卷《纲目》六十卷"条:

> 宋刘恕撰《目录》、《外纪》。《纲目》,朱熹撰。……有"袁尚之印"(白方)、"健庵"(白朱椭圆)、"古愚"(白方)、"冰香楼"(朱椭圆)、"陆沇之印"(朱方)、"靖伯"(朱方)、"曾在陆树兰处"(朱长方)、"陆沇字冰篁"(白方)、"陆僎字树兰"(朱方)。后有隆庆元年六月立秋日,汝郡袁氏清凉堂重整。又大清道光四年甲申十月,吴门陆沇得于百宋一廛黄荛圃处,重装一次,即志。书口有字数、刊工,乃宋末本③,线口,单框,双鱼尾。④

王欣夫《蛾术轩箧存善本书录》庚辛稿卷四"《果堂集》十二卷六册"条:

> 清吴江沈彤撰。清乾隆原刻初印。嘉定王鸣盛批本。
>
> 清代经学家兼长古文者,乾隆时冠云其一也。……此为王西庄手阅本。……
>
> 此集好写精雕,并有句读。目录后有"吴门朱楷、震泽汪琥同校"两行。楷字孔林,邃于经学,经其校勘,宜鲜谬误也。……
>
> 有"王鸣盛印"、"西庄居士"白文两方印,"陆沇之印"朱白文方印,"靖伯氏"朱文方印,"平原陆氏藏书印"白文方印,"结一庐藏书印"朱文方印,"臣澂私印"白文方印,"子清"朱文方印,"复庐赘姻沪上所得"白文

---

① ［清］缪荃孙《艺风藏书记》卷五类书第七"《姬侍类偶》二卷"条:"明钞蓝格本,……收藏有'健庵'朱文椭圆印、'陆沇之印'、'靖伯'朱文联珠印。"(第113页)
② 以上两条见傅增湘《藏园群书经眼录》,第3册,第525～526、694页。
③ 罗振常遗著,周子美编订《善本书所见录》前《目录》同书注:"宋明修刊本。"(商务印书馆1958年版,第9页)
④ 罗振常遗著,周子美编订:《善本书所见录》,第35页。

长方印,"刘承幹字贞一号翰怡"白文方印,"吴兴刘氏嘉业堂藏书印"朱文方印。

又未编年稿卷三"《新雕校证大字白氏讽谏》一卷一册"条:

> 唐白居易撰。清光绪十九年癸巳武进费念慈景宋刊本。吴县王欣夫据唐写本、宋刊本手校。
>
> 宋本……有"健庵"朱文椭圆印,"彭城仲子审定"朱文长方印。知为徐氏传是楼旧藏。后入我吴陆氏,有"陆沉字冰篁"白文方印,"陆僎字树兰"朱文方印,"陆沉之印"及"靖伯"朱文两小方印。费屺怀得之,付吴门名手徐元圃覆刻。据其题签云:"景宋单刻本。附校勘记。"今校勘记未刻。①

日本河田罴编《静嘉堂秘籍志》卷三二别集类二"《韩内翰别集》唐韩偓撰旧抄一本"条:

> 《韩内翰别集》一卷。丛书堂抄本……
>
> 毛氏手跋曰:"……兹吴匏庵丛书堂抄《别集》,皆天复元年辛酉五月入内庭后诗也。自辛酉迄甲戌,凡十有四年。……第乙卯丙辰,未入翰苑,不知何人混入。……隐湖毛晋跋于续古草庐。"
>
> 案毛跋后有陆氏手跋曰:"右《韩内翰别集》一册,为丛书堂钞本,汲古主人加校勘,而附以跋。乾隆甲寅(五十九年)先君子得于白门书肆。兹重加装订,并志数语。时道光己酉(二十九年)五月十三日,古吴陆僎书于东皋草堂。"②

由以上材料可知:

第一,丁丙《善本书室藏书志》录清咸丰八年(1858)吴门陆僎题明钱谷藏并校明成化刊本《宋史》所云"先君子冰篁先生",直接道出了陆僎(字树兰)与

--------

① 以上两条见王欣夫撰,鲍正鹄、徐鹏标点整理《蛾术轩箧存善本书录》,第282~283、1615页。
② 〔日〕河田罴编:《静嘉堂秘籍志》,贾贵荣辑《日本藏汉籍善本书志书目集成》第7册影印日本1917年刻本,北京图书馆出版社2003年版,第220~223页。

陆沆(字冰篁)的父子关系。

第二,陆沆、陆僎父子之藏书,或得之同族先祖(如元公族祖明瑟园),或得之藏书名家(如黄丕烈),或得之友人(如陶秋艇),或购之书贾(如倪嵩山)书肆(如白门书肆、马铺桥书肆),尤重视乡贤文献之收集(如惠栋批校本),且搜求抄录名家批阅及善本精校(如《孔氏家语》),可谓笃学好古,专勤不息。吴门陆氏藏书之规模,至此到达顶峰,此后似无绍继者,书亦即散出,转归入江南收藏名家(如钱塘丁丙善本书室)。

第三,陆沆、陆僎父子频繁活跃的藏书活动,亦体现于其存世题跋及钤印之数量,远多于其先世(如陆观潜、陆敬),陆氏父子对家藏书籍点检整理之勤、爱惜护持之力,于此可见一斑。本书所考傅图藏"钱牧斋杜注写本",陆沆、陆僎之钤印及陆僎之重装并跋,是在嘉庆(晚期)道光间清廷文网松动之背景下,父子二人尤陆僎对此书发幽阐微式的一次清查,但陆跋仍未明确注出此书著者,当亦有所忌讳而致,毕竟文网并未彻底根除。

笔者将上引诸条题跋所涉陆氏藏书,分宋元刊本(影宋钞本)、明清刊本、名家批校本、明清稿钞本四目,目下复依四部分类法,整理成表格如下:

表 1 - 2　吴门陆氏部分藏书一览表

| 类别 | 编号 | 著者 书名 | 版　本 | 授受源流 | 今藏地 |
|---|---|---|---|---|---|
| 宋元刊本(影宋钞本) | 1 | 宋苏辙撰《古史》 | 宋刊递修本 | 陆敬、陆沆、陆僎藏,傅增湘丁巳岁(1917)收得。 | |
| | 2 | 宋刘恕撰《入注附音司马温公资治通鉴目录》《外纪》,宋朱熹撰《纲目》 | 宋末刻本 | 迭经明袁褧、清徐乾学、黄丕烈、陆沆、陆僎收藏,抗战期间入中华书局图书馆。罗振常经眼。 | 上海辞书出版社图书馆 |
| | 3 | 汉班固撰《白虎通》 | 元刻小字本 | 迭经汲古阁毛晋、太仓故家、平原陆氏、黄丕烈士礼居、瞿镛铁琴铜剑楼收藏。 | 中国国家图书馆 |
| | 4 | 宋王俅撰《啸堂集古录》 | 影宋钞本 | 清乾隆五十三年陆沆得于白门陶秋艇,历经顾士坚、邵泰、陆沆、陆僎、鲍康等藏,后转归上虞罗振玉。 | |

| 类别 | 编号 | 著者 书名 | 版 本 | 授受源流 | 今藏地 |
|---|---|---|---|---|---|
| 宋元刊本（影宋钞本） | 5 | 唐白居易撰《新雕校证大字白氏讽谏》 | 宋刻本（清光绪十九年武进费念慈影宋刊本所据本） | 迭经徐乾学、徐炯父子，陆沇、陆僎父子，费念慈等收藏。 | |
| 明清刊本 | 6 | 晋陈寿撰，刘宋裴松之注《三国志》*① | 明万历二十四年南京国子监刻本［清陆敬校跋并录清顾炎武、何焯、韩荿批校］ | 陆敬、陆僎藏并跋。 | 江苏师范学院图书馆 |
| | 7 | 元脱脱等撰《宋史》 | 明成化七年至十六年朱英刻本［明钱谷手校］ | 明钱谷嘉靖三十三年得之沈玄洲，陆氏康熙初得于昆山叶氏，陆沇清嘉庆九年重加装订，陆僎咸丰八年跋，后转归钱塘丁丙善本书室。 | 南京图书馆 |
| | 8 | 明柯维骐编《宋史新编》 | 明嘉靖间刻本 | 陆观潜、陆沇、陆僎藏，湘西贺瑗藏。 | 美国国会图书馆 |
| | 9 | 宋范成大撰《吴郡志》 | 明常熟毛晋汲古阁刊初印本 | 惠栋、陆僎递藏，后转归同乡曹元弼复礼堂。 | |
| | 10 | 宋王应麟撰《困学纪闻》 | 明万历三十一年吴献台刻本［清李明古录何焯校，陆观潜校］ | 吴县李明古藏书，陆观潜雍正间得之珠明寺前书摊，乾隆十二、十三年校并跋，陆沇藏，后转归钱塘丁丙善本书室。 | 南京图书馆 |
| | 11 | 不著撰者《小儿卫生总微论方》 | 明弘治二年李延寿刻本 | 陆沇藏，后转归钱塘丁丙善本书室。 | |
| | 12 | 宋欧阳修撰《欧阳文忠公集》* | 明正德七年刘乔刻嘉靖十六年季本詹治重修本 | 陆僎跋。 | 南京图书馆 |
| | 13 | 宋苏洵撰《重刊嘉祐集》 | 明嘉靖十一年太原府刻本 | 陆沇藏，后转归钱塘丁丙善本书室。 | 南京图书馆 |

---

① 本表加"＊"者，为上文征引未及之书籍。除特别注明外，均据《中国古籍善本书目》著录。

续　表

| 类别 | 编号 | 著者 书名 | 版　本 | 授受源流 | 今藏地 |
|---|---|---|---|---|---|
| 明清刊本 | 14 | 宋曾巩撰《南丰先生元丰类稿》 | 明嘉靖王忬刻本 | 陆敬、陆沅、陆僎藏，后转归钱塘丁丙善本书室。 | 南京图书馆 |
| | 15 | 宋吕祖谦辑《大宋文鉴》 | 明正德十三年慎独斋刻本 | 乾隆十九年陆锡纯购之王子重家，咸丰八年陆僎跋。叶德辉、莫伯骥经藏。 | 中国国家图书馆 |
| 名家批校本 | 16 | 元熊朋来撰《熊先生经说》 | 清康熙纳兰成德刻《通志堂经解》本［清惠栋手批］ | 陆沅藏并跋，后转归钱塘丁丙善本书室。 | 南京图书馆 |
| | 17 | 宋洪适撰《隶续》 | 清康熙四十五年曹寅扬州使院刻本［清惠栋手校］ | 陆敬一枝轩藏书，道光二十九年陆僎跋，后转归同乡潘景郑宝山楼。 | 上海图书馆 |
| | 18 | 汉王充撰《论衡》* | 明万历间新安程荣刊《汉魏丛书》本［清惠栋批校］ | 迭经惠周惕、陆敬、陆沅、陆僎、刘之泗等收藏。陆僎手跋，刘之泗手书题记。 | 台湾"国家"图书馆① |
| | 19 | 清沈彤撰《果堂集》 | 清乾隆原刻初印本［嘉定王鸣盛手批］ | 迭经王鸣盛、陆沅、朱学勤、刘承幹、王欣夫等收藏。 | |
| 明清稿钞本 | 20 | 明安成王懋资撰《英庙北狩录》《勉庵赘录》） | 明钞本 | 陆沅、陆僎藏，后转归江阴缪荃孙。 | |
| | 21 | 晋葛洪撰《抱朴子》* | 明抄本 | 陆僎跋。 | 四川省图书馆 |
| | 22 | 明张丑撰《清河书画舫》 | 清抄本 | 蒋春皋藏，清嘉庆十九年陆沅得于书贾倪嵩山家，咸丰元年陆僎跋。傅增湘经眼。 | 浙江图书馆 |
| | 23 | 宋周守忠撰《姬侍类偶》 | 明写本 | 迭经徐乾学、陆沅、陆僎、缪荃孙、许博明、蒋祖诒等收藏。傅增湘经眼。 | 上海图书馆 |

---

① 据台湾"国家图书馆"http://www.ncl.edu.tw《古籍影像检索系统》相应条目著录。

续 表

| 类别 | 编号 | 著者书名 | 版　本 | 授受源流 | 今藏地 |
|---|---|---|---|---|---|
| 明清稿钞本 | 24 | 唐杜甫撰，明末清初钱谦益笺注《杜工部集》 | 清写本 | 迭经柳如是、季振宜、太仓王氏、吴门陆氏收藏，道光三十年陆僎重装并跋，傅增湘经眼，后转归"东方文化事业总委员会"。 | 台湾中研院历史语言研究所傅斯年图书馆 |
| | 25 | 唐韩偓撰《韩内翰别集》 | 丛书堂钞本［汲古阁毛晋校勘并跋］ | 清乾隆五十九年陆沉得于白门书肆，道光二十九年陆僎重加装订并跋。后转入归安陆心源十万卷楼。 | 日本静嘉堂文库 |
| | 26 | 《西城别墅诗》 | 清朱襄手钞本 | 清乾隆五十四年陆沉得之马铺桥书肆，装订并跋，后转归江阴缪荃孙。 | |
| | 27 | 清杨宾辑《尺牍新编》 | 清抄本 | 元公族祖（陆积或陆锡畴）明瑟园故物，清咸丰六年陆僎跋。"观古阁藏"。后经李一氓藏。 | 中国国家图书馆 |

　　按：上表所录，实仅为吴门陆氏藏书的冰山一角。吴门陆氏，从康、乾时陆锡纯之"收藏小名家"到陆沉、陆僎父子之搜罗珍秘，绵延六世而成为一"吴门藏书世家"。陆氏收藏，关系清中晚期以至近代文献授受源流颇巨，而陆氏生平事迹，或因其仕宦不显，往往阒寂无闻，幸藉收藏遗存及诸家书目题跋，得存片影孤迹。

　　本书所考傅图藏"钱牧斋杜注写本"，是陆氏藏书中的沧海一粟，但尤值得关注，此本自康熙四十六年（1707）秋由太仓王氏归于陆锡纯点勘楼，至道光三十年（1850）陆僎重装并跋，其间一百四十余年，历经康熙、雍正、乾隆、嘉庆、道光五朝，六代人世更迭而传承不绝：

　　　　陆锡纯 ⟶ 陆观潜 ⟶ 陆宇丰 ⟶ 陆敬 ⟶ 陆沉 ⟶ 陆僎①

----

　　① 按：实框表示陆氏家族收藏"钱牧斋杜注写本"却并未于此写本中留下任何直接收藏图记之三代人，即上文所谓"隐"之一面；虚框表示通过陆僎题跋于此写本中间接留下痕迹之人，即上文所谓半"显"半"隐"之一面。

此六册"钱牧斋杜注写本"在吴门陆氏的珍视保藏下,幸免禁毁浩劫,竟完好流传至今,实可谓上天眷顾斯文矣。本书发覆陆氏生平,详考陆氏藏书,旨在还原陆氏家族递藏此一部写本长达百余年起伏隐显之历史情境,以表彰其绵绵不绝的传承之功。

藏书之家,收书聚书旋聚旋散,大多不过三代,吴门陆氏却历六世而保藏不辍,实属难能可贵。拙考希冀能透过一部写本的保藏,拨开历史的云烟,重现陆氏家族的藏书历程,以及千千万万此类平凡而非凡的藏书家族,正是他们点点滴滴的汇聚,构筑了明清两代辉煌的藏书史。是为本书考察不限于"钱牧斋杜注写本"的一点意义。

## (三) 东方文化事业总委员会[傅增湘寓目]──→中研院史语所[傅斯年]图书馆

"钱牧斋杜注写本"何时从吴门陆氏散出,文献阙如,我们不得而知。据陆僎题跋落款时间,最晚为清咸丰八年(1858),是时陆僎尚在世。笔者推断此写本自道光三十年(1850)至咸丰八年(1858),从吴门陆氏流出的可能性不大。其流出时间当于陆僎谢世后(具体不详),历经晚清同治、光绪、宣统三朝的半个世纪及民国初年的十余年,至二十世纪二十、三十年代方归藏日本在北平(京)设立的"东方文化事业总委员会",其间曾经傅增湘先生寓目,后转入中研院历史语言研究所图书馆,今日完好保藏于台北史语所傅斯年图书馆。傅图本第一册首叶钤有"东方文化事业总委员会所藏图书印"朱文大方印、"史语所收藏珍本图记"朱文长方印、"傅斯年图书馆"朱文小长方印,第六册末陆僎跋文叶钤有"东方文化事业总委员会所藏图书印"白文大方印,皆明确标示了此本最后的传授统绪。兹详述如下。

中国科学院图书馆整理《续修四库全书总目提要(稿本)·前言》:

　　本(上)世纪二十年代初,日本政府迫于国际和国内的压力,决定比照美、英等国的先例,将"庚子赔款"的一部分"退还"给中国,并趋向于将这笔巨款的一小部分用于中国的文化事业,由此而引出的三个文件就成了正式着手编纂《续修四库全书总目提要》的发端。……北京先后成立了呈隶属关系的三个机构:第一个机构是"东方文化事业总委员会",……第二个机构是"人文科学研究所",……是东方文化事业总委员会在北京的下属机构，……第三个机构是"东方文化事业图书筹备处"，它是附属于人文科学研究所的一个机构。……傅增湘为"图书筹备处评议员"。……

东方文化事业图书筹备处一九二七年十一月十三日至一九二八年五月十三日，共召开过四次会议，讨论的问题是购书原则和评议各书商所送之书的价格，以决定是购进还是退回，或另定价格等。一九二六年至一九三七年购书情况：十二年共耗资银圆三九九六七五·〇一圆，购书一五四二〇部、一六五九九九册。这些书就是撰写《续修四库全书总目提要》的基本古籍（今天，这些古籍除一小部分散落在台湾"中央研究院历史语言研究所傅斯年图书馆"外，其余均完好收藏于中国科学院图书馆）。……

抗战胜利后，《续修四库全书总目提要》稿本，图书及档案，全部由中方代表沈兼士正式接收。一九四九年十月中华人民共和国成立后，全部归属中国科学院图书馆。①

王古鲁《最近日人研究中国学术之一斑》"据濑川氏所赠《图书筹备处藏书目录》共六册，所载书籍均系民国二十一年前购入者，油印本"摘录重要图籍，其"手稿本及手校本"条著录：

> 旧钞本《杜工部集》六册（钱谦益注，柳如是旧藏）。②

傅斯年图书馆制《傅斯年图书馆一览·馆藏精萃》：

> 本图籍 49 834 册（件），主要来源为：（1）民国 23 年（1934）院方拨存购自南京邓邦述氏"群碧楼"藏书，共 431 种 5 135 册；（2）民国 35 年（1946）教育部移交接收自日本北平东方研究所为编纂《续修四库全书》所搜之善本书 15 000 余种，经本所张政烺等人就该批藏书挑出本所馆藏

---

① 中国科学院图书馆整理：《续修四库全书总目提要（稿本）》第 1 册，齐鲁书社 1996 年版，第 2～5、8～10 页。引文顺序略作调整。

② 王古鲁编著：《最近日人研究中国学术之一斑》第四章《利用庚子赔款等款所办之文化事业》第四节《废止协定及日方的行动》（乙）《废止协定后日方的行动》（B）《东方文化事业总委员会》（b）《图书筹备处（附藏书举要）》，生活书店 1936 年版，第 269 页。

未有或具史料价值著作 1 300 余种,先运南京整理后迁台;(3) 购自江安傅增湘"藏园"部份藏书;(4) 1968 年洽购李宗侗(玄伯)散出之善本书百余种。①

汤蔓媛《天禄琳琅外一章——〈傅斯年图书馆善本古籍题跋辑录〉叙论》参《善本古籍主要来源》二"东方文化事业总委员会旧藏":

> 1945 年 10 月国民政府教育部平津区特派员沈兼士(1887~1947)负责接收日人利用庚款在北京所办之"东方文化事业总会及附设人文科学图书馆"及"近代科学图书馆"。1946 年 8 月由教育部正式将二单位拨交史语所,……史语所接收自"东方文化事业总会"藏书计 15 420 部,共 168 529 册。……1946 年 6 月史语所特设"北平图书史料整理处",以处理接收东方文化事业总会及近代科学图书馆所藏约三十万册图书之清点、重新编目等工作,……当整理工作将完成时,所方希望能由接收之图书中挑选南京所部未藏之书籍,运往南京,以备运用,选书之工作由副研究员张政烺(字宛峰,1912~2005)负责。……傅图"善东"书区,编有 1 464 号万余册的古籍,即为张政烺挑选送南京者,其中大部分系明刊本、明钞本及稿本。②

由以上材料可知:

第一,据上《图书筹备处藏书目录》著录,"钱谦益注,柳如是旧藏"之"旧钞本《杜工部集》六册",即傅增湘所谓"钱牧斋杜注写本",于民国二十一年即 1932 年之前已被日本在北平(京)设立的"东方文化事业总委员会"下属"东方文化事业图书筹备处"购入,以为编撰《续修四库全书总目提要》之储用。

第二,傅增湘曾任"(东方文化事业)图书筹备处评议员",并参与了《续修四库全书总目提要》的撰写③。据上文引《藏园群书经眼录》,傅增湘寓目"钱

① 傅斯年图书馆中文网页:http://lib. ihp. sinica. edu. tw/下载 PDF 版,第 3 页,2009 年 4 月 30 日制。

② 汤蔓媛纂辑:《傅斯年图书馆善本古籍题跋辑录》,第 14~15 页。

③ 据中国科学院图书馆整理《续修四库全书总目提要(稿本)》第 1 册《提要撰者表》:傅增湘撰写"第三册第五〇四叶上至第三册第五〇六叶上","第三册第五二七叶上至第三册第五三二叶上。"(第 1 页)

牧斋注杜写本”的时间为“庚午”①。傅增湘先生(1872～1949)，一生仅经历一个庚午年，即民国十九年(1930)②。由是可见，傅氏寓目“钱牧斋注杜写本”及撰写《经眼录》相应条目，正是于其任“图书筹备处评议员”期间③。

此六册“钱牧斋注杜写本”无款识，陆僎题跋未著录著者，“傅斯年图书馆珍藏善本图籍书目资料库”亦未著录著者(参上文)；《图书筹备处藏书目录》虽著录著者，但此书今已稀见，且不为一般学者关注。傅增湘先生《经眼录》及《知见传本书目》，是近代版本书目的集大成之作，历为学者瞩目，两书明确翔实之著录，实为未能亲见此书之人，留下了继续查考探寻的珍贵线索。

第三，抗战胜利后，“东方文化事业图书筹备处”购进之图书，全部由国民政府教育部平津区特派员沈兼士正式接收。1946年，教育部将此批接收的一万五千余种善本书移交中研院史语所，史语所进行了清点、重新编目等整理工作，张政烺等人挑出史语所馆藏未有或具史料价值著作一千四百余种，先运南京整理后迁台，其中大部分系明刊本、明钞本及稿本。“钱牧斋注杜写本”当时即在被挑出之列，缘是归入史语所收藏珍本(“史语所收藏珍本图书记”)，今藏傅斯年图书馆善本室。

兹综合上文所考，列“钱牧斋注杜写本”递藏源流图如下：

柳如是—→ 钱曾 —→ 季振宜 —→ ? —→ 太仓王氏 —→ 吴门陆氏 —→ ? —→ 东方文化事业总委员会［傅增湘寓目］—→ 中研院历史语言研究所图书馆—→ 台湾中研院史语所傅斯年图书馆。④

---

① 傅熹年《藏园群书经眼录整理说明》：“原稿各条末尾多记收藏者和观书的时间地点，一部分失记的尽可能根据日记所载补入；日记也失载的，据其前后条推定记录的年代，补记干支于末。”(第1册，第3页)

② 据郑鹤声编《近世中西史日对照表》，中华书局1981年版，第829～830页。

③ 据《张元济傅增湘论书尺牍》录1927年12月23日傅增湘复张元济书：“东方文化会买书尚需时日，内部意见殊不一，基金会则买书有限制，均不能办杨书也。”(商务印书馆1983年版，第183页)上引《续修四库全书总目提要(稿本)·前言》：“东方文化事业图书筹备处一九二七年十一月十三日至一九二八年五月十三日，共召开过四次会议，讨论的问题是购书原则和评议各书商所送之书的价格，以决定是购进还是退回，或另定价格等。”由是可见，1927年末傅增湘已任“图书筹备处评议员”。

④ 图中实线框表示推测存在可能性极大之递藏接续点；虚线框表示推测存在可能性较小之递藏接续点；双线框表示目前未考知但确实存在之递藏接续点。

# 第二章 《钱注杜诗》学术创见核心体系考释（上）

本章及下章将首次探究《钱注杜诗》内蕴的学术创见核心体系，全面梳理其架构与脉络，细致考察其发明与阙误，以期深入揭示其价值与意义。

## 第一节 研究对象与研究方法

### 一、研究对象

注释文献典籍，是中国古代学者从事学术研究的一种重要方式①。钱谦益以其渊通之学识，寓研究于注释。《钱注杜诗》的学术成就大致可分为以下三个层面：其一，版本校勘。精择底本，保存宋本（吴若本）面貌，广资参校，博取异文考订；其二，字句疏证。于人物、史实、地理、职官、典章制度等方面，援据赅博，考证精审；其三，诗意发明，亦即学术创见。博观慎取前人成果，独立创辟自家田地。前两层面，虽成就卓著，但颇资其门人友生之助②，实非钱谦

---

① 参阅董洪利《古籍的阐释》第五章《注释的体式》四. 考据性注释，辽宁教育出版社 1995 年版。

② ［清］钱谦益《有学集》卷一五《吴江朱氏杜诗辑注序》："余笺解杜诗，兴起于卢德水，商榷于程孟阳。已而学子何士龙、冯已苍、族子夕公递代雠勘，麄有成编，犹多阙佚。"（《钱牧斋全集》，第 5 册，第 699 页）［清］钱谦益《列朝诗集小传》丁集中"唐瞽者汝询"条："汝询，字仲言，云间人。五岁而瞽。……尝过余山中，……留校杜诗，时有新义，如解沟壑疏放之句云：'出于向秀赋，嵇志远而疏，吕心放而旷。'亦前人所未及也。"（第 527 页）按：《钱注杜诗》卷一一《狂夫》"疏放"条注："向秀《思旧赋》：'嵇志远而疏，吕心旷而放。'瞽者唐仲云：杜诗每云'疏放'，盖本于此。"又卷一《奉先刘少府新画山水障歌》"祁岳"条注："朱景玄《唐朝名画录》；李嗣真《画录》云：空有其名，不见踪迹。二十五人，祁岳在李国恒之下。岑参《送祁乐还山东》诗：有时或（转下页）

益一人之力。钱注真正着力处、创辟处,乃在其学术创见。

钱谦益《草堂诗笺元本序》借钱曾语自述:"若《玄元皇帝庙》《洗兵马》、《入朝》《诸将》诸笺,凿开鸿蒙,手洗日月,当大书特书,昭揭万世。……皆吾夫子独力创始。"[1]钱氏自负其笺注之发明,即"显性"之学术创见,已为学者所共知。但笔者细读文本,发现《钱注杜诗》中围绕《洗兵马》笺注实暗含一"隐性"的笺注脉络,此笺注脉络由多条相互关联的线索交错而成,不但独具创发性,而且深具系统性,贯穿杜诗创作各个阶段,无论深度和广度,皆突破前人,本书称之为《钱注杜诗》学术创见核心体系。

《钱注杜诗》学术创见核心体系有其独特的观察视阈,即杜甫在玄、肃之交的政治经历及其对杜甫后半生的深刻影响。杜甫(712~770)一生历唐玄、肃、代三朝,身经开元盛世到安史之乱的巨变,其间关键乃玄、肃之交。从至德二载(757)四月,间道奔赴凤翔行在(今陕西凤翔),五月十六日拜左拾遗,到乾元二年(759)七月弃官华州司功参军,此两年时间,是杜甫一生唯一真正参与中央政治之时期,经历了疏救房琯、三司推问、墨制放还鄜州、罢免左拾遗、出为华州司功参军等一系列事件,最终作出弃官之抉择。此段密集的高峰经验,与唐代政治史息息相关,深刻影响了杜甫后半生的命运与诗歌创作。《钱注杜诗》学术创见核心体系对此段高峰经验涵摄下之诗、史,抉隐阐微,发覆其旨,构成了其学术创见核心内容。可以说,对钱注的真正理解必须最终落实到对其学术创见核心内容的理解上。

---

(接上页)乘兴,画出江上峰。床头苍梧云,帘下天台松。瞽者唐仲云:疑即其人。岳之与乐,传写之误也。"又卷一〇《铜瓶》篇后注:"瞽者唐仲曰:张籍《楚妃怨》:梧桐落叶黄金井,横架辘轳牵素绠。美人初起天未明,手拂银瓶秋水冷。读籍诗,杜义自明。"(第372、38、357页)检唐汝询选释《唐诗解》(《四库全书存目丛书》集部第369、370册影印吉林大学图书馆藏明万历四十三年杨鹤刻本,齐鲁书社1997年版),无上述三诗。蒋寅《钱谦益的诗学理论及其批评实践》:"据现有材料,钱谦益注杜曾得到两个人的协力,一是唐汝询帮助参校,二是何云帮助征史。……何云字士龙,常熟人,祖上好藏书,家多善本。何云承受杜学,据说'尤熟精唐史,凡唐人诗有关时事者,历历指出,以为史证。钱宗伯爱其才,延致家塾'(单学傅《海虞诗话》卷三,1915年铜华馆排印本),他在唐史知识方面可能对钱注杜诗有所贡献。"(《中国社会科学院文学研究所学刊》,第188页)按:考诸傅图藏写本钱注杜诗,卷三《幽人》、卷七《昔游》、卷一七《秋日荆南述怀三十韵》,均有注释明确标示"何云曰""云曰"(详下文),复证朱鹤龄《杜工部诗集辑注》《幽人》《秋日荆南述怀三十韵》二诗亦引作"何云曰",故推测或钱曾于刊刻前整理校勘时,将其刊落,以至湮没不闻。俟详考。又,蒋文言"何云帮助征史",实并无确据,仅为一"可能"之推测。且《钱注杜诗》之精华大略已见明末崇祯六、七年间之《读杜小笺》、《二笺》(参洪业《杜诗引得序》)。

[1]　《钱注杜诗》卷首,第4页。

本书将首次揭示《钱注杜诗》此一"隐性"的学术创见核心体系,梳理其内在脉络,详考其利弊得失,并在此基础上,探讨其古典诗歌(杜诗)注释史价值及对深入理解杜甫其人其诗之意义,以为今日研读杜诗之借镜。

## 二、研究方法

本书研究步骤与方法如下:

第一步,考释《洗兵马》笺注是否符合唐史实际、杜诗诗意,兼及注释方法。在《钱注杜诗》五十余处笺文中①,《洗兵马》笺注为最长之一篇,共一千六百余字,乃钱谦益注杜最重大之发明所在,可称钱注学术创见核心成果。《洗兵马》笺注实蕴涵《钱注杜诗》学术创见核心体系的基本内容与基本框架,故本书首作重点考察,是为奠基。

第二步,参照上步所揭基本框架,细致梳理《钱注杜诗》学术创见核心体系的内在脉络,考释其承继与发明,辨正其疏失与误读。《钱注杜诗》围绕其学术创见核心成果,展开其笺注的多条线索,线索中相关诗篇之笺注与《洗兵马》笺注相互证发、相互映照,并为之补充与发展,从而形成一紧密关联的笺注体系。本步之梳理、考释,乃为上步之扩充与延展,共为下步考量体系之学术价值提供坚实可靠的判定依据。

第三步,依据上两步之释证成果,考量《钱注杜诗》学术创见核心体系之学术价值与意义。

本章为第一步,下章为第二步、第三步。

## 第二节　钱谦益之前对杜甫《洗兵马》诗的注释

杜甫《洗兵马》诗(笔者依韵分四段)②:

---

① 据许永璋统计,《钱注杜诗》"全集共收杜诗一千四百二十四首(逸诗在外,他人和作附内),有笺者仅约五十余处,无一字注释之白文,即有五百四十八首。"(许永璋《取雅去俗 推腐致新——略评《钱注杜诗》》,《许永璋唐诗论文选》,第 148 页)据笔者统计,《钱注杜诗》有笺者计六十一处。

② 本书所录杜甫诗文,若无特别说明,皆取《钱注杜诗》正文,不录异文。

中兴诸将收山东,捷书日报清昼同。河广传闻一苇过,胡危命在破竹中。只残邺城不日得,独任朔方无限功。京师皆骑汗血马,回纥喂肉蒲萄宫。已喜皇威清海岱,常思仙仗过崆峒。三年笛里关山月,万国兵前草木风。

成王功大心转小,郭相谋深古来少。司徒清鉴悬明镜,尚书气与秋天杳。二三豪俊为时出,整顿乾坤济时了。东走无复忆鲈鱼,南飞觉有安巢鸟。青春复随冠冕入,紫禁正耐烟花绕。鹤禁通霄凤辇备,鸡鸣问寝龙楼晓。

攀龙附凤势莫当,天下尽化为侯王。汝等岂知蒙帝力,时来不得夸身强。关中既留萧丞相,幕下复用张子房。张公一生江海客,身长九尺须眉苍。征起适遇风云会,扶颠始知筹策良。青袍白马更何有,后汉今周喜再昌。

寸地尺天皆入贡,奇祥异瑞争来送。不知何国致白环,复道诸山得银瓮。隐士休歌紫芝曲,词人解撰河清颂。田家望望惜雨干,布谷处处催春种。淇上健儿归莫懒,城南思妇愁多梦。安得壮士挽天河,净洗甲兵长不用。

《洗兵马》诗作于唐肃宗乾元二年(759)春[①],是杜甫的七古名篇。全诗四段,每段六韵(十二句),一、三段用平韵,二、四段用仄韵,平仄互用,可化呆滞之感。全篇段句整齐,多用对仗,笔力矫健,词气老苍。宋王安石编杜诗以此篇为压卷[②],有人其至评为"杜七古中第一篇"[③],其中缘由,除艺术造诣而外,杜公

---

① 关于杜甫《洗兵马》诗之作年,宋黄鹤注:"此诗当是乾元二年春作。末云'田家望望惜雨干',盖二年春无雨也。"清朱鹤龄注:"公《(乾元元年)华州试进士策问》云:'山东之诸将云合,淇上之捷书日至。'诗盖作于其时也。"清仇兆鳌注:"按相州兵溃在三月壬申,乃初三日。其作诗时,兵尚未败也。"清浦起龙注:"时庆绪围困,官军势张。公在东都作《洗兵马》以鼓舞其气。"(《读杜心解·少陵编年诗目谱》系此诗于乾元二年春)按:诗言"只残邺城不日得,独任朔方无限功",唐以九节度使军攻安庆绪于邺城是在乾元元年(758)九月,又言"田家望望惜雨干,布谷处处催春种",诗当作于初春,黄、仇、浦诸家断《洗兵马》诗作于肃宗乾元二年(759)春相州兵溃之前,应是;朱注及《钱注杜诗》《少陵先生年谱》系于乾元元年,当误。

② [宋]王安石《老杜诗后集序》:"自《洗兵马》下序而次之,以示知甫者,且用自发焉。"(《临川先生文集》卷八四,中华书局1959年版,第881页)

③ [清]鲁一同评《洗兵马》诗曰:"杜七古中第一篇。他篇尚可摹拟,此则高词伟义,峻拔天表,后人更无从望其项背。"(《鲁通甫读书记》,转引自萧涤非主编《杜甫全集校注》卷五《洗兵马》诗后集评,人民文学出版社2014年版,第3册,第1267页)

忧心国事的恻怛深情,才是千载之下真正感动人心之所在。

《钱注杜诗》之《洗兵马》注,为全部笺注中最长者,其着力注释之诗句为"鹤禁通霄凤辇备,鸡鸣问寝龙楼晓","攀龙附凤势莫当,天下尽化为侯王。汝等岂知蒙帝力,时来不得夸身强","关中既留萧丞相,幕下复用张子房","隐士休歌紫芝曲"四组;钱注深入揭示诸句微旨,并于笺文中进一步发明全诗蕴涵之微言大义,此为钱注《洗兵马》最重要之发明所在。

本节将简要梳理钱谦益之前的杜诗注本对以上诸句及全诗主旨之注释,旨在为研讨钱注《洗兵马》学术创见提供参照,以兹对比。

本节择取杜诗注本,以宋代注本为主。宋人之于杜诗,所尚在辑校集注,注本量多质高。元、明两代批选之风大盛,多律诗选本、评点本,以领会篇意、评论工拙为主①,至于杜诗全注本,数量极少。如较受后代学者关注的明代单复《读杜诗愚得》十八卷,《四库全书总目提要》评曰:"笺释典故,皆剽掇《千家注》,无所考证。注后櫽括大意,略为训解,亦循文敷衍,无所发明。"②笔者检阅了单注,《提要》所言确符合单注实际,且移论部分其他明代杜注③亦可。钱注《洗兵马》是考据性的注释,与元明此类艺术鉴赏性的评点或循文衍义式的训解并非同一路数,故本节不取元明杜注因袭宋注对典故之笺释,仅少量择取一二串释诗意者,以见一斑。又,宋人文集、诗话、笔记中有关《洗兵马》诗注释者,亦择要迻录。

---

① 洪业《杜诗引得序》:"宋人之于杜诗,所尚在辑校集注,……元人别开生面,一转而为批选。……天水之世……刘辰翁以逸才令闻,首倡鉴赏,于是选隽解律之风大起。"(第 325 页)按《钱注杜诗》卷首《注杜诗略例》:"元人及近时之宗刘辰翁,皆奉为律令,莫敢异议。……辰翁之评杜也,不识杜之大家数,所谓铺陈终始,排比声韵者,而点缀其尖新俊冷,单词只字,以为得杜骨髓,此所谓一知半解也。……近日之评杜者,钩深抉异,以鬼窟为活计,此辰翁之牙后慧也。……余之注杜,实深有慨焉,而未能尽发也,其大意则见于此。"(第 4 页)由此可见,钱谦益对以刘辰翁为代表的评点派持强烈否定之态度。

② [清]永瑢等撰:《四库全书总目》卷一七四集部二十七别集类存目一,中华书局 1965 年版,第 1532 页。

③ 笔者寓目其他明代杜注(选有《洗兵马》诗)与单注相类者:[明]谢省注《杜诗长古注解》二卷(明弘治五年王弼、程应韶刻本,国家图书馆善本特藏部藏,书号:04502);[明]张𬘓撰《杜工部诗通》十六卷(《四库全书存目丛书》集部第 4 册影印北京大学图书馆藏明隆庆六年张守中刻本,齐鲁书社 1997 年版);[明]林兆珂撰《杜诗钞述注》十六卷(《四库全书存目丛书》集部第 4 册影印福建省图书馆藏明万历刻本,齐鲁书社 1997 年版)。

## 一、"鹤禁（驾）通霄（宵）凤辇备，鸡鸣问寝龙楼晓"

宋（托名）王十朋等集注《王状元集百家注编年杜陵诗史》①（以下简称《百家注》）②卷六《洗兵马》"鹤驾通霄凤辇备"句注：

> 洙曰③：谢希逸收华紫禁。苍舒曰④：右按《汉宫阙疏》："白鹤，太子之所居，凡人不得辄入。"鲁曰⑤：刘向《列仙传》云："王子乔，周灵王太子晋也。好吹笙，作凤鸣。游伊洛间，道士浮丘公接上嵩山。三十余年后，来于此山上，告桓梁曰：'告我家，七月七日待我于缑氏山头。'果乘白鹤驻山巅，望之不得到，举手谢时人而去。"故后世称太子之驾曰鹤驾，宫曰白鹤，禁曰鹤禁。⑥

又"鸡鸣问寝龙楼晓"句注：

> 洙曰：一作虬。《文王世子》："鸡初鸣而问寝。"王元长"出龙楼而问

---

①　关于宋代诸集注本征引各杜诗注家的基本情况，请参阅张忠纲《宋代杜集"集注姓氏"考辨》（上）、（下），《文史》2006年第1辑第161～202页、第2辑第183～218页。

②　洪业《杜诗引得序》："南宋时《分门集注》及黄鹤《补注》诸本，皆此伪王集注之支流也"，"《分门集注》编者取伪王初刻本及《六十家注》之属，参酌《门类杜诗》而改编焉"，"今按其（黄鹤《补注》）书中诗句下列注，补注除外，辄与伪王集注相同，唯间有删削耳"（《洪业论学集》，第310～313页）。按：笔者检阅诸本，确如洪氏所述，故本书首引《百家注》，而《分门集注》、黄鹤《补注》诸本与《百家注》相同、相类者，则不再征引，全书同此体例。

③　世传所谓宋王洙《注杜诗》三十六卷，实为邓忠臣注，因忠臣入元祐党籍，故托名于王洙也。详请参阅梅新林《杜诗伪王注新考》，《杜甫研究学刊》1995年第2期，第39～42页；邓小军《邓忠臣〈注杜诗〉考——邓注的学术价值及其被改名为王洙注的原因》，《杜甫研究学刊》2002年第1期，收入《诗史释证》，第162～193页。

④　据周采泉《杜集书录》内编卷一全集校刊笺注类一"宋薛苍舒撰《补注杜工部集》"、《杜诗补遗》五卷、《续注补遗》八卷、《杜诗刊误》一卷"条著录："苍舒，字梦符，河东人。翰林学士。"编者按："以上各书现均无传本，但其注疏文字，犹散见于《九家集注》、《千家注》中。"（第28～29页）

⑤　参阅周采泉《杜集书录》内编卷一全集校刊笺注类一"宋鲁詧撰《杜诗传注》十八卷"条、"宋鲁訔编次《编次杜工部集》十八卷"条，第33～35页。

⑥　［唐］杜甫撰，托名［宋］王十朋等集注：《王状元集百家注编年杜陵诗史》，清宣统三年贵池刘氏玉海堂影宋刻本，江苏广陵古籍刻印社1981年重印，全书同，不另出注。

竖"也。赵曰①：文王为太子，鸡初鸣，至寝门外，问内竖之御者曰：今日安否，何如？无已[己]曰②：《文选》：王融字元长《曲水诗序》曰："储后睿哲在躬，出龙楼而问竖，入虎闱而齿胄。"注："龙楼，汉太子门名也。"安石曰③：沈文齐《故安陆昭王碑文》曰："式常储命，允膺喜选，博望之苑，载晖龙楼之门以峻。"

宋郭知达集注《九家集注杜诗》（以下简称《九家注》）卷四《洗兵马》"鹤驾通宵凤辇备，鸡鸣问寝龙楼晓"句注：

薛梦符云④：按《汉宫阙疏》："白鹤宫，太子之所居，凡人不得辄入。"随太子左右监牵门，唐龙朔中，改为左右崇掖卫，垂拱中改为鹤禁卫。杜《补遗》⑤：刘向《列仙传》曰：……⑥又《文选》：……⑦文王为太子，鸡初鸣而衣服，至寝门外，问内竖之御者曰："今日安否，何如？"⑧沈休文《齐故安陆昭王碑文》曰：……⑨赵云：按《汉书》，成帝为太子，上尝急召。太子出龙门楼，不敢绝驰道。张晏曰：门楼上有铜龙，若白鹤、飞廉之为名也。

---

① 据林继中辑校《杜诗赵次公先后解辑校》（修订本）凡例一："是编甲、乙、丙三峡之辑佚，以中华书局影印南宋宝庆元年曾噩刊本《新刊校定集注杜诗》（简作《九家注》）为底本，校以清嘉庆刻本（简作清刻本），及《王状元集百家注编年杜陵诗史》……丁、戊、己三峡以北京图书馆藏明钞残卷《新定杜工部古诗近体诗先后并解》（简作明钞本）为底本，校以成都杜甫草堂藏清钞《先后解》残卷，及《九家注》。"（上海古籍出版社 2012 年版，上册，第 1 页）《洗兵马》诗在《杜诗赵次公先后解辑校》乙峡卷四，故本书直接征引《百家注》《九家注》，若丁、戊、己三峡之赵注，则征引《杜诗赵次公先后解辑校》，全书同此体例。

② 据周采泉《杜集书录》附录一《历代杜学作者姓氏选存》"宋陈师道（一字无己）"条所考，陈师道可能仅有杜诗校定本，非注本，《分门本》《百家注》所引"无己曰"云云，皆出于伪撰依托者（第 880 页）。

③ 参阅周采泉《杜集书录》内编卷六选本律注类一"宋王安石辑《杜工部诗后集》"条、外编卷二选本律注类存目"宋王安石选《四家诗选》十卷"条，第 268～269、797～798 页。

④ 参阅蔡锦芳《宋杜诗注家薛苍舒与薛梦符实为一人考》（原文名《薛苍舒考论》，《杜甫研究学刊》1996 年第 4 期），《杜诗版本及作品研究》，上海大学出版社 2007 年版，第 14～23 页。

⑤ 参阅周采泉《杜集书录》内编卷二全集校刊笺注类二"宋杜田撰《注杜诗补遗正谬》十二卷"条，第 42 页。

⑥ 按：此处与上《百家注》卷六《洗兵马》"鹤驾通宵凤辇备"句注"鲁曰"云云同，仅"来"此处作"复"。

⑦ 按：此处与上《百家注》卷六《洗兵马》"鸡鸣问寝龙楼晓"句注"无已[己]曰"云云全同。

⑧ 按：此处与上《百家注》卷六《洗兵马》"鸡鸣问寝龙楼晓"句注"赵曰"云云几同。

⑨ 按：此处与上《百家注》卷六《洗兵马》"鸡鸣问寝龙楼晓"句注"安石曰"云云同，仅"喜"此处作"嘉"。

此龙楼本出。若王元长所用,则出于此耳。盖王元长文合《礼记》与《汉书》两事为句,而杜公则又出于王元长而变之也。①

宋蔡梦弼《杜工部草堂诗笺》(以下简称《草堂诗笺》)卷一一《洗兵马》"鸡鸣问寝龙楼晓"句注：

> 言成王讲晨省之礼也。②

宋黄希原注,黄鹤补注《黄氏补千家注纪年杜工部诗史》(以下简称《黄氏补注》)卷四《洗兵马》"鹤驾通宵凤辇备,鸡鸣问寝龙楼晓"句"补注"：

> 希曰：《成纪》：出龙楼门。张晏曰：门楼上有铜龙,若白鹤、飞廉之为名也。③

宋张戒《岁寒堂诗话》卷上：

> 《洗兵马》云"鹤驾通宵凤辇备,鸡鸣问寝龙楼晓",凡此皆微而婉,正而有礼,孔子所谓"可以兴,可以观,可以群,可以怨。迩之事父,远之事君"者。

又卷下《洗兵马》条：

> 至于"鹤驾通宵凤辇备,鸡鸣问寝龙楼晓",虽但叙一时喜庆事,而意

---

① ［唐］杜甫撰,［宋］郭知达集注：《新刊校定集注杜诗》(即《九家集注杜诗》),中华书局1982年影印南宋宝庆元年曾噩刊本;《九家集注杜诗》,上海古籍出版社1985年影印《杜诗引得》(哈佛燕京学社引得编纂处据清嘉庆刻本排印)。全书同,不另出注。

② ［唐］杜甫撰,［宋］蔡梦弼笺注：《杜工部草堂诗笺》,《中华再造善本》据中国国家图书馆、北京大学图书馆藏宋刻本影印,北京图书馆出版社2006年版;《中华再造善本》据上海图书馆藏元刻本影印,北京图书馆出版社2005年版;［清］黎庶昌辑刻《古逸丛书》本,江苏广陵古籍刻印社1997年重印。全书同,不另出注。

③ ［唐］杜甫撰,［宋］黄希原注,黄鹤补注：《黄氏补千家注纪年杜工部诗史》,《中华再造善本》据山东省图书馆藏元至元二十四年詹光祖月崖书堂刻本影印,北京图书馆出版社2006年版;《黄氏补千家集注杜工部诗史》(《补注杜诗》),《景印文渊阁四库全书》本,台湾商务印书馆1986年版。全书同,不另出注。

乃讽肃宗，所谓主文而谲谏也。①

按：关于此诗句之古典。宋代诸注家注出了"鹤驾"典出《汉宫阙疏》与刘向《列仙传》，"龙楼"典出《汉书·成帝纪》，此为语典；"鸡鸣问寝"典出《礼记·文王世子》，此为事典。上述出典皆为此诗句之原始古典②。其中，赵次公注指出南齐王融(字元长)《曲水诗序》"出龙楼而问竖"乃"合《礼记》与《汉书》两事为句"，而杜诗"鸡鸣问寝龙楼晓"则"又出于王元长而变之也"，实质揭示了此诗句之直接古典(语典)，以及杜诗变化前人之妙。宋代杜注关于此诗句古典之注释，基本为《钱注杜诗》"鹤禁"、"龙楼"两条注所吸纳③。

关于此诗句之今典④。《草堂诗笺》谓"言成王讲晨省之礼也"。据《旧唐书》卷一〇《肃宗本纪》乾元元年："(三月)甲戌，元帅楚王俶改封成王。……(五月)庚寅，立成王俶为皇太子。⑤依《草堂诗笺》之意旨，"鹤驾"所指称之太子乃成王李俶，"讲晨省之礼"自然是对其父肃宗而言⑥。宋张戒《岁寒堂诗话》谓此句"微而婉，正而有礼"，"虽但叙一时喜庆事，意乃讽肃宗，所谓主文而谲谏也"，读出了杜诗字里行间的深意，所论颇有见地，但仅此一句，未尽详析。总之，相对古典注释而言，宋代杜注关于此诗句今典之注释，仅为吉光片羽，零星简略且不够深入。至《钱注杜诗》，揭示此诗句之语典乃用至德二载肃宗收京之诏，抉发此诗句隐含的杜甫对玄肃父子关系之微言，发前人所未发(参下文)。

---

①　以上两条见［宋］张戒《岁寒堂诗话》，丁福保辑《历代诗话续编》本，中华书局 1983 年版，第 453、468 页。

②　陈寅恪《柳如是别传》第一章《缘起》："解释古典故实，自当引用最初出处，然最初出处，实不足以尽之，更须引其他非最初，而有关者，以补足之，始能通解作者遣辞用意之妙。"(第 11 页)按："最初出处"，本书称之为"原始古典"，"其他非最初而有关者"，本书称之为"直接古典"。

③　《钱注杜诗》卷二《洗兵马》"鹤禁"条注："《类聚》：太子晋乘白鹤仙去。后世称太子之驾曰鹤驾，禁曰鹤禁。《白帖》：《汉宫阙疏》曰：白鹤，太子所居之地，凡人不得辄入，故云'鹤禁'也。"又"龙楼"条注："成帝初居桂宫，上尝急召，太子出龙楼门，不敢绝驰道。王融《曲水诗序》：储后睿哲在躬，出龙楼而问竖。"(第 66 页)

④　陈寅恪《柳如是别传》第一章《缘起》："自来诂释诗章，可别为二。一为考证本事，一为解释辞句。质言之，前者乃考今典，即当时之事实。后者乃释古典，即旧籍之出处。"(第 7 页)

⑤　［后晋］刘昫等撰：《旧唐书》，中华书局 1975 年版，第 1 册，第 251～252 页。

⑥　后来清浦起龙《读杜心解》即延此意旨而发扬之，《读杜心解》卷二《洗兵马》篇后注："其曰'鹤驾通宵'，言东宫早晚入侍，爱子之诚，无嫌无疑也。其曰'鸡鸣问寝'，言南内晨昏恋切，孝亲之道，尽礼尽制也。……余断以此二句为兼父子言之也。"(中华书局 1961 年版，第 259 页)

## 二、"攀龙附凤势莫当，天下尽化为侯王。汝等岂知蒙帝力，时来不得夸身强"

《百家注》卷六《洗兵马》"攀龙附凤势莫当，天下尽化为侯王"句注：

> 洙曰：杨子：攀龙鳞，附凤翼，乘天衢。时攀附而立功者皆有恩。

又"汝等岂知蒙帝力"句注：

> 洙曰：《庄子》曰："帝力于我何有哉？"

《九家注》卷四《洗兵马》"攀龙附凤势莫当，天下尽化为侯王"句注：

> 杨子："攀龙鳞，附凤翼。"时攀附而立功者皆有恩。赵云：班固韩、彭等《叙传》曰："云起龙骧，化为侯王。"崔群《送符载归蜀序》亦云："不习俎豆，化为侯王。""汝等"，指化侯王之人也。唐旧史载："肃宗至德二载四月，帝在凤翔。是时府库无蓄积，专以官爵赏功。诸将出征，皆给空名告身，自开府、特进、列卿、大将军，下至中郎、郎将，听临事注名。其后又听以信牒授人官爵，有至异姓王者。诸有官者，但以职任相统摄，不复计官爵高下。大将军告身一通，才易一醉。凡应募入军者，一切衣金紫，至有朝士僮仆衣金紫而身执贱役者。名器之滥，至是而极焉。"①今所谓尽化为侯王，盖言此辈也。

《草堂诗笺》卷一一《洗兵马》"攀龙附凤势莫当"句注：

> 喻群臣依附天子也。

又"天下尽化为侯王"句注：

---

① 按：此段史文见《资治通鉴》卷二一九唐肃宗至德二载五月条，中华书局1956年版，第15册，第7023～7024页。

谓贼平还京,论功行赏,尽封为侯王也。

又"汝等岂知蒙帝力,时来不得夸身强"句注:

当安史之乱,武夫悍卒以平贼之功取富贵,此特一时之际会也,实出于天子圣明之力,岂可夸其身之强勇,贪天功以为己力乎? 此讽以军功自负者也。

宋张戒《岁寒堂诗话》卷下《洗兵马》条:

"攀龙附凤势莫当,天下尽化为侯王。汝等岂知蒙帝力,时来不得夸身强",虽似憎恶武夫,而熟味其言,乃有深意。《易·师》之上六曰:"开国承家,小人勿用。"《三略》亦曰:"还师罢军,存亡之阶。"子美于克捷之初,而训敕将士,俾知帝力,不得夸身强,其忧国不亦至乎!①

按:关于此诗句之古典。宋代诸注家注出了"攀龙附凤"典出汉扬雄《法言·渊骞篇》,"化为侯王"典出《汉书·叙传》,皆为语典。《钱注杜诗》并未吸纳上述宋注,其揭出"汝等岂知蒙帝力,时来不得夸身强"典出"介子推所谓二三子贪天功以为己力",即《左传·僖公二十四年》或《史记·晋世家》②(参下文),则远胜宋注典出《庄子》之说。

关于此诗句之今典。赵次公注详引史文释"尽化为侯王",意在讽肃宗滥赏官爵。《草堂诗笺》注释"攀龙附凤势莫当,天下尽化为侯王",仅依诗句字面随文衍义;注释"汝等岂知蒙帝力,时来不得夸身强"之意旨是"讽以军功自有者也"。宋张戒《岁寒堂诗话》则谓此诸句"虽似憎恶武夫,熟味其言,乃有深意",即杜甫于收复两京的胜利时刻,保持清醒头脑,告诫统治者勿用"攀龙附凤"之小人,乃安不忘危之意也,实高出上二家。要之,宋代杜注关于此诗句今典之注释,笼统而不落实,至《钱注杜诗》,注出"攀龙附凤"之今典乃指李辅国,揭示杜诗微旨是暗讽肃宗偏私灵武从臣,发前人所未发(参下文)。

---

① [宋]张戒:《岁寒堂诗话》,丁福保辑《历代诗话续编》本,第468~469页。

② 按:《草堂诗笺》卷一一《洗兵马》"汝等岂知蒙帝力,时来不得夸身强"句注:"贪天功以为己力",并未明标出典,但可能对钱注有启发。

## 三、"关中既留萧丞相,幕下复用张子房"

《百家注》卷六《洗兵马》"关中既留萧丞相"句注:

> 洙曰:萧何,饷馈,不绝粮道。

又"幕下复用张子房"句注:

> 洙曰:高祖曰:"运筹帷幄之中,吾不如子房。"谢宣远《张子房诗》:"婉婉幕中画。"

《九家注》卷四《洗兵马》"关中既留萧丞相"句注:

> 赵云:谓郭子仪也。

《草堂诗笺》卷一一《洗兵马》"关中既留萧丞相"句注:

> 贼平,帝以萧华留守东都,故比之萧何也。按《唐书·裴冕传》:从太子至灵武,与杜鸿渐、崔漪同辞劝进。太子喜曰:灵武我之关中,卿乃吾萧何也①。《前汉·高纪》:上曰:填国家,抚百姓,吾不如萧何。

又"幕下复用张子房"句注:

> 复以张镐为幕府参谋,故比之子房也。

按:关于此诗句之古典,宋代诸注家并无分歧,"萧丞相"、"张子房"皆典出《汉书·高帝纪》《史记·高祖本纪》。关于此诗句之今典,《草堂诗笺》谓"张子房"指张镐,因此句后即紧接"张公一生江海客"四句,指代明确,故历来注家无异议。至于"萧丞相"所指何人,则是聚讼纷纭。宋人旧注谓指萧华,

_____

① 按:此语出《新唐书》卷一二六《杜暹传》附《杜鸿渐传》。

赵次公注谓指郭子仪,《草堂诗笺》谓指杜鸿渐。兹辨析如下:

据《旧唐书·萧华传》:"禄山之乱,从驾不及,陷贼,伪署魏州刺史。乾元元年,郭子仪与九节度之师渡河攻安庆绪于相州,华潜通表疏,俟官军至为内应。贼伺知之,禁锢华于狱。崔光远收魏州,破械出华。魏人美华之惠政,诣光远请留,朝廷正授魏州刺史。"①宋人旧注所谓"贼平,帝以萧华留守",应指留守魏州,而非留守东都,但魏州属河北道,且萧华拜相乃在肃宗上元元年(760)②,可见,"关中既留"之"萧丞相"绝非指萧华。

据《新唐书·杜鸿渐传》:"禄山乱,皇太子按军平凉,未知所适,……鸿渐与……谋曰:'……今朔方制胜之会,若奉迎太子,西诏河陇,北结回纥,……与大兵合,鼓而南,雪社稷之耻,不亦易乎!'即具上兵马招辑之势,且录军资、器械、储廥凡最,使(李)涵诣平凉见太子,太子大悦。……鸿渐与(崔)漪至白草顿迎谒,……太子喜曰:'灵武我之关中,卿乃吾萧何也。'既至灵武,鸿渐即与(裴)冕等劝即皇帝位,以系中外望。六请,见听。……太子即位,是为肃宗,授鸿渐兵部郎中,知中书舍人事。俄为武部侍郎,迁河西节度使。两京平,又节度荆南。"③可见,收京后杜鸿渐节度荆南,未在关中,其拜相已在代宗广德二年(764)④,此与"关中"、"丞相"两要素皆不符,而肃宗"灵武我之关中,卿乃吾萧何也"一语,《旧唐书·杜鸿渐传》无载,未知《新传》史源何在?实杜鸿渐之功勋、位望,去萧何甚远。要之,"萧丞相"绝非指杜鸿渐⑤。

据《旧唐书·郭子仪传》,两京克复,郭子仪入朝,"肃宗劳之曰:'虽吾之家国,实由卿再造。'"⑥子仪之功勋、位望,虽可比萧何,但前"独任朔方无限功"、"郭相谋深古来少"已反复称颂,此处无须重复,此其一;前两段颂中兴武将,而此段颂中兴文臣,故郭子仪不合其选,此其二。因此,"萧丞相"绝非指

① 《旧唐书》卷九九《萧嵩传》附《萧华传》,第9册,第3095页。

② 《旧唐书》卷九九《萧嵩传》附《萧华传》:"上元元年十二月,制曰:'萧华……可中书侍郎、同中书门下平章事,集贤殿崇文馆大学士,监修国史。'"(第9册,第3096页)

③ [宋]欧阳修、宋祁撰:《新唐书》卷一二六《杜暹传》附《杜鸿渐传》,中华书局1975年版,第14册,第4422~4423页。《旧唐书》卷一〇八《杜鸿渐传》:"肃宗即位,授兵部郎中,知中书舍人事,寻转武部侍郎。至德二年,兼御史大夫,为河西节度使、凉州都督。两京平,迁荆州大都督府长史、荆南节度使。"(第10册,第3283页)

④ 《旧唐书》卷一〇八《杜鸿渐传》:"广德二年,代宗将享郊庙,拜鸿渐兵部侍郎、同中书门下平章事,寻转中书侍郎。"(第10册,第3283页)

⑤ [清]杨伦《杜诗镜铨》卷五《洗兵马》"关中既留萧丞相"句下注:"鸿渐为人无勋德,且非公所喜,自当指瑁为是。"(上海古籍出版社1998年版,第217页)其说是后话,然甚是。

⑥ 《旧唐书》卷一二〇《郭子仪传》,第11册,第3452页。

郭子仪。

综上所述,宋代注家提出的"萧丞相"指代何人的三位人选,实皆不能成立。至《钱注杜诗》,谓"萧丞相,指房琯也"①,待下文详证阐析后,读者自可明钱注此说,洵为的论。

## 四、"隐士休歌紫芝曲"

《百家注》卷六《洗兵马》"隐士休歌紫芝曲"句注:

> 安石曰:皇甫谧《高士传》:"秦世道灭德消,坑黜儒术,四皓于是退而作歌曰:'莫莫高山,深谷逶迤。晔晔紫芝,可以疗饥。唐虞世远,吾将何归。驷马高盖,其忧甚大。富贵之畏人兮,不如贫贱之肆志。'乃共入商洛,隐地肺山。秦灭,汉高帝征之,不至,深入终南山,不能屈也。"

按:关于此诗句之古典,宋代诸注家(包括《九家注》卷四、《草堂诗笺》卷一一)皆注典出晋皇甫谧《高士传》,此典甚合诗句字面用语,但尚有一字面不甚显露之典,即《史记》卷五五《留侯世家》、《汉书》卷四〇《张良传》所记商山四皓辅佐汉太子使其不废之事,杜诗用典之深意实兼涵上二者。关于此诗句之今典,则无有注释者,至《钱注杜诗》,揭出"隐士,谓李泌也",待下文详证阐析后,读者自可明钱注此说,洵为的论。

## 五、关于诗歌意旨

《草堂诗笺》卷一一《洗兵马》"净洗甲兵长不用"句下注:

> 昔文帝当平治之日,却千里马,不宝远物,贾谊犹陈治安之策,以为可太息恸哭,诚以安不忘危,治宜念乱。明皇惟恃治,故至于乱。今肃宗即位未久,虽号中兴,正宜刻励,以父为鉴,而乃以祥瑞自多,贪得远物,

---

① 《百家注》卷六《洗兵马》"尚书气与秋天杳"句注:"赵曰:尚书,指言王思礼……江子之以尚书为房琯,非是。"《九家注》卷四《洗兵马》"尚书气与秋天杳"句注:"尚书,指言王思礼。……以为房琯,非是。"按:由上可见,就注释《洗兵马》诗而言,房琯已进入宋代注家的视野,但尚未予其准确定位。

此贤人君子所为寒心者也。昔四皓逃秦，隐居商山，歌曲曰紫芝；宋鲍昭、张畅皆作《清河颂》：河一千年一度清。当是时，皆指河清为升平之运，献颂以媚肃宗者比比皆是。复以为山林无逸士，如四皓之逃秦者尽蒙搜举。甫独以为未也，甫意谓和气未薰，阴阳尚多错忤，当春种之月，犹有两乾之叹，城南犹有愁思之梦，天子未可高枕而无忧，故云安得壮士洗甲兵而长不用矣。

宋张戒《岁寒堂诗话》卷下《洗兵马》条：

观此诗闻捷书之作，其喜气乃可掬，真所谓"情动于中而形于言，言之不足，不知手之舞之，足之蹈之也"。其曰"东走无复忆鲈鱼，南飞觉有安巢鸟"，言人思安居，不复避乱也。曰"寸地尺天"，曰"奇祥异瑞"，曰"皆入贡"，曰"争来送"，曰"不知何国"，曰"复道诸山"，皆喜跃之词也。"隐士休歌紫芝曲"，言时平当出也。"词人解撰河清颂"，言当作颂声也。"田家望望惜雨干，布谷处处催春种"，言人思归农也。"淇上健儿归莫懒，城南思妇愁多梦"，言戍卒之归休，室家之思忆，叙其喜跃。不嫌于亵，故云"归莫懒"、"愁多梦"也。①

明单复《读杜诗愚得》卷四《洗兵马》注：

此诗厌乱思治，欲天洗兵而作也。首一节喜皇威之清海岱，而言捷报已收山东，惟邺城未下，不日可得，以及独任郭相，并宴劳回纥之事。已喜皇威，言肃宗今收山东，以成中兴之业；常思仙仗，言明皇岁幸骊山，以致蒙尘之祸。是故三年士卒暴露，悲笛里关山之月，万国生民涂炭，伤兵前草木之风。第二节纪车驾还京，而言成王、郭相、光弼、思礼，二三豪俊之能济时，而苍生已宁，紫极已正。第三节喜中兴之业已成，而言攀龙附凤之徒，当知蒙帝力以致为侯王，莫夸身强而妄想，戒之之词也。且关中留萧相，幕下用子房，以致乱臣贼子之灭迹，而中兴之业喜其已成，谕之之词也。末一节结上三节，而言远人贡琛，诸山呈瑞，隐士休歌紫芝曲而遁世，词人解撰河清颂以纪瑞，奈何布谷催耕而田家惜雨。今虽邺城

① ［宋］张戒：《岁寒堂诗话》，丁福保辑《历代诗话续编》本，第468页。

未下，不日可克。苟克之，则淇上健儿当急归以慰城南之思妇可也，不宜久劳于外，故曰"安得壮士挽天河，净洗甲兵长不用"，厌乱思治之词也。①

按：关于诗歌意旨，宋代诸注家仅《草堂诗笺》指出《洗兵马》诗"寸地尺天皆入贡"至"净洗甲兵长不用"一段，有讽刺肃宗耽于祥瑞谀颂而不思军民疾苦之意，此论虽颇有见地，但并未讲落实，钱注《洗兵马》"河清颂"条注则确切注出了谀颂的今典实指②；且《草堂诗笺》所论仅为《洗兵马》诗第四段之意旨，尚未及全篇，钱注《洗兵马》"笺曰"则以长达一千六百余字之篇幅深入揭示此诗的微言大义。宋张戒《岁寒堂诗话》谓《洗兵马》诗乃"喜跃之词"③，《钱注杜诗》则提出此诗实寓隐刺之微旨。明单复《读杜诗愚得》谓《洗兵马》诗乃"厌乱思治之词"，论析浮泛，正《四库提要》所言"檃括大意，略为训解，亦循文敷衍，无所发明"，后明张綖《杜工部诗通》与林兆珂《杜诗钞述注》等皆辗转沿袭单注意旨④，鲜有独立发明。要言之，与前代注释相较，《钱注杜诗》于《洗兵马》诗意旨的抉发上，道前人之所未道，发前人之所不敢发（参下文）。

由上简要梳理，可明钱谦益之前对杜甫《洗兵马》诗的注释，着力处在确认诗句之古典，而对诗句之今典与微旨，或关注不足，或考证粗疏。悬此对比，再观钱注《洗兵马》，以精微之考证深入揭示此诗微言大义，可谓光彩毕现。

## 第三节　《洗兵马》钱注释证

《钱注杜诗》注重深入考察唐史隐曲面之真相以注释杜诗，《洗兵马》笺注

---

①　［明］单复：《读杜诗愚得》十八卷，明天顺元年朱熊梅月轩刻本，国家图书馆善本特藏部藏，书号：01990；《四库全书存目丛书》集部第4册影印北京大学图书馆藏明天顺元年朱熊梅月轩刻弘治十四年重修本，齐鲁书社1997年版，第92～93页。

②　《钱注杜诗》卷二《洗兵马》"河清颂"条注："是时文士争献歌颂，如杨炎《灵武受命》、《凤翔出师》之类是也。"（第67页）按：《全唐文》卷四二一有杨炎《灵武受命宫颂》、《凤翔出师纪圣功颂》。

③　按：此论为明清注评家如明王嗣奭、清潘耒、沈寿民、仇兆鳌、浦起龙、杨伦等所认同。

④　［明］张綖《杜工部诗通》卷五《洗兵马》注："此公因诸将之捷遂思尽偃甲兵也……盖厌乱思治之心如此，其至也，一篇之意全在末二句。"（《四库全书存目丛书》集部第4册，第381、382页）［明］林兆珂《杜诗钞述注》卷五《洗兵马》注为纂合上单复注与张綖注而成，不具引（《四库全书存目丛书》集部第4册，第585～587页）。

尤可称"凿开鸿蒙,手洗日月,当大书特书,昭揭万世"①之典范,是钱注学术创见的核心成果,亦牧斋注杜最具学术价值之发明所在。

本节对《洗兵马》钱注之释证分两步,第一步,考察《洗兵马》钱注发明杜诗微旨的相关笺注与唐史实际,是符合,还是不合,还是部分符合,力求依据文献史料,作出切实之判断;第二步,结合史实与其他相关杜诗,考察《洗兵马》钱注发明杜诗微旨的相关笺注与杜诗诗意是否契合,在多大程度上契合。上两步之考察,旨在为判定《洗兵马》钱注的学术价值提供实证依据。此外,简要梳理《洗兵马》钱注笺注方法要点,略补《钱注杜诗》诗史互证方法微观研究之不足。

## 一、《洗兵马》钱注是否符合唐史实际

兹录《洗兵马》钱注发明杜诗微旨之相关笺注如下。
《钱注杜诗》卷二《洗兵马》"问寝"条注:

> 肃宗即位,下制曰:复宗庙于函洛,迎上皇于巴蜀,道鸾舆而反正,朝寝门而问安,朕愿毕矣。上皇至自蜀,即日幸兴庆宫。肃宗请归东宫,不许②。此诗援据寝门之诏,引太子东朝之礼以讽谕也。鹤驾龙楼,不欲其成乎为君也。颜鲁公《天下放生池碑》云:迎上皇于西蜀,申子道于中京。一日三朝,大明天子之孝;问安侍膳,不改家人之礼。东坡云:鲁公知肃宗有愧于是,故以此谏也。《高力士传》:太上皇至凤翔,贼臣李辅国诏收随驾甲仗。上曰:临至皇城,安用此物?悉令收付所由。辅国趋驰末品,小了纤人,一承攀附之恩,致位云霄之上,欲令猜阻,更树勋庸,移仗之端,莫不由此。③

又"攀龙附凤"条注:

---

① 〔清〕钱谦益:《草堂诗笺元本序》,《钱注杜诗》卷首,第4页。
② 《牧斋初学集》卷一〇六《读杜小笺上》同诗同条:"上皇至自蜀,即日幸兴庆宫。肃宗请归东宫,不许。[已而听李辅国谗间,遂有移仗之事。其端已见于此。]"(《钱牧斋全集》,第3册,第2163页)按:上方括号内文字为《钱注杜诗》所无,《钱注杜诗》增加了《读杜小笺》所无之"《高力士传》"云云,运用正史付阙之史料释证此诗。
③ 《钱注杜诗》,第66页。

　　是时方加封蜀郡、灵武元从功臣,肃宗之意,独厚于灵武,故婉辞以讥之。攀龙附凤,郭湜谓李辅国"一承攀附之恩,致位云霄之上"是也。"岂知蒙帝力,不得夸身强",介子推所谓二三子贪天功以为己力,不亦难乎是也!①

又"萧丞相张子房"条注:

　　萧丞相,指房琯也。琯自蜀郡奉册,留相肃宗,故曰既留。或以谓指杜鸿渐,据《新书》"卿乃吾萧何"之语,非也。琯既罢,张镐代琯为相,故曰"复用张子房"。琯以至德二载五月罢相,以镐代。八月,出镐于河南。次年五月,镐罢。六月,琯贬邠州。琯、镐皆上皇旧臣,遣赴行在,肃宗疑之,用之而不终者也。②

又"张公"条注:

　　《旧书》:镐风仪魁岸,廓落有大志,好谈王霸大略。自褐衣拜左拾遗。玄宗幸蜀,自山谷徒步扈从,玄宗遣赴行在。至凤翔,奏议多有弘益,拜谏议大夫,寻代房琯为相。独孤及《张公颂》:隐居终南,盖三十祀。天宝十四载,始褐衣召见。令狐峘《颜真卿墓志》:在平原,尝荐安陵处士张镐有公辅之望。数年后,镐位列鼎司。③

又"紫芝曲"条注:

　　隐士,谓李泌也。肃宗即位八九日,泌谒见于灵武,调护玄、肃父子之间,为张良娣、李辅国所恶。及上皇东行有日,泌求归山不已,乃听归衡山。公以四皓拟泌,不独著其羽翼之功,盖亦以正肃宗为太子之名也。

　　① 《钱注杜诗》,第66页。《牧斋初学集》卷一〇六《读杜小笺上》同诗同条:"攀龙附凤,指灵武劝进之人。灵武之事,公心所不与。"(《钱牧斋全集》,第3册,第2164页)按:此句为《钱注杜诗》所无。
　　② 《钱注杜诗》,第66页。按:《钱注杜诗》"琯以至德二载五月罢相,以镐代。八月,出镐于河南。次年五月,镐罢。六月,琯贬邠州",为《读杜小笺上》同诗同条所无。
　　③ 《钱注杜诗》,第66页。

《收京》诗云"羽翼怀商老",其意深如此。①

又笺曰：

《洗兵马》，刺肃宗也。刺其不能尽子道，且不能信任父之贤臣，以致太平也。首叙中兴诸将之功，而即继之曰"已喜皇威清海岱，常思仙仗过崆峒"。崆峒者，朔方回銮之地，安不忘危，所谓愿君无忘其在莒也。两京收复，銮舆反正，紫禁依然，寝门无恙，整顿乾坤皆二三豪俊之力，于灵武诸人何与？诸人徼天之幸，攀龙附凤，化为侯王，又欲开猜阻之隙，建非常之功，岂非所谓贪天功以为己力者乎？斥之曰"汝等"，贱而恶之之辞也。当是时，内则张良娣、李辅国，外则崔圆、贺兰进明辈，皆逢君之恶，忌疾蜀郡元从之臣。而玄宗旧臣，遣赴行在，一时物望最重者，无如房琯、张镐。琯既以进明之谮罢去，镐虽继相而旋出，亦不能久于其位。故章末谆复言之。"青袍白马"以下，言能终用镐，则扶颠筹策，太平之效，可以坐致，如此望之也，亦忧之也，非寻常颂祷之词也。"张公一生"以下，独详于张者，琯已罢矣，犹望其专用镐也。是时李邺侯亦先去矣，泌亦琯、镐一流人也。泌之告肃宗也，一则曰，陛下家事，必待上皇；一则曰，上皇不来矣。泌虽在肃宗左右，实乃心上皇。琯之败，泌力为营救，肃宗必心疑之。泌之力辞还山，以避祸也。镐等终用，则泌亦当复出，故曰"隐士休歌紫芝曲"也。两京既复，诸将之能事毕矣，故曰"整顿乾坤济时了"。收京之后，洗兵马以致太平，此贤相之任也。而肃宗以谗猜之故，不能信用其父之贤臣，故曰"安得壮士挽天河，净洗甲兵常不用"，盖至是而太平之望益邈矣！呜呼！伤哉！

〔公之自拾遗移官，以上疏救房琯也。琯夙负重名，驰驱奉册，肃宗以其为上皇建议，诸子悉领大藩，心忌而恶之。乾元元年六月，下诏贬琯，并及刘秩、严武等，以琯党也。《旧书》甫本传云：房琯布衣时与甫善，琯罢相，甫上言：琯不宜罢。肃宗怒，贬琯为刺史，出甫为华州司功参军。按杜集有至德二载六月《奉谢口敕放三司推问状》，盖琯罢相时，公抗疏论救，诏三司推问，以张镐救，敕放就列。至次年六月，复与琯俱贬也。然而诏书不及者，以官卑耳。镐代琯相亦罢，亦坐琯党也。公流落剑外，

---

① 《钱注杜诗》，第66～67页。

卒依严武,拜房相之墓,哭其旅榇,而肃、代间论事,则于封建三致意焉。]①此公一生出处事君交友之大节,而后世罕有知之者,则以房琯之生平,为唐史抹摋,而肃宗之逆状,隐而未暴故也。史称琯登相位,夺将权,聚浮薄之徒,败军旅之事;又言其高谈虚论,招纳宾客,因董庭兰以招纳货贿。若以周行具悉之诏,为金科玉条者,琯以宰相,自请讨贼,可谓之夺将权乎?刘秩固不足当曳落河,王思礼、严武亦可谓浮薄之徒乎?门客受赃,不宜见累,肃宗犹不能非张镐之言,而史顾以此坐琯乎?请循本而论之。肃宗擅立之后,猜忌其父,因而猜忌其父所遣之臣,而琯其尤也。贺兰进明之谮琯曰:"琯昨于南朝,为圣皇制置天下,于圣皇为忠,于陛下则非忠。"圣皇于陛下,何人也?而敢以忠不忠为言,其仇譬视父之心,进明深知之矣。李辅国之言曰:"陈玄礼、高力士谋不利于陛下,六军将士,尽灵武功臣,皆反仄不安。"琯与镐在朝,何尝十玄礼、百力士。肃宗志岂尝斯须忘之?是故琯之将兵,知不安其位而以危事自效也。许之将,而又使中人监之,不欲其专兵也,又使其进退不得自便也。败兵之后,不即去,而以琴客之事罢,俾正衙门弹劾,以秽其名也。罢琯而相镐,不得已而从人望也。五月相,八月即出之河南,不欲其久于内也。六月贬琯,而五月先罢镐,汲汲乎唯恐锄之不尽也。琯败师而罢,镐有功而亦罢,意不在乎功罪也。自汉以来,钩党之事多矣,未有人主自钩党者,未有人主钩其父之臣以为党,而文致罪状,榜在朝堂,以明欺天下后世者。六月之诏,岂不大异哉!肃宗之事上皇,视汉宣帝之于昌邑,其心内忌,不啻过之。幽居西内,辟谷成疾,与主父之探雀鷇何异?移仗之日,玄宗呼力士曰:"微将军,阿瞒几为兵死鬼矣。"论至于此,当与商臣、隋广同服上刑。许世子止岂足道哉!唐史有隐于肃宗,归其狱于辅国,而后世读史者无异辞。司马公《通鉴》乃特书曰:"令万安、咸宜二公主视服膳;四方所献珍异,先荐上皇。"呜呼!斯岂李辅国所谓匹夫之孝乎?何儒者之易愚也。余读杜诗,感"鸡鸣问寝"之语,考信唐史房琯被谮之故,故牵连书之如此。②

---

① 按:上方括号内之笺文,原系《牧斋初学集》卷一〇七《读杜小笺中》之《至德二年[载]甫自京金光门出间道归凤翔乾元初从左拾遗移华州掾与亲故别因出此门有悲往事》诗注的部分内容(《钱牧斋全集》,第3册,第2167页),移入此处,略作改动。

② 《钱注杜诗》,第67～68页。按:钱注《洗兵马》"笺曰"系取《牧斋初学集》卷一〇九《读杜二笺上》同诗注(《钱牧斋全集》,第3册,第2190～2192页)而增益之。

依上所引,可知《洗兵马》钱注对同一历史问题的考证在注文与笺文中反复出现,如逐条考察,将不免重复之弊。故本节归纳注文与笺文为三条紧密关联的主题线索,线索内再细化为若干专题,将钱注引用史料一一覆核原文①,在此基础上对其考证结论详加释证,并辨正批驳钱笺者所论,希望能对《洗兵马》钱注是否符合唐史事实之问题作一彻底澄清。关于此诗之历史背景,请参阅本节后所附《〈洗兵马〉历史背景年表》。

本书将钱注所引史料与相关史料原文相同或相似之部分皆作"加粗"标示,将钱注考证结论作"下划线"标示,将其他重要文句作"着重号"标示,以便能一目了然地对比考察。

### （一）玄肃父子之间的矛盾

《钱注杜诗》之《洗兵马》注,通过对史料的钩稽考核,揭示了玄肃父子之间矛盾的根源,及其产生、发展、激化的过程。

1. 肃宗敌视玄宗及其旧臣之原因

依《钱注杜诗》之《洗兵马》注,肃宗敌视玄宗及其旧臣之原因是出于肃宗抢夺皇位的阴暗心理("仇雠视父"),"猜忌其父,因而猜忌其父所遣之臣"。今释证如下:

《钱注杜诗》卷二《洗兵马》笺曰:

> **琯夙负重名,驰驱奉册,肃宗以其为上皇建议,诸子悉领大藩,心忌而恶之。**……肃宗擅立之后,猜忌其父,因而猜忌其父所遣之臣,而琯其尤也。**贺兰进明之谮琯曰:"琯昨于南朝,为圣皇制置天下,于圣皇为忠,于陛下则非忠。"**圣皇于陛下,何人也？而敢以忠不忠为言,其仇雠视父之心,进明深知之矣。**李辅国之言曰:"陈玄礼、高力士谋不利于陛下,六军将士,尽灵武功臣,皆反仄不安。"**琯与镐在朝,何甞十玄礼、百力士。肃宗志岂甞斯须忘之？

《旧唐书》卷九《玄宗本纪下》天宝十五载(756)秋七月:

---

① 　本书征引唐代正史史料,关于同一历史事件的记载均同时覆核两《唐书》,《资治通鉴·唐纪》相关部分,择取最优者。取舍主要参考:[清]赵翼《廿二史札记》卷一六至一八论两《唐书》史法各条(王树民校证《廿二史札记校证》订补本,中华书局1984年版);黄永年《唐史史料学》纪传类《旧唐书》、《新唐书》条与编年类《资治通鉴》条(上海书店出版社2002年版)。

甲子(十二日),次普安郡,宪部侍郎房琯自后至,上与语甚悦,即日拜为吏部尚书、同中书门下平章事。丁卯(十五日),诏以皇太子讳(亨)充天下兵马元帅,都统朔方、河东、河北、平卢等节度兵马,收复两京;永王璘江陵府都督,统山南东路、黔中、江南西路等节度大使;盛王琦广陵郡大都督,统江南东路、淮南、河南等路节度大使;丰王珙武威郡都督,领河西、陇右、安西、北庭等路节度大使①。初,京师陷贼,车驾仓皇出幸,人未知所向,众心震骇,及闻是诏,远近相庆,咸思效忠于兴复。②

《旧唐书》卷一〇《肃宗本纪》天宝十五载(756)七月:

是月甲子(十二日),上即皇帝位于灵武。③

《旧唐书》卷九《玄宗本纪下》天宝十五载(756)八月:

癸巳(十二日),灵武使至,始知皇太子即位。丁酉(十六日),上用灵武册称上皇,诏称诰。己亥(十八日),上皇临轩册肃宗。④

《旧唐书》卷一一一《房琯传》:

(天宝)十五年六月,玄宗苍黄幸蜀,……琯独驰蜀路,七月,至普安郡谒见,玄宗大悦,即日拜文部尚书⑤、同中书门下平章事。……其年八月,……**奉使灵武,册立肃宗**。……肃宗以**琯素有重名**,倾意待之,琯亦自负其才,以天下为己任。时行在机务,多决之于琯。……

会北海太守贺兰进明自河南至,诏授南海太守,摄御史大夫,充岭南

---

① 制书详见《唐大诏令集》卷三六《诸王·除亲王官》载贾至《命三王制》,《文苑英华》卷四六二、《全唐文》卷三六六题作《玄宗幸普安郡制》。
② 《旧唐书》,第1册,第233~234页。
③ 同上,第242页。
④ 同上,第234页。
⑤ 按:《资治通鉴》卷二一八此处作"文部侍郎"。元胡三省注:"天宝十一载,改刑部曰宪部,吏部曰文部。"(第15册,第6982页)贾至《授房琯文部尚书同平章事制》《文苑英华》卷四四八、《全唐文》卷三六七、《唐大诏令集》卷四五题作《房琯平章事制》)及两《唐书》本传皆作"文部尚书"。当以"文部尚书"为是。

节度使①。中谢,肃宗谓之曰:"朕处分房琯与卿正大夫,何为摄也?"进明对曰:"琯与臣有隙。"上以为然。进明因奏曰:"陛下知晋朝何以至乱?"上曰:"卿有说乎?"进明曰:"晋朝以好尚虚名,任王夷甫为宰相,祖习浮华,故至于败。今陛下方兴复社稷,当委用实才,而琯性疏阔,徒大言耳,非宰相器也。陛下待琯至厚,以臣观之,琯终不为陛下用。"上问其故,**进明曰:"琯昨于南朝为圣皇制置天下,乃以永王为江南节度,颖王为剑南节度,盛王为淮南节度,制云'命元子北略朔方,命诸王分守重镇'②。且太子出为抚军,入日监国,琯乃以枝庶悉领大藩,皇储反居边鄙,此虽于圣皇似忠,于陛下非忠也。**琯立此意,以为圣皇诸子,但一人得天下,即不失恩宠。又各树其私党刘秩、李揖、刘汇、邓景山、窦绍之徒,以副戎权。推此而言,琯岂肯尽诚于陛下乎? 臣欲正衔弹劾,不敢不先闻奏。"③ **上由是恶琯**,诏以进明为河南节度、兼御史大夫。④

《资治通鉴》卷二二一唐肃宗上元元年(760)六月:

**李辅国**素微贱,虽暴贵用事,上皇左右皆轻之。辅国意恨,且欲立奇功以固其宠,乃言于上曰:"上皇居兴庆宫,日与外人交通,**陈玄礼、高力士谋不利于陛下。今六军将士尽灵武勋臣,皆反仄不安**,臣晓谕不能解,不敢不以闻。"(胡注:李辅国此言,是临肃宗以兵也。)⑤

宋胡仔《苕溪渔隐丛话》前集卷一四《杜少陵九》引蔡宽夫《诗话》:

《唐书·房琯传》:"上皇入蜀,**琯建议请诸王分镇天下。其后贺兰进明以此谮之肃宗,琯坐是卒废不用**,世多悯之。"予读司空图《房太尉汉

---

① 据《唐会要》卷七八《诸使中·节度使》岭南节度使条:"至德二载正月,贺兰进明除岭南五府经略兼节度使。"(中华书局 1955 年版,下册,第 1431 页)《资治通鉴》卷二一九将此事系于至德元载十月,实误。

② 制书详见《唐大诏令集》卷七九《典礼·巡幸》载《銮驾到蜀大赦制》(中华书局 2008 年版,第 454~455 页)。

③ 按:贺兰进明此段话载《全唐文》卷三四六,题作《论房琯不堪为宰相对》。

④ 《旧唐书》,第 10 册,第 3320~3322 页。

⑤ 《资治通鉴》,第 15 册,第 7093~7094 页。按:《新唐书》卷二〇八《李辅国传》亦有相同内容之记载,第 19 册,第 5880 页。

中》诗云:"物望倾心久,凶渠破胆频。"注谓:"禄山初见分镇诏书,拊膺叹曰:吾不得天下矣。非琯无能画此计者。"盖以乘舆虽播迁,而诸子各分统天下兵柄,则人心固所系矣,未可以强弱争也。今《唐史》乃不载此语。图博学多闻,尝位朝廷,且修史,其言必有自来。夫身以此废,而功之在时乃若是,于其人之利害,岂不重哉!惜乎,史臣不能为一白之也。①

按:由上比照可知,钱注引用史料②完全符合历史文献记载,其所得考证结论即建基于此。兹辨析如下:

钱笺所云"肃宗擅立",即肃宗违背礼法程序,未经其父玄宗之册命,在玄宗完全不知道的情况下即位灵武,实为利用在北方领导平定安史叛乱之机,抢夺皇位。宋范祖禹《唐鉴》卷六"臣祖禹曰":"肃宗以皇太子讨贼,遂自立于灵武,不由君父之命而有天下,是以不孝令也。"③《新唐书》卷六《肃宗本纪》赞曰:"天宝之乱,大盗遽起,天子出奔。方是时,肃宗以皇太子治兵讨贼,真得其职矣!……肃宗虽不即尊位,亦可以破贼矣。盖自高祖以来,三逊于位以授其子,而独睿宗上畏天戒,发于诚心,若高祖、玄宗,岂其志哉!"④可见后世史臣对肃宗灵武擅立、玄宗被迫禅位之判定。陈寅恪《唐代政治史述论稿》表揭其中隐微云:"惟肃宗既立为皇太子之后,其皇位继承权甚不固定,故乘安禄山叛乱玄宗仓促幸蜀之际,分兵北走,自取帝位,不仅别开唐代内禅之又一新局,而李辅国因是为拥戴之元勋,遂特创后来阉寺拥戴或废黜储君之先例,此甚可注意也。"⑤寅恪先生此言允为"擅"字所蕴深刻微旨之注脚矣。

钱笺谓肃宗"猜忌其父,因而猜忌其父所遣之臣,而琯其尤也"。此种猜忌心理是通过两次听信谗言由隐而显的。第一次是至德二载(757)正月听信贺兰进明谗毁房琯。贺兰进明进谗言的要害是"琯昨于南朝为圣皇制置天

---

① [宋]胡仔纂集,廖德明校点:《苕溪渔隐丛话》,人民文学出版社1962年版,第91~92页。邓小军《杜甫疏救房琯墨制放归郴州考——兼论唐代的制敕与墨制》:"蔡宽夫所见《唐书·房琯传》佚文,直书'贺兰进明以此谗之肃宗,琯坐是卒废不用',明确表示由于贺兰进明以分镇事诬陷房琯,而导致房琯的罢相,可称良史。今本《旧唐书·房琯传》虽不载此语,但实际犹载明其事。"(《诗史释证》,第128页)

② 钱注《洗兵马》多未明确标示引用史料之出处。

③ [宋]范祖禹:《唐鉴》,上海古籍出版社1984年版,据上海图书馆藏宋刻本影印,第155页。

④ 《新唐书》卷六《肃宗本纪》,第1册,第181页。

⑤ 陈寅恪:《唐代政治史述论稿》中篇《政治革命及党派分野》,三联书店2001年版,第255页。

下"，"此于圣皇似忠，于陛下非忠也"。由上引史料可知，天宝十五载(756)七月十五日玄宗在蜀道普安郡(今四川剑阁)诏诸王分镇时，绝不可能知道三天前太子李亨已即位灵武(今宁夏灵武西南)，当此时，房琯心中，玄宗是唯一的天子，建议诸王分镇，实起到了凝聚民心的重要作用①。可见，贺兰进明所谓房琯"此于圣皇似忠，于陛下非忠"，纯系诬蔑不实之词，但此言却恰恰切中了肃宗"猜忌其父"的阴暗心理。故钱笺言"圣皇于陛下，何人也？而敢以忠不忠为言，其仇雠视父之心，进明深知之矣"，可谓深中其要旨。第二次是上元元年(760)六月李辅国谗毁陈玄礼、高力士，离间灵武、蜀郡之关系。李辅国之言，乃玄宗被劫迁西内事件之前奏，后"移仗之事，其端已见于此。李辅国特探其(肃宗)邪心而成之耳。"②钱笺言"琯与镐在朝，何啻十玄礼、百力士。肃宗志岂尝斯须忘之(李辅国之谗言)？"实以反问语气明白揭示了肃宗猜忌蜀郡旧臣是房琯、张镐相继罢相的真实原因，亦潜在揭示出肃宗乃劫迁西内之幕后主谋(详下文)。要之，贺兰进明与李辅国之谮言，是窥破了肃宗"仇雠视父"的阴暗心理有针对而发的，故得到了肃宗的深刻认同并进而采取行动排斥迫害玄宗及其旧臣。

综上可见，钱笺建基于确凿史料之上的分析论证，符合唐史实际。

2. 肃宗敌视玄宗之行动

(1) 解除武装(杜甫在朝时)

依《钱注杜诗》之《洗兵马》注，肃宗暗中采取行动，玄宗自蜀还京即被解除武装，置于武力监控之下，劫迁西内，实肇端于此。今释证如下：

《钱注杜诗》卷二《洗兵马》"问寝"("鹤禁通霄凤辇备，鸡鸣问寝龙楼晓")条注：

> 肃宗即位，下制曰：复宗庙于函洛，迎上皇于巴蜀；道銮舆而反正，朝寝门而问安，朕愿毕矣。上皇至自蜀，即日幸兴庆宫。肃宗请归东官，不

---

① 《旧唐书·玄宗本纪下》："初，京师陷贼，车驾仓皇出幸，人未知所向，众心震骇，及闻是诏，远近相庆，咸思效忠于兴复。"蔡宽夫《诗话》引司空图《房太尉汉中》诗注："禄山初见分镇诏书，拊膺叹曰：吾不得天下矣。非琯无能画此计者。"又[明]李贽《藏书》卷一九《循良名臣》"房琯"条："盖当难危之际，以亲王重藩，分布外镇，夹辅王室，统系人心，自是长策。"(中华书局 1959 年版，第 2 册，第 318 页)

② 《牧斋初学集》卷一〇七《读杜小笺中》之《至德二年[载]甫自京金光门出间道归凤翔乾元初从左拾遗移华州掾与亲故别因出此门有悲往事》诗注，《钱牧斋全集》，第 3 册，第 2167 页。按：《钱注杜诗》卷一〇同题诗注未载此条。

许。此诗援据寝门之诏,引太子东朝之礼以讽谕也。鹤驾龙楼,不欲其成乎为君也。颜鲁公《天下放生池碑》云:迎上皇于西蜀,申子道于中京。一日三朝,大明天子之孝;问安侍膳,不改家人之礼。东坡云:鲁公知肃宗有愧于是,故以此谏也。《高力士传》:太上皇至凤翔,贼臣李辅国诏收随驾甲仗。上曰:临至皇城,安用此物?悉令收付所由。辅国趋驰末品,小了纤人,一承攀附之恩,致位云霄之上,欲令猜阻,更树勋庸,移仗之端,莫不由此。

《旧唐书》卷一〇《肃宗本纪》至德二载(757)十一月壬申朔(一日):

> 上御丹凤楼,下制曰:"……朕早承圣训,尝读礼经,义切奉先,恐不克荷。今复宗庙于函洛,迎上皇于巴蜀;导銮舆而反正,朝寝门而问安。寰宇载宁,朕愿毕矣。……待上皇到日,当取处分。"①

《旧唐书》卷一〇《肃宗本纪》至德二载(757)十二月:

> 丙午(三日),上皇至自蜀,上至望贤宫奉迎。上皇御宫南楼,上望楼辟易,下马趋进楼前,再拜蹈舞称庆。上皇下楼,上匍匐捧上皇足,涕泗呜咽,不能自胜。遂扶侍上皇御殿,亲自进食;自御马以进,上皇上马,又躬揽辔而行,止之后退。上皇曰:"吾享国长久,吾不知贵,见吾子为天子,吾知贵矣。"上乘马前导,自开远门至丹凤门,旗帜烛天,彩棚夹道。士庶舞忭路侧,皆曰:"不图今日再见二圣!"百僚班于含元殿庭,上皇御殿,左相苗晋卿率百辟称贺,人人无不感咽。礼毕,上皇诣长乐殿谒九庙神主,即日幸兴庆宫。上请归东宫,上皇遣高力士再三慰譬而止。②

《资治通鉴》卷二二〇唐肃宗至德二载(757):

> 十一月,……丙申(二十二日),上皇至凤翔,从兵六百馀人,上皇命

---

① 《旧唐书》,第1册,第248页。
② 同上,第249页。

悉以甲兵输郡库。上发精骑三千奉迎①。十二月，丙午(三日)，上皇至咸阳，上备法驾迎于望贤宫。……丁未(四日)，……上皇自开远门入大明宫，御含元殿，慰抚百官；乃诣长乐殿谢九庙主，恸哭久之；即日，幸兴庆宫，遂居之。上累表请避位还东宫，上皇不许。②

唐郭湜《高力士外传》：

至德二年十一月，诏迎太上皇于西蜀。十二月，至凤翔，被贼臣李辅国诏取随驾甲仗。上皇曰："临至王城，何用此物？"悉令收付所司。③

《旧唐书》卷一八四《李辅国传》至德二载(757)十二月：

上皇自蜀还京，居兴庆宫，肃宗自夹城中起居。……辅国常阴候其陈而间之。④

《旧唐书》卷一〇《肃宗本纪》乾元元年(758)：

十月，……甲寅(十五日)，上皇幸华清宫，上送于灞上。……十一月丁丑(八日)，……上皇至自华清宫，上迎于灞上。上自控上皇马辔百馀步，诣止之，乃已。⑤

《资治通鉴》卷二二〇唐肃宗乾元元年(758)：

冬，十月，……甲寅，上皇幸华清宫；十一月，丁丑，还京师。⑥

唐郭湜《高力士外传》：

---

① 《旧唐书》卷九《玄宗本纪下》："(至德二载)十一月丙申，次凤翔郡。肃宗遣精骑三千至扶风迎卫。"(第1册，第235页)
② 《资治通鉴》，第15册，第7044~7045页。
③ [唐]郭湜：《高力士外传》，丁如明辑校《开元天宝遗事十种》，第119页。
④ 《旧唐书》，第15册，第4760页。
⑤ 同上，第1册，第253~254页。
⑥ 《资治通鉴》，第15册，第7062~7063页。

乾元元年冬，上皇幸温泉宫，二十日却归，因此被贼臣李辅国阴谋不轨。欲令猜阻，更树勋庸，移仗之端，莫不由此。辅国趋驰末品，小了纤人，一承攀附之恩，致位云霄之上。①

唐颜真卿《天下放生池碑铭并序》：

> 迎上皇于西蜀，申子道于中京。一日三朝，大明天子之孝；问安视膳，不改家人之礼。②

宋苏轼《题鲁公放生池碑》：

> 湖州有颜鲁公《放生池碑》，载其所上肃宗表云："一日三朝，大明天子之孝；问安侍膳，不改家人之礼。"鲁公知肃宗有愧于是也，故以此谏。孰谓公区区于放生哉？③

按：由上比照可知，钱注准确使用了正史、笔记小说、碑铭、题跋等多种史料，揭开了一段被掩盖的历史真相。

至德二载（757）十一月二十二日上皇还京至凤翔，《通鉴》谓"从兵六百馀人，上皇命悉以甲兵输郡库"，实未得其真。赖唐郭湜《高力士外传》所载"被贼臣李辅国诏取随驾甲仗"，始得揭示真相，此时上皇仅六百馀人的"从兵"（即卫队）实际已被肃宗解除武装，上皇从此即被置于肃宗武力监控之下，此即"上（肃宗）发精骑三千奉迎"背后隐藏的真正目的。再观同年十二月三日、四日，肃宗备法驾迎上皇于望贤宫，"望楼辟易"，"下马趋进"，"匍匐捧上皇足"，"亲自进食"，"躬揽（上皇马）辔"以及"累表请避位还东宫"等一系列行为，只不过是一精心制造的骗局，以欺骗天下后世④。按《高力士外传》一卷，是唐郭湜笔记高力士口述的旧事，从开元后期写起，记到高力士被贬以至病

---

① ［唐］郭湜：《高力士外传》，丁如明辑校《开元天宝遗事十种》，第119页。
② ［唐］颜真卿：《颜鲁公文集》卷四，《四部丛刊初编》集部影印明锡山安氏馆刊本，上海书店1989年据商务印书馆1926年版重印。
③ ［宋］苏轼撰：孔凡礼点校：《苏轼文集》卷六九《题跋》，中华书局1986年版，第5册，第2178页。
④ ［宋］范祖禹《唐鉴》卷六"臣祖禹曰"："及其（肃宗）迎上皇于望贤宫，百姓皆注耳目，则辞帝服，避驰道，屑屑焉为末礼，以眩耀于众，岂其诚乎？"（第155页）是为洞见。

死止,其中颇多有关朝政大事,而为两《唐书》所失载者,足称第一手文献,具有很高的史料价值①。钱氏《洗兵马》"问寝"注引用《高力士外传》之记载,补正两《唐书》、《通鉴》之失载或失实,可见牧斋发掘、运用史料的敏锐学术眼光。

至德二载(757)十二月,上皇还京居兴庆宫,"(李)辅国常阴候其隙而间之"。乾元元年(758)十月十五日,上皇幸华清宫,十一月八日,还京师,其间约二十余日。《旧唐书·肃宗本纪》谓"上送(迎)于灞上","上自控上皇马辔百馀步",此条史文制造了肃宗孝养上皇之假象,而唐郭湜《高力士外传》则言"上皇幸温泉宫,二十日却归,因此被贼臣李辅国阴谋不轨",实揭其真相。《通鉴》不取旧纪所言,可见司马光对此条记载之判断。《高力外士传》此条,钱注虽未征引,但循其已征引之线索阅读原书,即可获知,故牧斋提供之路标甚为重要,亦可视为钱注潜在之征引。

依上钱注所揭唐史隐曲面之真相,其阐发杜诗所蕴涵之微旨:"此诗援据寝门之诏,引太子东朝之礼以讽谕也。鹤驾龙楼,不欲其成乎为君也。"即杜甫对肃宗不能克尽子道善待上皇提出政治批评,实具历史文献之根据。而唐颜真卿碑铭之当下讽谏,宋苏轼题跋之异代会心,乃钱谦益见解之先声。钱注明确标示出处,一是表明其不掠美之意,二是表明其见解之历史渊源。

清代诸注家、评家对此条钱注多持否定态度,如:

清朱鹤龄《杜工部诗集辑注》卷五《洗兵马》"鹤驾通宵凤辇备,鸡鸣问寝龙楼晓"句注引《杜诗博议》②:"灵武即位,本非得已,……其听李辅国谗间乃上元年间事,公安得逆料而讥之。……颜鲁公《请立放生池表》云:一日三朝,大明天子之孝;问安视膳,不改家人之礼。东坡以为知肃宗有愧于是也。此表乃移仗后所上,不当援之以证此诗也。"又沈寿民《后序》:"逆探移仗之举。"③

清潘耒《书杜诗钱笺后》之《洗兵马》:"上皇初归,肃宗未失子道,岂得预

---

① 详请参阅黄永年《唐史史料学》杂史杂说小说类《高力士外传》条,第137~138页。

② 周采泉《杜集书录》内编卷八清潘柽章撰《杜诗博议》条编者按:"钮琇《觚賸》云:'柽章有《博议》一书,引据考证,纠讹辟舛。因罹法甚酷,朱鹤龄多所采取,竟讳而不著其姓氏。'又云:'柽章著述甚富,悉于被系时遗亡。'钮琇与柽章同乡同时,其说当可信。"(第484页)

③ [唐]杜甫撰,[清]朱鹤龄辑注:《杜工部诗集辑注》,《四库禁毁书丛刊补编》第81册影印中国科学院图书馆藏清康熙金陵叶永茹刻本,北京出版社2005年版。全书同此版本。

探后事以责之。"①

清沈德潜《杜诗偶评》卷二评《洗兵马》:"两京克复,上皇还宫,正臣子欣幸之时,安有预探移宫之事而加以诽刺乎?"②

按:当乾元二年(759)春杜甫作《洗兵马》诗时,肃宗表面上尚未直接表现出不能善待上皇(如其后之劫迁西内),但实际则不然。由上引文献及论析可知,肃宗于天宝十五载即至德元载七月(756)抢夺皇位;至德二载(757)二月镇压永王璘军③,十一月上皇还京途中解除其卫队武装,置于武力监控之下,十二月,上皇居兴庆宫,李辅国常阴候其隙而间之;乾元元年(758)冬,上皇幸华清宫,李辅国图谋不轨。此一系列事件,实际皆是肃宗敌视上皇态度之体现。此段时期,正是杜甫陷贼、奔赴凤翔行在、拜左拾遗、疏救房琯,墨制放还鄜州、回京师、出为华州司功参军,即身历朝廷军国要事之时,上述全部事实杜甫当皆有直接或间接之闻见。又,颜真卿《天下放生池碑铭》题"贞卿以乾元三年春三月戊辰撰",据宋留元刚编《颜鲁公年谱》,此《碑铭》原作于乾元二年(759)颜真卿任升州刺史充浙西节度使时,次年乾元三年即上元元年(760)再进擘窠之本乞御书题额,故系以改书之岁④。"移仗"即上皇被劫迁西内,在上元元年(760)七月,可见此表非移仗后所上。颜真卿当同杜甫一样,已经敏锐感知到肃宗敌视上皇之态度,因而隐忧上皇未来的悲剧命运。从以上全部事实,反观朱鹤龄引《杜诗博议》、沈寿民、潘耒、沈德潜所谓"逆料而讥之"、"逆探移仗之举"云云,实为不考明史实之妄言。杜诗自唐代即有"诗史"之

---

① [清]潘耒:《遂初堂文集》卷一一,《续修四库全书》集部别集类第1417册据清康熙刻本影印,上海古籍出版社2002年版,第579页。潘耒(字次耕)极力攻讦钱笺及钱谦益本人之原因,许永璋《取雅去俗 推腐致新——略评〈钱注杜诗〉》剖析:"潘耒于《书杜诗钱笺后》诋之略无宽贷,……然潘氏曾师事顾炎武,后背其师之道,黄缘无品之徐乾学兄弟,举康熙十八年博学鸿词,授职检讨,……自丧气节,而对钱氏之行不加细察,讥为'节亏'……不仅毫无价值,且如史迁所谓'适足以见笑而自点耳'。"(《许永璋唐诗论文选》,第140~141页)陈寅恪《柳如是别传》第五章论注杜公案:"(顾)亭林之不欲次耕得中博学鸿辞科……潘耒之兄柽章,以庄氏史案,为清廷杀害。亭林之意次耕亦应如伟元之三征七辟皆不就也。"(第1028~1029页)

② [清]沈德潜:《杜诗偶评》四卷,清乾隆十二年潘承松赋闲草堂刻本,国家图书馆善本特藏部藏,书号:09410。

③ 关于永王璘事件历史真相的研究,详参阅贾二强《唐永王李璘起兵事发微》,《陕西师范大学学报》(哲学社会科学版)1991年第1期,第83~88页;张振《唐永王璘事件考辨》,《青岛大学师范学院学报》2005年第4期,第10~16页;邓小军《永王璘案真相——并释李白〈永王东巡歌十一首〉》,《文学遗产》2010年第5期,第44~56页。

④ [唐]颜真卿《颜鲁公文集》末附,《四部丛刊初编》本。《四部备要》本清黄本骥重编《颜鲁公文集》卷首《年谱》亦将《天下放生池碑铭》系于乾元二年。

誉,历史生活是文学的土壤和背景,治杜诗而不考明唐代史实,不仅难以深入,且会造成甚多之误读。

（2）劫迁西内（杜甫弃官后）

依《钱注杜诗》之《洗兵马》注,上元元年(760)七月劫迁西内事件,唐史记载回护肃宗,而归罪李辅国。今释证如下:

《钱注杜诗》卷二《洗兵马》笺曰:

> 肃宗之事上皇,视汉宣帝之于昌邑,其心内忌,不啻过之。**幽居西内,辟谷成疾**,与主父之探雀鷇何异?**移仗之日,玄宗呼力士曰:"微将军,阿瞒几为兵死鬼矣。"**论至于此,当与商臣、隋广同服上刑。许世子止岂足道哉!唐史有隐于肃宗,归其狱于辅国,而后世读史者无异辞。**司马公《通鉴》乃特书曰:"令万安、咸宜二公主视服膳;四方所献珍异,先荐上皇。"**呜呼!斯岂**李辅国所谓匹夫之孝**乎?何儒者之易愚也。

《旧唐书》卷九《玄宗本纪下》乾元三年即上元元年(760)七月丁未(十九日):

> 移幸西内之甘露殿。时阉宦李辅国离间肃宗,故**移居西内**。高力士、陈玄礼等迁谪,上皇寝不自怿。①

《新唐书》卷二〇八《李辅国传》:

> 初,太上皇每置酒长庆楼,南俯大道,因裴回观览,或父老过之,皆拜舞乃去。上元中,剑南奏事吏过楼下,因上谒,太上皇赐之酒,诏公主及如仙媛主之,又召郭英义、王铣等饮,赍予颇厚。辅国因妄言于帝曰:"太上皇居近市,交通外人,玄礼、力士等将不利陛下,六军功臣反侧不自安,愿徙太上皇入禁中。"帝不寤。先时,兴庆宫有马三百,辅国矫诏取之,裁留十马。太上皇谓力士曰:"吾儿用辅国谋,不得终孝矣。"会帝属疾,辅国即诈言皇帝请太上皇按行宫中,至睿武门,射生官五百遮道,太上皇惊,几坠马,问何为者,辅国以甲骑数十驰奏曰:"陛下以兴庆宫湫陋,奉迎乘舆还宫中。"力士厉声曰:"五十年太平天子,辅国欲何事?"叱使下

---

① 《旧唐书》,第1册,第235页。

马,辅国失辔,骂力士曰:"翁不解事!"斩一从者。力士呼曰:"太上皇问将士各好在否!"将士纳刀呼万岁,皆再拜。力士复曰:"辅国可御太上皇马!"辅国靴而走,与力士对执辔还西内,居甘露殿,侍卫才数十,皆尫老。**太上皇执力士手曰:"微将军,朕且为兵死鬼。"**左右皆流涕。……俄而流承恩播州,魏悦溱州,如仙媛归州,公主居玉真观;更料后宫声乐百余,更侍太上皇,备洒扫;**诏万安、咸宜二公主视服膳**。自是太上皇怏怏不豫,至弃天下。①

《资治通鉴》卷二二一唐肃宗上元元年(760):

> 六月,……上皇爱兴庆宫,自蜀归,即居之。……上皇多御长庆楼,父老过者往往瞻拜,呼万岁,上皇常于楼下置酒食赐之;又尝召将军郭英义等上楼赐宴。有剑南奏事官过楼下拜舞,上皇命玉真公主、如仙媛为之作主人。
>
> 李辅国……言于上曰:"上皇居兴庆宫,日与外人交通,陈玄礼、高力士谋不利于陛下。今六军将士尽灵武勋臣,皆反仄不安,臣晓谕不能解,不敢不以闻。"上泣曰:"圣皇慈仁,岂容有此!"对曰:"上皇固无此意,其如群小何!陛下为天下主,当为社稷大计,消乱于未萌,**岂得徇匹夫之孝!**且兴庆宫与阎闾相参,垣墉浅露,非至尊所宜居。大内深严,奉迎居之,与彼何殊,又得杜绝小人荧惑圣听。如此,上皇享万岁之安,陛下有三朝之乐,庸何伤乎!"上不听。兴庆宫先有马三百匹,辅国矫敕取之,才留十匹。上皇谓高力士曰:"吾儿为辅国所惑,不得终孝矣。"
>
> 辅国又令六军将士,号哭叩头,请迎上皇居西内。上泣不应。辅国惧。会上不豫,秋,七月,丁未(十九日),辅国矫称上语,迎上皇游西内,至睿武门,辅国将射生五百骑,露刃遮道奏曰:"皇帝以兴庆宫湫隘,迎上皇迁居大内。"上皇惊,几坠。高力士曰:"李辅国何得无礼!"叱令下马。辅国不得已而下。力士因宣上皇诰曰:"诸将士各好在!"将士皆纳刃,再拜,呼万岁。力士又叱辅国与己共执上皇马鞚,侍卫如西内,居甘露殿。辅国帅众而退。所留侍卫兵,才尫老数十人。陈玄礼、高力士及旧宫人皆不得留左右。……是日,辅国与六军大将素服见上,请罪。上又迫于

---

① 《新唐书》,第19册,第5880～5881页。

诸将,乃劳之曰:"南宫、西内,亦复何殊!卿等恐小人荧惑,防微杜渐,以安社稷,何所惧也!"刑部尚书颜真卿首率百僚上表,请问上皇起居。辅国恶之,奏贬蓬州长史①。……丙辰(二十八日),高力士流巫州,王承恩流播州,魏悦流溱州,陈玄礼勒致仕;置如仙媛于归州,玉真公主出居玉真观。上更选后宫百余人,置西内,备洒扫。**令万安、咸宜二公主视服膳;四方所献珍异,先荐上皇**。然上皇日以不怿,因不茹荤,**辟谷**,**浸以成疾**。上初犹往问安,既而上亦有疾,但遣人起居。其后上稍悔寤,恶辅国,欲诛之,畏其握兵,竟犹豫不能决。②

唐郭湜《高力士外传》:

> 上元元年七月,太上皇移仗西内安置,高公窜谪巫州,皆辅国之计也。上皇在兴庆宫先留厩马三百匹,欲移仗前一日,辅国矫诏,索所留马,惟留十匹,有司奏陈,上皇谓高公曰:"常用辅国之谋,我儿不得终孝道,明早向北内。"及晓,至北内,皇帝使人起拜云:"两日来疹病,不复亲起拜伏,伏愿且留吃饭。"饭毕,又曰:"且归南内。"至夹城,忽闻戛戛声,上惊回顾,见辅国领铁骑数百人便逼近御马,辅国便持御马。高公惊下争持,曰:"纵有他变,须存礼仪,何得惊御!"辅国叱曰:"老翁大不解事,且去!"即斩高公从者一人。高公即拢御马,直至西内安置。自辰及酉,然后老宫婢十数人将随身衣物至,一时号泣,上皇止之,皆辅国矫诏之所为也,圣上宁得知之乎? ……进御人令撤肉,便处分尚食,明日已后,不须进肉食。③

《太平广记》卷一八八《权倖》"李辅国"条:

> 时肃宗不豫,李辅国……下矫诏迁太上皇于西内,给其扈从部曲,不过老弱三二十人。及中途,攒刃曜日,辅国统之。太上皇惊,欲坠马数

---

① 《旧唐书》卷一二八《颜真卿传》:"征为刑部尚书。李辅国矫诏迁玄宗居西宫,真卿乃首率百僚上表请问起居,辅国恶之,奏贬蓬州长史。"(第11册,第3592页)按:颜真卿首率百僚上表请问上皇起居,代表了当时朝臣对劫迁西内事件之看法。

② 《资治通鉴》,第15册,第7093~7096页。

③ 〔唐〕郭湜:《高力士外传》,丁如明辑校《开元天宝遗事十种》,第119~120页。

四,赖左右扶持乃上。高力士跃马而前,厉声曰:"五十年太平天子,李辅国汝旧臣不宜无礼!李辅国下马!"辅国不觉失辔而下。宣太上皇诰曰:"将士各得好生。"于是辅国令兵士咸韬刃于鞘中,齐声云:"太上皇万福!"一时拜舞。力士又曰:"李辅国拢马。"辅国遂著靴,出行拢马,与兵士等护侍太上皇平安到西内。辅国领众既退,**太上皇泣持力士手曰:"微将军,阿瞒已为兵死鬼矣!"**既而九仙媛、力士、玄礼长流远恶处。此皆辅国之矫诏也。时肃宗大渐,辅国专朝,意西内之复有变故也。① (原注:出《戎幕闲谈》②)

按:由上比照可知,钱笺不仅能够准确运用史料,而且对于历史文献,实具去伪存真的鉴别力。关于劫迁西内之史籍记载,钱笺揭示"唐史有隐于肃宗,归其狱于辅国"。所谓唐史,当是指唐代实录、国史、诏敕等原始史料及两《唐书》等后世所修之正史,钱谦益进而批评"后世读史者无异辞",宋司马光《通鉴考异》亦未能揭其真相,《通鉴》正文仍沿袭旧史史文。故钱笺特钩稽比照史料,以抉发其隐微。兹结合相关史料,对钱笺结论辨析如下。

上元元年(760)七月劫迁西内是肃宗继解除上皇卫队武装,置于武力监控下之后,进一步采取的行动,李辅国所谓"翁不解事",透露出肃宗实是其幕

---

① [宋]李昉等编:《太平广记》,中华书局1961年版,第4册,第1409页。

② 《戎幕闲谈》是韦绚于唐文宗大和五年(831)任剑南西川节度使巡官时,记录李德裕的言论而写成的。此书今已失传,《太平广记》、《类说》、《说郛》等书尚存部录文。上引《太平广记》所注出《戎幕闲谈》之"李辅国"条,亦见《说郛》(民国初年张宗祥辑明钞本)卷五录《常侍言旨》中文凡五条之第一条,文字略有差异。据此,李剑国认为《太平广记》之"李辅国"条非属《戎幕闲谈》,而系《常侍言旨》文(详见李著《唐五代志怪传奇叙录》之《戎幕闲谈》条,南开大学出版社1993年版,第600~601页)。周勋初则考察指出《太平广记》之"李辅国"条确系《戎幕闲谈》文字。理由有二:其一,"《戎幕闲谈》、《常侍言旨》二书之材料同源异脉,故多重出。"笔者据周文,将李德裕《次柳氏旧闻》(一名《明皇十七事》)、韦绚《戎幕闲谈》、柳珵《常侍言旨》同源异脉之关系归纳如下:高力士━━柳芳━━长子柳登(子柳璟)━━柳珵(柳冕子)《常侍言旨》;高力士━━柳芳━━次子柳冕━━李吉甫━━李德裕《次柳氏旧闻》━━韦绚《戎幕闲谈》,可见三书有着共同的史源,即高力士之口述。其二,周文指出:《太平广记》卷一八八《李辅国》条末尾加上了几句解释性的文字(即'此皆辅国之矫诏也。时肃宗大渐,辅国专朝,意西内之复有变故也'),说明李辅国矫诏逼迁玄宗于西内的原因,当为《戎幕闲谈》中的原有文字,因为《太平广记》作者摘录他书文字时虽然时有改动,但一般只是在标示朝代和作者名字等问题上略作修改,未见有擅自增加阐释性质的大段文字出现。"(详参阅周勋初《唐人笔记小说考索》下编作家作品考之《韦绚考》、《〈明皇十七事〉考》、《〈常侍言旨〉考》及唐代笔记小说叙录之《次柳氏旧闻》条、《戎幕闲谈》条、《常侍言旨》条,《周勋初文集》第5册,江苏古籍出版社2000年版,第132~138、200~228、365~373页)笔者以为周勋初先生所言有据,故本书仍依《太平广记》,将"李辅国"条归于《戎幕闲谈》,其史源近得之李德裕传述,远溯则为高力士亲授。

后操纵者,而"矫诏"之说不过乃掩饰之词矣。此次武力劫迁上皇并流贬其旧臣旧侍,表层原因是"杜绝小人荧惑圣听"(李辅国语),"防微杜渐,以安社稷"(肃宗语);而其背后隐藏的深层原因可能是肃宗、李辅国惧怕玄宗复辟,即所谓"意西内之复有变故"(《戎幕闲谈》)。"帝属疾"(《新唐书·李辅国传》),"上不豫"、"上亦有疾"(《通鉴》),"两日来疹病"(《高力士外传》),"时肃宗不豫"(《戎幕闲谈》),皆透露出肃宗当时的身体状况不佳。复按《旧唐书》卷一〇《肃宗本纪》:"(上元)二年春正月……甲午,上不康,皇后张氏刺血写佛经。……建辰月……丙申……上不康,百僚于佛寺斋僧。"①可见,肃宗之"不豫"、"不康"已经到了甚为严重之程度。而玄宗此时虽然已七十六岁②,依然御楼观览,置酒赐宴,未显老迈龙钟之态,且开天盛世之影响犹存,玄宗在臣民心中尚具威望。此不能不使多病的肃宗心存忧惧。劫迁当日,李辅国"露刃遮道"(《通鉴》),兵戎相见,上皇执高力士手曰:"微将军,朕且为兵死鬼。"(《新唐书·李辅国传》)辅国若非窥破了肃宗"仇雠视父"之阴暗心理,甚或已得到肃宗之默许授权,又岂敢犯上妄为如此?再观上皇被囚禁西内冷宫后,离奇地"不茹荤"(《高力士外传》谓"进御人令撤肉,便处分尚食,明日已后,不须进肉食"),甚至"辟谷"(不吃饭)。宝应元年(762)四月五日,上皇卒,又离奇地仅早于肃宗之死十三日③,实有死于非命之可能④。由上述全部事实及论析,钱笺谓肃宗才是劫迁西内行动的幕后主谋,实有根有据,足资参信。

　由历史事实的关联性思考,唐史与前代史,实可以相互证发。钱笺所谓"肃宗之事上皇,视汉宣帝之于昌邑,其心内忌,不啻过之",用汉昭宣之际的古典,喻说唐玄肃之际的今典,古典与今典之间的相似性是在位之皇帝不能善待已退位之皇帝。钱笺据上皇被肃宗"幽居西内,辟谷成疾"之事实,遂将

---

① 《旧唐书》,第 1 册,第 260～262 页。

② 据《旧唐书》卷八《玄宗本纪上》:"玄宗……讳隆基,……垂拱元年秋八月戊寅,生于东都。"(第 1 册,第 165 页)可知玄宗生于唐武则天垂拱元年(685),至肃宗上元元年(760),为七十六岁。

③ 《资治通鉴》卷二二二唐肃宗宝应元年建巳月即四月:"甲寅(五日),上皇崩于神龙殿。……丁卯(十八日),上崩。"(第 15 册,第 7123～7124 页)

④ 详本书第三章第一节《围绕〈洗兵马〉笺注形成的学术创见核心体系》对钱注《秋日荆南述怀三十韵》之考释。

上皇与战国时退位后被公子成困于沙丘宫而饿死的赵武灵王(主父)相比类①;据肃宗抢夺皇位并武力劫持幽禁(甚或杀害)上皇之事实,遂将肃宗与弑父夺位之楚商臣(春秋时楚穆王)②、杨广(隋炀帝)③相比类,并指出其行实不可与许世子止轻果进药致其父亡之事相较。许世子止轻果进药致其父亡,《春秋·昭公十九年》书"许世子止弑其君买"④,此条类比的言外之意是肃宗之所作所为,量诸父子人伦之道,可谓其罪大矣⑤,而史书却不予昭明,唯待后世读书人于正史之外,参照杂史笔记及相关诗文别集,详辨慎取之,则庶几可得其真相。要言之,上述钱笺之诸项类比,以钱锺书先生所谓喻有多边、取其一端之意⑥考量,大体稳妥贴切。

又,由上引史料可见,《新唐书》、《通鉴》对劫迁西内事件之详细记载可能取材于《高力士外传》、《戎幕闲谈》等杂史笔记,此表明笔记小说和杂史的史料价值不可忽视。清潘耒《书杜诗钱笺后》之《洗兵马》谓"几为兵鬼之言,出自《力士传》稗官片语,乃撼以实肃宗之罪"⑦,系缺乏史料鉴别力之判断,实不足以驳钱笺。

## (二) 肃宗对玄宗旧臣之排斥

《钱注杜诗》之《洗兵马》注,通过对史料的钩稽考核,揭示了肃宗排斥玄

---

① 《史记》卷四三《赵世家》:"主父欲出不得,又不得食,探爵鷇而食之,三月馀而饿死沙丘宫。"(中华书局 1982 年版,第 6 册,第 1812~1815 页)

② 《春秋·文公元年》:"冬,十月,丁未,楚世子商臣弑其君頵。"(《春秋左传正义》卷一八,《十三经注疏》本,中华书局 1980 年版,第 1836 页)《史记》卷四〇《楚世家》,第 5 册,第 1698~1699 页。

③ 《资治通鉴》卷一八〇隋文帝仁寿四年(604):"杨素……太子(杨广)……令右庶子张衡入寝殿侍疾,尽遣后宫出就别室,俄而上崩。故中外颇有异论。"《考异》曰:"赵毅《大业略记》曰:'(炀)帝事迫,召左仆射杨素、左庶子张衡进毒药。(炀)帝简骁健官奴三十人皆服妇人之服,衣下置仗,立于门巷之间,以为之卫。素等既入,而高祖暴崩。'马总《通历》曰:'杨素秘不宣,乃屏左右,令张衡入拉(文)帝,血溅屏风,冤痛之声闻于外,崩。'"(第 12 册,第 5602~5604 页)

④ 《春秋左传正义》卷四八,《十三经注疏》本,第 2087 页。

⑤ [宋] 范祖禹《唐鉴》卷六"臣祖禹曰":"况其(肃宗)终也,用妇言而保奸,谋迁其父于西宫,卒以愤郁而殒。事亲若此,罪莫大焉。且临危则取大利,居安则谨小节,以是为孝,亦已悖矣。"(第 155 页)是为知言。

⑥ 钱锺书《管锥编·周易正义·归妹》:"比喻有两柄而复具多边。盖事物一而已,然非止一性一能,遂不限于一功一效。取譬者用心或别,着眼因殊,指(denotatum)同而旨(significatum)则异;故一事物之象可以孑立应多,守常处变。……一物之体,可面面观,立喻者各取所需,每举一而不及余。……以彼喻此,二者部'分'相似,非全体浑同。"(中华书局 1986 年版,第 1 册,第 39~41 页)

⑦ [清]潘耒:《遂初堂文集》卷一一,《续修四库全书》集部别集类第 1417 册,第 579 页。

宗旧臣的政治隐微及曲折过程。

**1. 房琯罢相**

依《钱注杜诗》之《洗兵马》注,房琯罢相是肃宗排斥玄宗旧臣的开端,而史籍多诬蔑不实之词。今释证如下:

《钱注杜诗》卷二《洗兵马》笺曰:

> 房琯之生平,为唐史抹搽,而肃宗之逆状,隐而未暴故也。史称琯登相位,夺将权,聚浮薄之徒,败军旅之事;又言其高谈虚论,招纳宾客,因董庭兰以招纳货赂。若以周行具悉之诏,为金科玉条者,琯以宰相,自请讨贼,可谓之夺将权乎?刘秩固不足当曳落河,王思礼、严武亦可谓浮薄之徒乎?门客受赃,不宜见累,肃宗犹不能非张镐之言,而史顾以此坐琯乎?请循本而论之……是故琯之将兵,知不安其位而以危事自效也。许之将,而又使中人监之,不欲其专兵也,又使其进退不得自便也。败兵之后,不即去,而以琴客之事罢,俾正衙门弹劾,以秽其名也。

《旧唐书》卷一○《肃宗本纪》至德二载(757)五月:

> 丁巳(十日),房琯为太子少师,**罢知政事**。以谏议大夫张镐为中书侍郎、同中书门下平章事。[①]

《旧唐书》卷一一一《房琯传》:

> (天宝)十五年……八月……奉使灵武,册立肃宗。……**寻抗疏自请将兵以诛寇孽**,收复京都,肃宗望其成功,许之。……乃与(郭)子仪、(李)光弼等计会进兵。琯请自选参佐,乃以……户部侍郎李揖为行军司马,……起居郎知制诰贾至……为判官,给事中丞**刘秩**为参谋。既行,又令兵部尚书**王思礼**副之。……十月,……遇贼于咸阳县之陈涛斜,接战,**官军败绩**。……琯等奔赴行在,肉袒请罪,**上并宥之**。
>
> 琯**好宾客,喜谈论**,用兵素非所长,而天子采其虚声,冀成实效。琯既自无庙胜,又以虚名择将吏,以至于败。琯之出师,戎务一委于李揖、

---

刘秩,秩等亦儒家子,未尝习军旅之事。琯临戎谓人曰:"**逆党曳落河虽多,岂能当我刘秩等**。"及与贼对垒,**琯欲持重以伺之,为中使邢延恩等督战,苍黄失据,遂及于败**。上犹待之如初,仍令收合散卒,更图进取。

会北海太守贺兰进明自河南至,……上由是恶琯。

崔圆本蜀中拜相,肃宗幸扶风,始来朝谒,……圆厚结李辅国,到后数日,颇承恩渥,亦憾于琯。琯又多称病,不时朝谒,于政事简惰。时议以两京陷贼,车驾出次外郊,天下人心惴恐,当主忧臣辱之际,此时琯为宰相,略无匡懒之意,但与庶子刘秩、谏议李揖、何忌等**高谈虚论**,说释氏因果、老子虚无而已。此外,则**听董庭兰弹琴,大招集琴客筵宴**,朝官往往因庭兰以见琯,自是亦大**招纳货贿**,奸赃颇甚。颜真卿时为大夫,弹何忌不孝,琯既党何忌,遽托以酒醉入朝,贬为西平郡司马。**宪司又奏弹董庭兰招纳货贿**,琯入朝自诉,上叱出之,因归私第,不敢关预人事。**谏议大夫张镐上疏言:"琯大臣,门客受赃,不宜见累"**。二年五月,贬为太子少师,仍以镐代琯为宰相。

其年十一月,从肃宗还京师。十二月,大赦,策勋行赏,加琯金紫光禄大夫,进封清河郡公。琯既在散位,朝臣多以为言,琯亦常自言有文武之用,合当国家驱策,冀蒙任遇。又**招纳宾客**,朝夕盈门,游其门者,又将琯言议暴扬于朝。琯又多称疾,上颇不悦。**乾元元年六月,诏曰:**

崇党近名,实为害政之本;黜华去薄,方启至公之路。房琯素表文学,凤推名器,由是累阶清贵,致位台衡。而率情自任,怙气恃权。**虚浮简傲者进为同人**,温让谨令者捐于异路。所以辅佐之际,谋猷匪弘。顷者时属艰难,擢居将相,朕永怀反席,冀有成功。而**丧我师徒**,既亏制胜之任;升其亲友,**悉彰浮诞**之迹。曾未逾时,**遽从败绩**。自合首明军令,以谢师旅,犹尚矜其万死,擢以三孤。

或云缘其切直,遂见斥退。朕示以堂案,令观所以,咸知乖舛,旷于政事。诚宜效兹忠恳,以奉国家,而乃多称疾疹,莫申朝谒。……又与前国子祭酒刘秩、前京兆少尹严武等潜为交结,**轻肆言谈**,有朋党不公之名,违臣子奉上之体。何以仪刑王国,训导储闱?但以尝践台司,未忍致之于理。况秩、武遽更相尚,同务虚求,不议典章,何成沮劝?宜从贬秩,俾守外藩。琯可邠州刺史,秩可阆州刺史,武可巴州刺史,散官、封如故;并即驰驿赴任,庶各增修。朕自临御寰区,荐延多士,常思聿求贤哲,共致雍熙。深嫉比周之徒,虚伪成俗。今兹所谴,实属其辜。犹以琯等妄自标持,假延浮称,虽周行具悉,恐流俗多疑,所以事必缕言,盖欲人知不滥。凡百卿士,宜悉朕怀。……

　　史臣曰:……**珀登相位,夺将权,聚浮薄之徒,败军旅之事**,不知机而固位,竟无德以自危。①

　　按:由上史料,至德二载(757)五月十日,肃宗罢免房琯平章事,贬为太子少师。乾元元年(758)六月,贬太子少师房琯为邠州(今陕西彬县)刺史。

　　钱笺"史称"云云,是言唐史原始史料及编修史籍,尤乾元元年(758)六月肃宗贬斥房琯及其"同党"之"周行具悉之诏",皆为诬蔑不实之词,其实质是"房琯之生平,为唐史抹搽,而肃宗之逆状,隐而未暴",钱笺对此诬蔑不实之词进行了一一批驳,此为破伪。钱笺"请循本而论之"云云,则是进一步探本寻源,抉幽发隐,揭示房琯生平"为唐史抹搽"之真实面向,此为立真。有破有立,方能彻底拨开笼罩于房琯罢相事件的层层云雾。为对比明晰起见,今将"史称"与钱笺之"破"、"立"列表如下:

表 2 - 1　钱注《洗兵马》对房琯罢相史籍记载破伪与立真对照表

| 史　　称 | 钱　驳　论 | 循本而论之 |
| --- | --- | --- |
| 登相位,夺将权。 | 珀以宰相,自请讨贼,可谓之夺将权乎? | 珀之将兵,知不安其位而以危事自效也。 |
| 聚浮薄之徒,败军旅之事。 | 刘秩固不足当曳落河,王思礼、严武亦可谓浮薄之徒乎? | 许之将,而又使中人监之,不欲其专兵。又使其进退不得自便也。 |
| 高谈虚论,招纳宾客,因董庭兰以招纳货贿。 | 门客受赃,不宜见累,肃宗犹不能非张镐之言,而史顾以此坐珀乎? | 败兵之后,不即去,而以琴客之事罢,俾正衙门弹劾,以秽其名也。 |

　　依上引史料及上表之比照,略陈辨析如下:

　　第一,据《旧唐书·房琯传》所载张镐疏救房琯之言,至德二载(757)五月,肃宗宣布罢免房琯相职的罪名,仅是门客董庭兰"招纳货贿"。正如张镐上疏所言"珀大臣,门客受赃,不宜见累",即是言董庭兰受贿一事,并不足以作为房琯罢相之罪名。钱笺揭示肃宗"以琴客之事罢"房琯相职,背后之目的

────────────

① 《旧唐书》,第 10 册,第 3320～3324、3332 页。

乃是"俾正衙门弹劾,以秽其名也"。更何况所谓"招纳货贿",可能并无其事,而是"潜珰者"诬陷房琯的阴谋。《钱注杜诗》卷二〇《奉谢口敕放三司推问状》"董庭兰"条笺注引宋朱长文《琴史》略云:"薛易简称:'庭兰不事王侯,散发林壑者六十载,貌古心远,意闲体和,抚弦韵声,可以感鬼神矣。天宝中,给事中房琯,好古君子也,庭兰闻义而来,不远千里。'余因此说,亦可以观房公之过而知其仁矣。当房公为给事中也,庭兰已出其门,后为相,岂能遽弃哉?又赇谢之事,吾疑潜珰者为之,而庭兰朽耄,岂能辩释,遂被恶名耳。房公贬广汉,庭兰诣之,公无愠色。唐人有诗云:'七条弦上五音寒,此乐求知自古难。惟有开元房太尉,始终留得董庭兰。'"钱按:"薛易简以琴待诏翰林,在天宝中,子美同时人也,其言必信。伯原《琴史》,千载而下,为庭兰雪此恶名,白其厚诬,不独正唐史之缪,兼可以补子美之阙矣。"①参证《旧唐书·房琯传》所载贺兰进明诬陷房琯之事实,及浊流士大夫排斥清流士大夫之背景②,则朱伯原《琴史》所言"吾疑潜珰者为之",应当是事实。代宗广德元年(763)杜甫作《祭故相国清河房公文》云:"公实匡救,忘餐奋发。累抗直词,空闻泣血","高义沉埋,赤心荡折。贬官厌路,谗口到骨。"以杜证杜,益见钱笺所言之确。

　　第二,《旧唐书·房琯传》所载乾元元年(758)六月肃宗贬房琯等之诏书,以"丧我师徒"、"遽从败绩"为其罪名之一。关于至德元载(756)十月房琯陈涛斜兵败,《旧传》言"及与贼对垒,琯欲持重以伺之,为中使邢延恩等督战,苍黄失据,遂及于败",此表明肃宗派监军宦官邢延恩等督促出战,强行改变了房琯原来采取的"持重以伺之"的正确战略,实是陈涛斜兵败的重要原因之一。正如钱笺所揭"许之将,而又使中人监之,不欲其专兵也,又使其进退不得自便也"。复按《钱注杜诗》卷一《悲青坂》笺曰:"茅元仪曰:肃宗……使房琯将兵,人主嫌疑于上,小人窥伺于下。持重有伺,焉知非胜机?而中人辄敢促战,败师之罪,琯不任受也。琯以宰相将师,若非主上见疑,何至使中人监制?"③(详第三章)此论极有见地,进一步道破了"主上见疑",即肃宗对房琯之不信任,甚至猜忌,乃是其遣宦官监军的深层原因,亦是陈涛斜兵败的深层原

_____

① 《钱注杜诗》,第688页。
② 关于肃宗朝士大夫清流与浊流之分野,请参阅邓小军《杜甫疏救房琯墨制放归鄜州考——兼论唐代的制敕与墨制》,《诗史释证》,第117~123页。按:本书使用清流与浊流二词之相关依据,源于此文,以下不再出注。
③ 《钱注杜诗》,第42页。

因之一。

第三,乾元元年(758)六月肃宗贬房琯等诏书"有朋党不公之名,违臣子奉上之体"之罪名,实质是肃宗与宦官李辅国及贺兰进明、崔圆等浊流士大夫合流,排斥房琯、张镐、严武、刘秩等清流士大夫(即所谓"琯党")之借口,详见下文论述。至于诏书所谓房琯"率情自任,怙气恃权","多称疾疹,莫申朝谒"与《旧唐书》本传所记房琯好"高谈虚论",及游琯门下的何忌不孝等罪名,皆似是而非之词,难以成立。

综上可见,肃宗罢贬房琯所加之种种罪名,皆难以实房琯之罪,不过为"欲加之罪,何患无辞",以掩盖其不能明言的真实原因。此一切罪名背后的根本动因,正钱笺所揭:"(肃宗)猜忌其父,因而猜忌其父所遣之臣,而琯其尤也。"贺兰进明之公然挑拨,亦是窥破肃宗对玄宗的敌对心理,进一步激化了本来潜在的肃玄二帝之间的矛盾,并通过诬陷房琯忠于玄宗而不忠于肃宗,致使肃宗愈加猜忌敌视房琯及"琯党"(详上"肃宗敌视玄宗及其旧臣之原因"部分)。钱笺指出房琯以宰相自请将兵讨贼本身,即已透露出琯"不安其位而以危事自效"之隐蕴①,可谓有识。要之,钱笺以破立结合的论证方式,深刻辨析史料,揭示了房琯罢相事件"为唐史抹摋"的历史真相。

2."琯党"被纷纷逐出朝廷

(1)杜甫疏救房琯

依《钱注杜诗》之《洗兵马》注,乾元元年(758)六月,杜甫由左拾遗被贬华州司功参军,其故是至德二载(757)五月杜甫曾疏救房琯,因而坐琯党被肃宗逐出朝廷。今释证如下:

《钱注杜诗》卷二《洗兵马》笺曰:

> 公之自拾遗移官,以上疏救房琯也。……乾元元年六月,下诏贬琯,并及刘秩、严武等,以琯党也②。《旧书》甫本传云:房琯布衣时与甫善,琯罢相,甫上言:琯不宜罢。肃宗怒,贬琯为刺史,出甫为华州司功参军。

---

① 宋司马光《通鉴考异》引《唐历》云:"其(房琯)嫉恶太甚,……颇以直忤旨,上以名高隐忍,渐不能容矣。琯遂请兵为元帅,许之。"(《资治通鉴》卷二一九,第15册,第7003页)可见肃宗贬琯诏书所引"缘其切直,遂见斥退"之论,其来有自,"以直忤旨"当亦为肃宗排斥房琯的原因之一。

② 参上引《旧唐书·房琯传》载乾元元年(758)六月肃宗贬房琯等之诏书。

按杜集有至德二载六月《奉谢口敕放三司推问状》，盖琯罢相时，公抗疏论救，诏三司推问，以张镐救，敕放就列。至次年六月，复与琯俱贬也。然而诏书不及者，以官卑耳。镐代琯相亦罢，亦坐琯党也。

《钱注杜诗》卷二《述怀一首》诗后注：

> 唐授左拾遗诰："襄阳杜甫，尔之才德，朕深知之。今特命为宣义郎，行在左拾遗。授职之后，宜勤是职，毋怠。命中书侍郎张镐，赍符告谕。至德二载五月十六日行。"右敕，用黄纸，高广皆可四尺，字大二寸许，年月有御宝，宝方五寸许。今藏湖广岳州府平江县裔孙杜富家。①

杜甫《奉谢口敕放三司推问状》：

> 右臣甫，智识浅昧，**向所论事，涉近激讦，违忤圣旨，既下有司，具已举劾**，甘从自弃，就戮为幸。今日巳时，**中书侍郎平章事张镐，奉宣口敕，宜放推问**，知臣愚戆，舍臣万死，曲成恩造，再赐骸骨。臣甫诚顽诚蔽，死罪死罪。臣以陷身贼庭，愤惋成疾，实从间道，获谒龙颜，猾逆未除，愁痛难过，猥厕衮职，愿少裨补。窃见房琯，以宰相子，少自树立，晚为醇儒，有大臣体。时论许琯，必位至公辅，康济元元。陛下果委以枢密，众望甚允。观琯之深念主忧，义形于色，况画一保太，素所蓄积者已。而琯性失于简，酷嗜鼓琴，董庭兰今之琴工，游琯门下有日，贫病之老，依倚为非，琯之爱惜人情，一至于玷污。臣不自度量，叹其功名未垂，而志气挫衄，觊望陛下弃细录大，所以冒死称述。何思虑始竟，阙于再三。陛下贷以仁慈，怜其恳到，不书狂狷之过，复解网罗之急。是古之深容直臣，劝勉来者之意。天下幸甚！天下幸甚！岂小臣独蒙全躯，**就列待罪**而已。无任先惧后喜之至，谨诣阁门，进状奉谢以闻。谨进。
>
> **至德二载六月一日**，宣义郎行(在)左拾遗臣杜甫状进。

《旧唐书》卷一九〇下《杜甫传》：

---

①　《钱注杜诗》，第50～51页。

（天宝）十五载，禄山陷京师，肃宗征兵灵武，甫自京师宵遁赴河西，谒肃宗于彭原郡，拜右拾遗①。**房琯布衣时与甫善**，时琯为宰相，请自帅师讨贼，帝许之。其年十月，琯兵败于陈涛斜。明年春，**琯罢相**。**甫上疏言琯有才，不宜罢免。肃宗怒，贬琯为刺史，出甫为华州司功参军**。②

《新唐书》卷二〇一《杜甫传》：

与房琯为布衣交，琯时败陈涛斜，又以客董庭兰罢宰相。甫上疏言："罪细，不宜免大臣。"帝怒，诏三司杂问。宰相张镐曰："甫若抵罪，绝言者路。"帝乃解。甫谢，且称："……"③然帝自是不甚省录。④

《旧唐书》卷九二《韦安石传》附《韦陟传》：

赴行在，谒见肃宗，肃宗深器之，拜御史大夫。拾遗杜甫上表论"房琯有大臣度，真宰相器，圣朝不容"，词旨迂诞，肃宗令崔光远与陟及宪部尚书颜真卿同讯之。陟因入奏曰："杜甫所论房琯事，虽被贬黜，不失谏臣大体。"上由此疏之。……乃罢陟御史大夫，颜真卿代，授吏部尚书。……出为绛州刺史⑤。⑥

---

① 按："右拾遗"之"右"，系"左"字形近之讹。
② 《旧唐书》，第 15 册，第 5054 页。
③ 按："且称"云云一段，即上引杜甫《奉谢口敕放三司推问状》之节录。
④ 《新唐书》，第 18 册，第 5737 页。
⑤ 据郁贤皓《唐刺史考全编》卷八〇河东道绛州条，韦陟贬为绛州刺史，在至德三载即乾元元年（758），安徽大学出版社 2000 年版，第 2 册，第 1156 页。
⑥ 《旧唐书》，第 9 册，第 2961 页。[宋] 王钦若等编《册府元龟》卷五一五《宪官部四·刚正第二》类："韦陟为御史大夫，拾遗杜甫上表论'房琯有大臣度，真宰相器，圣朝不容'，词旨迂诞。肃宗令崔光远与陟及宪部尚书颜真卿同讯之，陟因入奏曰：'杜甫所论房琯事，虽被贬黜，不失谏臣大体。'上由此疏陟。"又同书卷五二二《宪官部十一·谴让》类："韦陟，肃宗至德中为御史大夫。时左拾遗杜甫上表论'房琯有大臣度，真宰相器，圣朝不容'，词旨迂诞。帝令崔光远与陟及宪部尚书颜真卿同讯之。陟入言：'甫所陈谠言，论房琯被黜，不失谏臣大体。'帝由此益疏，遂罢御史大夫，授吏部尚书。"（中华书局 1989 年影印南宋眉山刻本及南宋蜀新刊监本残本，第 2 册，第 1319、1364 页）明本《册府元龟》卷五二二作"时左拾遗杜甫上表论'房琯尚有大臣度，真宰相器。'"（中华书局 1960 年影印明刻本初印本，第 7 册，第 6234 页）

按：据前揭《旧唐书·肃宗本纪》，房琯罢相在至德二载(757)五月十日；据《钱注杜诗》卷二《述怀一首》诗后注录湖广岳州府平江县杜甫裔孙杜富家所藏唐授杜甫左拾遗敕，杜甫拜左拾遗在至德二载五月十六日。由此可知，杜甫疏救房琯，当在五月十六日始任左拾遗时或数日内。杜甫疏救房琯，纯出于为国惜贤之忠心("叹其功名未垂，而志气挫衄")，与直言谏诤之公心("猥厕衮职，愿少裨补")，至于两《唐书》杜甫本传"房琯布衣时与甫善"、"(甫)与房琯为布衣交"，从现存的史料看，实是一种难以落实的说法①。杜甫疏救房琯所言"罪细，不宜免大臣"，与张镐所言"琯大臣，门客受赃，不宜见累"(上揭《旧唐书·房琯传》)，张知微所言"房琯有管、乐之才，不宜以小非见免"②，可谓不谋而合。杜甫更直言"房琯有大臣度，真宰相器，圣朝不容"，此语"词旨迂诞"、"涉近激讦"，触怒了肃宗，肃宗诏付三司推问，囚禁并欲加害杜甫③。此时，宰相张镐、御史大夫韦陟立即出言疏救杜甫，张镐言："甫若抵罪，绝言者路。"韦陟言："杜甫所论房琯事，虽被贬黜，不失谏臣大体。"二人是以唐太宗贞观之治所开创的任贤从谏传统及唐代谏官制度④以规谏肃宗。肃宗迫于祖宗家法与言论压力，只好下令释放杜甫。

杜甫被释放之日，据其《奉谢口敕放三司推问状》所署日期，为"至德二载六月一日"。由此可知，杜甫自被交付三司推问之日至释放之日，已约十天左右。杜甫《谢状》，实质是借奉谢免予三司推问的机会，再次为房琯犯颜进谏："窃见房琯，以宰相子，少自树立，晚为醇儒，有大臣体"，"觊望陛下弃细录大"。可见杜甫虽遭"网罗之急"，复承肃宗"曲成恩造，再赐骸骨"，但并未改变其初衷。《新唐书·杜甫传》著录了杜甫《谢状》此段文字，接着书"然帝自是不甚省录"，乃是史明言肃宗疏离、贬斥杜甫的原因是其疏救房琯。在肃宗

---

① 详参阅邓魁英《房琯事件与杜甫后期的生活及创作》，《古代诗文论丛》，北京师范大学出版社1993年版，第204～205页。

② [宋]王钦若等编《册府元龟》卷四六〇《台省部四·正直》类："张知微，为武部郎中。至德二年，知微奏……房琯有管、乐之才，不宜以小非见免。……言词抗直，手执谏书。肃宗嘉其谠直，竟不用其言。"(第2册，第1146页)明本《册府元龟》同(第6册，第5474页)。

③ 邓小军《杜甫疏救房琯墨制放归鄜州考——兼论唐代的制敕与墨制》："诏付三司推问的实情，是杜甫已成囚徒，将有杀身之祸。"(《诗史释证》，第134～137页)

④ 《唐六典》卷八《门下省》："左补阙二人，从七品上；左拾遗二人，从八品上。左补阙、拾遗掌供奉讽谏，扈从乘舆。凡发令举事有不便于时，不合于道，大则廷议，小则上封。若贤良之遗滞于下，忠孝之不闻于上，则条其事状而荐言之。"(陈仲夫点校，中华书局1992年版，第247～248页)

看来,房琯忠于玄宗而不利于自己,则杜甫敢于疏救房琯,且临危不惧,生死不渝,杜甫当亦是忠于玄宗而不利于自己,因此将杜甫视为"琯党",亦加以敌视、排斥。《旧唐书·杜甫传》谓"琯罢相。甫上疏言琯有才,不宜罢免。肃宗怒,贬琯为刺史,出甫为华州司功参军",乃是史明言杜甫"坐琯党"被贬出朝。

乾元元年(758)六月,肃宗下诏贬太子少师房琯为邠州刺史,贬"琯党"国子祭酒刘秩为阆州刺史、京兆少尹严武为巴州刺史(上揭《旧唐书·房琯传》肃宗贬房琯等诏书),杜甫被贬华州司功参军,当亦在此时①。据《唐六典》,太子少师为正二品②,国子祭酒为从三品,京兆少尹为从四品下,而左拾遗仅为从八品上③。由此可见,钱笺谓杜甫"与琯俱贬也。然而诏书不及者,以官卑耳",是有历史根据之推断。

综上可见,钱笺所言"公之自拾遗移官,以上疏救房琯也",及"坐琯党"之论,皆符合唐史事实。而清潘耒《书杜诗钱笺后》之《洗兵马》谓"子美论救,……虽蒙推问,旋即放免。逾年乃谪官,不知坐何事。今言其坐琯党,亦臆度之辞耳"④。到底谁为"臆度之辞",史文俱在,不待详驳,自见其谬矣。

(2)张镐罢相

依《钱注杜诗》之《洗兵马》注,张镐因"坐琯党"而被肃宗出为使相及被罢相。今释证如下:

《钱注杜诗》卷二《洗兵马》"萧丞相张子房"("关中既留萧丞相,幕下复用张子房")条注:

> 萧丞相,指房琯也。琯自蜀郡奉册,留相肃宗,故曰既留。……琯既罢,张镐代琯为相,故曰"复用张子房"。**琯以至德二载五月罢相,以镐代。八月,出镐于河南。次年五月,镐罢。六月,琯贬邠州。琯、镐皆上**

---

① 　按:杜甫《早秋苦热堆案相仍》诗云:"七月六日苦炎蒸,对食暂餐还不能。……束带发狂欲大叫,簿书何急来相仍。"题下自注:"时任华州司功。"又杜甫《为华州郭使君进灭残寇形势图状》末署:"乾元元年七月日。"由是可见,杜甫乾元元年(758)七月初已在华州司功参军任上,其被贬当在六月。

② 　《唐六典》卷二六《太子三少》"太子少师一人……正二品"条出校勘记:"《通典·职官》二十二《大唐官品》、《旧唐书·职官志》'总叙官品'条及《新唐书·百官志》并作'从二品',《旧唐志》'太子三少员品'条同《六典》。"(第679页)

③ 　分别见《唐六典》卷二六、卷二一、卷三〇、卷八,第661、557、741、247页。

④ 　[清]潘耒:《遂初堂文集》卷一一,《续修四库全书》集部别集类第1417册,第579页。

皇旧臣,遣赴行在,肃宗疑之,用之而不终者也。

又"张公"（"张公一生江海客,身长九尺须眉苍。征起适遇风云会,扶颠始知筹策良"）条注：

> 《旧书》：镐风仪魁岸,廓落有大志,好谈王霸大略。自褐衣拜左拾遗。玄宗幸蜀,自山谷徒步扈从,玄宗遣赴行在。至凤翔,奏议多有弘益,拜谏议大夫,寻代房琯为相。独孤及《张公颂》：隐居终南,盖三十暮。天宝十四载,始褐衣召见。令狐峘《颜真卿墓志》：在平原,尝荐安陵处士张镐有公辅之望。数年后,镐位列鼎司。

又笺曰：

> 罢琯而相镐,不得已而从人望也。五月相,八月即出之河南,不欲其久于内也。六月贬琯,而五月先罢镐,汲汲乎唯恐锄之不尽也。琯败师而罢,镐有功而亦罢,意不在乎功罪也。

《旧唐书》卷一〇《肃宗本纪》至德二载(757)：

> 五月……丁巳(十日),房琯为太子少师,罢知政事。以谏议大夫张镐为中书侍郎、同中书门下平章事。……八月……己丑(十三日),以平章事张镐兼河南节度、采访处置等使。[1]

《旧唐书》卷一〇《肃宗本纪》至德三载即乾元元年(758)五月戊子(十七日)：

> 以河南节度、中书侍郎、平章事张镐为荆州大都督府长史、本州防御使,以礼部尚书崔光远为河南节度。[2]

---

[1] 《旧唐书》,第 1 册,第 246 页。
[2] 同上,第 252 页。

《旧唐书》卷一一一《张镐传》：

> **风仪魁岸，廓落有大志，**涉猎经史，**好谈王霸大略。**少时师事吴兢，
> 兢甚重之。……天宝末，……**自褐衣拜左拾遗。**……**玄宗幸蜀，镐自山**
> **谷徒步扈从。**肃宗即位，玄宗遣镐赴行在所。**镐至凤翔，奏议多有弘益，**
> **拜谏议大夫，寻迁中书侍郎、同中书门下平章事。**……时方兴军戎，帝注
> 意将帅，以镐有文武才，**寻命兼河南节度使，持节都统淮南等道诸军事。**
> 镐既发，会张巡宋州围急，倍道兼进，传檄濠州刺史间丘晓引兵出救。晓
> 素傿戾，驭下少恩，好独任己。及镐信至，略无禀命，又虑兵败，祸及于
> 己，遂逗留不进。镐至淮口，宋州已陷，镐怒晓，即杖杀之。
>
> 及收复两京，加镐银青光禄大夫，封南阳郡公，诏以本军镇汴州，招
> 讨残孽。时贼帅史思明表请以范阳归顺，镐揣知其伪，恐朝廷许之，手书
> 密表奏曰："思明凶竖，因逆窃位，兵强则众附，势夺则人离。包藏不测，
> 禽兽无异，可以计取，难以义招。伏望不以威权假之。"又曰："滑州防御
> 使许叔冀，性狡多谋，临难必变，望追入宿卫。"肃宗计意已定，表入不省。
> 镐为人简澹，不事中要。会有宦官自范阳及滑州使还者，皆言思明、叔冀
> 之诚悫。**肃宗以镐不切事机，遂罢相位，授荆州大都督府长史。**后思明、
> 叔冀之伪皆符镐言。……
>
> 镐自入仕凡三年，致位宰相，居身清廉，不营资产，谦恭下士，善谈
> 论，多识大体，故天下具瞻，虽考秩至浅，推为旧德云。①

《新唐书》卷一三九《张镐传》：

> 时宦官络绎出镐境，未尝降情结纳。自范阳、滑州使还者，皆盛言思
> 明、叔冀忠，而毁镐无经略才。**帝以镐不切事机，遂罢宰相，授荆州大都**
> **督长史。**思明、叔冀后果叛，如镐言。②

唐封演《封氏闻见记》卷九《贞介》：

---

① 《旧唐书》，第 10 册，第 3326～3328 页。
② 《新唐书》，第 15 册，第 4631 页。

中书侍郎张镐为河南节度，镇陈留。后兼统江、淮诸道，将图进取。时中官络绎出镐境，镐起自布素，一二年而登宰相，正身特立，不肯苟媚，阉宦去来，以常礼接之。由是大为群阉所嫉，称其无经略才。征入，改为荆州长史。①

唐独孤及《唐故洪州刺史张公遗爱颂并序》：

> **隐居南山，盖三十祀。天宝十四年，始褐衣召见。……于时至德二载也，……公入叙百揆，出分二陕，帅东诸侯之兵，收复宋、郑。诛后至者，以惩不恪。安危之机，悬于方寸。②**

唐令狐峘《颜鲁公神道碑铭》：

> **在平原③，尝荐安陵处士张镐有公辅之量。数年间，镐位列鼎司。④**

按：由上比照可知，钱注引用史料完全符合历史文献记载，其所得考证结论即建基于此。兹陈辨析如下：

钱笺"罢琯而相镐，不得已而从人望也"。唐令狐峘《颜鲁公神道碑铭》谓颜真卿"尝荐安陵处士张镐有公辅之量"，可见张镐在野时即受推重如此。《旧唐书·张镐传》言"镐至凤翔，奏议多有弘益，拜谏议大夫"。唐贾至撰《授张镐谏议大夫制》谓其"崇德广业，宣慈惠和，主善为师，志古之道。或直而温，可以居谏诤之任；或强而谊，可以在准绳之职；或理而敬，可以司草奏之

----

① ［唐］封演撰，赵贞信校注：《封氏闻见记校注》，中华书局 2005 年版，第 82 页。据《四库全书总目》卷一二○子部三十杂家类四《封氏闻见记》十卷条："唐人小说，多涉荒怪，此书独语必征实。"（第 1033 页）可见此书之史料价值。

② ［宋］李昉等编：《文苑英华》卷七七五，中华书局 1966 年据明刊本及宋刊残本影印，第 5 册，第 4085 页。又见［清］董诰等编《全唐文》卷三九○，"颂"作"碑"，中华书局 1983 年影印清嘉庆原刊本，第 4 册，第 3966 页。

③ 据宋留元刚《颜鲁公年谱》玄宗天宝十二载："杨国忠以前事衔之，缪称请择，出公为平原太守。"（《四部丛刊初编》本《颜鲁公文集》末附）

④ ［唐］颜真卿：《颜鲁公文集》，《四部丛刊初编》本。

繁;官得其人,鲜有败事"①。可见,张镐在肃宗行在之声名甚佳,"人望"甚高。此即为房琯罢相后,张镐虽上疏言"琯大臣,门客受赃,不宜见累",肃宗仍"不得已"拜相之原因所在。

钱笺"五月相,八月即出之河南,不欲其久于内也","琯、镐皆上皇旧臣,遣赴行在,肃宗疑之,用之而不终者也"。张镐至德二载(757)五月拜相,八月即被排斥出朝廷,而成为使相,在朝为宰相仅三个月。《旧唐书·张镐传》谓"时方兴军戎,帝注意将帅,以镐有文武才,寻命兼河南节度使,持节都统淮南等道诸军事",仅仅揭示了肃宗出张镐为使相之显因,而其中不能明言之隐蕴,非深悉玄肃间政治隐情者不能道。据《旧传》,张镐于玄宗幸蜀之际"自山谷徒步扈从",肃宗即位,由玄宗遣赴肃宗行在。在肃宗凤翔行在,张镐任谏议大夫时疏救房琯,代琯为相后,又立即疏救为琯进谏而获罪之杜甫,实际亦为间接疏救房琯。在肃宗眼中,"琯、镐皆上皇旧臣,遣赴行在"者,实忠于玄宗而非忠于自己。出于抢班夺权的阴暗心理,肃宗对此辈玄宗旧臣始即"疑之",故"用之而不终者也"。

钱笺"六月贬琯,而五月先罢镐,汲汲乎唯恐锄之不尽也","琯败师而罢,镐有功而亦罢,意不在乎功罪也"。张镐兼河南节度使后,督师淮上,杖杀不肯援救张巡的濠州刺史闾丘晓,正所谓"帅东诸侯之兵,收复宋、郑,诛后至者,以惩不恪。安危之机,悬于方寸"(唐独孤及《张公遗爱颂》)。收复两京后,洞察史思明之伪降终叛,预见许叔冀之临难必变。可见,在平定安史叛乱时期,张镐政治、军事功绩卓著,乃扶颠筹策之良才②。但张镐"为人简澹,不事中要",宦官之流因其拒不行贿("未尝降情结纳"、"以常礼接之")而"毁镐无经略才"。乾元元年(758)五月,肃宗以"不切事机"为罪名,罢免张镐相职,出为荆州大都督府长史。张镐此次罢相,早于房琯、刘秩、严武、杜甫等被贬

---

① 《文苑英华》卷三八一,第 3 册,第 1945 页。此文亦载《全唐文》卷三六六,第 4 册,第 3721 页。

② 杜甫《洗兵马》诗:"张公一生江海客,身长九尺须眉苍。征起适遇风云会,扶颠始知筹策良。"李白《赠张相镐二首》诗其一:"昊穹降元宰,君子方经纶。澹然养浩气,欻起持大钧。……拥旄秉金钺,伐鼓乘朱轮。虎将如雷霆,总戎向东巡。诸侯拜马首,猛士骑鲸鳞。泽被鱼鸟悦,令行草木春。圣智不失时,建功及良辰。丑房安足纪?可贻帼与巾。……庶同昆阳举,再睹汉仪新。"(清王琦注《李太白全集》卷一一,中华书局 1977 年版,中册,第 595 页)可见当时人对张镐政治、军事才干及救国功绩的评价。

一个月,其显因是肃宗信任宦官而不信任"正身特立,不肯苟媚"的忠直之士[1],隐蕴则是肃宗对玄宗旧臣"汲汲乎唯恐锄之不尽","意不在乎功罪也"。

综上可见,钱笺所言张镐罢相始末及其背后深刻的政治根源,皆有理有据,足资参信。

(3)肃宗钩党

依《钱注杜诗》之《洗兵马》注,肃宗与内朝之张皇后、宦官李辅国及外朝之贺兰进明、崔圆等浊流士大夫合流,排斥以房琯、张镐为代表的清流士大夫(即所谓"琯党")。今释证如下:

《钱注杜诗》卷二《洗兵马》"攀龙附凤"("攀龙附凤势莫当,天下尽化为侯王。汝等岂知蒙帝力,时来不得夸身强")条注:

> **是时方加封蜀郡、灵武元从功臣**,肃宗之意,独厚于灵武,故婉辞以讥之。攀龙附凤,郭湜谓李辅国"一承攀附之恩,致位云霄之上"是也。"岂知蒙帝力,不得夸身强",介子推所谓二三子贪天功以为己力,不亦难乎是也!

又笺曰:

> 两京收复,銮舆反正,紫禁依然,寝门无恙,整顿乾坤皆二三豪俊之力,于灵武诸人何与? 诸人徼天之幸,攀龙附凤,化为侯王,**又欲开猜阻之隙,建非常之功**,岂非所谓贪天功以为己力者乎? 斥之曰"汝等",贱而恶之之辞也。**当是时,内则张良娣、李辅国,外则崔圆、贺兰进明辈,皆逢君之恶**,忌疾蜀郡元从之臣。而玄宗旧臣,遣赴行在,一时物望最重者,无如房琯、张镐。琯既以进明之谮罢去,镐虽继相而旋出,亦不能久于其位。……
>
> 自汉以来,钩党之事多矣,未有人主自钩党者,未有人主钩其父之臣以为党,而文致罪状,榜在朝堂,以明欺天下后世者。六月之诏,岂不大

---

[1] 吕思勉《隋唐五代史》第六章《安史乱后形势》:"肃宗之世,宰相之可用者,莫如房琯与张镐。……两贤相皆以宦官败也。唐自黄巢起事以前,实无时不可有为,而终于不振者,则宦官之把持政柄实为之。宦官之所以能把持政柄,以其掌握禁兵,此事虽成于德宗,而实始于肃宗,故肃宗实唐室最昏庸之主也。"(上海古籍出版社2005年版,第206页)可谓洞见卓然。

异哉！

《资治通鉴》卷二二〇唐肃宗至德二载（757）十二月戊午（十五日）：

> 上御丹凤楼，赦天下，……立广平王俶为楚王，加郭子仪司徒，李光弼司空，自馀**蜀郡、灵武扈从立功之臣，皆进阶，赐爵，加食邑有差**。①

《旧唐书》卷五二《张皇后传》：

> 天宝中，选入太子宫为良娣。……玄宗幸蜀，太子与良娣俱从，……宦者李靖忠（辅国）启太子请留，良娣赞成之。……肃宗即位，册为淑妃②。……乾元元年四月，册为皇后。……**皇后宠遇专房，与中官李辅国持权禁中，干预政事，请谒过当**，帝颇不悦，无如之何。③

《新唐书》卷七七《张皇后传》：

> 后能牢宠，稍稍豫政事，**与李辅国相助，多以私谒桡权**。……又与辅国谋徙上皇西内。④

《旧唐书》卷一八四《李辅国传》：

> 禄山之乱，玄宗幸蜀，辅国侍太子扈从，至马嵬，诛杨国忠。辅国献计太子，请分玄宗麾下兵，北趋朔方，以图兴复。辅国从至灵武，劝太子即帝位，以系人心。肃宗即位，擢为太子家令，判元帅府行军司马事，以心腹委之，……四方奏事，御前符印军号，一以委之。……从幸凤翔，授

① 《资治通鉴》，第15册，第7045页。按：封赏情况详见《旧唐书》卷一〇《肃宗本纪》，第1册，第249～250页。
② 按：肃宗册张良娣为淑妃，《旧唐书》卷一〇《肃宗本纪》系于至德三载即乾元元年正月庚子（二十七日），《资治通鉴》则系于至德二载十二月戊午（十五日）。
③ 《旧唐书》，第7册，第2185～2186页。
④ 《新唐书》，第11册，第3498页。

太子詹事。……肃宗还京，拜殿中监，闲厩、五坊、宫苑、营田、栽接、总监等使，又兼陇右群牧、京畿铸钱、长春宫等使，勾当少府、殿中二监都使。至德二年十二月，加开府仪同三司，进封郕国公，食实封五百户。宰臣百司，不时奏事，皆因辅国上决。常在银台门受事，置察事厅子数十人，官吏有小过，无不伺知，即加推讯。府县按鞫，三司制狱，必诣辅国取决，随意区分，皆称制敕，无敢异议者。每出则甲士数百人卫从。中贵人不敢呼其官，但呼五郎。宰相李揆，山东甲族，位居台辅，见辅国执子弟之礼，谓之五父。……辅国判元帅行军司马，专掌禁兵，赐内宅居止。……**辅国起微贱，贵达日近，不为上皇左右所礼，虑恩顾或衰，乃潜画奇谋以自固**①。**因持盈待客，乃奏云："南内有异谋。"矫诏移上皇居西内**。②

《资治通鉴》卷二一九唐肃宗至德二载（757）春正月：

> **辅国外恭谨寡言而内狡险，见张良娣有宠，阴附会之，与相表里**。建宁王倓数于上前诋讦二人罪恶，二人谮之于上曰："倓恨不得为元帅，谋害广平王。"上怒，赐倓死。③

《旧唐书》卷一一一《房琯传》：

> 会北海太守**贺兰进明**自河南至，……上由是恶琯。
> 崔圆本蜀中拜相，肃宗幸扶风，始来朝谒，……**圆厚结李辅国，到后数日，颇承恩渥，亦憾于琯**。④

《旧唐书》卷一一二《李麟传》：

> **时张皇后干预朝政，殿中监李辅国……势倾同朝，宰相苗晋卿、崔圆**

　　① 《资治通鉴》卷二二一唐肃宗上元元年（760）六月："李辅国素微贱，虽暴贵用事，上皇左右皆轻之。辅国意恨，且欲立奇功以固其宠。"（第15册，第7093页）
　　② 《旧唐书》，第15册，第4759～4760页。
　　③ 《资治通鉴》，第15册，第7013页。
　　④ 《旧唐书》，第10册，第3322～3323页。

**已下惧其威权,倾心事之**。①

唐郭湜《高力士外传》:

> 大理司直太原郭湜曰:"李辅国谬承恩宠,窃弄威权,蒙蔽圣聪,恣行凶丑。所持刑宪,皆涉回邪,……使天下之心,自然摇矣。但经推案,先没家赀,不死则流,动逾千计。黔中道此一色尤多,则三故相……一大夫……六中丞……七御史……三员外……一左丞……一郡王……一开府……遗评补博卿监司舍将军列卿州牧县宰已下,散在诸郡,不可尽纪。从至德至宝应向二千人,及承恩放还,十二三矣。……"②

按:钱笺谓肃宗"钩其父之臣以为党",兹依据相关史料,辨析如下。

据《唐大诏令集》卷三〇至德元载八月十六日贾至撰《明皇令肃宗即位诏》:"有如神祇简册申令须及者,朕称诰焉;衣冠表疏礼数须及者,朕称太上皇焉。……其四海军郡,先奏取皇帝进止,仍奏朕知。皇帝处分讫,仍量事奏报。寇难未定,朕实同忧,诰、制所行,须相知悉。皇帝未至长安已来,其有与此便近,去皇帝路远,奏报难通之处,朕且以诰旨随事处置,仍令所司奏报皇帝。待克复上京已后,朕将凝神静虑,偃息大庭,踪姑射之人,绍鼎湖之事。"③玄宗所颁布此诏书,既是对肃宗即位后皇权合法性的追认授权,同时又是作为自己仍保有一定政治权力的法律依据,实标志着蜀郡、灵武二元政治格局的形成④。在此种中央政治格局之下,玄宗对肃宗政治有所渗透、干预的重要

---

① 《旧唐书》,第 10 册,第 3339 页。

② [唐]郭湜:《高力士外传》,丁如明辑校《开元天宝遗事十种》,第 122 页。

③ 《唐大诏令集》,第 117 页。按:此诏《旧唐书》卷九《玄宗本纪下》书:"册命曰:朕称太上皇,军国大事先取皇帝处分,后奏朕知。候克复两京,朕当怡神姑射,偃息大庭。"(第 1 册,第 234 页)《资治通鉴》卷二一八唐肃宗至德元载书:"制:自今改制敕为诰,表疏称太上皇。四海军国事,皆先取皇帝进止,仍奏朕知。俟克复上京,朕不复预事。"(第 15 册,第 6993 页)《全唐文》卷三三《命皇太子即皇帝位诏》(第 1 册,第 372 页)文字较《唐大诏令集》简略。

④ 参阅任士英《唐肃宗时期中央政治的二元格局》,《中国史研究》1996 年第 4 期;任士英《唐代玄宗肃宗之际的中枢政局》第六章《唐肃宗时期的中枢政局》,社会科学文献出版社 2003 年版,第 237～288 页。又,对于至德年间,唐中央"二圣"并存之事实,〔日〕冈野诚《论唐玄宗奔蜀之途径》一文提出南北朝对立之图式:"以肃宗为中心的灵武政权与以玄宗为中心的蜀政权便处于一种潜在的对立状况,甚或可视为一种南北朝之对立。"(《第二届国际唐代学术会议论文集》下册,台北:文津出版社 1993 年版,第 1110～1111 页)

途径之一,即是委派宰相到肃宗身边。事实上,自至德元载(756)七月肃宗即位直到至德二载(757)三月苗晋卿拜左相①之前,肃宗朝的宰相成员除裴冕因拥戴之功由肃宗委任外②,其余四位宰相均是玄宗任命委派者。按《旧唐书》卷一〇《肃宗本纪》至德元载:"(八月)丁酉,上皇逊位称诰,遣左相韦见素③、文部尚书房琯④、门下侍郎崔涣⑤等奉册书赴灵武。……(九月)丙子,至顺化郡,韦见素、房琯、崔涣等自蜀郡赍上册书及传国宝等至。"又同书至德二载正月:"上皇遣平章事崔圆⑥奉诰赴彭原。"⑦此四位扈从玄宗后遣赴肃宗行在的宰相,韦见素至德二载三月罢相⑧,房琯至德二载五月罢相,崔涣至德二载八月罢相⑨,崔圆乾元元年五月罢相⑩(同日罢相的还有玄宗留蜀宰

---

① 《旧唐书》卷一〇《肃宗本纪》至德二载三月:"辛酉,……以前宪部尚书致仕苗晋卿为左相。"(第 1 册,第 246 页)

② 《旧唐书》卷一一三《裴冕传》:"玄宗幸蜀,至益昌郡,遥诏太子充天下兵马元帅,以冕为御史中丞兼左庶子,为之副。是时,冕为河西行军司马,授御史中丞,诏赴朝廷。遇太子于平凉,具陈事势,劝之朔方,亟入灵武。冕与杜鸿渐、崔漪等劝进曰:……太子曰:……冕与杜鸿渐又进曰:……凡劝进五上,乃依。肃宗即位,以定策功,迁中书侍郎、同中书门下平章事,倚以为政。"(第 10 册,第 3353~3354 页)

③ 《旧唐书》卷一〇八《韦见素传》:"(天宝十五年)七月,至巴西郡,以见素兼左相、武部尚书。数日,至蜀郡,加金紫光禄大夫,进封豳国公。"(第 10 册,第 3277 页)

④ 《旧唐书》卷一一一《房琯传》:"(天宝)十五年六月,玄宗苍黄幸蜀,……琯独驰蜀路,七月,至普安郡谒见,玄宗大悦,即日拜文部尚书、同中书门下平章事。"(第 10 册,第 3320 页)

⑤ 《旧唐书》卷一〇八《崔涣传》:"天宝十五载七月,玄宗幸蜀,涣迎谒于路,抗词忠恳,皆究理体,玄宗嘉之,以为得涣晚。宰臣房琯又荐之,即日拜黄门侍郎、同中书门下平章事,扈从成都府。"(第 10 册,第 3280 页)

⑥ 《旧唐书》卷一〇八《崔圆传》:"天宝末,玄宗幸蜀郡,特迁蜀郡大都督府长史、剑南节度。……及乘舆至,殿宇牙帐咸如宿设,玄宗甚嗟赏之,即日拜中书侍郎、同中书门下平章事、剑南节度,余如故。"(第 10 册,第 3279 页)

⑦ 《旧唐书》,第 1 册,第 243~245 页。

⑧ 《旧唐书》卷一〇八《韦见素传》:"(至德元载)九月,见素等至,册礼毕,从幸彭原郡。肃宗……以见素常附国忠,礼遇稍薄。明年,至凤翔,三月,除左仆射,罢知政事,以宪部尚书致仕苗晋卿代为左相。"(第 10 册,第 3277~3278 页)

⑨ 《旧唐书》卷一〇八《崔涣传》:"肃宗灵武即位。八月,……赍册赴行在。时未复京师,举选路绝,诏涣充江淮宣谕选补使,以收遗逸。惑于听受,为下吏所鬻,滥进者非一,以不称职闻。乃罢知政事,除左散骑常侍,兼馀杭太守、江东采访防御使。"(第 10 册,第 3277~3278 页)同书卷一〇《肃宗本纪》:"(至德元载)十一月,……诏宰相崔涣巡抚江南,补授官吏。""(至德二载)八月甲申,以黄门侍郎崔涣为馀杭太守、江东采访防御使。"(第 1 册,第 244、246 页)

⑩ 《旧唐书》卷一〇八《崔圆传》:"从肃宗还京,……明年,罢知政事,迁太子少师,留守东都。"(第 10 册,第 3279 页)

相李麟①）。至此，"上皇所命宰臣，无知政事者"②。又，由上揭《旧唐书·张镐传》，可知张镐亦玄宗遣赴肃宗行在而拜相旋即罢相者。除此，贾至、严武皆玄宗遣赴肃宗行在，坐瑁党而被贬者（详本书第三章）。

在以上遣赴肃宗行在的玄宗旧臣中，钱笺认为"一时物望最重者，无如房瑁、张镐"。以房瑁、张镐为代表的清流士大夫（包括杜甫、韦陟、颜真卿、刘秩、严武、贾至等），古板婞直，不阿权要，心怀复兴国家、整顿纲纪的抱负，迂和拙都无损于他们的本质。当时清流士大夫的政治共识，是承认肃宗的合法性，期望肃宗不分两朝新旧，不搞政治排斥，尊重太上皇，信任士大夫，父子同心，君臣和睦，一致救国，早日平定安史叛乱③。

再观围绕肃宗左右者，内朝有树党营私的宠妃张良娣和宦官李辅国，二人在彭原行在就阴相附会，互为表里，潜死建宁王倓。回京后，张皇后宠遇专房，干预政事；李辅国持权禁中（"专掌禁兵"），把持朝政。杜甫《忆昔二首》其一"关中小儿坏纪纲，张后不乐上为忙"，正言此也。究其原因，马嵬驿兵变后，李辅国"献计太子，请分玄宗麾下兵，北趋朔方"，又"从至灵武，劝太子即帝位"，而"良娣赞成之"，此二人实肃宗灵武擅立之拥戴元勋，对玄宗及其旧臣自是仇视，故"欲开猜阻之隙，建非常之功"，极力挑拨玄肃父子之关系，直至"谋徙上皇西内"。外朝的宰相崔圆虽为玄宗遣赴肃宗行在者，但其厚结李辅国，"颇承恩渥"，实已与宦官合流，故"亦憾于瑁"。回京后，张皇后、李辅国"势倾同朝"，"宰相苗晋卿、崔圆已下惧其威权，倾心事之"。北海太守贺兰进明授岭南节度使入谢肃宗时谗毁房瑁，深中肃宗"仇讐视父"的阴暗心理，因此改授河南节度使兼御史大夫（参前揭《旧唐书·房瑁传》）。依是可见，肃宗信任的内朝张皇后、宦官李辅国与外朝浊流士大夫崔圆、贺兰进明等皆"忌疾蜀郡元从之臣"，即敌视玄宗及其旧臣（主要为部分正直的清流士大夫）。肃

---

① 《旧唐书》卷一〇《肃宗本纪》至德三载即乾元元年五月："己未，中书令崔圆为太子少师，刑部尚书、同平章事李麟为太子少傅，并罢知政事。"（第1册，第252页）同书卷一一二《李麟传》："六月，玄宗幸蜀，麟奔赴行在。既至成都，拜户部侍郎，兼左丞。迁宪部尚书。至德二年正月，拜同中书门下平章事。时扈从宰相韦见素、房瑁、崔涣已赴凤翔，俄而崔圆继去。玄宗以麟宗室子，独留之，行在百司，麟总摄其事。其年十一月，从上皇还京，……时张皇后干预朝政，殿中监李辅国以翊卫肃宗之劳，判天下兵马事，充元帅府行军司马，势倾同朝。……麟正身谨事，无所依附，辅国不悦。乾元元年，罢麟知政事，守太子少傅。"（第10册，第3339页）

② 《旧唐书》卷一〇八《韦见素传》，第10册，第3278页。

③ 参阅邓小军《杜甫疏救房瑁墨制放归鄜州考——兼论唐代的制敕与墨制》，《诗史释证》，第130页。

宗与其合流,必亦排斥以房琯、张镐为代表的清流士大夫。乾元元年(758)六月肃宗贬房琯等诏书,明标"崇党近名"、"有朋党不公之名,违臣子奉上之体"等罪名,系指房琯"潜为交结"所谓"虚浮简傲"、"妄自标持,假延浮称"之"琯党"(参前揭《旧唐书·房琯传》)。由此观钱笺谓肃宗"钩其父之臣以为党,而文致罪状,榜在朝堂,以明欺天下后世者",实一语破的,洞见卓然。

乾元元年(758)春,肃宗罢免贾至中书舍人,出为汝州刺史;五月,罢免张镐相职,出为荆州大都督府长史;六月,罢免房琯太子少师、刘秩国子祭酒、严武京兆少尹,分别出为邠州、阆州、巴州刺史;同月,罢免杜甫左拾遗,出为华州司功参军;同年,罢免韦陟吏部尚书,出为绛州刺史。肃宗将清流士大夫纷纷逐出朝廷,真可谓"汲汲乎唯恐锄之不尽也"。

又,由上《旧唐书·李辅国传》"常在银台门受事,置察事厅子数十人,官吏有小过,无不伺知,即加推讯。府县按鞫,三司制狱,必诣辅国取决,随意区分,皆称制敕,无敢异议者"[1];唐郭湜《高力士外传》"李辅国谬承恩宠,窃弄威权","所持刑宪,皆涉回邪","但经推案,先没家赀,不死则流,动逾千计";再证诸《旧唐书》卷五〇《刑法志》:"肃宗方用刑名……三司用刑,连年不定,流贬相继"[2],可知肃宗朝曾大规模地清洗朝中的大小官吏,其中部分当即为玄宗旧臣。

综上所述,罢免房琯事件及排斥"琯党"的一系列行为,标志着肃宗实际已与宦官、浊流士大夫合流,敌视上皇,排斥清流士大夫。钱笺谓肃宗"钩其父之臣以为党",符合唐史事实。

### (三) 李泌与玄肃间政治

《钱注杜诗》之《洗兵马》注,通过对史料的钩稽考核,揭示了李泌与玄肃之际多维政治面向间曲折隐微的复杂关系。

依《钱注杜诗》之《洗兵马》注,李泌心系上皇,调护玄肃父子关系,力为营

---

[1] 相似记载:《旧唐书》卷一一二《李岘传》:"初,李辅国判行军司马,潜令官军于人间听察是非,谓之察事。忠良被诬构者继有之,须有追呼,诸司莫敢抗。御史台、大理寺重囚在狱,推断未了,牒追就银台,不问轻重,一时释放,莫敢违者。每日于银台门决天下事,须处分,便称制敕,禁中符印,悉佩之出入。纵有敕,辅国押署,然后施行。"(第10册,第3344页)同书卷一二八《颜真卿传》载代宗时颜真卿上疏云:"自艰难之初,百姓尚未凋敝,太平之理,立可便致。属李辅国用权,宰相专政,递相姑息,莫肯直言。大开三司,……至今为患。"(第11册,第3594页)

[2] 《旧唐书》,第6册,第2151~2152页。

救房琯,终惧肃宗之猜疑与张皇后、李辅国之憎恶,避祸归隐衡山。今释证如下:

《钱注杜诗》卷二"紫芝曲"("隐士休歌紫芝曲")条注:

> 隐士,谓李泌也。**肃宗即位八九日,泌谒见于灵武,调护玄、肃父子之间,为张良娣、李辅国所恶。及上皇东行有日,泌求归山不已,乃听归衡山。**公以四皓拟泌,不独著其羽翼之功,盖亦以正肃宗为太子之名也。《收京》诗云"羽翼怀商老",其意深如此。

又笺曰:

> 是时李邺侯亦先去矣,泌亦琯、镐一流人也。**泌之告肃宗也,一则曰,陛下家事,必待上皇;一则曰,上皇不来矣。**泌虽在肃宗左右,实乃心上皇。**琯之败,泌力为营救,**肃宗必心疑之。泌之力辞还山,以避祸也。镐等终用,则泌亦当复出,故曰"隐士休歌紫芝曲"也。

《旧唐书》卷一三〇《李泌传》:

> 少聪敏,博涉经史,精究《易》象,善属文,尤工于诗,以王佐自负。张九龄、韦虚心、张廷珪皆器重之。泌操尚不羁,耻随常格仕进。天宝中,自嵩山上书论当世务,玄宗召见,令侍诏翰林,仍东宫供奉。杨国忠忌其才辩,奏泌尝为《感遇诗》,讽刺时政,诏于蕲春郡安置,乃潜遁名山,以习隐自适。天宝末,禄山构难,肃宗北巡,至灵武即位,遣使访召。**会泌自嵩、颍间冒难奔赴行在,至彭原郡谒见,**陈古今成败之机,甚称旨,延致卧内,动皆顾问。泌称山人,固辞官秩,……俾掌枢务,……权逾宰相,仍判元帅广平王军司马事。肃宗每谓曰:"卿当上皇天宝中,为朕师友,下判广平行军,朕父子三人,资卿道义。"其见重如此。寻为中书令崔圆、倖臣**李辅国害其能,将有不利于泌。泌惧,乞游衡山,**优诏许之,给以三品禄俸,**遂隐衡岳,**绝粒栖神。①

---

① 《旧唐书》,第 11 册,第 3620～3621 页。

《资治通鉴》卷二一八唐肃宗至德元载(756)七月:

> 初,京兆李泌,幼以才敏著闻,玄宗使与忠王游。忠王为太子,泌已长,上书言事。玄宗欲官之,不可;使与太子为布衣交,太子常谓之先生。**上自马嵬北行,遣使召之,谒见于灵武。**上大喜,出则联辔,寝则对榻,如为太子时,事无大小皆咨之,言无不从,至于进退将相亦与之议。上欲以泌为右相,泌固辞曰:"陛下待以宾友,则贵于宰相矣,何必屈其志!"上乃止。①

《资治通鉴》卷二一八唐肃宗至德元载(756)九月:

> 上皇赐张良娣七宝鞍,李泌言于上曰:"今四海分崩,当以俭约示人,良娣不宜乘此。请撤其珠玉付库吏,以俟有战功者赏之。"良娣自阁中言曰:"乡里之旧,何至于是!"上曰:"先生为社稷计也。"遽命撤之。……**良娣由是恶李泌**……
>
> 上尝从容与泌语及李林甫,欲敕诸将克长安,发其冢,焚骨扬灰。……(泌)对曰:"……上皇有天下向五十年,太平娱乐,一朝失意,远处巴蜀。南方地恶,上皇春秋高,闻陛下此敕,意必以为用韦妃之故②,内惭不怿。万一感愤成疾,是陛下以天下之大不能安君亲。"言未毕,上流涕被面,降阶,仰天拜曰:"朕不及此,是天使先生言之也!"遂抱泌颈泣不已。
>
> 他夕,上又谓泌曰:"良娣祖母,昭成太后之妹也,上皇所念。朕欲使正位中宫以慰上皇心,何如?"对曰:"陛下在灵武,以群臣望尺寸之功,故践大位,非私己也。**至于家事,宜待上皇之命**,不过晚岁月之间耳。"上从之。③

---

① 《资治通鉴》,第15册,第6985～6986页。
② 《旧唐书》卷五二《韦妃传》:"肃宗韦妃,……肃宗为忠王时,纳为孺人,及升储位,为太子妃。……天宝中,宰相李林甫不利于太子,妃兄坚为刑部尚书,林甫罗织,起柳勣之狱,坚连坐得罪,兄弟并赐死。太子惧,上表自理,言与妃情义不睦,请离婚,玄宗慰抚之,听离。"(第7册,第2186页)
③ 《资治通鉴》,第15册,第6998～7000页。

《资治通鉴》卷二一九唐肃宗至德元载(756)十月：

> 房琯以中军、北军为前锋，庚子，至便桥。辛丑，二军遇贼将安守忠于咸阳之陈涛斜，……官军死伤者四万馀人，存者数千而已。癸卯，琯自以南军战，又败。……**上闻琯败，大怒。李泌为之营救，上乃宥之，待琯如初。**①

《资治通鉴》卷二一九唐肃宗至德元载(756)十二月：

> **时张良娣与李辅国相表里，皆恶泌。**②

《资治通鉴》卷二一九唐肃宗至德二载(757)正月：

> 上从容谓李泌曰："广平为元帅逾年，今欲命建宁专征，又恐势分。立广平为太子，何如？"对曰："臣固尝言之矣，戎事交切，须即区处；**至于家事，当俟上皇。不然，后代何以辨陛下灵武即位之意邪！** 此必有人欲令臣与广平有隙耳；臣请以语广平，广平亦必未敢当。"泌出，以告广平王俶，俶曰："此先生深知其心，欲曲成其美也。"乃入，固辞，曰："陛下犹未奉晨昏，臣何心敢当储副！愿俟上皇还宫，臣之幸也。"上赏慰之。③

《资治通鉴》卷二二○唐肃宗至德二载(757)九月：

> 癸卯(二十八日)，大军入西京。……甲辰(二十九日)，捷书至凤翔，百寮入贺。上涕泗交颐，即日，遣中使啖庭瑶入蜀奏上皇。……上以骏

---

① 《资治通鉴》，第15册，第7004页。按：《通鉴》言"上闻琯败，大怒。李泌为之营救，上乃宥之，待之如初"，此一关键细节，两《唐书》房琯本传皆未载。循诸情理，肃宗"大怒"，实具极大可能，至于"李泌为之营救"，两《唐书》李泌本传均未载此事。此条《通鉴》史文，司马光未作考异，故不知其史源所在。俟考。

② 《资治通鉴》，第15册，第7009页。

③ 同上，第7012页。

马召李泌于长安。既至,上曰:"朕已表请**上皇东归**,朕当还东宫复修臣子之职。"泌曰:"表可追乎?"上曰:"已远矣。"泌曰:"**上皇不来矣**。"上惊,问故。泌曰:"理势自然。"上曰:"为之奈何?"泌曰:"今请更为群臣贺表,言自马嵬请留,灵武劝进,及今成功,圣上思恋晨昏,请速还京以就孝养之意,则可矣。"上即使泌草表,……立命中使奉表入蜀。①

《资治通鉴》卷二二〇唐肃宗至德二载(757)十月壬戌(十八日):

> 广平王俶入东京。……成都使还,上皇诰曰:"当与我剑南一道自奉,不复来矣。"上忧惧,不知所为。后使者至,言:"上皇初得上请归东宫表,彷徨不能食,欲不归;及群臣表至,乃大喜,命食作乐,下诰定行日。"上召李泌告之曰:"皆卿力也!"**泌求归山不已**,上固留之,不能得,**乃听归衡山**。敕郡县为之筑室于山中,给三品料。②

按:由上比照可知,钱注引用史料完全符合历史文献记载,其所得考证结论即建基于此。兹陈辨析如下:

钱笺言"泌亦琯、镐一流人也"。史言李泌"少聪敏,博涉经史,精究《易》象,善属文,尤工于诗,以王佐自负","操尚不羁,耻随常格仕进。天宝中,自嵩山上书论当世务,玄宗召见,令侍诏翰林,仍东宫供奉",后"潜遁名山,以习隐自适"。房琯"少好学,风仪沉整","性好隐遁,与东平吕向于陆浑伊阳山中读书为事,凡十馀岁。开元十二年,玄宗将封岱岳,琯撰《封禅书》一篇及笺启以献。中书令张说奇其才,奏授秘书省校书郎"(《旧唐书·房琯传》)。张镐"风仪魁岸,廓落有大志,涉猎经史,好谈王霸大略",天宝末"自褐衣拜左拾遗"(《旧唐书·张镐传》)。依上可见,青年时代的他们,皆体现着盛唐文化孕育的行为风范与精神气质,澹泊超逸之品格与安邦定国之理想的完美融合。安史之乱起,他们以不同方式奔赴肃宗行在,李泌直接"自嵩、颍间冒难奔赴(肃宗)行在",而房琯"独驰蜀路",张镐"自山谷徒步扈从(玄宗)",则由玄宗遣赴肃宗行在。但他们三人置个人安危于不顾,勇于担荷国家危难的精神完

①　《资治通鉴》,第 15 册,第 7034～7035 页。
②　同上,第 7041 页。

全相同,正所谓"疾风知劲草,板荡识诚臣"①。尤要者,李泌与房琯、张镐等清流士大夫皆认为肃宗应与上皇关系和睦,对上皇旧臣不搞政治排斥,方合乎人道(父子)、政道(君臣),方有利于唐室中兴。观此,《新唐书》作者将他们三人编为一卷②,实不为无故。

至德元载(756)十月房琯陈涛斜兵败,肃宗得知后,大怒,赖"李泌为之营救",方得宽宥。李泌营救房琯③,与其后张镐、杜甫疏救房琯一样,系出自为国惜贤之公心,但恰恰触动了肃宗"猜忌其父,因而猜忌其父所遣之臣"的阴暗心理(参上文),钱笺谓"肃宗必心疑之,泌之力辞还山,以避祸也",可称的论。李泌所避之"祸"表层虽显现为"调护玄、肃父子之间,为张良娣、李辅国所恶",而深层祸源却在肃宗猜忌李泌处处为上皇及其旧臣讲话。

钱笺言"泌虽在肃宗左右,实乃心上皇"。上揭清流士大夫的政治共识是期望灵武、蜀郡同心协力,早日平叛,若玄、肃父子之间的矛盾一旦激化,极易造成唐中央政治的分裂,从而导致更大的动荡与危机。如何平衡两个权力集团之间的关系,李泌可以说是煞费苦心。在册后、立储两件大事上,李泌两次进言家事宜秉承上皇之命,"不然,后代何以辨陛下灵武即位之意邪",此语可谓温而直、婉而切矣。在肃宗欲下敕发李林甫冢、焚骨扬灰此件小事上,李泌敏锐洞察玄、肃父子各自的微妙心理,思虑之细,用心之苦,堪能导君以道,"万一感愤成疾,是陛下以天下之大不能安君亲",此语实触动了肃宗未泯灭之良心。最后,在奏请上皇还京的关键时刻,李泌代肃宗起草第二道表,只说"孝养"之意(此实在语),及时挽回了肃宗第一道表(自称"当还东宫",此虚伪语)所导致的上皇不敢还京之局面。但是,当至德二载(757)十月十八日两京收复之日,亦即是上皇将自蜀还京之时,李泌当日便毅然决然告辞肃宗归隐衡山,其内心之隐忧实深矣。李泌于肃宗为太子时,便与其为"布衣交",灵武即位,又身为肃宗朝佐命元勋,当深知肃宗其人,调护玄肃父子关系,善始勉可,善终绝难,自己实不忍心见到上皇未来的悲剧命运。是为李泌归隐衡山,为自身"避祸"之外,更为深微难言之隐蕴。

---

① 语出《旧唐书》卷六三《萧瑀传》唐太宗赐瑀诗。

② 《新唐书》卷一三九,第15册,第4625~4639页。

③ 《旧唐书》卷一一一《房琯传》附《房式传》:"式,琯之侄。举进士。李泌观察陕州,辟为从事。泌入为相,累迁起居郎,出入泌门,为其耳目。"(第10册,第3325页)李泌对房式之信任,当出于对房琯之尊崇。

钱笺综括杜诗"隐士休歌紫芝曲"句之深旨,谓"公以四皓拟泌,不独著其羽翼之功,盖亦以正肃宗为太子之名也",正是基于以上历史事实作出的判断。至于回归到杜诗诗意之阐论,详见下文。

纵观上文之比照考察,钱谦益准确运用了大量史料以注释《洗兵马》诗,博采旁搜,考核精确,言必有据,钱注发明杜诗微旨的相关笺注完全符合唐史事实。但钱注《洗兵马》多未明确标示引用史料之出处、论证依据之来源,此与《钱注杜诗》全书之注释体例有异,究其原因,此篇笺注(尤"笺曰")非寻常注释可比,牧斋心力凝聚用意深远,直可视为一篇学术考证之文。

## 二、《洗兵马》钱注是否符合杜诗诗意

以下再回归到杜诗本身,将《洗兵马》钱注发明杜诗微旨的相关笺注,置于全诗的意境语脉中,探讨其是否符合杜诗诗意。其中"问寝"、"攀龙附凤"、"萧丞相张子房"、"紫芝曲"四条注文,重点注释了杜诗蕴涵微言的诗句;笺文的第一大部分,钩连阐释了全诗脉络;笺文的第二大部分,则是从杜诗细节出发,钩稽史料,揭示出一段被隐匿未发的唐史真相。本节将在简要理清全诗抒情旋律变化的基础上,结合上揭史实与其他相关杜诗,对钱注发明诗句微言的笺注及所揭全诗意旨加以考量辨析,力求公正地判断《洗兵马》钱注与杜诗诗意是否契合,在多大程度上契合。

《洗兵马》诗貌似"喜跃之象浮动笔墨间"①,"皆忻喜愿望之词"②,但仔细研读,全诗喜悦之中实含隐忧,歌颂之中实寓规谏。

第一段前半"中兴诸将收山东"至"只残邺城不日得"是喜悦,"独任朔方无限功"则是以正言寓婉谏。后半则全是隐忧,"京师皆骑汗血马,回纥喂肉蒲萄宫"是对异族军队恃功而骄之隐忧;"已喜皇威清海岱,常思仙仗过崆峒。三年笛里关山月,万国兵前草木风"③是对肃宗安而忘危之隐忧,正钱笺所言"崆峒者,朔方回銮之地,安不忘危,所谓愿君无忘其在莒也"。

---

① [明]王嗣奭:《杜臆》卷三,上海古籍出版社1983年版,第78页。
② [清]浦起龙:《读杜心解》卷二《洗兵马》篇后解,第258页。
③ 按:"已喜"是言现在,"常思"是言过去,"三年"是言时间,"万国"是言空间,诗人以雄亮悲壮的音乐意象(笛声)并驭时空,可谓尽顿挫之能事矣。

　　第二段"成王功大心转小"至"整顿乾坤济时了"是喜悦,饱含对收复两京的"中兴诸将"由衷的赞美,但亦隐含对"攀龙附凤"之小人无功而受赏之愤懑不平;"东走无复忆鲈鱼"至"紫禁正耐烟花绕"是喜悦,但诗人书此中兴气象之后,特著"鹤禁(驾)通霄(宵)凤辇备,鸡鸣问寝龙楼晓"二语,实蕴深切隐忧。兹陈辨析如下:

　　钱注谓"鹤禁通霄凤辇备,鸡鸣问寝龙楼晓"句语典乃用至德二载肃宗收京制文①:"复宗庙于函洛,迎上皇于巴蜀;导銮舆而反正,朝寝门而问安。"(参上揭《旧唐书·肃宗本纪》)此揭实确切表明"鹤禁(驾)"一语所指乃肃宗为人子之身份,而"凤辇"又兼指其为天子之身份。依上文可知,乾元二年(759)春杜甫作《洗兵马》诗时,肃宗敌视上皇之行动已显露端倪,杜甫身为左拾遗,对此当有直接或间接之闻见。事实上,至德二载(757)闰八月一日杜甫被肃宗墨制放归鄜州后所作《北征》"凄凉大同殿,寂寞白兽闼"句,就表明"杜早于灵武擅立、成都内禅之日已豫见玄肃将来父子之关系,必至恶化,固不待南苑草深,秋梧叶落,始叹上皇暮境有悲凉之感"②;乾元元年(758)春杜甫所作《曲江对雨》"龙武新军深驻辇,芙蓉别殿谩焚香"一联,对上皇晚年命运之隐忧愈加深切矣(详下文),《洗兵马》"鹤禁通霄凤辇备,鸡鸣问寝龙楼晓",与上诸句实一脉相承,仍然是伸张此意。由此可见,钱注谓"此诗援据寝门之诏,引太子东朝之礼以讽谕也",实深具卓识。此句杜诗的潜话语是言,肃宗对待上皇的实际行动与其制文中所言"朝寝门而问安"完全不符,甚至背道而驰,在此,政治期望实寓讽谏,即政治批评之深意矣。玄宗晚年处境关系朝政至大,杜甫

---

　　①　按:肃宗乾元二年(759)三月所下《郭子仪东京畿山东河南诸道元帅制》称郭氏"秉文武之姿,怀经济之器","识度弘远,谋略冲深","以今观古,未足多之"(《唐大诏令集》卷五九,第316页),《洗兵马》"郭相谋深古来少"句,盖措用上制文中语。又《钱注杜诗》卷一二《有感五首》其三笺曰:"自吐蕃入寇,车驾东幸,天下皆咎程元振;又以子仪新立功,不欲天子还京,劝帝且都洛阳,以避蕃寇。代宗然之。子仪因兵部侍郎张重光宣慰回,附章论奏,代宗省表垂涕,亟还京师。其略曰:'东周之地,久陷贼中,宫室焚烧,十不存一。矧其土地狭陋,才数百里间。东有成皋,南有二室,险不足恃,适为战场。明明天子,躬俭节用,苟能黜素餐之吏,去冗食之官,抑竖刁、易牙之权,任蘧瑗、史鳅之直,则黎元自理,盗贼自平,中兴之功,旬月可冀。'公诗云:'莫取金汤固,长令宇宙新。不过行俭德,盗贼本王臣。'正櫽栝汾阳论奏大意。"(第430页)由上可见,朝廷制文为杜诗时事今典之重要依据,隐括制文为其时事今典之常用语言结构方式。

　　②　胡小石:《杜甫〈北征〉小笺》,《杜甫研究论文集》第三辑,第217页。《北征》"凄凉大同殿,寂寞白兽闼"句之微旨,除胡文外,并请参阅邓小军《杜甫〈北征〉补笺》,《北京大学学报》(哲学社会科学版)2007年第3期。详本书第三章第四节《〈钱注杜诗〉学术创见核心体系之独特接受方式》。

之隐忧绝非为其一人而发(详下文)。平心而论,钱注谓"鹤驾龙楼,不欲其成乎为君也",即杜甫不愿承认肃宗为皇帝,所言或有未洽。至德二载(757)四月,杜甫间道奔赴凤翔行在之行动,即是对肃宗合法性的承认,但是杜甫期望肃宗善待上皇、两宫和睦的深心愿念,却是彻底落空了①。要言之,钱注虽小有未洽,但瑕不掩瑜,大体上看,钱注对此句今典(语典与事典)之揭示,发前人所未发,深契杜诗微旨。此为钱注对《洗兵马》诗重要发明之一。

第三段"攀龙附凤势莫当"至"时来不得夸身强",接转上段末,笔势犀利飘忽。"攀龙附凤势莫当,天下尽化为侯王"句,痛斥朝廷重用攀附权要之小人,且赏爵过滥,酬功无度。钱注引唐郭湜《高力士外传》谓李辅国"一承攀附之恩,致位云霄之上"之语,揭出"攀龙附凤"之今典乃指李辅国。依上文可知,李辅国拥戴肃宗灵武擅立("攀龙"),又与张良娣阴相附会("附凤"),持权禁中,势倾同朝("势莫当"),由是观钱注所揭,实堪为的论。"汝等岂知蒙帝力,时来不得夸身强"句,钱注揭其出典为"介子推所谓二三子贪天功以为己力",即《左传·僖公二十四年》或《史记·晋世家》,此古典本身已隐含赏功不合理之意(详下文)。至于今典,细读"蒙帝力"三字,明斥"汝等"新贵无功受赏之可耻,暗讽肃宗偏私灵武从臣(李辅国等),钱注谓"是时方加封蜀郡、灵武元从功臣,肃宗之意,独厚于灵武,故婉辞以讥之",实窥破了此句杜诗之微旨。钱笺又综言之曰:"整顿乾坤皆二三豪俊之力,于灵武诸人何与? 诸人徼天之幸,攀龙附凤,化为侯王,又欲开猜阻之隙,建非常之功,岂非所谓贪天功以为己力者乎? 斥之曰'汝等',贱而恶之之辞也。"此论联系全诗前后语脉,梳理明晰深透。

"关中既留萧丞相,幕下复用张子房",提出宰相问题,此为本段之重点,从外患到内忧,从中兴武将到中兴文臣,意旨为用此中兴贤相,方能"后汉今周喜再昌"。"关中既留萧丞相"句,钱注谓"萧丞相,指房琯也"。依上文可知,房琯之

---

① [清]潘耒《遂初堂文集》卷一一《书杜诗钱笺后》之《问寝小注》:"灵武即位,昔人虽有遗议,子美既奔谒行宫,备官禁近,宁当矢口刺议'鹤驾'、'龙楼'? 无过叙述奉养之事。乃云援初诏以讽喻,且不欲其成乎为君,然则必欲其归帝位于上皇,退就青宫而后可耶?"(《续修四库全书》集部别集类第1417册,第580页)按:由上文对《书杜诗钱笺后》之《洗兵马》的辨析,可知潘耒对玄肃间历史隐情及杜甫的政治品格,皆缺乏相应之了解。此条对钱注《洗兵马》"问寝"注之批驳,亦同一谬误。尤要者,潘氏以清朝专制时代己身之"忠君"观念,实难以窥测有唐昌明盛世杜甫"君权有限合法性"、"君臣关系相对性"之思想与实践(参阅邓小军《杜甫与儒家的人性思想和政治思想》,《杜甫研究学刊》1991年第1期,收入《唐代文学的文化精神》第六章《杜甫诗歌:仁的境界》,台北:文津出版社1993年版,第245～250页)

相位，系玄宗于危难之中所亲授，后又奉册灵武而留相肃宗，"素有重名"（《旧唐书·房琯传》），其位望庶近萧何。至德二载（757）五月，房琯罢相时，杜甫曾为其犯颜直谏，后坐琯党被贬。乾元元年（758）六月，肃宗罢免房琯太子少师，出为邠州刺史。然邠州（今陕西彬县）属关内京畿道，此诗云"关中既留"，而不直云罢黜，盖对肃宗重新起用房琯犹存企望也。证诸人物之位望及其与杜甫之交谊，钱注揭出"萧丞相"之今典实指"房琯"，可谓确凿不移。钱注笺文第二大部分进而指出"公之自拾遗移官，以上疏救房琯也。……此公一生出处事君交友之大节"，职是可见，"萧丞相"今典之揭开，实际给出了深度挖掘此诗涵摄意义之路标（详下文）。此为钱注对《洗兵马》诗重要发明之二。

"幕下复用张子房"至"扶颠始知筹策良"言张镐之人品、才干、功勋，诗旨显然，自宋蔡梦弼《草堂诗笺》，历来注家皆认同此说。依上文可知，至德二载（757）五月，杜甫疏救房琯，触怒肃宗，诏付三司推问，赖张镐相救，始获免。杜甫对张镐实深有所知，深有所契。乾元元年（758）五月，张镐罢相，出为荆州大都督府长史。杜甫作此诗时，两贤相皆不得安其位，钱注独到之处，在揭示两人不得安其位背后隐藏的历史真相："琯、镐皆上皇旧臣，遣赴行在，肃宗疑之，用之而不终者也。"所论实具超越注释此一诗之重大意义（详下文）。

"青袍白马更何有，后汉今周喜再昌"，即言朝廷罢斥攀附权要之小人，尊信深获众望之房琯，重用持危扶颠、卓有才识之张镐，才能完成殄灭残寇、中兴唐室之丰功伟业，否则，唐室中兴无望。钱笺谓"'青袍白马'以下，言能终用镐，则扶颠筹策，太平之效，可以坐致。如此望之也，亦忧之也，非寻常颂祷之词也"，所言堪称剔肤见骨之论。由是可见，本段基本是对收京后朝廷内政的深刻隐忧。

第四段"寸地尺天皆入贡，奇祥异瑞争来送。不知何国致白环，复道诸山得银瓮"，不宜解为真的歌颂祥瑞，诗言"不知何国"、"复道诸山"，下语实蕴微意。据史，肃宗重阴阳祠祝之说，太常少卿王玙专依鬼神求媚，劝肃宗兴祠祷，遂得拜相①。当时郡县守令争献祥瑞，恐亦是为迎合肃宗以干时，正所谓

---

① 《旧唐书》卷一〇《肃宗本纪》："（乾元元年）五月……以太常少卿、知礼仪事王玙为中书侍郎、同中书门下平章事。……六月……己酉，初置太一神坛于圆丘东。是日，命宰相王玙摄行祠事。……（乾元二年正月）丁丑，上亲祀九宫贵神，斋宿于坛所。"（第1册，第252、254页）同书卷一三〇《李泌传》："初，肃宗重阴阳祠祝之说，用妖人王玙为宰相，或命巫媪乘驿行郡县以为厌胜。凡有所兴造功役，动牵禁忌。"（第11册，第3623页）《资治通鉴》卷二二〇唐肃宗乾元元年五月："上颇好鬼神，太常少卿王玙专依鬼神以求媚，每议礼仪，多杂以巫祝俚俗。上悦之，以玙为中书侍郎、同平章事。"（第15册，第7054页）

"上有所好,下必甚焉"。杜甫《八哀诗》之《故秘书少监武功苏公源明》云"煌煌斋房芝,事绝万手搴",正举苏源明之极谏肃宗罢斥王玙等巫祝日夜祷祀①为苏之直节,可见杜甫对此等祷祀献瑞之态度。

"隐士休歌紫芝曲",钱注言"隐士,谓李泌"。首先考量历史事实,依上文可知,李泌品格澹泊超逸,政治军事智慧非凡,辅佐肃宗平叛期间,"俾掌枢务","权逾宰相"(《旧唐书·李泌传》),苦心调护玄肃父子矛盾,以维系唐中央之团结稳定,又助广平王免张良娣、李辅国之谮,堪称肃宗朝佐命元勋,其安邦定国之功,真乃文臣中无双国士。至德二载(757)十月十八日两京收复之日,李泌毅然告辞肃宗归隐衡山。杜诗在此用商山四皓之古典,实蕴两层涵义,其一是澹宕远举、超拔世利之隐士(晋皇甫谧《高士传》),其二是逢时入世,辅佐汉太子定鼎帝位之谋臣(《史记·留侯世家》、《汉书·张良传》),试问乾元二年(759)春杜甫作《洗兵马》诗时,合此双重身份者,舍泌其谁? 其次考量全诗上下之脉络,杜甫对玄肃父子关系的深切隐忧已于"鹤禁通霄凤辇备,鸡鸣问寝龙楼晓"句隐发之,在此,杜甫进而期望有人担负调护日渐激化的玄肃矛盾之重任,故全诗结尾处以希冀李泌复出镇后,实有千钧之力。再次考量杜诗用典倾向,杜诗中以商山四皓拟李泌,尚不止此一处,如作于肃宗至德二载(757)的《收京三首》其二"羽翼怀商老,文思忆帝尧"②;作于代宗大历元年(766)的《昔游》"商山议得失,蜀主脱嫌猜"③,皆是将商山四皓与禅位君主,即李泌与玄宗对举,用意微而显。证诸历史事实、全诗脉络与杜诗用典倾向,钱注揭出"隐士"之今典实指李泌,可谓确凿不移。钱注进而抉发此句微旨曰:"公以四皓拟泌,不独著其羽翼之功,盖亦以正肃宗为太子之名也。"即不仅表彰李泌护持广平王,更是期望肃宗克尽人子之道,善待上皇。此为钱注对《洗兵马》诗重要发明之三。

---

① 《新唐书》卷二〇二《苏源明传》:"肃宗复两京,擢考功郎中知制诰。是时,承大盗之馀,国用窭屈,宰相王玙以祈禬进,禁中祷祀穷日夜,中官用事,给养繁靡,群臣莫敢切诤。……源明数陈政治得失。及史思明陷洛阳,有诏幸东京,将亲征。源明因上疏极谏曰:'……王者之于天地神祇,享之以牲币而已。记曰:不祈方士。彼淫巫愚祝,妄有夬说,甚不可九也。……'帝嘉其切直,遂罢东幸。"(第18册,第5772~5773页)

② 详本书第三章第一节《围绕〈洗兵马〉笺注形成的学术创见核心体系》对钱注《收京三首》其二之考释。

③ 详本书第三章第一节《围绕〈洗兵马〉笺注形成的学术创见核心体系》对钱注《昔游》之考释。

"词人解撰河清颂"①,钱注揭其今典谓"是时文士争献歌颂,如杨炎《灵武受命》、《凤翔出师》之类是也"②。按《全唐文》卷四二一有杨炎《灵武受命宫颂》、《凤翔出师纪圣功颂》,可见当时谀颂之风气。"田家望望惜雨干,布谷处处催春种",正当官吏争献祥瑞、文人竞撰颂词时,农民却因天旱土干③,无法春播而焦虑,切切祈盼着降雨。总之,本段以上诸句皆隐忧中寓规谏。

"淇上健儿归莫懒,城南思妇愁多梦。安得壮士挽天河,净洗甲兵长不用",诗人忽调转笔锋,盼祷速平叛乱,百姓能过上团圆、安宁的生活。联系全诗杜甫对朝政之忠规切谏,此诸句期盼中亦暗寓隐忧,钱笺谓:"收京之后,洗兵马以致太平,此贤相之任也。而肃宗以谗猜之故,不能信用其父之贤臣,故曰'安得壮士挽天河,净洗甲兵常不用',盖至是而太平之望益邈矣!呜呼!伤哉!"平心而论,就本诗此句意旨而言,对"太平之望"的期盼与"太平之望益邈"的隐忧两条情感曲线,紧紧交织于杜甫博大深沉的内心世界,达到情感与理性的高度均衡。钱笺侧重其中理性之一面,而相对削弱了情感之一面,或有偏颇。至于全诗主旨,钱笺谓"《洗兵马》,刺肃宗也。刺其不能尽子道,且不能信任父之贤臣,以致太平也",亦同上理。

纵观《洗兵马》全诗,从外患的格局,不时点入内忧,各种期待、喜悦、隐忧、讽谏,像织锦一样编入诗中,不留痕迹,却丝丝入扣。全诗的情感之流,如九曲黄河有无数转折跌宕,前两段的情感均以喜悦发端,最后归于隐忧;后两段则是以对朝廷内政的深刻隐忧为主体,末尾微露祈喜之意(但期盼中亦暗寓隐忧),全诗的抒情旋律经过四次转折,而主导的情感走向无疑是隐忧。由此可见,钱注对全诗情感基调的把握大体准确。

综上所述,杜甫《洗兵马》诗表面是歌颂中兴气象,而底蕴却是对肃宗朝政治的深切隐忧,并提出政治批评。就理性维度而言,隐忧、批评实胜过欢欣、歌颂,钱注对全诗微旨的把握大体准确。

---

① 林继中辑校《杜诗赵次公先后解辑校》(修订本)乙帙卷四《洗兵马》"词人解撰河清颂"句注:"赵云:公诗言此者,是岁既收京,而于七月岚州合[河]关(河),黄河三十里清如(水)[冰]。盖收京之祥,实事也。"(上册,第236页)《旧唐书》卷三七《五行志》:"乾元二年七月,岚州合河关黄河水,四十里间,清如井水,经四日而后复。"(第4册,第1373页)按《洗兵马》诗作于乾元二年三月九节度使邺城兵败前,可见赵次公注所引"实事",并非此诗句之今典。

② 《钱注杜诗》卷二《洗兵马》"河清颂"条,第67页。

③ 《新唐书》卷六《肃宗本纪》乾元二年三月:"丁亥,以旱降死罪,流以下原之;流民还者给复三年。"(第1册,第161页)

《洗兵马》笺文的第二大部分,意义决非限于注一诗,其全部蕴涵体现于钱注围绕《洗兵马》笺注形成的核心体系之中。待第三章第一节梳理考释此核心体系之后,读者自会了然明晰。

## 三、《洗兵马》钱注笺注方法解析

钱谦益笺注杜诗,于诗、史关系,特为具眼。正如陈寅恪先生所言:"牧斋之注杜,尤注意诗史一点,在此之前,能以杜诗与唐史互相参证,如牧斋所为之详尽者,尚未之见也。"①《钱注杜诗》的核心注释方法,是"以杜诗与唐史互相参证",即诗史互证。前人对钱注诗史互证方法的研究,立论多从宏观着眼②,个案解析显然不足。《洗兵马》钱注堪为诗史互证之典范,本书尝试对其笺注方法做一简要梳理,或可略补微观研究之不足。

钱注《洗兵马》笺注方法要点如下③:

**第一,注释与作品历史背景直接有关的人物和事件。**

钱谦益首先注出《洗兵马》诗中直接涉及的历史人物和事件,如"成王"、"郭相"、"司徒"、"尚书"、"张公"所指何人,"收山东"、"朔方"、"蒲萄宫"所指何事(不具引)。此点为一般性的以史证诗,难度较小,宋代如赵次公、鲍彪、杜田诸注家(《九家集注》引),及蔡梦弼《草堂诗笺》、黄希黄鹤父子《补注杜诗》等均已出注,有些注释还为钱注所吸纳。可见,此种浅层次的以史证诗,非钱注用力之处。

**第二,揭示诗中较为隐秘的历史人物和事件,即古典字面背后之今典实指。**

钱谦益笺注《洗兵马》诗之着力点,在于揭示诗中"古典字面"(语典、事

---

① 陈寅恪:《柳如是别传》第五章《复明运动》,第 1014 页。

② 如:郝润华《〈钱注杜诗〉与诗史互证方法》第三章论《钱注杜诗》中的诗史互证方法是"以经学的考据方法为基础,以史学的实证精神为构架,又以文学的注解方法加以阐释,即将解经、证史、笺诗的方法合而为一"(第101~102 页)。朱易安《〈钱注杜诗〉与"诗史互证"的批评方法》一文,以比较钱谦益与朱鹤龄注杜方法之不同为观察角度,提出钱、朱二者注杜方法对清中叶学术方法的不同影响(《中华文史论丛》2001 年第 4 辑,第 250~268 页)。

③ 参阅〔越南〕阮氏明红《〈汤汉注〈陶靖节先生诗〉〉研究》第四章《汤汉注〈陶靖节先生诗〉的注释方法(下)》第三节《汤汉之后的以史证诗方法》对钱谦益注杜甫《洗兵马》与汤汉注陶渊明《述酒》相同处之比较,首都师范大学博士学位论文,2004 年,第 89 页。

典)背后隐藏之"今典实指"(今事、今情)①,如"萧丞相"古典字面为汉萧何,钱注揭其今典实指房琯;"隐士"古典字面为商山四皓,钱注揭其今典实指李泌。钱注深入抉发"鹤禁通霄凤辇备,鸡鸣问寝龙楼晓"与"攀龙附凤势莫当,天下尽化为侯王。汝等岂知蒙帝力,时来不得夸身强"诸句蕴涵之微言,即杜甫对肃宗不能善待上皇之隐忧,对肃宗信任宦官、斥贤拒谏之讽谏。钱注对诗中较为隐秘的历史人物和事件的深入揭示,发前人所未发,此等重要今典内涵之确定,照明了阐释全诗微旨之路。

**第三,运用辩证性考证方法,由对《洗兵马》一诗之注释,进而揭示作为大半部杜诗背景的相关唐史的隐曲面。**

钱注《洗兵马》"笺曰"共一千六百余字,分为两部分。第一部分,从"《洗兵马》,刺肃宗也"到"盖至是而太平之望益邈矣!呜呼!伤哉",主要串解笺释诗歌全文,将诗中隐秘的今典连成一脉络。第二部分,从"公之自拾遗移官,以上疏救房琯也"到"余读杜诗,感'鸡鸣问寝'之语,考信唐史房琯被谮之故,故牵连书之如此",特别是其中"史称……请循本而论之……"一段,驳论与立论双管齐下,运用辩证性考证方法②,由杜诗细节出发,钩稽史料,深入揭露出肃宗对玄宗及其旧臣的迫害,此一史实关系到这一段唐史真相之了解,亦关系到杜甫后半生之命运和大半部杜诗之了解,意义决非限于注一诗(详下文)。

注释文献典籍,是中国古代学者从事学术研究的一种重要方式。《洗兵马》笺注,钱谦益实寓研究于注释之中,运用深层次辩证性的考证方法,以史证诗,又以诗证史、以诗补史,于杜诗、唐史均有重要发明,"笺曰"部分即可当作一篇考证文章看。此是继南宋汤汉注陶渊明《述酒》诗成功开创考释古典

---

① 按:"今典"一词,"古典字面、今典实指"一语,皆是由陈寅恪先生所原创。陈寅恪《读哀江南赋》(1939年):"解释词句,征引故实,必有时代限断。然时代划分,于古典甚易,于'今典'则难。盖所谓'今典'者,即作者当日之时事也。"(《金明馆丛稿初编》,三联书店2001年版,第234页)陈寅恪直接表述"古典字面、今典实指"一语,见《柳如是别传》(完成于1964年),第1194页。可见陈寅恪先生在这方面的研究,至少历时二十五年。

② 严耕望《治史三书·史学二陈》提出:"考证之术有述证与辩证两类别、两层次。述证的论著只要历举具体史料,加以贯串,使史事真相适当的显露出来。此法最重史料搜集之详赡,与史料比次之缜密,再加以精心组织,能于纷繁中见其条理,得出前所未知的新结论。辩证的论著,重在运用史料,曲折委蛇的辨析,以达成自己所透视所理解的新结论。此种论文较深刻,亦较难写。"(辽宁教育出版社1998年版,第178页)

字面今典实指的诗歌释证方法之后①,中国诗史互证方法的又一次重大发展。

**附录:**

# 《洗兵马》历史背景年表②

### 唐玄宗天宝十四载(755)

十月 杜甫授河西尉,不拜,改授右卫率府胄曹参军。

十一月 安禄山反于范阳(今北京),陷河北诸郡。

十二月 叛军陷东京洛阳。

### 唐玄宗天宝十五载即肃宗至德元载(756)

五、六月间 杜甫经奉先(今陕西蒲城)至鄜州(今陕西富县)避难。

六月 九日,叛军陷潼关(今陕西潼关县北)。十三日,玄宗奔蜀。十四日,至马嵬驿,兵变,杀杨国忠、杨贵妃,玄宗西行,太子亨分兵北走。二十三日,叛军陷京师长安。

七月 十二日,玄宗至普安郡(今四川剑阁),宪部侍郎房琯谒见,即日拜为文部(吏部)尚书、同中书门下平章事。同日,太子亨即皇帝位于灵武(今宁夏灵武西南),改元至德,是为肃宗,尊玄宗为太上皇。李泌冒险奔赴肃宗行在。*

十五日,玄宗接受房琯建议,诏诸王分镇。中书舍人贾至草制。*

二十八日,玄宗至成都。

八月 十二日,灵武使至成都,玄宗始知太子即位。*

十六日,玄宗逊位称上皇,诏称诰。*

十八日,上皇临轩册肃宗。遣左相韦见素、文部尚书房琯、门下侍郎崔涣、中书舍人贾至等奉册书赴灵武。*

---

① 详参阅〔越南〕阮氏明红《汤汉注〈陶靖节先生诗〉研究》第四章《汤汉注〈陶靖节先生诗〉的注释方法(下)》,首都师范大学博士学位论文,2004 年,第 85～86 页。

② 本年表主要文献依据:两《唐书》之《玄宗本纪》、《肃宗本纪》、《资治通鉴》卷二一七唐玄宗天宝十四载至卷二二二唐肃宗宝应元年。并参阅《钱注杜诗》附《少陵先生年谱》,闻一多《少陵先生年谱会笺》(《唐诗杂论》,上海古籍出版社 1998 年版),邓小军《杜甫研究讲义》(课程讲义,未刊)。凡正文中已征引原始文献者,本年表于相应文字末标示"*"号;凡引用原文处,均标明文献出处。

　　　　　本月,杜甫闻太子即位灵武,自鄜州奔赴行在,途中为叛军所
　　　　　得,遂至长安(陷贼)。

十月　　房琯自请将兵讨贼,遇叛军于咸阳县之陈涛斜,"琯欲持重以伺
　　　　　之,为中使邢延恩等督战,苍黄失据,遂及于败"(《旧唐书》卷一
　　　　　一一《房琯传》)。"上闻琯败,大怒。李泌为之营救,上乃宥之"
　　　　　(《资治通鉴》卷二一九)。*

### 唐肃宗至德二载(757)

正月　　贺兰进明授岭南节度使入谢肃宗时,诬陷房琯于"南朝"建议诸
　　　　　王分镇,忠于玄宗而不忠于肃宗。改授河南节度使兼御史大
　　　　　夫。*

　　　　　上皇遣平章事崔圆奉诰赴肃宗行在。圆厚结李辅国,到后数日,
　　　　　颇承恩渥,亦憾于琯。*

二月　　肃宗至凤翔(今陕西凤翔)。

四月　　杜甫自金光门逃出长安,间道奔赴凤翔行在。

五月　　十日,房琯罢知政事,贬为太子少师,以谏议大夫张镐为中书侍
　　　　　郎、同中书门下平章事,代之为相。*

　　　　　十六日,杜甫授左拾遗。疏救房琯,触怒肃宗,诏付三司推问,
　　　　　宰相张镐、御史大夫韦陟相救。*

六月　　一日,杜甫获免三司推问,上《奉谢口敕放三司推问状》,再次为
　　　　　房琯犯颜进谏。*

八月　　十三日,张镐以平章事兼河南节度、采访处置等使,出为使
　　　　　相。*

闰八月　一日,杜甫奉肃宗墨制,自凤翔行在放归鄜州省家。

九月　　二十八日,唐军收复西京长安。*

　　　　　二十九日,肃宗奏请上皇还京,第一道表自称当还东宫,归政上
　　　　　皇,李泌代草第二道群臣贺表,只言孝养之意。*

十月　　十八日,唐军收复东京洛阳,安庆绪走保邺城(今河南安阳)。
　　　　　成都使还,言:"上皇初得上请归东宫表,彷徨不能食,欲不归。
　　　　　及群臣表至,乃大喜,命食作乐,下诰定行日。"(《资治通鉴》卷
　　　　　二二〇)李泌告辞肃宗,归隐衡山。*

　　　　　十九日,肃宗发凤翔。二十三日,肃宗入长安,居大明宫;同日,

上皇发成都。

十一月 二十二日,"上皇至凤翔,从兵六百馀人,上皇命悉以甲兵输郡
库"(《资治通鉴》卷二二〇),实为"被贼臣李辅国诏取随驾甲
仗"(唐郭湜《高力士外传》)。*

本月,杜甫返回长安朝廷。

十二月 三日,上皇至咸阳望贤宫。四日,上皇至长安,居南内兴庆
宫。*

"肃宗自夹城中起居","辅国常阴候其隙而间之"(《旧唐书》卷
一八四《李辅国传》)。*

史思明请降,封为归义王、范阳节度使。张镐密奏其伪,"不以
威权假之"(《旧唐书》卷一一一《张镐传》)。*

### 唐肃宗乾元元年(758)

春 贬中书舍人贾至为汝州刺史。*

五月 十七日,肃宗以"不切事机"为罪名,贬河南节度、中书侍郎、平
章事张镐为荆州大都督府长史、本州防御使。张镐罢相。*

六月 史思明复叛(果如张镐言)。

肃宗下诏,以"有朋党不公之名,违臣子奉上之体"等罪名,贬太
子少师房琯为邠州刺史、国子祭酒刘秩为阆州刺史、京兆少尹
严武为巴州刺史。*

贬左拾遗杜甫为华州司功参军。*

本年,贬吏部尚书韦陟为绛州刺史。*

九月 唐以九节度使军攻安庆绪于邺城,不立元帅,以宦官开府仪同
三司鱼朝恩为观军容宣慰处置使。

十月 十五日,上皇幸华清宫。*

十一月 八日,上皇自华清宫还京师。"李辅国阴谋不轨"(唐郭湜《高力
士外传》)。*

### 唐肃宗乾元二年(759)

正月 史思明在魏州(今河北大名东北)称帝。

二月 史思明军至邺。

三月 唐九节度军六十万败于史思明军五万。

升州(今南京)刺史颜真卿作《天下放生池碑铭并序》云:"一日

三朝,大明天子之孝;问安视膳,不改家人之礼。"苏轼《题鲁公放生池碑》云:"鲁公知肃宗有愧于是也,故有此谏。孰谓公区区于放生哉?"*

七月　　杜甫弃官华州司功参军。

### 唐肃宗上元元年(760)

六月　　李辅国矫诏夺兴庆宫上皇马三百匹,才留十匹。*

七月　　十九日,李辅国率兵劫持上皇迁居西内甘露殿。刑部尚书颜真卿首率百僚上表,请问上皇起居,辅国恶之,奏贬蓬州长史。*

二十八日,高力士流巫州,王承恩流播州,魏悦流溱州,陈玄礼勒致仕;置如仙媛于归州,玉真公主出居玉真观。*

上皇日以不怿,因不茹荤,辟谷,浸以成疾。*

### 唐代宗宝应元年(762)

四月　　五日,上皇崩于西内神龙殿,年七十八。

十八日,肃宗崩于长生殿,年五十二。

# 第三章 《钱注杜诗》学术创见核心体系考释(下)

## 第一节 围绕《洗兵马》笺注形成的学术创见核心体系

《钱注杜诗》围绕其学术创见核心成果,展开其笺注的核心体系,即其他相关诗篇之笺注循《洗兵马》笺注确立的主题线索,向纵深延展,相互证发、相互映照,形成一紧密关联的笺注体系。本节及下节先依主题线索分类考释,再依诗歌作年编年列表统计,有经有纬,力求构筑一立体考察网络。本节及下节考释篇目较多,故于目录各级标题下括注相关篇题,以便读者比照检读。

## 一、玄肃父子之间的矛盾——隐忧上皇晚年的悲剧命运

哀明皇,即隐忧上皇晚年的悲剧命运,是贯穿杜甫中晚期诗歌创作的一条重要主题线索。《收京三首》其二、《曲江对雨》、《乾元中寓居同谷县作歌七首》其六、《石笋行》、《病柏》、《杜鹃行》(君不见昔日蜀天子)、《杜鹃》、《秋日荆南述怀三十韵》,钱注对诸诗微旨的揭示,或吸纳前人,或独立发明,是对《洗兵马》诗相应笺注的补充、深化和发展。

### (一) 立朝为官时之预知与隐忧

1. 收京——不颂而规

杜甫《收京三首》其二:

生意甘衰白，天涯正寂寥。忽闻哀痛诏，又下圣明朝。羽翼怀商老，文思忆帝尧。叨逢罪己日，沾洒望青霄。

《钱注杜诗》卷一〇《收京三首》其二笺曰：

收京之时，上皇在蜀。诂定行日，肃宗汲汲御丹凤楼下制。李泌有言，后代何以辨陛下灵武即位之意乎？故曰"忽闻哀痛诏，又下圣明朝"，盖讥之也。灵武诸臣争夸拥立之功，至有蜀郡、灵武功臣之目，故以商老羽翼刺之。《洗兵马》云"攀龙附凤势莫当，天下尽化为侯王"云云，与此正相发明也。玄宗内禅，故目之曰"帝尧"。史称灵武使至，上用灵武册，称太上皇，亦可谓殆哉岌岌乎矣。公心伤之，故以"忆帝尧"为言。又肃宗已即大位，而用商老羽翼之事，则仍是东朝故事，亦元结书太子即位之义也。逢罪己之日，而沾洒青霄，其不颂而规可知矣。①

按：钱谦益《少陵先生年谱》将此组诗编入至德二载。《收京三首》诗第二首，当是杜甫于至德二载（757）十月在鄜州时所作。肃宗至德二载（757）五月，杜甫以左拾遗疏救房琯，触怒肃宗，肃宗诏付三司推问，囚禁并欲杀害杜甫，因宰相张镐、御史大夫韦陟相救获免（参上文）。至德二载（757）闰八月一日，肃宗墨制放还杜甫鄜州（今陕西富县）省家，名义是给杜甫省家假期，实质是对杜甫实行政治放逐②。《北征》诗云："皇帝二载秋，闰八月初吉。杜子将北征，苍茫问家室。"③正言此也。九月、十月，唐军相继收复两京，而杜甫仍然被放还在家，未扈从肃宗自凤翔还京。肃宗放归杜甫将近百日，意在准令式

　　①　《钱注杜诗》，第 325 页。
　　②　邓小军《杜甫疏救房琯墨制放归鄜州考——兼论唐代的制敕与墨制》："唐代墨制用于公务，是对中书、门下制度的破坏；肃宗墨制放归杜甫的实质，是对杜甫不合法的放逐。"（详请参阅《诗史释证》，第 137～156 页）
　　③　邓小军《杜甫〈北征〉补笺》："杜甫诗题'北征'，及起笔'皇帝二载秋，闰八月初吉。杜子将北征，苍茫问家室'，是用《诗经·小雅·小明》'我征徂西，至于艽野。二月初吉，载离寒暑。心之忧矣，其毒大苦'，毛诗《序》'《小明》，大夫悔仕于乱世也'，郑《笺》'幽王日小其明，损其政事，以至于乱'，以表示奉唐肃宗墨制被贬北征，是由于肃宗政治日益黑暗以至于乱，以及自悔仕于唐室之乱世之意。"（《北京大学学报》（哲学社会科学版）2007 年第 3 期，第 27 页）

取消杜甫官职①,此点杜甫当深有所知。《收京三首》其二云"生意甘衰白,天涯正寂寥",言自己甘心终老天涯,不敢作还朝之想,"寂寥"二字,透露出此时杜甫内心的惆怅落寞。《羌村三首》其二云"晚岁迫偷生,还家少欢趣","忆昔好追凉,故绕池边树。萧萧北风劲,抚事煎百虑",相互参证,正可见杜甫脱贼奔赴凤翔行在的一腔热血,如今冷却成了对肃宗深深的失望、痛心。"忽闻哀痛诏,又下圣明朝",杜甫在鄜州家中两次闻"哀痛诏",是指闻至德二载十月一日《收复西京还京诏》,及十月二十八日肃宗御丹凤楼所下《收复京师诏》,其中皆有"痛愤"之语②。此联微旨当以解下联后反观之。

"羽翼怀商老,文思忆帝尧",此乃全诗关键微言所在。"商老"与"帝尧"所指实可互相关照理解。"文思忆帝尧",钱笺谓"玄宗内禅,故目之曰'帝尧'"。宋代注家鲍彪曰:"玄宗传授,犹尧授舜也。"③即已注出"帝尧"所指为玄宗。钱笺之发明,在于进而揭示"忆帝尧"隐含的深刻微言,谓"史称灵武使至,上用灵武册,称太上皇,亦可谓殆哉岌岌乎矣。公心伤之,故以'忆帝尧'为言"。杜甫通过疏救房琯案,逐渐看清了肃宗对玄宗及其旧臣的极端敌视,此为玄肃父子间自灵武擅立、成都内禅即已潜伏矛盾的逐渐显现,"忆帝尧"隐含着杜甫对玄宗回京后命运的深切隐忧,与此前《北征》诗"凄凉大同殿,寂寞白兽闼"与此后《洗兵马》诗"鹤禁通霄凤辇备,鸡鸣问寝龙楼晓",实寓同一深意。

"羽翼怀商老",钱笺谓"灵武诸臣争夸拥立之功,至有蜀郡、灵武功臣之目,故以商老羽翼刺之。《洗兵马》云'攀龙附凤势莫当,天下尽化为侯王'云云,与此正相发明也"。参《读杜二笺》解此句:"泌每言家事必待上皇,又为群臣草表致上皇东归,能调护两宫,故以'商老'许之。"④此句之"商老"当指李泌无疑。对于"怀商老"隐含的深刻微言,清朱鹤龄认为:"羽翼盖指广平王而言也,肃宗先以良娣、辅国之谮,赐建宁王俶死,至是广平新立大功,又为良娣所忌,潜构流言,虽李泌力为调护,而时已还山。公恐复有建宁之祸,故不能无

①　详请参阅邓小军《杜甫疏救房琯墨制放归鄜州考——兼论唐代的制救与墨制》,《诗史释证》,第157～160页。
②　详请参阅邓小军《杜甫疏救房琯墨制放归鄜州考——兼论唐代的制救与墨制》,《诗史释证》,第157页。
③　《百家注》卷六《收京三首》其二"文思忆帝尧"句注引"鲍曰"。
④　《牧斋初学集》卷一〇九《读杜二笺上》之《收京》,《钱牧斋全集》,第3册,第2193页。

思于商老也。"①朱注所论若单以此句看,确有道理,后清仇兆鳌、杨伦两家均征引并认同朱注。但循诸上下句之对仗关系,"怀商老"与"忆帝尧"两意当相互关照,钱笺谓"肃宗已即大位,而用商老羽翼之事,则仍是东朝故事,亦元结书太子即位之义也②"。参前揭《洗兵马》"紫芝曲"条钱注:"公以四皓拟泌,不独著其羽翼之功,盖亦以正肃宗为太子之名也。《收京》诗云'羽翼怀商老',其意深如此。"钱笺抉发"羽翼怀商老"句隐含对肃宗能否善待上皇、克尽人子之道的深切隐忧,不仅如朱注所言对广平王无人护持之担忧而已,其对杜诗微旨的深刻把握,契合杜诗历史内容,发前人所未发。

证诸此诗写作背景及上解析,再细味前"忽闻哀痛诏,又下圣明朝"句,钱笺谓"收京之时,上皇在蜀。诰定行日,肃宗汲汲御丹凤楼下制。李泌有言,后代何以辨陛下灵武即位之意乎? 故曰'忽闻哀痛诏,又下圣明朝',盖讥之也",表揭杜诗讥刺肃宗抢夺帝位、敌视上皇之微旨,实有根有据。末句"叨逢罪己日,沾洒望青霄",钱笺谓"逢罪己之日,而沾洒青霄,其不颂而规可知矣",全诗微蕴,一言以蔽之,曰"不颂而规",即收京后对肃宗之规讽,四字结煞全笺铺展,点明核心意旨,干净有力。

明末王嗣奭《杜臆》言此诗"喜中有悲"、"亦喜亦忧"③,稍窥其微意,但点到即止,未深入阐发。清朱鹤龄注曰:"肃宗之失,不在灵武之举,而在还京后,使良娣、辅国得媒孽其间,以致劫迁西内,子道不终。公于此时,若有深见其微者,曰'忆帝尧',欲其笃于晨昏之恋也。'沾洒青霄',其所以望肃宗者,岂不深且厚耶。"清仇兆鳌解此诗章旨云:"此时怀商老而李泌已去,忆帝尧而上皇初归,有关于朝事君德者非小。只恐罪己之日,又增阙失,是以望青霄而洒涕耳。"④此表明朱、仇二家对钱笺意旨的部分认同。但朱注同时亦言:"肃

　　① 《杜工部诗集辑注》卷四《收京三首》其二篇后注。下同。

　　② 按:唐元结作《大唐中兴颂有序》。宋洪迈《容斋五笔》卷二《诸公论唐肃宗》:"元次山作《中兴颂》,所书'天子幸蜀,太子即位于灵武',直指其事,殆与《洪範》云'武王胜殷杀受'之词同。其词曰:'事有至难,宗庙再安,二圣重欢。'既言重欢,则知其不欢多矣。"(孔凡礼点校《容斋随笔》,中华书局2005年版,第850页)元结此颂之微言大义,可参阅邓小军《元结撰、颜真卿书〈大唐中兴颂〉考释》,《晋阳学刊》2012年第2期,第125~130页。

　　③ 《杜臆》卷二《收京三首》:"次首'忽闻哀痛诏,又下圣明朝'与末首'万方频送喜,无乃圣躬劳',俱是喜中有悲。'叨逢罪己',正指哀痛诏。而'沾洒望青霄',亦喜亦忧,恐其托之空言也。"(第60页)

　　④ [清]仇兆鳌:《杜诗详注》卷五《收京三首》其二章旨,中华书局1979年版,第1册,第423页。

宗即位,本迫于事势,迨两京克复,奉迎上皇,累表避位,而后受之。是时父子间猜嫌未见,不应有讥。"仇注征引并认同朱注。此又表明朱、仇二家对钱笺之深意并未完全把握或认同。

后清浦起龙力驳朱、仇二家注云:"噫! 为此说者,不已薄哉! 公尔时身远阙廷,忽闻新诏,此心何等雀跃,旋即逆料其君将必戕子、拂亲,有是理乎?"并追讨其"根源"所在云:"总由钱笺流毒,传染而不能出。"浦注认为:"五、六于正始之日,首举其重且大者以为颂祷,断非小家数所及。言我君从此安储位,恋寝门,和气熏蒸,重开太平。小臣何幸,叨逢于此日矣,能不'望青霄'而感泣哉!"①后清杨伦《杜诗镜铨》亦征引浦此说。浦注之先声当为清初潘耒之批驳:"收京是何等喜庆事,为臣子者乃于诗中包藏刺讥乎? 以沾洒为悲痛,则前诗所云'喜心翻倒极,呜咽泪沾巾'者,又当作何解? ……则知不颂而规之说,谬矣。"②按杜诗《自京窜至凤翔喜达行在所》其二云"喜心翻倒极,呜咽泪沾巾",此为杜甫脱贼初抵凤翔行在的诗作,尚未经历疏救房琯、三司推问、墨制放还鄜州等政治风浪,彼时的喜极而泣与此时的沾洒为悲,时异而意殊,潘耒批驳钱笺之论据实不能成立。潘、浦二家既拘牵于忠君说(实为愚忠论),又割断了本诗与杜甫此前亲身经历之联系,其谬自来矣。

综而言之,《收京三首》其二钱笺揭示此诗隐含之微言,契合杜甫此时(墨制放还)此地(鄜州)之所念所忧,论世知人,逆志有据。《收京》作于《洗兵马》之前,潜在表明《洗兵马》微旨早有伏脉,渊源有自,而并非突现,二者同一机杼,实可互相参证。

2. 悲南内之寂寞

杜甫《曲江对雨》:

    城上春云覆苑墙,江亭晚色静年芳。林花着雨燕脂落,水荇牵风翠带长。龙武新军深驻辇,芙蓉别殿谩焚香。何时诏此金钱会,暂醉佳人锦瑟傍。

① 《读杜心解》卷三之一五律《收京三首》其二篇后解,第368~369页。
② [清]潘耒:《遂初堂文集》卷一一《书杜诗钱笺后》之《收京笺》,《续修四库全书》集部别集类第1417册,第580页。

《钱注杜诗》卷一〇《曲江对雨》"龙武军"条注:

> 玄宗以万骑平韦氏,改为左右龙武军,皆用唐元功臣子弟,制若宿卫兵①。《雍录》:左右龙武军,即太宗时飞骑也。衣五色袍,乘六闲驳马,虎皮鞯。唐祖讳虎,故曰龙武,言其才质服饰,有似龙虎也。

又"芙蓉殿"条注:

> 玄宗自蜀回銮,居南内兴庆宫。宫南楼下临通衢,时幸此楼,置酒眺望,召伶官作乐。李辅国常阴候其隙间之。故曰"芙蓉别殿谩焚香",悲南内之寂寞也。

又"金钱会"条注:

> 《旧书》:开元元年九月,宴王公百寮于承天门,令左右于楼下撒金钱,许中书五品以上官及诸司三品以上官争拾之,仍赐物有差。《剧谈录》②:开元中,上巳锡宴臣寮,会于曲江山亭,恩赐教坊声乐,池中备彩舟数只,唯宰相、三使、北省官与翰林学士登焉。每岁倾动皇州,以为盛观。

又笺曰:

> 此亦怀上皇南内之诗也。玄宗用万骑军以平韦氏,改为龙武军,亲近宿卫。自深居南内,无复昔日驻辇游幸矣。兴庆宫南楼置酒眺望,欲由夹城以达曲江芙蓉苑,不可得矣。金钱之会,无复开元之盛,对酒感叹,意亦在上皇也。程大昌曰:龙武军中官主之,最为亲暱,初时拟幸芙

---

① 宋赵次公注已引《新唐书·兵志》此段文字。
② 宋赵次公注已引唐康骈《剧谈录》此段文字。

蓉,后遂留驻龙武,此诗盖有讥也[①]。余以为不然。[②]

按:钱谦益《少陵先生年谱》将此诗编入乾元元年。诗言“城上春云覆苑墙”,当作于肃宗乾元元年(758)春长安。杜甫时任左拾遗,下朝后常常徘徊于曲江,“每日江头尽醉归”(《曲江二首》其二),“苑外江头坐不归”(《曲江对酒》)。杜甫的曲江七律系列诗,“忧愤而托之行乐”[③],呈露出一种沉郁的悲剧意识,比至德二载(757)陷贼长安时所作《哀江头》“少陵野老吞声哭,春日潜行曲江曲。江头宫殿锁千门,细柳新蒲为谁绿”,更为沉痛。经历了疏救房琯墨制放还鄜州的杜甫,对肃宗为人为政,已经是洞若观火。由上文所揭,肃宗敌视玄宗之心理始于灵武自立(可追源至玄宗时期对东宫体制的变革[④]),而其针对玄宗本人之实际行动则始于至德二载十一月上皇自蜀还京途中“被贼臣李辅国诏取随驾甲仗”(见上引《高力士外传》),即解除卫队武装,置于肃宗监控之下;十二月,上皇居兴庆宫,“(李)辅国常阴候其隙而间之”(见上引《旧唐书·李辅国传》)。乾元元年春,玄宗深居南内兴庆宫,身处此种监控离隙之境遇,已达几个月之久。杜甫对玄宗现在及未来之命运,实深切知之,亦深切忧之。了解杜甫作诗的时事背景,有助于打开本诗的隐含意蕴。

钱注重点注释的微言诗句是“龙武新军深驻辇,芙蓉别殿谩焚香”。关于“龙武新军”,《百家注》卷七引“师曰”(《九家注》卷一九作“师民瞻云”)征引了《旧唐书·职官志》;宋赵次公注征引了《新唐书·兵志》。今复检原始史料如下:《旧唐书》卷四四《职官志三·武官》左右龙武军:“初,太宗选飞骑之尤骁健者,别署百骑,以为翊卫之备。天后初,加置千骑,中宗加置万骑,分为左右

① [宋]程大昌《雍录》卷八“左右龙武军”条:“睿宗时置,即太宗时飞骑也。衣五色袍,乘六闲驳马,武皮鞯。武者,虎也,唐祖讳虎,故曰龙武。龙武者,龙虎也,言其人材质服饰有似龙虎也。初置惟以从猎,其地最为亲密,固已易于宠狎矣。又其军皆中官主之,廪给赏赐比他处特丰,事力重,伎艺多,故杜甫曰:‘龙武新军深驻辇,芙蓉别殿谩焚香。’言其初时拟幸芙蓉,已遂留驻龙武也。甫之此言,盖有讥也。唐自中叶以后,天下多事,凡有土木兴作,多于北军取办焉。而它秘戏耽乐,外人不知者尚多,此其亲狎之由也。”(黄永年点校本,中华书局 2002 年版,第 174～175 页)

② 以上四条见《钱注杜诗》,第 328 页。

③ [明]王嗣奭《杜臆》卷二《曲江二首》:“余初不满此诗,国方多事,身为谏官,岂行乐之时?然读其‘沉醉聊自遣,放歌破愁绝’二语,自状最真,而恍然悟此二诗,乃以赋而兼比兴,以忧愤而托之行乐者也。”(第 65 页)

④ 参阅任士英《唐代玄宗肃宗之际的中枢政局》第四篇《中枢政治配置关系的变化与非实体化东宫体制的形成》,第 146～201 页。

营,置使以领之。自开元以来,与左右羽林军名曰'北门四军'①。开元二十七年②,改为左右龙武军,官员同羽林军也。③《新唐书》卷五〇《兵志》:"贞观初,太宗择善射者百人,为二番于北门长上,曰'百骑',以从田猎。又置北衙七营,选材力骁壮,月以一营番上。十二年,始置左右屯营于玄武门,领以诸卫将军,号'飞骑'。……复择马射为百骑,衣五色袍,乘六闲驳马,虎皮鞯,为游幸翊卫④。高宗龙朔二年,始取府兵越骑、步射置左右羽林军,大朝会则执仗以卫阶陛,行幸则夹驰道为内仗⑤。武后改百骑曰'千骑',睿[中]宗⑥又改千骑曰'万骑',分左右营。及玄宗以万骑平韦氏,改为左右龙武军,皆用唐元功臣子弟,制若宿卫兵⑦。"⑧由上可知,唐太宗置"百骑"乃为"游幸翊卫"之用("以从田猎"、"以为翊卫之备");唐高宗时置左右羽林军,其职能是"大朝

---

① 唐长孺《唐书兵志笺正》卷三考证此条史文之误:"万骑既统于羽林,似不能与羽林对列。今考《会要》卷七二《军杂录》云:'开元十三年四月二十一日敕四军枪稍,左飞骑用绿纷,右飞骑绯纷,左万骑红纷,右万骑碧纷。'则四军乃羽林所统之飞骑与万骑各分左右而为四,非羽林、万骑对举也。及龙武军建置之后,所谓'四军',乃指羽林与龙武耳。"(中华书局 2011 年版,第 103 页)

② 《旧唐书》卷九《玄宗本纪下》开元二十六年:"其冬,……析左右羽林军置左右龙武军,以左右万骑营隶焉。"又开元二十七年:"五月癸卯,置龙武军官员。"(第 1 册,第 210、211 页)唐长孺《唐书兵志笺正》卷三:"盖立军号在二十六年十一月,次年乃置官耳。故(《旧唐书》)卷四四《职官志》左右龙武军条称'开元二十七年,改为左右龙武军,官员同羽林军',言其终也。"(第 102 页)《唐会要》卷七二《京城诸军》:"(开元)二十六年十一月,析左右羽林军置龙武军,以左右万骑营隶焉。"(下册,第 1292~1293 页)《通典》卷二八左右龙武军条、《资治通鉴》卷二一四与《会要》同。

③ 《旧唐书》,第 6 册,第 1903~1904 页。

④ 《旧唐书》卷五九《姜謩传》附子《姜行本传》:"太宗选趫捷之士,衣五色袍,乘六闲马,直屯营以充仗内宿卫,名为'飞骑',每游幸,即骑以从。"(第 7 册,第 2333 页)《太平御览》卷三〇〇引逸唐书、《通典》卷二八威仪条同。唐长孺《唐书兵志笺正》卷三征引以上三条史文,指出:"又以服五色袍乘六闲马者为飞骑,……百骑既从飞骑中取,应同有此服色。"(第 98 页)

⑤ 《唐六典》卷二五《诸卫府》:"左、右羽林军大将军·将军之职,掌统领北衙禁兵之法令,而督摄左、右厢飞骑之仪仗,以统诸曹之职。若大朝会,则率其仪仗以周卫阶陛。若大驾行幸,则夹驰道而为内仗。"(第 643 页)《旧唐书》卷四四《职官志三·武官》左右羽林军:"若大朝会,率其仪仗以周卫阶陛。大驾行幸,则夹道驰而为内仗。"(第 6 册,第 1903 页)

⑥ 《新唐书》卷五〇《校勘记》[一]:"'中宗',各本原作'睿宗',按本卷下文、本书卷五及《旧书》卷八《玄宗记》、《通鉴》卷二〇九俱云玄宗以万骑平韦氏,则改称万骑必在睿宗即位之前。又按《通典》卷二八、《旧书》卷四四《职官志》、《通鉴》卷二〇八,置万骑乃中宗时事。据改。"(第 5 册,第 1340 页)唐长孺《唐书兵志笺正》卷三指出:"《新旧唐书互证》卷六云:'案万骑既为睿宗所改,元[玄]宗何得以之平韦氏也,睿宗当为中宗之讹。'是也。"(第 101 页)

⑦ 据唐长孺《唐书兵志笺正》卷三,《兵志》此条殆本《旧唐书》卷一〇六《王毛仲传》相关史文(第 102 页)。

⑧ 《新唐书》,第 5 册,第 1330~1331 页。

会则执仗以卫阶陛,行幸则夹驰道为内仗";至唐玄宗以万骑平韦氏,开元二十六年改为左右龙武军,开元二十七年置官,"制若宿卫兵","官员同羽林军",即与左右羽林军同为禁军,职能、官制亦同。

诗云"龙武新军深驻辇",钱笺谓:"玄宗用万骑军以平韦氏,改为龙武军,亲近宿卫。自深居南内,无复昔日驻辇游幸矣。"清杨伦《杜诗镜铨》卷四:"玄宗以万骑平韦氏,改龙武军,出则扈从,入则宿卫,此借以言乘舆所在。时玄宗回銮,深居南内不出,故曰'深驻辇'。"①依上述史实观,钱、杨二家所言皆切诗意。杜诗以"龙武新军"指代玄宗乘舆,其深意在玄宗曾用龙武新军之前身万骑平定韦氏之乱即皇帝位,取得开元之治的煌煌功业。"深驻辇"三字,忽跌落至现实,昔日开创煌煌功业的唐玄宗,今日却沦为其子唐肃宗及宦官李辅国监控之下的太上皇,业已失去了皇位、失去了杨妃,今又失去了部分人身自由。"深驻辇"包蕴的层层微言,实乃全诗关键所在。"芙蓉别殿谩焚香",与上句对仗,亦与上句为因果关系。"芙蓉别殿",其深意在曲江芙蓉园是开元盛世的象征。杜甫《哀江头》云:"忆昔霓旌下南苑,苑中万物生颜色。昭阳殿里第一人,同辇随君侍君侧。"大历元年(766)夔州作《秋兴八首》其六云:"瞿唐峡口曲江头,万里风烟接素秋。花萼夹城通御气,芙蓉小苑入边愁。"可证曲江是杨妃②、明皇、盛唐今昔生死盛衰之见证。"谩焚香"三字,再次跌落至现实,意承"深驻辇"而来,钱笺谓"悲南内之寂寞也","欲由夹城以达曲江芙蓉苑,不可得矣",甚切诗意。综合全联看,"龙武新军"与"芙蓉别殿",二者象征了开元之治的开创与鼎盛,而"深驻辇"与"谩焚香",又跌回乱后现实的寂寞凄凉③,前四字与后三字,形成盛与衰的两次转折,可谓顿挫之致。与《北征》诗"凄凉大同殿,寂寞白兽闼",寓有同一悲慨,但此诗之体验则愈加深刻。

诗结云"何时诏此金钱会,暂醉佳人锦瑟傍",无限宛转低回,钱笺谓"金钱之会,无复开元之盛,对酒感叹,意亦在上皇也"。"诏此金钱会",益可证上

---

① 《杜诗镜铨》,第182页。
② 邓小军《隐藏的异代知音》一文考释《曲江对雨》"林花着雨燕脂落,水荇牵风翠带长"隐含有哀杨妃之意,载《文学遗产》2007年第3期,第28～29页。
③ 《曲江二首》其一云:"苑边高冢卧麒麟。"

联"龙武新军深驻辇,芙蓉别殿谩焚香"乃指向上皇①,全篇乃"怀上皇南内之诗"。清黄生曰:"公感玄宗知遇,终身不忘,诗中每每见意。五句指南内之事,盖隐之也。……后人类不能推见至隐,近惟钱牧斋笺注以此为怀上皇南内之诗者得之。"②道出了钱注乃发前人所未发之创获胜解。通观钱注,若无对《收京三首》其二"羽翼怀商老,文思忆帝尧"与《洗兵马》"鹤禁通霄凤辇备,鸡鸣问寝龙楼晓"等微言诗句的敏锐洞察与深刻探析,本诗隐含的微旨可能就会失之眉睫矣。故钱笺能推见至隐,独得其旨,实根源于钱谦益对全幅杜诗、相关唐史前后贯通的深入理解体察。

### (二)弃官漂泊后之牵挂与哀思

#### 1. 忧南内之拘率

杜甫《乾元中寓居同谷县作歌七首》其六:

> 南有龙兮在山湫,古木巃嵷枝相樛。木叶黄落龙正蛰,蝮蛇东来水上游。我行怪此安敢出,拔剑欲斩且复休。呜呼六歌兮歌思迟,溪壑为我回春姿。

《钱注杜诗》卷三《乾元中寓居同谷县作歌七首》其六篇后注:

> 吴若本注云:此篇为明皇作也。明皇以至德二载至自蜀,居兴庆宫,谓之南内。明年改元乾元,时持盈公主往来宫中,李辅国常阴候其隙间

---

① 《草堂诗笺》卷一二《曲江对酒》"龙武新军深驻辇"句注:"时新收京,宫殿为禄山焚荡,故肃宗唯驻辇于曲江也。"又"芙蓉别殿谩焚香"句注:"芙蓉苑,在曲江之南。肃宗驻辇曲江,回想旧时焚香于芙蓉殿,不可得也。"按:此乃不明史实的荒谬之论。《黄氏补注》卷一九《曲江对雨》"龙武新军深驻辇,芙蓉别殿谩焚香"句"补注":"鹤曰:至德二载,左右神武两军,赐名天骑。今诗作于次年,故曰'新军'。"后明王嗣奭《杜臆》与清朱鹤龄《辑注》、仇兆鳌《详注》皆认同黄鹤此注,按:"龙武新军"若指肃宗左右神武军("天骑"),则与下"诏此金钱会"对玄宗开元盛世的追思不符应。清浦起龙《读杜心解》卷四之一同诗篇后解:"愚按:'诏'字宜贴肃宗说,深望其续举此会,以慰亲心。盖耽游则不可,娱亲则可也。若着上皇边,恐迹涉嫌疑。"(第610～611页)按:浦解此说,胶着于所谓忠君论及温柔敦厚诗教说,不明史实,完全失落了杜甫此诗哀明皇的悲剧性意旨。
② [清]黄生:《杜工部诗说》卷八《曲江值雨》评注,《四库全书存目丛书》集部第5册影印中国人民大学图书馆藏清康熙三十五年一木堂刻本,齐鲁书社1997年版,第450页。

之。故上元二年①,帝迁西内。②

　　按:钱谦益《少陵先生年谱》无此诗之编年③,《钱注杜诗》编在同谷诗内④。诗题"乾元中寓居同谷县",已明确其作诗之时地。《发秦州》诗云:"汉源十月交,天气凉如秋。"《发同谷县》诗题下自注:"乾元二年十二月一日,自陇右赴剑南纪行。"则此诗当作于肃宗乾元二年(759)十一月成州同谷县(今甘肃成县)。

　　首先要解决的问题是钱注征引"吴若本注"⑤之来源。《百家注》卷一一题下注:"苏曰:六歌一篇为明皇作也。明皇以至德二年至自蜀,居兴庆宫,谓之南内。明年改元乾元,时持盈公主往来宫中,李辅国常阴候其隙间之。故上元二年,常[帝]迁西内。"《九家注》卷六篇末注引"东坡云",与《百家注》"苏曰"内容全同⑥。清浦起龙《读杜心解》卷二斥其为"伪苏注"⑦。检阅今存苏轼文集,不见此段文字。但此条注文是否即为所谓"伪苏注"⑧呢? 细察则不然:第一,宋郭知达自序其《九家集注杜诗》云:"杜少陵诗,世号诗史。自笺注杂出,是非异同,多所抵牾。至有好事者,掇其章句,穿凿附会,设为事实,托

---

　　①　按:应为上元元年七月。

　　②　《钱注杜诗》,第107页。

　　③　《钱注杜诗》卷首《注杜诗略例》述其编年原则云:"吕汲公大防作《杜诗年谱》,以谓次第其出处之岁月,略见其为文之时,得以考其辞力,少而锐,壮而肆,老而严者如此。汲公之意善矣,亦约略言之耳。后之为年谱者,纪年系事,互相排缵,梁权道、黄鹤、鲁訔之徒,用以编次后先,年经月纬,若亲与子美游从,而藉记其笔札者。其无可援据,则穿凿其诗之片言只字,而曲为之说,其亦近于愚矣。今据吴若本识其大略,某卷为天宝未乱作,某卷为居秦州、居成都、居夔州作。其紊乱失次者,略为诠订。而诸家曲说,一切削去。"(第1页)

　　④　《钱注杜诗》卷三本卷收诗数"古诗七十八首"下题"寓秦州及同谷县行赴蜀中作"。

　　⑤　《续古逸丛书》集部《宋本杜工部集》影印绍兴三年建康府学吴若重刻二王本残本,其中宋刻卷一〇至一二;毛钞卷一三、一四,故今已无法检核钱注之征引。据谢思炜《〈宋本杜工部集〉注文考辨》一文考察,"吴若本所加注大部分同文字的考订、正文的纠谬有关。……这种注是由校延伸而来,吴若本本来是就二王本重校,所以力量全放在校上。……其次,吴若本所加注很重视引文的出处。……此外,吴若本所加注很少有涉及作者生平和作品内容史实的。"(《唐宋诗学论集》,商务印书馆2003年版,第101页)

　　⑥　据莫砺锋《杜诗"伪苏注"研究》一文考察,《分门集注》(包括《百家注》等宋代集注本)中的"苏曰"或"坡曰"并非完全源自"伪苏注",亦有真正出于苏轼的注文(《文学遗产》1999年第1期,第57~60页)。

　　⑦　《读杜心解》卷二之二七古《乾元中寓居同谷县作歌七首》其六篇后解:"伪苏注以龙喻明皇在南内。"(第264页)

　　⑧　参阅程千帆《杜诗伪书考》,《古诗考索》,上海古籍出版社1984年版,第351~357页。

名东坡,刊镂以行,欺世售伪。有识之士,所为深叹。因辑善本,……如假托名氏,撰造事实,皆删削不载。"郭知达对"伪苏注"明斥其伪,深恶痛绝,誓称"删削不载",可见《九家注》所引"东坡云",当非"伪苏注"。第二,此条注文,乃揭示杜诗蕴涵微旨,与"伪苏注"根据杜诗成句捏造出处的作伪方式完全不同①。第三,吴若本,即南宗绍兴三年(1133)建康府学吴若重刻二王本。吴若本注文,包括杜甫自注与他人别注②。依钱注体例,此条注文系他人别注③。据莫砺锋先生考察,"绍兴十二至十七年(1142~1147)是'伪苏注'见于记载的最早时间"④。可见吴若本刊刻时,"伪苏注"应未出现并广泛传播。第四,《钱注杜诗》卷首《注杜诗略例》中,钱谦益痛斥"伪苏注"之荒谬。此条"吴若本注"倘果为"伪苏注",他必有辨证。径行征引,表明钱氏对注文内容的认同。由上诸因,大体可以判断此条注文非所谓"伪苏注"。但究竟出自何处,暂未考知,俟详察。

再观此条"吴若本注"是否符合杜诗蕴旨。《草堂诗笺》卷一七云:"此篇因感龙湫而托言寓意焉。"此说甚是。本诗关键的微言诗句是:"木叶黄落龙正蛰,蝮蛇东来水上游。"《百家注》卷一一引"敏修曰":"龙蛰,喻天子失势。蝮蛇东来,喻禄山从山东来。"《黄氏补注》卷六"希曰":"南有龙,喻玄宗在南内。'木叶黄落龙正蛰',喻玄宗蒙尘。'蝮蛇东来',谓史思明陷魏州,非喻禄山从山东来,是时禄山死久矣。"试问:若"蝮蛇"真是指安史叛逆,杜甫为什么"拔剑欲斩且复休"呢?可见此说之谬塞。但敏修谓"龙蛰,喻天子失势",黄希谓"南有龙,喻玄宗在南内",则不误。杜甫同谷县作《万丈潭》诗云:"青溪合冥寞,神物有显晦。龙依积水蟠,窟压万丈内。"本诗所咏"龙湫"当亦指万

---

① 正上引宋郭知达《九家集注杜诗》序所谓:"掇其章句,穿凿附会,设为事实,……假托名氏,撰造事实。"关于"伪苏注"的作伪方式,详请参阅莫砺锋《杜诗"伪苏注"研究》,《文学遗产》1999年第1期,第61~66页。

② 《钱注杜诗》卷首《注杜诗略例》:"杜集之传于世者,惟吴若本最为近古,他本不及也。题下及行间细字,诸本所谓公自注者多在焉,而别注亦错出其间。余稍以意为区别,其类于自[注]者,用朱字;别注则用白字,从本草之例。"(第5页)

③ 参阅谢思炜《〈宋本杜工部集〉注文考辨》:"从钱本的体例上还可以看出大概:凡是题下注或行间注,除特殊标明者外,均是钱氏认为是杜甫自注的;凡是钱氏认为不是杜甫自注的,大多以'吴若本注'等字样移至篇后钱笺部分,或径行刊落。"(《唐宋诗学论集》,第101页)〔日〕长谷部刚文,李寅生译《简论〈宋本杜工部集〉中的几个问题——附关于〈钱注杜诗〉和吴若本》:"在《钱注杜诗》中,'吴若本注'所引用的注文,既是钱谦益所判断的'不是杜甫自注'的那部分。"(《杜甫研究学刊》1999年第4期,第35页)

④ 莫砺锋:《杜诗"伪苏注"研究》,《文学遗产》1999年第1期,第55页。

丈潭。诗起云"南有龙兮在山湫",实触发了杜甫对上皇南内凄凉生活的深切隐忧,曾是玄宗龙兴旧邸的南内兴庆宫,尤其是象征帝王祥瑞的龙池①,而今却变成了如"窟压万丈内"般的拘牵之地。吴若本注云"此篇为明皇作也",对全诗寓意的把握可谓得当。至于"蝮蛇东来水上游"的今典实指,吴若本注云:"李辅国常阴候其隙间之。"据《旧唐书》卷一八四《李辅国传》:"上皇自蜀还京,居兴庆宫,肃宗自夹城中起居。上皇时召伶官奏乐,持盈公主往来宫中,辅国常阴候其隙而间之。"②依吴若本注,李辅国及其背后的支持者肃宗(居于东内大明宫)不能善待上皇,预示着上皇可能更为悲惨的命运,这才是杜甫"拔剑欲斩且复休"的真正原因。此解对全诗微旨的把握可谓深刻。后夏力恕《杜诗增注》卷七云:"此因万丈潭有龙,而比南内之见构于李辅国也。"③亦伸张此意。总之,钱注征引"吴若本注",吸纳前人成果,表明钱注深具学术眼光,亦表明前人注释对钱注有启迪之功。

2. 咏物诗中的深沉寄慨——斥李辅国之蒙蔽 哀西内之凄凉

《石笋行》、《病柏》、《杜鹃行》(君不见昔日蜀天子)、《杜鹃》,杜甫以寄慨深沉的咏物诗,隐晦表达了他对李辅国擅权蒙蔽,肃宗同宦官合流,劫迁上皇于西内的愤懑殷忧。《钱注杜诗》援引或参鉴宋注及宋诗话以揭示诸诗微旨。兹分述如下:

(1) 杜甫《石笋行》:

> 君不见益州城西门,陌上石笋双高蹲。古来相传是海眼,苔藓蚀尽波涛痕。雨多往往得瑟瑟,此事恍惚难明论。恐是昔时卿相墓,立石为表今仍存。惜哉俗态好蒙蔽,亦如小臣媚至尊。政化错迕失大体,坐看倾危受厚恩。嗟尔石笋擅虚名,后来未识犹骏奔。安得壮士掷天外,使

---

① 《旧唐书》卷二九《音乐志二》:"龙池乐,玄宗所作也。玄宗龙潜之时,宅在隆庆坊,宅南坊人所居,变为池,望气者亦异焉。故中宗季年,泛舟池中。玄宗正位,以坊为宫,池水逾大,弥漫数里,为此乐以歌其祥也。"(第4册,第1062页)[宋]程大昌撰《雍录》卷四"兴庆池"条:"元[玄]宗之名,与隆庆坊旧宅相符,固可命以为瑞矣。《六典》所记曰:'宅有井,忽涌为小池,周袤十数丈,常有云气或黄龙出其中,至景云间潜复出水,其沼浸广,里中人悉移居,遂鸿洞为龙池焉。'开元初以为离宫,后又增广,遂为南内,其正殿名大同殿,殿之东北即有龙池殿,盖主此池以为之名也。"(第80页)

② 《旧唐书》,第15册,第4760页。

③ [清]夏力恕:《杜文贞诗增注》,清乾隆十四年古泉精舍刻本,国家图书馆普通古籍部藏,书号:81845。

人不疑见本根。

《钱注杜诗》卷四《石笋行》篇末注：

> 赵曰：此诗作于上元元年。是时李辅国离间两宫，擅权蒙蔽，故赋石
> 笋以指讥之。①

按：钱谦益《少陵先生年谱》将此诗编入上元元年。清仇兆鳌《杜诗详注》卷一○题下注云："今按此下三首（笔者按：即本诗与《石犀行》、《杜鹃行》），词格相同，恐俱是上元二年所作。"②今从仇注。此诗当作于肃宗上元二年（761）成都。诗云："惜哉俗态好蒙蔽，亦如小臣媚至尊。政化错迕失大体，坐看倾危受厚恩。"杜甫自己实已给出了由石笋之古典指向今典的路标。《祭故相国清河房公文》所谓"太子即位，揖让仓卒。小臣用权，尊贵倏忽"，可与此相互证发。联系上皇还京至劫迁西内的基本史实（参上文），全诗喻旨明显，正如赵说③。钱注援引宋赵次公注可谓切中要旨。

（2）杜甫《病柏》：

> 有柏生崇冈，童童状车盖。偃蹇龙虎姿，主当风云会。神明依正直，
> 故老多再拜。岂知千年根，中路颜色坏。出非不得地，蟠据亦高大。岁

---

① 《钱注杜诗》，第 115 页。
② 《杜诗详注》，第 2 册，第 833 页。《石犀行》云"今日灌口损户口"，仇注："鹤注：李冰作石犀以厌水灾。上元二年秋八月，灌口损户口，故作是诗，然意亦有所寓也。"（第 835 页）
③ 宋赵次公注"惜哉俗态好蒙蔽，亦如小臣媚至尊"曰："此正以专指李辅国一内臣耳，连结张妃，肃宗信任之，呼为阿父。乾元元年，张妃为皇后，而辅国之权尤炽，人争附之。公于《祭房相国文》云：'太子即位，揖让仓卒。小臣用权，尊贵倏忽。'正以言李辅国，则今诗云如小臣媚至尊者。石笋以一堆石而蒙蔽于人，人或指为海眼，或指为表墓，说终不明。此可恶而俗态好其蒙蔽，如辅国之蔽肃宗，而人信好之也。"又注"政化错迕失大体"曰："言肃宗信之也。"又注"坐看倾危受厚恩"曰："言辅国之宠幸也。"又注"嗟尔石笋擅虚名，后来未识犹骏奔"曰："言人之争附辅国也。"又注"安得壮士掷天外，使人不疑见本根"曰："言要使天下知其一内臣耳也。公作是诗在上元元年之夏七月，辅国果离间二宫，矫诏迁上皇于西内矣。公之远见，不亦明乎？"（按：以上赵注注文，钱注皆未引。）《黄氏补注》卷七题下"鹤曰"："此诗赵注以为作于上元元年，为李辅国离间二宫而作。按《通鉴》上元元年七月，辅国矫称上语迎过上皇游西内。此诗云蒙蔽、媚悦，其事周而彰。终云'安得壮士掷天外，使人不疑见本根'，盖恨去辅国辈之不速。卒为盗杀，犹不显诛之，可惜。"按：由上引可见，宋注对此诗喻旨的把握已相当深入。

寒忽无凭,日夜柯叶改。丹凤领九雏,哀鸣翔其外。鸱鸮志意满,养子穿穴内。客从何乡来,伫立久吁怪。静求元精理,浩荡难倚赖。

《钱注杜诗》卷四《病柏》篇后注:

> 石林云:此诗亦为明皇而作。①

按:钱谦益《少陵先生年谱》无此诗之编年,《钱注杜诗》编在成都诗内②。《病柏》、《病橘》、《枯棕》、《枯楠》四诗,清仇兆鳌《杜诗详注》卷一〇《病柏》题下注云:"梁权道及黄鹤俱编在上元二年之秋。"③今依其次。此诗当作于肃宗上元二年(761)秋成都。钱注征引"石林云"云云,出宋叶梦得《石林诗话》卷上:"杜子美《病柏》、《病橘》、《枯棕》、《枯楠》四诗,皆兴当时事。《病柏》当为明皇作,与《杜鹃行》同意。"④此诗云"偃蹇龙虎姿,主当风云会。神明依正直,故老多再拜","丹凤领九雏,哀鸣翔其外。鸱鸮志意满,养子穿穴内",言病柏、丹凤、鸱鸮,语意沉郁,寄托遥深。细味诗意,似与哀上皇西内之凄凉隐合⑤。钱氏引叶梦得说而不自笺,或亦有所感同而不敢遽断也。

(3) 杜甫《杜鹃行》(君不见昔日蜀天子)⑥:

---

① 《钱注杜诗》,第122页。

② 《钱注杜诗》卷四本卷收诗数"古诗三十七首"下题"初寓成都及至阆州作"。

③ 《杜诗详注》,第2册,第851页。按:仇注有误。《黄氏补注》卷七《病柏》题下"鹤曰":"当是大历元年作。梁权道编在上元二年成都诗内。"其他三诗《黄氏补注》皆编在上元二年。

④ [宋]叶梦得:《石林诗话》,[清]何文焕辑《历代诗话》本,中华书局1981年版,第414页。

⑤ [清]夏力恕《杜文贞诗增注》卷八《病柏》"有柏生崇冈,童童状车盖。偃蹇龙虎姿,主当风云会"句下注:"比喻分明";"神明依正直,故老多再拜"句下注:"指南内时事也";"岂知千年根,中路颜色坏。出非不得地,蟠据亦高大。岁寒忽无凭,日夜柯叶改"句下注:"谓劫迁西内也";"丹凤领九雏,哀鸣翔其外"句下注:"肃宗不得奉晨昏也";"鸱号志意满,养子穿穴内"句下注:"谓辅国等";篇后注:"此诗分明说明皇西内事,细玩句句隐合。"(清乾隆十四年古泉精舍刻本,国家图书馆普通古籍部藏,书号:81845)

⑥ 《钱注杜诗》卷一八附录《他集互见四首》之《杜鹃行》:"古时杜宇称望帝,魂作杜鹃何微细。跳枝窜叶树木中,抢佯瞥捩雌随雄。毛衣惨黑貌憔悴,众鸟安肯相尊崇。隳形不敢栖华屋,短翮唯愿巢深丛。穿皮啄朽觜欲秃,苦饥始得食一虫。谁言养雏不自哺,此语亦足为愚蒙。声音咽咽如有谓,号啼略与婴儿同。口干垂血转迫促,似欲上诉于苍穹。蜀人闻之皆起立,至今敩学传遗风,乃知变化不可穷。岂知昔日居深宫,嫔嫱左右如花红。"篇后注:"《文苑英华》作司空曙,注云:又见《杜甫集》。"按:清仇兆鳌《杜诗详注》卷九同题下注:"诗中有'蜀人闻之'之语,盖初至成都时,泛咏杜鹃也。"(第2册,第752页)陈贻焮《杜甫评传》举三点理由认为此两首《杜鹃行》诗是杜甫前后有感于同一时事而作(北京大学出版社2003年版,第645页)。笔者认同陈说。

君不见昔日蜀天子，化作杜鹃似老乌。寄巢生子不自啄，群鸟至今
与哺雏。虽同君臣有旧礼，骨肉满眼身羁孤。业工窜伏深树里，四月五
月偏号呼。其声哀痛口流血，所诉何事常区区。尔岂摧残始发愤，羞带
羽翮伤形愚。苍天变化谁料得，万事反覆何所无。万事反覆何所无，岂
忆当殿群臣趋。

《钱注杜诗》卷四《杜鹃行》"羁孤"条注：

> 上元元年七月，上皇迁居西内，高力士流巫州，置如仙媛于归州，玉
> 真公主出居玉真观。上皇不怿，因不茹荤，辟谷，浸以成疾。诗云"骨肉
> 满眼身羁孤"，盖谓此也。移杖之日，上皇惊，欲坠马数四。高力士跃马
> 厉声曰："五十年太平天子，李辅国，汝旧臣不宜无礼！"又令辅国拢马，护
> 侍至西内。故曰"虽同君臣有旧礼"，盖谓此也。鲍照《行路难》曰：愁思
> 忽而至，跨马出北门。举头四顾望，但见松柏荆棘郁蹲蹲。中有一鸟名
> 杜鹃，言是古时蜀帝魂。声音哀苦鸣不息，毛羽憔悴似人髡。飞走树间
> 逐虫蚁，岂忆往日天子尊。念此死生变化非常理，心中恻怆不能言。①

按：钱谦益《少陵先生年谱》将此诗编入上元元年。《黄氏补注》卷七题下
"鹤曰"："观其诗意，乃感明皇失位而作。当是上元元年迁西内后。"清仇兆鳌
《杜诗详注》卷一〇题下注云："李辅国劫迁上皇，乃上元元年七月事。此诗借
物伤感，当属上元二年作。"②今从仇注。本诗云"四月五月偏号呼"，杜甫大历
元年(766)云安作《杜鹃》诗回忆云："我昔游锦城，结庐锦水边。有竹一顷馀，
乔木上参天。杜鹃暮春至，哀哀叫其间。我见常再拜，重是古帝魂。"(详下
文)杜鹃大多为夏候鸟，春末夏初常昼夜啼叫不停，杜甫闻其声而有所感。此
诗当作于肃宗上元二年(761)暮春成都。

宋胡仔(1110～1170)《苕溪渔隐丛话》前集卷七苕溪渔隐曰："少陵后又
有《杜鹃行》云：'君不见昔日蜀天子……'细详味此诗，亦是明皇迁居西内时

---

作,其意尤切,读之可伤。"①或为最早发其隐微者。后《黄氏补注》卷七"鹤曰":"《通鉴》:上元元年七月丁未,李辅国矫称上语,迎上皇游西内,至睿武门,辅国将期射生五百骑,露刃遮道曰:'皇帝以兴庆宫湫隘,迎上皇迁居大内。'上皇惊,几坠,力士曰:'李辅国何得无礼!'叱下马云云。陈玄礼、高力士及旧宫人皆不得留左右。丙辰,高力士流巫州,王承恩流瀼[播]州,魏悦流溱州,陈玄礼勒致仕。置如仙媛于归州,玉真宫主出居玉真观。上皇以不怿,因不茹荤,辟谷,浸以成疾。诗云'虽同君臣有旧礼,骨肉满眼身羇孤',又云'业工窜伏深树里',盖谓此也。"钱注当于《黄氏补注》有所鉴取。两相比照,其一,《黄氏补注》的史料依据仅为《资治通鉴》卷二二一相关文字(上已引),而钱注"移杖之日,上皇惊,欲坠马数四。高力士跃马厉声曰:'五十年太平天子,李辅国,汝旧臣不宜无礼!'又令辅国拢马,护侍至西内",则取自唐韦绚《戎幕闲谈》(见上引《太平广记》卷一八八"李辅国"条)。其二,钱注对"虽同君臣有旧礼,骨肉满眼身羇孤"句今典的揭示更加细致周延。

　　钱注引鲍照《行路难》诗,即《拟行路难十八首》其七,宋赵次公注已引并指明:"今公所谓哀痛流血,又有摧残之语,及末句忆群臣趋,且云万事反覆,盖出于此也。"赵注追溯杜甫此诗所本,甚是。但其按断所揭,仅止诗句语言层面,实尚具待发之覆。清朱柜堂《乐府正义》揭鲍诗主旨曰:"伤零陵之不得其终也。零陵禅位于刘裕,居于秣陵,以兵守之。与褚妃共处一室,自煮食于床前。饮食所资,皆出褚妃。诗故有'飞走树间啄虫蚁'之句。卒至行逆。自晋以前,魏之山阳、晋之陈留,犹得善终。虽莽于定安,不敢杀也。自是以后,废主无不杀者,宋启之也。"②鲍照诗借咏杜鹃伤晋恭帝禅位于刘裕后的艰难处境及不得善终,杜甫借咏杜鹃伤玄宗禅位于肃宗后被武力劫迁西内,隐忧上皇可能不得善终(事实上即如杜甫所料,详下文),杜甫袭取鲍诗,其深意实在此。鲍、杜二家诗,在语言及蕴旨两层面,古典与今典,古事与今事,皆深刻契合并相互映发。钱谦益征引鲍诗,当是暗取赵注。惜钱注未自加按断揭其隐微,但参证整条注文及鲍诗微旨,亦可自悟。要言之,钱注对赵次公注及《黄氏补注》的鉴取及重新组合,为打开杜诗的深微蕴涵提供了一条重要线索。

　　清潘耒《书杜诗钱笺后》之《杜鹃行笺》:"子美初入蜀,闻杜鹃,见石犀、石

---

① ［宋］胡仔纂集,廖德明校点:《苕溪渔隐丛话》,第40页。
② 黄节《鲍参军诗注》卷二引,中华书局2008年版,第261页。

笋,偶作诗耳,岂必牵合时事,各有刺讥耶? 明皇迁居西内,失意之状,亦《力士传》中云然耳。宫禁事秘,子美流落天末,何从遽知之? 至尊现在,而遂比之已化之禽鸟,无礼孰甚! 此等曲说,皆子美之罪人也。"①仇兆鳌《杜诗详注》卷一〇篇后注:"或疑劫迁西内,宫禁秘密,子美远游西蜀,何从遽知之? 曰:蜀有节镇,国家大事,岂有不知者。故曰'朝廷问府主'②。其以杜鹃比君,本缘望帝而寓言,非擅喻禽鸟也。"③仇注驳斥潘耒,针锋相对,可谓正中其枢要。此可进一步补充两点:

第一,上皇被劫迁西内,虽是"宫禁事秘",但并非密不透风,实际当时即有敢于讽谏者。《旧唐书》卷一二八《颜真卿传》:"征为刑部尚书。李辅国矫诏迁玄宗居西宫,真卿乃首率百僚上表请问起居,辅国恶之,奏贬蓬州长史。"④《资治通鉴》卷二二二唐肃宗上元二年五月:"初,李辅国与张后同谋迁上皇于西内。是日端午,山人李唐见上,上方抱幼女,谓唐曰:'朕念之,卿勿怪也。'对曰:'太上皇思见陛下,计亦如陛下之念公主也。'上泫然泣下,然畏张后,尚不敢诣西内。"⑤刑部尚书颜真卿首率百僚上表问上皇起居,实代表了当时朝臣对劫迁西内事件的看法。山人李唐为肃宗左右⑥,亦对准时机,婉言劝谏,动之以人伦亲情,希冀肃宗能善待上皇。由是可见,劫迁西内事件在朝廷内已获公开或半公开流布,唐世公议,犹足重也。

第二,劫迁西内事件此类宫廷变故,朝廷不可能以公开方式向地方传布,如诏令之属。其自中央流布至地方的传播渠道,可能来自上都留后之类地方

---

① 〔清〕潘耒:《遂初堂文集》卷一一,《续修四库全书》集部别集类第 1417 册,第 580 页。

② 〔清〕仇兆鳌《杜诗详注》卷二二《晚》:"杖藜寻巷晚,炙背近墙暄。人见幽居僻,吾知拙养尊。朝廷问府主,耕稼学山村。归翼飞栖定,寒灯亦闭门。"题下注:"当是大历二年东屯作,故有耕稼之句。"章旨:"朝问府主,耕学山农,见野人不豫国事矣。"(第 4 册,第 1756 页)按:两处仇注对"朝廷问府主"句的解释似不同。"朝廷问府主,耕稼学山村",宋赵次公注:"此句法难解,盖言朝廷以务农重谷之事问府主,故亦化而学山村耕稼也。然此等句法,学者不可效之也。"笔者以为此句是言朝廷若问及我,请府主(或即夔州都督柏茂琳)代答云我已僻居山村,躬学耕稼矣。

③ 《杜诗详注》,第 2 册,第 839 页。

④ 《旧唐书》,第 11 册,第 3592 页。

⑤ 《资治通鉴》,第 15 册,第 7113 页。按:此段内容,亦见唐李肇撰《唐国史补》卷上"李唐讽肃宗"条、《新唐书》卷七七《张皇后传》,文字略有出入。

⑥ 《资治通鉴》卷二二二唐肃宗宝应元年建巳月即四月:"丁卯,上崩。……乙亥……知内侍省事朱光辉及内常侍啖庭瑶、山人李唐等二十馀人皆流黔中。"元胡三省注:"自朱光辉以下,皆大行左右。"(第 15 册,第 7124~7125 页)

诸道及藩镇的驻京机构①;传播方式,可能类似后来的进奏院状报②。成都府,为剑南西川节度使治所。正仇注所谓"蜀有节镇,国家大事,岂有不知者"。杜甫入蜀后,对时事的敏锐关注不减。如《恨别》云:"闻道河阳近乘胜,司徒急为破幽燕。"《散愁二首》云:"百万传深入,寰区望匪它。司徒下燕赵,收取旧山河","闻道并州镇,尚书训士齐。几时通蓟北,当日报关西"。诸诗乃为上元元年(760)三月李光弼破安太清于怀州,四月破史思明于河阳而作,兼望王思礼助李讨贼,直驱燕赵,倾其根本。"闻道"、"传"等语直接表明了杜甫对时事讯息的获取。因笔者寓目文献所限,暂未能确切考知杜甫弃官后获取此类非公开讯息的具体渠道与媒介③,但是他流传至今的大量时事诗,实即其获取时讯的最佳证据。

综上可见,以唐代朝政大事的传播渠道及杜甫对上皇命运的深切关注,杜甫完全可以知悉上元元年七月的劫迁西内事件,并将其殷忧隐晦表达于诗中,托物寓言,隐跃离合。宋代胡仔似最早敏锐感知诗中深意,黄鹤则援事证诗,确乎有据,宋人对此诗微旨的抉发,为钱注之先声。钱注则援据新史料,对关键微言诗句作出了更为细致周延的发展完善。

(4)杜甫《杜鹃》:

> 西川有杜鹃,东川无杜鹃。涪万无杜鹃,云安有杜鹃。我昔游锦城,
> 结庐锦水边。有竹一顷馀,乔木上参天。杜鹃暮春至,哀哀叫其间。我

---

① 唐代进奏院正式设立于代宗大历十二年(777),其前身是诸道在长安设置的邸务,名上都留后。有学者推测,上都留后可能起自平定安史之乱中一些主要军镇,为加强同中央及各地的联系与协调而临时设立的应急机构(详参阅李彬《唐代文明与新闻传播》,新华出版社1999年版,第26页)。进奏院最主要的职能是向本镇及时报告朝廷及他镇的各种情况,传递中央诏令、文牒。有的情系进奏官刺探而来。进奏院向本镇反映和传递的情报极其广泛,其中主要是军国政治,其次是祥瑞奇异,还有朝廷礼仪,他如圣躬康泰、皇室死丧,甚至藩帅家属所获荣宠及其在京状况,也一一向本镇如实通报(详参阅张国刚《唐代进奏院考略》,《文史》第十八辑,中华书局1983年版,第86页)。

② 唐代进奏院的进奏官向本镇反映朝廷政事动态和各项消息的报告,称为"进奏院状报"。详参阅姚福申《唐代新闻传播活动考》,《新闻大学》1982年第5期;李彬《新闻信:唐代进奏院状报新解》,《中国青年政治学院学报》1998年第3期。

③ 杜甫于肃宗上元元年(760)初秋,暂游新津,晤裴迪,有《和裴迪登新津寺寄王侍郎》诗。秋晚,至蜀州,晤高适(时为蜀州刺史),有《奉简高三十五使君》诗。杜甫获知劫迁西内事件,或通过裴、高二人,存疑俟考。参考闻一多《少陵先生年谱会笺》,《唐诗杂论》,第73页;冯棣《裴迪考论》,《渝西学院学报》(社会科学版)2003年第1期,第48~53页。

见常再拜，重是古帝魂。生子百鸟巢，百鸟不敢嗔。仍为喂其子，礼若奉至尊。鸿雁及羔羊，有礼太古前。行飞与跪乳，识序如知恩。圣贤古法则，付与后世传。君看禽鸟情，犹解事杜鹃。今忽暮春间，值我病经年。身病不能拜，泪下如迸泉。

《钱注杜诗》卷六《杜鹃》篇后注：

> 此诗大历元年公在云安作。

又笺曰：

> 黄鹤本载旧本题注云：上皇幸蜀还，肃宗用李辅国谋，迁之西内，上皇悒悒而崩，此诗感是而作。详味此诗，仍当以旧注为是。①

　　按：钱谦益《少陵先生年谱》将此诗编入永泰元年。钱注谓"此诗大历元年公在云安作"。《年谱》误。杜甫于永泰元年（765）九月至云安（今四川云阳），因病留居。诗云"云安有杜鹃"，"今忽暮春间，值我病经年"，此诗当作于代宗大历元年（766）暮春云安。

　　钱注征引并认同"黄鹤本载旧本题注"。所谓"旧本题注"云云，宋胡仔《苕溪渔隐丛话》前集卷七载"或云：明皇幸蜀还，肃宗用李辅国谋，迁之西内，悒悒而崩，此诗感是而作"②。宋赵次公注引作"旧注"（下引）。《九家注》卷一一题下注引作"一说"，《草堂诗笺》卷二五题下注则直标"胡仔曰"。此条旧注到底源出何本，尚未考知。

　　《杜鹃》诗乃感上皇劫迁西内不得善终而作，此论在宋代获得了广泛认同。宋黄庭坚《书磨崖碑后》："抚军监国太子事，何乃趣取大物为。事有至难天幸尔，上皇蹢躅还京师。内间张后色可否，外间李父颐指挥。南内凄凉几苟活，高将军去事尤危。臣结舂陵二三策，臣甫杜鹃再拜诗。安知忠臣痛至

---

①　以上两条见《钱注杜诗》，第169页。
②　［宋］胡仔纂集，廖德明校点：《苕溪渔隐丛话》，第40页。

骨，世上但赏琼琚词。"①表揭《杜鹃》诗蕴藏的历史隐微，深具卓识，实为此论之发轫。后胡仔、洪迈皆承其意而引申发挥。宋胡仔《苕溪渔隐丛话》后集卷三一苕溪渔隐曰："子美《杜鹃》诗，正为明皇迁居西内而作。"②宋洪迈《容斋五笔》卷二《诸公论唐肃宗》："唐肃宗于干戈之际，夺父位而代之。然尚有可诿者，曰：'欲收复两京，非居尊位，不足以制命诸将耳。'至于上皇还居兴庆，恶其与外人交通，劫徙之西内，不复定省，竟以怏怏而终。其不孝之恶，上通于天。……杜子美《杜鹃》诗：'我看禽鸟情，犹解事杜鹃。'伤之至矣。"③由是可见，宋人对《杜鹃》诗背后隐藏的玄肃父子之间的矛盾已有较为深刻的认识，钱谦益博知群籍，注杜虽未引及上述诗歌及诗话，但应该知晓并可能会受到其启示。

宋代杜注对上论亦有持反对意见者。《百家注》卷一二引"洙曰"："古诗讥世乱而不能明臣之义者，禽鸟之不若也。"宋赵次公注："公所以赋杜鹃之意，旧注求其说而不得，皇惑迷谬……又谓上皇幸蜀还，肃宗用李辅国谋，迁之西内，上皇悒悒而崩，此诗感是而作。亦非是。盖迁徙上皇岂独百鸟饲杜鹃之子之不若而已哉！况上皇之迁西内在辛丑上元二年，明年遂崩，至今岁丙午大历元年公在云安赋诗，已六年矣，既隔肃宗，又隔当日代宗，而却方说迁徙事以为刺哉？……此感杜鹃而论君臣之义矣。"赵注可能代表了很多读者的疑窦，但细读体味，正如钱注所言"详味此诗，仍当以旧注为是"。兹略释如下：

第一，诗云："我昔游锦城，结庐锦水边。有竹一顷馀，乔木上参天。杜鹃暮春至，哀哀叫其间。我见常再拜，重是古帝魂。"明是承上成都《杜鹃行》诗意，是为"西川有杜鹃"。又"生子百鸟巢，百鸟不敢嗔。仍为喂其子，礼若奉

---

① ［宋］黄庭坚撰，［宋］任渊、史容、史季温注：《山谷诗集注》卷二〇，刘尚荣校点《黄庭坚诗集注》，中华书局 2003 年版，第 2 册，第 689～690 页。

② ［宋］胡仔《苕溪渔隐丛话》后集卷三一苕溪渔隐曰："《题磨崖碑后》诗云：……观诗意，皆是言明皇末年事。余以唐史考之，明皇幸蜀还，居兴庆宫，李辅国迁之西内，居甘露殿，继流高力士于巫州。诗云'南内'，误矣。又以元结《本传》及《元次山集》考之，但有《时议》三篇，指陈时务而已，初无一言以及明皇肃宗父子间，不知鲁直所谓'臣结春秋二三策'者，更别出何书也。鲁直以此配'臣甫杜鹃再拜诗'，子美《杜鹃》诗，正为明皇迁居西内而作，则次山'春秋二三策'亦当如《杜鹃》诗有为而言，若以《时议》三篇为是，则事无交涉，乃误用也。或云，鲁直盖用《孟子》'吾于《武成》'取二三策'之语，然元结果何预焉。如颜鲁公《湖州放生池碑》载其《上肃宗表》云：'一日三朝，大明天子之孝，问安视膳，不改家人之礼。'东坡谓鲁公知肃宗有愧于此乎？孰谓公区区于放生哉？此事若用之，却为亲切。"（廖德明校点本，第 233～234 页）

③ ［宋］洪迈撰，孔凡礼点校：《容斋随笔》，第 850 页。

至尊"与《杜鹃行》"寄巢生子不自啄,群鸟至今与哺雏"意同,造语亦相似。第二,诗云:"鸿雁及羔羊,有礼太古前。行飞与跪乳,识序如知恩。"鸿雁行飞识序与羔羊跪乳知恩,乃重明"礼若奉至尊"之礼,重点在后者。第三,由上引出关键的微言诗句"君看禽鸟情,犹解事杜鹃",百鸟对杜鹃尚能哺雏奉礼,羔羊对母羊尚能跪乳知恩,其言外之意是李辅国于上皇不能尊君臣之礼,肃宗于上皇不能奉父子之亲,正《杜鹃行》"虽同君臣有旧礼,骨肉满眼身羇孤"之意。第四,诗结云:"今忽暮春间,值我病经年。身病不能拜,泪下如迸泉。"是为"云安有杜鹃"。上皇于上元元年(760)七月被劫迁西内(赵注误为上元二年),宝应元年(762)四月卒。代宗大历元年(766)暮春,杜甫卧病云安,再闻杜鹃啼血(《杜鹃行》"其声哀痛口流血"),可谓唤起旧恨,愈添新愁,"身病不能拜,泪下如迸泉",沉痛凄凉之致,此等情感非上皇而谁堪当? 再回头读诗起首云:"西川有杜鹃,东川无杜鹃。涪万无杜鹃,云安有杜鹃。"[1]原来从成都到云安,杜甫一路都在侧耳倾听,倾听着杜鹃的悲啼,牵挂着上皇的命运。

综上可见,钱注吸纳宋代注家、诗家对本诗的深刻见解,实为有识。后朱鹤龄、仇兆鳌、浦起龙、杨伦四家注均未接受钱注所引"黄鹤本载旧本题注",而是认同赵次公注,失落了本诗哀明皇之微旨。

纵观以上四诗,杜甫以寄慨深沉的咏物诗,隐晦表达了他对李辅国擅权蒙蔽,肃宗同宦官合流,劫迁上皇于西内的愤懑殷忧。此诸诗喻旨经宋人抉隐阐幽,已大体明晰,钱注援引或参鉴宋注及宋诗话以揭其微旨,表明钱谦益吸纳宋人见解之识见,廓清舛误,汲取精华。

3. 悼明皇之死

杜甫《秋日荆南述怀三十韵》(节录):

> 星霜玄鸟变,身世白驹催。伏枕因超忽,扁舟任往来。九钻巴噀火,三蛰楚祠雷。望帝传应实,昭王问不回。蛟螭深作横,豺虎乱雄猜。素业行已矣,浮名安在哉。

---

① [明]王嗣奭《杜臆》卷七《杜鹃》:"起来四句杜鹃有无,皆实就身之所历,自纪其所闻。盖公卜宅西川,及成都乱,去之东川梓、阆间。及严武卒,将出峡,乃道涪、万而至云安。杜鹃之鸣有时,西川云安当其鸣则闻之而谓之有,东川涪、万当其不鸣则不闻而谓之无。故初拜于锦城,而云安则身病而不能拜。通篇起结照应如此。"(第234页)按:历代注家对此四句的解释聚讼纷纭,笔者以为《杜臆》讲法最为平允。

《钱注杜诗》卷一七《秋日荆南述怀三十韵》"望帝"条注：

> 望帝，借以喻玄宗也。代宗恶李辅国，而不能明正其罪，使盗窃其首，犹昭王南征不复，而周人不能问之于楚也。昔人谓陶渊明诗，悼国伤时，不欲显斥，寓以他语，使奥漫不可指摘。知此，则可以读杜诗矣。①

又"昭王"条注：

> 《湘中记》：益阳有昭潭，其下无底，湘水最深处也。或谓周昭王南征不复，没于此潭，因以为名。

　　按：钱谦益《少陵先生年谱》无此诗之编年，《钱注杜诗》编在江陵诗内②。诗题"秋日荆南"，已点明作诗之时地。《黄氏补注》卷三四题下"鹤曰"："此诗当是大历三年秋末移公安前作。"黄说是。此诗当作于代宗大历三年(768)秋江陵。依仇注分章章旨，上节录之段乃"记漂泊蜀夔之迹。"③全诗结笔云"自古江湖客，冥心若死灰"，可见老杜暮年心境。

　　钱注重点注释的微言诗句是"望帝传应实，昭王问不回"。此句承上"九钻巴噀火，三蛰楚祠雷"，借巴楚遗事之古典喻指今典，且上下句互文见义。复依下以"蛟螭深作横，豺虎乱雄猜"，比悍将群盗，上亦应有所喻指。宋注如赵次公注、《百家注》"洙曰"(邓忠臣注)，皆仅注出上下句古典出处，分别为《成都记》与《左传·僖公四年》④，但均未注出其今典所指⑤。至钱注始发覆其微旨，"望帝传应实"，钱注揭其今典："望帝，借以喻玄宗也。"依上揭杜甫在

　　①　《钱注杜诗》，第606页。
　　②　《钱注杜诗》卷一七本卷收诗数"近体诗五十五首"下题"大历三年正月，起峡中，至江陵，及湖南作"。
　　③　《杜诗详注》，第4册，第1905页。
　　④　《百家注》卷三〇引"洙曰"："僖四年《传》，齐侯之师侵蔡，蔡溃，遂伐楚。楚子使与师言曰：'君处北海，寡人处南海，唯是风马牛不相及也。不虞君之涉吾地也，何故？'管仲对曰：'尔贡苞茅不入，王祭不共，无以缩酒，寡人是征；昭王南征而不复，寡人是问。'对曰：'贡之不入，寡君之罪也，敢不共给。昭王之不复，君其问诸水滨。'"
　　⑤　宋赵次公注释句意云："上句又以言成都之所闻，……下句又以言在楚地之所怪。"《百家注》卷三〇篇后注引"师曰"："望帝乃蜀帝，其魂化为杜鹃，父老相传，其言不虚，故云'传应实'。子美居楚地，托言昭王不回之事。"

蜀之杜鹃诗,此典为熟典,较易理解。要害是"昭王问不回"①,钱注揭其今典:"代宗恶李辅国,而不能明正其罪,使盗窃窃其首。"古典与今典之间的相似点是:"犹昭王南征不复,而周人不能问之于楚也。"即君王死于非命,却不能明正凶手之罪,使之大白于天下。在此,钱注实即暗示死于非命之"昭王",亦以喻玄宗也(参下文)②。兹根据相关文献,考释此句钱注所揭今典是否符合唐史实际。

《旧唐书》卷一一《代宗本纪》:"上元末年,两宫不豫,太子往来侍疾,躬尝药膳,衣不解带者久之,及承监国之命,流涕从之。宝应元年四月,肃宗大渐,所幸张皇后无子,后惧上功高难制,阴引越王係于宫中,将图废立。乙丑,皇后矫诏召太子。中官李辅国、程元振素知之,乃勒兵于凌霄门,俟太子至,即卫从太子入飞龙厩以俟其变。是夕,勒兵于三殿,收捕越王係及内官朱光辉、马英俊等禁锢之,幽皇后于别殿。丁卯,肃宗崩,元振等始迎上于九仙门,见群臣,行监国之礼。己巳,即皇帝位于枢前。……乙亥,以兵部尚书、判元帅行军、闲厩等使李辅国进号尚父。……五月己卯朔,以李辅国为司空兼中书令,馀如故。……六月……己未,罢尚父李辅国判元帅行军及兵部尚书、闲厩等使。辅国请逊位。辛酉,以辅国为博陆王,罢中书令,许朝朔望。……九月……甲午,秘书监韩颖、中书舍人刘烜配流岭表,寻赐死,坐狎昵李辅国也。……冬十月……丁卯(二十二日)夜,盗杀李辅国于其第,窃首而去。"③

《旧唐书》卷一八四《李辅国传》:"代宗即位,辅国与程元振有定策功,愈

---

① "昭王问不回"之古典出《左传·僖公四年》:"昭王南征而不复,寡人是问。"晋杜预注:"昭王,成王之孙,南巡守,涉汉,船坏而溺。周人讳而不赴,诸侯不知其故,故问之。"唐孔颖达疏:"正义曰:'昭王,成王之孙。'《周本纪》文也。《吕氏春秋·季夏纪》云:'周昭王亲将征荆蛮,辛馀靡长且多力,为王右。还反涉汉,梁败,王及祭公陨于汉中。辛馀靡振王北济,反振祭公。'高诱注引此传云:'昭王之不复,君其问诸水滨。'由此言之,昭王为没于汉,辛馀靡焉得振王北济?振王为虚,诚如高诱之注。又称'梁败',复非船坏。旧说皆言汉滨之人以胶胶船,故得水而坏,昭王溺焉。不知本出何书。"(《春秋左传正义》卷一二,《十三经注疏》本,第1793页)

② [清]朱鹤龄《杜工部诗集辑注》卷一九同诗"望帝传应实,昭王问不回"句注:"钱笺:望帝、昭王,虽引楚、蜀之事,亦寓意玄宗也。玄宗为辅国劫迁西内,悒悒而崩,故以望帝、昭王喻之。昔人谓陶渊明,悼国伤时,不欲显斥,寓以他语,使奥漫不可指摘。知此,可与读杜诗矣。"按:朱注所引"钱笺"云云与《钱注杜诗》有异,明确指出望帝、昭王皆寓意玄宗,但亦部分失落了钱注所揭微旨。朱注或引自钱注之初稿本,俟详考。后清仇兆鳌、杨伦二家征引钱注皆有转引自朱注者。

③ 《旧唐书》,第2册,第268~270页。《新唐书》卷六《代宗本纪》宝应元年:"十月……壬戌(十七日),盗杀李辅国。"(第1册,第168页)

恣横,……代宗怒其不逊,以方握禁军,不欲遽责,乃尊为尚父,政无巨细,皆委参决。五月,加司空、中书令,食实封八百户。程元振欲夺其权,请上渐加禁制,乘其有间,乃罢辅国判元帅行军事,其闲厩已下使名,并分授诸贵,仍移居外。辅国始惧,茫然失据。诏进封博陆王,罢中书令,许朝朔望。……十月十八日夜,盗入辅国第,杀辅国,携首臂而去。诏刻木首葬之,仍赠太傅。"①

《新唐书》卷二〇八《李辅国传》:"自辅国徙太上皇,天下疾之,帝在东宫积不平。既嗣位,不欲显戮,遣侠者夜刺杀之,年五十九,抵其首溷中,殊右臂,告泰陵(笔者按:即玄宗陵②)。然犹秘其事,刻木代首以葬,赠太傅,谥曰丑。后梓州刺史杜济以武人为牙门将,自言刺辅国者。"③

《资治通鉴》卷二二二唐肃宗(代宗)宝应元年冬十月:"上在东宫,以李辅国专横,心甚不平。及嗣位,以辅国有杀张后之功,不欲显诛之。壬戌(十七日)夜,盗入其第,窃辅国之首及一臂而去。敕有司捕盗,遣中使存问其家,为刻木首葬之,仍赠太傅。"司马光《考异》曰:"《旧传》曰:'盗杀李辅国,携首臂而去。'《统纪》曰:'辅国悖于明皇,上在东宫,闻而颇怒。及践阼,辅国又立功,难于显戮,密令人刺之,断其首,弃之溷中,又断其右臂,驰祭泰陵,中外莫测。后杭州刺史杜济话于人曰:尝识一武人为牙门将,曰:某即害尚父者。'今从《旧传》。"④

由上引材料可知,钱注谓"代宗恶李辅国,而不能明正其罪,使盗窃其首",符合唐史事实。关于代宗盗杀李辅国之原因,《旧唐书·代宗本纪》没有明确记载(当是出于忌讳),两《唐书》李辅国本传存在两种说法:其一,《旧唐书·李辅国传》认为是代宗怒李辅国恣横不逊,以其有定策功,不欲显诛,故阴使盗杀之,即为自己泄愤。《资治通鉴》取《旧传》说。其二,《新唐书·李辅国传》则认为是代宗于东宫即怒李辅国劫迁上皇于西内,及嗣位,秘杀辅国,并窃其一臂,驰祭泰陵,即为上皇复仇。笔者认为,上述两层原因当皆存在。由"犹昭王南征不复,而周人不能问之于楚也",钱注实暗取《新传》意。

《新传》异于《旧传》及较《旧传》增加之内容,其史料来源当为司马光《通鉴考异》所引"《统纪》"云云。按《新唐书》卷五八《艺文志二》史部编年类著录:"陈

———————

① 《旧唐书》,第15册,第4761页。
② 《资治通鉴》卷二二二唐代宗广德元年三月辛酉:"葬至道大圣大明孝皇帝于泰陵,庙号玄宗。"元胡三省注:"泰陵,在同州奉先县东北二十里金粟山。"(第15册,第7142页)
③ 《新唐书》,第19册,第5882页。
④ 《资治通鉴》,第15册,第7132页。

岳《唐统纪》一百卷。"①南宋陈振孙《直斋书录解题》辑本卷四编年类著录:"《大唐统纪》四十卷,唐江南西道观察判官陈岳撰。用荀、袁体,起武德,尽长庆,为一百卷。今止武后如意,非全书也。"②可知唐陈岳撰《唐统纪》一百卷,至南宋时只余四十卷,北宋司马光时或存全帙,至少宪宗元和部分尚存③。在此,司马光《通鉴》正文虽未取《统纪》,但于《考异》中保存此一珍贵史料,为后人重新验证提供了重要线索。深究其实,《统纪》、《新传》皆隐含一未敢明言的意思,即上皇可能死于非命,二书言代宗阴盗辅国一臂,驰祭泰陵,实即已透露出此中消息。

宝应元年(762)四月五日,上皇崩于西内神龙殿,十八日,肃宗崩于长生殿,二者相距仅十三日。玄肃之际的正史史源(包括诏敕及《实录》)已被篡改④,不可尽信。陈寅恪先生在《顺宗实录与续玄怪录》中说:"通论吾国史料,大抵私家纂述易流于诬妄,而官修之书,其病又在多所讳饰,考史事之本末者,苟能于官书及私著等量齐观,详辨而慎取之,则庶几得其真相,而无诬讳之失矣。"⑤关于上皇死于非命说,从笔记小说入手窥测一二,或可补正史之阙疑。

唐韦绚《戎幕闲谈》:"时肃宗不豫,李辅国……下矫诏迁太上皇于西内。……既而九仙媛、力士、玄礼长流远恶处,此皆辅国之矫诏也。时肃宗大渐,辅国专朝,意西内之复有变故也。"(上引《太平广记》卷一八八"李辅国"条)

宋乐史《杨太真外传》⑥卷下:"太上皇……及至移入大内甘露殿,……遂

① 《新唐书》,第 5 册,第 1461 页。

② 〔宋〕陈振孙著,徐小蛮、顾美华点校:《直斋书录解题》,上海古籍出版社 1987 年版,第 111 页。

③ 笔者检索《文渊阁四库全书》电子版《资治通鉴》唐纪部分,粗略统计:宋司马光《通鉴考异》征引或提及《(唐)统纪》共计 83 条,最后一次是在《资治通鉴》卷二三九唐宪宗元和九年(814)八月"闰月,丙辰,彰义节度使吴少阳薨"句下。

④ 参阅〔日〕冈野诚《论唐玄宗奔蜀之途径》,《第二届国际唐代学术会议论文集》下册,第 1099～1121 页;林伟洲《灵武自立前肃宗史料辨伪》,《第四届唐代文化学术研讨会论文集》,台南:成功大学 1999 年印行,第 745～767 页。

⑤ 陈寅恪:《金明馆丛稿二编》,三联书店 2001 年版,第 81 页。

⑥ 据丁如明辑校《开元天宝遗事十种》本按语:"《杨太真外传》盖撮采《明皇杂录》、《开天传信记》、《安禄山事迹》、《酉阳杂俎》、《长恨歌传》稍加排比润饰而成。有关明皇杨妃情事,略备于此。"(第 147 页)周勋初《唐代笔记小说的材料来源》:"(唐代)朝廷对《国史》并不封锁。……而且安史乱后,《国史》流散,其后战乱频甚,《国史》也有可能再次流散。……唐人笔记小说中喜谈前朝旧事,有的还是宫闱隐情,很多材料的来源出自《国史》。……宋初乐史撰《杨太真外传》,详记杨国忠与秦、韩、虢国夫人骄奢淫逸的许多故事,(郑嵎)《津阳门诗》中也记有许多同样的事情,而在《注》中点明'事尽载《国史》中',可见这类故事好多出于《国史》。乐史当然不一定直接援引《国史》中文,但他能够看到许多沿袭《国史》中的记载而撰写的笔记小说,于是重行编纂而成了包容甚广的《杨太真外传》。"(《唐人笔记小说考索》,《周勋初文集》第 5 册,第 74、79 页)

辟谷服气。张皇后进樱桃蔗浆,圣皇并不食。常玩一紫玉笛①,因吹数声,有双鹤下于庭,徘徊而去。圣皇语侍儿宫爱曰:'吾奉上帝所命,为元始孔升真人,此期可再会妃子耳。笛非尔所宝,可送大收(原注:大收,代宗小字)。'即令具汤沐,'我若就枕,慎勿惊我。'宫爱闻睡中有声,骇而视之,已崩矣。"②

宋张耒《明道杂志》:"吕与叔,长安人。话长安有安氏者,家藏唐明皇髑髅,作紫金色。其家事之甚谨,因尔家富达,有数子得官,遂为盛族。后其家析居,争髑髅,遂斧为数片,人分一片而去。余因谓之曰:'明皇生死为姓安人极恼。'合座大笑。"③

宋王铚《默记》卷上:"晏元献守长安,有村中富民异财,云素事一玉髑髅,因大富。今弟兄异居,欲分为数段。元献取而观之,自额骨左右皆玉也,瑰异非常者可比。见之,公喟然叹曰:'此岂得于华州蒲城县唐明皇泰陵乎?'民言其祖实于彼得之也。元献因为僚属言:'唐小说:唐玄宗为上皇,迁西内,李辅国令刺客夜携铁槌击其脑,玄宗卧未起,中其脑,皆作磬声。上皇惊谓刺者曰:我固知命尽于汝手,然叶法善曾劝我服玉,今我脑骨皆成玉;且法善劝我服金丹,今有丹在首,固自难死。汝可破脑取丹,我乃可死矣。刺客如其言取丹,乃死。孙光宪《续通历》④云:玄宗将死,云:上帝命我作孔升真人。爆然有声。视之,崩矣。亦微意也。然则,此乃真玄宗之髑髅骨也。'因潜命瘗于泰

---

① [宋]乐史《杨太真外传》卷下:"(天宝)九载二月,上旧置五王帐,长枕大被,与兄弟共处其间。妃子无何窃宁王紫玉笛吹。故诗人张祐诗云:'梨花静院无人见,闲把宁王玉笛吹。'因此又忤旨,放出。"(丁如明辑校《开元天宝遗事十种》,第133~134页)

② [宋]乐史《杨太真外传》,丁如明辑校《开元天宝遗事十种》,第145~146页。[唐]郑处诲《明皇杂录》,[清]钱熙祚辑《逸文》:"明皇自为上皇,尝玩一紫玉笛。一日吹笛,有双鹤下,顾左右曰:'上帝召我为孔升真人。'未几果崩。"辑自《六帖》三十八(田廷柱点校本,中华书局1994年版,第56页)。

③ [宋]张耒:《明道杂志》,《丛书集成初编》据《顾氏文房小说》本排印,中华书局1985年版,第3页。

④ [宋]王铚撰,朱杰人点校《默记》后《校勘记》"续通历"条:"各本均作'续通录'。按《宋史》卷二〇三《艺文志二》、《郡斋读书志》卷五均著录孙光宪《续通历》十卷。据改。"(中华书局1981年版,第18页)[宋]晁公武《郡斋读书志》卷五编年类"《续通历》十卷"条:"右荆南孙光宪撰。辑唐泊五代事,以续马总《历》,参以黄巢、李茂贞、刘守光、阿保机、吴、唐、闽、广、湖、越、两蜀事迹。太祖朝诏毁其书,以所纪多非实也。"(孙猛校证《郡斋读书志校证》,上海古籍出版社1990年版,第202~203页)按:"太祖朝诏毁其书"的真实原因,可能是书中五代末宋初史实有涉忌讳者。

陵云。肃宗之罪著矣。或云,肃宗如武乙之死,可验其非虚也。"①

朝鲜李瀷(1681～1763)《星湖僿说·子美寄韩谏议诗》:"后温韬发唐之诸陵②,见明皇头,乃破两半,以铜丝缝合。必是李辅国之弑逆,而史家讳之也。子在同宫,宁有不知之理? 肃宗之罪难掩矣。"③

由上引材料可推知:

第一,朝鲜李瀷《星湖僿说》所述五代梁温韬发唐明皇泰陵所见"明皇头,乃破两半,以铜丝缝合"之情况(《旧五代史·温韬传》于此阙文),与宋王铚《默记》所记晏殊述"唐小说"中言"李辅国令刺客夜携铁槌击其(上皇)脑"正相吻合。

第二,宋王铚《默记》记晏殊述五代孙光宪《续通历》所言"爆然有声。视之,崩矣",与宋乐史《杨太真外传》所言"宫爱闻睡中有声,骇而视之,已崩矣",实皆暗合"夜携铁槌击其脑"之细节。

第三,宋张耒《明道杂志》所记吕与叔述长安有安氏家藏紫金色的明皇髑髅,宋王铚《默记》记晏殊所见明皇"玉髑髅",亦同样暗示出明皇致死之要害乃在头部。

第四,宋王铚《默记》所记晏殊述"唐小说"中言"我固知命尽于汝手",五

———————————

① [宋]王铚撰,朱杰人点校:《默记》,第7页。据朱杰人《点校说明》:"王铚,字性之,汝阴人。……出生于世代书香之家,是宋初著名学者王昭素的后裔。父亲王萃(字乐道)是欧阳修的学生。家中藏书甚富,……王铚少而博学,善持论,强记闻。……南宋的大诗人陆游极推崇王铚,在《老学庵笔记》中写道:'王性之记问该恰,尤长于国朝故事,莫不能记,对客指画诵说,动数百千言。退而质之,无一语缪。予自少至老,惟见一人。'王铚对北宋一代的历史有着很深的造诣。……《默记》是王铚所写的一本笔记,主要记载了北宋时期的朝野遗闻。由于王铚'尤长于国朝故事',所以在他的《默记》中保存了很多北宋时期的遗闻轶事,可以补正史之不足。……《四库全书总目提要》说:'铚熟于掌故,所言可据者居多。'并非过誉。"按:由是可见,王铚所记晏殊睹明皇骷髅、述唐小说及五代孙光宪《续通历》事,或得之北宋文献,或得之其父祖传授,要之,可以据信之成分较大。

② 《旧五代史》卷七三《温韬传》:"少为盗,据华原,事李茂贞,名彦韬。后降于梁,更名昭图。为耀州节度,唐诸陵在境者悉发之,取所藏金宝。而昭陵最固,悉藏前世图书,锺、王纸墨,笔迹如新。(原案:以下有阙文。)"(中华书局1976年版,第2册,第961页)陈尚君辑著《旧五代史新辑会证》卷七三《温韬传》注释引"《册府元龟》卷四五五:在州七年,唐帝诸陵发掘殆遍,尽取其金宝。"《资治通鉴》卷二六七作'韬聚众嵯峨山,暴掠雍州诸县唐帝诸陵'。"(复旦大学出版社2005年版,第6册,第2225页)

③ 邝健行、陈永明、吴淑钿选编:《韩国诗话中论中国诗资料选粹》,中华书局2002年版,第207页。题解云:"《星湖僿说》三十卷,撰成于朝鲜英祖三十八年(1762),当清高宗乾隆二十七年。此书卷帙庞大,论诗多自得之见,水准很高。论李白、杜甫、韩愈诸条,均可供学者深入探讨。"(第198页)

代孙光宪《续通历》言"玄宗将死,云:上帝命我作孔升真人"(宋乐史《杨太真外传》亦同),暗示出上皇实早已预知己将遇害。

第五,尤可注者,宋乐史《杨太真外传》记上皇卒前语侍儿宫爱曰:"笛非尔所宝,可送大收(原注:大收,代宗小字)。"即叮嘱侍儿将平日常玩之紫玉笛交付代宗(玄宗嫡皇孙),其中微意,当是预知将遇害,嘱托其孙为其复仇雪耻。上揭《旧唐书·代宗本纪》:"上元末年,两宫不豫,太子往来侍疾,躬尝药膳,衣不解带者久之。"《新唐书·李辅国传》:"自辅国徙太上皇,天下疾之,帝在东宫积不平。"宋司马光《通鉴考异》引唐陈岳《统纪》:"辅国悖于明皇,上在东宫,闻而颇怒。"皆表明时为太子之代宗,当深悉上皇的真实处境、真实死因。

第六,再观正史所载代宗秘使盗杀李辅国,窃其一臂,驰祭泰陵之行为,与上揭事实皆若合符契。笔记文献中所记玄宗死于非命,当全非虚语,至少为一种曲折隐晦之反映。宋王铚《默记》记晏殊云"肃宗之罪著矣",朝鲜李瀷《星湖僿说》云"必是李辅国之弑逆,而史家讳之也。子在同宫,宁有不知之理?肃宗之罪难掩矣",二家所言极有见地。明皇死于非命,其直接谋主是李辅国,而背后真正的操纵者乃是肃宗,此正是"代宗恶李辅国,而不能明正其罪"的深层原因。肃宗、李辅国谋害玄宗,可能是惧怕玄宗复辟[1],即唐韦绚《戎幕闲谈》所谓"意西内之复有变故"。此点与上元元年七月的劫迁西内事件,实同一机杼(参上文)。

此可进一步指出,唐韦绚《戎幕闲谈》及宋王铚《默记》记晏殊述"唐小说"云云,表明唐代即有明皇死于非命的传闻。以杜甫对时事的敏锐洞察,对上皇命运的深切隐忧(参上释诸诗),宝应元年(762)四月玄、肃二宗相继离世,他对上皇可能死于非命,当即有洞悉,同年十月李辅国又离奇地死于盗杀,且遭窃首,又几可印证此前之猜测。杜诗"传应实"三字,当兼涉"望帝"与"昭王",隐蕴上皇被迫禅位后不得善待不得善终的宫闱传闻,应为确凿不移之事实。

---

[1]　俞平伯《〈长恨歌〉及〈长恨歌传〉的传疑》附记一:"明皇与肃宗先后卒于同年,肃宗先病而明皇之卒甚骤,疑李辅国惧其复辟而弑之。观史称辅国猜忌明皇,逼迁之于西内,流放高力士,不无蛛丝马迹。唐人亦有疑之者,韦绚《戎幕闲谈》曰:'时肃宗大渐,辅国专朝,意西内之复有变故也。'此事与清季德宗西后之卒极相似。亦珍闻也。"(原载《小说月报》1929 年第二十卷第二号,转引自傅斯年《史料论略及其他》,辽宁教育出版社 1997 年版,第 37 页)按:清光绪帝离奇地死于慈禧太后之死前一天。据中央电视台、清西陵文物管理处、中国原子能科学研究院、北京市公安局法医检验鉴定中心《清光绪帝死因研究工作报告》:"研究结论为:光绪帝系砒霜中毒死亡。"(《清史研究》2008 年第 4 期,第 12 页)

综上所述，钱注对"望帝传应实，昭王问不回"今典之揭示，符合唐史实际，契合杜诗此处用典之深意，发前人所未发，有根有据，足资参信。后清朱鹤龄、仇兆鳌、杨伦诸家皆征引并认同钱注。钱谦益此条诗注作于入清后，他对杜诗"悼国伤时，不欲显斥，寓以他语，使奥漫不可指摘"①一面的深刻体悟，与他自己入清后诗歌创作以微言隐语寄托故国之相思，纪录复明之志事，实可互相证发、互相映照（详参本书第四章）。

## 小结

《钱注杜诗》学术创见核心体系的主题线索之一，是深刻揭示出杜甫中晚期诗歌中贯穿的对上皇晚年悲剧命运的关切殷忧与哀思，此乃由《洗兵马》笺注"玄肃父子之间的矛盾"之主线生发延展而来。

钱谦益于唐代史事，能熟知其始末内外，《洗兵马》笺注通过对玄肃之际历史隐微的深入抉发，洞悉杜诗"鹤禁通霄凤辇备，鸡鸣问寝龙楼晓"句，实隐含对玄肃父子之间潜在矛盾的殷忧与婉谏，可谓见微知著。正是基于对唐史、杜诗的深刻体察，牧斋方能敏锐把握到杜甫中晚期诸篇诗歌中哀明皇之隐蕴。此八篇诗歌分别作于肃宗至德二载（757）十月鄜州、乾元元年（758）春长安、乾元二年（759）十一月同谷、上元二年（761）成都，及代宗大历元年（766）暮春云安、大历三年（768）秋江陵，可以说几乎遍涉安史之乱后杜诗各个创作时期。钱谦益在鉴取前人成果的基础上，独立创辟，破旧义，申胜解，准确揭示诸诗微旨，细心读者若钻味研读，即可将散落之遗珠连缀成鲜明之主线。

此条哀明皇主线的揭示，有助于我们深入理解杜甫其人其诗。第一，杜甫弃官漂泊，于颠沛流离中对上皇命运的始终牵挂，正是其恻隐仁心的当下呈现（可能亦有对开元盛世的追思）。杜甫刚直清明的理性之中，实包孕了一颗深挚的恻怛同情之心，正孟子所谓"不忍人之心"（《孟子·公孙丑上》）也。杜甫的诗歌记录了此等仁心呈现的瞬间，无论是咏物以寄悲慨，抑或是用典

---

①　［清］杨伦《杜诗镜铨》卷一九同诗篇首眉批："李子德云：此诗沉雄高浑，行藏之本末，丧乱之源流，皆略具篇中，有鸥鹏运海之才，兼羚羊挂角之妙。其语多奥屈，则定、哀之微词。"（第927页）

以抒隐情,皆真切体现了仁的境界。第二,杜甫对上皇命运的隐忧,对上皇死于非命的哀悼,亦正是对肃宗子道不终甚至有悖人伦大德的谴责。从情感纬度上看,不忍心目睹明皇晚年的悲剧结局,实为杜甫弃官漂泊且矢志不渝的根本原因(理性纬度则是抗议肃宗斥贤拒谏、政治无道,参下文)。

## 二、肃宗对玄宗旧臣之排斥

### (一) 房琯案与琯党被逐

1. 房琯罢相的历史真相

《钱注杜诗》卷一《悲青坂》与卷二〇《奉谢口敕放三司推问状》,此一诗一文之笺注,是对《洗兵马》诗相应笺注的支持与补充,可与第二章《洗兵马》钱注释证"房琯罢相"部分参看。

(1) 陈涛斜兵败——主上见疑 中人监制

杜甫《悲青坂》:

> 我军青坂在东门,天寒饮马太白窟。黄头奚儿日向西,数骑弯弓敢驰突。山雪河冰野萧飋,青是烽烟白人骨。焉得附书与我军,忍待明年莫仓卒。

《钱注杜诗》卷一《悲青坂》"青坂"条注:

> 东坡曰:琯既败,犹欲持重有所伺,而中人邢延恩等促战,仓皇失据,遂及于败。故后篇云:"安得附书与我军,忍待明年莫仓卒。"

又篇后注:

> 茅元仪曰:肃宗已入贺兰进明之谤,而使房琯将兵,人主嫌疑于上,小人窥伺于下。持重有伺,焉知非胜机?而中人辄敢促战,败师之罪,琯不任受也。琯以宰相将师,若非主上见疑,何至使中人监制?若琯幸而胜,则肃宗之疑愈深,贺兰之谤滋甚,岂惟不敢望一州,他日欲如高力士、陈玄礼,亦不可得矣。琯既败,帝犹未敢即废,假琴工之事,发怒斥之。

既废，而朝士多言琯谋包文武，可复用，帝益不能容。由此言之，唐世公议，犹足重也。①

按：钱谦益《少陵先生年谱》将此诗编入至德元载。此诗与《悲陈陶》皆作于肃宗至德元载(756)冬杜甫长安陷贼时期。

钱注"东坡曰"云云，系引自宋苏轼《杂书子美诗》②，宋代赵次公注、《百家注》、《九家注》、《分门集注》、《黄氏补注》皆已征引。实《旧唐书·房琯传》"及与贼对垒，琯欲持重以伺之，为中使邢延恩等督战，苍黄失据，遂及于败"(上已引)即指出陈涛斜兵败与监军宦官促战有关。苏轼所论当于《旧传》有所取焉。又，《草堂诗笺》卷九《悲陈陶》题下注："琯以宰相器，而为爪牙之用，用非所长，以至于败，琯亦何罪。"此论较《旧传》、苏说更深一层，但对"琯以宰相器而为爪牙之用"背后的历史隐微，并未作出揭示。

钱注"茅元仪曰"云云，当系引自明茅元仪(1594～1640)之著述③。但笔者检核今存茅氏相关著作(如《青油史漫》、《暇老斋杂记》、《野航史话》、《三戌丛谭》等)，均未见此言，疑或出自被认为亡佚之《史争》、《史眊》、《史快》等论史评史著作，俟考。兹略述茅元仪其人及钱谦益与其之交往，以见《钱注杜诗》征引茅说，实为牧斋之慧识矣。

钱谦益《列朝诗集小传》丁集下《茅待诏元仪》："元仪，字止生，归安人。鹿门先生坤之孙，缮部国缙之子。……止生好谭兵，通知古今用兵方略，及九边厄塞要害。口陈手画，历历如指掌。东事急，慕古人毁家纾难，慨然欲以有为。高阳公督师，以书生辟幕僚，与策兵事，皆得要领。……高阳谢事，止生亦罢归。先帝即位，经进《武备志》，且上言东西夷情，闽粤疆事及兵食富强大计。先帝命待诏翰林。寻又以人言罢。己巳之役，高阳再出视师，半夜一纸，催出东便门，仅随二十四骑。止生腰刀匹马以从。四城既复，牒授副总兵，治

---

① 以上两条见《钱注杜诗》，第 42 页。

② ［宋］苏轼《杂书子美诗》"《悲陈陶》"条云："时琯临败，犹欲持重有所伺，而中人邢延恩促战，遂大败。故次篇《悲青坂》云：'焉得附书与我军，留待明年莫仓卒。'"(孔凡礼点校《苏轼文集》卷六七《题跋》，第 5 册，第 2105 页)

③ 关于明茅元仪著述及其存佚情况，详请参阅任道斌编《方以智、茅元仪著述知见录》，书目文献出版社 1985 年版，第 77～99 页；任道斌《茅元仪生平、著述初探》，中国社会科学院历史研究所明史研究室编《明史研究论丛》第三辑，江苏古籍出版社 1985 年版，第 239～264 页；林琼华《茅元仪研究》第三章《茅元仪著述考略》，浙江大学硕士学位论文，2008 年，第 57～65 页。

舟师,略东江。旋以兵哗下狱,遣戍漳浦。东事益急,再请募死士勤王,权臣恶之,勒还不许。蚤夜呼愤,纵酒而卒。止生自负经奇,恃气凌人,语多夸大。能知之者,惟高阳与余。而止生目中亦无馀子。……其大志之所存者,则在乎筹进取,论匡复,画地聚米,决策制胜。"①由上可知,茅元仪怀负奇伟,精通兵略,孙承宗(高阳公)守辽东,茅元仪为副将②,"与策兵事,皆得要领"。茅元仪并著有兵书《武备志》二百四十卷③。可见其论战论兵之言,源自实际作战经验,不仅纸上空谈而已。复按茅元仪《与潘木公书》称:"平生尝曰:不愿有诗笔,愿文笔;不愿有文笔,愿史笔。故十七八以来,即欲捐一生精力为本朝成信史,为马迁续《史记》。"④可知茅元仪酷好历史,有修史之宏志。综言之,知兵用兵的丰厚积累,加之敏锐独到的历史眼光,使得茅元仪的谈兵论史之言,往往见解深刻,启人深思。

钱谦益与茅元仪素有交往。明崇祯二年(1629),钱谦益因阁讼事件被遣归,茅元仪恰从江村游历至潞河(今北京通州),二人夜坐酬别。茅元仪《石民江村集》卷一一有《次韵牧斋老人追和朽庵和尚乐归田园十咏有序》、《晶晶之什送钱受之侍郎遣归》、《潞河风雨与受之夜坐》、《次韵受之见酬》、《与受之别后再叠前韵》五题十四首诗⑤。钱谦益也有《潞河舟中夜坐答茅止生见赠》一诗,曰:"他时重听西窗雨,记取孤舟潞水渍。"⑥崇祯五年(1632)至崇祯七年(1634)年间,茅元仪曾三次至虞山访友,作有《柬钱受之侍郎》、《看霜叶寄钱受之侍郎》两诗(《石民横塘集》卷五、六)⑦。茅元仪亡后,钱谦益有《茅止生挽词十首》⑧,十首诗道尽茅元仪一生行藏。钱谦益《列朝诗集小传》为茅元仪及

① [清] 钱谦益:《列朝诗集小传》,第591~592页。

② [清] 张廷玉等撰:《明史》卷二五○《孙承宗传》,中华书局1974年版,第11册,第6470页。

③ 《明史》卷九八《艺文志三》著录,第4册,第2437页。

④ [明] 茅元仪:《石民四十集》卷七七,《四库禁毁书丛刊》集部第109册影印北京图书馆藏明崇祯刻本,北京出版社2000年版,第636~637页。

⑤ [明] 茅元仪:《石民江村集》,《四库禁毁书丛刊》集部第70册影印北京大学图书馆藏明末刻本,第460~463页。

⑥ 《牧斋初学集》卷八《崇祯诗集》四,《钱牧斋全集》,第1册,第238页。

⑦ [明] 茅元仪:《石民横塘集》,《四库禁毁书丛刊》集部第110册影印北京图书馆藏明崇祯刻本,第233、243页。

⑧ 《牧斋初学集》一七《移居诗集》,《钱牧斋全集》,第1册,第596~599页。

其姬妾陶楚生、杨宛、王微作传①。复据上《列朝诗集小传》言"能知之者,惟高阳与余",可见钱谦益对茅元仪为人为学,皆深所知契。建基于此,钱注《悲青坂》征引茅说,不为无因,堪称慧识。

茅元仪言房琯将兵胜败之机及陈涛斜兵败之政治背景尤为透彻。杜诗"焉得附书与我军,忍待明年莫仓卒","仓卒"二字正是对房琯此次用兵失败之确评,而其隐含之微言,则有待抉发。茅云:"持重有伺,焉知非胜机? 而中人辄敢促战,败师之罪,琯不任受也。"指出房琯将兵失败的主因是中人促战,此论与前引《旧传》及"东坡曰"同旨。茅元仪《三戌丛谭》卷三:"史言:房琯驰至普安上谒,唐玄宗喜甚,即拜文部尚书、中书门下平章事,俄令奉册灵武。又谓:肃宗在凤翔,每命宰相,辄启闻,及房琯,帝曰:此非破贼手也②。何自相矛盾! 总之,中人督战,琯遂误军,举世归以车战迂阔,刘、李书生不足任,附会之言,无所不至。此浣花主人所以重悲也。"③与上论正相发明。茅元仪进而揭示中人促战背后的历史隐微:"肃宗已入贺兰进明之谤,而使房琯将兵④,人主嫌疑于上,小人窥伺于下……琯以宰相将师,若非主上见疑,何至使中人监制?"窥破了肃宗猜忌敌视("人主嫌疑"、"主上见疑")玄宗旧臣,实乃宦官监军促战以至陈涛斜兵败的深层原因,堪称剔肤见骨之论。前引《洗兵马》笺曰:"肃宗擅立之后,猜忌其父,因而猜忌其父所遣之臣,而琯其尤也。……是故琯之将兵,知不安其位而以危事自效也。许之将,而又使中人监之,不欲其专兵也,又使其进退不得自便也。败兵之后,不即去,而以琴客之事罢,俾正衙门弹劾,以秽其名也。"可见钱注征引茅说,正是对《洗兵马》笺注的支持与补充。

(2)门客董庭兰受赃——谮琯者为之

杜甫《奉谢口敕放三司推问状》全文,第二章已征引。

---

① 以上参考林琼华《茅元仪研究》第二章《茅元仪交游考》,浙江大学硕士学位论文,2008年,第40~41页。

② [唐]刘肃《大唐新语》卷八聪敏第十七:"时肃忠[宗]在凤翔,每有大除拜,辄启闻。房琯为将,玄宗曰:'此不足以破贼也。'"(许德楠、李鼎霞点校《大唐新语》,中华书局1984年版,第122页)按:陈寅恪评《大唐新语》:"刘氏之书虽为杂史,然其中除《谐谑》一篇,稍嫌芜琐外,大都出自国史。"(《元白诗笺证稿》第五章《新乐府·七德舞》,三联书店2001年版,第145页)

③ [明]茅元仪:《三戌丛谭》,《续修四库全书》子部第1133册据北京图书馆藏明崇祯刻本影印,上海古籍出版社2002年版,第489页。

④ 按:茅元仪谓贺兰进明谗毁房琯,在琯出兵陈陶斜之前,乃据《通鉴》而为说,实误。详参阅彭毅《钱牧斋笺注杜诗补》,第38~39页;邓小军《杜甫疏救房琯墨制放归鄜州考——兼论唐代的制敕与墨制》,《诗史释证》,第125页。

《钱注杜诗》卷二○《奉谢口敕放三司推问状》"董庭兰"条注(上文已节录):

> 朱长文《琴史》云:"董庭兰,陇西人。唐史谓其为房琯所昵,数通赇谢,为有司劾治,而房公由此罢去。杜子美亦云:'庭兰游琯门下有日,贫病之老,依倚为非,琯之爱惜人情,一至于玷污。'而薛易简称:'庭兰不事王侯,散发林壑者六十载,貌古心远,意闲体和,抚弦韵声,可以感鬼神矣。天宝中,给事中房琯,好古君子也,庭兰闻义而来,不远千里。'余因此说,亦可以观房公之过而知其仁矣。当房公为给事中也,庭兰已出其门,后为相,岂能遽弃哉? 又赇谢之事,吾疑谮琯者为之,而庭兰朽耄,岂能辨释,遂被恶名耳。房公贬广汉,庭兰诣之,公无愠色。唐人有诗云:'七条弦上五音寒,此乐求知自古难。惟有开元房太尉,始终留得董庭兰。'"**按**:薛易简以琴待诏翰林,在天宝中,子美同时人也,其言必信。伯原《琴史》,千载而下,为庭兰雪此恶名,白其厚诬,不独正唐史之缪,兼可以补子美之阙矣。①

按:杜甫《奉谢口敕放三司推问状》作于肃宗至德二载(757)六月一日,此文相关历史背景,可参看第二章《洗兵马》钱注释证"杜甫疏救房琯"部分。此文之钱注,系征引宋朱长文《琴史》卷四"董庭兰"条②,并加按断。钱谦益有《跋朱长文琴史》一文③,实为此条钱注之肇基。据《宋史·朱长文传》:"朱长文,字伯原,苏州吴人。年未冠,举进士乙科,以病足不肯试吏,筑室乐圃坊,著书阅古,吴人化其贤。……有文三百卷,《六经》皆为辩说。又著《琴史》而序其略曰:'方朝廷成太平之功,制礼作乐,比隆商周,则是书也,岂虚文哉!'盖立志如此。"④《四库全书总目提要》称《琴史》:"是书专述琴典,前五卷纪自

① 《钱注杜诗》,第 688 页。

② [宋]朱长文《琴史》六卷,国家图书馆善本特藏部藏有明抄本三部、清抄本一部,及清康熙四十五年曹寅扬州使院刻楝亭十二种本(傅增湘校并跋)一部。另有《四库全书》本。

③ 《牧斋初学集》卷八四,《钱牧斋全集》,第 3 册,第 1765~1766 页。

④ [元]脱脱等撰:《宋史》卷四四四《朱长文传》,中华书局 1977 年版,第 37 册,第 13127 页。

古通琴理者一百四十六人,附见者九人,各胪举其事迹。"①由上可见,朱长文品格澹泊,学有根柢,且精研艺道,其考评琴人之史论,发真知灼见,实有本源。

关于董庭兰与房琯罢相之关系,《琴史》先引述"唐史"、"杜子美"、"薛易简"三家之论,然后作出自己之判断,赞同薛说,并进而指出"赋谢之事,吾疑谮琯者为之",参证上引《旧唐书·房琯传》所载贺兰进明诬陷房琯之事实,伯原之推测,实有根有据,洞见卓然。其后所引唐诗,乃晚唐崔珏《席间咏琴客》②,可见"唐世公议,犹足重也"(上引茅元仪语)。钱谦益谓"薛易简以琴待诏翰林,在天宝中,子美同时人也,其言必信"③,认为朱长文《琴史》取信薛说之判断,实确凿不移。又谓"伯原《琴史》,千载而下,为庭兰雪此恶名,白其厚诬,不独正唐史之缪,兼可以补子美之阙矣",推崇《琴史》正缪补阙之功,为深入了解房琯罢相事件的历史真相,廓清了层层迷雾。清钱曾《读书敏求记》卷一之下"朱长文《琴史》六卷"条云:"牧翁录其中董庭兰一则,以辨房琯之受诬,最为有识。"④可谓深得牧斋注杜之精义。综言之,钱注征引《琴史》之论,是对《洗兵马》笺注的支持与补充。

2. 杜甫坐琯党被贬——深叹肃宗之少恩

《钱注杜诗》卷一〇《至德二载甫自京金光门出问道归凤翔乾元初从左拾遗移华州掾与亲故别因出此门有悲往事》之笺注,是对《洗兵马》诗相应笺注的支持与深化,可与第二章《洗兵马》钱注释证"杜甫疏救房琯"部分参看。

杜甫《至德二载甫自京金光门出问道归凤翔乾元初从左拾遗移华州掾与亲故别因出此门有悲往事》:

> 此道昔归顺,西郊胡正繁。至今残破胆,应有未招魂。近得归京邑,移官岂至尊? 无才日衰老,驻马望千门。
> ·　·　·　·　·

---

① 《四库全书总目》卷一一三子部二十三艺术类二著录"《琴史》六卷,浙江范懋柱家天一阁藏本"条,第970页。

② 〔清〕彭定求等编《全唐诗》卷五九一作:"七条弦上五音寒,此艺知音自古难。唯有河南房次律,始终怜得董庭兰。"(中华书局1960年版,第18册,第6860页)

③ 〔宋〕朱长文《琴史》卷四"薛易简"条:"薛易简以琴待诏翰林,盖在天宝中也。尝制《琴诀》七篇,辞虽近俚,义有可采。"(清康熙四十五年曹寅扬州使院刻棟亭十二种本,国家图书馆善本特藏部藏,书号:00139)钱谦益按语当据此。

④ 〔清〕钱曾著,管庭芬、章钰校证,佘彦焱标点:《读书敏求记校证》,第51页。

《钱注杜诗》卷一〇《至德二载甫自京金光门出问(樊作间)道归凤翔乾元初从左拾遗移华州掾与亲故别因出此门有悲往事》"招魂"条注：

> 《招魂》曰："魂兮归来,入修门些!"经年之后,再出国都之门,痛定思痛,犹有未招之魂。比《招魂》之言,尤可伤矣。盖深叹肃宗之少恩也。

又"移官"条注：

> 公上疏救房琯,诏三司推问,以张镐力救,敕放就列。至次年,复与房琯、严武俱贬,坐琯党也。此公事君交友,平生出处之大节。《旧书》载之甚明。元稹《志》亦云：左拾遗岁馀,以直言出华州司功。而《新书》则云：从还京师,出为华州司功参军。作年谱者,至以为不知为何事而出,则为《新书》所误耳。①

《牧斋初学集》卷一〇七《读杜小笺中》同诗：

> 公自拔贼中,间关九死,得达行在。近侍未几,移官远出。此诗盖深叹肃宗之少恩也。题云"自金光门出",又云"因出此门",此诗之题即序,亦即诗也。……"移官岂至尊",犹云岂至尊乎? 盖不忍斥言之也。"驻马望千门",正古人去不忘君之义。……②然吾观贺兰进明之谮琯曰："琯昨于南朝为圣皇制置天下。"又曰："于圣皇为忠,于陛下非忠也。"肃宗恶琯,尽出其党,下诏表暴其罪。盖忠于圣皇之语,有以深中其心也。移仗之事,其端已见于此。李辅国特探其邪心而成之耳。公与琯之贬谪,关系玄、肃父子间事。此其事君交友,生平出处之大端,故表而出之。作年谱者,至谓公不知论何事而出,其陋甚矣。③

---

① 以上两条见《钱注杜诗》,第338页。

② 按：此处《读杜小笺中》"公之移官以上疏救房琯也"至"盖公与琯同心若此"一段,《钱注杜诗》略作改动,移入《洗兵马》笺曰。

③ 《钱牧斋全集》,第3册,第2167页。按：笔者检录《读杜小笺中》之文字,主要为《钱注杜诗》无取但甚为重要者。

　　按：此诗作年，诗题已标明"乾元初从左拾遗移华州掾"。《黄氏补注》卷一九题下"鹤曰"："此诗作于乾元元年之六月。虽史不载移掾月日，而七月已有《代华州郭使君进灭寇状》①。"黄说甚是。肃宗乾元元年（758）六月，杜甫被贬华州司功参军，从长安金光门出，回想起一年前至德二载（757）四月，自金光门逃出长安，间道奔赴凤翔行在，地同而时殊，"有悲往事"四字，实包蕴无限深意。《小笺》"公自拔贼中，间关九死，得达行在②。近侍未几，移官远出"，正发明"悲往事"之意也。《小笺》言："题云'自金光门出'，又云'因出此门'，此诗之题即序，亦即诗也。"窥破了杜甫此诗特殊制题之微婉用意，两出金光门情境之叠印，是一年来世事人事变化投射在诗人内心的空间缩影。

　　全诗关键的微言诗句是"移官岂至尊"。《百家注》卷八引"洙曰"："言移外官，非天子意也。"又引"师曰"："后论房琯事，移华州司功，非出天子之意，盖谗邪毁伤之也。"宋赵次公注："移华州掾，本非至尊之意，特以自贻伊戚耳。盖公以论房琯有才不宜废免，坐此而贬耳。"由上可见，宋注皆认为杜甫被贬华州司功参军"非天子意"，即从正面语意解"移官岂至尊"。至于贬官的原因，赵次公认为"坐此（论房琯有才不宜废免）而贬"，是为知言，较"谗邪毁伤"之类模棱两可的讲法为落实，但仍未脱"本非至尊之意"之拘牵。《小笺》谓："'移官岂至尊'，犹云岂至尊乎？盖不忍斥言之也。"实是将此诗句解为反语，钱注并揭其微旨道："盖深叹肃宗之少恩也。"直指根源，可谓道前人所未敢道。明胡震亨《杜诗通》卷二三引方采山云："此诗有介子从龙之感，而辞意归于厚，所谓'可以怨'者也。"③与钱注正相发明，但见解之锋芒则远逊钱注。进而，钱注借注释此诗，揭示了疏救房琯事件对了解杜甫处世为人之重大意义："此公事君交友平生出处之大节"；对了解唐代玄肃间历史真相之重要意义："肃宗恶琯，尽出其党，下诏表暴其罪。盖忠于圣皇之语，有以深中其心也。移仗之事，其端已见于此。李辅国特探其邪心而成之耳。公与琯之贬

---

　　① 《钱注杜诗》卷二〇杜甫《为华州郭使君进灭残寇形势图状》末署："乾元元年七月日。"
　　② 四川省文史研究馆编《杜甫年谱》肃宗至德二载（757）："四月中有一日，杜甫走出长安西城之金光门，奔向凤翔行在所。此次出奔，冒有生命危险，因其时贼将安守忠与李归仁已由河东进军至长安之清渠境，与扼守滻桥之郭子仪军相守。杜甫通过两军对峙之防线，即不能经大道而必须从山林中选择无人之崎岖小道前进，直至望见太白山积雪，将抵武功时，始渐脱险。"（四川人民出版社 1981 年版，第 43 页）
　　③ ［明］胡震亨：《杜诗通》四十卷，清顺治七年朱茂时刻本，国家图书馆普通古籍部藏，书号：81869。

谪,关系玄、肃父子间事。"(《小笺》)要之,此诗之《小笺》、钱注,是对《洗兵马》笺注的支持与深化。

3. 蜀郡旧臣严武、贾至坐琯党被贬逐出朝

《钱注杜诗》卷七《八哀诗·赠左仆射郑国公严公武》,卷一〇《送贾阁老出汝州》、《寄岳州贾司马六丈巴州严八使君两阁老五十韵》,是对《洗兵马》诗相应笺注的支持与补充,可与第二章《洗兵马》钱注释证"'琯党'被纷纷逐出朝廷"部分参看。

(1) 杜甫《八哀诗·赠左仆射郑国公严公武》(节录):

> 汉仪尚整肃,胡骑忽纵横。飞传自河陇,逢人问公卿。不知万乘出,雪涕风悲鸣。受词剑阁道,谒帝萧关城。寂寞云台仗,飘飘沙塞旌。江山少使者,笳鼓凝皇情。

《钱注杜诗》卷七《八哀诗·赠左仆射郑国公严公武》"河陇"条注:

> 武在陇右,节度使哥舒翰奏充判官,迁侍御史。此云"飞传自河陇",盖禄山之乱,武自河陇访知乘舆所在,趋赴剑阁,然后玄宗遣赴行在也。

又"谒帝"条注:

> 《旧书》:至德初,武仗节赴行在,房琯以武名臣之子,素重之,至是首荐才略可称,累迁给事中。按公此诗,则武亦如张镐、房琯,以玄宗命赴行在者也。房琯首荐之,而旋坐琯党,诏书与刘秩并列,亦以蜀郡旧臣之故也。当据以补唐史之阙。

又"萧关"条注:

> 应劭曰:回中在安定高平,有险阻,萧关在其北。如淳曰:《匈奴传》:入朝那萧关。萧关在安定朝那县也。《寰宇记》:平凉府高平县,本汉高平,属安定郡,萧关故城,在县东南三十里。肃宗自彭原至平凉郡,

数日，始回军趋灵武。武盖于平凉谒肃宗也。①
· · · · · · · · · · · ·

按：钱谦益《少陵先生年谱》无此诗之编年，《钱注杜诗》编在夔州诗内②。诗言："飞旐出江汉，孤舟转荆衡。虚无马融笛，怅望龙骧茔。"据《旧唐书》卷一一七《严武传》："永泰元年四月，以疾终，时年四十。"③杜甫此诗当作于代宗大历元年（766）夔州。依仇注分章章旨，"汉仪尚整肃"至"筛鼓凝皇情"，乃"记扈从两宫之事"④。《百家注》卷二一引"洙曰"："河陇、剑阁、萧关城事，新、旧二史皆不载。"言外之意，即杜诗可补唐史之阙。杜甫与严武为"世旧"⑤，且交谊深厚，《八哀诗》又为杜甫以史笔为诗的鸿篇巨制⑥，其所言当可据信。

"飞传自河陇"。《旧唐书》卷一一七《严武传》："弱冠以门荫策名，陇右节度使哥舒翰奏充判官，迁侍御史。"⑦《新唐书》卷一二九《严武传》："武……以荫调太原府参军事，累迁殿中侍御史。"⑧"太原府"为河东节度使治所。两《唐书》严武本传对其在安禄山叛乱前出仕情况之记载，简略且互有出入，钱注取《旧传》。诗言"汉仪尚整肃，胡骑忽纵横。飞传自河陇，逢人问公卿。不知万乘出，雪涕风悲鸣"，钱注谓"盖禄山之乱，武自河陇访知乘舆所在，趋赴剑阁"，此解与诗意若合符节。严武趋赴玄宗行在的具体情况，史籍付阙，赖杜诗"飞传自河陇"以补史之阙。

"受词剑阁道"。剑阁道，据唐李吉甫《元和郡县图志》卷二二《山南道三》利州益昌县："小剑故城，在县西南五十一里。小剑城去大剑戍四十里，连山绝险，飞阁通衢，故谓之剑阁道。"又卷三三《剑南道下》剑州普安县："大剑镇，在县东四十八里。本姜维拒钟会垒也，在开远戍东十一里。其山峭壁千丈，下瞰绝涧，飞阁以通行旅，梁时于此置大剑戍。剑阁道，自利州益昌县界西南

---

① 以上三条见《钱注杜诗》，第 204 页。
② 《钱注杜诗》卷七本卷收诗数"古诗四十九首"下题"居夔州作"。
③ 《旧唐书》，第 10 册，第 3396 页。
④ 《杜诗详注》卷一六，第 3 册，第 1385 页。
⑤ 《旧唐书》卷一九〇下《杜甫传》："上元二年冬，黄门侍郎、郑国公严武镇成都，奏为节度参谋、检校尚书工部员外郎，赐绯鱼袋。武与甫世旧，待遇甚隆。"（第 15 册，第 5054 页）
⑥ 杜甫《八哀诗》之《故司徒李公光弼》云："直笔在史臣。"又《故右仆射相国曲江张公九龄》云："波涛浪史笔。"
⑦ 《旧唐书》，第 10 册，第 3395 页。
⑧ 《新唐书》，第 14 册，第 4484 页。

十里，至大剑镇合今驿道。"①复据《旧唐书》卷九《玄宗本纪》天宝十五载七月：
"壬戌（十日），次益昌县，渡吉柏江。……甲子（十二日），次普安郡。"②由是可
见，严武趋赴剑阁，谒见玄宗，当于天宝十五载（756）七月十日至十二日间。
《旧唐书》卷一一七《严武传》："至德初，肃宗兴师靖难，大收才杰，武杖节赴行
在。宰相房琯以武名臣之子，素重之，及是，首荐才略可称，累迁给事中。"③
（钱注征引）《新唐书》卷一二九《严武传》："从玄宗入蜀，擢谏议大夫。至德
初，赴肃宗行在，房琯以其名臣子，荐为给事中。"④《新传》谓武"从玄宗入蜀，
擢谏议大夫"，《旧传》无载。但严武"从玄宗入蜀"之细节，则赖杜诗"受词剑
阁道"以补史之阙。钱注依杜诗补阙之细节揭示："武亦如张镐、房琯，以玄宗
命赴行在者也。房琯首荐之，而旋坐琯党，诏书与刘秩并列，亦以蜀郡旧臣之
故也。"即严武为蜀郡旧臣之特殊身份，是其坐琯党被贬的深层原因。《新传》
谓武"已收长安，拜京兆少尹。坐琯事贬巴州刺史"⑤，所据当为《旧唐书·房
琯传》载乾元元年（758）六月肃宗贬斥房琯及其同党刘秩、严武之诏书（参上
引），实较《旧传》为胜⑥，但于武为"蜀郡旧臣"此一层关系之隐涵，尚未达一
间，至钱注乃发其微。

"谒帝萧关城"。萧关，据唐李吉甫《元和郡县图志》卷三《关内道三》原州
平高县："本汉高平县，属安定郡。后魏太武帝太延二年，于今县理置平高县，
属平高郡。隋开皇三年罢郡，以县属原州。大业三年，以原州为平凉郡。武
德元年重为原州，县仍属焉。笄头山，一名崆峒山，在县西一百里。……萧关
故城，在县东南三十里。《汉书》文帝十四年，匈奴入萧关，杀北地都尉，是

---

① ［唐］李吉甫撰，贺次君点校：《元和郡县图志》，中华书局1983年版，第565、846页。
② 《旧唐书》，第1册，第233页。
③ 《旧唐书》，第10册，第3395页。
④ 《新唐书》，第14册，第4484页。
⑤ 同上。
⑥ 《旧唐书》卷一一七《严武传》："既收长安，以武为京兆少尹、兼御史中丞，时年三十二。
以史思明阻兵不之官，优游京师，颇自矜大。出为绵州刺史。"（第10册，第3395页）［清］赵翼
《廿二史札记》卷一八"新旧书误处"条："《严武传》，《旧书》，肃宗收长安，以武为京兆少尹，因史思
明阻兵不之官，优游京师。案长安即京兆也，既收长安，何以不能赴京尹之任？史思明并未据长
安，何以因其阻兵，遂不赴任京兆？此必误也。盖是东都少尹耳。是时史朝义尚据东都，如刘晏
亦除河南尹，以盗据都城，乃寄治于长水。然则武所除少尹，当是河南也。《新书》则云已拜京兆
少尹，坐房琯事，贬巴州刺史。然则《旧书》所云以贼阻不之官者误。"（王树民校证《廿二史札记校
证》订补本，第389页）

也。"①萧关在灵武以南,彭原以北,处于连接关中与塞北的交通要衢。两《唐书》本传于严武赴肃宗行在之具体地点付之阙如,赖杜诗"谒帝萧关城"以补史之阙。钱注谓"肃宗自彭原至平凉郡,数日,始回军趋灵武。武盖于平凉谒肃宗也",当据《旧唐书》卷一〇《肃宗本纪》天宝十五载六月:"庚子(十八日)……上至彭原(宁州)。……辛丑(十九日),至平凉郡(原州)。……上在平凉,数日之间未知所适,会朔方留后杜鸿渐、魏少游、崔漪等遣判官李涵奉笺迎上,备陈兵马招集之势,仓储库甲之数,上大悦。……发平凉……回军趋灵武(灵州)。"②即谓严武于天宝十五载(756)六月十九日数日内谒见肃宗于原州,此与上严武谒玄宗于剑阁道之时间不合。又,诗言"谒帝",当是肃宗灵武即位(天宝十五载七月十二日)后事。钱注置之即位前,实误。按《旧唐书》卷一〇《肃宗本纪》至德元载:"九月戊辰(十七日),上南幸彭原郡。"③《旧纪》未载肃宗自灵武经何路线南至彭原,当与上揭其自彭原赴灵武之路线相同。复参证《洗兵马》诗"常思仙仗过崆峒",《钱注杜诗》"崆峒"条注:"肃宗即位灵武,南回自原州入,即崆峒在回銮之地矣。"④萧关与崆峒为近,亦在回銮之地,可见严武"谒帝萧关城"当于天宝十五载即至德元载(756)七月十二日后,九月十七日前,此为两《唐书》本传"至德初"(武赴肃宗行在)之确切涵义。依上史实观之,钱注谓"武盖于平凉谒肃宗也",当可成立,不过此平凉非趋赴灵武之途经,而是自灵武回銮之暂驻。

综上言之,钱谦益敏锐关注杜诗可补唐史之阙的诗句,抉隐发幽,深入揭示其背后的历史隐微,支持并补充了《洗兵马》笺注,亦开拓了钱注学术创见核心体系的历史纵深。

(2) 杜甫《送贾阁老出汝州》:

> 西掖梧桐树,空留一院阴。艰难归故里,去住损春心。宫殿青门隔,云山紫逻深。人生五马贵,莫受二毛侵。

《钱注杜诗》卷一〇《送贾阁老出汝州》笺曰:

---

① 《元和郡县图志》,第58页。
② 《旧唐书》,第1册,第241页。
③ 同上,第244页。
④ 《钱注杜诗》,第66页。

贾至本传不载出守之故。杜有《别贾严二阁老》及《寄岳州两阁老》诗,知其为房琯党也。琯与武尚未贬,而先出至者,以普安郡制置天下之诏,至实当制,故先去之也。岳州之谪,亦本于此。公诗有艰难去住之句,情见乎词矣。①

又同卷《寄岳州贾司马六丈巴州严八使君两阁老五十韵》笺曰:

> 至出守汝州,在乾元元年,《旧书》不载,皆无可考。……按十五载八月,玄宗幸普安郡,制置天下之诏,房琯建议,而至当制。琯将贬而至先出守,其坐琯党无疑矣。至父子演纶,受知于玄宗。肃宗深忌蜀郡旧臣,至安能一日容于朝廷? 其再贬岳州,虽坐小法,亦以此故也。……当据此诗,以补唐史之阙。②

按:钱谦益《少陵先生年谱》将此诗编入乾元元年。《黄氏补注》卷一九题下"鹤曰":"至传不书出汝州,……今考此诗云'艰难归故里'、'云山紫逻深',则至诚守汝州。盖至之父曾,河南洛阳人。而汝州唐属河南道,与河南又为邻,而紫逻山亦在汝州。传不书,史失之。其奔襄、邓,在乾元二年三月。今诗云'西掖梧桐树,空留一院阴',又云'去住损春心',则是在元年春作,公是时在左掖。"黄说甚是。此诗当作于肃宗乾元元年(758)春杜甫任左拾遗时。又,同卷《寄岳州贾司马六丈巴州严八使君两阁老五十韵》钱笺的部分内容与此诗笺注涵义有重合,故将其并入此诗一同探讨。

贾至于肃宗乾元元年(758)春出守汝州,此事两《唐书》本传均未载。《文苑英华》卷五八五载贾至撰《汝州刺史谢上表》③。《新唐书》卷六《肃宗本纪》乾元二年三月:"壬申(六日),九节度之师溃于滏水。史思明杀安庆绪。东京留守崔圆、河南尹苏震、汝州刺史贾至奔于襄、邓。"④上两条文献可与杜甫此诗互证。此诗钱笺表揭之重点在"贾至本传不载出守之故"。兹分释如下:

钱笺谓:"十五载八月,玄宗幸普安郡,制置天下之诏,房琯建议,而至当

---

① 《钱注杜诗》,第332页。
② 《钱注杜诗》,第364~365页。
③ 《文苑英华》,第4册,第3028页。此文亦载《全唐文》卷三六七,第4册,第3733页。
④ 《新唐书》,第1册,第161页。

制。"依上揭《旧唐书》卷九《玄宗本纪下》,此事系于天宝十五载(756)七月十五日。《唐大诏令集》卷三六贾至撰《命三王制》①末署:"天宝十五载七月十五日。"②钱笺误为八月,其他笺文则符合唐史实际。值得注意的是,至德二载(757)正月贺兰进明谗毁房琯的要害是"琯昨于南朝为圣皇制置天下","此于圣皇似忠,于陛下非忠也"(参上揭《旧唐书·房琯传》)。依是理推,此制书之作者贾至亦"于圣皇似忠,于陛下非忠也"。贺兰进明谗言之矛头虽明指向房琯,但潜在亦指向贾至等蜀郡旧臣,实为引发肃宗敌视排斥玄宗旧臣的催化剂,贾至亦因此卷入此场皇权之争的漩涡中。

钱笺谓:"琯将贬而至先出守,其坐琯党无疑矣。"按天宝十五载(756)七月房琯至普安郡谒见玄宗,拜文部尚书、同中书门下平章事,授命之制词即出自中书舍人贾至之手。贾至《房琯文部尚书同平章事制》称:"宪部侍郎房琯,清识雅量,工文茂学。秉忠义之规,靡惮艰险;挺松筠之操,宁移岁寒。宜承题剑之荣,式允济川之望。"③至德元载(756)八月,玄宗命韦谔及贾至充册礼使判官,与韦见素、房琯、崔涣等奉使灵武,宣传诏命,便行册礼④。贾至《自蜀奉册命往朔方途中,呈韦左相、文部房尚书、门下崔侍郎》云:"尚书抱忠义,历险披荆榛。扈从出剑门,登翼岷江滨。"⑤后房琯自请将兵收复长安,自选参佐,以起居郎知制诰贾至为判官⑥。由上可见,贾至对房琯之"忠义"极为称许,房琯对贾至亦信任有加。要之,房、贾二人关系密切。复参上揭普安郡制置天下之诏的特殊牵涉,钱笺谓贾至出守汝州,乃坐琯党被贬,实极有见地。

钱笺谓:"至父子演纶,受知于玄宗。"据《旧唐书》卷一九〇中《贾曾传》附子《贾至传》:"贾曾,河南洛阳人也。……曾少知名。景云中,为吏部员外郎。

---

① 按:此文《文苑英华》卷四六二(第3册,第2351~2352页)、《全唐文》卷三六六(第4册,第3719~3720页)题作《玄宗幸普安郡制》,未署日期。

② 《唐大诏令集》,第155页。

③ 文末署:"天宝十五载七月十四日。"(《文苑英华》卷四四八,第3册,第2264页)此文亦见《全唐文》卷三六七(第4册,第3731页)。《唐大诏令集》卷四五题作《房琯平章事制》(第224页)。

④ 《旧唐书》卷一〇八《韦见素传》:"(至德元载)八月,肃宗使至,始知灵武即位。寻命见素与宰臣房琯赍传国宝玉册奉使灵武,宣传诏命,便行册礼。……仍以见素子谔及中书舍人贾至充册礼使判官。时肃宗已回幸顺化郡。九月,见素等至,册礼毕,从幸彭原郡。"(第10册,第3277页)

⑤ 《全唐诗》卷二三五,第7册,第2591页。《文苑英华》卷二五三亦载。

⑥ 《旧唐书》卷一一一《房琯传》:"寻抗疏自请将兵以诛寇孽,收复京都,肃宗望其成功,许之。……琯请自选参佐,乃以……起居郎知制诰贾至……为判官。"(第10册,第3321页)

玄宗在东宫,盛择宫僚,拜曾为太子舍人。……俄特授曾中书舍人。曾以父名忠,固辞,乃拜谏议大夫、知制诰。……开元初,复拜中书舍人,……与苏晋同掌制诰,皆以词学见知,时人称为'苏贾'。……(开元)十五年卒。子至。至,天宝末为中书舍人。禄山之乱,从上皇幸蜀。时肃宗即位于灵武,上皇遣至为传位册文①,上皇览之叹曰:'昔先帝逊位于朕,册文则卿之先父所为。今朕以神器大宝付储君,卿又当演诰。累朝盛典,出卿父子之手,可谓难矣。'至伏于御前,呜咽感涕。"②《新唐书》本传所载略同。由上可见,钱笺所言,正符史意。玄宗于贾至父子两代人,皆有知遇之恩。此层关系可能使肃宗认为贾至对玄宗感情笃厚弥深,从而早于房琯、严武、杜甫,将其贬斥出朝。

钱笺谓:"肃宗深忌蜀郡旧臣,至安能一日容于朝廷?其再贬岳州,虽坐小法,亦以此故也。"《新唐书》卷一一九《贾曾传》附子《贾至传》:"坐小法,贬岳州司马。"③《旧传》无此记载。宋吴缜《新唐书纠谬》卷一一"《贾至传》漏弃汝州贬岳州"条:"《肃宗纪》云:乾元二年三月,九节度之师溃于滏水,东京留守崔圆、河南尹苏震、汝州刺史贾至奔于襄、邓。案:崔圆留守东都,王师之败相州,圆惧,委东都,奔襄阳,诏削阶封,寻召拜济王傅④。又《苏震传》云:震为河南尹,九节度兵败,震与留守崔圆奔襄、邓,贬济王府长史,起为绛州刺史⑤。然则至之贬岳州司马,……即坐弃汝州而出奔之故也。"⑥乾元二年(759)三月弃城出奔的三人中,崔圆,由《旧唐书·房琯传》:"崔圆本蜀中拜相,肃宗幸扶风,始来朝谒,……厚结李辅国,到后数日,颇承恩渥。"《旧唐书·李麟传》:"时张皇后干预朝政,殿中监李辅国……势倾同朝,宰相苗晋

① 《唐大诏令集》卷三〇载贾至撰《明皇令肃宗即位诏》。又《唐大诏令集》卷一载贾至撰《肃宗即位册文》,《文苑英华》卷四四二、《全唐文》卷三六七题作《肃宗皇帝即位册文》。

② 《旧唐书》,第15册,第5027～5029页。

③ 《新唐书》,第14册,第4299页。

④ 《旧唐书》卷一〇八《崔圆传》:"肃宗还京,……明年,罢知政事,迁太子少师,留守东都。会官军不利于相州,军回过洛阳,所在剽掠。圆弃城南奔襄阳,诏削除阶封。寻起为济王傅。"(第10册,第3279页)《新唐书》卷一四〇《崔圆传》:"乾元元年,罢为太子少师,留守东都。于是上皇所置宰相无在者。王师之败相州也,军所过,皆纵剽,圆惧,委东都,奔襄阳,诏削阶、封。寻诏拜济王傅。"(第15册,第4641～4642页)

⑤ 《新唐书》卷一二五《苏瓌传》附《苏震传》:"二京平,封岐阳县公,改河南尹。九节度兵败相州,震与留守崔圆奔襄、邓,贬济王府长史。起为绛州刺史,进户部侍郎,判度支,为泰陵、建陵卤簿使,以劳封岐国公,拜太常卿。"(第14册,第4403页)《旧唐书》无传。

⑥ 〔宋〕吴缜:《新唐书纠谬》,《四部丛刊三编》史部影印江安傅氏双鉴楼藏明刊本,上海书店1985年据商务印书馆1935年版重印。

卿、崔圆已下惧其威权,倾心事之。"(上已引)可见崔圆于肃宗朝已与当权宦官同流合污,此符其攀附权贵,希图功名的一贯作风①。苏震,由《新唐书》本传:"安禄山陷京师,震与尹崔光远杀开远门吏,弃家出奔。会肃宗兴师灵武,震昼夜驰及行在,帝嘉之,拜御史中丞,迁文部侍郎。广平王为元帅,崇择宾佐,以震为粮料使。"②可见苏震于肃宗朝为扈从有功之臣,并得到重用。崔圆、苏震因弃城出奔被贬后,不久即得起用升迁,正是基于二人或依附权宦,或扈从灵武,属于肃宗朝得势的政治阵营。再观贾至,出贬岳州后,直至代宗宝应初,才召复故官,迁为尚书左丞③。由是可见,贾至再贬岳州的个中缘由,绝非仅吴缜所谓"坐弃汝州而出奔之故",此当仅为其被贬之直接(表层)原因。钱笺则揭其被贬之根本(深层)原因:"肃宗深忌蜀郡旧臣,至安能一日容于朝廷","岳州之谪,亦本于此"(是可进言:贾至谪岳后久不起复,亦本于此)。证诸上述贾至出守汝州之背景,钱笺所揭,实有根有据,足资参信。

综上言之,钱笺借注杜诗以补史之阙("贾至本传不载出守之故"),正史之谬("再贬岳州,虽坐小法,亦以此故也"),表微阐幽,发前人所未发。其意义已超越了此一诗之注释,融入钱注学术创见核心体系,作为对《洗兵马》笺注的支持与补充。

(3) 杜甫《寄岳州贾司马六丈巴州严八使君两阁老五十韵》(节录):

衡岳啼猿里,巴州鸟道边。故人俱不利,谪宦两悠然。开辟乾坤正,荣枯雨露偏。……恩荣同拜手,出入最随肩。晚著华堂醉,寒重绣被眠。繠齐兼秉烛,书柱满怀笺。每觉升元辅,深期列大贤。秉钧方咫尺,铩翮再联翩。禁掖朋从改,微班性命全。青蒲甘受戮,白发竟谁怜。……贾笔论孤愤,严诗赋几篇。定知深意苦,莫使众人传。贝锦无停织,朱丝有

---

① 《旧唐书》卷一〇八《崔圆传》:"宰臣杨国忠遥制剑南节度使,引圆佐理,乃奏授尚书郎,兼蜀郡大都督府左司马,知节度留后。天宝末,玄宗幸蜀郡,特迁蜀郡大都督府长史、剑南节度。圆素怀功名,初闻国难,潜使人探杨国忠深旨,知有行幸之计,乃增修城池,建置馆宇,储备什器。及乘舆至,殿宇牙帐咸如宿设,玄宗甚嗟赏之,即日拜中书侍郎、同中书门下平章事、剑南节度,馀如故。肃宗即位,玄宗命圆同房琯、韦见素并赴肃宗行在所,玄宗亲制遗爱碑于蜀以宠之。从肃宗还京,以功拜中书令,封赵国公,赐实封五百户。"(第 10 册,第 3279 页)

② 《新唐书》,第 14 册,第 4403 页。

③ 《旧唐书》卷一九〇中《贾曾传》附子《贾至传》:"宝应二年,为尚书左丞。"(第 15 册,第 5029 页)《新唐书》卷一一九《贾曾传》附子《贾至传》:"宝应初,召复故官,迁尚书左丞。"(第 14 册,第 4299 页)

断弦。浦鸥防碎首,霜鹘不空拳。地僻昏炎瘴,山稠隘石泉。且将棋度日,应用酒为年。

《钱注杜诗》卷一〇《寄岳州贾司马六丈巴州严八使君两阁老五十韵》笺曰:

> 至出守汝州,在乾元元年,《旧书》不载,皆无可考。此诗云"秉钧方咫尺,铩翮再联翩",当是与公及严武后先贬官也。……"每觉升元辅,深期列大贤",盖琯既用事,则必汲引至、武,故其贬也,亦联翩而去。"贝锦"以下,忧谗畏讥,虽移官州郡,相戒不敢忘也。①

按:钱谦益《少陵先生年谱》无此诗之编年,《钱注杜诗》编在秦州诗内②。《黄氏补注》卷二〇题下"鹤曰":"诗云'陇外翻投迹',当是乾元二年秦州作。"黄说是。贾至《初至巴陵与李十二白裴九同泛洞庭湖三首》,诗题"初至巴陵"(巴陵即岳州),诗中多言秋景,如其二"枫岸纷纷落叶多,洞庭秋水晚来波"③。贾至被贬岳州司马(参上揭《新唐书》本传),当在乾元二年(759)秋。依《旧唐书·房琯传》载贬琯诏书,严武被贬巴州刺史,在乾元元年(758)六月。杜诗言"陇外翻投迹"、"他乡饶梦寐",此诗当作于肃宗乾元二年(759)秋秦州。此诗必联系上两诗之钱笺,方可获通解。

"每觉升元辅,深期列大贤。秉钧方咫尺,铩翮再联翩。"宋赵次公注云"极言二公才器可为宰辅也","为宰辅不远,而乃谪去,如鸟之铩翮也",即将"元辅"、"大贤"、"秉钧"、"铩翮"皆解为贾、严二人。钱笺谓"盖琯既用事,则必汲引至、武,故其贬也,亦联翩而去","后先贬官也",则将"元辅"、"秉钧"解为房琯,"大贤"、"铩翮"解为贾、严。清浦起龙《读杜心解》卷五之二"每觉升元辅,深期列大贤"句注:"指房琯也。旧云:即指贾、严。误。"又"秉钧方咫尺"句注:"房相当国未几。"又"铩翮再联翩"句注:"同官迁谪多人。"④细读杜诗,下紧接云"禁掖朋从改,微班性命全。青蒲甘受戮,白发竟谁怜",自慨迁

---

① 《钱注杜诗》,第364～365页。
② 《钱注杜诗》卷一〇本卷收诗数"近体诗一百二十四首"下题"避贼至凤翔,及收复京师,在谏省,出华州,转至秦州作"。依卷内诗排序,此诗编在《秦州杂诗二十首》之后,当为秦州诗。
③ 《全唐诗》卷二三五,第7册,第2598页。
④ 《读杜心解》,第724～725页。

谪,而今予身寥落。"青蒲甘受戮",用《汉书·史丹传》之古典,言自己疏救房琯,触怒肃宗,肃宗诏付三司推问,欲加刑戮①,着一"甘"字,表示自己对当年的廷争行动,至此不悔。复依上《八哀诗·赠左仆射郑国公严公武》、《送贾阁老出汝州》二诗之钱笺,严武、贾至皆坐琯党被贬。《心解》篇后解云:"'每觉'四句,位置通局中腰,另为一段。特揭主盟之房琯,以表诸人起倒之因,为上下转枢,具大神力。"②浦解此论,上承钱笺意,驳仇注分章③,眼光独到,断语精允。后杨伦《杜诗镜铨》,亦采浦说。要言之,钱、浦二家皆深得杜诗微旨。

"贝锦无停织,朱丝有断弦。浦鸥防碎首,霜鹘不空拳。"诗旨显明,历来无异议。钱笺谓:"忧谗畏讥,虽移官州郡,相戒不敢忘也。"清杨伦《杜诗镜铨》卷六眉批:"张云:此段嘱其缄默深藏,言言忠告,足见公与二子相与之厚,相爱之深,不是寻常投赠。"又"且将棋度日,应用酒为年"句下注:"按贾、严皆以琯党贬,故虽移官州郡,而尚恐谗慝中伤,未能一日安枕也。"④钱、杨二家所揭尤为透辟,此诗绝非"寻常投赠"之作。按杜甫与贾至、严武交谊深厚,且同属以房琯为首的清流士大夫集团,即肃宗指斥之所谓"琯党"(参上揭《旧唐书·房琯传》载贬琯诏书)。至德二载(757)八月,杜甫奉肃宗墨制放归鄜州省家,临行前作《留别贾严二阁老两院补阙》诗云:"田园须暂往,戎马惜离群。"明白道出了杜甫与贾、严的密切关系。至德二载(757)十一月,杜甫还朝,仍任左拾遗,时贾至为中书舍人,严武为京兆少尹兼御史中丞,三人"恩荣同拜手,出入最随肩。晚著华堂醉,寒重绣被眠。鹙齐兼秉烛,书枉满怀笺",可谓往来交密。乾元元年(758)春,贾至出贬汝州,杜甫作《送贾阁老出汝州》。《读杜二笺》云:"公送至出守诗'西掖梧桐树',不胜迁谪之感。"⑤钱笺谓:"公诗有艰难去住之句,情见乎词矣。"乾元元年(758)六月,房琯被贬邠州刺史,严武被贬巴州刺史,杜甫被贬华州司功参军。乾元二年(759)秋,贾至被贬岳州司马,

---

① 参上引杜甫《奉谢口敕放三司推问状》。《建都十二韵》诗云:"牵裾恨不死,漏网辱殊恩。"《壮游》诗云:"斯时伏青蒲,廷争守御床。君辱敢爱死,赫怒幸无伤。"与上意正相发明。

② 《读杜心解》,第725页。

③ 《读杜心解》卷五之二篇后解云:"卢氏《杜阐》,以'开辟'、'荣枯'二语,作全篇关键。仇本因之,将'忆昨'以下八十八句,分两大段应之,另截拖尾四句作结。甚不然也。"(第725页)

④ 《杜诗镜铨》,第277页。

⑤ 《牧斋初学集》卷一〇九《读杜二笺上》之《寄岳州贾司马六丈巴州严八使君两阁老五十韵》笺文,《钱牧斋全集》,第3册,第2195页。按:《读杜小笺》、《二笺》均无《送贾阁老出汝州》之笺文,依此推断,《钱注杜诗》卷一〇《送贾阁老出汝州》笺曰,当是据《二笺》之《寄岳州贾司马六丈巴州严八使君两阁老五十韵》笺意补写。

此诗谓"故人俱不利,谪宦两悠然","贾笔论孤愤,严诗赋几篇。定知深意苦,莫使众人传",足见杜甫对贾、严二人相知之切,相与之厚,相爱之深。

综上言之,杜甫与贾至、严武("琯党")有着荣辱与共的政治命运和割不断的感情联系①,钱笺深刻地揭示出其背后涵藏的历史隐微,是对《洗兵马》笺注的重要补充与发展,亦为深入认识杜甫政治品格及其出处行藏,提供了极具价值之参考。

### (二) 房琯事件笼罩下的晚年漂泊

1. 敏锐关注政治时事——基于房琯事件的深刻洞察

《钱注杜诗》卷一一《建都十二韵》,卷一二《有感五首》其四,卷四《枯楠》,揭示出杜甫对政治时事的敏锐关注与深刻洞察,实基于他经历房琯事件积累的政治识见,穿透虚幻表象,直击内核本质。

(1) 置荆州革蜀郡——实为上皇

杜甫《建都十二韵》:

苍生未苏息,胡马半乾坤。议在云台上,谁扶黄屋尊。建都分魏阙,下诏辟荆门。恐失东人望,其如西极存。时危当雪耻,计大岂轻论。虽倚三阶正,终愁万国翻。牵裾恨不死,漏网辱殊恩。永负汉庭哭,遥怜湘水魂。穷冬客江剑,随事有田园。风断青蒲节,霜埋翠竹根。衣冠空穰穰,关辅久昏昏。愿枉长安日,光辉照北原。

《钱注杜诗》卷一一《建都十二韵》篇后注:

《旧书》:上元元年九月,以荆州为南都,州曰江陵府,官吏制置同京兆。其蜀郡先为南京,宜复为蜀郡。

又笺曰:

---

① 参阅杨承祖《杜甫政治生涯的新探讨——东川奔走真相的解释》,《唐代研究论集》第一辑,台北:新文丰出版股份有限公司 1992 年版,第 671～706 页。

此诗因建南都而追思分镇之事也。初房琯建分镇讨贼之议，诏下，远近相庆。禄山抚膺曰：吾不得天下矣。肃宗以此恶琯，贬之。久之，东南多事①，从吕谏之请，置南都于荆州，以扼吴蜀之冲。公闻建都之诏，终以琯议为是，而惜肃宗之不知大计，故作此诗。"牵裾"以下，乃追叙移官之事。盖公之移官以救琯，而琯之得罪以分镇，故牵连及之也。是岁七月，上皇移幸西内。九月，置南都，革南京为蜀郡。肃宗于荆州、蜀郡，汲汲然一置一革，其意皆为上皇也。公心痛之而不敢讼言，故曰"虽倚三阶正，终愁万国翻"，"愿枉长安日，光辉照北原"，定、哀之微辞如此。②

按：钱谦益《少陵先生年谱》无此诗之编年，《钱注杜诗》编在成都诗内③。诗言"建都分魏阙，下诏辟荆门"，"穷冬客江剑，随事有田园"，据《旧唐书》卷一〇《肃宗本纪》至德二载："十二月戊午朔（十五日）……改蜀郡为南京，凤翔府为西京，西京改为中京，蜀郡改为成都府。"又上元元年："九月甲午（七日），以荆州为南都，州曰江陵府，官吏制置同京兆。其蜀郡先为南京，宜复为蜀郡。"④《旧唐书》卷一八五下《吕谏传》："（上元元年）七月，授谏荆州大都督府长史、兼御史大夫，充澧、朗、荆、忠、硖五州节度观察处置等使。谏至治所，上言请于江陵置南都。九月，敕改荆州为江陵府，永平军团练三千人，以遏吴、蜀之冲。"⑤此诗当作于肃宗上元元年（760）冬成都草堂。

钱笺的核心点在揭示杜甫"此诗因建南都而追思分镇之事"的隐痛与微言，即在杜甫看来，天宝十五载即至德元载（756）七月十五日房琯建分镇讨贼之议，与上元元年（760）罢蜀郡之南京建荆州之南都，二事实有内在联系。此意一出，遭到清代注家评家的激烈驳斥甚至诋毁，以下三家最具代表：

---

① 《旧唐书》卷一〇《肃宗本纪》："（乾元二年）八月乙亥，襄州偏将康楚元逐刺史王政，据城自守。……九月甲午，襄州贼张嘉延袭破荆州，澧、朗、复、郢、硖、归等州官吏皆弃城奔窜。……丁亥，以太子少保崔光远充荆、襄等州招讨使。……十一月甲子朔，商州刺史韦伦破康楚元，荆襄平。……十二月……甲寅，以御史大夫史翙为襄州刺史，充山南东道节度、观察处置等使。……（乾元三年即上元元年）四月……戊申，襄州军乱，杀节度使史翙，部将张维瑾据州叛。"（第1册，第256～258页）由此可见，清仇兆鳌《杜诗详注》卷九《建都十二韵》篇后注"东南本无事"（见下引），不符合唐史实际。

② 以上两条见《钱注杜诗》，第380页。

③ 《钱注杜诗》卷一一本卷收诗数"近体诗一百四首"下题"此下在成都作"。

④ 《旧唐书》，第1册，第250、259页。

⑤ 《旧唐书》，第15册，第4824页。

清潘耒《书杜诗钱笺后》之《建都笺》:"详味诗意,似以建都为非,惜己在外,不得谏诤耳。笺乃云以分镇为是,因建都而追思之,何其迂曲也。"①

清仇兆鳌《杜诗详注》卷九篇后注:"当时房琯分建之策与吕谭建都之请,前后事势,迥不相同。初安史首乱时,陷中原,破两京,剪宗室,逼乘舆,唐室孤危极矣,故分建子弟之议,足使贼子胆寒。其后,长安既复,兵势复张,惟河北未平,故须专意北向,以除祸本。若建都荆门,虚张国势,迂疏甚矣。且东南本无事,而劳民动众,恐反生意外之虞。此作诗本意也。钱笺附会两事,致诗意反晦,今辩正之。"②

清浦起龙《读杜心解》卷五之二"牵裾恨不死"句注:"集中此等句意最多。意公在谏垣,别有切论时局事,不专是救房。"又篇后解:"钱笺于此诗,牵合房琯分镇之议。与《洗兵马》笺,同一肺肠。总欲借房琯作护身符。"③

读者诸君,恐或亦有以上疑绪。实杜甫此诗意旨,不仅在建都之是耶、非耶。若果如仇注所谓"长安既复,兵势复张,惟河北未平,故须专意北向,以除祸本。若建都荆门,虚张国势,迂疏甚矣。且东南本无事,而劳民动众,恐反生意外之虞。此作诗本意也",则本诗之前六韵足尽其意矣。"牵裾"以下之后六韵,突然阑入当年疏救房琯一事,用意何在? 诗言"牵裾恨不死,漏网辱殊恩。永负汉庭哭,遥怜湘水魂",潜在地给出了指向当年分镇之议的路标,实为打开本诗隐含意蕴的关键旋纽。钱笺谓:"'牵裾'以下,乃追叙移官之事④。盖公之移官以救琯,而琯之得罪以分镇,故牵连及之也。"敏锐地揭出了分镇、疏救房琯与移官三者的内在关联,洞见卓然。浦解谓:"集中此等句意最多。意公在谏垣,别有切论时局事,不专是救房。"按杜甫《寄岳州贾司马六丈巴州严八使君两阁老五十韵》:"青蒲甘受戮。"《壮游》:"斯时伏青蒲,廷争守御床。君辱敢爱死,赫怒幸无伤。"《赠李八秘书别三十韵》:"奉诏许牵裾。"《风疾舟中伏枕书怀三十六韵奉呈湖南亲友》:"牵裾惊魏帝。"皆指疏救房琯案,无一例外。可见,浦解乃含混不实之词。钱笺所释,坚确不移。

① [清]潘耒:《遂初堂文集》卷一一,《续修四库全书》集部别集类第 1417 册,第 580 页。

② 《杜诗详注》,第 2 册,第 777 页。

③ 《读杜心解》,第 728 页。

④ 《九家注》卷二一《建都十二韵》"牵裾恨不死,漏网荷殊恩"句下引宋赵次公注云:"此已下六句,公自谓也。公尝为拾遗,其职谏诤,故有牵裾之语。魏文帝欲迁冀州士以实河南,辛毗谏,帝不答而起,遂引帝裾。公既以言房琯有才不宜废免,肃宗怒,欲终罪甫,以张镐之救止,放归,许于鄜州看其妻孥,由是亦疏之矣,故公云然。"按:赵注所揭,允为有识。

杜诗的内在思路,是由建都联想至分镇,复由分镇联想至房琯罢相,自己因疏救房琯而移官。其中,两个重要关节点是房琯罢相与建都,分镇是联接二者的津梁。房琯罢相的实质,依上文所述,是肃宗敌视排斥玄宗旧臣之肇始。建都事件的实质,钱笺谓:"是岁七月,上皇移幸西内。九月,置南都,革南京为蜀郡。肃宗于荆州、蜀郡,汲汲然一置一革,其意皆为上皇也。"即肃宗敌视排斥上皇之继续。上元元年(760)七月,李辅国率兵劫持上皇迁居西内甘露殿。九月,革南京为蜀郡,置荆州为南都。按蜀郡之于上皇,意义非同寻常,正如林伟洲先生言:"灵武使至,玄宗方抵成都。其既迫于形势,不得不让位于肃宗,却没有完全放弃其支配权。除了保留发布诰命的权力,实质拥有政治的参预。尤其对于四川的控制,一直到玄宗回师长安,肃宗的政治、经济支配权,从未进入四川。"①复参证《资治通鉴》至德二载十月上皇接到肃宗声称"当还东宫"的第一道奏表后,诰曰:"当与我剑南一道自奉。"(上已引)可见蜀郡曾经是玄宗据以自重自保的根据地,唐人亦多以蜀王指称明皇②。在肃宗看来,蜀郡的南京称号,似乎是与凤翔西京分庭抗礼,意味着灵武自立后他曾经未能完全掌控中央最高权力。建都事件实乃劫迁西内之继续,根本目的是进一步消灭玄宗在政治上的影响。经历了玄肃间的种种政治遭际,此时的杜甫,对分镇、房琯罢相、劫迁西内、建都诸事件之间的隐秘联系,实已洞若观火。钱笺谓"汲汲然一置一革,其意皆为上皇也",符合唐史事实,并深契杜诗微旨。

综上言之,此诗钱笺的核心关注点敏锐深邃,所揭深具卓识,而清代注评家的驳论显然于史于诗皆未详察细究。钱笺对于后学深入理解此诗,实有照明之功,曹慕樊先生承钱笺意而进发其微:《建都十二韵》诗的本意,前六韵抨击罢南京建南都的政治错误,后六韵推源祸端,痛惜房琯罢相,邪气上升,抨击乾元、上元的政治昏暗。前六韵是现象,后六韵才是本质(中心思想)。"③所解最为精允透辟。

(2)建宗藩慑叛臣——追思分镇

杜甫《有感五首》其四:

---

① 林伟洲:《灵武自立前肃宗史料辨伪》,《第四届唐代文化学术研讨会论文集》,第745页。
② 杜甫《昔游》诗云:"商山议得失,蜀主脱嫌猜。"《钱注杜诗》卷七《昔游》"商山"条注:"谓李泌为肃宗弥缝匡救,上皇即日还京也。唐人多以蜀王指明皇者,李贺《过华清宫》云'蜀王无近信,泉上有芹芽'是也。"(第219页)详下文《昔游》诗考释。
③ 曹慕樊:《杜诗杂说》之《杜注琐谈》,四川人民出版社1981年版,第182页。

丹桂凤霜急，青梧日夜凋。由来强干地，未有不臣朝。受钺亲贤往，卑宫制诏遥。终依古封建，岂独听箫韶。

《钱注杜诗》卷一二《有感五首》其四"受钺"条注：

乾元二年，史思明僭号于河北，李光弼请以亲贤统师，以赵王係为兵马元帅。诏曰："靖难平凶，必资于金革；总戎授律，实仗于亲贤。"次年四月，以亲王遥统兵柄。宝应元年，代宗即位，十月，以雍王适为天下兵马元帅。

又笺曰：

初，房琯建分镇讨贼之议。诏曰："令元子北略朔方，命诸王分守重镇。"诏下，远近相庆，咸思效忠于兴复。禄山抚膺曰："吾不得天下矣。"肃宗即位，恶琯，贬之。用其诸子统师，然皆不出京师，遥制而已。[广德初①]，宗藩削弱，藩镇不臣。公追叹朝廷不用琯议，失强干弱枝之义，而有事则仓卒以亲贤授钺也。丹桂，言王室。青梧，言宗藩也。卑宫制诏，即天宝十五载七月丁卯制置天下之诏也。谓其分封诸王，如禹之与子，故以卑宫言之。《壮游》诗："禹功亦命子。"此其证也。落句言不依古封建，而欲坐听箫韶，不可得也。公之冒死救琯，岂独以交友之故哉？②

按：钱谦益《少陵先生年谱》无此组诗之编年，《钱注杜诗》编在梓州诗内③。《黄氏补注》卷三二题下"鹤曰"："此诗五首……其四言藩镇为害，而封建不可不守。……意是广德元年已后逐时有感而作，非止成于一时。"清杨伦《杜诗镜铨》卷一一题下注："此诗或编在广德元年之春，事迹既多不合；或编在是年冬，方当藩寇猖獗，乘舆播越，岂宜有'慎勿吞青海'语，且此时而欲议

---

① 按："广德初"三字，《钱注杜诗》未载，此据《牧斋初学集》卷一○七《读杜小笺中》同诗笺注（《钱牧斋全集》，第3册，第2174页）。

② 以上两条见《钱注杜诗》，第431页。

③ 《钱注杜诗》卷一二本卷收诗数"近体诗一百二十八首"下题"在成都及绵、汉、梓州作"。依卷内诗排序，此诗编在《春日梓州登楼二首》之后，当为梓州诗。

封建,则亦迂矣。详其语意,当是收京后广德二年春作。盖吐蕃虽退,而诸镇多跋扈不臣,公复忧其致乱,作此惩前毖后之词。"①二家所说是。此组诗当作于代宗广德二年(764)春梓阆间。本诗主要针对肃、代两朝藩镇割据,唐中央统治乏力的局面,提出分封亲贤,强干弱枝的建议。先择引相关史料如下:

《旧唐书》卷一一六《赵王係传》:"越王係,本名儌,肃宗第二子也。天宝中,封南阳郡王,授特进。至德二年十二月,进封赵王。乾元二年三月,九节度之兵溃于河北,史思明僭号于相州,王师未集,朝廷震骇。诏以李光弼握兵关东以代子仪。光弼请以亲贤统师,七月,诏曰:'握兵之要,古先为重;命帅之道,心膂攸凭。是知靖难夷凶,必资于金革;总戎授律,实仗于亲贤。……越王係……可充天下兵马元帅,仍令司空、兼侍中、蓟国公光弼副知节度行营事。……'九月,史思明陷洛阳,光弼以副元帅董兵守河阳,王不出京师。十月,下诏车驾亲征,谏官论奏乃止;王请行,不许。三年四月,改封越王。"②

《旧唐书》卷一〇《肃宗本纪》乾元三年即上元元年:"闰四月……甲子,制彭王仅充河西节度大使,兖王僴北庭节度大使,泾王侹陇右节度大使,杞王倕陕西节度大使,兴王佋凤翔节度大使,蜀王偲邠宁节度大使,并不出阁。"③

《旧唐书》卷一一《代宗本纪》:"宝应元年四月……丁卯,肃宗崩。……己巳,即皇帝位于枢前。甲戌,诏:'国之大事,戎马为先,朝有旧章,亲贤是属。故求诸必当,用制于中权;存乎至公,岂惭于内举。特进、奉节郡王适可天下兵马元帅。'……五月……丙戌……奉节郡王适进封鲁王。……九月丁丑朔,鲁王适改封雍王。……冬十月辛酉,诏天下兵马元帅雍王统河东、朔方及诸道行营、回纥等兵十余万讨史朝义,会军于陕州。……戊辰,元帅雍王率诸军进发,留郭英乂、鱼朝恩镇陕州。壬申,王师次洛阳北郊。甲戌,战于横水,贼大败,俘斩六万计。史朝义奔翼州。乙亥,雍王奏收东京、河阳、汴、郑、滑、相、魏等州。……于是河北州郡悉平。"④

由上引材料可见:

第一,肃宗收京后"用其诸子统师,然皆不出京师,遥制而已"。安史乱后,"宗藩削弱,藩镇不臣",肃代两朝皆"有事则仓卒以亲贤授钺"。钱笺所

---

①　《杜诗镜铨》,第 493 页。

②　《旧唐书》,第 10 册,第 3382～3383 页。

③　《旧唐书》,第 1 册,第 258 页。

④　《旧唐书》,第 2 册,第 268～271 页。

言，皆符合唐史事实。杜诗"丹桂风霜急，青梧日夜凋。由来强干地，未有不臣朝"，正为此意而发。

第二，上引肃、代两朝诏书曰："是知靖难夷凶，必资于金革；总戎授律，实仗于亲贤"，"国之大事，戎马为先，朝有旧章，亲贤是属"。杜甫希望真能落实此诏之意，故云"受钺亲贤往"。证诸杜甫约略同时所作之《为阆州王使君进论巴蜀安危表》①，一则曰："伏愿陛下……度长计大，速以亲贤出镇。"再则曰："必以亲王委之节钺，此古之维城盘石之义明矣。"终则曰："愚臣特望以亲王总戎者，意在根固流长，国家万代之利也。"②可谓于封建三致意焉，在杜甫看来，此乃解决"宗藩削弱，藩镇不臣"之良策。

第三，杜甫力主亲贤出镇之现实依据，是天宝十五载（756）七月十五日房琯所建分镇讨贼之议，曾令士庶人心凝聚，令禄山抚膺垂叹，参证第二章引《旧唐书·玄宗本纪下》："初，京师陷贼，车驾仓皇出幸，人未知所向，众心震骇，及闻是诏，远近相庆，咸思效忠于兴复。"宋蔡宽夫《诗话》："盖以乘舆虽播迁，而诸子各分统天下兵柄，则人心固所系矣，未可以强弱争也。"即可明矣。杜甫"卑宫制诏遥"之追思，实因建宗藩以慑叛臣之策，肇始于此矣。钱笺谓："卑宫制诏，即天宝十五载七月丁卯制置天下之诏也。谓其分封诸王，如禹之与子，故以卑宫言之。《壮游》诗：'禹功亦命子。'此其证也。"仇注引其古典"《魏都赋》：察卑宫于夏禹。"③按《论语》："子曰：禹，吾无间然矣。菲饮食，而致孝乎鬼神；恶衣服，而致美乎黻冕；卑宫室，而尽力乎沟洫。"④玄宗命诏乃在奔蜀途中，故谓之"卑宫"，钱笺所言正切杜诗意旨。仇注章旨承钱笺意云："昔上皇在蜀，一命亲贤往镇，而制诏遂至遥传，此当时已行之成验也。"⑤其是。故诗结云"终依古封建，岂独听箫韶"，意谓若依前成验，必将坐销乱萌，

---

① 杜甫《为阆州王使君进论巴蜀安危表》："吐蕃今下松维等州"，"昨窃闻诸道路云：吐蕃已来，草窃岐陇。逼近咸阳，似是之间。据《旧唐书》卷一一《代宗本纪》广德元年七月："吐蕃大寇河、陇，陷我秦、成、渭三州，入大震关，陷兰、廓、河、鄯、洮、岷等州，盗有陇右之地。"又同年十月："辛未，高晖引吐蕃犯京畿，寇奉天、武功、盩厔等县。……丙子，驾幸陕州。……戊寅，吐蕃入京师。"又同年十二月："吐蕃陷松州、维州、云山城、笼城。"（第2册，第273～274页）可见此文当作于广德元年末或广德二年初。

② 《钱注杜诗》，第702～704页。

③ 《杜诗详注》，第2册，第975页。

④ ［魏］何晏等注，［宋］邢昺疏：《论语注疏》，《十三经注疏》本，中华书局1980年版，第2488页。

⑤ 《杜诗详注》，第2册，第975页。

复振唐室。

第四,钱笺进而窥探杜诗之微意云:"公追叹朝廷不用琯议,失强干弱枝之义。"感叹:"公之冒死救琯,岂独以交友之故哉?"其潜话语是言,杜甫与房琯的深厚感情乃建立在共同的政治信念之上,房琯建议分镇讨贼,杜甫拥护亲贤出镇,皆是出于社稷公心(而非个人交谊),且具政治军事卓识。后代宗永泰元年(765)杜甫作《承闻故房相公灵榇自阆州启殡归葬东都有作二首》其一云"一德兴王后",大历三年(768)作《秋日荆南述怀三十韵》云"磐石圭多翦"(参下文),亦是伸张此意。《读杜小笺》之《至德二年[载]甫自京金光门出间道归凤翔乾元初从左拾遗移华州掾与亲故别因出此门有悲往事》曰:"代、肃间论时事,则始终以封建为得策,盖公与琯同心若此。"①《钱注杜诗》卷二《洗兵马》笺曰:"公流落剑外,⋯⋯肃、代间论事,则于封建三致意焉。"堪为知言矣。

综而言之,钱笺不仅符合唐史实际、杜诗诗意,且能由表及里,剔肤见骨,窥破杜诗的深层微旨,发前人所未发。

(3)咏物中的深沉寄托——叹朝廷任相非人

杜甫《枯楠》:

> 楩楠枯峥嵘,乡党皆莫记。不知几百岁,惨惨无生意。上枝摩皇天,下根蟠厚地。巨围雷霆坼,万孔虫蚁萃。冻雨落流胶,冲风夺佳气。白鹄遂不来,天鸡为愁思。犹含栋梁具,无复霄汉志。良工古昔少,识者出涕泪。种榆水中央,成长何容易。截承金露盘,裹裹不自畏。

《钱注杜诗》卷四《枯楠》篇后注:

> 石林云:此诗当为房次律而作。②

按:钱谦益《少陵先生年谱》无此诗之编年,《钱注杜诗》编在成都诗内③。参上《病柏》诗,此诗当作于肃宗上元二年(761)秋成都。

---

① 《牧斋初学集》卷一〇七《读杜小笺中》,《钱牧斋全集》,第3册,第2167页。
② 《钱注杜诗》,第124页。
③ 《钱注杜诗》卷四本卷收诗数"古诗三十七首"下题"初寓成都及至阆州作"。

钱注征引"石林云"云云，出宋叶梦得《石林诗话》卷上："杜子美《病柏》、《病橘》、《枯棕》、《枯楠》四诗，皆兴当时事。……《枯楠》云：'犹含栋梁具，无复霄汉志。'当为房次律之徒作。"①《百家注》卷二四《枯柟》题下注引"洙曰"："此诗伤抱材者老死丘壑，而不材者见用也。"《草堂诗笺》亦承其意。《黄氏补注》卷八题下注"鹤曰"："此诗托楠以伤大材不用。故诗云：'犹含栋梁具，无复霄汉志。良工古昔少，识者出涕泪。'当是为房琯作。琯乾元间贬邠州刺史，上元元年迁汉州刺史②，是时公在成都。此诗二年作。"后清仇兆鳌、浦起龙皆主叶梦得说，杨伦《杜诗镜铨》卷八篇后注承上诸家意云："末首亦为用人者发。枯柟比大材不见用，水榆比小材当重任。时房琯自礼部出晋州，张镐再贬辰州司户③，肃宗所相者乃吕谋、苗晋卿之属，公故惜而悲之。"④所论允当。要之，钱注征引宋诗话以揭此诗咏物之喻指，即杜甫借枯楠与水榆之比，发抒对朝廷任相非人之叹惋，悼房琯等同道者，亦以自悼也。

2. 追怀房琯——本自为国惜贤之公心

杜甫《别房太尉墓》与《承闻故房相公灵榇自阆州启殡归葬东都有作二首》是三首追怀房琯的诗篇，真挚沉痛，低回无尽，是房、杜二人生死交谊之见证。《钱注杜诗》注释的重点在揭示杜甫倾慕推服房琯，实本自为国惜贤之公心。

（1）杜甫《别房太尉墓》：

他乡复行役，驻马别孤坟。近泪无干土，低空有断云。对棋陪谢傅，把剑觅徐君。唯见林花落，莺啼送客闻。

《钱注杜诗》卷一三《别房太尉墓阆州》"房太尉"条注：

---

① ［宋］叶梦得：《石林诗话》，［清］何文焕辑《历代诗话》本，第414页。

② 《旧唐书》卷一一一《房琯传》："上元元年四月，改礼部尚书，寻出为晋州刺史。八月，改汉州刺史。"（第10册，第3324页）

③ 《资治通鉴》卷二二二唐肃宗上元二年四月："丙辰，左散骑常侍张镐贬辰州司户。"（第15册，第7112页）

④ 《杜诗镜铨》，第372页。

琯以乾元元年贬邠州刺史。上元元年为汉州刺史。宝应三年①拜刑部尚书。在路遇疾，广德元年八月，卒于阆州僧舍。《新书》载琯卒在宝应二年，与《旧书》异②。按：杜《祭房公文》广德元年九月。而《酉阳杂俎》记琯舍阆州紫极宫，见治龟兹版，忆邢和璞言终身事③，皆与《旧书》合。知《新书》误也。《国史补》："宰相自张曲江之后，称房太尉、李梁公为重德。"又云："开元以后，不以姓而可称者，燕公、曲江、太尉、鲁公。不以名而可称者，宋开府、陆宣公、王右丞、房太尉。"④《困学纪闻》："司空图《房太尉》诗曰：'物望倾心久，匈渠破胆频。'注谓：'禄山初见分镇诏书，抚膺叹曰：吾不得天下矣。'琯建议遣诸王为都统节度，而贺兰进明谮于肃宗。晋以琅琊立江左，宋以康王建中兴，以表圣之言观之，琯可谓善谋矣。"⑤

又"对棋"条注：

琯为宰相，听董庭兰弹琴。李德裕《游房太尉西池》诗注：房公以好琴闻于海内⑥。公此诗以谢傅围棋为比，盖为房公解嘲也。刘禹锡《和德

---

① 两《唐书》本传皆作"宝应二年"，钱注误。按：傅图藏写本钱注杜诗作"宝应二年"。

② 据《旧唐书》卷一一《代宗本纪》宝应二年秋七月："壬子，御宣政殿宣制，改元曰广德。"（第272页）是宝应二年即广德元年。两《唐书》记房琯卒年不异，钱注误。

③ ［唐］段成式《酉阳杂俎》前集卷二"壶史"条："房琯太尉祈邢（和璞）算终身之事，邢言：'若来由东南，止西北，禄命卒矣。降魄之处，非馆非寺，非途非署。病起于鱼飧，休于龟兹板。'后房自袁州除汉州，及罢，归至阆州，舍紫极宫，适雇工治木，房怪其木理成形，问之，道士称数月前有贾客施数段龟兹板，今治为屠苏也。房始忆邢之言。有顷，刺史具鲙邀房，房叹曰：'邢君，神人也。'乃具白于刺史，且以龟兹板为托。其夕，病鲙而终。"（方南生点校本，中华书局1981年版，第25页）

④ ［唐］李肇《唐国史补》卷下："宰相自张曲江之后，称房太尉、李梁公为重德。"又："开元日，通不以姓而可称者，燕公、曲江、太尉、鲁公。不以名而可称者，宋开府、陆充公、王右丞、房太尉、郭令公、崔太傅、杨司徒、刘忠州、杨崖州、段太尉、颜鲁公。"（上海古籍出版社1979年版，第49、53页）按：钱注"陆宣公"，傅图藏写本钱注杜诗作"陆充公"。

⑤ ［宋］王应麟《困学纪闻》卷一四《考史》："司空图《房太尉》诗曰：'物望倾心久，匈渠破胆频。'注谓：'禄山初见分镇诏书，拊膺叹曰：吾不得天下矣。'琯建遣诸王为都统节度，而贺兰进明谮于肃宗。以司空表圣之言观之，则琯建此议，可以破逆胡之胆。《新唐书》采野史稗说，而不载此语，唯程致道著论发扬之。晋以琅邪立江左之业，我宋以康王建中兴之基，琯可谓善谋矣。"（《四部丛刊三编》子部影印江安傅氏双鉴楼藏元刊本，上海书店1985年据商务印书馆1935年版重印）

⑥ ［唐］李德裕《汉州月夕游房太尉西湖》："丞相鸣琴地，何年闭玉徽。偶因明月夕，重敞故楼扉。桃李黯空在，芙蓉客暂依。谁怜济川楫，长与夜舟归。""丞相鸣琴地，何年闭玉徽"下自注："房公以好琴闻于四海。"（傅璇琮、周建国校笺《李德裕文集校笺》别集卷四，河北教育出版社2000年版，第484页）

裕房公旧竹亭闻琴》云:"尚有竹间露,永无棋下尘。"①

又"把剑"条注:

《祭文》云:抚坟日落,脱剑秋高。②

按:钱谦益《少陵先生年谱》将此诗编入广德二年。《旧唐书》卷一一一《房琯传》:"广德元年八月四日,卒于阆州僧舍,时年六十七,赠太尉。"③故诗题称房太尉。《黄氏补注》卷二五题下"鹤曰":"按公《祭房公文》云:'广德元年,岁次癸卯,九月辛丑朔,二十二日壬戌。'其中有云:'抚坟日落,把剑秋高。'意与八月四日为合,是年公自梓游阆,明年春自阆归成都。而今诗云:'唯见林花落,莺啼送客闻。'殆诗作于二年春,别其墓而归成都也。"黄说是。此诗作于代宗广德二年(764)春阆州。

《钱注杜诗》"房太尉"条注,有取于《百家注》卷一九题下注"彦辅曰",及《黄氏补注》卷二五题下"鹤曰",其中"《困学纪闻》"云云,《草堂诗笺》卷二一题下注取宋胡仔《苕溪渔隐丛话》前集卷一四《杜少陵九》引蔡宽夫《诗话》,二者略有出入,但主体内容相同。又"把剑"条注,有取于《黄氏补注》卷二五题下"鹤曰"。"房太尉"条注中"《国史补》"云云及"对棋"条注,则均为钱注独立发明。

本诗乃痛定思痛之作,与《祭故相国清河房公文》的宏拔清厉相较,哀婉缠绵,低回无尽,房、杜之交谊可谓生死不渝矣。钱注发明之重点,在揭示杜甫倾服于房琯的原因,即房、杜深厚情感之根基。钱注引唐李肇《国史补》及李德裕、刘禹锡诗,意在表明房琯乃名臣贤相,为世所重。李肇④、李德裕(787~850)、刘

---

① [唐]刘禹锡《和游房公旧竹亭闻琴绝句》:"尚有竹间路,永无綦下尘。一闻流水曲,重忆餐霞人。"(瞿蜕园笺证《刘禹锡集笺证》外集卷七,上海古籍出版社1989年版,第3册,第1412页)

② 以上三条见《钱注杜诗》,第451页。

③ 《旧唐书》,第10册,第3324页。

④ 据周祖譔主编《中国文学家大辞典》唐五代卷:"李肇(生卒年里不详),贞元后期历华州参军。……长庆中历著作郎、左司郎中,撰《唐国史补》。……卒于开成元年前。"(中华书局1992年版,第338页)

禹锡(772～842)皆为中唐人,他们对房琯为相的高度评价①,及经游房公故地的深切追思,足见唐世公议所在,人心正道所系,绝非贺兰进明之诬陷、肃宗之罪诏所可遮蔽歪曲。中唐之人尚且如此,更何况亲身经历房琯案的杜甫呢? 由是可见,杜甫对房琯的倾慕推服,从当年的冒死疏救,到贬斥后望其复振(《祭故相国清河房公文》云"曩者书札,望公再起"),再到谢世后沉痛缅怀,皆是出于为国惜贤之公心。钱谦益谓"公之冒死救琯,岂独以交友之故哉?"(上引《有感五首》其四笺曰),允为知言,此可进谓,公之沉痛悼琯,岂独以交友之故哉? 要之,钱注所揭史料,深化了我们对房、杜交谊及杜甫其人其诗之认识。

(2) 杜甫《承闻故房相公灵榇自阆州启殡归葬东都有作二首》其一:

> 远闻房太守②,归葬陆浑山。一德兴王后,孤魂久客间。孔明多故事,安石竟崇班。他日嘉陵涕,仍沾楚水还。

《钱注杜诗》卷一四《承闻故房相公灵榇自阆州启殡归葬东都有作二首》其一"一德"条注:

> 伊尹作《咸有一德》,以戒太甲曰:"惟尹躬暨汤,咸有一德。"琯建分镇讨贼之议,首定兴复之功,故以"一德兴王"许之。琯为肃宗所恶,几有伊生婴戮之祸,故以伊尹比之,亦寓意于玄、肃父子之间也。③

按: 钱谦益《少陵先生年谱》无此诗之编年,《钱注杜诗》编在云安诗内④。

---

① [唐]韩愈《清河郡公房公(启)墓碣铭》:"琯相玄宗、肃宗,处艰难中,与道进退,薨赠太尉,流声于兹。"([唐]韩愈撰,马其昶校注,马茂元整理《韩昌黎文集校注》卷六,上海古籍出版社1987年版,第418～419页)可兹参证。

② 《黄氏补注》卷二七同诗"远闻房太守,归葬陆浑山"句"补注":"鹤曰:太守,作太尉是。此诗前公已有《别房太尉墓》诗,不应今反称太守。若上以汉州太守死,则诗又不应言'安石竟崇班'。"明王嗣奭《杜臆》卷六:"房赠太尉而诗称'太守',刘(笔者按:即刘辰翁)云:'正是恨意。'良是。"(第222页)

③ 《钱注杜诗》,第475页。

④ 《钱注杜诗》卷一四本卷收诗数"近体诗一百十九首"下题"行过戎、渝州,居云安、夔州作"。依卷内诗排序,此诗与《云安九日郑十八携酒陪诸公宴》相从,编在《移居夔州郭》之前,当为云安诗。

《黄氏补注》卷二七题下"鹤曰":"房以广德元年死于阆州,而权瘗于彼①。二年春晚,公有诗别其墓。今诗云'孤魂久客间',则此诗作于永泰元年。是时公在云安,故诗云'远闻'。"诗云"他日嘉陵涕,仍沾楚水还","鹤曰":"嘉陵江,在果州,果与梓、阆为邻。楚水,夔已下之江也。"黄说是。此诗当作于代宗永泰元年(765)云安。

本诗钱注重点注释的微言诗句是"一德兴王后"。其古典出处,《百家注》卷二二引"洙曰":"同德以兴王业也,伊尹《咸有一德》。"钱注谓:"伊尹作《咸有一德》,以戒太甲曰:'惟尹躬暨汤,咸有一德。'"按《尚书·商书·咸有一德》:"伊尹既复政厥辟,将告归,乃陈戒于德。曰:'呜呼!天难谌,命靡常。常厥德,保厥位。厥德匪常,九有以亡。夏王弗克庸德,慢神虐民。皇天弗保,监于万方,启迪有命,眷求一德,俾作神主。惟尹躬暨汤,咸有一德,克享天心,受天明命,以有九有之师,爰革夏正。非天私我有商,惟天佑于一德。非商求于下民,惟民归于一德。'"②伊尹戒太甲,言商能革夏正、受天命,实在君臣皆有纯一之德③,此为殷商立国兴邦之根基。古典既明,钱注进揭其今典云:"琯建分镇讨贼之议,首定兴复之功,故以'一德兴王'许之。"古典与今典之间的相似点,是伊尹与房琯皆为辅佐君王之名相,伊尹于夏桀暴虐无道的黑暗统治下,思民疾苦,说汤伐夏救民④,以纯一之德,首建定鼎之功;房琯于逆胡犯阙,玄宗奔蜀,唐室命悬一线的关键时刻,"建分镇讨贼之议,首定兴复之功",挽救唐之危亡(参上文)。在杜甫心中,房琯堪比伊尹。钱注对此句今典之揭示,亦可谓切中鹄的。清杨伦《杜诗镜铨》卷一二"一德兴王后,孤魂久客间"句夹批:"二句多少惋惜。"⑤杜甫的深沉惋惜,是出自为国惜贤之公心,

---

① 杜甫广德元年(763)九月二十二日作《祭故相国清河房公文》云:"何当旅榇,得出江云。"

② [汉]孔安国传,[唐]孔颖达等正义:《尚书正义》卷八,《十三经注疏》本,中华书局1980年版,第165~166页。

③ 《尚书·商书·咸有一德》:"伊尹作《咸有一德》。"汉孔安国《传》:"言君臣皆有纯一之德,以戒太甲。"唐孔颖达《疏》:"正义曰:太甲既归于亳,伊尹致仕而退,恐太甲德不纯一,故作此篇以戒之。《经》称:尹躬及汤[咸]有一德。言己君臣皆有纯一之德,戒太甲使君臣亦然。此主戒太甲而言臣有一德者,欲令太甲亦任一德之臣。《经》云:任官惟贤材,左右惟其人。是戒太甲使善用臣也。伊尹既放太甲,又迎而复之,是伊尹有纯一之德,已为太甲所信,是己君臣纯一,欲令太甲法之。"(《尚书正义》卷八,《十三经注疏》本,第165页)

④ 《孟子·万章上》:"(伊尹)思天下之民,匹夫匹妇有不被尧、舜之泽者,若己推而内之沟中,其自任以天下之重如此,故就汤而说之,以伐夏救民。"([汉]赵歧注,[宋]孙奭疏《孟子注疏》卷九下,《十三经注疏》本,中华书局1980年版,第2738页)

⑤ 《杜诗镜铨》,第573页。

亦是出自对唐室复兴、政治有道之关心与对朝纲失纪、藩镇不臣之痛心。由是可见,钱注所揭古典(有取于宋注)与今典(独立发明),为我们探寻体味此句杜诗的深层意蕴,指出向上一路。

钱注又谓:"琯为肃宗所恶,几有伊生婴戮之祸,故以伊尹比之,亦寓意于玄、肃父子之间也。"按"伊生婴戮之祸",即太甲杀伊尹,出《竹书纪年》,与传统之说异①。钱谦益《绛云楼书目》"史编年类"著录:"《竹书纪年》,梁沈约注。"②可见钱谦益依据者当为今本《竹书纪年》③。今本《竹书纪年》卷上:"太甲,名至。元年辛巳,王即位,居亳,命卿士伊尹。伊尹放太甲于桐,乃自立。[约按:伊尹自立,盖误以摄政为真尔。]七年,王潜出自桐,杀伊尹,天大雾三日,乃立其子伊陟、伊奋,命复其父之田宅而中分之。[约按:此文与前后不类,盖后世所益。]"④清潘耒《书杜诗钱笺后》之《房相公归葬东都笺》谓:"诗中因用'一德'二字,遂谓以伊尹之婴戮,况房琯之贬官,穿凿殊甚。"⑤潘氏此说有理。钱注"以伊尹之婴戮,况房琯之贬官",若以钱锺书先生喻有多边,取其一端之意考量,古典与今典之间的相似点,是君主迫害杀戮宰相。但细味是解,比拟殊为不类,恐杜甫用典不当如此。且钱注所谓"寓意于玄、肃父子之间",似亦有穿凿(过度阐释)之弊。

综合观之,此诗"一德兴王后"之钱注,虽有疑惑难通与过度阐释之处,但

---

① 传统之说:《孟子·万章上》:"伊尹相汤以王于天下。汤崩,太丁未立,外丙二年,仲壬四年。太甲颠覆汤之典刑,伊尹放之于桐。三年,太甲悔过,自怨自艾,于桐处仁迁义,三年以听伊尹之训己也,复归于亳。"(《孟子注疏》卷九下,《十三经注疏》本,第 2738 页)《史记》卷三《殷本纪》:"汤崩,太子太丁未立而卒,于是乃立太丁之弟外丙,是为帝外丙。帝外丙即位三年,崩,立外丙之弟中壬,是为帝中壬。帝中壬即位四年,崩,伊尹乃立太丁之子太甲。太甲,成汤适长孙也,是为帝太甲。……帝太甲既立三年,不明,暴虐,不遵汤法,乱德,于是伊尹放之于桐宫。三年,伊尹摄行政当国,以朝诸侯。帝太甲居桐宫三年,悔过自责,反善,于是伊尹乃迎帝太甲而授之政。"(第 1 册,第 98~99 页)

② [清]钱谦益藏并编:《绛云楼书目》,《中国著名藏书家书目汇刊》明清卷第 12 册影印黄永年藏清初抄本,商务印书馆 2005 年版,第 45 页。

③ 《牧斋有学集》卷四五《书史记齐太公世家后》(清顺治十七年作):"考《竹书纪年》……郭璞谓《竹书》潜出记载之后,以作征于今日,信也。"(《钱牧斋全集》,第 6 册,第 1501~1502 页)按:可见钱谦益深悉《竹书纪年》的史料价值,颇为重视此书。又《牧斋初学集》卷九〇《天启元年浙江乡试程录》之《志伊尹之所志》:"尹以匹夫而放君,以冢宰而放其君之子,……复政厥辟之后,陈戒而告归。"(《钱牧斋全集》,第 3 册,第 1863 页)未取《竹书纪年》之说。

④ 王国维:《今本竹书纪年疏证》,方诗铭、王修龄《古本竹书纪年辑证》(修订本)附录,上海古籍出版社 2005 年版,第 226~227 页。

⑤ [清]潘耒:《遂初堂文集》卷一一,《续修四库全书》集部别集类第 1417 册,第 580 页。

瑕不掩瑜，其发明之功仍不可没。

代宗大历三年（768）秋，杜甫于江陵作《秋日荆南述怀三十韵》诗云："昔承推奖分，愧匪挺生材。迟暮宫臣忝，艰危衮职陪。扬镳随日驭，折槛出云台。罪戾宽犹活，干戈塞未开。"又云："差池分组冕，合沓起蒿莱。不必伊周地，皆知屈宋才。汉庭和异域，晋史坼中台。霸业寻常体，忠臣忌讳灾。"《百家注》卷三〇篇后注引"师曰"："'晋史坼中台'，言房琯得罪也。"《钱注杜诗》卷一七"中台"条注："'昔承推奖分'，公受知于房太尉也①。'折槛出云台'，以救房谪官也。'宗臣忌讳灾'，叙房病卒阆州。"②可见房琯事件萦绕于杜甫后半生的漂泊命运中，可谓造次必于是，颠沛必于是。

3. 追怀琯党故人

杜甫《晚登瀼上堂》：

> 故蹊瀼岸高，颇免崖石拥。开襟野堂豁，系马林花动。雉堞粉如云，山田麦无陇。春气晚更生，江流静犹涌。四序婴我怀，群盗久相踵。黎民困逆节，天子渴垂拱。所思注东北，深峡转修耸。衰老自成病，郎官未为冗。凄其望吕葛，不复梦周孔。济世数向时，斯人各枯冢。楚星南天黑，蜀月西雾重。安得随鸟翎，迫此惧将恐。

《钱注杜诗》卷六《晚登瀼上堂》"斯人"条注：

> 盖指房琯、张镐、严武之流，公所相期济世者也。③

按：钱谦益《少陵先生年谱》将此诗编入大历二年。《黄氏补注》卷一三题下"鹤曰"："大历二年三月，公自赤甲移居瀼西。此诗云'系马林花动'，又云'山田麦无陇'，当是其时作。"黄说是。诗言"春气晚更生"，"深峡转修耸"，

---

① 邓魁英《房琯事件与杜甫后期的生活及创作》一文认为："所谓'昔承推奖分'，是指天宝十载他因上《朝献太清宫》、《朝享太庙》、《有事于南郊》三赋，而受到玄宗的赏识。"（《古代诗文论丛》，第209页）

② 《钱注杜诗》，第606页。按：傅图藏写本钱注杜诗此段注文前标示"何云曰"。

③ 《钱注杜诗》，第196页。

"楚星南天黑,蜀月西雾重",当作于代宗大历二年(767)春瀼西。

"四序婴我怀,群盗久相踵。黎民困逆节,天子渴垂拱。所思注东北,深峡转修耸。"仇注章旨云:"叹乱不能归。"①《黄氏补注》卷一三句下"鹤曰":"按旧史,大历二年正月戊寅,敕:'同、华二州,顷因盗据,民力凋残,宜给复二年,一切蠲免。'②黎民之困,不独此也。详考元年,以乾元已来天下用兵,议于天下地亩青苗上量配税钱,以充百官俸③,则其困非止于逆节矣。'群盗久相踵',谓崔旰、周智光相继而叛也④。"黄鹤考史可从。远则广德元年(763)十月吐蕃攻陷长安,代宗幸陕;广德二年(764)十月仆固怀恩引吐蕃入寇。近则永泰元年(765)九月仆固怀恩复引吐蕃、回纥入寇,同年十月蜀中有崔旰之乱;大历元年(766)十二月京畿有周智光之乱,实可谓"群盗久相踵"矣。社稷苍生苦难深重,诗人伫立于瀼岸的暮色中,伤时叹旧,低回无已。

"衰老自成病,郎官未为冗。凄其望吕葛,不复梦周孔。济世数向时,斯人各枯冢。"仇注章旨云:"伤乱不能救。"⑤宋赵次公注:"吕,则太公望;葛,则诸葛亮。'凄其望吕葛',言不得若太公、武侯之出为世用也。……'不复梦周孔',则以不复得用周孔之道以经济矣。孔子曰:'甚矣,吾衰也。久矣,吾不复梦见周公。'今此兼孔子之意而言之也。"赵注所言是。按诗歌语脉,"不复梦周孔"承上"衰老自成病,郎官未为冗⑥","济世数向时,斯人各枯冢"承上"凄其望吕葛"。

---

① 《杜诗详注》卷一八,第 4 册,第 1620 页。

② 《旧唐书》卷一一《代宗本纪》大历二年春正月:"戊寅,敕:'同、华两州,顷因盗据,民力凋残,宜给复二年,一切蠲免。'"(第 2 册,第 286 页)

③ 《旧唐书》卷一一《代宗本纪》永泰二年即大历元年:"五月丙辰,税青苗地钱使、殿中侍御史韦光裔诸道税地回,是岁得钱四百九十万贯。自乾元已来,天下用兵,百官俸钱折,乃议于天下地亩青苗上量配税钱,命御史府差使征之,以充百官俸料。每年据数均给之,岁以为常式。"(第 2 册,第 283 页)

④ 《旧唐书》卷一一《代宗本纪》永泰元年闰十月:"剑南节度使郭英乂为其检校西山兵马使崔旰所杀,邛州柏茂林、泸州杨子琳、剑南李昌崾皆起兵讨旰,蜀中乱。"又永泰二年即大历元年十二月:"癸卯,同华节度使周智光专杀陕州监军张志斌、前虢州刺史庞充,据华州谋叛。"(第 2 册,第 281、285 页)

⑤ 《杜诗详注》卷一八,第 4 册,第 1620 页。

⑥ 宋赵次公注:"公为尚书工部员外郎,而郎官上应列宿,亦未为冗矣。可以有为于世,而叹其衰病也。"曹慕樊《杜诗游心录——杜甫诗研究方法新探》:"杜甫每自道,都泛称省郎,其实意在拾遗,不在工部员外郎。这样判断的理由是,拾遗是实授官职,工部员外郎不过是节度使幕职例带的中官衔,是虚衔。……拾遗属门下省,故亦可曰省郎。……任华《杂言寄杜拾遗》说杜'昔在帝城中……郎官丛里作狂歌……'(《又玄集》上)可证郎官即拾遗。"(《杜诗杂说续编》,巴蜀书社 1989 年版,第 12 页)陈尚君《杜甫为郎离蜀考》则认为检校工部员外郎可能并非虚衔(《复旦学报》社会科学版 1984 年第 1 期,收入《唐代文学丛考》,中国社会科学出版社 1997 年版,第 268~287 页)。

"斯人各枯冢"之"斯人",古典字面应指上之"吕葛"(太公望、诸葛亮)。而今典实指,钱注谓:"盖指房琯、张镐、严武之流,公所相期济世者也。"按房琯卒于广德元年(763)八月(上引《旧唐书·房琯传》),张镐卒于广德二年(764)九月①,严武卒于永泰元年(765)四月(上引《旧唐书·严武传》),杜甫与三人皆为生死之交,情谊深厚,又同被目为房琯一党,遭际沉浮,向时期许济世,而今相继离故之"斯人",舍诸公(房琯、张镐、严武)而谁? 钱注本着对杜甫全幅人生的深刻体认,窥破其微旨,堪为的当。后朱鹤龄、仇兆鳌、杨伦诸家均接受认同此条钱注。

又,代宗大历元年(766)冬,杜甫于夔州作《昔游》诗云:"吕尚封国邑。"《钱注杜诗》卷七"吕尚"条注:"似指房公罢相后册封清河郡公也,言国邑虽封,而相业则已矣。"②证诸《晚登瀼上堂》"凄其望吕葛"之蕴涵,钱注所言并非无据,至少提供了一种可资参考的讲法③。

4. 自比古人所折射的志向与品节

(1)自比介子推——耻与灵武诸臣争功

《钱注杜诗》学术创见核心体系诸诗中,钱谦益对杜甫某些反复运用的典故有其前后贯通的深入笺释。"介子推"典故即一显例。钱谦益在对诸首杜诗的注释中,揭示杜甫用"介子推"之古典喻说自己不与肃宗之赏(反遭打击排斥),耻与灵武诸臣争功(而弃官隐退)之今典,构成了一个前后关联的笺注系列。

介子推故事最早见于《左传·僖公二十四年》,后逐渐演变丰富,但基本蕴涵则由原始古典确定。《左传·僖公二十四年》之记载如下:

> 晋侯赏从亡者,介之推不言禄,禄亦弗及。推曰:"献公之子九人,唯君在矣。惠、怀无亲,外内弃之。天未绝晋,必将有主。主晋祀者,非君而谁? 天实置之,而二三子以为己力,不亦诬乎? 窃人之财,犹谓之盗,

---

① 《旧唐书》卷一一一《张镐传》:"广德二年九月卒。"(第10册,第3328页)

② 《钱注杜诗》,第219页。

③ 其他讲法如:[清]卢元昌《杜诗阐》卷二五《昔游》注:"当时灵武扈从功臣,皆封国邑,如吕尚,而晋爵人相者,如傅说,故曰:'吕尚封国邑,傅说已盐梅。'"(《四库全书存目丛书》集部第8册影印吉林省图书馆藏清康熙刻本,齐鲁书社1997年版,第143页)[清]杨伦《杜诗镜铨》卷一四同诗同句注:"郭子仪赐爵汾阳王,又曾为中书令。……下二句当指郭汾阳。时子仪为鱼朝恩所忌……公意欲朝廷专用……不难易乱为治。"(第702页)

况贪天之功以为己力乎？下义其罪，上赏其奸，上下相蒙，难与处矣。"其母曰："盍亦求之，以死谁怼？"对曰："尤而效之，罪又甚焉。且出怨言，不食其食。"其母曰："亦使知之，若何？"对曰："言，身之文也。身将隐，焉用文之？是求显也。"其母曰："能如是乎！与女偕隐。"遂隐而死。晋侯求之，不获，以绵上为之田，曰："以志吾过，且旌善入。"①

按：《史记·晋世家》亦取上段文字。此原始古典实包蕴四层涵义：其一，据"晋侯赏从亡者，介之推不言禄，禄亦弗及"，此古典蕴涵君主得恩忘报、赏功不当之意。其二，据"下义其罪，上赏其奸，上下相蒙，难与处矣"，此古典蕴涵君主与"贪天之功以为己力"之臣互相蔽蒙，介子推不愿与之共处之意。其三，据"且出怨言"，此古典蕴涵介子推敢于公开表达对君主与贪功之臣的不满之意。其四，据"遂隐而死"，此古典蕴涵介子推狷介自守，不与佞臣同流之意。杜诗用介子推典，于上四层涵义皆有所取。

《钱注杜诗》卷二《洗兵马》"攀龙附凤"条注："是时方加封蜀郡、灵武元从功臣，肃宗之意，独厚于灵武，故婉辞以讥之。攀龙附凤，郭湜谓李辅国'一承攀附之恩，致位云霄之上'是也。'岂知蒙帝力，不得夸身强'，介子推所谓二三子贪天功以为己力，不亦难乎是也！"此条钱注揭示了杜诗用介子推古典所要喻说的今典，以下三诗对介子推典故的解释皆是伸张此意。兹依诗歌作年，征引相关注释并作阐析如下。

① 杜甫《寄张十二山人彪三十韵》（节录）：

　　流转依边徼，逢迎念席珍。时来故旧少，乱后别离频。世祖修高庙，文公赏从臣。商山犹入楚，渭水不离秦。……旅怀殊不惬，良觌渺无因。自古皆悲恨，浮生有屈伸。

《钱注杜诗》卷一〇《寄张十二山人彪三十韵》"修庙赏从"条注：

　　至德二载十二月，蜀郡、灵武元从功臣，皆加封爵。次年四月，九庙成，备法驾，自长安迎九庙神主入新庙。此二句借汉、晋为喻，以括焚毁

① 《春秋左传正义》卷一五，《十三经注疏》本，第1817页。

收复之事也。肃宗赏功,独厚于灵武从臣,故曰"文公赏从臣",引介子推之事以讥之,此春秋之微词也。①

按:钱谦益《少陵先生年谱》无此诗之编年,《钱注杜诗》编在秦州诗内②。《黄氏补注》卷二〇题下"鹤曰":"诗云'流转依边徼,逢迎念席珍',当是乾元二年秦州作。"清仇兆鳌《杜诗详注》卷八题下注:"诗云'三违颍水春',自至德二载至乾元二年,凡三春也,当在是年秋秦州作。"③复依"穷秋正摇落"、"贼火近洮岷",此诗当作于肃宗乾元二年(759)杜甫弃官后赴秦州时,正值深秋矣。

"世祖修高庙,文公赏从臣",承上"乱后别离频"而来,钱注谓:"此二句借汉、晋为喻,以括焚毁收复之事也。"清杨伦《杜诗镜铨》卷六眉批:"此处叙收复事,只用两句该括。"④亦同意。"文公赏从臣",乃此诗关键的微言诗句,《百家注》卷九已揭其古典出处:"洙曰:僖二十四年,晋侯赏从亡者,介子推不言禄,禄亦弗及推。"即典出《左传·僖公二十四年》。《九家注》、《分门集注》、《草堂诗笺》、《黄氏补注》同。此句之今典,《草堂诗笺》卷一五谓:"喻肃宗推恩随车驾者","甫昔谒帝凤翔,非无从亡之功,今恩例不及于甫,使南困于荆楚,客于秦州"。明王嗣奭《杜臆》卷三引明邵宝⑤云:"'文公赏从臣',言肃宗赏不及有功也。"⑥可见,钱谦益之前,宋明注家已揭出"文公赏从臣"句指向肃宗平叛收京后封赏不公之今典,《草堂诗笺》更是联及杜甫经历阐发。至钱注,进一步抉发此句隐含之微言:"肃宗赏功,独厚于灵武从臣","引介子推之事以讥之,此春秋之微词也"。揭示出肃宗封赏不公背后的深层原因是"独厚于灵武从臣",而敌视排斥蜀郡从臣(玄宗旧臣),亦即《洗兵马》"攀龙附凤"条注所云"是时方加封蜀郡、灵武元从功臣,肃宗之意,独厚于灵武,故婉辞以讥之"意也。

---

① 《钱注杜诗》,第366页。
② 《钱注杜诗》卷一〇本卷收诗数"近体诗一百二十四首"下题"避贼至凤翔,及收复京师,在谏省,出华州,转至秦州作"。依卷内诗排序,此诗编在《秦州杂诗二十首》之后,当为秦州诗。
③ 《杜诗详注》,第2册,第655页。
④ 《杜诗镜铨》,第280页。
⑤ 参阅周采泉《杜集书录》内编卷三全集校刊笺注类三"明邵宝集注《杜少陵先生分类诗注》"条(第129~132页),张忠纲、赵睿才、綦维、孙微编著《杜集叙录》明代编"明邵宝撰《分类集注杜诗》"条(第145~147页)。
⑥ 《杜臆》,第100页。

② 杜甫《送李卿晔》：

> 王子思归日，长安已乱兵。沾衣问行在，走马向承明。暮景巴蜀僻，
> 春风江汉清。晋山虽自弃，魏阙尚含情。

《钱注杜诗》卷一二《送李卿晔》"李晔"条注：

> 《颜真卿集·颜允南神道碑》①：潼关陷，舆驾幸蜀，朝官多出骆谷，
> 至兴道，房琯、李晔、高适等数十人尽在。《世系表》：晔终刑部侍郎。

又"晋山"条注：

> 《水经》：袁崧《郡国志》曰：界休县有介山，有绵上介子推庙。公自
> 以不与灵武之赏，每以子推自喻也。②

按：钱谦益《少陵先生年谱》将此诗编入广德元年。宋赵次公注云："时有
吐蕃之乱"，"十月，代宗出幸陕也"，"岁暮之时，僻在巴蜀。公每有意为荆楚
之游，预言其当春时在江汉间矣③"。《黄氏补注》卷二四题下"鹤曰"："当是广
德元年十二月作。"上二家注此诗时地当为允妥。钱注："广德元年十月，吐蕃
入寇，车驾幸陕。"④当于宋注有所取。诗言"暮景巴蜀僻"，暮景，言岁暮，或兼
言日暮。此诗乃代宗广德元年（763）末梓州作⑤。

杜甫送别之人李晔，据《新唐书·宗室世系表》，晔为大郑王房淮安忠公、

---

① ［唐］颜真卿《正议大夫行国子司业上柱国金乡县开国男颜府君神道碑铭》，简称《颜允
南神道碑》。

② 以上两条见《钱注杜诗》，第437页。

③ 据曹慕樊《杜诗杂说·杜注琐谈》之《杜诗地名泛称释例》"江汉"条："杜诗所用江汉一
词，分为三类。① 不论杜甫写诗是在什么地方，只要他是用江汉来指荆州一带的，为一类。
② 用江汉指夔州地区的，为一类。③ 用江汉字而有寓意或有双层意义的，为一类。"（第146页）
由是可知，此诗中江汉不指蜀地，乃指杜甫预想出蜀赴荆楚之地，故"春风"亦为将来时，而非现
在时。

④ 《钱注杜诗》，第437页。

⑤ 参阅闻一多《少陵先生年谱会笺》，《唐诗杂论》，第77页。

宗正卿琇之子,刑部侍郎①,与此诗"王子思归日"正相合。钱注引颜真卿《颜允南神道碑》,正见李晔乃为扈从玄宗入蜀之臣。复据《旧唐书》卷一一二《李岘传》:"乾元二年,制曰:'李岘朝廷硕德,宗室荩臣。可中书侍郎、同中书门下平章事。'与吕𬤇、李揆、第五琦同拜相。……凤翔七马坊押官,先颇为盗,劫掠平人,州县不能制,天兴县令知捕贼谢夷甫擒获决杀之。其妻进状诉夫冤。(李)辅国先为飞龙使,党其人,为之上诉,诏监察御史孙蓥推之。蓥初直其事。其妻又诉,诏令御史中丞崔伯阳、刑部侍郎李晔、大理卿权献为三司讯之,三司与蓥同。妻论诉不已,诏令侍御史毛若虚覆之,若虚归罪于夷甫,又言伯阳等有情,不能质定刑狱。伯阳怒,使人召若虚,词气不顺。伯阳欲上言之,若虚先驰谒,告急于肃宗,云:'已知,卿出去。'若虚奏曰:'臣出即死。'上因留在帘内。有顷,伯阳至,上问之,伯阳颇言若虚顺旨,附会中人。上怒,叱出之。伯阳贬瑞州高要尉,权献郴州桂阳尉,凤翔尹严向及李晔皆贬岭下一尉,蓥除名长流播州。岘以数人咸非其罪,所责太重,欲理之,遂奏:'若虚希旨用刑,不守国法,陛下若信之重轻,是无御史台。'上怒岘言,出岘为蜀州刺史。"②李晔因谢夷甫事得罪被贬岭下,《资治通鉴》将此事系于乾元二年(759)四月③。李白有《陪族叔刑部侍郎晔及中书贾舍人至游洞庭五首》,诗中多言秋景④,贾至于乾元二年(759)秋被贬岳州司马(参上文),刑部侍郎李晔此时亦被贬岭南而途径巴陵。但李晔后来为何入蜀,又为何欲还朝,李晔与杜甫如何相识相逢,史籍无征,故不得而知。由上述事实可明,李晔被贬岭南乃因肃宗纵容李辅国专权,打击排斥异己(即正直敢言的清流士大夫),此事甚至牵连了当时的宰相李岘,是朝廷中一次重大的人事变动。杜甫当时还在华州司功参军任上,对朝中此等大事,必有知闻。代宗广德元年(763)末,杜甫于蜀中遇李晔,两人皆为肃宗逐臣,相逢之时,当备增同命相怜之感。杜甫送别赠诗,必亦钩起了他对自己从政经历之回忆与省察。此为理解本诗隐含微言的重要背景。

---

① 《新唐书》卷七〇上,第 7 册,第 2009 页。
② 《旧唐书》,第 10 册,第 3343～3345 页。
③ 《资治通鉴》,第 15 册,第 7076～7077 页。
④ [清] 王琦注《李太白全集》卷二〇,如"日落长沙秋色远","南湖秋水夜无烟","洞庭湖西秋月辉","不知霜露入秋衣","空馀秋草洞庭间"(中册,第 953～955 页)。

仇注谓此诗"上四送李还京,下乃自叙己意"①。杜甫自叙之重点在"晋山虽自弃,魏阙尚含情"。"晋山虽自弃",其古典出处,宋注提出三种解释:赵次公注提出(或为征引旧注)并否定了一种解释:"按《宣室志》载,唐故尚书李公铣镇北门时,有道士尹君者,隐晋山,不食粟,尝饵柏叶。与今公在蜀诗全不相干。"进而提出了自己另一种猜测性解释:"按《新唐书·地理志》阆州晋安县下注云:本晋城,避隐太子讳更名。此所谓晋山乎?以俟博闻。"《草堂诗笺》卷二四提出第三种解释:"昔王子晋学仙,隐于缑山,是曰晋山。"上三种解释,第一种赵次公已驳其谬;第二种关注点仅在"晋山"二字,不及"虽自弃"三字;第三种虽关注全句五字,但将"虽自弃"三字仅解为学仙隐居,此与杜甫自叙己意有甚相干?至钱注揭出此句实用介子推之古典:"《水经》:袁崧《郡国志》曰:界休县有介山,有绵上介子推庙。"指向今典:"公自以不与灵武之赏,每以子推自喻也。"落实到杜诗自叙己意之意。证诸上述相关历史背景,钱注所揭古典与今典,切合杜甫送别李晔之情境与心境。

"晋山虽自弃,魏阙尚含情",宋赵次公注谓:"此两句公自言其身在外,而心常在朝廷也。"清朱鹤龄注曰:"公尝扈从肃宗,故自比之推。曰'自弃'者,不敢以华州之贬怼其君也。"并征引《杜诗博议》云:古人流离放逐,不忘主恩,……于己之贬,则曰:'晋山虽自弃,魏阙尚含情。'其温柔敦厚之意,言外可想。若以肃宗不甚省录,故往往自况之推,失之远矣。"②清仇兆鳌解此诗云:"盖身虽废弃而心犹恋阙也。"③赵注与仇注同旨,朱注尤《杜诗博议》实暗中批驳钱注。解此句,实当从杜甫全幅人生实践切入。在感性层面上,杜甫漂泊西南,却一直保存着肃宗授其左拾遗敕④,大历元年(766)夔州作《秋兴八首》其五言"几回青琐点朝班"⑤,此表明杜甫珍惜肃宗朝为左拾遗这段从政经

---

① 《杜诗详注》卷一二《送李卿晔》章旨,第3册,第1068页。

② 《杜工部诗集辑注》卷一一《送李卿晔》"晋山虽自弃,魏阙尚含情"句注。

③ 《杜诗详注》卷一二《送李卿晔》章旨,第3册,第1069页。

④ 《钱注杜诗》卷二《述怀一首》诗后注录湖广岳州府平江县杜甫裔孙杜富家所藏唐授杜甫左拾遗敕(见本书第二章引)。

⑤ 《钱注杜诗》卷一五《秋兴八首》其五(蓬莱宫阙对南山)"又曰":"此诗追思长安全盛,叙述其宫阙崇丽,朝省尊严,而感伤则见于末句。盖自灵武回銮,放逐蜀郡旧臣,自此中官窃柄,开元、天宝之盛事,不可复见。而公坐此移官,沧江岁晚,能无三叹于今昔乎?几回青琐,追数其近侍奉引,时日无几也。嗟乎!西望瑶池以下,开宝之长安也。王侯第宅以下,肃宗之长安也。徘徊感叹,亦所谓重章而共述也。"(第508页)按:《牧斋初学集》卷一〇八《读杜小笺下》同诗无此条。

历,可谓心魂萦绕,故忠君恋阙说有一定合理性。但在理性层面上,杜甫廷争、弃官,以抗议肃宗敌视玄宗、斥贤拒谏、信任宦官,不合人道(父子)、政道(君臣),此表明杜甫不与无道政治合作的坚定信念。依上两面向解此句诗,方契合杜甫感性与理性高度均衡的性格,不因"魏阙尚含情"之赤诚情感而淹没"晋山虽自弃"之清明理性,遂可脱愚忠说之窠臼。

③ 杜甫《壮游》(节录):

> 河朔风尘起,岷山行幸长。两宫各警跸,万里遥相望。崆峒杀气黑,少海旌旗黄。禹功亦命子,涿鹿亲戎行。翠华拥英岳,螭虎啖豺狼。爪牙一不中,胡兵更陆梁。大军载草草,凋瘵满膏肓。备员窃补衮,忧愤心飞扬。上感九庙焚,下悯万民疮。斯时伏青蒲,廷争守御床。君辱敢爱死,赫怒幸无伤。圣哲体仁恕,宇县复小康。哭庙灰烬中,鼻酸朝未央。小臣议论绝,老病客殊方。郁郁苦不展,羽翮困低昂。秋风动哀壑,碧蕙捐微芳。之推避赏从,渔父濯沧浪。

《钱注杜诗》卷七《壮游》"两宫"条注:

> "两宫各警跸",刺灵武之事也。"禹功亦命子",谓肃宗自立而后玄宗始加册命,不得比于禹之命子也。"之推避赏从",喻己之赏薄而不自言,耻与灵武诸臣争功也。[1]

按:钱谦益《少陵先生年谱》无此诗之编年,《钱注杜诗》编在夔州诗内[2]。《黄氏补注》卷一二《壮游》题下"鹤曰":"诗云郁郁客殊方,当是在夔作。公在夔诗,多言'殊方'。又云'群凶',当是指崔旰辈。此诗作于大历元年。"《壮游》与《夔府书怀四十韵》、《往在》、《遣怀》、《昔游》(昔者与高李),同为追怀往事、忆念旧游之作。诗言"秋风动哀壑",当作于代宗大历元年(766)秋夔州。

"河朔风尘起"到"鼻酸朝未央"一段,是确切理解"之推避赏从"微言的历史路标。其中几个重要路标本身,即是绝大之微言。"两宫各警跸",安禄山

---

[1] 《钱注杜诗》,第221～222页。
[2] 《钱注杜诗》卷七本卷收诗数"古诗四十九首"下题"居夔州作"。

起兵,玄宗奔蜀("河朔风尘起,岷山行幸长"),太子本应侍奉父皇,何来"两宫"之说?原来,就在玄宗奔蜀的第二天,发生了马嵬驿之变,太子趁机分兵北上,一个月后即皇帝位于灵武,所谓"两宫"由此而来。宋张戒《岁寒堂诗话》卷下:"《壮游》云'河朔风尘起,岷山行幸长。两宫各警跸,万里遥相望',不待褒贬而是非自见矣。"①杜诗此句运用应然与实然对照错位之法,表达对肃宗擅立之微词,钱注谓"'两宫各警跸',刺灵武之事也",可谓深中其微旨矣。"少海旌旗黄",宋赵次公注揭其古典:"少海,则《东宫故事》,言天子比大海,太子为少海。"清杨伦《杜诗镜铨》卷一四揭其今典:"《东宫故事》,太子比少海,句当指灵武即位,故曰'旌旗黄'。"②二家解释当最平正。肃宗虽自立于灵武,但并未得到玄宗的授权。"禹功亦命子"紧承上句,着一"亦"字,暗示出"命子"(即禅位)乃追认授权,实为一种被迫无奈之选择。钱注言"'禹功亦命子',谓肃宗自立而后玄宗始加册命,不得比于禹之命子也",从古典今典历史细节之差异,窥破了此句隐含之微言③。以上二句为确切理解"之推避赏从"微言的隐性路标。

"斯时伏青蒲,廷争守御床。君辱敢爱死,赫怒幸无伤。"杜甫回忆自己任左拾遗时疏救房琯("廷争"),触怒肃宗("赫怒"),肃宗诏付三司推问,欲加刑戮("君辱敢爱死"),因宰相张镐、御史大夫韦陟相救获免("幸无伤")。此段政治经历是杜甫开始逐步看清肃宗为人为政之肇始。"小臣议论绝,老病客殊方",言自己弃官后,久客巴蜀,不复进言矣。"郁郁苦不展,羽翮困低昂","谓暂用即斥"(《镜铨》)④,继三司推问后,肃宗以墨制放归待命、贬逐出朝等手段,再次打击报复正直敢言的杜甫。"秋风动哀壑,碧蕙捐微芳",《镜铨》谓:"公以被谗谮而出,二句即景寓意。"正切杜诗之微旨。"被谗谮"之根源,

---

① [宋]张戒:《岁寒堂诗话》,丁福保辑《历代诗话续编》本,第470~471页。

② 《杜诗镜铨》,第699页。

③ 按:此诗"禹功亦命子"句之解释,历来分歧最大,两种观点:其一,"禹功亦命子"指玄宗→肃宗,宋蔡梦弼《草堂诗笺》卷三四、明王嗣奭《杜臆》卷八、清钱谦益《钱注杜诗》卷七、清仇兆鳌《杜诗详注》卷一六皆持此观点。其二,"禹功亦命子"指肃宗→广平王,《杜诗赵次公先后解辑校》(修订本)戊帙卷一○:"盖明皇以天下兵马元帅命肃宗矣,至肃宗又以天下兵马元帅命广平王俶,此所谓之'亦命子'也。'亦命子',其'亦命'字,挨傍舜亦以命禹。"(下册,第1207页)《九家注》卷一二、清浦起龙《读杜心解》卷一之五、清杨伦《杜诗镜铨》卷一四皆持此观点。又《百家注》卷二九"修可曰":"'禹功亦命子',启战于甘之野,正指太子为元帅。"指示不明,《分门集注》卷一二、《黄氏补注》卷一二同。清朱鹤龄《杜工部诗集辑注》卷一五此句无注。

④ [清]杨伦:《杜诗镜铨》卷一四,第700页。下同。

在于肃宗出于敌视玄宗的阴暗心理,听信贺兰进明、李辅国等谗言,进而敌视、排斥清流士大夫(参上文)。以上皆为确切理解"之推避赏从"微言的显性路标。

"之推避赏从",古典字面显然,宋注已揭,无异议。今典所指,宋赵次公注谓:"之推……以自比","此公言其尝扈从,而今在外也"。《草堂诗笺》卷四一谓:"甫意谓随肃宗中兴,今日收复,赏不及己,故比之介推也。"二家意旨同,已初步揭示杜诗此句用典之微旨。至钱注"喻己之赏薄而不自言,耻与灵武诸臣争功也",进一步抉发诗句用典背后隐含的深层历史内容,即肃宗对玄宗蜀郡旧臣之极端排斥,杜甫以弃官(不受赏)回应唐室政治无道。要之,承上隐性路标,表微阐幽;复承上显性路标,顺承勾联,"之推避赏从"之前因已明,其隐义自见矣。

综上言之,杜甫以介子推自比,从肃宗乾元二年(759)秋《寄张十二山人彪三十韵》"文公赏从臣",至代宗广德元年(763)末《送李卿晔》"晋山虽自弃",再至代宗大历元年(766)秋《壮游》"之推避赏从",实一脉相承,相互映发。诗人在诗中同一抒写情境反复运用的典故,多包含对自己一生重大思想情感历程的关切和珍惜。肃宗朝任左拾遗的一段政治经历,是杜甫一生的高峰体验(参上文)。杜甫在回忆此段经历时,反复用介子推之典,当是有其深意的。介子推之典,凝聚着杜甫深刻的现实体验。肃宗至德二载(757)到乾元二年(759)的政治经历,疏救房琯、三司推问、墨制放还、贬逐出朝,一幕一幕,沉淀在他下意识世界中,看似渐渐淡去,若有若无,实则潜化为一种刻骨铭心的隐痛。一旦触及此段经历,那丝丝缕缕的隐痛,便油然起于心底,发而为诗,拈介子推之典以发抒己意,成为杜诗用典的通例之一①。钱谦益以敏锐的眼光,揭示出"介子推"古典字面背后隐藏的今典实指,并于笺释中前后相互关联地阐发,堪为创辟胜解。

(2) 自比桓谭——忤旨贬谪

杜甫《寄刘峡州伯华使君四十韵》(节录):

> 回首追谈笑,劳歌蹋寝兴。年华纷已矣,世故莽相仍。刺史诸侯

---

① 同理用典通例:以"商山四皓"之古典喻指李泌之今典,详参下文。

贵，郎官列宿应。潘生骖阁远，黄霸玺书增。乳赟号攀石，饥鼯诉落藤。
药囊亲道士，灰劫问胡僧。凭久乌皮拆，簪稀白帽稜。林居看蚁穴，野
食行鱼罾。筋力交彫丧，飘零免战兢。皆(一作昔)为百里宰，正似六安
丞。……呫呫宁书字，冥冥欲避矰。江湖多白鸟，天地有青蝇。

《钱注杜诗》卷一五《寄刘峡州伯华使君四十韵》"六安丞"条注：

> 后汉桓谭，出为六安郡丞，意忽忽不乐。谭以数言事忤旨贬谪，公以
> 救房琯出为华州司功，故曰"皆为百里宰，正似六安丞"也。刘盖与公同
> 谪者，不知其名。①

按：钱谦益《少陵先生年谱》无此诗之编年，《钱注杜诗》编在夔州诗内②。
诗开端即云"峡内多云雨，秋来尚郁蒸。远山朝白帝，深水谒夷陵"，点出宾主
两人所当之时与所处之地(峡州夷陵郡)。《黄氏补注》卷二九题下"鹤曰"：
"诗云'林居看蚁穴，野食待鱼罾'，又云'秋来尚郁蒸'，当是大历二年在瀼西
作。"黄说是。此诗当作于代宗大历二年(767)秋居瀼西草屋时。钱注谓："刘
盖与公同谪者，不知其名。"依诗题，刘伯华时为峡州刺史。据诗"家声同令
闻"、"学并卢王敏"，可知刘伯华乃武后朝著作郎刘允济后人③。
"皆为百里宰，正似六安丞。"宋赵次公注："后汉桓谭以言事忤旨，出为六
安丞。盖公之流落，以言房琯无罪，忤肃宗，遂弃不省之也。"《草堂诗笺》卷三
一谓："房琯罢相，甫论其无罪，忤旨肃宗而出，故自比之桓谭也。后汉桓谭数
言事忤旨，出为六安郡丞。"宋注已注明此句之古典与今典，钱注"谭以数言事
忤旨贬谪，公以救房琯出为华州司功"，于宋注当暗有取焉。
据《后汉书》卷二八上《桓谭传》："其后有诏会议灵台所处，帝谓谭曰：'吾
欲[以]谶决之，何如？'谭默然良久，曰：'臣不读谶。'帝问其故，谭复极言谶之
非经。帝大怒曰：'桓谭非圣无法，将下斩之。'谭叩头流血，良久乃得解。出

---

① 《钱注杜诗》，第 525 页。
② 《钱注杜诗》卷一五本卷收诗数"近体诗一百四十三首"下题"居夔州作"。
③ 《钱注杜诗》卷一五《寄刘峡州伯华使君四十韵》"家声"条注："刘允济博学善属文，与王
勃早齐名。垂拱四年，奏上《明堂赋》，则天甚嘉叹之，手制褒美，拜著作郎。诗云'学并卢王敏'，
又与膳部同事天后，知为允济无疑。"(第 525 页)

为六安郡丞,意忽忽不乐,道病卒。"①古典与今典之间,即杜甫与桓谭之间有三点相似:一是甫、谭皆敢于直言进谏,格君之非;二是甫、谭皆因直谏触怒君主,险遭杀身之祸;三是甫、谭皆被君主贬斥出朝,郁郁而终。杜甫以桓谭自比,当正是基于以上之共性。依仇注分章章旨,自"乳赟号攀石"至"正似六安丞"段,乃"序客燮近况"②。可见,杜甫每触及自己身世境况时,念兹在兹、挥拂不去的,是郁结于心底的疏救房琯事件。证诸全诗结尾"咄咄宁书字,冥冥欲避矰。江湖多白鸟,天地有青蝇③",忧谗畏讥之悲溢于言表,正杜甫晚年心境一典型写照,此时离杜甫谢世的大历五年(770)仅余三年矣。

## 小结

《钱注杜诗》学术创见核心体系的主题线索之二,是进一步深刻揭示出房琯罢相及其所牵涉一系列贬谪事件的历史真相,以及此等事件对杜甫后期生活与创作之影响,此乃由《洗兵马》笺注"肃宗对玄宗旧臣之排斥"之主线生发延展而来。"房琯案与琯党被逐"支目下诸篇诗笺,是对《洗兵马》笺注的支持、深化与补充;"房琯事件笼罩下的晚年漂泊"支目下诸篇诗笺,则是对《洗兵马》笺注的重要发展,开拓了《钱注杜诗》学术创见核心体系的深度与广度,并有助于我们深入认识杜甫其人其诗。以下对后者略加分析。

钱谦益《读杜小笺》之《至德二年[载]甫自京金光门出间道归凤翔乾元初从左拾遗移华州掾与亲故别因出此门有悲往事》笺曰:"公诗于琯、镐及武,深所推服,而代、肃间论时事,则始终以封建为得策,盖公与琯同心若此。"④后牧斋将《小笺》此意订补并移入《钱注杜诗》卷二《洗兵马》笺曰:"公之自拾遗移官,以上疏救房琯也。……公流落剑外,卒依严武,拜房相之墓,哭其旅榇,而

---

① [南朝宋]范晔撰,[唐]李贤等注:《后汉书》,中华书局1965年版,第2册,第961页。

② 《杜诗详注》卷一九,第4册,第1721页。

③ 《杜诗详注》卷一九同诗句注云:"杜修可曰:白鸟有二说:一谓鸥鹭之类,如《诗》言'白鸟鹤鹤',此喻贤者之洁白也。一谓白鸟乃蚊蚋,以譬小人之侵侮也。言贤者居乱世,欲隐则为蚊蚋所嚼,欲出则为青蝇所污,是无逃于天地间矣。朱注:《大戴礼·夏小正》:丹鸟羞白鸟。丹鸟,丹良也。白鸟,蚊蚋也。凡有翼者为鸟。梁元帝《纳凉》诗:白鸟翻帷暗,丹萤入帷明。《杜臆》:梁元帝《金楼子》云:齐威公卧于柏寝,白鸟营饥而求饱,公开翠纱之厨而进焉,有不知足者,长嘘短吸而食,及其饱,腹为之溃。盖戒贪也。《毛诗》以青蝇刺谗。"(第4册,第1724页)

④ 《牧斋初学集》卷一〇七《读杜小笺中》,《钱牧斋全集》,第3册,第2167页。

肃、代间论事,则于封建三致意焉。"由是可见,钱谦益早于《小笺》中即敏锐洞鉴到房琯事件对杜甫后半生漂泊命运的深刻影响。事实上,在杜甫看来,房琯罢相,不是个人的升降问题,而是关系国运、关系政治是否有道之大事。肃宗与内朝之张皇后、宦官李辅国及外朝之贺兰进明、崔圆等浊流士大夫合流,排斥以房琯、张镐为代表的清流士大夫(参上文),实为朝廷正气不伸、邪气嚣张之征候。杜甫弃官漂泊,就理性纬度而言,是抗议肃宗斥贤拒谏、政治无道。在"道"与"势"的矛盾中①,杜甫挺立道德主体②,不枉道以从势,坚持道尊于势,道高于君,实践了儒家君臣关系相对性的政治思想③。钱谦益对杜甫弃官后一系列关涉房琯事件诗歌的深入解读④,开掘出一条通向杜甫心灵深处的隧道。我们可以清晰地感知到,在后半生的漂泊生活中,杜甫虽不免陷入狄百瑞所谓"儒家的困境"⑤,但他对当年廷争(自比桓谭)、弃官(自比介子推)之高峰经验实刻骨铭心、九死未悔;对房琯及琯党之情谊实坚贞不渝、始终不绝;对某些政治时事的关注洞察实深微透辟、精切入里,而此等关注洞察实根源于其亲历疏救房琯案所沉淀积聚的历史识见。可以说,釐清钱注抉发上述诸诗微旨的内在脉络,是打开杜诗历史蕴藏与杜甫精神世界的一把钥匙。

---

① 缪钺《二千多年来中国士人的两个情结》:"士人有道(文化学术),而统治者(君主)有势(政治权力)。士人的理想是以道指导势,或辅助势,所谓为王者师,为王者佐;而君主则要以势制道,使士人为臣、为奴。……故道与势的矛盾是困扰士人心灵的第一个问题。"(《中国文化》第4期,1991年,第97页);余英时《士与中国文化》二《道统与政统之间——中国知识分子的原始型态》,上海人民出版社2003年版,第77~99页。

② 参阅邓小军《杜甫在政治上的道德主体精神》,《江海学刊》1993年第1期,收入《唐代文学的文化精神》,第261~271页。

③ 参阅邓小军《杜甫与儒家的人性思想和政治思想》,《杜甫研究学刊》1991年第1期,收入《唐代文学的文化精神》,第235~253页。

④ 日本学者吉川幸次郎《我的杜甫研究》:"这次拥护房琯运动的失败,是杜终生引为遗憾的,以为那以后国家的不幸命运,未必不由此。在秦州、成都、夔州、湖南的几首诗里,都说过这种遗憾。"(《吉川幸次郎全集》第二十五卷,东京:筑摩书房1986年版,第458页)按:此文为中文撰写,吉川先生所论深为知言,惜未作具体阐析。

⑤ 美国汉学家狄百瑞(Wm. Theodore de Bary,1919~),用旧约传统中的先知同中国儒家传统中的君子进行比较,认为真正的君子就是要对朝廷的不义进行谴责和矫枉。君子和帝王之间的张力是中国政治中重要的主题。君子的力量源于替百姓和上天代言的社会角色,但是君子却没有有效地得到百姓的托付,也没有从上天那里获得宗教性的支撑,而是一直陷入黎民苍生和专制皇权的裂缝之中,这成了历史上儒家最大的困境(详阅〔美〕狄百瑞著,黄水婴译《儒家的困境》,北京大学出版社2009年版)。

## 三、李泌与玄肃间政治——思李泌复出扶危匡世

《钱注杜诗》着意笺注杜甫《寄韩谏议》及《昔游》,揭示杜诗思李泌复出扶危匡世、调护肃宗与上皇关系的深微蕴涵,皆为前人未及的创辟胜解,是对《洗兵马》笺注的有力支持和补充。

杜甫《寄韩谏议》:

> 今我不乐思岳阳,身欲奋飞病在床。美人娟娟隔秋水,濯足洞庭望八荒。鸿飞冥冥日月白,青枫叶赤天雨霜。玉京群帝集北斗,或骑骐驎翳凤皇。芙蓉旌旗烟雾落,影动倒景摇潇湘。星宫之君醉琼浆,羽人稀少不在旁。似闻昨者赤松子,恐是汉代韩张良。昔随刘氏定长安,帷幄未改神惨伤。国家成败吾岂敢,色难腥腐餐风香。周南留滞古所惜,南极老人应寿昌。美人胡为隔秋水,焉得置之贡玉堂。

《钱注杜诗》卷五《寄韩谏议》"玉京"条注:

> 《邺侯外传》:"泌游衡山、嵩山,遇神仙桐柏真人、羡门子、安期先生降之,羽车幢节流云,神光照灼山谷。将曙乃去,授以长生羽化服饵之道,且戒之曰:'太上有命,以国祚中危,朝廷多难,宜以文武之道,佐佑人主,功及生灵,然后可登真脱屣耳。'自是多绝粒咽气,修谷神黄老之要。"玉京群帝以下,盖暗记其事。

又"赤松子"条注:

> 《旧书》:泌好谈神仙诡道,或云常与赤松子、王乔、安期、羡门游处。

又"帷幄"条注:

> 《外传》:肃宗延于卧内,寝则对榻,出则联镳。至保定郡,泌先于本院寐,肃宗来入院,不令人惊之,登床捧泌首置于膝,久方觉。泌乞游衡

岳，实以肃宗猜忌蜀郡功臣，不独以李辅国之故也。张子房愿弃人间事，从赤松子游，以避吕氏之祸，泌之心迹略相似，故以赤松、张良为比，又曰"帷幄未改神惨伤"也。

又笺曰：

> 程嘉燧曰：此诗盖为李泌而作。余考之是也。按史及《家传》，泌从肃宗于灵武，既立大功，而倖臣李辅国害其能，因表乞游衡岳，优诏许之。山居累年，代宗即位，累有颁赐，号天柱峰中岳先生。无几，征入翰林。公此诗，盖当邺侯隐衡山之时，劝勉韩谏议，欲其贡置之玉堂也。安刘帷幄，在玄、肃之代，舍泌其谁？韩谏议，旧本名注，余考韩休之子法，上元中为谏议大夫，有学尚，风韵高雅，当即其人。注字盖传写之误。胡三省曰[①]：据《邺侯家传》，代宗才立，即召泌也。须经幸陕，泌岂得全无一言！召泌亦在幸陕之后。李繁误记耳。此诗作于邺侯未应召之日，当亦是幸陕前后也。[②]

按：钱谦益《少陵先生年谱》无此诗之编年，《钱注杜诗》考订为代宗时作[③]。《黄氏补注》卷一一题下"鹤曰"："诗云：'今我不乐思岳阳，身欲奋飞病在床。'当是大历元年在夔州作，公是时抱病，诗多言之。梁权道以诗云'美人娟娟隔秋水'，谓是其年秋作。"本诗作年，必待主旨确定后方可判断。

明王嗣奭《杜臆》谓"此诗渺茫恍惚，不能穷其际"[④]。初读，从字面上看，确是难穷其旨。但细味，亦有线索可寻。欲读懂此诗，关键有二：其一是考明杜甫寄诗的韩谏议为何人？其二是确定杜甫思念的岳阳"美人"及相关联的"羽人"、"张良"所指何人，是否为韩谏议？或另有其人？先看宋人的注解。宋赵次公注："韩公无传记可考，其人今应在岳州，应是好道者"，"故公以羽人待之"；"美人，指言韩谏议"；"以张良比韩谏议，而叹其滞留不在朝廷也"，"为

---

① 按：此段为宋司马光《通鉴考异》语，钱笺误。
② 以上四条见《钱注杜诗》，第154～155页。
③ 《钱注杜诗》卷五本卷收诗数"古诗五十六首"下题"居东川，再至阆州，复还成都作"。按：钱注对本诗作年的考订见上引"笺曰"。
④ 《杜臆》卷九，第314页。

其姓韩,挨傍张良是韩国人,而从赤松子游,紧用张良比之也"。《百家注》卷二六题下注引"师曰":"韩注以谏为职,直言陈天下事,代宗不悦,贬岳阳。注适意游君山,弃人间事,将为长往之计,甫思之故有此作。"宋注大体沿袭此二家之观点,认为杜诗中所谓"美人"、"羽人"及"张良"即指韩谏议,至于韩谏议之生平,或认为不可考,或据诗作循文解义之推衍。

再观钱注,对上述两个关键问题都作出了前人未及的突破性回答。

其一,韩谏议为何人? 钱笺谓:"韩谏议,旧本名注①,余考韩休之子法,上元中为谏议大夫,有学尚,风韵高雅,当即其人。注字盖传写之误。"兹据相关文献考察如下:

《全唐文》卷三六七贾至《授韩洪山南东道防御使等制》:"敕:襄阳太守韩洪、左补阙韩法等,令德之后,象贤而立,克光前业,不坠家声。或谋府冲深,才膺镇御;或文律典丽,词叶丝纶。今冠虐未清,邦家多事。用武之地,宜征奇杰;掌翰之职,故择英髦。洪可山南东道防御使,法可考功员外郎知制诰。"②

《旧唐书》卷九八《韩休传》附《洽、洪、法、滉传》:"子洽、洪、法、滉,皆有学尚,风韵高雅。……属安禄山反,西京失守,洪陷于贼,贼授官,将见委任,洪与浩及法、滉、浑同奔山谷,以投行在。至谷口,洪、浩、浑及洪子四人并为贼所擒,并命于通衢。……法,上元中为谏议大夫。"③

《新唐书》卷一二六《韩休传》附《浩、洽、洪、法、滉、浑、洄传》:"法,上元中终谏议大夫。……初,法知制诰,当草王玙诏,无借言,衔之。及当国,滉兄弟皆斥冗官。"④《资治通鉴》卷二二〇唐肃宗乾元元年五月乙未:"上颇好鬼神,太常少卿王玙专依鬼神以求媚,每议礼仪,多杂以巫祝俚俗。上悦之,以

① 《宋本杜工部集》卷六题目作《韩谏议》,题下小字:"注";《杜诗赵次公先后解辑校》戊帙卷五作《寄韩谏议注一首》;《百家注》卷二六、《分门集注》卷一七、《黄氏补注》卷一一作《寄韩谏议》;《九家注》卷一一作《韩谏议注》;《草堂诗笺》卷三〇作《寄韩谏议》,题下注:"注";《集千家注》卷一七作《寄韩谏议注》。

② 《全唐文》,第 4 册,第 3730 页。此文亦载《文苑英华》卷四〇九,第 3 册,第 2072 页。按:韩法之"法"字,《全唐文》讹作"絃",《文苑英华》讹作"絃",参《元和姓纂》卷四岑仲勉校记,中华书局 1994 年版,第 488~489 页。

③ 《旧唐书》,第 9 册,第 3079 页。

④ 《新唐书》,第 14 册,第 4434 页。

玙为中书侍郎、同平章事。"①

宋赞宁《宋高僧传》卷一九《唐成都净众寺无相传》:"乾元三年,资州刺史韩汯撰碑。"②乾元三年即上元元年(760)。

《唐故谏议大夫韩公墓志铭并序》:"叔父讳汯,……开元中以门荫补弘文生,解褐授左金吾卫兵曹,秩满,参选……除左拾遗,寻以献《南郊颂》改左补阙。……天宝中以亲累贬为南阳郡司户,未几,有诏召还,却复本官,仍充翰林学士。俄属贼臣禄山作乱,称兵向阙,其秋肃宗于灵武践祚,密诏追公赴行在,授考功员外郎,专知制诰,仍赐绯鱼袋。公世掌纶翰,及居此地,海内无不称美,所有制诏备传于人。以忠直为权臣所恶,除礼部郎中,又出为资阳太守。寻蒙恩除谏议大夫,追赴阙庭。公以久疾,未可朝奏。……春秋六十有六,以遘疾而终。"③

依上材料可知,第一,安禄山叛乱,韩氏兄弟陷贼,不受伪官,冒死奔赴行在,堪为忠义之门。第二,韩汯对专依鬼神以求媚之王玙,不行攀附(《墓志铭》"以忠直为权臣所恶"或即隐指此事),敢于抗命肃宗,可见其刚正不阿,此点与杜甫殊似。汯父韩休为玄宗开元时宰相,面折君上,骨鲠切直④。汯可谓善继父志,"令德之后,象贤而立,克光前业,不坠家声"。第三,韩汯自左补阙任考功员外郎知制诰,是在至德元载(756)秋至乾元元年(758)春之间⑤。其

---

① 《考异》曰:"《旧传》云'三年七月',今从《实录》。"(《资治通鉴》,第 15 册,第 7054 页)《旧唐书》卷一三〇《王玙传》:"乾元三年七月……中书令崔圆罢相,乃以玙为中书侍郎、同中书门下平章事。"(第 11 册,第 3617 页)《旧唐书》卷一〇《肃宗本纪》至德三载即乾元元年五月己未:"以太常少卿、知礼仪事王玙为中书侍郎、同中书门下平章事。"(第 1 册,第 252 页)

② [宋]赞宁撰,范祥雍点校:《宋高僧传》,中华书局 1987 年版,第 488 页。

③ 墓志题"侄银青光禄大夫守太子宾客上柱国汉阳县开国男(韩)章撰",齐运通、杨建锋编《洛阳新获墓志二〇一五》,中华书局 2016 年版,第 257 页。

④ 《旧唐书》卷九八《韩休传》:"开元二十一年,侍中裴光庭卒,上令萧嵩举朝贤以代光庭者,嵩盛称休志行,遂拜黄门侍郎、同中书门下平章事。休性方直,不务进趋,及拜,甚允当时之望。俄有万年尉李美玉得罪,上特令流之岭外,休进曰:'美玉卑位,所犯又非巨害,今朝廷有大奸,尚不能去,岂得舍大而取小也!臣窃见金吾大将军程伯献,依恃恩宠,所在贪冒,第宅舆马,僭拟过纵。臣请先出伯献而后罪美玉。'上初不许之,休固争曰:'美玉微细犹不容,伯献巨猾岂得不问!陛下若不出伯献,臣即不敢奉诏流美玉。'上以其切直,从之。初,萧嵩以休柔和易制,故荐引之。休既知政事,多折正嵩,遂与休不叶。宋璟闻之曰:'不谓韩休乃能如是,仁者之勇也。'"(第 9 册,第 3078 页)

⑤ 据两《唐书》贾至本传及杜甫《送贾阁老出汝州》诗,贾至自至德元载(756)至乾元元年(758)春出为汝州刺史之前为中书舍人,《授韩洪山南东道防御使等制》(其中包括授韩汯考功员外郎知制诰)即作于此期间。

出除当在乾元元年五月王玙为中书侍郎、同平章事之后。杜甫自至德二载(757)五月至乾元元年六月任左拾遗,此间,杜、韩二人同朝为官,故杜甫对韩泷之为人当有所了解。第四,乾元三年(760),韩泷任资州刺史,资州属剑南道西川节度使(治所成都府)管辖。观韩泷为成都净众寺释无相撰碑,或曾到过成都,与杜甫重逢,亦未可知。第五,上元中,韩泷"蒙恩除谏议大夫,追赴阙庭",杜甫得知,故有寄赠之作,于惝恍迷离中寓深切嘱托(参下文),可见杜甫对其之信任,二人之情谊匪浅矣。第六,《新唐书》本传谓:"泷,上元中终谏议大夫。"《墓志铭》记云:"公以久疾,未可朝奏。……春秋六十有六,以遘疾而终。"韩泷因病未赴朝任,可能于上元后不久即离世,故杜甫无再寄之作。综上言之,钱谦益考知韩谏议为韩休之子韩泷,实有根有据,足资参信。

其二,"美人"、"羽人"、"张良"所指何人?钱谦益自言己说乃是受其友人程嘉燧之启发①。程嘉燧曰:"此诗盖为李泌而作。"钱谦益通过层层考察,判定其说为是。"美人"、"羽人"二者喻指惝恍,确证今典的突破口是"张良"。

先释"张良",诗云:"似闻昨者赤松子,恐是汉代韩张良②。昔随刘氏定长安,帷幄未改神惨伤。国家成败吾岂敢,色难腥腐餐风香。"钱注即据此提出两点判断依据:第一,"安刘帷幄,在玄、肃之代,舍泌其谁?"第二,"泌乞游衡岳,实以肃宗猜忌蜀郡功臣,不独以李辅国之故也。张子房愿弃人间事,从赤松子游,以避吕氏之祸,泌之心迹略相似,故以赤松、张良为比。"并引《旧书》:泌好谈神仙诡道,或云常与赤松子、王乔、安期、羡门游处"③。钱注从古

---

① 《牧斋初学集》卷一〇六《读杜小笺》前题识:"归田多暇,时诵杜诗,以销永日。间有一得,辄举示程孟阳。孟阳曰:'杜《千家注》缪伪可恨,子何不是正之以遗学者?'予曰:'注诗之难,陆放翁言之详矣。放翁尚不敢注苏,予敢注杜哉?'相与叹息而止。……癸酉腊日虞乡老民钱谦益上。"(《钱牧斋全集》,第3册,第2153~2154页)按:"癸酉"即明崇祯六年(1633)。明崇祯元年(1628)阁讼事件后,钱谦益削籍南还,于虞山筑耦耕堂,崇祯三年(1630)堂成,自此至崇祯十三年(1640),招程孟阳偕隐,诗酒唱和,评诗赏文。由上题识可见钱、程二人经常探讨杜诗。《读杜小笺》、《钱注杜诗》中征引程嘉燧(孟阳)言者,除《寄韩谏议》诗外,尚有:1.《钱注杜诗》卷一《同诸公登慈恩寺塔》笺曰:"程嘉燧曰:玄宗游宴,贵妃皆从幸,'苍梧云正愁',暗指二妃之事也,故以'瑶池'、'日晏'惜之。"(第19页)2.《钱注杜诗》卷一〇《春宿左省》"问夜"条注:"程嘉燧曰:味'明朝'句,似用傅玄欲入奏,即朝衣待旦,时人谓台阁生风事。"(第330页)3.《牧斋初学集》卷一〇八《读杜小笺下》之《秋兴(八首)》其三笺注末小字注:"孟阳云:公诗:'厚禄故人书断绝。'曰'自轻肥',亦有望其不相存之意。"(《钱牧斋全集》,第3册,第2184页)

② 按:《史记》卷五五《留侯世家》:"留侯张良者,其先韩人也。"(第6册,第2033页)杜诗用"韩张良"以迷惑视听,使人误认其为韩谏议,而不察其另有所指。

③ 《旧唐书》卷一三〇《李泌传》:"泌颇有谠直之风,而谈神仙诡道,或云尝与赤松子、王乔、安期、羡门游处。"(第11册,第3622页)

典与今典的相似点出发,揭出"张良"所喻指之人必为肃宗朝建基立业的佐命元勋,后因避祸而归隐,辟谷轻身①("绝粒栖神"),修神仙羽化之道。据诗,其隐居之地为岳阳(洞庭、潇湘)。在此可补充一点,诗云"国家成败吾岂敢,色难腥腐餐风香",较上文实已调换角度,而以张良的口吻语气出之,表明虽不忘忧国,但不愿与腐败政治、奸险小人合作,此为古典与今典之相异点,杜诗增加古典所无而为今典所有的关键情节,乃是为确指今典(即下文所示李泌实难与肃宗、李辅国合作到底)。综合上述诸端,纵览玄肃间人物,全部符合条件之人,实非李泌莫属;韩谏议非有名德奇勋在人耳目,实不足以当之。由是可见,钱笺判定此诗以"张良"之古典喻指李泌之今典,实有根有据,足资参信。

　　钱笺进而穿透史籍之表象,揭示李泌归隐衡岳的深层原因。钱笺谓:"按史及《家传》,泌从肃宗于灵武,既立大功,而倖臣李辅国害其能,因表乞游衡岳,优诏许之。"《旧唐书·李泌传》云:"寻为中书令崔圆、倖臣李辅国害其能,将有不利于泌。泌惧,乞游衡山,优诏许之,给以三品禄俸,遂隐衡岳,绝粒栖神。"(第二章引)正史所记以李泌归隐仅止于李辅国之害能,钱笺则进揭其归隐衡岳"实以肃宗猜忌蜀郡功臣,不独以李辅国之故也"。《读杜小笺》同诗云:"肃宗猜忌蜀郡功臣,而泌在灵武,乃心上皇,故李辅国因而谮之,非独害其能也。"②《小笺》所揭实较《钱注杜诗》更为明晰。《洗兵马》笺曰:"泌虽在肃宗左右,实乃心上皇。琯之败,泌力为营救,肃宗必心疑之。泌之力辞还山,以避祸也。"可与上相互证发。钱谦益敏锐地照察到李泌避祸归隐背后隐藏的玄肃父子之间的矛盾,明白此点,本诗为何渺茫恍惚,难穷其旨,即可冰释矣。再联系整个学术创见核心体系,钱谦益判断的潜在根据,实不仅限于《寄韩谏议》一诗,杜甫至德二载(757)鄜州作《收京三首》其二云"羽翼怀商老,文思忆帝尧",乾元二年(759)春作《洗兵马》云"隐士休歌紫芝曲",皆是望李泌复出,调护肃宗、上皇之间日渐激化之矛盾(参上文)。由是益可证,此诗钱笺所揭,实坚确不移。

---

　　① 《史记》卷五五《留侯世家》:"留侯从入关。留侯性多病,即道引不食谷,杜门不出岁馀。……留侯乃称曰:'家世相韩,及韩灭,不爱万金之资,为韩报仇强秦,天下振动。今以三寸舌为帝者师,封万户,位列侯,此布衣之极,于良足矣。愿弃人间事,欲从赤松子游耳。'乃学辟谷,道引轻身。"(第 6 册,第 2044、2048 页)
　　② 《牧斋初学集》卷一〇八《读杜小笺下》,《钱牧斋全集》,第 3 册,第 2182 页。

"张良"所指既明,"美人"、"羽人",依诗歌意脉,当亦同指。在此略加分疏:"美人",诗中于起结两次出现:起云"美人娟娟隔秋水,濯足洞庭望八荒",结云"美人胡为隔秋水,焉得置之贡玉堂"。钱笺谓"公此诗,盖当郴侯隐衡山之时,劝勉韩谏议,欲其贡置之玉堂也",疏通了杜甫与韩谏议、"美人"之关系,如是看,全诗方是上下无滞矣。清浦起龙《读杜心解》谓:"源出楚骚,气味大类谪仙。"①允为知言。此诗之迷离恍惚,酷似李白《远别离》②,元范梈评李诗:"《远别离》篇最有楚人风,所贵乎楚言者,断如复断,乱如复乱,而词义反复屈折,行乎其间,实未尝断而乱也。"③当亦可移论杜诗。钱谦益正是剥离了此诗纷繁之表象,贯通其内在理路,终得力破旧义,独申创解。

"羽人",诗云:"玉京群帝集北斗,或骑骐驎翳凤皇。芙蓉旌旗烟雾落,影动倒景摇潇湘。星宫之君醉琼浆,羽人稀少不在旁。"钱注引《郴侯外传》云云,谓"玉京群帝以下,盖暗记其事"。《新唐书》卷五八《艺文志二》史部杂传记类著录:"李繁《相国郴侯家传》十卷。"④又同书卷一三九《李泌传》附子《李繁传》:"繁下狱,知且死,恐先人功业泯灭,从吏求废纸掘笔,著《家传》十篇,传于世。赞曰:……繁为《家传》……言多浮侈,不可信。"⑤可见《郴侯家传》已不可据信,况《郴侯外传》,以《家传》为蓝本,取其诡异不经之事⑥,则更难征实。钱注引为释诗之依据,或为失察,且于诗意亦不合。宋赵次公注:"群帝以言诸贵人,如诸王、三公之类。北斗以言天子","星宫之君,则降于群帝者,以况禁从之人","羽人,则又降于星宫之君者"。清黄生曰:"'玉京群帝'云

① 《读杜心解》卷二之三,第300页。

② 关于李白《远别离》诗的深微蕴涵,请参阅安旗《李太白别传》(增订本),西北大学出版社2005年版,第193~197页。

③ [清]王琦注:《李太白全集》卷三四附录四丛说二百二十则,下册,第1553页。

④ 《新唐书》,第5册,第1484页。据李剑国《唐五代志怪传奇叙录》之《郴侯外传》条:"《(郴侯)家传》已佚,《纨珠集》卷二节二十二条,《类说》卷二节二十五条,《说郛》卷七节七条,《通鉴考异》引二十五条,《御览》卷九六九引《李郴侯传》一条。"(第911页)

⑤ 《新唐书》,第15册,第4639页。

⑥ 据李剑国《唐五代志怪传奇叙录》之《郴侯外传》条:"唐阙名撰。……《广记》卷三八《李泌》,注出《郴侯外传》,《广记引用书目》中亦有《郴侯外传》。此乃原传之名,《李泌》者乃馆臣所改。……《郴侯外传》非《郴侯家传》,明人题唐李繁撰,误甚。然《外传》取资于《家传》,末云:'事迹终始,具《郴侯传》。'此即《郴侯家传》。盖以《家传》为蓝本,取其诡异不经之事,又益以他书所载泌事,故曰《外传》。《外传》所载……多诙诡不根之谈。以《类说》、《纨珠集》本《郴侯家传》核之,诸事大都见于《家传》。"(第910~912页)

云,指当时在朝之臣,远方流落者望之犹登仙也。"①清仇兆鳌章旨云:"唐汝询曰:此借仙官以喻朝贵也。北斗象君,群帝指王公。麟凤旌旗,言骑从仪卫之盛。影动潇湘,谓声势倾动乎南楚。星君,比近侍之沾恩者。羽人,比远臣之去国者。"②诸家所论,是为得之。"玉京群帝"一段,表面是言神仙世界,实质乃现实世界之投影,近侍沾恩之"星君"当指受命即将归朝的韩谏议,远臣去国之"羽人"当指避祸隐居衡岳的李泌。杜甫如此着笔,一是契合李泌澹宕远举、"绝粒栖神"之道家风范,二是契合全诗惝恍迷离、托旨遥深之幽邃意境。钱谦益执于一端,而忽其另一端,故于此段诗歌意旨,失之眉睫矣。

诗旨已明,本诗作年即可确定。钱笺谓"按史及《家传》,泌……山居累年,代宗即位,累有颁赐,号天柱峰中岳先生。无几,征入翰林。公此诗,盖当邺侯隐衡山之时",复据"胡三省曰:据《邺侯家传》,代宗才立,即召泌也。须经幸陕,泌岂得全无一言!召泌亦在幸陕之后。李繁误记耳",判定"此诗作于邺侯未应召之日,当亦是幸陕前后也"。按上揭《新唐书·韩法传》明确记载:"法,上元中终谏议大夫。"故此诗当作于肃宗上元中(760~761)韩法"蒙恩除谏议大夫"时,无关代宗宝应二年即广德元年(763)幸陕③,钱注考订作年有误。值得注意的是,上元元年(760)七月,上皇被劫迁西内,杜甫此时嘱托韩谏议荐引李泌,其中深意当是望泌复出,以其非凡的政治智慧,调护肃宗、上皇之间的关系,保全父子人伦可终。证诸杜甫同时所作哀明皇诸诗,如《杜鹃行》(君不见昔日蜀天子)、《病柏》,同样出之以隐晦寄托(参上文),本诗以惝恍迷离之境,寓深挚恻怛之情,当亦作如是观。

综上所述,钱笺对全诗微旨的揭示虽略有偏失,但从大处着眼,皆符合唐史事实,符合杜诗意蕴脉络。钱笺之发明,乃是立足于对玄肃间唐史隐微之烛照,对整幅杜诗屈曲含藏之洞察,此等深刻把握,正为其高出诸注家之处。若疏于史、诗两面之任何一面,都将导致对钱笺之疑难,清代诸注家,以潘耒

---

① [清]黄生:《杜工部诗说》卷一一《寄韩谏议》评注,《四库全书存目丛书》集部第5册,第488页。

② 《杜诗详注》卷一七,第4册,第1509页。

③ 《旧唐书》卷一一《代宗本纪》宝应二年:"冬十月庚午朔。辛未,高晖引吐蕃犯京畿,寇奉天、武功、盩厔等县。蕃军自骨竹园渡渭,循南山而东。丙子,驾幸陕州。"(第2册,第273页)《资治通鉴》卷二二三唐代宗广德元年冬十月:"乙亥,吐蕃寇盩厔,月将复与力战,兵尽,为虏所擒。上方治兵,而吐蕃已度便桥,仓猝不知所为,丙子,出幸陕州。"(第15册,第7151页)

为代表,大多批驳钱笺①,其症结在此。

清潘耒《书杜诗钱笺后》之《寄韩谏议笺》:"少陵平生交友,无一不见于诗,即张曲江、王思礼,未曾款洽者,亦形诸歌咏。若李邺侯,则从无一字涉及。盖杜于五月拜官,李即于十月乞归,未尝相往还也。此诗题云《寄韩谏议》,则所云美人,当即指韩,今移之邺侯,有何确据?杜既推李如此,他诗何不一齿及,而独寓意于寄韩一篇?且何所忌讳,而廋辞隐语,并题中不见一姓氏耶?若云诗中语非邺侯不足当,则韩既谏官而与杜善,安知非扈从收京,曾参密议者耶?钱氏归其说于程孟阳,亦知其不的也②。"③潘耒所言,貌似有据,实为既不通唐史,亦不通杜诗的无根之论。今据诗、史之实,以证潘说之谬。潘说之关节点,一是杜甫与李泌是否相交往,二是杜甫其他诗中是否涉及李泌。至于诗中"美人"指李泌而非韩谏议之确据,及为何以"廋辞隐语"出之,参见上文。今就两关节点,辨析如下:

其一,杜甫与李泌是否相交往。潘耒谓:"盖杜于五月拜官,李即于十月乞归,未尝相往还也。"杜甫至德二载(757)五月十六日授左拾遗,同年闰八月一日奉肃宗墨制放归鄜州省家,其间三个月,杜甫与李泌同在凤翔行在。据《资治通鉴》载,至德元载(756)七月,肃宗自立于灵武时,"文武官不满三十人,披草莱,立朝廷,制度草创,武人骄慢"④。其后情况虽渐改善,但朝廷之规模当极小,朝官之人数亦不多。杜甫与李泌二人,同朝为官,相互知悉,必无疑义。况且,此时之李泌,以颇具传奇色彩的"山人"身份,"俾掌枢务","权逾

① 清朱鹤龄《杜工部诗集辑注》卷一七《寄韩谏议注》篇末注:"韩谏议,不可考,其人大似李泌,……或疑韩谏议乃韩休之子泆,讹作注。又云:此诗为李泌隐衡山而作。其说牵合难从。"按:朱注模棱两可,胶着不明。清仇兆鳌《杜诗详注》卷一七同诗篇后集评征引潘耒说(详下文)及"黄生曰:钱氏谓此诗欲韩谏议贡李泌于玉堂,其说近凿。"按:仇注对钱笺持否定态度。清浦起龙《读杜心解》卷二之三同诗篇后解:"钱笺引伸程孟阳之指,谓:'安刘、帷幄等语,非李泌莫当。'其言殊不孟浪。潘耒、黄生驳之,……其言亦善求间。今按:……就题言题,即指谏议为直截。"按:浦解游移不定,亦未深明钱笺微旨。清杨伦《杜诗镜铨》卷一六同诗篇后集评征引朱鹤龄注。由上可见,清代主流杜诗学史对《寄韩谏议》钱笺持否定态度。

② 《寄韩谏议》诗,钱谦益《读杜小笺下》注:"孟阳云:此诗疑为李泌而作。……注字或传写之误也。"(《牧斋初学集》卷一〇八,《钱牧斋全集》,第3册,第2182页)《钱注杜诗》卷五笺曰:"程嘉燧曰:此诗盖为李泌而作。……注字盖传写之误。"两相比较,从《小笺》之"疑"、"或"到钱笺之"盖",语气似乎更为肯定。可见,潘耒所言"钱氏归其说于程孟阳,亦知其不的也",并不符合事实。

③ [清]潘耒:《遂初堂文集》卷一一,《续修四库全书》集部别集类第1417册,第580页。

④ 《资治通鉴》卷二一八,第15册,第6983页。

宰相"(《旧唐书·李泌传》),杜甫对其人其行必有较深入之了解。杜甫代宗大历元年(766)秋夔州作《壮游》诗追忆云:"吾观鸱夷子,才格出寻常。群凶逆未定,侧仁英俊翔。"用范蠡以比李泌①,"吾观"二字,表明杜甫在肃宗朝凤翔行在对李泌言行的悉心观察,此为深入了解之基础。复依《洗兵马》钱注释证相应部分所征引之史料,李泌煞费苦心调护玄肃父子关系;至德元载(756)十月房琯陈涛斜兵败,李泌力为营救,可见在根本政治立场、观点上,杜甫与李泌并无二致②。由上所述,虽暂无确凿史料证明杜甫与李泌相往还,但循诸基本史实与情理,可以断言,杜甫对李泌必具深刻之认同。

其二,杜甫其他诗中是否涉及李泌。潘耒谓:"少陵平生交友,无一不见于诗,即张曲江、王思礼,未曾款洽者,亦形诸歌咏。若李邺侯,则从无一字涉及。……杜既推李如此,他诗何不一齿及,而独寓意于寄韩一篇?"上已揭杜甫至德二载(757)鄜州作《收京三首》其二云"羽翼怀商老,文思忆帝尧",乾元二年(759)春作《洗兵马》云"隐士休歌紫芝曲",皆是望李泌复出,调护肃宗与上皇之关系。复按杜甫乾元二年(759)同谷作《凤凰台》云"安得万丈梯,为君上上头"③,即《寄韩谏议》诗"美人胡为隔秋水,焉得置之贡玉堂"之意;广德元年(763)梓州作《述古三首》其一云"古时君臣合,可以物理推。贤人识定分,进退固其宜"④,广德二年(764)春阆州作《伤春五首》其三云"贤多隐钓屠,王肯载同归"⑤,大历三年(768)作《大历三年春白帝城放船出瞿唐峡久居夔府将适江陵漂泊有诗凡四十韵》"伊吕终难降"⑥,亦皆暗指李泌,以上四诗钱注皆未出注。兹再以钱谦益笺注之诗为例:

杜甫《昔游》:

---

① [清]卢元昌《杜诗阐》卷二三《壮游》注:"鸱夷子,公借范蠡比李泌。泌归衡山,代宗时事,有非李泌不能匡救者,公望朝廷速征之。"(《四库全书存目丛书》集部第8册,第119页)

② 详请参阅邓小军《杜甫与李泌(下)》,《杜甫研究学刊》2012年第4期,第70~78页。

③ [清]卢元昌《杜诗阐》卷一〇《凤凰台》注:"当时李泌久归衡山,东宫左右无人保护,公欲效园绮之功不得,故曰:'安得万丈梯,为君上上头。'"(《四库全书存目丛书》集部第7册,第645页)

④ [清]朱鹤龄《杜工部诗集辑注》卷九《述古三首》其一注:"题曰'述古',述古事以风今也。肃宗初立,任用李泌、房琯、张镐诸贤,其后或罢或斥或归隐,君臣之分不终。"按:此条注释,清仇兆鳌《杜诗详注》卷一二同诗题下注,章旨皆误引作宋赵次公注。

⑤ [清]仇兆鳌《杜诗详注》卷一三《伤春五首》其三章旨:"代宗不能斩程元振以谢天下,有一李泌久废而不复用,公故恺切言之。"(第3册,第1083页)

⑥ [清]卢元昌《杜诗阐》卷三〇《大历三年春白帝城放船出瞿唐峡久居夔府将适江陵漂泊有诗凡四十韵》注:"伊吕,如李泌衡山之驾不返。"(《四库全书存目丛书》集部第8册,第205页)

　　昔者与高李,晚登单父台。寒芜际碣石,万里风云来。桑柘叶如雨,飞藿去徘徊。清霜大泽冻,禽兽有馀哀。是时仓廪实,洞达寰区开。猛士思灭虏,将帅望三台。君王无所惜,驾驭英雄材。幽燕盛用武,供给亦劳哉。吴门转粟帛,泛海陵蓬莱。肉食三十万,猎射起黄埃。隔河忆长眺,青岁已摧颓。不及少年日,无复故人杯。赋诗独流涕,乱世想贤才。有能市骏骨,莫恨少龙媒。商山议得失,蜀主脱嫌猜。吕尚封国邑,傅说已盐梅。景晏楚山深,水鹤去低回。庞公任本性,携子卧苍苔。

《钱注杜诗》卷七《昔游》"商山"条注:

　　谓李泌为肃宗弥缝匡救,上皇即日还京也。唐人多以蜀王指明皇者,李贺《过华清宫》云"蜀王无近信,泉上有芹芽"是也。①

　　按:钱谦益《少陵先生年谱》无此诗之编年,《钱注杜诗》编在夔州诗内②。宋赵次公注:"'景晏楚山深',则作此诗是冬,言其在夔也。"《黄氏补注》卷一一题下"鹤曰":"诗云'景晏楚山深',当是在夔州作。故公到云安有《南楚》诗,盖夔在春秋为鱼国,后乃属楚。大历元年冬作。"二家说是。此诗当作于代宗大历元年(766)冬夔州。

　　全诗追昔抚今,感慨悲凉。追昔,自"是时仓廪实"至"猎射起黄埃",以直陈明指时事;自"有能市骏骨"至"傅说已盐梅",则以用典暗寓时事,伸张"乱世想贤才"之意,钱注谓"其文意似断续不可了,所谓定、哀多微词耳。"③在此,重点关注"商山议得失,蜀主脱嫌猜"。

　　"商山议得失,蜀主脱嫌猜"句,《百家注》卷三〇引"洙曰":"四皓也。议得失,谓安汉太子也","蜀主,刘备也,为曹操嫌猜"。宋赵次公注:"'商山议得失',言汉高祖信四皓而定太子也。'蜀主脱嫌猜',言孔明之遇刘先主也。先主既用孔明,关、张之徒不平,日毁之。先主曰:孤之有孔明,犹鱼之得水。

————————

　　① 《钱注杜诗》,第219页。按:傅图藏写本钱注杜诗此段注文前标示"何云曰"。
　　② 《钱注杜诗》卷七本卷收诗数"古诗四十九首"下题"居夔州作"。
　　③ 《钱注杜诗》卷七《昔游》"吕尚"条注,第219页。《杜诗镜铨》卷一四同诗"吕尚封国邑,傅说已盐梅"句注:"文意特似断续不可了,则所谓定、哀多微词也。"(第702页)按:此条杨注实暗中征引钱注。

此之谓脱嫌猜。旧注云：刘备为曹操嫌猜，是何梦语！"宋注大体承袭了上二家之观点，囿于古典之引证，疏于今典之发覆。在本诗诗境中，杜甫用典，绝非泛泛，其在在确实之意，钱注实首发其微："李泌为肃宗弥缝匡救，上皇即日还京也。"①此条史事载《资治通鉴》卷二二〇（第二章已引），即至德二载（757）九月肃宗奏请上皇还京，李泌代肃宗起草第二道群臣贺表，及时挽回了肃宗第一道奏表称还位东宫所导致的上皇不敢还京之局面。钱注举例以明"唐人多以蜀王指明皇"②，再证诸前揭杜甫《收京三首》其二云"羽翼怀商老，文思忆帝尧"及《洗兵马》云"隐士休歌紫芝曲"，皆是以"商山四皓"暗指李泌③，可见钱注对此句杜诗今典之揭示，实有根有据，足资参考。

　　检点上述杜集中写到或涉及到李泌的诗篇已计九题④，足以证杜甫写李泌，并非如潘耒所言"独寓意于寄韩一篇"。

　　行文至此，钱笺之确与潘说之谬已明。笔者尚存一疑：依拙见，杜甫寄赠酬人之作，多运笔清晰，条理分明，于主客身份有秩有节，而《寄韩谏议》一篇幽深曲折，荒忽幻渺，且其他涉及李泌之诗亦不明言，此为何故？笔者思量，可能有两个原因：一是今存杜集没有保存杜甫与李泌直接交往的诗作⑤，文献亡逸无征，故难以蠡测全貌；二是杜甫写李泌多关涉玄肃间宫闱隐情，不便明说，故出之以隐晦迷离。略陈管见，以就正于博雅君子。

---

　　①　[清]卢元昌《杜诗阐》卷二五《昔游》注："商山等句，应指李泌。当肃宗即位灵武时，得失未定，李泌谓位虽即，凡事须待上皇归，得失遂定。及肃宗表请上皇，语李泌曰：朕已表请上皇东归，朕当还东宫。泌谓如此，上皇不归矣。已而表至，上皇欲不归，是上皇有嫌猜也。李泌易表至，上皇喜，乃还，嫌猜尽释。故曰：'商山议得失，蜀主脱嫌猜。'上皇奔蜀，唐人多以蜀主比之。"（《四库全书存目丛书》集部第 8 册，第 143 页）后杨伦《杜诗镜铨》卷一四亦支持李泌说。

　　②　《全唐诗》卷六九〇王涣《惆怅诗十二首》其五："七夕琼筵随事陈，兼花连蒂共伤神。蜀王殿里三更月，不见骊山私语人。"（第 20 册，第 7920 页）按：晚唐王涣诗亦以蜀王指明皇。又杜甫杜鹃诗皆为哀明皇而发，杜鹃即蜀王（望帝）杜宇而化。

　　③　《读杜二笺上》之《收京》（生意甘衰白）注曰："公诗言'商老'不一而足，曰'每怪商山老，兼存翊赞功'，曰'日莫还歌紫芝曲，时危惨淡来悲风'，皆指泌也。其大意则于《赠韩谏议》诗发之。"（《牧斋初学集》卷一〇九，《钱牧斋全集》，第 3 册，第 2193 页）按：《二笺》此条注释为《钱注杜诗》卷一〇《收京三首》其二笺曰所无。又，检阅上引诗句分别出《钱注杜诗》卷一五《秋峡》、卷四《题李尊师松树障子歌》（第 546、120 页），钱注并未对上两诗意旨作出笺释。

　　④　详请参阅邓小军《杜甫与李泌（上）》，《杜甫研究学刊》2012 年第 2 期，第 11～21 页。

　　⑤　据陈尚君《杜诗早期流传考》考察推测："《旧唐书·杜甫传》谓'甫有文集六十卷'……六十卷集收诗当在二千五百首至三千首之间。……已亡杜诗数在一千首以上。"（《唐代文学丛考》，第 307、325 页）

## 小结

《钱注杜诗》学术创见核心体系的主题线索之三,是深刻揭示出杜甫中晚期诗歌中对李泌复出扶危匡世、调护肃宗与上皇关系的殷切期盼,此乃由《洗兵马》笺注"李泌与玄肃间政治"之主线生发延展而来。杜甫慧识李泌作为匡救危难世局的枢轴人物,思其自归隐而复入世,正是基于对上皇晚年悲剧命运的深切隐忧,对玄肃以至肃代间政治隐微的敏锐洞察,对李泌在肃宗朝凤翔行在卓越政治智慧的深刻了解。由是可见,此条主题线索与上两条主题线索实相互关联,相互证发,将钱注学术创见核心体系推向一更加详密周延之境界。

## 第二节 《钱注杜诗》学术创见核心 体系对杜诗之误读

《钱注杜诗》学术创见核心体系中,钱谦益抉发杜诗微言大义与杜诗实际运用微言艺术手法以隐晦表达其深旨之间实存在微差,即有些钱注注出微言的杜诗实际并无微言,存在以史实附会诗意之处。本节将围绕此问题展开探讨,深入辨析核心体系笺注中钱谦益对杜诗之误读。

钱谦益注重以史证诗,表微阐幽,发覆诗、史之隐曲。但同时亦反对穿凿附会解诗,《钱注杜诗》卷首《注杜诗略例》批驳"宋人解杜诗,一字一句,皆有比托"①。兹举三例,以钱注之笺注实践,证钱注之批评主张。

例1:《读杜小笺上》之《哀江头》诗注:"宋人谓一秦一蜀,托讽玄、肃父子之间②。非也。"③《钱注杜诗》卷一同诗无此条。

① 《钱注杜诗》,第 4 页。宋黄庭坚《大雅堂记》:"彼喜穿凿者,弃其大旨,取其发兴于所遇林泉、人物、草木、鱼虫,以为物物皆有所托,如世间商度隐语者,则子美之诗委地矣。"(《豫章黄先生文集》卷一七,《四部丛刊初编》集部借嘉兴沈氏藏宋乾道刊本影印,上海书店据 1989 年商务印书馆 1926 年版重印)

② 《草堂诗笺》卷九《哀江头》"去住彼此无消息"句下注:"渭水即京城之水,剑阁在蜀。甫睹渭水东流,翻思玄宗既入剑阁,彼此消息断绝,深咎肃宗不能迎父归大内以尽孝道故也。"

③ 《牧斋初学集》卷一〇六,《钱牧斋全集》,第 3 册,第 2160 页。

　　例2：《钱注杜诗》卷二《瘦马行》篇后注："旧注云①：此诗为房琯而作也。至德二载，贬琯为太子少师，琯既在散地，朝臣多以为言，琯亦自言有文武之用，合当国家驱策。公尝疏救之而不得，故作是诗。此似幕府求知之语，非指琯也。"②又《读杜二笺上》之《高都护骢马行》诗注："《瘦马行》为房次律而作。"③《钱注杜诗》卷一同诗无此条。

　　例3：《钱注杜诗》卷六《蚕谷行》篇后注："'无有一城无甲兵'，言天下皆用兵也。鹤必欲举某年某事以实之④，可谓固矣。"⑤

　　由上可见，从《读杜小笺》、《二笺》到《钱注杜诗》，钱谦益对以玄肃父子关系、杜甫疏救房琯案及其他相关史实释诗，乃有一深入辨析诗意，自察其谬，而后抉发笺释之过程。

　　检阅钱注学术创见核心体系，钱谦益对《读杜小笺》、《二笺》亦有着自觉的反省意识。如《收京三首》其三："汗马收宫阙，春城铲贼壕。赏应歌杕杜，归及荐樱桃。杂虏横戈数，功臣甲第高。万方频送喜，无乃圣躬劳。"《读杜二笺下》笺云："玄宗以至德二载十二月至自蜀郡，公望其复登大位，奉事七庙，而肃宗不循子道，明年亲享太庙，玄宗退居兴庆宫久矣。故曰'归及荐樱桃'，盖伤之也。是时加封元从功臣，皆不出于上皇，故曰'赏应歌杕杜'，亦微词也。甲第论功，万方送喜，此收京之盛事，岂知公独有一人向隅之感乎？"⑥此诗遥想收京盛事之喜⑦，兼寓房横臣骄之忧，《二笺》牵涉玄肃父子间事，殊为

---

　　①　《百家注》卷八《瘦马行》引"师曰"："按唐史，房琯有宰相器，其才亦长于战。时帝命琯将兵，与贼战陈涛斜，琯儒者，不知兵，用春秋车战法，为贼所败，帝怒，斥琯为邠州刺史。夫人之材各有所长，琯长于辅，今用违所长，是以兵败，奈何一跌不复，故唐史为之叹惜。甫此诗寓意于琯之见弃而朝廷寡恩，莫之终惠，甫欲再试，用之以尽其所长，斯可矣。故末章有'谁家且养愿终惠，更试明年春草长'之句。"（《草堂诗笺》卷一三、《黄氏补注》卷四皆征引此条）宋赵次公注："或曰：此诗似言房琯之斥逐。……皆谓不然。盖谓谁家惠养，则无所指名之义。若以房琯言之，则惠养之者必天子也，不应谓之谁家。"《黄氏补注》卷四同诗题下"鹤曰"："为房琯作。当琯败，在至德元年十月，今云'去岁奔波逐徐寇'，则是二年作，明矣。是年琯罢相。"

　　②　《钱注杜诗》，第74页。

　　③　《牧斋初学集》卷一○九，《钱牧斋全集》，第3册，第2196页。

　　④　《黄氏补注》卷一五同诗题下"鹤曰"："诗云'天下郡国向万城，无有一城无甲兵'，当是大历三年荆南作。去年与其年，周智光反；吐蕃寇邠、灵州，京师戒严；桂州山獠反；商州、幽州兵马使并反；杨子琳又陷成都，亦可谓天下皆用兵也。"

　　⑤　《钱注杜诗》，第173页。

　　⑥　《牧斋初学集》卷一一○，《钱牧斋全集》，第3册，第2206页。

　　⑦　《黄氏补注》卷一九《收京三首》题下"鹤曰"："此诗梁权道编在至德二载，然第三首又似乾元元年作。意二篇非同时作也。"

附会。《钱注杜诗》卷一〇同诗注释全不取上《二笺》之内容,钱谦益沉潜反复,自省自察的严谨学风,可见一斑。但即便如此,钱注仍难免穿凿之弊。《收京三首》其一、《赠李八秘书别三十韵》、《幽人》三诗,钱谦益之笺注与杜诗诗意不符,兹依上揭钱注学术创见核心体系之三条主题线索,分释如下:

## 一、玄肃父子之间的矛盾

杜甫《收京三首》其一:

> 仙仗离丹极,妖星照玉除。须为下殿走,不可好楼居。暂屈汾阳驾,聊飞燕将书。依然七庙略,更与万方初。

《读杜二笺下》之《收京三首》其一笺曰:

> 此诗盖深惜玄宗西幸,不意有灵武之事,遂失大柄,而婉词以伤之也。"须为下殿走,不可好楼居",言玄宗之西巡避难,出于不得已,而非有失国之罪,致其子之代立也。"暂屈汾阳驾",言西幸之为暂出,不应遂宵然丧其天下也。"聊飞燕将书",言禄山使哥舒招诸将,而诸将不从,知禄山之无能为也。"依然七庙略,更与万方初",言玄宗当归奉七庙,与万方更始。肃宗乃汲汲御丹凤楼下制册称上皇,玄宗自此绝临御之望矣。故次章有"忽闻"、"沾洒"之痛焉。①

《钱注杜诗》卷一〇同诗笺曰:

> 此诗大意,似惜玄宗西幸,而有灵武之事,遂失大柄,故婉辞以叹惜之。云"不可好楼居",下又云"暂屈汾阳驾",明不可遂宵然丧其天下也。似不应拘楼居句字疏之。②

---

① 《牧斋初学集》卷一一〇,《钱牧斋全集》第 3 册,第 2205 页。
② 《钱注杜诗》,第 324 页。

按：此诗作于肃宗至德二载（757）十月鄜州，与上《收京三首》其二同时。本诗意旨，清仇兆鳌《杜诗详注》卷五章旨云："首章，从陷京说至收京。"①浦起龙《读杜心解》卷三之一篇后解云："首章，原题也。须识此时闻信而喜，全无追咎上皇之意。上四，特追叙缘由，以为'仙仗'之远去，由'妖星'之肆虐耳。如此，则须为出走，不可安居矣。……五、六，在一诗转关之界，言出狩曾无几时，而荡寇捷于一纸，依然旧物重光，岂不休哉！钱笺以飞书为禄山招李光弼，大谬②。"③二家所言，是为得之。《收京三首》其一、其二皆为初闻恢复时作，杜甫一则以喜，一则以忧，感叹欣喜之词要发之于其一"仙仗离丹极"章，伤痛隐忧之意要发之于其二"生意甘衰白"章（参上文）。钱笺以其二之隐忧附会其一之欣喜，牵合玄肃父子间事，于诗意殊为不符。

由上比照，第一，《钱注杜诗》"笺曰"之内容已较《二笺》大为缩减；第二，《钱注杜诗》"笺曰"中用了两个"似"字，语气远不如《二笺》肯定，此表明，钱谦益对自己之笺解亦将信将疑，无完胜之把握。从《二笺》之高谈至《钱注》之低论，益可证上文所言钱谦益之自觉反省意识，但其终究未能如上揭《收京》其三例，完全屏弃前笺，而是出以一种似是而非、若即若离之姿态。也许，此正是钱谦益努力探寻杜诗正解的一个足迹。

## 二、肃宗对玄宗旧臣之排斥

杜甫《赠李八秘书别三十韵》（节录）：

往时中补右，扈跸上元初。反气凌行在，妖星下直庐。六龙瞻汉阙，万骑略姚墟。玄朔回天步，神都忆帝车。一戎才汗马，百姓免为鱼。通籍蟠螭印，差肩列凤舆。事殊迎代邸，喜异赏朱虚。寇盗方归顺，乾坤欲晏如。不才同补衮，奉诏许牵裾。鸳鹭叨云阁，麒麟滞玉除。

《钱注杜诗》卷一五《赠李八秘书别三十韵》"朱虚"条注：

---

① 《杜诗详注》，第 1 册，第 421 页。

② 《读杜心解》卷三之一"聊飞燕将书"句注："此比九月之师，发凤翔，克西京，曾不盈月，如聊城之一纸下之也。贼将亦自燕来，故用其事。"（第 368 页）

③ 《读杜心解》，第 368 页。

汉文帝即位,先封太尉朱虚侯等,而后封宋昌。肃宗行赏,独厚于灵武诸臣,公有"文公赏从臣"之讥。而此又以朱虚为喻,皆微词也。①

按:钱谦益《少陵先生年谱》无此诗之编年,《钱注杜诗》编在夔州诗内②。《黄氏补注》卷二九题下"鹤曰":"'台星入朝谒,使节有吹嘘',台星指杜鸿渐入朝,当是大历二年秋七月。"杜鸿渐于大历元年(766)二月镇蜀,大历二年(767)六月还朝③。本诗"幕府筹频问"句下自注:"山剑元帅杜相公,初屈幕府参筹画,相公朝谒,今赴后期也。"可知李秘书参杜鸿渐幕府,鸿渐入朝,表荐秘书,故云"赴后期"。同时作七律《送李八秘书赴杜相公幕》。本诗云"风烟巫峡远,台榭楚宫虚","清秋凋碧柳,别浦落红蕖",作诗之时、地皆明。本诗当作于代宗大历二年(767)秋夔州。

"事殊迎代邸,喜异赏朱虚",古典出《史记·孝文本纪》《汉书·文帝纪》,今典喻指李秘书之身份、际遇。宋赵次公曰:"两句通义。肃宗以皇太子为天下兵马元帅,北收兵至灵武,裴冕等奉皇太子即皇帝位。与汉文帝从代王入为天子,事体不同。盖孝惠无子,而丞相陈平、朱虚侯刘章共诛诸吕,遂奉天子法驾,迎代王于邸,立为孝文帝。此从诸侯而入继耳,非若肃宗以皇太子即位也。文帝既入,益封朱虚侯二千石,黄金一千斤。今既云'事殊迎代邸',所以赏李秘书亦与朱虚侯异也。详此,李秘书岂唐之宗子乎?故又用朱虚侯形容之。"清朱鹤龄《杜工部诗集辑注》卷一六引《杜诗博议》:"赏异朱虚,惜其不得殊擢。"清仇兆鳌《杜诗详注》卷一七分章章旨:"肃宗以恢复入京,非由继统嗣位,故与代邸迎立者有殊。梦弼曰④:秘书宗室,故比朱虚。未能优擢,故云赏异。"⑤诸家所论是,仇注尤简要通达。杜诗此句用典,一是符应李秘书的宗室身份,一是叹惜其未能如朱虚侯得优擢之际遇。

---

① 《钱注杜诗》,第523页。

② 《钱注杜诗》卷一五本卷收诗数"近体诗一百四十三首"下题"居夔州作"。

③ 《旧唐书》卷一一《代宗本纪》大历元年二月壬子:"命黄门侍郎、同平章事杜鸿渐兼成都尹,持节充山南西道、剑南东川等道副元帅,仍充剑南西川节度使,以平郭英乂之乱也。"又大历二年六月戊戌:"山南、剑南副元帅杜鸿渐自蜀入朝。"(第2册,第282、287页)

④ 《草堂诗笺》卷四○《赠李八秘书别三十韵》"喜异赏朱虚"句注:"李公以宗室而为秘书,复异乎朱虚侯之平诸吕也。"《集千家注杜工部诗集》卷一七同诗篇后注:"梦弼曰:朱虚侯,乃高祖齐王之子。李秘书亦宗室也,故以为比。"

⑤ 《杜诗详注》,第4册,第1455页。

钱注谓"喜异赏朱虚"句,意指"肃宗行赏,独厚于灵武诸臣,公有'文公赏从臣'之讥。而此又以朱虚为喻,皆微词也"。按诗起云"往时中补右,扈跸上元初",钱注"中补右"条注:"公于肃宗初拜左拾遗,所谓'中补右'者,必李秘书于是时官右补阙也。中者,右补阙属中书省也。'上元初',谓上之元初,非若《寄题草堂》诗'经营上元始'也。"①证诸"不才同补衮,奉诏许牵裾",钱注此解当确。依此注,李秘书乃为灵武扈从之臣,则钱注以"肃宗行赏,独厚于灵武诸臣"解"喜异赏朱虚",岂非自相矛盾?意钱注之释,为兼言收京后封赏全局,而其他诸家之释则专为李秘书而发。愚意以为,此句紧承"通籍蟠螭印,差肩列凤舆",释为专指当更通允。杜诗此句之用典,实并无深意。钱谦益求之过深,或是因"喜异赏朱虚"与"文公赏从臣"②之相似,故牵连及之,乃思维惯性导致之过敏反应也。

## 三、李泌与玄肃间政治

杜甫《幽人》:

> 孤云亦群游,神物有所归。麟凤在赤霄,何当一来仪。往与惠荀辈,中年沧洲期。天高无消息,弃我忽若遗。内惧非道流,幽人见(一作在)瑕疵。洪涛隐语笑,鼓枻蓬莱池。崔嵬扶桑日,照曜珊瑚枝。风帆倚翠盖,暮把东皇衣。咽嗽元和津,所思烟霞微。知名未足称,局促商山芝。五湖复浩荡,岁暮有馀悲。

《钱注杜诗》卷三《幽人》"幽人"条注:

> "局促商山芝",指李泌也。泌定太子之后,惧辅国之谮,请隐衡山,故云"在瑕疵"。"五湖复浩荡",正用范蠡事比之耳。以《韩谏议》诸诗参

---

① 《钱注杜诗》,第523页。按:钱注此条当于宋赵次公注有所鉴取,赵注文长,不具录,详见林继中辑校《杜诗赵次公先后解辑校》(修订本)戊帙卷九,下册,第1164~1165页。

② 详本章第一节《围绕〈洗兵马〉笺注形成的学术创见核心体系》对钱注《寄张十二山人彪三十韵》》之考释。

考,则知之矣。①

　　按:《钱注杜诗》篇后系年:"《昔游》、《幽人》二诗,草堂本②叙荆州、潭州诗内,今从旧叙③于此④。"⑤《黄氏补注》卷五题下"鹤曰":"以'五湖复浩荡,岁事有馀悲',意是大历三年出峡,岁晚至岳阳作。旧编在秦州诗内,公在秦止数月,以乾元二年十月复秦州入同谷,岁暮入蜀,若在秦作,不应有'岁暮有馀悲'之句。"清朱鹤龄《杜工部诗集辑注》卷二〇题下注:"诗末有'五湖浩荡'语,必居湖南时作也。草堂本编潭州诗内,今从之。"杜甫《忆昔行》云:"更讨衡阳董炼师,南浮早鼓潇湘柂。"此诗或同时作。姑以入代宗大历四年(769)冬潭州诗。

　　《幽人》诗乃托世外游仙以寓现实悲怀。宋赵次公注云:"'幽人见瑕疵',则指言惠、苟矣。"明王嗣奭《杜臆》卷一〇注云:"幽人谓惠、询辈,盖实有其人⑥。公曾与之结契,其后遁入山林,不但身不可见,即名亦不可闻。"⑦清仇兆鳌《杜诗详注》卷二三补注:"诗以'幽人'命题,盖公年已老不能用世,欲托高人以遁迹。"⑧清浦起龙《读杜心解》卷一之六篇后解:"此亦因流寓失所,结情于世外之侣耳。"⑨诸家所论是。浦注分章疏解较仇注为优:"起四,结四,中一片。比兴体起,见'幽人'亦好俦侣,宜彼高举者之来引也。中十四,先言旧约之见遗,即继之曰'内惧'、'瑕疵',不责彼之弃我,而自省或有被弃之端,非虚心学问人不能道。'洪涛'四句,遥想'幽人'沧州之趣。'风帆'四句,自致欲往从之之情。结叹此志之不遂也,既为名累,而'商山'之伴,'局促'相违。又滞湖滨,而'迟暮'之年,'馀悲'莫解。然则衰老漂零,将谁适从!"⑩如此释,

──────────

　　① 《钱注杜诗》,第84页。
　　② "草堂本"指宋蔡梦弼《草堂诗笺》,此书乃据宋鲁訔撰《杜工部诗年谱》编年会笺。
　　③ 《宋本杜工部集》卷三、《九家注》卷五、《黄氏补注》卷五编次同。
　　④ 《钱注杜诗》卷三本卷收诗数"古诗七十八首"下题"寓秦州及同谷县行赴蜀中作"。
　　⑤ 《钱注杜诗》,第84页。
　　⑥ 《钱注杜诗》卷三《幽人》"惠苟"条注:"旧注惠昭、苟珏,固属伪撰。而以为惠远、许询,亦谬。玄度正可与支公并用,杜诗亦屡见之。且自昔多称远公,不言惠也。按公逸诗中有《送惠二过东溪》诗云'空谷滞斯人',又云'黄绮未称臣',与此诗'中年沧州期'句正合,询或其名,未可知也。"(第84页)按:傅图藏写本钱注杜诗此段注文前标示"何云曰"。
　　⑦ 《杜臆》,第363页。
　　⑧ 《杜诗详注》,第5册,第2028页。
　　⑨ 《读杜心解》,第210页。
　　⑩ 同上。

通达平允。钱注认为"幽人见瑕疵"、"局促商山芝"、"五湖复浩荡"乃为李泌而发,正是其"以《韩谏议》诸诗参考"之结果,与上《赠李八秘书别三十韵》之误实同一机杼,兹不赘言。

综上可见,钱谦益对某些杜诗的笺注,基于关联性思维,以其学术创见核心内容附会诗意,殊为穿凿。但瑕不掩瑜,此类误注,在《钱注杜诗》学术创见核心体系的三十首诗中存三首,仅占一成(参下表)。本节对钱注之辨误,乃题中应有之义,亦可为当今古籍笺注及释诗证史之借镜(反面教训)。

## 总结

兹将以上对《钱注杜诗》学术创见核心体系诸篇之考释,依诗歌作年为序,归纳汇总成表,期可使读者得一清晰明朗之观感。

表 3 - 1　《钱注杜诗》学术创见核心体系总表

| 序号 | 卷篇(微言诗句) | 时 地 | 钱 注 | 承继自家① | 征引他人 | 类目② |
|---|---|---|---|---|---|---|
| 1 | 卷一《悲青坂》:"焉得附书与我军,忍待明年莫仓卒。" | 唐肃宗至德元载(756)冬长安 | 陈涛斜兵败——主上见疑 中人监制 | | 宋苏轼《杂书子美诗》;明茅元仪 | 引申 |
| 2 | 卷二〇《奉谢口敕放三司推问状》 | 唐肃宗至德二载(757)六月一日凤翔 | 门客董庭兰受赃——谮琯者为之(补子美之阙) | 《初学集》卷八四《跋朱长文琴史》 | 宋朱长文《琴史》 | 补阙 |
| 3 | 卷一〇《收京三首》其一 | 唐肃宗至德二载(757)十月鄜州 | 惜玄宗西幸失位 | 《二笺下》 | | 不合 |
| 4 | 卷一〇《收京三首》其二:"羽翼怀商老,文思忆帝尧。" | 唐肃宗至德二载(757)十月鄜州 | 隐忧玄宗命运 | 《二笺上》 | | 符合 |

① 比照钱谦益《钱注杜诗》之笺注是否承继其自家《读杜小笺》、《读杜二笺》(以下简称《小笺》、《二笺》)或其他文章。

② 笔者将钱谦益笺注与杜诗诗意之关系,分符合、不合、引申、补阙、存疑五个类目。

续　表

| 序号 | 卷篇(微言诗句) | 时　地 | 钱　注 | 承继自家 | 征引他人 | 类目 |
|---|---|---|---|---|---|---|
| 5 | 卷一〇《曲江对雨》:"龙武新军深驻辇,芙蓉别殿谩焚香。" | 唐肃宗乾元元年(758)春长安 | 悲南内之寂寞 | 《小笺中》 | | 符合 |
| 6 | 卷一〇《送贾阁老出汝州》 | 唐肃宗乾元元年(758)春长安 | 贾至坐瑁党被贬 | ① | | 引申 |
| 7 | 卷一〇《至德二载甫自京金光门出问道归凤翔乾元初从左拾遗移华州掾与亲故别因出此门有悲往事》:"移官岂至尊。" | 唐肃宗乾元元年(758)六月长安 | 杜甫坐瑁党被贬——深叹肃宗之少恩 | 《小笺中》 | | 符合 |
| 8 | 卷二《洗兵马》:"鹤禁通霄凤辇备,鸡鸣问寝龙楼晓","攀龙附凤势莫当,天下尽化为侯王。汝等岂知蒙帝力,时来不得夸身强","关中既留萧丞相,幕下复用张子房","隐士休歌紫芝曲"。 | 唐肃宗乾元二年(759)春自东都归华州 | 刺肃宗也。刺其不能尽子道,且不能信任父之贤臣,以致太平也 | 《小笺上》、《二笺上》 | 唐颜真卿《天下放生池碑铭并序》;宋苏轼《题鲁公放生池碑》 | 引申 |
| 9 | 卷一〇《寄岳州贾司马六丈巴州严八使君两阁老五十韵》:"秉钧方咫尺,铩翮再联翩。" | 唐肃宗乾元二年(759)秋秦州 | 贾至、严武坐瑁党被贬 | 《二笺上》 | | 符合 |
| 10 | 卷一〇《寄张十二山人彪三十韵》:"文公赏从臣。" | 唐肃宗乾元二年(759)秋秦州 | 自比介子推——耻与灵武诸臣争功 | 《小笺中》 | | 符合 |

① 《钱注杜诗》卷一〇《送贾阁老出汝州》笺曰,实质是据《读杜二笺上》及《钱注杜诗》卷一〇《寄岳州贾司马六丈巴州严八使君两阁老五十韵》笺意补写(参上文相关诗篇笺释)。

| 序号 | 卷篇(微言诗句) | 时　地 | 钱　注 | 承继自家 | 征引他人 | 类目 |
|---|---|---|---|---|---|---|
| 11 | 卷三《乾元中寓居同谷县作歌七首》其六："木叶黄落龙正蛰，蝮蛇东来水上游。" | 唐肃宗乾元二年(759)十一月同谷 | 忧南内之拘牵 | | 吴若本注 | 符合 |
| 12 | 卷一一《建都十二韵》："牵裾恨不死，漏网辱殊恩。" | 唐肃宗上元元年(760)冬成都 | 置荆州革蜀郡——实为上皇 | 《二笺上》 | | 符合 |
| 13 | 卷四《石笋行》："惜哉俗态好蒙蔽，亦如小臣媚至尊。政化错迕失大体，坐看倾危受厚恩。" | 唐肃宗上元二年（761)成都 | 斥李辅国之蒙蔽 | | 宋赵次公注 | 符合 |
| 14 | 卷四《杜鹃行》(君不见昔日蜀天子)："虽同君臣有旧礼，骨肉满眼身羁孤。" | 唐肃宗上元二年(761)暮春成都 | 哀西内之凄凉 | | 鉴取宋赵次公注及《黄氏补注》 | 符合 |
| 15 | 卷四《病柏》："丹凤领九雏，哀鸣翔其外。鸱鸮志意满，养子穿穴内。" | 唐肃宗上元二年(761)秋成都 | 哀西内之凄凉 | | 宋叶梦得《石林诗话》 | 存疑 |
| 16 | 卷四《枯楠》："犹含栋梁具，无复霄汉志。" | 唐肃宗上元二年(761)秋成都 | 叹朝廷任相非人 | | 宋叶梦得《石林诗话》 | 符合 |
| 17 | 卷五《寄韩谏议》："似闻昨者赤松子，恐是汉代韩张良。" | 唐肃宗上元间（760～761)成都 | 思李泌复出扶危匡世 | 《小笺下》 | 明程嘉燧 | 符合 |
| 18 | 卷一二《送李卿晔》："晋山虽自弃。" | 唐代宗广德元年(763)末梓州 | 自比介子推——耻与灵武诸臣争功 | | | 符合 |
| 19 | 卷一二《有感五首》其四："受钺亲贤往，卑宫制诏遥。" | 唐代宗广德二年(764)春梓阆 | 建宗藩慑叛臣——追思分镇 | 《小笺中》 | | 符合 |

续　表

| 序号 | 卷篇(微言诗句) | 时　地 | 钱　注 | 承继自家 | 征引他人 | 类目 |
|---|---|---|---|---|---|---|
| 20 | 卷一三《别房太尉墓》 | 唐代宗广德二年(764)春阆州 | 杜甫倾服房琯本自为国惜贤之公心 | 《小笺中》 | 部分内容暗取宋注 | 引申 |
| 21 | 卷一四《承闻故房相公灵榇自阆州启殡归葬东都有作二首》其一:"一德兴王后。" | 唐代宗永泰元年(765)云安 | 杜甫倾服房琯本自为国惜贤之公心 | 《二笺上》 | 古典有取于宋注(洙曰) | 部分符合 |
| 22 | 卷六《杜鹃》:"君看禽鸟情,犹解事杜鹃。" | 唐代宗大历元年(766)暮春云安 | 哀西内之凄凉 | 《二笺下》 | 黄鹤本载旧本题注 | 符合 |
| 23 | 卷七《壮游》:"两宫各警跸","禹功亦命子","之推避赏从"。 | 唐代宗大历元年(766)秋夔州 | 自比介子推——耻与灵武诸臣争功 | | | 符合 |
| 24 | 卷七《昔游》:"商山议得失,蜀主脱嫌猜。" | 唐代宗大历元年(766)冬夔州 | 思李泌复出扶危匡世 | | | 符合 |
| 25 | 卷七《八哀诗·赠左仆射郑国公严公武》:"受词剑阁道,谒帝萧关城。" | 唐代宗大历元年(766)夔州 | 严武坐琯党被贬 | 《二笺下》 | | 引申 |
| 26 | 卷六《晚登瀼上堂》:"凄其望吕葛,不复梦周孔。济世数向时,斯人各枯冢。" | 唐代宗大历二年(767)春瀼西 | 追怀琯党故人 | | | 符合 |
| 27 | 卷一五《寄刘峡州伯华使君四十韵》:"皆(一作昔)为百里宰,正似六安丞。" | 唐代宗大历二年(767)秋瀼西 | 自比桓谭——忤旨贬谪 | | 暗取宋赵次公等注 | 符合 |
| 28 | 卷一五《赠李八秘书别三十韵》 | 唐代宗大历二年(767)秋夔州 | 肃宗行赏独厚灵武诸臣 | | | 不合 |

续 表

| 序号 | 卷篇(微言诗句) | 时 地 | 钱 注 | 承继自家 | 征引他人 | 类目 |
|---|---|---|---|---|---|---|
| 29 | 卷一七《秋日荆南述怀三十韵》:"望帝传应实,昭王问不回。" | 唐代宗大历三年(768)秋江陵 | 悼明皇之死 | | | 符合 |
| 30 | 卷三《幽人》 | 唐代宗大历四年(769)冬潭州 | 思李泌 | | | 不合 |

统计:

| 类 目 | 篇 数 | 比 例 | 结 论 |
|---|---|---|---|
| 符合 | 20篇① | 约占 66.6‰ | 正确率约为90‰ |
| 引申 | 5篇 | 约占 16.6‰ | |
| 补阙 | 1篇 | 约占 3.3‰ | |
| 存疑 | 1篇 | 约占 3.3‰ | |
| 不合 | 3篇 | 占 10‰ | 错误率为10‰ |

纵观《钱注杜诗》学术创见核心体系,钱谦益既能博稽前修,汲取前代及同时代诸多杜诗注本、注家,及相关诗文别集、诗话笔记的优秀成果,又能断以己见,创发新义,对杜甫微言政治抒情诗隐藏之深旨,作出了独立发明。核心体系依《洗兵马》笺注建构的三条主题线索,向纵深延展,曲折衔接,关联照应,贯穿杜甫诗歌创作各个阶段,无论深度、广度,皆为前人所未及(详下文)。牧斋未明示此线索、此体系②,但读者潜心探求,即可发现其踪迹③,如草蛇灰线,虽隐而显。核心体系所涉诸篇,钱注基本上符合杜诗诗意,或为对杜诗蕴涵之引申、补阙(以上约占90‰),略有不合诗意处(仅占10‰),但瑕不掩瑜,

---

① 包括1篇部分符合。

② 按:核心体系中三条主题线索为钱谦益对杜诗、唐史的关注焦点,钱注重点笺注与主题线索相关的诗篇,至于形成一网络体系,牧斋并未着意于此。但后世读者阅读时,细心钩索,却可发现由核心关注点连缀成之线索,由线索交织成之体系,清晰可见。

③ 按:清钱曾对季振宜述其读钱谦益注杜稿本之感,有云"笔阵纵横,甲乙牵连,目眯志荒,不可辨别"(《钱注杜诗》卷首季振宜《序》),或即有所透悟钱注曲折衔接、关联照应的精微之处。

从总体上看,核心体系发皇杜诗心曲,深具重要学术价值与意义。

## 第三节 《钱注杜诗》学术创见核心 体系之价值与意义

　　本节将依据上文之考释,探讨《钱注杜诗》学术创见核心体系于古典诗歌(杜诗)注释史及杜甫研究史之价值与意义,以为今日研读、笺注杜诗之借镜。

　　《钱注杜诗》学术创见核心体系,是钱注笺注成就之精华,其在古典诗歌(杜诗)注释史上之价值与意义在于:开启了对杜甫微言政治抒情诗的深度系统解读,是中国微言诗学史上的一座里程碑①。借用库恩《科学革命的结构》之原理,可以说《钱注杜诗》是学术革命之典范②。兹分疏如下:

　　微言,就是委婉其词、有所避讳的记事和抒情。邓小军先生指出,中国文学史上的微言时事诗亦即微言政治抒情诗,往往出现在政治幽暗时期,是诗人在恐怖统治下为了避祸而运用微言艺术以揭露被政治谎言掩盖的现实真相、表达不能明言的真实感情的一种抒情诗③。观照唐代,尤其盛唐,政治昌明,言论自由,宋代洪迈早已指出唐诗无讳避④,其论就总势言,大体不错,但究诸诗、史实际,亦并非精确不移,唐代诗人对唐代政治阴暗面的反映,既有

　　① 邓小军《谈以史证诗》:"汤汉注陶、《钱注杜诗》、《柳如是别传》,是中国学术史上以史证诗发展的三座里程碑。"(《诗史释证》,第5页)《中国的自由传统:中国微言诗与中国微言诗学》:"汤汉注陶、钱谦益《钱注杜诗》、陈寅恪《柳如是别传》,运用诗史释证方法,创发性地成功解释了陶渊明、杜甫、钱谦益三家微言政治抒情诗,乃是中国微言诗学的三座里程碑。"(未刊)
　　② 库恩所说"科学革命的典范"(paradigm),就是开创了一个新的领域和方法,成为一个科学典范,使后人在这个典范的基础上继续探索,从而构成发展与进步。参阅 Thomas S. Kuhn, *The Structure of Scientific Revolutions*, The University of Chicago Press, 1996.〔美〕托马斯·库恩著,金吾伦、胡新和译《科学革命的结构》,北京大学出版社 2003 年版。
　　③ 邓小军《魏晋宋微言政治抒情诗之演进——以曹植、阮籍、陶渊明为中心》,《中国文化》第 32 期,2010 年,第 109 页;《向秀〈思旧赋〉发微》,《诗史释证》,第 454 页。
　　④ 〔宋〕洪迈《容斋续笔》卷二《唐诗无讳避》:"唐人歌诗,其于先世及当时事,直辞咏寄,略无避隐。至宫禁嬖昵,非外间所应知者,皆反复极言,而上之人亦不以为罪。"(孔凡礼点校《容斋随笔》,第 239 页)

直书,亦有微言①。

杜甫所历玄、肃、代三朝中,玄肃权力更迭及玄宗为太上皇的至德元载(756)至宝应元年(762),唐史史源,包括诏敕及《实录》,已被篡改作伪,其目的是美化肃宗政权的合法性,掩盖肃宗对上皇的敌视迫害②。宋司马光《通鉴考异》虽于史料取舍上有所鉴别③,但亦未彻底揭出其真相。肃宗滥用刑法,大开三司,排斥打击异己(包括清流士大夫),杜甫即因疏救房琯被肃宗诏付三司推问,险遭杀戮(杜甫自述"刑欲加矣"④,"就戮为幸"⑤,"青蒲甘受戮"⑥),其对肃宗的幽暗统治,可谓深切知之。至德二载(757)四月到乾元二年(759)七月的两年,杜甫出仕肃宗朝(除墨制放还鄜州的三个月),接近权力中心,参与中央政治。杜甫"诗史",欲反映(即时与追忆)此时期政治隐曲面,表达自己的爱憎情感,必定是用曲笔而非直笔。《钱注杜诗》学术创见核心体系的关注焦点,即为曲折反映玄肃间阴暗政治的历史真相(正史不详或不载),委婉发抒诗人深挚隐衷的微言诗歌。

由上文之考释可见,揭示玄肃间政治之隐曲面,用以阐发杜诗蕴藏之微旨,钱注之前续有发明,如核心体系总表所示宋赵次公注、《黄氏补注》及宋叶梦得《石林诗话》等,但整体上简略粗疏,且不成体系。至《钱注杜诗》,建构由《洗兵

① 唐代的微言政治抒情诗,除本书所论杜甫诗歌外,再举三例:1. 李白《古风》、《远别离》隐晦表达对天宝末年昏暗政治的殷忧与深警(参阅安旗《李太白别传》增订本,第140~144、193~198页),《永王东巡歌十一首》、《赠别舍人弟台卿之江南》保存了永王璘案的历史真相(参阅邓小军《永王璘案真相——并释李白〈永王东巡歌十一首〉》,《文学遗产》2010年第5期,第44~56页;《李白与永王璘"谋主"李台卿——李白〈赠别舍人弟台卿之江南〉诗笺证》,《北京大学学报》哲学社会科学版2014年第2期,第71~79页);2. 李商隐《有感二首》、《重有感》、《曲江》对甘露之变隐微曲折地反映(参阅刘学锴、余恕诚《李商隐诗歌集解》,中华书局1998年版,第1册,第108~139页);3. 韩偓《八月六日作四首》哀昭宗,斥朱全忠弑君、篡唐,悯白马驿遇害诸大臣及哀帝,自述唐亡前后遭际及心情(参阅邓小军《韩偓〈八月六日作四首〉诗笺证》,《诗史释证》,第333~350页)。

② 林伟洲《灵武自立前肃宗史料辨伪》一文对灵武自立前"肃宗所点窜之史料",包括今存两《唐书》、《资治通鉴》、《唐大诏令集》及今佚唐元载撰《肃宗实录》部分文字,进行了深入辨析,指出其伪撰或篡改的目的"是为了肃宗政权的正当性加以美化"(《第四届唐代文化学术研讨会论文集》,第745~767页)。

③ 林伟洲《灵武自立前肃宗史料辨伪》:"元载所撰《肃宗实录》久已不传,司马光考异仍可见引《肃宗实录》之文,采用以和它书作比较,其中自安禄山反后,至灵武自立前,与玄肃二宗相关之事,《通鉴》几乎不采《肃宗实录》所载。"(《第四届唐代文化学术研讨会论文集》,第766页)

④ 出杜甫《祭故相国清河房公文》。

⑤ 出杜甫《奉谢口敕放三司推问状》。

⑥ 出杜甫《寄岳州贾司马六丈巴州严八使君两阁老五十韵》。

马》笺注涵摄的学术创见核心体系,运用深层次辩证性的考证方法,以史证诗,又以诗证史,于杜诗、唐史均有重要发明,取得了突破性成就。可以说,《钱注杜诗》学术创见核心体系,开启了对杜甫微言政治抒情诗的深度系统解读。

深度上,钱谦益钩稽大量史料,借注释《洗兵马》一诗不仅揭示了杜甫此诗的微言大义,更重要的是揭示出了作为杜诗背景的相关唐史的隐曲面(肃宗对玄宗及其旧臣的迫害),对这一段唐史真相的了解,关系到对杜甫后半生的命运(弃官漂泊至死)及大半部杜诗内容之了解(今存杜诗,大部分作于疏救房琯案之后),意义重大,决非限于注一诗而已①。可以说,不理解杜甫任左拾遗疏救房琯一段政治经历的历史真相,就不能理解杜甫中晚期诗歌深隐曲折之蕴涵,与沉郁顿挫之风格②。《洗兵马》钱注,确立了《钱注杜诗》学术创见核心体系的主题线索与基本架构,实关系注杜全局,集中体现了钱谦益研读杜诗深造自得之精髓,真无愧其自诩"凿开鸿蒙,手洗日月"者。

广度上,钱谦益由《洗兵马》笺注辐射开去,以敏锐的眼光抉发散落于杜集中的微言政治抒情诗,透过反语③、比兴④、用典⑤等微言手法,对诸诗的深微内蕴作出了创发性的成功解释,或以诗、史双向互证互补,予以透辟精微之引申(诗)、补阙(诗、史)⑥。进而,由点连接成线,由线交织成网,将紧密关联的三条主题线索构筑成一笺注体系,有力支持、深化和发展了《洗兵马》钱注,

---

① 此点当是多数学者认为《洗兵马》钱注不符合杜诗诗意的原因之一。

② 邓魁英《房琯事件与杜甫后期的生活及创作》:"房琯事件使杜甫在心理上发生了很大的变化,使他更加抑郁、忧愁、愤慨、悲痛。这对于杜诗沉郁顿挫风格的形成具有较明显的作用。"(《古代诗文论丛》,第224页)

③ 反语,如《至德二载甫自京金光门出间道归凤翔乾元初从左拾遗移华州掾与亲故别因出此门有悲往事》"近得归京邑,移官岂至尊?"等。

④ 比兴,如《石笋行》、《病柏》、《枯楠》,及《乾元中寓居同谷县作歌七首》其六"木叶黄落龙正蛰,蝮蛇东来水上游"、《寄岳州贾司马六丈巴州严八使君两阁老五十韵》"秉钧方咫尺,铩翮再联翩"等。

⑤ 用典,如《收京三首》其二"羽翼怀商老,文思忆帝尧";《洗兵马》"鹤禁通宵凤辇备,鸡鸣问寝龙楼晓";《承闻故房相公灵榇自阆州启殡归葬东都有作二首》其一"一德兴王后";《昔游》"商山议得失,蜀主脱嫌猜";《晚登瀼上堂》"凄其望吕葛,不复梦周孔。济世数向时,斯人各枯冢";《秋日荆南述怀三十韵》"望帝传应实,昭王问不回",《杜鹃行》、《杜鹃》,以及用介子推、桓谭之典自比等。

⑥ 钱注以史证诗,对杜诗之引申、补阙,参上《〈钱注杜诗〉学术创见核心体系总表》。以诗证史,对唐史之补阙,如以《八哀诗·赠左仆射郑国公严公武》"飞传自河陇,逢人问公卿","受词剑阁道,谒帝萧关城"补史籍阙载的严武自河陇奔蜀,受玄宗之命谒见肃宗之经历及其深层意义;以《送贾阁老出汝州》、《寄岳州贾司马六丈巴州严八使君两阁老五十韵》补史籍阙载的乾元元年贾至出守汝州及其深层原因。

形成了覆盖杜诗各个创作阶段的立体笺注网络，使《钱注杜诗》学术创见核心内容之张力与穿透力均得到高度提升。

　　纵观杜诗注释史，宋代注杜大体注重字句、篇章、典故，及人物、地理、职官等细节史实之注释，明人注杜则转而为艺术鉴赏性的评点或循文衍义式的训解；《钱注杜诗》学术创见核心体系，对杜甫在一定历史场域下创作的数十篇微言政治抒情诗，抉隐发幽，洞微知著，以层次不紊、脉络贯注之体系统摄，开创了杜诗笺注史上的新境界。前人论钱注以史证诗之成就，多仅据《草堂诗笺元本序》所述列诸诗①阐发，这当然不错，但《钱注杜诗》隐藏的此一笺注核心体系，允为整部注本之精要所在，清代钱、仇、浦、杨四大注本中，钱注以识见著称②，其识见实萃聚于斯矣。笔者未见前人揭示此体系，故不避繁冗之嫌，逐篇考释，辨析得失，以求教于方家。

　　纵观中国微言诗的注释史，南宋汤汉注陶，以史证诗，发明陶诗微旨。郭绍虞先生谓："汤注之长……要以表暴其心事为主③，故与寻常笺注有异。"④允为知言，汤汉对《述酒》诗隐藏微旨的揭示，使陶渊明在晋宋易代之际的政治态度、遗民品节昭然大白于天下，成功开创了古典字面今典实指的诗歌释

---

①　《钱注杜诗》卷首钱谦益《草堂诗笺元本序》借钱曾语自述："若《玄元皇帝庙》、《洗兵马》、《入朝》、《诸将》诸笺，凿开鸿蒙，手洗日月，当大书特书，昭揭万世。"（第4页）

②　比较清代四大注本，曹慕樊先生所言最为精当："清代的几种杜诗注释，成就都很大。第一是钱谦益。他钩稽唐史以说证杜诗，开以史证诗一派，合乎历史唯物主义精神。又注重版本，谨严不苟，亦史家风范。钱于杜诗，可谓有识。但疏于文字训诂，是他的缺点。仇兆鳌网罗旧注兼及诗评，极为丰富。大有益于后学。虽常据试帖诗法，辄改原诗段落对语，未免轻率。要之三百年间，许为独步。其于注杜，可谓有学。浦起龙、杨伦两家，《读杜心解》说解圆通，《杜诗镜铨》裁镕简当，可谓有才。"（见曹氏《杜诗字义、修辞丛记》，《杜诗杂说续编》，第160页）

③　［宋］汤汉《陶靖节先生诗注》自序："陶公诗精深高妙，测之愈远，不可漫观也。不事异代之节，与子房五世相韩之义同。……平生危行孙言，至《述酒》之作，始直吐忠愤，然犹乱以廋词。千载之下，读者不省为何语。是此翁所深致意者，迄不得白于后世，尤可以使人增欷而累叹也。余偶窥见其指，因加笺释，以表暴其心事，及他篇有可发明者，亦并著之。"（《古逸丛书三编》之三十二，中华书局1988年据北京图书馆藏宋刻本原大影印）

④　郭绍虞《陶集考辨》："汤注之长，与李公焕以后诸家笺注不同。诸家笺注多重在用事出处，罕能阐其精义，汤注受韩子苍之启示，窥见陶公忠义之节，凡所笺释虽有间及出处之例，要以表暴其心事为主，故与寻常笺注有异。其后李公焕本采用汤注，遂析为二例，择其近注解者附文中，近诠释者附文后，虽较明晰，不知此正汤注高处。"（《照隅室古典文学论集》上编，上海古籍出版社2009年版，第282～283页）

证方法①。明末清初,钱谦益注杜,以史证诗,发明杜诗微旨。洪业先生谓:"谦益之于《杜集》最注意者,多在考证事实,以探揣杜陵心事。"②钱谦益对《洗兵马》诗隐藏微旨的揭示,使杜甫在玄肃间的政治态度、正直人格及弃官原因昭然大白于天下。由是可见,钱谦益注《洗兵马》与汤汉注《述酒》诗对其所注释之杜诗与陶诗实具同一重要意义,二家都借抉发一诗之微旨,揭示诗人一生出处大节所系。但《钱注杜诗》建构的学术创见核心体系,将微言诗歌的诠释维度与诠释方法(包括古典字面今典实指的诗歌释证方法)推向了一个新的高度,是对汤注的重大突破与深层拓展。于此意义上③,我们说《钱注杜诗》是中国微言诗学史上的一座里程碑④。

# 第四节 《钱注杜诗》学术创见核心
# 体系之独特接受方式
## ——后世读者据钱注已笺而补其所未笺

钱谦益《草堂诗笺元本序》借钱曾语自述其注:"取雅去俗,推腐致新,其存者可咀,其阙者可思。"⑤牧斋择其有心得之诗以为笺注,期盼后世读者能据其已笺诗篇之发明来体味其未笺诗篇之深旨。本节所论钱注学术创见核心体系之独特接受方式,即指后世注家、学者深刻理解认同钱注学术创见核心内容,并据钱注已笺而补其所未笺,此等支持、补充、发展,在某种程度上,可

① 关于汤汉注在陶诗学史上的价值与地位,详请参阅邓小军《陶集宋本源流》,《诗史释证》,第103～104页;〔越南〕阮氏明红《汤汉注〈陶靖节先生诗〉研究》第五章《汤汉注〈陶靖节先生诗〉的价值与特点》,首都师范大学博士学位论文,2004年,第91～94页。

② 洪业《杜诗引得序》,《洪业论学集》,第329页。

③ 里程碑的另一层意义,详本书第四章第二节"隐微寄托的明末政治境遇与易代故国之思"部分。

④ 现代学术著作中,陈寅恪先生晚年巨著《柳如是别传》,运用古典字面今典实指的诗歌释证方法(形成一套严谨的理论学说),对钱谦益《有学集》《投笔集》众多微言诗歌进行了创发性、系统性的解读,并"利用当时文人的各种著作,找出了复明运动暗中进行的信息,发古今人未发之覆"(黄萱《怀念陈寅恪教授——在十四年工作中的点滴回忆》,《纪念陈寅恪教授国际学术讨论会文集》,中山大学出版社1989年版,第71页),既是考史的极高境界,又是注诗的极高境界。可参阅郝润华《〈钱注杜诗〉与诗史互证方法》第四章第二节《从传统到现代——陈寅恪诗歌解释方法对〈钱注杜诗〉的继承和开拓》(第112～133页)。

⑤ 《钱注杜诗》卷首,第4页。

作为《钱注杜诗》学术创见核心体系之丰富与延扩。兹就笔者检阅文献所及，参照上揭核心体系之主题线索，举例以明是意。

# 一、玄肃父子之间的矛盾——《北征》

杜甫《北征》（节录）：

皇帝二载秋，闰八月初吉。杜子将北征，苍茫问家室。维时遭艰虞，朝野少暇日。顾惭恩私被，诏许归蓬荜。拜辞诣阙下，怵惕久未出。虽乏谏诤姿，恐君有遗失。君诚中兴主，经纬固密勿。东胡反未已，臣甫愤所切。挥涕恋行在，道途犹恍惚。乾坤含疮痍，忧虞何时毕。……忆昨狼狈初，事与古先别。奸臣竟菹醢，同恶随荡析。不闻夏殷衰，中自诛褒妲。周汉获再兴，宣光果明哲。桓桓陈将军，仗钺奋忠烈。微尔人尽非，于今国犹活。凄凉大同殿，寂寞白兽闼。都人望翠华，佳气向金阙。园陵固有神，扫洒数不缺。煌煌太宗业，树立甚宏达。

清夏力恕《杜诗文贞增注》①卷四《北征七十韵》篇后注：

中兴密勿，庶几有是君有是臣矣。然玄宗已能鉴前世祸端，醢奸臣而诛褒妲，中兴之势固兆于此。陈玄礼昔佐平内乱，今赞成美举，以息众愤，则密勿之功亦莫大于此。向使返旆归来，肃宗又能安全子道，而并位玄礼于功臣上，则有唐事业岂不高出宣光耶？曰"都人望翠华"，旨微哉；曰"煌煌太宗业"，思深哉。

《北征》议论识见，洞然今古，于两宫之爱亦云至矣。黄山谷谓与《国风》、《雅》、《颂》相表里，此为探其本。然本之中又有本焉。公救房琯几致推问，宰臣援之乃免，旋出墨制，令得省家。琯奉上皇册命而不克保终，公既救琯，而匆遽许归，远公即所以远琯，远琯即所以远上皇也，肃宗心事可知已。

---

① ［清］夏力恕：《杜文贞诗增注》，清乾隆十四年古泉精舍刻本，国家图书馆普通古籍部藏，书号：81845。下引夏注均出此本。

又卷五《洗兵马》篇后注:

> 此诗……中多隐讽语,不欲显然。……借成王以窬肃宗,盖即所求乎子以事父之意,又不欲显之,遂连数诸功臣,因言大乱既平而上皇复入,正当返权为经,故曰"青春复随冠冕入,紫禁正耐烟花绕"。"鹤驾",太子驾也;"问寝",太子事也。今者宜乎鹤驾通宵而凤辇仍备,宜乎鸡鸣问寝而龙楼已晓,昔之权为龙凤者,遂长此龙凤矣。……此篇诸本惟笺注论最平①。

按:肃宗至德二载(757)闰八月一日,杜甫奉肃宗墨制放归鄜州(今陕西富县)省家,《北征》即作于此时。此篇煌煌巨制,用意深微曲折,对于了解杜甫和杜诗,意义重大。胡小石先生《杜甫〈北征〉小笺》指出:"昔钱牧斋作《草堂诗笺》,深得知人论世之义,高出诸注家。其于《洗兵马》一篇,即发扬玄、肃当时宫闱隐情。惟于《北征》,初未之及。"②《钱注杜诗》于《北征》诗旨无发明。至夏力恕《杜文贞诗增注》③,揭示《北征》诗末之深思微旨,称"《北征》议论识见,洞然今古,于两宫之爱亦云至矣",并剖析本中之本云:"琯奉上皇册命而不克保终,公既救琯,而匆遽许归,远公即所以远琯,远琯即所以远上皇也,肃宗心事可知已。"一语破的,揭出杜甫疏救房琯被墨制放归鄜州的历史隐微,洞见卓然。夏注《洗兵马》"此篇诸本惟笺注论最平"一语,直接道出了其对钱注学术创见核心内容的深刻认同。基于此等认同,夏注将其对钱注学术创见核心内容的理解,消融于自己的评注之中,作出了更为深入的拓展④。

有清一代,公开主流的杜诗学史对钱注学术创见核心内容持否定态度,夏注之后,对《北征》的解读多囿于成见,鲜有突破。直至近现代学者,方以犀

---

① 依夏注征引体例,"笺注"当指钱笺。如《杜诗增注》卷一七《寄韩谏议注》题下双行小字注:"笺注:韩休之子法,上元中为谏议大夫,有学尚,风韵高雅,当即其人。注字盖传写之误耳。"与本书上引钱注同。他例不一一枚举。

② 胡小石:《杜甫〈北征〉小笺》,《杜甫研究论文集》第三辑,第218页。

③ 此注本之基本情况,可参阅周采泉《杜集书录》内编卷五清夏力恕撰《杜文贞诗增注》二十八卷条,第226~228页。

④ 如夏注《曲江二首》《曲江对酒》《凤凰台》《乾元中寓居同谷县作歌七首》其七、《病橘》《春日梓州登楼二首》其二、《忆昔二首》其二、《骊山》《送覃二判官》诸诗,详请参阅拙著《夏力恕〈杜诗增注〉与〈钱注杜诗〉关系述论》,《杜甫研究学刊》2009年第1期,第63~71页。

利之眼光,窥破了诗句中暗藏的沉忧隐痛。

1962 年,胡小石先生于《江海学刊》发表《杜甫〈北征〉小笺》,据钱注《洗兵马》笺意发明《北征》微旨,对《北征》的解读取得了突破性进展。文中考释"凄凉大同殿",引宋敏求《长安志》记"南内兴庆宫勤政楼之北曰大同门,其内大同殿",并指出兴庆宫乃玄宗龙兴旧邸,即位后仍常居之;又据《新唐书·高力士传》载高力士曾于大同殿谏玄宗不可以天下事付李林甫,玄宗不悦之事,指出"此处问答数语,实与后来天宝乱事有关"。考释"寂寞白兽闼",据《旧唐书·玄宗本纪》记玄宗诛韦后,攻白兽门,斩关而进,奠定帝业;又据《长安志》图位,指出白兽门即白兽闼,"在当时,必为西内入玄武门后由北往南所经之一要地","杜特著之诗句中,见玄宗后来成帝业与之有关"。并进而指出:"《北征》于歌颂中兴之余,忽参入此二语("凄凉大同殿,寂寞白兽闼"),其事皆与肃宗无关,而悉出上皇……用意极隐微,实一篇主旨所在。盖杜早于灵武攘立、成都内禅之日已豫见玄肃将来父子之关系,必至恶化,固不待南苑草深,秋梧叶落,始叹上皇暮境有悲凉之感。"①小石先生探赜索隐,所论极有见地,亦可称"凿开鸿蒙,手洗日月,当大书特书,昭揭万世"(《草堂诗笺元本序》)②。

2007 年,邓小军先生发表《杜甫〈北征〉补笺》,在《杜甫〈北征〉小笺》基础上作出补充笺证。文引《册府元龟》,为"凄凉大同殿"之"大同殿"增加两条本事,并指出:"大同殿乃是开元之治盛世之一象征。'凄凉大同殿,寂寞白兽闼'二句,重心乃在'寂寞'、'凄凉'四字,其中包含有比大同殿、白兽闼更重要之今事、今情","白兽闼而曰'寂寞',大同殿而曰'凄凉',是指当年攻白兽门平定武韦之乱而即皇位,以兴庆宫正殿大同殿为象征的开创开元之治的唐玄宗,在天宝十五载(756)七月肃宗即位于灵武后,业已禅位、失去皇位","业已为其政治失道付出沉重代价亦即赎罪。此是杜甫隐忧上皇命运,为上皇讲公道话,表示上皇业已赎罪,希冀肃宗能够善待上皇"③。朱子谓"旧学商量加邃

---

① 胡小石:《杜甫〈北征〉小笺》,《杜甫研究论文集》第三辑,第 213~218 页。

② 许永璋《取雅去俗 推腐致新——略评〈钱注杜诗〉》:"至近代胡小石先生始据《洗兵马》笺意而作《杜诗〈北征〉小笺》。胡氏发《北征》之隐微,赞钱氏之创见,使长期被曲解之名篇,重见光采。"(《许永璋唐诗论文选》,第 148 页)

③ 邓小军:《杜甫〈北征〉补笺》,《北京大学学报》(哲学社会科学版)2007 年第 3 期,第 33~34 页。

密,新知培养转深沉",邓文之进论,与此正合。

从清夏力恕《杜诗文贞增注》,到《杜甫〈北征〉小笺》、《杜甫〈北征〉补笺》,钱注学术创见核心内容得到了后世部分注家、学者的深刻认同,有力发展,不断将其推向更深广之境界。此为钱注之幸,亦为杜诗之幸。

## 二、肃宗对玄宗旧臣之排斥——《祭故相国清河房公文》

杜甫《祭故相国清河房公文》[①]:

> 维唐广德元年,岁次癸卯,九月辛丑朔,二十二日壬戌,京兆杜甫,敬以醴酒茶藕莼鲫之奠,奉祭故相国清河房公之灵曰:呜呼!纯朴既散,圣人又殁。苟非大贤,孰奉天秩。唐始受命,群公间出。君臣和同,德教充溢。魏、杜行之,夫何画一。娄、宋继之,不坠故实。百馀年间,见有辅弼。及公入相,纪纲已失。将帅干纪,烟尘犯阙。王风寝顿,神器圮裂。关辅萧条,乘舆播越。太子即位,揖让仓卒。小臣用权,尊贵倏忽。公实匡救,忘餐奋发。累抗直词,空闻泣血。时遭褊浅,国有征伐。车驾还京,朝廷就列。盗本乘弊,诛终不灭。高义沉埋,赤心荡折。贬官厌路,谗口到骨。致君之诚,在困弥切。天道阔远,元精茫昧。偶生贤达,不必济会。明明我公,可去时代。贾谊恸哭,虽多颠沛。仲尼旅人,自有遗爱。二圣崩日,长号荒外。后事所委,不在卧内。因循寝疾,憔悴无悔。死矢泉涂,激扬风概。天柱既折,安仰翼戴。地维则绝,安放夹载。岂无群彦,我心忉忉。不见君子,逝水滔滔。泄涕寒谷,吞声贼濠。有车爰送,有绋爰操。抚坟日落,脱剑秋高。我公戒子,无作尔劳。敛以素帛,付诸蓬蒿。身瘗万里,家无一毫。数子哀过,他人郁陶。水浆不入,日月其惛。州府救丧,一二而已。自古所叹,罕闻知己。曩者书札,望公再起。今来礼数,为态至此。先帝松柏,故乡枌梓。灵之忠孝,气则依倚。拾遗补阙,视君所履。公初罢印,人实切齿。甫也备位此官,盖薄劣耳,见时危急,敢爱生死。君何不闻,刑欲加矣。伏奏无成,终身愧耻。乾坤惨惨,豺虎纷纷。苍生破碎,诸将功勋。城邑自守,鼙鼓相闻。山东虽

---

① 此文杜诗选本例皆不选,却是了解杜甫其人其诗的第一手文献,故不避繁冗,逐录全文。

定，灞上多军。忧恨展转，伤痛氤氲。玄岂正色，白亦不分。培塿满地，昆仑无群。致祭者酒，陈情者文。何当旅榇，得出江云。呜呼哀哉！尚飨。

清张溍《读书堂杜工部文集注解》①卷二《祭故相国清河房公文》篇后评注：

> 时含时露，用意婉至，此少陵第一首文。盖人遇知己，其情既笃，其文自佳。○房次律建分王帝胄之议，为禄山所畏，公深推慕，复以救琯左迁，乃生平最大之事，故此文亦生平最得意之文。○细看此文，方知钱注杜于房杜相交及杜以谏贬幽愤诸诗之确。○读苍生诸将八字，则知钱注《洗兵马》及谓杜每不满于肃宗偏爱灵武诸臣之论甚确。

又《读书堂杜工部诗集注解》卷五《洗兵马》篇后评注：

> 此诗中藏多少事讽刺不露，非牧斋解则终古茫然耳。

又《读书堂杜工部诗集注解》《读书堂杜工部文集注解》卷首阎若璩序：

> 自有杜诗以来，流传于天壤之间，不知其几千万本。……盖至草堂诗笺注本出，而杜一开生面矣。朱长孺故与钱氏异者，亦能补笺所不逮。余犹憾宗武官正字，赴江陵觐叔父观，见任华序序载《文苑英华》卷第七百二十一，深不满灵武即位，讥其"小臣用权，尊贵倏忽"，见《祭清河房公文》。钱、朱两注，皆未之及，岂非注杜之难乎？不意晚获睹太史公上若先生解，而有观止之叹也。

---

① ［清］张溍注《读书堂杜工部诗集注解》、《读书堂杜工部文集注解》，本书所据本为国家图书馆普通古籍部藏清康熙三十七年张氏读书堂刻本，书号：86603、97370；《四库全书存目丛书》集部第5～6册影印辽宁大学图书馆、北京大学图书馆藏清康熙三十七年张氏读书堂刻本(此本无阎若璩序)。又，清同治十一年(1872)吴棠于成都四川节署重刻《杜诗镜铨》时，第一次附刻张溍《读书堂杜工部文集注解》于《镜铨》之末，即世称望三益斋本。望三益斋本之翻刻本众多，皆附有张溍《杜文注解》。今上海古籍出版社标点本《杜诗镜铨》亦附张溍《杜文注解》。

按：代宗广德元年(763)八月四日，房琯卒于阆州僧舍(上引《旧唐书·房琯传》)。同年九月二十二日杜甫作《祭故相国清河房公文》(以下简称《祭文》)，此为今存杜甫赋文中唯一一篇为故交而作之祭文，感伤沉痛之深，悲愤淋漓之切，舍此无二，房琯在杜甫心中的分量，于此可见。《祭文》力斥邪佞，表彰忠直，实为杜甫贬天子的一篇大文章。兹举大端，略析如下：

《祭文》云："太子即位，揖让仓卒。小臣用权，尊贵倏忽。"不言嗣君，而言太子，且"揖让"下连"仓卒"二字①，俱微词矣。"尊贵倏忽"之"小臣"，即指拥戴元勋李辅国②及灵武诸臣。《祭文》末云："乾坤惨惨，豺虎纷纷。苍生破碎，诸将功勋。"实已怒不可遏。杜甫之刚直，杜甫对"太子"之婉讽，对"小臣"、"诸将"之愤懑痛斥，于此毕现。

《祭文》云："公实匡救，忘餐奋发。累抗直词③，空闻泣血"，"高义沉埋，赤心荡折。贬官厌路，谗口到骨"。两《唐书》房琯本传多诬蔑不实之词(参上文)，杜公此数语，可洗琯之污、正史之谬矣。《祭文》首以房琯继魏(徵)、杜(如晦)、娄(师德)、宋(璟)，中间以"天柱既折，安仰翼戴。地维则绝，安放夹载"况琯之卒。杜甫之史笔④，杜甫对房琯之推崇，于此毕现。

《祭文》云："见时危急，敢爱生死。君何不闻，刑欲加矣。伏奏无成，终身愧耻。"房琯罢相，杜甫冒死疏救。"君何不闻，刑欲加矣"与《祭文》开头大书贞观之治"君臣和同，德教充溢"⑤，形成鲜明对比，可谓微而显矣。"伏奏无成，终身愧耻"，表明杜甫对肃宗至德二载(757)的廷争，及其导致的贬官，直至弃官漂泊，仍九死不悔。杜甫之敦厚，房杜之交谊，于此毕现。

依上略析，《祭故相国清河房公文》，乃杜甫疏救房琯六年后的一次深刻

---

① 参证杜甫《八哀诗·赠司空王公思礼》："肃宗登宝位，塞望势敦迫。"
② 参证杜甫《洗兵马》："攀龙附凤势莫当，天下尽化为侯王。"《石笋行》："惜哉俗态好蒙蔽，亦如小臣媚至尊。政化错迕失大体，坐看倾危受厚恩。"
③ 参证中唐李华《唐丞相太尉房公德铭》："人或有言，志屈道行。公曰不可，屈则佞生。柄不在公，象昏瞳明。退师储宫，出守函谷。"(《李遐叔文集》卷二，《景印文渊阁四库全书》，台北：台湾商务印书馆1983年版，第1072册，第380页)按：李华盛赞房琯之切直，可见唐世公议，犹足重矣。
④ 杜甫《八哀诗·故司徒李公光弼》云："直笔在史臣，将来洗箱箧。"杜公亦以此自任。
⑤ 杜甫肃宗至德二载(757)作《北征》云"煌煌太宗业，树立甚宏达"；乾元二年(759)作《夏日叹》云"眇然贞观初，难与数子偕"；代宗大历元年(766)作《往在》云"中兴似国初，继体如太宗。端拱纳谏净，和风丽冲融"；大历四年(769)作《咏怀二首》其一云"本朝再树立，未及贞观时"，作《奉送魏六丈佑少府之交广》云"磊落贞观事，致君朴直词"，可见杜甫对贞观之治的深切向往。

反省，对于了解杜甫晚年自我表白的诗篇，提供了第一手材料，而《钱注杜诗》无笺注。至张溍《杜文注解》①，赞其为"少陵第一首文"，"生平最得意之文"，真是洞见卓然，阎若璩称"获睹太史公上若先生解，而有观止之叹也"，可谓推崇备至②。由《杜文注解》："细看此文，方知钱注杜于房杜相交及杜以谏贬幽愤诸诗之确。读苍生诸将八字，则知钱注《洗兵马》及谓杜每不满于肃宗偏爱灵武诸臣之论甚确。"与《杜诗注解》论《洗兵马》："此诗中藏多少事讽刺不露，非牧斋解则终古茫然耳。"可知张解《祭文》实为在钱注学术创见核心内容启迪之下，补前修所未逮。张氏对此篇《祭文》沉潜反复之体味（"细看此文"），亦印证了《洗兵马》钱笺之确凿不移，张溍堪称牧斋的异代知音。

综上可见，《钱注杜诗》学术创见核心体系之独特接受方式，显示了钱注学术革命典范的巨大吸引力与生命力。钱注学术创见核心内容，实为叩问整部杜诗历史蕴涵与思想蕴涵之津梁。后世读者循此津梁，钻味既深，神理相接，进而依循其已笺体味其所未笺，遂将钱注学术创见核心体系推向一更为开放广阔之空间。

---

① 此注本之基本情况，可参阅周采泉《杜集书录》内编卷四清张溍评注《读书堂杜工部诗集注解》二十卷《文集注解》二卷条，第193～196页。

② ［清］阎若璩《潜邱札记》卷五《与戴唐器》："李白诗注，从无佳者。杜甫诗注，亦只牧斋佳耳。"（清乾隆九年阎学林眷西堂刻本，国家图书馆善本特藏部藏，书号：00185）此论与上序"盖至草堂诗笺注本出，而杜一开生面矣"互参，足见阎若璩对《钱注杜诗》亦推崇备至。

# 第四章　钱谦益杜诗笺注与诗文作品关系探微

## 第一节　问题提出之缘起

　　陈寅恪《柳如是别传》第五章："细绎牧斋所作之长笺,皆借李唐时事,以暗指明代时事,并极其用心抒写己身在明末政治蜕变中所处之环境。实为古典今典同用之妙文。"①时人论著多引此语,但于其深意,实未达一间。其实寅恪先生已自下注脚矣,《柳传》第四章论《初学集》卷二〇《东山诗集四》之《癸未四月吉水公总宪诣阙诒书辇下知己及二三及门谢绝中朝寝阁启事慨然书怀因成长句四首》其二"信是子公多气力,帝城无梦莫相招"句②,与《钱注杜诗》卷一五《秋兴八首》其四[笺]又曰"曰平居有所思,殆欲以沧江遗老,奋袖屈指,覆定百年举棋之局,非徒悲伤睌晚,如昔人愿得入帝城而已",及《初学集》卷八〇崇祯十六年癸未作《复阳羡相公书》"两年频奉翰教,裁候阙然,屏废日久。生平耻为陈子康,愿蒙子公力,得入帝城。此阁下之所知也",诗、注、文三者互证。又"检牧翁《读杜寄卢小笺》及《读杜二笺》,俱无此语",可知"季氏所刻蒙叟笺注中所用陈咸之言,乃牧斋于崇祯七年秋后加入者",故推测"岂加入之时,即崇祯十六年癸未作此书及赋《吉水公总宪诣阙》诗之际耶?"③寅恪先生此推测颇具启发意义。但据笔者所见探讨《秋兴八首》钱注之

---

　　①　陈寅恪:《柳如是别传》,第 1021 页。
　　②　按:此句古典出《汉书》卷六六《陈万年传》附子《陈咸传》,今典为谢绝周延儒(阳羡相公)荐举起用。
　　③　详参阅陈寅恪《柳如是别传》,第 747～748 页。

论著,均将此条钱笺作为钱谦益入清后复明心志之寄托①,亦从未提及寅恪先生上论。

邓小军先生《红豆小史》一文论《钱注杜诗》卷一五《秋兴八首》其八、卷一七《江南逢李龟年》二诗之注释,"留下解开钱谦益《牧斋有学集》、《投笔集》众多红豆诗暗藏之意蕴的一把钥匙",并指出:"牧斋笺注杜诗,与自己所作诗歌之间,存有互证、互补的密切关系。此点特别值得读者注意。"②所论极有见地。

上二文抉发钱谦益杜诗笺注与诗文作品之关系,发明之功,足启迪后学。但二文论述之重点均不在此,故所论简略,缺乏深入细致之研讨。

钱谦益杜诗笺注与诗文作品互证、互补的密切关系,可以使我们更为深刻地理解牧斋之注杜与牧斋之诗文,是一值得探索,也有待探索的研究课题。

钱谦益主要诗文集:《牧斋初学集》一百十卷,是钱谦益在明代所写诗文的总集;《牧斋有学集》五十卷,是钱谦益入清后所作诗文的结集;《投笔集》上下两卷,则是钱谦益秘密从事反清复明活动的诗歌专集。另有《苦海集》一卷、《牧斋有学集文钞补遗》一卷、《有学集文集补遗》上中下三卷、《牧斋外集》二十五卷、《牧斋集补》一卷,及《牧斋晚年家乘文》一卷、《钱牧斋先生尺牍》三卷等。本书以钱仲联标校《钱牧斋全集》(上海古籍出版社 2003 年版)为主要文本依据,兼参周法高编《足本钱曾牧斋诗注》(台北三民书局 1973 年版)③与

---

① 代表观点如:綦维《孝子忠臣看异代 杜陵诗史汗青垂——试析〈钱注杜诗〉中钱氏隐衷之抒发》:"'曰平居有所思,殆欲以沧江遗老,奋袖屈指,覆定百年举棋之局。'……钱谦益此时却正暗中参加反清复明活动,且颇有作为。……故'覆定百年之局'者并不是杜,而是钱。此处之语直不是解诗而是自况了。"(《杜甫研究学刊》2001 年第 4 期,第 65~66 页)郎烈波《钱谦益心态与文学思想研究》第六章第二节《钱谦益与〈钱注杜诗〉》:"钱谦益晚年依然壮心未泯,积极投身复明事业,企图挽危图存,再兴宗社,倒是真的,所以沧江遗老奋袖屈指云云更应是钱谦益自己的心愿表述。"(南开大学博士学位论文,2003 年,第 192 页)

② 详请参阅邓小军《红豆小史——以王维、杜甫、〈云溪友议〉、钱谦益为中心》,《诗史释证》,第 474~479 页。

③ 周法高编《足本钱曾牧斋诗注》影印《初学集诗注》二十卷、《有学集诗注》十四卷(实为乾隆后印本),各卷后影印配补台湾中研院史语所傅斯年图书馆藏《初学集诗注》《有学集诗注》(实为康熙玉诏堂刻本)所附墨笔《原注补抄》(《原注补抄》系康熙五十八年竺樵抄自苏州陆穆水木明瑟园藏写本《初学集诗注》《有学集诗注》),较通行本多出三千九百余条注释。详请参阅邓小军《周法高〈足本钱曾牧斋诗注〉书后》,《学林漫录》十六集。

卿朝晖辑校《牧斋初学集诗注汇校》（上海古籍出版社 2012 年版）[①]。

# 第二节　通过钱谦益诗文
# 深入体认钱注

本节旨在以钱谦益诗文作品为参照，深入体认牧斋杜诗笺注中蕴藏的笺注理念及其渊源，对杜诗的独特理解，以及隐微寄托的明末政治境遇与易代故国之思、复明之志。以钱证钱，辅以他证，希冀为《钱注杜诗》研究提供一新的学术视野与解读角度。

## 一、发明杜诗蕴藏的笺注理念与追寻经世大义的家学渊源

前人多直接依《钱注杜诗》卷首之《草堂诗笺元本序》与《注杜诗略例》来探讨钱注的笺注理念，却很少关注钱谦益诗文中亦蕴涵了其对笺注杜诗之体悟与主张。本书通过上述二者之互证对参，更为深入地解析钱谦益杜诗笺注理念之内涵，并力图揭示此等笺注理念背后的深层学术渊源。

《钱注杜诗》卷首钱谦益《草堂诗笺元本序》云："今人饾饤拾取……少陵间代英灵，目空终古。占毕儒生，眼如针孔，寻扯字句，割剥章段，钻研不出故纸，拈放皆成死句，旨趣滞胶，文义违反。"借钱曾语自述："若《玄元皇帝庙》、《洗兵马》、《入朝》、《诸将》诸笺，凿开鸿蒙，手洗日月，当大书特书，昭揭万世。……若夫类书谰语，掇拾补缀，吹花已萎，哕饭不甘，虽多亦奚以为。"[②]可见，钱谦益的杜诗笺注，非囿于字句、章段之细琐爬梳，乃是以对杜诗蕴藏之重大发明为旨归。牧斋之笺注，实践了其《序》中之理想，上文所揭钱注学术创见核心体系，即为最佳之证明。

清顺治十一年（1654）牧斋作《冬夜假我堂文宴诗有序》序云："杜陵笺注，

　　① 卿朝晖辑校《牧斋初学集诗注汇校·前言》："苏州图书馆藏有《初学集诗注》的一个残本，仅存前十四卷，是何焯的旧藏本，……此本与傅斯年图书馆藏本相比，前十四卷还要多出一千三百余条，数目非常巨大，是目前所见条目最多的本子。""此次辑校……钱曾注释，前十四卷则以苏州图书馆藏何焯旧藏残本为底本。"（上海古籍出版社 2012 年版，第 7、8～9 页）
　　② 《钱注杜诗》，第 3～4 页。

刊削豕鱼。"又《和朱长孺》:"天宝论诗志岂诬？虫鱼笺注笑侏儒。"诗末自注:
"长孺方笺注杜诗①。"②按朱鹤龄(字长孺)《假我堂文燕次和牧斋先生韵》诗云:
"养拙自嗤同土木,成书漫拟注虫鱼。"③牧斋或因观朱鹤龄笺注杜诗,牵连感发,
遂予以谆谆告诫,并指明杜诗笺注之大道。"天宝论诗志岂诬",孙之梅先生释
云:"唐代因天宝年间的安史之乱,促成了诗歌的明显变化,杜甫诗也是如此。
此处说以天宝年间的社会动乱为背景考察唐诗、杜诗的变化是正确的。"④孙说
甚是。力倡以史证诗,抉发杜诗历史蕴涵,正是牧斋注杜之核心关注点。"虫
鱼笺注笑侏儒",钱曾注其古典出处:"昌黎《书皇甫湜园池诗后》诗:'《尔雅》
注虫鱼,定非磊落人。'"⑤今典则是蔑视那些仅能笺注杜诗字词的章句小儒。

清康熙元年(1662)牧斋作《秋日杂诗二十首》其六云:

> 唐天憎杜陵,流落穷白头。又令笺注徒,千载生瘢疣。至今馁腐儒,
> 钻穴死不休。太白自长啸,槌碎黄鹤楼。文章亦世业,抚卷心悠悠。⑥

此诗实牧斋自揭其杜诗笺注之全幅理念。"又令笺注徒,千载生瘢疣",可与
《钱注杜诗》卷首《注杜诗略例》中历述注杜千家之错谬并读;"至今馁腐儒,钻
穴死不休",可能即针对朱鹤龄注杜长于训释字句,少有发明而言⑦;"太白自

---

① [清]朱鹤龄《愚庵小集》卷九《假我堂文燕记》:"丁酉冬日,牧斋先生侨寓其中,……余
叩古文源流。"(上海古籍出版社1979年据复旦大学图书馆藏清康熙刻本影印,第437～438页)
陈寅恪《柳如是别传》第五章征引钱谦益《冬夜假我堂文宴诗序》与朱鹤龄《假我堂文燕记》,笺释
云:"今绎钱朱两人所言,明是一事,而牧斋以为在顺治十一年'甲午阳月二十有八日',长孺以为
在顺治十四年'丁酉冬日',两者相差三年。鄙意《有学集》第伍卷诸诗排列先后颇相衔接,似无讹
舛。或者长孺追记前事,偶误'甲午'为'丁酉'欤？俟考。至长孺记中'余叩古文源流'一语,恐非
偶然。盖《有学集》诗集伍《和朱长孺》七律自注云:'长孺方笺注杜诗。'与序中'杜陵笺注,刊削豕
鱼'之语符合。长孺不道及注杜事,殆有所讳,可谓欲盖愈彰者矣。"(第1074页)
② 《牧斋有学集》卷五《敬他老人诗集》,《钱牧斋全集》,第4册,第213、216页。
③ [清]朱鹤龄:《愚庵小集》卷五,第206页。
④ 孙之梅选注:《钱谦益诗选》,人民文学出版社2009年版,第246页。
⑤ 《钱牧斋全集》,第4册,第216页。
⑥ 《牧斋有学集》卷一二《东涧诗集上》,《钱牧斋全集》,第5册,第585页。目录此诗集题
下注:"起壬寅(清康熙元年),尽一年。"
⑦ 洪业《杜诗引得序》:"朱氏长于字句之释,以勤劳自任,其病也钝。"(《洪业论学集》,第
334页)清朱鹤龄《杜工部诗集辑注》卷前钱谦益《吴江朱氏诗辑注序》后自识:"壬寅(康熙元
年),复馆先生(按:即指钱谦益)家,更录呈求益,先生谓所见颇有不同,不若两行其书。"清康熙
元年(1662),朱鹤龄第二度坐馆于钱府,钱、朱因注杜之争交恶。

长啸,槌碎黄鹤楼",则以鲜活跃动的诗歌意象,呈露出牧斋注杜极具锋芒的学术性格,即《草堂诗笺元本序》所言"凿开鸿蒙,手洗日月,当大书特书,昭揭万世"。

牧斋尝慨叹道:"注书之难,昔人所叹。观陆放翁所论杜、苏之注,知注释之功,良不减于作者。"①依照《草堂诗笺元本序》所论,再证诸牧斋诗文,我们可以确知,其所谓"注释之功",在于深刻揭示杜诗的微言大义;"良不减于作者",在于呈露诗歌隐蕴,照见古人心髓。

钱谦益笺注杜诗,不屑于作"虫鱼笺注"的章句小儒,孜孜以求显明诗歌之微言大义,此与其家学渊源,实密不可分。牧斋的曾祖父钱体仁,"采集古今名臣巨儒,前言往行,风世砺俗者,名曰《虚窗手镜》"②。祖父钱顺时,"弱冠卓荦,谓士当博通典故,储峙有用之学,不应雕章绘句,为虫鱼小儒"③,"嘉靖己未,会试举《春秋》第一","倜傥有大志,不屑为章句小儒,焚膏宿火,讲求天文、律历、河渠、兵、农诸家之学,提纲举要,荟蕞成书,凡百馀卷,名曰《资世文钥》,盖《通典》、《通考》之流亚也。其饷辽也,从老戍退卒,问讯房情边事,登关城,望渝海,酹酒赋诗,慨然有吞胡出塞之思"④。父亲钱世扬,"于《春秋》,禀承父叔之业,尤专门名家"⑤,"世授《春秋》,以直道是非为己任。婉晚不遇,以授经为大师。抠衣抗手,正告弟子:'儒者志在《春秋》,行在《孝经》,諆闻曲学,吾弗与也'"⑥,"晚读二十一史,钩摘其奇闻异事,撰《古史谈苑》三十四卷。大指在原本忠孝,耸善抑恶","高阳公(孙承宗)览而叹曰:'公深于《春秋》,真见天下拨乱大手。从大纲常着力,立身训子,皆本《春秋》大义,非章句儒者所通晓也'"⑦。由上可见,自钱谦益的曾祖肇始,根柢经史、经世致用,成为海虞钱氏家族的家学渊源,其祖父、父亲,皆以《春秋》名家。不做章句小儒,追寻经世大义,深深植根于钱谦益的心灵,脉脉融化于其血脉,虫鱼笺注之业,经此灵心所照,即生迥异时流之光彩。牧斋杜诗笺注理念之家学渊源实在此。

---

① 《钱牧斋先生尺牍》卷二《与石林上人》二首其二,《钱牧斋全集》,第 7 册,第 348 页。

② 《牧斋晚年家乘文》,《钱牧斋全集》,第 7 册,第 156 页。

③ 同上,第 160 页。

④ 《牧斋初学集》卷七四《请诰命事略》,《钱牧斋全集》,第 3 册,第 1634 页。

⑤ 《牧斋晚年家乘文》,《钱牧斋全集》,第 7 册,第 165 页。

⑥ 《牧斋有学集》卷四五《古史谈苑摘录后记》,《钱牧斋全集》,第 6 册,第 1493 页。

⑦ 《牧斋晚年家乘文》,《钱牧斋全集》,第 7 册,第 166 页。

## 二、杜诗观由以婉讽寓笃厚深情到以隐语寄伤时悲慨

钱谦益对杜诗特质的理解,集中体现于其笺注杜诗之实践,亦体现于其序跋文章与诗歌创作之中,本书将三者参照考察,相互印证,相互发明,烛照牧斋心中独特的杜诗面向及其背后隐寓的深沉悲慨。

### (一) 托讽深厚 兴寄微婉

纵观钱谦益笺注杜诗,始终贯穿着对杜诗婉讽特质之高度关注。兹枚举诸例如下:

1.《读杜小笺上》之《白丝行》:"此诗全用《选》诗,而属意尤为深婉。"①

2.《读杜小笺上》之《上韦左相》:"范叔归秦,此句托意最为深远,盖见素虽为国忠引荐,公深望其秉正,去国忠以匡时,故以范叔归秦讽之。……见素虽不能用公言,然公之谋国,用意深切如此,千载而下,可以感叹也。"②

3.《读杜小笺中》之《寄张十二山人彪》:"《传》曰:定、哀多微词。公于玄、肃之际,其多微词如此。"③《钱注杜诗》卷一〇同诗"修庙赏从"条注:"肃宗赏功,独厚于灵武从臣,故曰'文公赏从臣',引介子推之事以讥之,此《春秋》之微词也。"④

4.《读杜小笺中》之《阆州别房太尉墓》"对棋陪谢傅,把剑觅徐君":"琯为宰相,听董庭兰弹琴,以招物议。此诗以谢傅围棋为比。围棋无损于谢傅,则听琴何损于太尉乎?语出回护,而不失大体,可谓微婉矣。"⑤

5.《读杜小笺下》之《诸将五首》其三:"此责朝廷之大臣出将者也。……如王缙者,则不过募耕劝农,修承平有司之故事而已。曰稍喜者,婉词以致不

---

① 《牧斋初学集》卷一〇六,《钱牧斋全集》,第 3 册,第 2159 页。《钱注杜诗》卷一同诗注无此条。

② 《牧斋初学集》卷一〇六,《钱牧斋全集》,第 3 册,第 2157 页。《钱注杜诗》卷九同诗"范叔"条注,与此略有出入。

③ 《牧斋初学集》卷一〇七,《钱牧斋全集》,第 3 册,第 2168 页。

④ 《钱注杜诗》,第 366 页。

⑤ 《牧斋初学集》卷一〇七,《钱牧斋全集》,第 3 册,第 2175 页。《钱注杜诗》卷一三同诗"对棋"条注,与此互有出入。

满之意,非褒与之词也。"①

6.《读杜小笺下》之《诸将五首》其四:"此言朝廷不当使中官为将也。……诗之立意如此。而词意敦厚,不露头角,真诗人之风也。"②《钱注杜诗》卷一五《诸将五首》其四笺曰:"肃、代间,国势衰弱,不复再振,其根本胥在于此。斯岂非忠规切谏救世之针药与?"③

7.《读杜小笺下》之《诸将五首》其五:"卒章言蜀中将帅也。是时崔旴、杨子琳等交乱于蜀,杜鸿渐以姑息为政,奏以节镇刺史授之。公以鸿渐治蜀远逊严武,故作此诗。……然其指近[远]④而词文,非深思之,则但以为追诵严武而已。此公之所以不可及也。……末章则身在蜀中而婉刺镇蜀之将也。"⑤

8.《读杜二笺上》之《奉赠太常张卿二十韵》:"投赠之诗,托讽深厚如此,其意切而其词愈婉,此风人之指也。"⑥

9.《钱注杜诗》卷一《奉同郭给事汤东灵湫作》"金虾蟆"条注:"《酉阳杂俎》:有人夜见月光属于林中如匹布,寻视之,见一金背虾蟆,疑是月中者。月中阴精,后妃之象,禄山诏约杨妃,誓为子母,通宵禁掖,昵狎嫔嫱。……方诸虾蟆之入月。诗人之托谕,不亦婉而章乎?"⑦

10.《钱注杜诗》卷二《洗兵马》"问寝"条注:"此诗援据寝门之诏,引太子东朝之礼以讽谕也。"又"攀龙附凤"条注:"是时方加封蜀郡、灵武元从功臣,肃宗之意,独厚于灵武,故婉辞以讥之。"⑧

11.《钱注杜诗》卷五《忆昔二首》其一笺曰:"《忆昔》之首章,刺代宗也。……公不敢斥言,而以忆昔为词,其旨意婉而切矣。"⑨

---

① 《牧斋初学集》卷一〇八,《钱牧斋全集》,第3册,第2178页。《钱注杜诗》卷一五同诗笺曰,与此略有出入。
② 《牧斋初学集》卷一〇八,《钱牧斋全集》,第3册,第2178页。《钱注杜诗》卷一五同诗笺曰无此条。
③ 《钱注杜诗》,第517页。《读杜小笺下》同诗无此条。
④ 《钱注杜诗》卷一五同诗笺曰:"公身居蜀中,而风刺出镇之宗衮,故其诗指远而词文如此。"(第517页)
⑤ 《牧斋初学集》卷一〇八,《钱牧斋全集》,第3册,第2179页。《钱注杜诗》卷一五同诗笺曰,与此略有出入。
⑥ 《牧斋初学集》卷一〇九,《钱牧斋全集》,第3册,第2193页。《钱注杜诗》卷九同诗笺曰无此条。
⑦ 《钱注杜诗》,第30页。
⑧ 《钱注杜诗》,第66页。
⑨ 《钱注杜诗》,第156页。

12.《钱注杜诗》卷九《冬日洛城北谒玄元皇帝庙》笺曰:"'世家遗旧史',谓《史记》不列于世家,开元中敕升为列传之首,然不能升之于世家,盖微词也。'道德付今王',谓玄宗亲注《道德经》及置崇玄学,然未必知道德之意,亦微词也。"①

13.《钱注杜诗》卷一○《收京三首》其一笺曰:"此诗大意,似惜玄宗西幸,而有灵武之事,遂失大柄,故婉辞以叹惜之。"②

14.《钱注杜诗》卷一一《建都十二韵》笺曰:"此诗因建南都而追思分镇之事也。……是岁七月,上皇移幸西内。九月,置南都,革南京为蜀郡。肃宗于荆州、蜀郡,汲汲然一置一革,其意皆为上皇也。公心痛之而不敢讼言,故曰'虽倚三阶正,终愁万国翻','愿枉长安日,光辉照北原',定、哀之微辞如此。"③

15.《钱注杜诗》卷一三《登楼》笺曰:"'可怜后主还祠庙',其以代宗任用程元振、鱼朝恩,致蒙尘之祸,而托讽于后主之用黄皓乎。其兴寄微婉如此。"④

16.《钱注杜诗》卷一五《赠李八秘书别三十韵》"朱虚"条注:"肃宗行赏,独厚于灵武诸臣,公有'文公赏从臣'之讥。而此又以朱虚为喻,皆微词也。"⑤

17.《钱注杜诗》卷一五《解闷十二首》其九笺曰:"古人虽漫兴小诗,比物托喻,必有从来,注家不知大意,钩索字句,往往龃龉不通。"⑥

由上诸例,钱谦益认为杜诗具有托讽深厚、兴寄微婉之特质。此等特质,实为杜甫自觉承继儒家诗学与《春秋》学之必然结果。牧斋对杜诗此等特质的深广揭示,一方面符合杜诗之原本(当然钱注对杜诗个别诗旨之阐发有偏差),另一方面亦符合牧斋发明杜诗蕴藏、揭示微言大义的笺注理念。

证诸钱谦益诗文,我们发现,牧斋对杜诗特质之认同、倡导,还有一层功用,即针对明末文坛现状,排击俗学,力矫诗弊,提出自己鲜明的文学批评主张。

---

① 《钱注杜诗》,第278页。
② 《钱注杜诗》,第324页。
③ 《钱注杜诗》,第380页。
④ 《钱注杜诗》,第455页。
⑤ 《钱注杜诗》,第523页。
⑥ 《钱注杜诗》,第530页。

《牧斋初学集》卷三二《王元昌北游诗序》云：

> 秦之诗，莫先于《秦风》，而莫盛于少陵，此所谓秦声也。自班孟坚叙秦诗，取"王于兴师"及《车辚》、《驷驖》、《小戎》之篇，世遂以上气力，习战斗，激昂噍杀者为秦声。至于近代之学杜者，以其杜诗为杜诗，因以其杜诗为秦声，而秦声遂为天下诟病。甚矣世之不知秦声也！……温柔敦厚，婉而多风，其孰有如秦声者乎？……学者不知原本，猥以其浮筋怒骨，龃齿呀牙者，号为杜诗，使后之横民，以杜氏为质的而集矢焉，且以秦声为诟病，不亦伤乎！元昌……为诗也，丽而则，怨而不怒，此善为秦声者也。夫为秦声者，莫善于杜。知学杜之利病，矫俗学之迷，而反其辙，斯真善为秦声者乎！①

按：华州王元昌，乃关中名士，故牧斋此《序》借"秦声"反复申说，以明其批评指归。据汉班固《汉书·地理志》："安定、北地、上郡、西河，皆迫近戎狄，修习战备，高上气力，以射猎为先。故秦诗曰'在其板屋'；又曰'王于兴师，修我甲兵，与子偕行'。及《车辚》、《四载》、《小戎》之篇，皆言车马田狩之事。"②可见班固认为《诗经·秦风》深具尚武精神。钱谦益郑重指出，"秦声"之特质是"温柔敦厚，婉而多风"，杜甫为其魁斗（"夫为秦声者，莫善于杜"）；批评后世承袭班固之说，"以上气力，习战斗，激昂噍杀者为秦声"，近代之学杜者"不知原本，猥以其浮筋怒骨，龃齿呀牙者，号为杜诗"，矛头直指复古派前后七子。牧斋《题怀麓堂诗钞》云："弘、正间，北地李献吉临摹老杜，为槎牙兀傲之词，以訾謷前人。"③与此正相发明。《序》末称许王元昌之诗"丽而则，怨而不怒，此善为秦声者也"，由批评而规正，希望诗家"知学杜之利病，矫俗学之迷，而反其辙"。在此，"婉而多风"与牧斋杜诗笺注中呈露的杜诗观相一致，而

---

① 《钱牧斋全集》，第 2 册，第 931～932 页。
② ［汉］班固撰，［唐］颜师古注：《汉书》卷二八下，中华书局 1962 年版，第 4 册，第 1644 页。
③ 《牧斋初学集》卷八三，《钱牧斋全集》，第 3 册，第 1758 页。《牧斋初学集》卷一〇八《读杜小笺下》之《承闻河北诸道节度入朝欢喜口号绝句》笺注："本朝弘、正间学杜者，专法此等诗，模拟其槎牙突兀，粗皮老干，以为形似；而不知其敦厚隽永，来龙远而结脉深之若是也。今人惩生吞活剥之病，并此诗与《秋兴》、《诸将》而嗤点之，如李于鳞所云子美篇什虽众，赜然自放。则又矮人观场之见，岂足道哉！"（《钱牧斋全集》，第 3 册，第 2180 页。《钱注杜诗》卷一五同诗注无此段内容。）

"温柔敦厚"、"怨而不怒",由上举笺注诸例观,与"深厚"之情致、"微婉"之表现手法,亦合符契。且依此《序》之批评情境,"温柔敦厚,婉而多风"是与"激昂噍杀"、"浮筋怒骨"相对而言的一组概念,实为牧斋排击七子诗风之有力标举。至于其与《诗经·秦风》之特质是否吻合,见仁见智,但于牧斋此《序》之旨意,或可得鱼忘筌即了。

### (二) 悼国伤时 不欲显斥

入清后,钱谦益对杜诗特质的理解,无论"托讽深厚"的情感内蕴,还是"兴寄微婉"的表达方式,皆浸染了易代的深沉悲慨。牧斋(杜)注、诗、文中,呈露出与此前不同的杜诗面向。

《钱注杜诗》卷一七《秋日荆南述怀三十韵》"望帝"条注:

> 昔人谓陶渊明诗,悼国伤时,不欲显斥,寓以他语,使奥漫不可指摘。知此,则可以读杜诗矣。[1]

按:明崇祯十六年(1643)所刻《牧斋初学集》卷一〇六至一一〇《读杜小笺》、《读杜二笺》中,钱谦益未注杜甫《秋日荆南述怀三十韵》,可见此诗注为牧斋入清后所作。"昔人谓"云云,乃宋代李公焕《笺注陶渊明集》卷三《述酒》诗注引赵泉山语,兹录如下:

> 赵泉山曰:此晋恭帝元熙二年也。六月十一日宋王(刘)裕迫帝禅位,既而废帝为零陵王,明年九月潜行弑逆。故靖节诗中引用汉献事。今推(韩)子苍意,考其退休后所作诗,类多悼国伤时感讽之语,然不欲显斥,故命篇云《杂诗》,或托以《述酒》、《饮酒》、《拟古》。惟《述酒》间寓以他语,使漫奥不可指摘。今于各篇姑见其一二句警要者,馀章自可意逆也。如"豫章抗高门,重华固灵坟",此岂述酒语耶?"三季多此事"、"慷慨争此场"、"忽值山河改",其微旨端有在矣,类之风雅无愧。《谏》称靖节"道必怀邦",刘良注:"怀邦者,不忘于国。"故无为子曰:"诗家视渊明,

---

犹孔门视伯夷也。"①

南宋赵泉山揭示出陶渊明"退休后所作诗,类多悼国伤时感讽之语,然不欲显斥",尤作于晋宋易代之际的《述酒》诗,实痛愤刘裕篡弑("迫帝禅位"、"潜行弑逆"),却"间寓以他语,使漫奥不可指摘"。

检阅钱谦益诗文,牧斋用陶渊明《述酒》诗之典故,如:《有学集》卷二《秋槐诗支集》之《闽中徐存永陈开仲乱后过访各有诗见赠次韵奉答四首》其三:"南国歌阑皆下泣,山阳诗谶倩谁传②?"③《投笔集》卷下《后秋兴之八》其一:"朝阳已跃南离日。"④又《西陵二张子诗序》云:"诗之为教,温柔而敦厚。温柔敦厚者,天地间之真诗也。忧乱之诗曰'昊天疾威',温柔之极也。刺谗之诗曰'投畀豺虎',敦厚之极也。后之诗人有得于是者,其词谶,则其旨弥著,渊明山阳之篇也。"⑤由上可见,牧斋对《述酒》诗蕴藏之微旨与隐语(用典)表达方式,皆有深刻体察。

此等深刻体察,实源于钱谦益对陶渊明遗民志节的深刻认同。《有学集》卷四《绛云馀烬集》之《石涛上人自庐山致萧伯玉书于其归也漫书十四绝句送之兼简伯玉》其九:"纪历何须问义熙,桃源春尽落英知。北窗大有羲皇地,闲和陶翁甲子诗。"⑥用陶渊明《桃花源记》"落英缤纷"⑦,《与子俨等疏》"常言:五六月中,北窗下卧,遇凉风暂至,自谓是羲皇上人"⑧,及《宋书·陶潜传》"自以曾祖晋世宰辅,耻复屈身后代,自高祖王业渐隆,不复肯仕。所著文章,皆

---

①　[宋]李公焕:《笺注陶渊明集》,《四部丛刊初编》集部影印宋刊巾箱本,上海书店 1989 年据商务印书馆 1926 年版重印。

②　钱曾注:"渊明《述酒》诗:'山阳归下国,成名犹不勤。'汤东涧曰:'按晋元熙二年六月,刘裕废恭帝为零陵王。明年,以毒酒一罂授张伟[祎]使酖王,伟[祎]自饮而卒。继又令兵人逾垣进药,王不肯饮,遂掩杀之。此诗所为作,故以《述酒》名篇。诗辞尽隐语,观者弗省。独韩子苍以山阳下国一语,疑是义熙后有感而赋。予反覆详考,而后知决为零陵哀诗也。'"(《钱牧斋全集》,第 4 册,第 79 页)

③　《钱牧斋全集》,第 4 册,第 78 页。

④　钱曾注:"渊明《述酒》诗:'重离照南陆,鸣鸟声相闻。秋草虽未黄,融风久已分。'"(《钱牧斋全集》,第 7 册,第 40 页)

⑤　《牧斋有学集文钞补遗》,《钱牧斋全集》,第 7 册,第 414 页。

⑥　《钱牧斋全集》,第 4 册,第 133 页。

⑦　逯钦立校注:《陶渊明集》,中华书局 1979 年版,第 165 页。

⑧　同上,第 188 页。

题其年月,义熙以前,则书晋氏年号,自永初以来,唯云甲子而已"①,表示自己梦寐以求的世界,是古朴自由的、不承认现政权的遗民生活世界。同书卷一《秋槐诗集》之《赠濮老仲谦》:"沧海茫茫换劫尘,灵光无恙见遗民。……尧年甲子欣相并,何处桃源许卜邻?"②卷五《敬他老人诗集》之《天遗家篱菊盛开,邀诸名士作黄花社,奉常公墨菊卷适归几上。诸子倚原韵赋诗,题曰东篱秋兴,而属余和之》:"版屋衡门故相家,义熙时节种陶花。"③又同卷《李太公寿诗》:"甲子题诗岁月长,遗民杖履道人装。"④卷六《秋槐诗别集》之《竹溪草堂歌为宝应李子素臣作》:"丹书翰简手勘量,大书甲子依柴桑。"⑤卷九《红豆诗初集》之《题吕天遗菊龄图》六首其一:"顾影不须嗟短鬓,黄花犹识晋衣冠。"又其二:"甲子迁讹记不真,东篱花是老遗民。茫茫典午山河里,剩得陶家漉酒巾。"⑥由上诸例,牧斋深刻认同渊明的晋遗民品格,借陶诗文之微言(书"甲子"⑦)与意象("桃源"、"陶花"、"黄花"、"东篱花"),寄寓了己身与同道内心深处坚贞而挚热的故国之思。

钱注言"昔人谓陶渊明诗,悼国伤时,不欲显斥,寓以他语,使奥漫不可指摘。知此,则可以读杜诗矣",牧斋将陶诗以微言隐寓伤时心迹之特质移植于杜诗。此等移植,一层是因杜甫部分微言政治抒情诗如《北征》、《洗兵马》、《寄韩谏议》等,与陶渊明《述酒》、《饮酒》、《拟古》等诗,确有相通之处;更重要之一层,则是牧斋意在借此移植,于杜诗笺注中发抒其深沉的易代悲怀。

证诸钱谦益诗文,我们亦可发现牧斋杜诗观的微妙变化。此等变化,实与上述钱注相符应、相映照。

《牧斋有学集》卷二〇《学古堂诗序》:

> 余往与泾华数子言诗,以为自汉以来,善言秦风,莫如班孟坚,而善

---

① [梁]沈约撰:《宋书》卷九三,中华书局1974年版,第4册,第2288~2289页。
② 《钱牧斋全集》,第4册,第36页。此诗又见钱仲联辑《牧斋集再补》(辑自《佚丛》本《牧斋集外诗补》),题作《漫兴》,文字略有出入,《钱牧斋全集》,第8册,第910~911页。
③ 《钱牧斋全集》,第4册,第181页。
④ 同上,第201页。
⑤ 同上,第257页。
⑥ 同上,第438页。
⑦ 参阅邓小军《陶渊明书甲子辨——陶渊明诗文书国号、书年号、书天子、书甲子之考察》,《中国文化》第29期,2009年,第61~66页。

为秦声者,莫如杜子美。其著作甚备,而今之采秦风与其诗也,又有异焉。请推言之,而姑与圣秋为谲,其可乎?……子美丁天宝之难,间关行在,麻鞋见天子,与包胥之重趼何异。暂时间道,剪纸招魂,《北征》诸什,其为秦庭之哭也,亦已哀矣。人知子美之为秦声,而不知为楚哭也。至今读其诗,茂陵之玉碗,宛然再出,昭陵之石马,如闻夜嘶。厉河朔忠义之气,追宣、光收复之烈,抑塞磊落,感激涕泪,与郭、李之元功伟烈,并存宇宙间,谓包胥之哭足以复楚,而少陵之诗不足以张唐也,其又可乎?圣秋,秦人也,而工为杜诗。……泾华诸子,皆三秦豪杰也,圣秋以吾言寓之,其以余今昔之论《秦风》,有以异乎?抑亦昔不谲而今谲乎?其亦为之喟然掩卷而长叹也。①

此《序》当与上《王元昌北游诗序》对读。牧斋借为秦人韩圣秋《学古堂诗》作序,以谲谜之喻("姑与圣秋为谲"),道出了其体悟杜诗由"秦声"到"楚哭"之转变。"至今读其诗,茂陵之玉碗,宛然再出,昭陵之石马,如闻夜嘶",破国亡家之痛与忠爱缠绵之思,隐然熠熠于行墨之间,此等不能明言的真实情感,即为牧斋"昔不谲而今谲"之根本原因所在。

再细致考察钱谦益入清后的诗文创作。

第一,牧斋大量使用杜诗语典,隐微发抒其"悼国伤时"之悲慨。兹依语典出处例举如下(综合运用多个语典者,分别归属):

1. 杜甫《哀江头》:"少陵野老吞声哭,春日潜行曲江曲。江头宫殿锁千门,细柳新蒲为谁绿。"

《牧斋有学集》卷五《敬他老人诗集》之《次韵赠张燕筑》二首其二:"曲江野老复何为? 调笑排场顾影时。……绣岭宫前歌一曲,春风鹤发太平期。"②

《牧斋有学集》卷一〇《红豆诗二集》之《乳山道士劝酒歌》:"南云北户眼泪枯,细柳新蒲衫袖湿。"③

《牧斋有学集》卷一〇《红豆诗二集》之《徐元叹劝酒词十首》其八:"新蒲近入灵岩社,共哭山门日暮钟。"④

---

① 《钱牧斋全集》,第 5 册,第 840~841 页。
② 《钱牧斋全集》,第 4 册,第 232 页。
③ 同上,第 479 页。
④ 同上,第 492 页。

《苦海集》之《甲申端阳感怀十四首》其十一："新蒲细柳依稀是,重咏当年长乐诗。"①

《牧斋有学集》卷二〇《赠黄皆令序》："沧海横流,劫灰荡扫。……少陵堕曲江之泪,遗山续小娘之歌。"②

《牧斋有学集》卷二一《山翁禅师文集序》："荐严之疏,龙髯马角之深悲也。新蒲之绿,玉衣石马之退思也。春葵玉树之什,空坑、厓海之馀恨也。"③

《牧斋有学集》卷四二《陈昌箕画像赞》："樊楼之灯火如梦,曲江之蒲柳无遗。"④

2. 杜甫《哀王孙》："长安城头头白乌,夜飞延秋门上呼。"

《牧斋有学集》卷二《秋槐诗支集》之《夏日谦新乐小侯于燕誉堂,林若抚、徐存永、陈开仲诸同人并集二首》其一："宝珏相逢沟水头,长衢交语路悠悠⑤。……春燕归来非大厦,夜乌啼处似延秋。"⑥

《牧斋有学集》卷五《敬他老人诗集》之《冬夜假我堂文宴诗有序》之《和朱长孺》："寒风飒拉霜林暮,愁绝延秋头白乌。"⑦

《牧斋有学集》卷一三《东涧诗集下》之《放歌行为绛跗堂主人姚文初作》："自从延秋啼白乌,王侯第宅飐灰烟。"⑧

3. 杜甫《行次昭陵》："玉衣晨自举,石马汗常趋⑨。"

《牧斋有学集》卷五《敬他老人诗集》之《郁离公五十寿诗》："萧然寄迹五湖湄,尔祖曾为帝者师。忍以浮云看世代,悲将流水照须眉。玉衣庙出晨常早,石马陵趋夜竟迟。"⑩

《牧斋有学集》卷六《秋槐诗别集》之《丙申春就医秦淮,寓丁家水阁浃两

---

① 《钱牧斋全集》,第 7 册,第 110 页。

② 《钱牧斋全集》,第 5 册,第 863 页。

③ 同上,第 876 页。

④ 《钱牧斋全集》,第 6 册,第 1436 页。

⑤ 杜甫《哀王孙》："腰下宝珏青珊瑚,可怜王孙泣路隅。……不敢长语临交衢,且为王孙立斯须。"

⑥ 《钱牧斋全集》,第 4 册,第 80~81 页。

⑦ 同上,第 216 页。

⑧ 《钱牧斋全集》,第 5 册,第 615 页。

⑨ 《钱注杜诗》卷一〇《行次昭陵》作"铁马汗常趋","铁"字下注:"《英华》作石。"(第321 页)

⑩ 《钱牧斋全集》,第 4 册,第 249 页。

月,临行作绝句三十首,留别留题,不复论次》其十三:"欹斜席帽五陵稀,六代江山一布衣。望断玉衣无哭所,巾箱自摺蹇驴归。重读纪伯紫《鸞叟诗》。"①

《牧斋有学集》卷八《长干塔光集》之《金陵寓舍赠梁溪邹流绮》:"金匮旧章周六典,玉衣原庙汉三都。"②

《投笔集》卷下《后秋兴之十二》其八:"金粟堆前空翠里,金灯犹傍玉衣垂。"③

《牧斋有学集》卷一六《浩气吟序》:"寝庙之玉衣晨举,昭陵之石马宵驰。扶日月于南交,画乾坤于北户。"④

《牧斋有学集》卷一八《徐季重诗稿叙》:"其悲凉则玉衣石马也,其忻喜则樱桃杖杜也⑤,其激昂蹈厉则笛里关山、兵前草木也。"⑥

《牧斋有学集》卷二一《山翁禅师文集序》:"新蒲之绿,玉衣石马之遐思也。"⑦

《牧斋有学集》卷二二《赠王平格序》:"三家之子,一哄之市,雏诵玉衣石马玉鱼金碗⑧之章,无不顿足也。"⑨

4. 杜甫《洗兵马》:"三年笛里关山月,万国兵前草木风。"

《投笔集》卷下《后秋兴之八》其一:"笛里关山牵昔梦,灯前儿女负初心。"⑩

《投笔集》卷下《后秋兴之十二》其二:"关山月暗三年笛,草木风腥四面笳。"⑪

《牧斋有学集》卷一八《徐季重诗稿叙》:"其悲凉则玉衣石马也,其忻喜则樱桃杖杜也,其激昂蹈厉则笛里关山、兵前草木也。"⑫

---

① 《钱牧斋全集》,第 4 册,第 283 页。
② 同上,第 377~378 页。
③ 《钱牧斋全集》,第 7 册,第 69 页。
④ 《钱牧斋全集》,第 5 册,第 742 页。
⑤ 此句用杜甫《收京三首》其三"赏应歌杖杜,归及荐樱桃"之语典。
⑥ 《钱牧斋全集》,第 5 册,第 796 页。
⑦ 同上,第 876 页。
⑧ 此处用杜甫《诸将五首》其一"昨日玉鱼蒙葬地,早时金碗出人间"之语典。
⑨ 《钱牧斋全集》,第 5 册,第 914 页。
⑩ 《钱牧斋全集》,第 7 册,第 40 页。
⑪ 同上,第 65 页。
⑫ 《钱牧斋全集》,第 5 册,第 796 页。

5. 杜甫《韦讽录事宅观曹将军画马图》："君不见金粟堆前松柏里，龙媒去尽乌呼风。"①

《牧斋有学集》卷四《绛云馀烬集》之《寄怀岭外四君诗》之《刘客生詹端》："钟山旧日追游地，金粟堆前叫杜鹃。"②

《投笔集》卷下《后秋兴之十二》其八："金粟堆前空翠里，金灯犹傍玉衣垂。"③

6. 杜甫《洞房》："万里黄山北，园陵白露中。"④

《牧斋有学集》卷九《红豆诗初集》之《孟冬十六日偕河东君自芙蓉庄泛舟拂水瞻拜先茔将有事修葺感叹有赠效坡公上巳之作词无伦次》："万里黄山在何许，清秋白露空嗟咨。"⑤

《牧斋有学集》卷一一《红豆诗三集》之《送林枋孝廉归闽葬亲绝句四首》其四："万里黄山白露园，清明麦饭黯销魂。孤臣老泪空填咽，今日秋风又送君。"⑥

《投笔集》卷上《后秋兴之三》其一："白露园林中夜泪，青灯梵呗六时心。"⑦

由上举诸例，钱谦益精准把握了杜甫身历安史之乱（尤陷贼长安），及晚年漂泊西南追怀玄宗诸诗的微婉意蕴，借杜诗之古典，喻说己身及同道沉痛的禾黍哀感与炽烈的故国相思之今情。细绎牧斋诗文，窥见其孤怀遗恨，体悟出钱注言杜诗寓"悼国伤时"之情，其隐衷实在此矣。

第二，牧斋以"谲谜"的抒写方式，深微曲折地表达内心的"悼国伤时"之情。兹观其自言如是：

《牧斋有学集》卷二《秋槐诗支集》之《闽中徐存永陈开仲乱后过访各有诗

---

① 《钱注杜诗》卷五《韦讽录事宅观曹将军画马图》"金粟堆"条注："《旧书》：明皇亲拜五陵，至睿宗桥陵，见金粟山冈有龙盘虎踞之势，复近先茔，谓侍臣曰：吾千秋后，宜葬此地。《长安志》：明皇泰陵，在蒲城东北三十里金粟山。广德元年三月，葬泰陵。"（第150页）

② 《钱牧斋全集》，第4册，第166页。

③ 《钱牧斋全集》，第7册，第69页。

④ 《钱注杜诗》卷一五《洞房》"黄山"条注："《寰宇记》：汉黄山宫，在兴平县西南三十里。武帝西行至黄山宫，即此也。晋灼曰：黄山，宫名，在槐里。按汉武帝茂陵，在兴平县东北十七里，正黄山宫之北。盖借茂陵以喻玄宗泰陵也。"（第536页）

⑤ 《钱牧斋全集》，第4册，第447页。

⑥ 《钱牧斋全集》，第5册，第549页。

⑦ 《钱牧斋全集》，第7册，第10页。

见赠次韵奉答四首》其四："莫讶和诗多谶谜,老来诞谩比虞初。"①

《牧斋有学集》卷四《绛云馀烬集》之《辛卯春尽,歌者王郎北游告别,戏题十四绝句,以当折柳赠别。之外杂有寄托,谐谈无端,谶谜间出,览者可以一笑也》②。

《牧斋有学集》卷七《高会堂诗集》之《高会堂酒阑杂咏有序》:"口如衔辔,常见吐吞;胸似碓舂,难名上下。语同谶谜,词比俳优。……我之怀矣,谁则知之?"③

《投笔集》卷下《吟罢自题长句拨闷二首》④其一:"孤臣泽畔自行歌,烂熳篇章费折磨。似谶似俳还似谶,非狂非醉又非魔。"⑤

《牧斋有学集》卷一八《陈昌箕日记诗叙》:"序诗而姑与为谶。"⑥

《牧斋有学集》卷二〇《学古堂诗序》:"姑与圣秋为谶,……抑亦昔不谶而今谶乎?"⑦

《牧斋有学集》卷二三《杨凤阁寿宴序》:"余尝习乎秦之故矣,请与先生为谶。……请言之以谶。"⑧

《牧斋有学集》卷三九《复遵王书》:"余……于声句之外,颇寓比物托兴之旨。廋辞谶语,往往有之。"⑨

《牧斋有学集》卷三九《复王烟客书》:"来教指用事奥僻,此诚有之,……灯谜交加,市语杂出。……始犹托寄微词,旋复钩牵谶语。"⑩

由上诸条自述,一个"谶"字突显了牧斋入清后诗文创作的核心方式。"用事奥僻","始犹托寄微词,旋复钩牵谶语",即以微言隐语(尤用典)寄托故国之相思,纪录复明之志事。《金匮山房订定牧斋先生〈有学集〉偶述十则》其

---

① 《钱牧斋全集》,第4册,第79页。
② 同上,第124页。
③ 同上,第315页。陈寅恪《柳如是别传》第五章《复明运动》考释《高会堂诗集》"绝大部分乃游说马进宝响应郑成功率舟师攻取南都有关之作"(第1128页)。
④ 诗题下注:"壬寅(清康熙元年)三月二十九日。"
⑤ 《钱牧斋全集》,第7册,第70页。
⑥ 《钱牧斋全集》,第5册,第798页。
⑦ 同上,第840~841页。
⑧ 同上,第928页。
⑨ 《钱牧斋全集》,第6册,第1360页。
⑩ 同上,第1365页。

四云："集中文多微辞,诗尤有隐语。"①清沈曾植《投笔集跋》云："情词隐约,似身在事中者。"②是为知言。故善读牧斋诗文者,当透过纸面,得其深意于文字之外。钱注谓杜诗"悼国伤时,不欲显斥,寓以他语,使奥漫不可指摘",与其诗文创作,正可互相证发、互相映照。

综而言之,钱谦益序跋文章的理论主张与诗文创作实践,为我们深入体认牧斋杜诗笺注中的杜诗观,提供了一立体的共时场域。连通场域中各维度因素,参互考量,不仅有助于我们开掘《钱注杜诗》的丰富内蕴,亦有助于发覆超越于笺注本身的潜藏幽光,拨云雾而见青天,使牧斋之苦心孤诣终不被磨灭。

## 三、隐微寄托的明末政治境遇与易代故国之思

文献典籍的注释中,借笺注古典以寄寓今典,可分两类:一是"曲学以阿世",即歪曲古典以趋附今典(时事),如清焦循在其《春秋左传补疏》中表揭晋杜预之《春秋经传集解》乃为司马氏篡魏作掩饰③;一是"古典今典同用之妙文",即古事时事,相影射复相映发,如陈垣《通鉴胡注表微》表揭元胡三省《资治通鉴音注》中所寄托的民族气节和政治思想④。《钱注杜诗》即属于后者。

笔者认为,当笺注者与所注对象之间存在相似的历史境遇,二者的思想情感形成共鸣时,借笺注古典以寄寓不能明言的今典,此类笺释不一定不客观,相反,或许会有更为深刻的体悟,"别造一同异俱冥,今古合流之幻觉"⑤。透过钱谦益诗文之自述自志,我们可以较为确切地体认钱注中寄托的明末政治境遇与易代故国之思、复明之志,以钱证钱,是为得之。

---

① 《牧斋杂著》附录,《钱牧斋全集》,第 8 册,第 968 页。

② 同上,第 955 页。

③ 参阅[清] 皮锡瑞《经学通论》四《春秋》"论孔子作《春秋》以辟邪说不当信刘歆杜预反以邪说诬《春秋》"条,中华书局 1954 年版,第 43~45 页。

④ 参阅牟润孙《从〈通鉴胡注表微〉论陈援庵先师的史学》,《海遗丛稿(二编)》,中华书局 2009 年版,第 95~105 页。

⑤ 陈寅恪《读哀江南赋》:"兰成作赋,用古典以述今事。古事今情,虽不同物,若于异中求同,同中见异,融会异同,混合古今,别造一同异俱冥,今古合流之幻觉,斯实文章之绝诣,而作者之能事也。"(《金明馆丛稿初编》,第 234 页)

## （一）隐微寄托的明末政治境遇——以万历、天启、崇祯三朝党争为中心

陈寅恪《柳如是别传》第五章："细绎牧斋所作之长笺，皆借李唐时事，以暗指明代时事，并极其用心抒写己身在明末政治蜕变中所处之环境。实为古典今典同用之妙文。"①此真独具慧识之言矣。本书以晚明万历、天启、崇祯三朝党争为中心，探讨钱注中寄托的明末政治境遇，试为寅恪先生此著名论断作一个注脚。

关于钱注中影射晚明党争之论题，前人多仅依钱谦益生平作宏观论述，并未落实到牧斋诗文及相关史料等原始文献上，故所论实有偏颇不允之处。本书则力求根据钱谦益诗文、钱曾牧斋诗注②等一手文献，以钱证钱，辅证其他史料，细致梳理牧斋自己对明末政治（党争）之识见，希冀可使此"老"问题，获得一较为确实、深入之"新"解。

钱谦益《读杜小笺》自识："归田多暇，时诵杜诗，以销永日。间有一得，辄举示程孟阳。孟阳曰：'杜《千家注》缪伪可恨，子何不是正之以遗学者？'予曰：'注诗之难，陆放翁言之详矣。放翁尚不敢注苏，予敢注杜哉？'相与叹息而止。今年夏，德州卢户部德水刻《杜诗胥钞》，属陈司业无盟寄予，俾为其叙。予既不敢注杜矣，其又敢叙杜哉？……苦次幽忧，寒窗抱影，绅绎腹笥，漫录若干则，题曰《读杜诗寄卢小笺》，明其因德水而兴起也。曰《小笺》，不贤

---

① 陈寅恪：《柳如是别传》，第 1021 页。

② 清钱曾《判春词二十五首意之所至笔亦及之都无伦次》其十八自注："《初学》、《有学》诗集笺注，始于庚子（清顺治十七年）之夏，星纪一周，粗得告藏，癸卯（清康熙二年）七夕后一日，以笺注稿本就正牧翁，报章云：'居恒妄想，愿得一明眼人，为我代下注脚，发皇心曲，以俟百世。今不意近得之于足下。'"（《判春集》，谢正光笺校《钱遵王诗集笺校》增订版，第 235 页。按："报章"云云，见《牧斋有学集》卷三九《复遵王书》，《钱牧斋全集》，第 6 册，第 1360 页）《牧斋遗事》曰："遵王博学好古，注《初学》、《有学》两集，牧翁深服之，谓能绍其绪云。"（《虞阳说苑》甲编，1917 年虞山丁氏初园铅印本，第 6 册，第 12 页，国家图书馆普通古籍部藏，书号：34230：6）邓之诚《清诗纪事初编》卷三"钱谦益"条："（钱）曾为谦益从孙，尝从之受学，故于诗中典故，皆能得其出处，与叩槃扪烛者有异。相传注中时事，为谦益自注，不然局外人决难详其委曲若此。倘录之成帙，可作别史观。"（第 307 页）台北中研院历史语言研究所傅斯年图书馆藏清康熙玉诏堂刻本《牧斋初学集诗注》序后空白处竺樵题记云："东涧《初学》、《有学》二集诗注，从祖一老先生谓余：此直是东涧自注者，而托名于遵王。故其于典故时局，曲折详尽，所以发明其诗之微意也。"（汤蔓媛纂辑《傅斯年图书馆善本古籍题跋辑录》集部录有此题记之图版及释文，第 211～212、681 页）由上可知，钱曾之牧斋诗注当最接近钱谦益诗歌原意。

者识其小也。寄之以就正于卢,且道所以不敢当序之意。癸酉(崇祯六年)腊日虞乡老民钱谦益上。"又《读杜二笺》自识:"《读杜小笺》既成,续有所得,取次书之,复得二卷①。……题之曰《二笺》而刻之。甲戌(崇祯七年)九月,谦益记。"②由上可知,《读杜小笺》、《二笺》完成于明末崇祯六、七年间③,《钱注杜诗》之精华大略已具于斯④,后承续并深化发展,以致形成钱注学术创见核心体系⑤。兹简要征引《小笺》、《二笺》有关唐玄、肃间"党争"之笺文,以资后文参照。

《牧斋初学集》卷一○七《读杜小笺中》之《至德二年[载]甫自京金光门出间道归凤翔乾元初从左拾遗移华州掾与亲故别因出此门有悲往事》笺注:

> 公之移官,以上疏救房琯也。琯素负重名,驰驱奉册,致位宰相。肃宗以其为玄宗建议制置天下,支庶悉领大藩,心忌而恶之。乾元元年六月,下诏贬琯,并及刘秩、严武等,以琯党故也。《旧书》云:琯罢相,甫上言琯不宜罢。肃宗怒,贬琯为刺史,出甫为华州司功参军。按杜集有至德二载六月有《奉谢口敕放三司推问状》,盖琯以是时罢相,公论救,诏三司推问。以张镐救,敕放就列。至次年六月,复与琯俱贬也。然而诏书不及者,以官卑耳。镐代琯相,亦以是时罢。镐亦蜀郡旧臣,坐琯党也。⑥

《牧斋初学集》卷一○九《读杜二笺上》之《洗兵马》笺注:

> 收京之后,洗兵马以致太平,此贤相之任也。而肃宗以谗猜之故,不

---

①　按:"二卷",明崇祯毛氏汲古阁刻本《读杜二笺》自识作"一卷"(国家图书馆善本特藏部藏,书号:2580)。

②　《牧斋初学集》卷一○六、一○九,《钱牧斋全集》,第3册,第2153～2154、2187页。

③　据金鹤冲《钱牧斋先生年谱》癸酉(崇祯六年):"正月,丧母顾太淑人。"又乙亥(崇祯八年):"自癸酉正月以来,居丧无诗。是年始有吟咏。"(《牧斋杂著》附录,《钱牧斋全集》,第8册,第935～936页)钱谦益《读杜小笺》、《二笺》,正作于其居丧期间。

④　洪业《杜诗引得序》:"《读杜小笺》、《二笺》书才五卷,所论杜诗才数十首,然后来二十卷《杜集笺注》之精华,大略已具于斯。"(《洪业论学集》,第329页)

⑤　据本书第三章《钱注杜诗》学术创见核心体系总表,三十首诗之笺注,计有十四首系承继《读杜小笺》、《二笺》,且核心成果《洗兵马》笺注之内容两《笺》已完具。

⑥　《钱牧斋全集》,第3册,第2167页。按:后钱谦益将此段文字略作改动,移入《钱注杜诗》卷二《洗兵马》笺曰。

能信用其父之贤臣，……盖至是而太平之望益邈矣。呜呼！伤哉！……自汉以来，钩党之事多矣，未有人主自钩党者，未有人主钩其父之臣以为党，而文致罪状，榜之朝堂，以明欺天下后世者。六月之诏，岂不大异哉！①

《牧斋初学集》卷一〇九《读杜二笺上》之《寄岳州贾司马六丈巴州严八使君两阁老五十韵》笺注：

　　严武之贬，已见于贬房琯之制。而贾至以中书舍人出守汝州，《旧书》不载，他②皆无可考。此诗云"秉钧方咫尺，铩翮再联翩"，知至与公及武，后先贬官也。按十五载八月，玄宗幸普安郡，下诏制置天下，此诏实出至手。此事房琯建议，而至当制。贺兰之谮已入，至安能一日容于朝廷？琯将贬而至先出守，其坐琯党明矣。至父子演纶，受知于玄宗。肃宗深忌蜀郡旧臣，其再贬岳州，虽坐小法，亦以此故也。"每觉升元辅，深期列大贤"，盖琯等用事，则必将引用至、武，故其贬也，亦联翩而去。"贝锦"以下，虽移官州郡，而以忧谗畏讥相戒，未能一日安枕也。③

由上诸例，"钩党"、"琯党"云云，表明钱谦益于明末崇祯六、七年间作《读杜小笺》、《二笺》时，高度关注唐玄、肃间清流、浊流士大夫之间的矛盾斗争。《钱注杜诗》于此问题上，基本承续两《笺》，除笺注篇目略有增加外④，蕴意上并无新开拓。值得玩味的是，钱谦益于此类笺注中，隐微寄寓了他身历晚明党争的政治境遇。前人探讨此问题，多从牧斋仕途曲挫之政治经历出发，围绕崇

　　①　《钱牧斋全集》，第3册，第2190～2191页。按：《钱注杜诗》卷二同诗笺曰与此内容同，个别文字略有出入。
　　②　按："他"字，明崇祯毛氏汲古阁刻本《读杜二笺》作"鉴史"（国家图书馆善本特藏部藏，书号：2580）。
　　③　《钱牧斋全集》，第3册，第2195页。按：《钱注杜诗》卷一〇同诗笺曰与此内容同，个别文字略有出入。又，笔者将以上三条笺注（明崇祯十六年瞿式耜刻《初学集》本），对照明崇祯毛氏汲古阁刻《读杜诗寄卢小笺》三卷《二笺》一卷（国家图书馆善本特藏部藏，书号：2580），除已注出相异处外，其他内容全同。
　　④　据本书第三章《〈钱注杜诗〉学术创见核心体系总表》，笺注篇目增加《钱注杜诗》卷六《晚登瀼上堂》、卷一〇《送贾阁老出汝州》。

祯元年的阁讼事件,论及阁讼事件与房琯罢相事件的相似点①,钱谦益怨讽崇祯帝与钱注着力阐发杜甫讥刺君主两者之同异②,大体偏重于牧斋个人利害纠结之层面。本书则力图深入钱谦益诗文内部,揭示牧斋关注"钩党"的另一深层心理积淀,即对党争误国的深刻省察,此一省察萌芽于万历,积聚于天启,成熟于崇祯,呈一演进发展之历程。梳理此一历程,可以呈露出牧斋杜注隐涵今典更为闳厚之面向。本书利用牧斋诗文,以作于崇祯七年前者为主,其后回忆此段经历者为辅,期与牧斋构筑此类笺注之原始时段相符应。

1. 萌芽:万历间之历史反思

孟森《明史讲义》云:"门户之祸,起自万历。人主心厌言官,一切不理;言官知讥切政府必不撄祸,而可昚外间之听,以示威于政府,政府亦无制裁言官之术,则视其声势最盛者而依倚之。于是言官各立门户以相角,门户中取得胜势,而政权即随之,此朋党所由炽也。"③晚明党争肇于神宗万历十年(1582)张居正之死④,以争"国本"发端,继起妖书、楚宗、梃击、红丸、移宫等案⑤,东林党与齐、楚、浙三党借历次"京察",相互攻讦,此消彼长⑥。清顾苓《东涧遗

---

① 详见綦维《孝子忠臣看异代 杜陵诗史汗青垂——试析〈钱注杜诗〉中钱氏隐衷之抒发》,《杜甫研究学刊》2001 年第 4 期;王欢《钱谦益与杜甫诗学关系浅探》第三章《钱谦益的杜诗研究》第二节《"房琯罢相"事与党争之祸》,复旦大学硕士学位论文,2007 年。

② 详见綦维《孝子忠臣看异代 杜陵诗史汗青垂——试析〈钱注杜诗〉中钱氏隐衷之抒发》,《杜甫研究学刊》2001 年第 4 期;邬烈波《钱谦益心态与文学思想研究》第六章《钱谦益的文学思想(下)》第二节《钱谦益与〈钱注杜诗〉》,南开大学博士学位论文,2003 年。

③ 孟森《明史讲义》第二编第六章《天崇两朝乱亡之炯鉴》第一节《天启初门户之害》,上海古籍出版社 2002 年版,第 292 页。

④ 参下文引《牧斋初学集》卷六二《嘉议大夫吏部左侍郎兼翰林院侍读学士赠资德大夫太子少保礼部尚书兼翰林院学士谥文毅赵公神道碑铭》。又《牧斋外集》卷三《陈奉常文集序》:"公之言曰:'江陵以前,为讳言之世。江陵以后,为轻言之世。'世道之升降,公两言仿佛尽之。"(《钱牧斋全集》,第 8 册,第 632 页)

⑤ 妖书、梃击、红丸案,详参阅《牧斋初学集》卷一《还朝诗集上》之《九月十一日次固镇驿恭闻泰昌皇帝升遐途次感泣赋挽词四首》其三"忧危宗社并"、"诃护鬼神知"、"禁近终难问"句钱曾注(《钱牧斋全集》,第 1 册,第 5~8 页)。楚宗案,详参阅《牧斋初学集》卷一《还朝诗集上》附录旧诗《吴门送福清公还闽八首》其四"楚宗系累泣相见"句钱曾注(《钱牧斋全集》,第 1 册,第 33 页)。

⑥ 关于东林党于神宗万历年间的政争过程,可参阅《牧斋初学集》卷一《还朝诗集上》附录旧诗《吴门送福清公还闽八首》其二"举朝水火和羹苦"句钱曾注(《钱牧斋全集》,第 1 册,第 30~31 页)。谢国桢《明清之际党社运动考》二《万历时代之朝政及各党之纷争》论"历年的京察政府与言官的纷争"云:"万历年间的政治可以说是东林与三党消长的历史,而他们消长的焦点就是与吏部京内及外省官吏的考察。""自张居正以后由内阁的庸弱只知道保持自己的地盘,内阁、铨部、言官分成了三大派,各不相谋,所以就造成了齐、楚、浙三党和东林两大派。在万历二十年至三十年(一五九二——一六〇二)是东林当政的时期,三十年(一六〇三)以后是两党互持的时期,四十五年(一六一七)以后是三党专政的时期,天启初年(一六二一)东林又得到政权。"(上海书店出版社 2004 年版,第 20、30 页)

老钱公别传》云："东林以国本为终始,而公与东林为终始者也。"①党争与牧斋政治沉浮的紧密联系即启自万历朝。

钱谦益于万历三十八年庚戌(1610)探花及第,授翰林院编修。步入仕途之始,即卷入东林与三党纷争的庚戌科场案②。同年五月丁父忧归里,从此里居十年。据金鹤冲《钱牧斋先生年谱》丁巳(万历四十五年):"丁艰后,亓诗教、赵兴邦、官应震辈用事,东林人纷纷去国,以故先生久不补官。而是岁内计,刘廷元等复修前嗛,思陷先生与缪当时,赖掌院学士刘一璟力持,俱得免。"③可知东林党在朝内遭排挤,是牧斋丁忧三年期满却未被召还之主因。

明廷内部门户纷争的同时,努尔哈赤(清太祖)已于万历十一年(1583)兴兵于塞外,蚕食坐大。万历四十四年(1616)正月,建元称汗,自承为金后,称后金。万历四十六年(1618)四月,后金兵陷抚顺、清河,明廷征调兵马,期大举反攻。万历四十七年(1619)三月,萨尔浒之役,明师全军败覆,六、七月,努尔哈赤又相继攻陷开原、铁岭。至此,全辽岌岌,京师大震④。

钱谦益虽远离朝廷,但一直密切关注政局。检阅牧斋今存万历间诗歌⑤,万历四十二年(1614)作《吴门送福清公还闽八首》其二云:"举朝水火和羹苦,于野玄黄战血重。"其五云:"甘陵南北久分歧,鹓鹭雍容彼一时","恩牛怨李

---

①　《牧斋杂著》附录,《钱牧斋全集》,第 8 册,第 961 页。

②　《牧斋初学集》卷四八《故礼部尚书兼翰林院学士协理詹事府事赠太子太保谥文肃王公行状》:"当庚戌、辛亥(万历三十八、三十九年)之交,阴阳交争,龙蛇起陆。"(《钱牧斋全集》,第 2 册,第 1244 页)《牧斋初学集》卷六二《资德大夫正治上卿都察院左都御史赠太子太保安邑曹公神道碑》:"万历中之党议,播于庚戌(三十八年)而煽于辛亥(三十九年),二三小人,飞谋钓谤,以一网尽东南西北之君子。"(《钱牧斋全集》,第 2 册,第 1474 页)《牧斋有学集》卷一六《范勋卿文集序》:"盖国家之党祸,酝酿日久,至庚戌而大作。当其时,一二金人,以闲曹冷局,衡操宫府之柄,媒蘖正人,剪除异己。"(《钱牧斋全集》,第 5 册,第 746 页)

③　《牧斋杂著》附录,《钱牧斋全集》,第 8 册,第 933 页。

④　参阅孟森《明史讲义》第二编第五章《万历之荒怠》第三节《决裂之期》,第 283～288 页;萧一山《清代通史》第一篇《后金汗国之成立与发展》相关章节,华东师范大学出版社 2006 年版。又《牧斋初学集》卷一四《试拈诗集下》之《戊寅九月初三日奉谒少师高阳公于里第感旧述怀即席赋诗八章》其五"恢复辽阳"条"原注补钞"(周法高编《足本钱曾牧斋诗注》,第 2 册,第 1044～1052 页;亦见卿朝晖辑校《牧斋初学集诗注汇校》,第 809～814 页)记述建州女真崛起之事甚详。

⑤　《牧斋初学集》存诗起自明光宗泰昌元年(1620)九月,此前之诗今仅存:《初学集》卷八《过临清追昔游有作二首》后附录的万历三十七年(1609)作《长干行》一首;卷一《还朝诗集上》附录万历四十二年(1614)作《吴门送福清公还闽八首》,万历四十三年(1615)作《绣斧西巡歌四首为徐季良先生作》,万历四十六年(1618)作《夜泊浒墅关却寄董太仆崇相四首》、《叠前韵答何三季穆》四首、《除夕再叠前韵和季穆寄黄二子羽之作兼示子羽》四首,计五题二十四首。详参阅孙之梅《钱谦益早期存诗考》,《文学遗产》2007 年第 1 期,第 137～139 页。

谁家事？白马清流异代悲"①。借历史典故，感慨党争时局。万历四十六年
(1618)作《夜泊浒墅关却寄董太仆崇相四首》其二云："阖庐城下雨萧萧，有客
方舟共策辽。谓崇相也。直北总凭山海障，自东莫断懿河腰。钻刀可忘降夷狄，
赐剑还防宿将骄。"②《叠前韵答何三季穆》四首其二云："冲车格格马萧萧，天
下征兵尽度辽。系累行人传秃节，参夷降将诧横腰。每忧毕口星非旧，谁禁
旄头气不骄？报国自惭无一寸，坐听瞽史度寒宵。"其四云："裁诗共有河山
泪，感激飞腾我不如。"③《除夕再叠前韵和季穆寄黄二子羽之作兼示子羽》四
首其四云："仕路无因同鼠穴，儒生何计勒狼胥？"④诸诗发抒对辽东战局的关
切与殷忧，深痛请缨无路，报国无门。

　　钱谦益面对党争与边患相扭结的现实，洞鉴历史，汲取教训，以资经世致
用。崇祯二年(1629)作《记钞本北盟会编后》回忆：

　　　神宗末年，奴初发难。余以史官里居，思纂缉有宋元祐、绍圣朋党之
　　论，以及靖康北狩之事，考其始祸，详其流毒，年经月纬，作为论断，名曰
　　《殷鉴录》，上之于朝，以备乙夜之览。迁延屏弃，书不果就。⑤

钱谦益万历三十八年(1610)曾授翰林院编修，故曰"以史官里居"。万历末年
"奴初发难"，建州女真积聚力量，迅速崛起，那曾经覆灭北宋王朝的金人(女
真族)后裔，将会给明王朝带来怎样的命运呢？钱谦益思纂著《殷鉴录》，实欲
汲取北宋亡国的历史教训，以为当下之借镜。宋神宗朝王安石之"熙丰变
法"，哲宗即位高太后听政之"元祐更化"，哲宗亲政后之"绍圣绍述"，此之谓
"始祸"；徽宗崇宁初，蔡京秉政，利用党争排除异己，所谓"元祐党禁"，将北宋
党祸推向了顶峰，此之谓"流毒"；至"靖康北狩"，宋室即在新旧两党更互改作
中断送。"始以党败人，终以党败国。"⑥清王夫之《宋论》云："朋党之兴，始于
君子，而终不胜于小人，害乃及于宗社生民，不亡而不息。宋之有此也，盛于

① 《牧斋初学集》卷一《还朝诗集上》附录旧诗，《钱牧斋全集》，第1册，第30、34页。
② 同上，第39页。
③ 同上，第42、43页。
④ 同上，第45～46页。
⑤ 《牧斋初学集》卷八四，《钱牧斋全集》，第3册，第1762页。
⑥ 《宋史》卷三五六《传论》，第32册，第11213页。

熙、丰，交争于元祐、绍圣，而祸烈于徽宗之世。"①牧斋、船山所论，正可相互发明。现代史家钱宾四先生指出："新旧相争的结果，终于为投机的官僚政客们造机会。相激相荡，愈推愈远。贫弱的宋代，卒于在政潮的屡次震撼中覆灭。"②新旧党争与北宋亡国之历史殷鉴炯在，启人深思，发人深省。万历间，东林党与三党此消彼长的内部斗争，辽东局势之岌岌可危，牧斋敏锐预感到历史惊人的相似，虽以"史官"赋闲，但不忘职志，"上之（《殷鉴录》）于朝，以备乙夜之览"，是希望朝中君臣能有所警醒，以免重蹈历史覆辙。

万历四十七年（1619）钱谦益作《重辑桑海遗录序》，将历史反思之视野扩展至南宋，兹录如下：

> 余读吴莱立夫《桑海遗录序》，称淮阴龚开圣予所作文宋瑞、陆君实二传，类司马迁、班固所为，陈寿以下不及也。余往搜《癸辛杂识》，见圣予《水浒三十六赞》，知为经奇之士。因立夫之言，求问其所谓二传者，而卒不可得。意其芜灭，不复传人间矣。江阴李君如一家多藏书，有陶宗仪九成《草莽私乘》，余从借得之，圣予所作二传及君实挽诗序，皆具载焉。篝灯疾读，若闻叹噫，须髯奋张，发毛尽竖，手自缮写，不敢以属侍史，渍泪彻纸，不数行辄掩卷罢去也。当（贾）似道专国时，宋瑞累为台臣劾罢，中外践更，席不暇暖，年仅三十有七，援钱若水例致仕。而君实以乙科居广陵幕府，凡十有六年，李制置祥甫始上其名于朝，当此时，举朝之视二人者，犹轻尘之栖弱叶，惟不得扫而去之也。迨北兵日迫，宋瑞由赣州勤王，而君实亦以奉请留中。朝廷之上，始知有此两人。嘻！亦已晚矣！宋瑞守平江，陛辞，始建分镇用兵之策，朝议犹以其论阔远，书上不报。至景炎新造，陈宜中犹以议论不合，使言者劾罢君实，张世杰力争，始召还。嗟乎！天下方胡马渡江，翠华浮海，此诚所谓中流遇风，胡越相济之时已。而大臣犹用机械錯轧人，言官犹用毕牍抹杀人，首尾应和，如承平时故事。一二劳臣志士，奋身于沧海横流之中，为国家任难，卒使之有项不得信，有唾不得吐，骈首缩舌，与社稷俱烬。宋家三百年宗

---

① ［清］王夫之著，舒士彦点校：《宋论》卷四《仁宗》，中华书局1964年版，第86页。

② 钱穆：《国史大纲》（修订本）第六编《两宋之部》第三十三章《新旧党争与南北人才》，商务印书馆1996年版，下册，第602页。

庙,一旦不食,其所繇来者渐矣! 盖非独似道一人之故也。夫劳臣志士,既得死所,所以报国恩而酬人望者,无馀事矣。独其志有所为,而时事不可为;时事犹或可为,而坐视其必不可为。持忠入地,杀身无补。千载而下,揽其事者,欸歔烦酲,天地改色,灵风怪雨,发作于敝纸渝墨之间,而况立夫之去宋季,非立乎定、哀者乎? 又况圣予之与君实,同居幕府,而身为遗老者乎? 呜呼! 其尤可感叹也矣! 立夫所辑《桑海遗录》,既不可得而见,而其序幸存。今又得圣予二传,则其书犹不亡也。余故录为一通,藏之篋衍,题之曰《重辑桑海遗录》。与立夫同时者,黄文献公溍作《陆君实传后序》,补圣予之阙逸,订新史之同异,其文亦迁、固俦也,庸并著之。新史二传,多沿袭圣予,又已著于史,故不复载。武夷谢翱皋羽者,信公之客,亦以遗老终,犹君实之有圣予也,其遗文以类附焉。若有宋之馀民旧事,网罗放失,不可胜纪,余藏书不多,力未之逮也。盖将遍访之好古君子如李君者,以卒立夫之志焉,而为之序以发其端。万历四十七年夏四月,史官钱谦益谨叙。①

钱谦益此序作于"万历四十七年夏四月",因读到元陶宗仪《草莽私乘》载龚开(字圣予)所作文天祥(字宋瑞)、陆秀夫(字君实)二传,及陆君实挽诗序,发愿编著《重辑桑海遗录》,网罗宋元之际的遗民文献②。细味序文中所发之议论感慨,浸透着对政争倾轧摧折人才,以致破国亡家的深切隐忧,"宋家三百年宗庙,一旦不食,其所繇来者渐矣!"牧斋对南宋覆亡之炯鉴,实是对万历末明廷内忧外患一种曲折隐微的警示。牧斋慨叹"天下方胡马渡江,翠华浮海,此诚所谓中流遇风,胡越相济之时已。而大臣犹用机械錔轧人,言官犹用毕庨抹杀人,首尾应和,如承平时故事",此语竟不幸成为南明弘光③、隆武④、永历

① 《牧斋初学集》卷二八,《钱牧斋全集》,第 2 册,第 847~848 页。

② 钱谦益万历四十六年(1618)作《除夕再叠前韵和季穆寄黄二子羽之作兼示子羽》四首其三"金华绝学吴黄后"句自注:"金华谓宋文宪公,吴渊颖、黄文献,文宪之师也。"(《牧斋初学集》卷一《还朝诗集上》附录旧诗,《钱牧斋全集》,第 1 册,第 45 页)可见,牧斋读吴莱《桑海遗录序》、黄溍《陆君实传后序》,亦肇因于其文学思想由追步七子,到取法宋濂(宋文宪公),进而上溯吴莱(吴渊颖)、黄溍(黄文献)之转变。

③ 弘光朝党争,可参读《牧斋有学集》卷二五《诰封吴母徐太孺人八十寿序》,《钱牧斋全集》,第 5 册,第 981~983 页。

④ 弘光、隆武朝党争,可参读《牧斋有学集》卷三四《光禄大夫柱国太子太师吏兵二部尚书武英殿大学士赠特进光禄大夫左柱国太傅谥文贞路公神道碑》,《钱牧斋全集》,第 6 册,第 1218~1224 页。

朝之谶①；"一二劳臣志士，奋身于沧海横流之中，为国家任难，卒使之有项不得信，有唾不得吐，骈首缩舌，与社稷俱烬"，"独其志有所为，而时事不可为；时事犹或可为，而坐视其必不可为"，此语亦竟成为孙承宗②、鹿善继③、成基命④等忠臣志士之谶（参下文）。由万历以降晚明之历史实际观，钱谦益确是洞烛机先。

综而言之，钱谦益对党争误国之关注，肇始于万历末年，此一明清兴亡之转折点。亲历朝廷党争之排挤，惊闻辽东失陷之痛耻，加之身为"史官"的强烈使命感，牧斋将历史反思的目光，投向亡于异族的赵宋王朝，此等以史为鉴通向现实殷忧的心理范式，实为其崇祯间注杜"借李唐时事，以暗指明代时事"伏脉。

2. 积聚：天启间之现实遭际

孟森《明史讲义》云："万历末之三党，曰齐、楚、浙，各为门户，以争攘权位。（天启初）刘一燝、周嘉谟等任国事，于废籍起用正人，尽黜各党之魁。至是凡宵小谋再起者，皆知帝为童昏，惟客（氏）、魏（忠贤）足倚以取富贵，于是尽泯诸党，而集为阉党；其不能附阉者，亦不问其向近何党，皆为阉党之敌，于是君子小人判然分矣。神宗时庙堂无主，党同伐异，以侥利而为之，至是以阉为主，趋利者归于一途，故只有阉党非阉党之别。"⑤熹宗天启朝，忌恨东林者党附魏阉以兴大狱，东林党人惨遭屠戮，门户之争遂演为清流之祸。

钱谦益于泰昌元年即万历四十八年（1620）八月还朝，补翰林院编修原官。熹宗天启元年（1621）清明节，钱谦益受命往昌平州祭祀皇陵，途中追昔抚今，作《昌平州唐刘去华（蕡）故里》诗云："千秋流恨成甘露，两字惊心是北司。"⑥深警唐末宦官专权。《碧云寺》诗云："禁近恩波蒙葬地，内家香火傍禅灯。丰碑巨刻书元宰，碧海红尘问老僧。"自注："西山诸寺，皆司礼大奄葬地

①　参阅谢国桢《明清之际党社运动考》五《南明三朝之党争》，第 67～79 页。
②　参读《牧斋初学集》卷四七《特进光禄大夫左柱国少师兼太子太师兵部尚书中极殿大学士孙公行状》，《钱牧斋全集》，第 2 册，第 1160～1238 页。
③　参读《牧斋初学集》卷五〇《太常寺少卿管光禄寺丞事赠大理寺卿赐谥鹿公墓志铭》，《钱牧斋全集》，第 2 册，第 1275～1281 页。
④　参读《牧斋有学集》卷三四《明故光禄大夫太子太保礼部尚书兼文渊阁大学士赠少保谥文穆成公神道碑》，《钱牧斋全集》，第 6 册，第 1199～1204 页。
⑤　孟森《明史讲义》第二编第六章《天崇两朝乱亡之炯鉴》第二节《天启朝之阉祸》，第 305 页。
⑥　《牧斋初学集》卷二《还朝诗集下》，《钱牧斋全集》，第 1 册，第 62 页。

香火院也","诸奄碑版,皆馆阁大老之文"①。明代宦官之势焰熏天,可见一斑。此时"东林势盛,众正盈朝"②,魏忠贤尚未遽逞。孰料数年后,魏阉党祸之"惊心",实倍于唐矣。

天启元年(1621)八月,钱谦益任浙江乡试正考官,陷入所谓"浙闱关节案"③。天启二年(1622)冬,以太子中允告病归乡。天启四年(1624)秋,再应召入京,以太子谕德兼翰林院编修,充经筵日讲官,历詹事府少詹事,纂修《神宗实录》。此时朝廷内部东林与阉党之较量,渐趋白热化,同年六月,杨涟上疏参劾魏忠贤二十四大罪,一时正人响应,交章论魏忠贤不法,掀起了弹劾阉党的高潮。北上途中,钱谦益作《客涂有怀吴中故人六首》,其中《文状元文起》诗云:"不是翰林增谏草,谁令天子放门生?"④《郑吉士谦止》诗云:"疏草流传重石渠,身为教学在田庐。"⑤文震孟(字文起)天启二年十月因上疏劾阉,落职回籍⑥。郑鄤(字谦止)继震孟抗章谏留中及内降之弊,影射魏阉弄权,与文同时谪逐⑦。钱谦益对文、郑二人之怀思,实隐伏着对阉党排击正人之痛愤。又《次陶给事路叔驿壁韵》"碧血有人埋死骨"句自注:"主事万燝杖死。"⑧天启四年七月,工部郎中万燝因弹劾魏忠贤,遭廷杖毙命,阉党欲借燝立威,震慑廷臣⑨。由是可见,钱谦益密切关注朝局变化,对阉党肆恶致祸于清流,实深切悲之、深切忧之。

天启五年乙丑(1625)"六君子之狱"、六年丙寅(1626)"七君子之狱",阉

---

① 《牧斋初学集》卷二《还朝诗集下》,《钱牧斋全集》,第 1 册,第 65 页。

② 《明史》卷二四三《赵南星传》,第 21 册,第 6299 页。

③ 金鹤冲《钱牧斋先生年谱》辛酉天启元年:"先生奉浙江之命,韩敬与秀水沈德符等,思有以中之,使奸人金保元、徐时敏冒先生门客,授关节于士之有文誉者,约事成取偿。士多堕术中。榜发,敬力请抚、按,将全场朱卷刻板,表章人文。《说铃谈往》。迨京省广布,所取士钱千秋首场文,用俚俗诗'一朝平步上青天'之句,分置七篇结尾。敬等即使给事中顾其仁举发,先生大骇。会千秋入京,先生召而诘之,得其情,即自具疏检举。保元、时敏、千秋俱下刑部讯。府志、《明史》乔允升等传及《妖乱志》。"(《牧斋杂著》附录,《钱牧斋全集》,第 8 册,第 933~934 页)按:"浙闱关节案"实为东林党与三党科场斗争之延续。

④ 《牧斋初学集》卷二《还朝诗集下》,《钱牧斋全集》,第 1 册,第 76 页。

⑤ 同上,第 78 页。

⑥ 详可参读《文状元文起》诗"不是翰林增谏草"句钱曾注。

⑦ 详可参读《郑吉士谦止》诗"疏草流传重石渠"句钱曾注。

⑧ 《牧斋初学集》卷二《还朝诗集下》,《钱牧斋全集》,第 1 册,第 84 页。

⑨ 《牧斋初学集》卷一〇《崇祯诗集六》之《送座主王文肃公之子故户部郎中淑抃归关中叙旧述怀一百韵》"决藩笞万燝"句钱曾注:"此逆奄立威纵杀之第一人也。"(《钱牧斋全集》,第 1 册,第 323 页)参阅《明史》卷二四五《万燝传》,第 21 册,第 6367~6368 页。

党血腥屠杀东林正人，凶锋毒焰之酷烈，令人发指。钱谦益追忆："天启乙丑，逆奄钩党急，刺促长安中，篝灯夜坐。当时（缪昌期）絮语及应山（杨涟），余抚几叹曰：'应山挤一死糜烂，为左班立长城。微应山，党人骈首参夷，他日有信眉地乎？'次见（李应昇）击节以为知言，目光炯炯激射，寒灯翳然，为之吐芒。相与长叹而罢。"①据金鹤冲《钱牧斋先生年谱》乙丑（天启五年）："先生既与诸君子游，与杨忠烈公（涟）谊尤笃②，奄人侧目。于是御史崔呈秀作《东林党人同志录》，以先生为党魁。《东林点将录》指为浪子燕青者也。寻为御史陈以瑞所劾，五月，削籍归。"③钱谦益系身东林，名列党籍，在阉党肆恶的狂潮中，能削籍隐退，亦自谓"主恩容易许归耕"④。牧斋将此后所作之诗，命名为《归田诗集》。归田后之境况如何呢？且看牧斋自道：

《牧斋初学集》卷七四《请诰命事略崇祯元年九月》：

> （天启）乙丑，坐阉祸削籍，……阉钩党益急，相惊追捕者日数十至。⑤

同书同卷《亡儿寿耇圹志》：

> （天启）乙丑，逆奄用事，尽剪除海内士大夫不附己者。余首隶党籍，除名以归。……奄钩党益亟，逻者错迹里门。余铟门扃户，块处一室，若颂系然。……余既罢归，犹惴惴惧不免。……（天启）丙寅之三月，缇骑四出，警报日数至，家人环守号泣。……是年七、八月，稍解严。……儿死于天启丁卯五月十六日。其葬也，以新天子改元崇祯之三月清明日，在夏皋祖茔之旁。其父谦益为书石而纳诸圹。⑥

---

① 《牧斋有学集》卷四六《李忠毅公遗笔跋》，《钱牧斋全集》，第 6 册，第 1533～1534 页。落款题："己亥（清顺治十六年）七月朔日，虞山通家老生钱谦益载拜谨跋。"
② 《牧斋初学集》卷五〇《都察院左副都御史赠右都御史加赠太子太保谥忠烈杨公墓志铭》："公（杨涟）令常熟时，语谦益曰：'吾生平畏友，子与元朴耳。'元朴，陈愚字也。"（《钱牧斋全集》，第 2 册，第 1274 页）
③ 《牧斋杂著》附录，《钱牧斋全集》，第 8 册，第 934 页。
④ 《牧斋初学集》卷三《归田诗集上》之《天启乙丑五月奉诏削籍南归自潞河登舟两月方达京口涂中衔恩感事杂然成咏凡得十首》其一，《钱牧斋全集》，第 1 册，第 96 页。
⑤ 《钱牧斋全集》，第 3 册，第 1636 页。
⑥ 同上，第 1643～1645 页。

同书卷八四《书姚母旌门颂后》：

> 天启乙丑，逆奄构祸，衣冠涂炭。……奄祸之方炽也，以余三人①为党魁，刺探之使，朝于吴门而夕于虞山，匈匈如不终日。……崇祯改元之六月。②

《牧斋外集》卷一六《赠中宪大夫忍斋顾府君墓志铭》：

> 天启丙寅，吾吴周忠介公（周顺昌）以忤奄急征，银铛在颈，槛车拒门。……当是时，余囊身伏野，惴惴惧与忠介同日。③

由上可见，天启五、六年间，阉党禁锢杀戮之网密布朝野，"逻者错迹里门"，"相惊追捕者日数十至"，此等恐怖气氛，使钱谦益处于惴惴难安的惊惧之中，几惶惶不可终日。天启六年闰六月廿一日作《投老》诗云"投老经年掩荜门，清斋佛火自晨昏"④，正与上言"余锢门扃户，块处一室，若颂系然"相互发明。直至天启七年（1627）八月熹宗驾崩，九月闻崇祯帝登极恩诏后⑤，牧斋仍觉"惊心噩梦尚悠悠"⑥。阉祸之切身遭际，实为牧斋日后深刻反思党祸误国，积聚了刻骨铭心的现实体验。

天启七年（1627）五月十六日钱谦益子寿耉亡，六月二十三日牧斋于茅山为亡儿设醮⑦。时作《茅山怀古六首》，其二云："新莽窃汉箓，遍走媚百神。刻镂金玉钟，赍赠三茅君。斗柄难久据，蛙声徒秽闻。三君笑不顾，骑鹤凌白云。"自注："逆奄遣使祈福方内名山，首及三茅。"其五云："峨峨积金峰，带以连石乡。隐居割封邑，弟子授宠章。蛮国递相雄，蚁封安可尝？煌煌十赉文，

---

① 据文，其他二人指姚希孟（字孟长）、文震孟（字文起）。
② 《钱牧斋全集》，第3册，第1773～1774页。
③ 《钱牧斋全集》，第8册，第772页。
④ 《牧斋初学集》卷三《归田诗集上》，《钱牧斋全集》，第1册，第107页。
⑤ 参读《牧斋初学集》卷四《归田诗集下》之《天启七年九月九日闻大行皇帝遗诏二首》、《九月二十六日恭闻登极恩诏有述》二首，《钱牧斋全集》，第1册，第156～157页。
⑥ 《牧斋初学集》卷四《归田诗集下》之《徐大于王闻诏枉诗见贺奉答二首》其一，《钱牧斋全集》，第1册，第158页。
⑦ 《牧斋初学集》卷四《归田诗集下》之《六月二十三日元符万宁宫为亡儿设醮》，《钱牧斋全集》，第1册，第147页。

千年勒华阳。"自注:"逆奄之子,进爵宁国。将议封建。"①由二诗自注细味诗意,钱谦益对"逆奄"窃权乱政之鄙夷痛恨,隐然于行墨间。又其三云:"夏馥谢汉辟,征书著桑树。及其遇钩党,变形老佣雇②。仙籍隶方诸,史传书党锢。寄语人间子,矗矗何所慕?"③钱谦益称道汉代夏馥遇钩党而远祸全身,正是其历陷党祸之心志寄托。

天启七年(1627)十月,钱谦益作《丁卯十月书事四首》,其四云:"黄门北寺狱频仍,录牒刊章取次征。死后故应来大鸟,生时岂合点青蝇。苍茫野哭忧邦国,寂寞家居念友朋。痛定不堪重拭泪,清斋勤礼佛前灯。"④此诗痛定思痛,回忆天启间的党祸阉难,"苍茫野哭忧邦国,寂寞家居念友朋"。牧斋从惊惧的阴影中渐渐走出,初步省察天启阉祸对正直士人之摧残,对国运气命之朘削,深寓悼时伤世之悲慨。待崇祯帝铲除阉党核心,十一月魏忠贤自缢,牧斋作《群狐行》,对魏阉及其党羽予以辛辣讽刺,亦为新帝登基、朝政一新而欢欣鼓舞。至崇祯元年(1628)七月应召还朝前,钱谦益一直沉浸于此种喜悦之中。

综而言之,钱谦益对天启阉祸之体验,在在痛切,积聚沉淀于内心深处。一时之喜悦振奋,不久即因阁讼事件而冷却,削籍南还后,牧斋方平心反思阉祸致害国运之巨,深刻洞明党争败乱朝纲之烈(参下文)。

3. 成熟:崇祯间现实遭际与历史反思之双重交织

钱谦益崇祯六、七年作《读杜小笺》《二笺》前,经受了明末仕宦生涯中最致命的打击,枚卜之争惨败而归;同时,牧斋对党争根源、流变之省察亦日趋深入。现实遭际与历史反思之双重交织,有力促成了党争误国此一认识的成熟。

(1) 现实遭际

钱谦益崇祯元年(1628)七月应召赴阙,不数月,洊擢詹事,转礼部右侍

---

① 《牧斋初学集》卷四《归田诗集下》,《钱牧斋全集》,第 1 册,第 148、150 页。
② 钱曾注:"《后汉书·党锢传》:夏馥,字子治,以声名为中官所惮,与范滂、张俭等俱被诬陷。馥乃自翦须变形,入林虑山中,隐匿姓名,为治家佣,人无知者。"(《钱牧斋全集》,第 1 册,第 149 页)
③ 《牧斋初学集》卷四《归田诗集下》,《钱牧斋全集》,第 1 册,第 149 页。
④ 同上,第 160 页。

郎,兼翰林院侍读学士,协理詹事府事①。十一月,卷入会推阁臣的枚卜之争,温体仁、周延儒借"浙闱关节案"发难,语锋直指钱谦益植党。

《牧斋初学集》卷六《崇祯诗集二》②之《十一月初六日召对文华殿旋奉严旨革职待罪感恩述事凡二十首》诗题下钱曾注(节录):

> 先是阳羡(周延儒)以召对称旨,为上所眷注,及会推阁员,诸臣微揣上意,恐用周而抑公也,因扼而止之,不列其名,周遂阴嗾乌程(温体仁)首先讦公。是时内廷已有为之助者,诸臣固未之知也。忽蒙召对,咸谓枚卜定于是日。至入朝,方知温疏。廷辨时,乌程言如涌泉,阳羡复从旁极力排挤。于是党同之说,中于上者实深,虽群臣交章攻温,上概置不省。其后,乌程、阳羡相继登政府,公削籍南还,竟一斥不复,皆党之一字害之耳。③……[时在廷诸臣,激于义愤,连章纠劾,意虽右公而其词甚直,乌程不为清议所容,乃独结主知以固宠。予今详载诸疏……]④

钱曾注指出"党同之说,中于上者实深",一语破的,切中阁讼之症结。上引钱仲联先生标校《牧斋初学集》,是以清末宣统二年邃汉斋排印本为底本⑤,此本实为一删节本,本诗诗题之钱曾注,即存在大量缺漏。周法高先生编《足本钱曾牧斋诗注》附载之"原注补钞"、卿朝晖辑校《牧斋初学集诗注汇校》所引苏州图书馆藏何焯旧藏本,引用当时温体仁与反温体仁之奏本,更详实地说明阁讼之经过⑥。细读诸篇奏本,当时双方辩难之激烈,可见一斑。温体仁攫住崇祯帝疑惧廷臣植党之心理("独结主知以固宠"),牢牢握定钱谦益结党一

---

① 参阅金鹤冲《钱牧斋先生年谱》戊辰崇祯元年,《牧斋杂著》附录,《钱牧斋全集》,第8册,第934页。

② 本卷卷首此诗集题下注:"起戊辰(崇祯元年)七月,尽一年。"《钱牧斋全集》,第1册,第179页。

③ 《钱牧斋全集》,第1册,第184~185页。

④ 按:方括号中的注文钱仲联标校《牧斋初学集》本无,此引自卿朝晖辑校《牧斋初学集诗注汇校》,第278页。

⑤ 据钱仲联标校《钱牧斋全集》之《出版说明》,第1册,第3~4页。

⑥ 《足本钱曾牧斋诗注》附载之"原注补钞"所引奏本依次为:钱允鲸之奏本;温体仁驳斥之言;王永图及众宫会审之结果;温体仁不满众宫会审之结果,又以六欺说明其疑惑;韩爌又上疏驳斥;陶崇道奏本说明温体仁六欺之非;曾于忻、康新民之疏以声援钱谦益;最后以乔允升之言作结(第1册,第400~415页)。《牧斋初学集诗注汇校》所引苏州图书馆藏本于上诸疏后又录太仆寺少卿蒋允仪等、陕西道监察御史李柄二疏(第288~290页)。

端，即陷诸臣疏辨于党附谦益。其结果是钱谦益"削籍南还，竟一斥不复"，入阁之希望，转瞬破灭，"皆党之一字害之耳"。钱谦益于《感恩述事》诗中慨叹"平生自分为人役，流俗相尊作党魁"（其十），"明主定无钩党禁，文华休拟作同文"（其七）；痛斥温、周辈"鹦鹉能言殊反覆，沙虫善化更纵横"（其十九）；隐忧朝中"宫邻初散鼠狐群，殷殷成雷又聚蚊"（其七）；更清醒意识到"养成枳棘难为橘，刈尽椒兰不作薪"（其六）①，万历以来形成的党争局面，实积重难返，新帝初登，只有彻底铲除奸佞小人，才可缓止党争之愈演愈烈。

自崇祯元年（1628）十一月初六日文华殿召对，到崇祯二年（1629）六月阁讼终结，其间长达八个月。此八个月之经历，钱谦益从希冀入阁拜相之高峰，跌落至削籍南还一斥不复之谷底。《感恩述事》诗起首即云"秘殿风高白日阴，天阶云物昼沉沉"②，当日廷辨之情境在牧斋心中，已深深濡染了一层悲凉凄苦的色调；"孤臣却立彤墀内，咫尺君门泪满襟"，当日廷辨之心境在牧斋生命中，注定将凝结成一段锥心刺骨的伤痛。牧斋同年作《腊月十六日房海客侍御初度赋长句十四韵为寿君与章鲁斋瞿稼轩两给事皆以枚卜事牵连谪官》云"钧天梦断魂犹悸，画地罗成议不堪"③，由"魂犹悸"、"议不堪"，可见阁讼对牧斋内心震颤冲击之巨，梦断钧天，此于深负宰辅之望的钱谦益而言④，无疑犹如一惊天霹雳。清郑方坤《东涧诗钞小传》云："其生平所最抱恨者，尤在阁讼一节。每一纵谈及之，辄盛气坌涌，语杂沓不可了。"⑤阁讼事件是牧斋一生的高峰体验，抱恨终生，念兹在兹，尤其深刻影响了其明末崇祯间的心理氛围。

检读钱谦益文集，我们发现此等念兹在兹之痛创，此等阴郁愤懑之心理氛围，实为牧斋个人荣辱得失与同道牵连浮沉之扭结，二者犹如一枚硬币之两面，相互依存，不可分割。兹举相关文献如下：

---

①　《钱牧斋全集》，第 1 册，第 190、188、195、188、187～188 页。

②　同上，第 183 页。下句同。

③　《牧斋初学集》卷六《崇祯诗集二》，《钱牧斋全集》，第 1 册，第 196 页。

④　《牧斋初学集》卷七三《梅长公传》赞曰："崇祯初，客或语予曰：'政将及子，灭奴荡寇，策将安出？'余曰：'用孙高阳办奴，用梅长公办寇，天下可安枕矣。'"（《钱牧斋全集》，第 3 册，第 1627 页）《牧斋有学集》卷三一《萧伯玉墓志铭》："崇祯初，枚卜阁员。伯玉遗余方寸牍曰：'政将及子，勉赴物望。'"（《钱牧斋全集》，第 6 册，第 1129～1130 页）由是可见，崇祯初人们对钱谦益复出拜相之期望之高。

⑤　[清]郑方坤：《东涧诗钞小传》，潘景郑辑校《绛云楼题跋》附，上海古籍出版社 2005 年版，第 1 页。

《牧斋初学集》卷三一《孙紫冶①诗稿序》：

> 先是余以枚卜被逐，群小惧吾师（孙承宗）之入而为吾地也。当是时，圣天子方急虏，而群小急余。急虏则吾师朝以入，而急余则吾师夕以出。此其故盖难言之矣。……崇祯甲戌（七年）九月序。②

《牧斋有学集》卷三四《明故光禄大夫太子太保礼部尚书兼文渊阁大学士赠少保谥文穆成公神道碑》③追忆：

> 阁讼之兴也，余既被放，公（成基命）亦胥后命，过余而叹曰："公又去也，其谁出而图吾君乎？"余曰："公在，吾何忧。"公曰："不然，吾两人，车两轮也。吾两人用，高阳（孙承宗）必将出，鼎三足也。车一轮，有不契需者乎？鼎两足，有不覆𫗧者乎？公姑去矣，他日当思吾言耳。"余归一年所，公与高阳相继枋用，用未竟而皆去。余尝与高阳促席及之，停杯浩叹，以公为知言也。当余之被放而公亦左次也，朝右之倚公者，以抱蔓为忧。及公之登用，功见而言立也，朝右之惜余者，或以得舆为喜。公既不久中书，余遂长锢党籍，于是海内正人君子，扼腕世道者，硕果之望滋穷，井渫之心弥恻矣。④

《牧斋初学集》卷七七《祭都御史曹公文》：

> 崇祯七年九月甲子，具官门生钱谦益谨以清酌庶羞之奠，昭告于故都察院左都御史曹公之灵：……天开地辟，阆孽虫虫。萃宫邻与金虎，集矢镝于薄躬。公（曹于汴）在宪府，扼腕奋笔，余得脱于罗网，而公遂不免群小之恟恟。⑤

---

① 据《序》文："吾师高阳公之第五子曰钥，字紫冶。"孙紫冶，为孙承宗之子。
② 《钱牧斋全集》，第2册，第914页。
③ 据《神道碑》："公乞归凡六年，以乙酉（按：当为乙亥）八月卒于家"，"今老病垂死，而书吾友文穆公墓隧之碑，乃在其即世二十馀年之后"。可知成基命卒于明崇祯八年（1635），钱谦益此文当作于清顺治十二年（1655）后，故有"老病垂死"之语。
④ 《钱牧斋全集》，第6册，第1202～1203页。
⑤ 《钱牧斋全集》，第3册，第1672页。

《牧斋初学集》卷六二《资德大夫正治上卿都察院左都御史赠太子太保安邑曹公神道碑》①追忆：

> 今上(崇祯)即位，召公为左都御史。未几，阁讼又起。公据法守经，力为纠正。……万历庚戌(三十八年)，公(曹于汴)与高阳孙公(承宗)，分试南宫，谦益实出其门。自是厕名部牒，实与公相终始。阁讼之兴，谦益为党魁。公之晚出不为时所容者，亦以谦益故也。②

依上材料可知，崇祯初年，阉党革除，东林起复，朝中党争局面错综复杂，钱谦益与孙承宗、成基命、曹于汴等同道，同声相应，同气相求，他们的政治命运，实相互关联，密不可分。成基命颇有预见，告知牧斋："吾两人，车两轮也。吾两人用，高阳必将出，鼎三足也。车一轮，有不契需者乎？鼎两足，有不覆𫗧者乎？"此精妙之譬喻，深刻道出了东林同道休戚与共、进退相符之紧密联系，此后事态之发展亦果如基命所言。牧斋体察己身与成基命之联系："当余之被放而公亦左次也，朝右之倚公者，以抱蔓为忧。及公之登用，功见而言立也，朝右之惜余者，或以得舆为喜。公既不久中书，余遂长锢党籍。"己身与孙承宗之联系："群小惧吾师之入而为吾地也"，"急虏则吾师朝以入，而急余则吾师夕以出"。己身与曹于汴之联系："阁讼之兴，谦益为党魁。公之晚出不为时所容者，亦以谦益故也。"要言之，三人一荣俱荣，一损俱损。最终，忠心谋国之士，遭谄媚奉主之辈排挤，渐次身退，互为砥砺之势即渐趋削弱，朝无正人筹划讦谟，国势必日益困塞，此正为牧斋深切隐忧之所在。回顾上引《牧斋初学集》卷一○九《读杜二笺上》之《寄岳州贾司马六丈巴州严八使君两阁老五十韵》笺注："盖琯等用事，则必将引用至、武，故其贬也，亦联翩而去。"正可与成基命之譬喻及牧斋之体察相互发明。由是可知，牧斋笺注杜诗中对琯党之高度关注，实潜在根植于其现实遭际中对同党命运之切实省照。

总之，崇祯初年的阁讼事件及其辗转牵涉，是钱谦益生命中一段刻骨铭

① 据《神道碑》："公以崇祯庚午(三年)致仕归里，甲戌(七年)正月十九日，考终于正寝，寿七十有七。夫人侯氏。子曰良，以公任为南京户部郎中。丙子(九年)三月，曰良奉天子之休命，大葬公于安邑北郭之赐茔。后三年戊寅(十一年)，贻书谦益，俾书其墓道之碑。"可知曹于汴卒于明崇祯七年(1634)，钱谦益此文作于崇祯十一年(1638)。

② 《钱牧斋全集》，第2册，第1474、1476页。

心之记忆，深深涵摄着牧斋的思维场域，影响着他的思维方式。削籍归乡后，牧斋的史家意识，复促使他反思历史，以更加透辟地认识现实。

（2）历史反思

钱谦益崇祯间的历史反思，一方面延续万历间对北宋覆亡之炯鉴，另一方面则对万历、天启、崇祯三朝党争予以深刻省察。兹分述如下：

### ① 延续万历间对北宋覆亡之炯鉴

《牧斋初学集》卷八四《记钞本北盟会编后》：

> 崇祯己巳（二年）冬，奴兵薄城下，邸报断绝。越二十日，孤愤幽忧，夜长不寐，繙阅宋人《三朝北盟会编》，偶有感触，辄乙其处，命僮子缮写成帙，厘为三卷。古今以来，可痛可恨，可羞可耻，可观可感，未有甚于此书者也。［神宗末年，奴初发难。余以史官里居，思纂缉有宋元祐、绍圣朋党之论，以及靖康北狩之事，考其始祸，详其流毒，年经月纬，作为论断，名曰《殷鉴录》，上之于朝，以备乙夜之览。迁延屏弃，书不果就。①］奴氛益炽，而余亦冉冉老矣。是编之录，其亦犹《殷鉴》之志乎？录始于政和七年丁酉，尽于靖康二年丁未。宣、政末，马定国题酒家壁诗云：“苏黄不作文章伯，童蔡翻为社稷臣。三十年来无定论，到头奸党是何人？”录成点笔一过，又书此诗于跋尾。是冬之小至日，虞山老民钱谦益书。②

按：崇祯二年己巳（1629）十月，皇太极亲率后金兵，以蒙古兵为向导，从龙井关、大安口入塞，攻破遵化，包围北京，畿辅震惊，京师戒严。至次年五月，后金兵方拔营东归，此乃后金之初次入塞，是为己巳之役。钱谦益所言“崇祯己巳冬，奴兵薄城下，邸报断绝”，当即京师戒严、消息阻隔之际。崇祯二年六月，牧斋因阁讼削籍南还，此时居于常熟家中，《次韵何慈公岁暮感事四首》其一云：“蓟北兵尘逼暮冬，菰芦愁杀老吴侬。”③《野老》云：“野老心终恨虏骄，扶藜咄咄步中宵。”④正可见其“孤愤幽忧”之情。《读史》云：“班史才繙

---

① 按：方括号中文字，上文“萌芽：万历间之历史反思”目下已引。
② 《钱牧斋全集》，第 3 册，第 1762 页。
③ 《牧斋初学集》卷九《崇祯诗集五》，《钱牧斋全集》，第 1 册，第 269 页。
④ 同上，第 272 页。

又短长,闲钻故纸费商量。死人岂必无生术,今病何曾乏古方。"①亦可见其以史为鉴、救时匡世的史家意识。

钱谦益于建虏逼肆、京师危急之时,"夜长不寐,繙阅宋人《三朝北盟会编》,偶有感触,辄乙其处,命僮子缮写成帙,厘为三卷",即此跋所题写之节钞本《三朝北盟会编》。南宋徐梦莘撰《三朝北盟会编》,成书于南宋绍熙五年(1194),是宋徽宗、钦宗、高宗三朝对金交涉的编年史,起自北宋徽宗政和七年(1117),迄于南宋高宗绍兴三十二年(1162)。牧斋所录则"始于政和七年丁酉,尽于靖康二年丁未",其"偶有感触"之处,乃北宋末季至靖康之变间"可痛可恨,可羞可耻,可观可感"者。牧斋为何对此历史时段情有独钟呢? 一言以蔽之,相似的历史境遇②。己巳之役后,成基命"尝痛哭为上言:'敌警为二百年未有,幸其暂退,因循苟安。'"③而牧斋此时,正值"奴兵薄城下,邸报断绝"之际,(后)金人的铁蹄再次蹂躏京畿,唤起了汉族士大夫对靖康之耻的惨痛记忆,牧斋潜意识中,遂将当下此"二百年未有"之巨劫奇辱,视为与《三朝北盟会编》所记宋金交涉同样之"可痛可恨,可羞可耻",古事今事,相互映发。

沉痛的历史教训与现实情势,促使钱谦益深入思考北宋亡国与当下危机之根源。牧斋于跋尾书马定国题酒家壁诗云:"苏黄不作文章伯,童蔡翻为社稷臣。三十年来无定论,到头奸党是何人?"即透露出其思考之路向。北宋新旧党争,直至演为崇宁党禁,国势在党争的此消彼长中风雨飘摇,最终给擅权奸佞以可乘之机,朝中"童蔡翻为社稷臣",实播下了国家覆亡之祸种。牧斋此时,刚刚经历了阁讼事件,身受党论之害,深悉崇祯朝内各党派之明争暗

---

① 《牧斋初学集》卷九《崇祯诗集五》,《钱牧斋全集》,第1册,第273页。钱谦益于崇祯二年南归途中作《后饮酒七首》其二云:"摊书昼日卧,流观范晔史。……载寻党锢传,谈虎欲击齿。杵白贮心胸,撞春自触抵。呼儿浮大白,为我浇块垒。饮酣发酒悲,泣下露泥泥。上为刘伯升,下为李元礼。"(《牧斋初学集》卷八《崇祯诗集四》,《钱牧斋全集》,第1册,第254页)以史论今,抨击时政,发抒内心抑郁不平之情,是为牧斋思维范式之一。

② 参读陈寅恪《坊本建炎以来系年要录跋》:"辛巳冬,无意中于书肆廉价买得此书。不数日而世界大战起,于万国兵戈饥寒疾病之中,以此书消日,遂匆匆读一过。昔日家藏殿本及学校所藏之本,虽远胜于此本之讹脱,然当时读此书犹是太平之世,故不及今日读此之亲切有味也。"跋后附蒋天枢按:"此短跋为师于民国三十年(1941)困居香港时作。……当年阳历十二月七号日本占领珍珠港,太平洋战争爆发。先生挈全家困居九龙极僻仄之小室,所云'于万国兵戈饥寒疾病之中',纪实也。"(陈寅恪《讲义及杂稿》,三联书店2002年版,第445页)可见相似的历史境遇,使读者能契入作品的历史语境,沉潜钻味,更为深刻地体悟作品的丰富蕴藏。

③ 《牧斋有学集》卷三四《明故光禄大夫太子太保礼部尚书兼文渊阁大学士赠少保谥文穆成公神道碑》,《钱牧斋全集》,第6册,第1201页。

斗,如今边事糜烂至此,内部党争之连绵,文臣武将之昏弱,实在有不可推卸之责①。牧斋欲借此三卷节钞本《三朝北盟会编》,承续万历间"《殷鉴》之志",以靖康之痛史为当下之殷鉴,汲取北宋党争误国、党争亡国之教训。

从"奴初发难"之万历末,到"奴氛益炽"之崇祯初,钱谦益延续了对北宋覆亡之炯鉴。此等深沉的历史反思意识,亦渗入了其杜诗笺注之中,《读杜小笺上》之《哀王孙》笺注:"当时降逆之臣,必有为贼耳目,搜捕王孙妃主以献奉者。……有宋靖康之难,群臣为金人搜索,赵氏宗室,遂无遗种。逆臣媚子,千载如一辙,读此诗可为流涕。"②唐安史之乱长安沦陷之景况与北宋靖康之难,惊人之相似。牧斋在笺注杜诗时,由此及彼,联类比照,并寄寓感慨。探寻牧斋之深层心理,则当溯源于其对北宋覆亡之长期反思。

### ② 万历朝党争之反思

《牧斋初学集》卷六二《嘉议大夫吏部左侍郎兼翰林院侍读学士赠资德大夫太子少保礼部尚书兼翰林院学士谥文毅赵公神道碑铭》:

> 赵文毅公(赵用贤)之卒也,七年而克葬。葬二十三年而褒恤赠谥彝典始大备。又八年而崇祯六年,距公卒三十有八载,而谦益始书其墓隧之碑。……盖尝论之,公之见逐在癸巳(万历二十一年),而其械成于癸未(万历十一年)、甲申(万历十二年)两年之间,不独公生平用舍之局决于此,而壬午(万历十年)以后四十馀年之朝局亦悬于此。何也?江陵既逝,执政之精神才术,不用之以反旧政,图国恤,而专用以枝柱公等。吴(中行)、沈(思孝)、江(东之)、李(植),树的于前;邹(元标)、赵(南星)、顾(宪成)、高(攀龙),侠毂于后。裁量执政,水火薄射,而公为之魁,难乎其免矣。始坐公以朋党,既逐公以婚姻,并一机牙也。故曰公生平用舍之局决于此也。执政既疑公,举不信海内贤士大夫,于是乎灯传钵授,为留中永锢之法,以壅遏清议,消磨人才。公没之后,正人皆不见登用,用亦

---

①　参阅孟森《明史讲义》第二编第六章《天崇两朝乱亡之炯鉴》第一节《天启初门户之害》:"在万历间不过把持朝局,排斥异己而汲引同党,至边事既起,各立门户之言官,以封疆为逞志之具,将帅之功罪贤不肖悉淆混于党论,而任事者无所措手足矣。建州坐大,清太祖遂成王业,其乘机于明廷门户之争者固不小也。"(第292～293页)

②　《牧斋初学集》卷一〇六,《钱牧斋全集》,第3册,第2159页。《钱注杜诗》卷一同诗笺曰:"有宋靖康之难,群臣为金人搜索,赵氏遂无遗种。读此诗,如出一辙。"(第44页)

不久,而所谓邹、赵、顾、高者,遂与党议相终始,故曰壬午以后四十馀年之朝局亦悬于此也。①

赵用贤卒于神宗万历二十四年(1596),钱谦益《神道碑铭》作于毅宗崇祯六年(1633)。经过三十八载世事之磨砺,牧斋再反观万历朝党争,颇具总揽大势之识见:"公之见逐在癸巳,而其械成于癸未、甲申两年之间,不独公生平用舍之局决于此,而壬午以后四十馀年之朝局亦悬于此。"论赵用贤生平用舍之局谓:"江陵既逝,执政之精神才术,不用之以反旧政,图国恤,而专用以枝柱公等。"论万历十年以后四十馀年之朝局谓:"执政既疑公,举不信海内贤士大夫,于是乎灯传钵授,为留中永锢之法,以壅遏清议,消磨人才。"牧斋借为赵用贤作《神道碑铭》,倾吐内心对万历朝局之反思,深悟党争之于士运、国运,实影响至巨。可见,远距离历史视野之审度,较之万历年间之当下体认,更具洞鉴力与穿透力。钱谦益作此文,正与作《读杜小笺》同年,二者共生于同一思维场域。

### ③ 天启阉祸之反思

崇祯阉讼后,钱谦益为掊击阉党或身罹阉难之诸友作《墓志铭》,对天启阉祸之根源、逆变进行了深入阐析。

《牧斋初学集》卷五〇《都察院左副都御史赠右都御史加赠太子太保谥忠烈杨公墓志铭》:

> 天启四年,都察院左副都御史杨公(涟)劾奏逆阉魏忠贤二十四大罪。明年七月二十四日,考死诏狱。后三年,今天子即位,追录死阉忠臣,以公为首。又五年,其友人陈愚撰次行状,率其二子,跋涉数千里,请志公墓。……初,群小谓移宫之名正,故坐赃罪杀公。公死后,大举钩党,转相连染,死徙废禁,逮捕相望,乃为阉定三案,刊《要典》,借公为质的,以欺诬天下,而群小所以杀公之本谋始大露。然后知公之死不死于击阉,而死于移宫;定计杀公者,非操刀之阉,而主张三案之小人也。②

---

① 《钱牧斋全集》,第 2 册,第 1469、1471~1472 页。
② 同上,第 1268、1271 页。

杨涟惨死于天启五年(1625)七月，崇祯元年(1628)获昭雪追赠。钱谦益《墓志铭》当作于崇祯六年(1633)后不久。牧斋指出"公之死不死于击阉，而死于移宫；定计杀公者，非操刀之阉，而主张三案之小人也"，真一语破的，洞见卓然。天启阉祸实质是万历、泰昌两朝东林与三党斗争之畸形变异，仇视东林者，趋附魏阉、客氏，曲翻三案，嗾兴大狱，使善类为之一空。崇祯立，虽果断铲除阉党，清查逆案，但阉党余孽未尽，朋党之势已成，小人卒大炽，祸迄明亡而后已，可谓流毒至深矣。牧斋洞明阉宦肆恶背后的历史真相，对党争致祸于士运、国运，有了进一步深刻之省悟。

《牧斋初学集》卷五二《吏科给事中赠太常寺少卿侯君墓志铭》：

> 天启七年正月，吏科给事中嘉定侯君（震旸）卒于家，年五十有九。……将葬，（其子）峒曾次君之生平为状，泣而请于余曰："愿有述也。"余与君同年进士，同事熹庙，后先同被谴逐，其知君为深。呜呼！党论之相持也，自万历之末，蕴崇沸腾，以迄天启元、二之间。君居恒悒然心忧，谓其祸与国家相终始，誓欲以其身为楮柱。既入谏垣，论三案，论经、抚，以谓当斩除葛藤，别白功罪。其言明白正大，举朝韪之。亡何而事益难言矣。当国论之殷也，士大夫坚垒不相下，若鼠之斗于穴也。久之，群小知公论不可胜，折而入于中官、阿姆，若鼠之伏于社而食于角也。言者或不知，知者又或不言，而君独早知而极言之。客氏之再入也，君请收回成命，以勾结奸阉、倾危椒寝为言。奉严旨切责。其后一疏纠劾四辅，暴白逆奄搆杀旧司礼王安事，尤切中忌讳。而君又抗章再上，得罪然后已。当是时，逆阉犹未炽，君先事察其机牙，摘发其所与钩连者。君去三载，而祸大作。刊章录牒，糜烂朝野。君以病且死，懂而获免。……盖君之大志，欲以虚公正直，为国家塞朋党之议，救清流之祸。……崇祯四年十二月，葬于圆海沙之祖茔。①

侯震旸葬于崇祯四年(1631)十二月，钱谦益《墓志铭》当作于其时。侯震旸有鉴于万历、天启之际党论"蕴崇沸腾"之势，忧心于"其祸与国家相终始"，故当天启初"逆阉犹未炽"时，"察其机牙，摘发其所与钩连者"，欲"为国家

---

① 《钱牧斋全集》，第2册，第1319～1321页。

塞朋党之议，救清流之祸"。钱谦益对侯震旸品节志向之称述，亦可视为其对天启阉祸之反思。牧斋指出"当国论之殷也，士大夫坚垒不相下"①，"久之，群小知公论不可胜，折而入于中官、阿姆"，与上文论杨涟拷死之根源，正可相互发明。

由上可见，钱谦益冷静省察，探河穷源，剥蕉至心，天启间切痛之现实体验，沉淀凝结成理性之评析，渗透着他对党争误国的深沉反思。

④ **反思三朝党争之诗史**

万历、天启、崇祯三朝党争，是钱谦益前半生政治命运之核心结钮。牧斋于诗歌中对三朝党争予以梳理回顾，抒写其心魂萦绕的高峰体验，堪推《初学集》中最早之百韵长诗，牧斋崇祯五年（1632）所作《送座主王文肃公之子故户部郎中淑扴归关中叙旧述怀一百韵》（《崇祯诗集六》）②，兹节录相关文字如下：

> （此后并言文肃领袖清流，党人披猖，避位去国之事③。）世豫私门萼，朝清国论偏。部魁南北署，党禁绍熙沿。杓直星依指，芒寒宿避躔。清流常皎皎，丑类正骞骞。伏莽兴戎壮，高墉射隼便。钟原因物扣，镜不为人妍。肯待三年报，都将一网襄。搆兵弥浙楚，馀烬合昆宣。枉状波翻覆，飞章矢属连。门兰嗟并芟，釜豆泣相煎。……（此已下并言奄寺钩党，考系削籍之事。）少阳蒙出震，雌霓比连卷。箑扇金壬巧，冯依妇寺癫。决藩咨万燥，钩党考杨涟。削籍空三事，刊章沸八埏。拖肠难仰药，折骨羡沉渊。媪子繁螟蟘，阉儿长蚁蝝。咸宁王绍徽新乳虎，狷氏乔应甲老饥鸢。日日惊追捕，家家庬橐馔。槛车拌并载，牢户尽平填。……（崇祯元年，予自废籍召入京，旋搆阉讼，再遭谤铄。）暂许茅连茹，俄看草蔓延。孤踪何朴遫，群刺总翩翩。封印藤麻格，堆盘火齐鲜。覆金供鼠赫，点玉聚蝇膻。共叹詹来鲁，空招隗至燕。食宁留硕果，饮遽散初筵。霾曀箕风暗，飞流斗域殷。舻棱朝恋阙，襆被夜

---

① "士大夫坚垒不相下"，东林亦非无过。参阅谢国桢《明清之际党社运动考》三《东林党议及天启间之党祸》，第39～40页。

② 《牧斋初学集》卷一〇《崇祯诗集六》卷前题"起（崇祯）五年壬申，尽九年丙子"，依卷内诗歌排序，此诗后一首为《壬申除夕》，可见此诗当作于崇祯五年。

③ 按：圆括号中的文字，乃诗中钱谦益自注，于筋骨转折处，起梳通脉络、统摄诗意之用。下同。

乘艑。①

此篇精心结撰的诗史之作,钱谦益借为座主王图②之子王淑抃送行,"叙旧述怀",倾泻郁结于内心的深深愁绪。细细读来,三朝党争之起伏叠变,正直士人之芟夷斩伐,加之己身之落拓沉埋,皆历历奔汇于笔端。牧斋崇祯七年(1634)作《故礼部尚书兼翰林院学士协理詹事府事赠太子太保谥文肃王公行状》慨叹:"谦益衰迟白首,惭负师门,追惟二十年馀,登顿跆蹇,与党论相终始,痛定思痛,有馀感焉。"③晚明党争之于牧斋宦海沉浮,是一刻骨铭心的烙印,此中蕴意,是个人荣辱与国家兴亡的相互交融,彼此映照。

总之,钱谦益崇祯间的历史反思,延续了对北宋覆亡教训的远时段(古代史)观照,更拓展了对万历、天启、崇祯三朝的近时段(当下史)省察,二者相互发明,将牧斋对党争误国思考的深度与广度,提升至一新的境界。

综而言之,钱谦益崇祯初刻骨铭心的现实遭际,与深刻透辟的历史反思,汇聚交融,将其对党争误国之思考推向成熟。牧斋崇祯六、七年间作《读杜小笺》、《二笺》,正是在此等心理结构的涵摄之下。

纵观上文之梳理,钱谦益对党争误国的体认与思索,从万历之涓涓细流,经过天启之艰难跋涉,诸多支脉逐渐汇积,到崇祯之时,方聚成一蔚蔚洪流。牧斋对党争误国的长期省察,逐渐凝铸成一稳定的心理结构,进而形成一强大的心理磁场,在此磁场辐射之下的著述行为,必然会受其深刻影响。

上引《牧斋初学集》卷一〇九《读杜二笺上》之《洗兵马》笺注:"收京之后,洗兵马以致太平,此贤相之任也。而肃宗以谗猜之故,不能信用其父之贤臣,……盖至是而太平之望益邈矣。……自汉以来,钩党之事多矣,未有人主自钩党者,未有人主钩其父之臣以为党,而文致罪状,榜之朝堂,以明欺天下后世者。"唐肃宗至德二载(757)四月,杜甫脱贼奔赴凤翔行在,满怀对肃宗中兴唐

① 《牧斋初学集》卷一〇《崇祯诗集六》,《钱牧斋全集》,第 1 册,第 318～320 页。
② 王文肃公,即王图,字则之,西安耀州牛村里人。图生平,详参本诗钱谦益自注"此后并言文肃领袖清流,党人披猖,避位去国之事"之钱曾注(《钱牧斋全集》,第 1 册,第 321～322 页)及《牧斋初学集》卷四八《故礼部尚书兼翰林院学士协理詹事府事赠太子太保谥文肃王公行状》(《钱牧斋全集》,第 2 册,第 1239～1244 页)。
③ 《牧斋初学集》卷四八,《钱牧斋全集》,第 2 册,第 1244 页。落款题:"崇祯七年十月礼部右侍郎兼翰林院侍读学士协理詹事府事门生钱谦益状。"

室之希望,五月的房琯罢相事件,实质是肃宗听信贺兰进明辈浊流士大夫之谗言,从而敌视、排斥清流士大夫。在杜甫看来,房琯罢相是肃宗朝纲纪败坏,正气不伸,邪气嚣张征候之开端。其后,肃宗进一步扩大迫害清流士大夫之范围,牵涉甚广,清流、浊流士大夫之间的矛盾斗争,最终以清流相继贬谪出朝而结束。杜甫自己在经历了疏救房琯、墨制放归、出为华州司功参军等一系列事件后,逐渐认清了肃宗政治之无道,痛感唐室中兴之无望①。钱谦益于崇祯六、七年间作《读杜小笺》、《二笺》,两次笺注《洗兵马》诗②,其所谓"钩党",所谓"太平之望益邈",实为党争误国深层心理的一种投射。此种投射,使牧斋深刻契入唐肃宗朝清流、浊流士大夫斗争的历史情境(即杜诗核心历史内容之一),抉幽发隐,古典今典,相互映发。

清朱鹤龄《杜工部诗集辑注》沈寿民《后序》言:"往方尔止尝语余云:虞山笺杜诗,盖阁讼之后,中有指斥,特借杜诗发之。"据《牧斋有学集》卷二二《送方尔止序》云:"崇祯辛未,尔止谒余虞山。……余年五十,罢枚卜里居,天下多事,意气犹壮。"③明末崇祯四年辛未(1631),方文(字尔止)拜谒钱谦益,亲睹牧斋罢官后"意气犹壮"之态,故有"阁讼之后,中有指斥,特借杜诗发之"之论。方氏窥破牧斋于注杜中寄托己身感遇,可谓独具只眼,但其言"特借杜诗发之",恐有失允妥;且"中有指斥"之具体蕴涵为何,方氏亦未细加分疏。后人承续此论者,多认为牧斋"中有指斥",仅仅是为一己之私而刺刺不休。本书通过对钱谦益诗文的细致梳理考察,揭示出牧斋注杜寄寓了对党争误国的深沉反思。此一揭示,有助于我们深度开掘钱注隐涵今典(明末政治境遇)的丰富蕴涵,亦有助于我们对牧斋注杜心态的全面把握。

## (二) 隐微寄托的故国之思与复明之志

钱谦益入清后,在明末《读杜小笺》、《二笺》的基础上,续成《杜工部集》笺注二十卷。细味牧斋于清初撰就的杜诗笺注,部分文字实寄托了其深挚的故国之思与坚贞的复明之志。前人研究此问题,最具启发意义的是邓小军先生《红豆小史》一文,邓文揭示出钱谦益注杜甫《秋兴八首》其八与《江南逢李龟

---

①　详本书第二、三章《〈钱注杜诗〉学术创见核心体系考释》。
②　分别见《牧斋初学集》卷一○六《读杜小笺上》、卷一○九《读杜二笺上》,《钱牧斋全集》,第 3 册,第 2163～2164、2189～2192 页。
③　《钱牧斋全集》,第 5 册,第 905 页。

年》中的红豆意象，"潜在地象征了明遗民的故国之思"，尤《江南逢李龟年》注"有意改变古典之细节，以确指今典"，为诗歌注释中之特例①。其他研究，则大多集中在钱谦益《秋兴八首》之长笺，且仅据钱氏生平作简单比附，并未细致考察，故不免臆测之误。笔者阅读《钱注杜诗》，比参牧斋诗文之自述自志，偶有所得，试依以钱证钱之法，考释如下。

1. 辨明夷夏之微旨

钱谦益于清初所作杜诗笺注，辨明夷夏之大义，而其入清后之文章，为我们抉发其中微旨，提供了丰富的解读资源与广阔的阐释空间。

杜甫《喜闻盗贼蕃寇总退口号五首》其四：

> 勃律天西采玉河，坚昆碧碗最来多。旧随汉使千堆宝，少答胡王万匹罗。

《钱注杜诗》卷一五《喜闻盗贼蕃寇总退口号五首》其一诗后注：

> 鹤曰：旧史：大历二年九月，吐蕃寇灵州，进寇邠州。十月，灵州奏破吐蕃二万。《通鉴》：十月，路嗣恭破吐蕃于灵州城下。②

又其四笺曰：

> 按奘师《西域记》云：赡部洲地有四主焉，南象主，西宝主，北马主，东人主。象主，印度国也；人主，中夏国也；马主，突厥国也；宝主，胡国也。汉通三十六国，甘英抵条支而历安息，临西海以望大秦，距玉门阳关四万馀里。唐置八蕃，亦云西至波斯、吐蕃、坚昆。所谓四主者，前古未闻也。公此诗云"勃律天西采玉河，坚昆碧碗最来多"，与西方宝主之记，最为符合。宣律师云：雪山之西，至于西海，名宝主。今云"勃律天西"，则为雪山之西可知。又云：地接西海，偏悦异珍，而轻礼重货，是为胡国。今云

---

① 详请参阅邓小军《红豆小史——以王维、杜甫、〈云溪友议〉、钱谦益为中心》，《诗史释证》，第474～479页。

② 《钱注杜诗》，第534页。

"胡王",非胡国而何? 报答之礼,以万丈罗为重,非轻礼重货而何? 宝主之疆域风土,备写于两行之中。考方志者,可以无理绝人区,事出天外之疑矣。天竺为灵圣降集,震旦则仁义昭明,殷乎中土,二域为胜。衣毛鸟言,犷暴忍杀,方诸宝乡,区以别矣。少陵之诗,于羌胡杂种,长驱犯顺,深忧痛疾,情见乎词。此诗则曰"旧随汉使"、"少答胡王",庶几许其内属,优以即序,不忍以禽兽绝之,亦春秋之法也。①

按: 明崇祯十六年(1643)所刻《牧斋初学集》卷一〇六至一一〇《读杜小笺》、《读杜二笺》中,钱谦益未注杜甫《喜闻盗贼蕃寇总退口号五首》,可见此诗注为牧斋入清后所作。杜诗作于唐代宗大历二年(767)十月路嗣恭破吐蕃于灵州城下之后,"忆往时和戎之有道也"②。牧斋之长笺,于地理典故,征引博赡,阐析绵密,但某些笺注文字,如"天竺为灵圣降集,震旦则仁义昭明,殷乎中土,二域为胜。衣毛鸟言,犷暴忍杀,方诸宝乡,区以别矣"一段,于杜诗诗意似显游离,后仇注大量征引钱笺,唯此段不引,而朱注、杨注则全未引钱笺,浦注对钱笺持批评态度③。实际上,牧斋作此长笺,自寓其苦心孤诣,若欲窥见其深层蕴涵于文字之表,则须参读牧斋《赠愚山子序》、《一匡辨》、《汉武帝论》,三文乃打开钱笺微旨之钥匙。

《牧斋有学集》卷二二《赠愚山子序》:

> 茫茫堪舆,有大地理当明者二焉。……华藏娑婆,详在佛典,其近而有征者,南赡部四国也。传称南印度为象主,东脂那为人主,西波斯为宝主,北猃狁为马主。吾夷考之,唯南东二主而已,他非与也。……印度为梵天之种,佛祖之所生。脂那为君子之国,周礼之所化。南曰月邦,东曰震旦,日月照临,礼教相上。波斯轻礼重货,猃狁犷暴忍杀,区

---

① 《钱注杜诗》,第535～536页。《牧斋有学集》卷一五《吴江朱氏杜诗辑注序》:"间尝与长孺论之,'勃律天西采玉河,坚昆碧碗近来多',记事之什也。以《西域记》征之,象人马宝之主,分一阎浮提为四界,西方宝主之疆域,是两言如分封堠也。"(《钱牧斋全集》,第5册,第699～700页)

② [清]仇兆鳌《杜诗详注》卷二一同诗章旨,第4册,第1858页。

③ [清]浦起龙《读杜心解》卷六之下同诗"小一作少答胡王万匹罗"注:"钱笺: 宣律师云:雪山之西,名宝主,偏悦异珍,而轻礼重货。按: 诗正言彼此报礼,不应主是说。"(第858～859页)

以别矣。……南国之邻于西也,南之肯也。九州十道,并为禹迹。燕、代
迤北,杂处戎胡。厥后茹血衣毛,奄有中土。肃慎、孤竹,咸事剪除。皆
马国之杂种,幽、冀之部落。东之逼于北也,东之劫也。南居离位,东属
震明,为阳国。西、北则并阴国。今俨然称四主焉,何居?阴疑于阳必
战,《易》之所以有忧患也。此大地理之当明者一也。①

《牧斋集再补》之《一匡辨》(上、下):

　　孔子曰:"管仲相桓公,霸诸侯,一匡天下。"……"微管仲,吾其被发
左衽矣。"盖指戎翟言之。……最齐桓一匡之功,攘夷狄为大。最齐桓攘
夷狄之功,伐山戎为大。……要而言之,自乌桓、鲜卑以迄辽、金,皆东胡
也,皆山戎也。其本部则北狄也。其远祖则匈奴也。开辟以来,匈奴为
中国祸者,猃狁、山戎两种而已矣。猃狁之祸,至蒙古而极。山戎之祸,
至黑水靺鞨而极。齐桓之伐山戎也,大矣哉!管仲之相齐桓也,远矣哉!
刘定公见河雒而叹曰:"微禹,吾其鱼乎!"吾夫子之叹微管仲也,媲于大
禹矣。於乎!凡我华夏戴天覆地之人,尚念之哉!②

又《汉武帝论》(上、下):

　　三代以来,世患戎狄。猃狁戒其孔棘,薄伐止于太原。武帝雪耻百
王,复仇九世。天子巡边,亲至朔方,勒兵十八万骑,北登单于台,虏不敢
南向发一矢。易世而后,单于称北藩臣,朝正月。上登长平坂,诏单于毋
谒,左右当户、蛮夷君长,迎者数万人。上登渭桥,咸称万岁。快矣哉!
挞伐之胜事,开辟以来所未有也。金行失纪,胡羯蔓延。拓跋主中国,耶
律作天子。袞冕蹂践于马蹄,裋褐沉沦于鱼服。信天之不悔祸,抑亦世
无汉武,以至此极也。孔子作《春秋》,大齐桓一匡之功,而仁管仲。大齐
桓,有不大汉武矣乎?仁管仲,有不仁汉武矣乎?……吾夫子受命于天,

_____

①　《钱牧斋全集》,第 5 册,第 900~901 页。
②　钱仲联辑:《牧斋集再补》,收入《牧斋杂著》,《钱牧斋全集》,第 8 册,第 916~918、
920 页。

制《春秋》为万世法，立乎衰周，却观后世。华夷同贯，杀运增长，茫茫禹迹，有深恫焉！故曰："微管仲，吾其被发左衽矣。"非为一世言之也。呜呼！斯所谓百世可知者也。①

《赠愚山子序》表面言地志星经，实寓以夷变夏之辱与山河残破之痛，隐含遗民复明之心志。"印度为梵天之种，佛祖之所生。脂那为君子之国，周礼之所化。南曰月邦，东曰震旦，日月照临，礼教相上。波斯轻礼重货，猃狁犷暴忍杀，区以别矣"，即蕴涵中印文化高于夷狄之意，中夏乃"周礼之所化"的"君子之国"，与"轻礼重货"、"犷暴忍杀"之夷狄迥异。"燕、代迤北，杂处戎胡。厥后茹血衣毛，奄有中土。肃慎、孤竹，咸事剪除。皆马国之杂种，幽、冀之部落。东之逼于北也，东之劫也。"商周时的肃慎是后世靺鞨、女真以至满洲之远祖，在此隐喻东北之满洲实为明运之劫。

《一匡辨》盛辨管仲辅佐齐桓公伐山戎、攘夷狄。辨析山戎、北狄、东胡之起源、流变，"自乌桓、鲜卑以迄辽、金，皆东胡也，皆山戎也。其本部则北狄也。其远祖则匈奴也。开辟以来，匈奴为中国祸者，猃狁、山戎两种而已矣。猃狁之祸，至蒙古而极。山戎之祸，至黑水靺鞨而极。"所谓黑水靺鞨，即建州女真之先祖，"山戎之祸，至黑水靺鞨而极"，当隐指满清入主中原。牧斋反复称述孔子所言"微管仲，吾其被发左衽矣"（语出《论语·宪问》），"凡我华夏戴天覆地之人，尚念之哉！"铭记历史上齐桓、管仲之功，即是铭记现实中沦于夷狄之耻。

《汉武帝论》盛赞汉武帝以武力遏制匈奴，堪比齐桓之伐山戎。以夷狄臣服汉武之雄盛，反衬"金行失纪，胡羯蔓延"，"衮冕蹂践于马蹄，褕襟沉沦于鱼服"之屈辱，今昔对比，备感沉痛。"吾夫子受命于天，制《春秋》为万世法，立乎衰周，却观后世。华夷同贯，杀运增长，茫茫禹迹，有深恫焉！故曰：'微管仲，吾其被发左衽矣。'非为一世言之也。呜呼！斯所谓百世可知者也。"清廷之剃发令实无异于迫使汉人"被发左衽"，扬州十日、嘉定三屠之惨烈亦堪为"杀运增长"之显证，牧斋对清廷蹂躏华夏民族、毁灭中国文化之痛恨，隐然见

---

① 钱仲联辑《牧斋集再补》，收入《牧斋杂著》，《钱牧斋全集》，第 8 册，第 915 页。钱仲联于《汉武帝论上》篇末自注："辑自邃本《有学集补遗》卷下、黄孝纾辑《牧斋有学集佚稿》。以下三篇同。黄辑据南浔刘氏藏校本。"按：三篇即指《汉武帝论下》与《一匡辨》（上、下）。

于言外。

由上三文之蕴意,再细味钱笺之微旨。钱笺谓"天竺为灵圣降集,震旦则仁义昭明,殷乎中土,二域为胜。衣毛鸟言,犷暴忍杀,方诸宝乡,区以别矣","'旧随汉使'、'少答胡王',庶几许其内属,优以即序,不忍以禽兽绝之,亦春秋之法也",卓然以中国文化自重,强调夷夏之别在种族更在文化,亦唐韩愈《原道》所云"孔子之作《春秋》也,诸侯用夷礼则夷之,进于中国则中国之"①之意也。证诸《赠愚山子序》,此段钱笺之微旨是悲悼痛耻明清鼎革、以夷变夏,此一民族、文明之扭曲。钱笺谓"少陵之诗,于羌胡杂种,长驱犯顺,深忧痛疾,情见乎词",言杜甫深明夷夏之防,杜诗中表达了对"羌胡杂种"屡次入侵的隐忧痛恨。证诸《一匡辨》、《汉武帝论》,此段钱笺之微旨是感愤世无齐桓、汉武,徒令后世夷狄犯阙,中夏叠陷沉沦。检阅牧斋入清之诗,又何尝不是"深忧痛疾,情见乎词"呢? 要言之,钱谦益此条笺注,借注释杜诗之古典,喻说易代之际不能明言之今典,此中微旨,非深悉牧斋诗文者不能通解。

2. 萦思南明之隐蕴

钱谦益于杜诗的异文取舍及相应笺注中,隐微寄托了其心魂萦思南明永历政权之今情,而牧斋诗歌,实为我们确切解读钱笺隐蕴之钥匙。

杜甫《秋兴八首》其二:

夔府孤城落日斜,每依南一作北斗望京华。听猿实下三声泪,奉使虚随八月查。画省香炉违伏枕,山楼粉堞隐悲笳。请看石上藤萝月,已映洲前芦荻花。

明崇祯十六年(1643)刊刻《牧斋初学集》卷一〇八《读杜小笺下》之《秋兴》其二"每依南斗望京华"句,无任何异文校语。清康熙六年(1667)静思堂刻本《杜工部集》笺注卷一五《秋兴八首》其二"每依南斗望京华"句,"南"字下小字校注:"一作北。"《钱注杜诗》卷首《注杜诗略例》:"杜集之传于世者,惟吴若本最为近古,他本不及也。……若其字句异同,则一以吴本为主,间用他本

---

① [唐]韩愈撰,马其昶校注,马茂元整理:《韩昌黎文集校注》卷一,第17页。

参伍焉。"①钱氏自述校勘以吴若本为底本，以他本为参校本。依吴若本校勘义例："称'刊'及'一作'者，黄鲁直、晁以道诸本也。"②黄、晁诸本今佚，兹考察今存杜集宋刻本"每依南斗望京华"句之异文情况：

《宋本杜工部集》卷一五（南宋绍兴初浙江翻刻二王本残本毛钞）作"每依南斗望京华"，无任何异文校语。

《杜诗赵次公先后解辑校》戊帙卷九，本诗注辑自《九家注》、《百家注》③（参下引）。

《百家注》卷二八作"每依南斗望京华"，句下注："赵曰：盖长安上直北斗，号北斗城也。旧本'南斗'，非。"

《九家注》卷三〇作"每依南斗望京华"，句中无小字校注，诗末注："赵云：南斗，师民瞻作'北斗'④，盖长安上直北斗。"

《分门集注》卷二作"每依南斗望京华"，句下注："赵次公曰：盖长安上直北斗，号北斗城也。旧本'南斗'，非。"

《草堂诗笺》卷三九⑤作"每依北斗望京华"，句下注："北，一作南，非。盖长安上直北斗，号北斗城也。《春秋说题辞》：南斗为吴。《十道志》：长安故城，南似南斗形，北似北斗形。"

《黄氏补注》卷三〇作"每依南斗望京华"⑥，句下注："赵曰：盖长安上直北斗，号北斗城也。旧本'南斗'，非。"

由上可知，在宋代，杜甫《秋兴八首》"每依南斗望京华"句，"黄鲁直、晁以

---

①　《钱注杜诗》，第5页。《牧斋初学集》卷一一〇《注杜诗略例》亦有此条（《钱牧斋全集》，第3册，第2218页）。

②　《钱注杜诗》附录宋吴若《杜工部集后记》，第715页。

③　林继中辑校《杜诗赵次公先后解辑校》（修订本）凡例八："丁、戊、己三帙明钞本有缺文……全篇缺者，如《秋兴八首》，则依甲、乙、丙帙之例辑佚。"凡例三："甲、乙、丙三帙之集佚，以《九家注》为底本，凡《九家注》所未引，补以《百家注》，他本相类者不引。"凡例四："甲、乙、丙三帙杜诗正文依《九家注》，间有与注文所引歧互者，从赵注。"（上册，第2、3页）

④　张忠纲《宋代杜集"集注姓氏"考辨》（下）："师尹（？—1152），字民瞻，宋彭山（今属四川）人。……宋代注杜名家，为郭知达《九家集注杜诗》之重要一家，引其注文多达三百三十六条，于杜诗异文多所考定。赵次公注即将师本作为旧本正文的主要校本，并云'师民瞻所传仁昌叔叔本'。"（《文史》2006年第2辑，第183页）

⑤　按：此诗宋刻五十卷本（《中华再造善本》据中国国家图书馆、北京大学图书馆藏本影印）在卷三九，宋刻四十卷本（《古逸丛书》本）在卷三二。

⑥　按：元至元二十四年詹光祖月崖书堂刻本（《中华再造善本》据山东省博物馆藏本影印）作"每依南斗望京华"，《景印文渊阁四库全书》本作"每依北斗望京华"。

道诸本"及师民瞻本,已有作"北斗"之异文。《宋本杜工部集》后,吴若本吸纳了黄本或晁本之异文,其他诸本则通过赵次公注吸纳了师民瞻本之异文①。注家赵次公似最早提出取"北斗"而舍"南斗"之依据,蔡梦弼《草堂诗笺》则作了进一步补充。今存杜集宋刻本,《宋本杜工部集》无校文,《九家注》持中立态度,其他诸本皆于校文或注文中认同"北斗"之异文,尤《草堂诗笺》径直于正文书"北斗"。据叶嘉莹先生《杜甫秋兴八首集说》之考察,元明注家认同"北斗"者远多于"南斗"②。要之,钱谦益注杜前,较之"每依南斗望京华",注家对"每依北斗望京华"之认同实呈压倒之优势。

钱谦益依其拟定之校勘原则,取吴若本之正文"南斗"、校文"北斗",但牧斋自身对"每依南斗望京华"句作何理解呢?以下我们通过钱谦益之笺注,进一步考察其对杜甫《秋兴八首》"南斗"、"北斗"之取舍及其见解。先引相关文献如下:

《钱注杜诗》卷一五《秋兴八首》题下注:

笺曰:此诗旧笺影略,末[未]悉其篇章次第,钩锁开阖。今要而言之。"玉露凋伤"一章,秋兴之发端也。江间塞上,状其悲壮。丛菊孤舟,写其凄紧。末二句结上生下,故即以"夔府孤城"次之。绝塞高城,杪秋薄暮,俄看落日,俄见南斗,炉烟熠而哀猿号,急杵断而悲笳发。萝月芦花,凄清满眼。萧辰遥夜,攒簇一时。"请看"二字,紧映"每依南斗",即连上城高暮砧,当句呼应耳。夜夜如此,朝朝亦然,日日如此,信宿亦然。心抱南斗京华之思,身与渔人燕子为侣,远则匡衡、刘向之不如,近则同学轻肥之相笑。第三章正申《秋兴》名篇之意,古人所谓文之心也。然"每依北斗望京华"一句,是三章中吃紧啮节。③

① 《草堂诗笺》征引赵注却未明示其出处。洪业《杜诗引得序》:"《草堂诗笺》辄选旧注,攘为己有,穿窬之智,不可为训。"(《洪业论学集》,第 320 页)

② 叶嘉莹《杜甫秋兴八首集说》五《分章集说》其二《校记》"北斗"条:"千家、范批、愚得、诗通、意笺……皆作'南斗'(笔者据上下文意按:且无异文校语)。……其他诸本(笔者据同书《引用书目》按:演义、颜解、邵解、邵注、刘本、胡注、胥钞、杜臆、洪评、诗撷、郭批)皆作'北斗'。而……刘本……注云'一作南'。"(第 61 页)按:叶著征引元明十六种杜诗注本、评本、白文本(详见同书《引用书目》),于"每依南斗望京华"句,仅有五种作"南斗",而有十一种作"北斗",可见元明注家认同"北斗"者远多于"南斗"。

③ 《钱注杜诗》,第 504 页。

又其二注：

> 笺曰：孤城落日，怅望京华，曰"每依南斗"，盖无夕而不然也。石上之月，已映藤萝，又是依斗望京之候矣。"请看"二字，紧映"每"字，无限凄断，见于言外。如云已又过却一日矣，不知何日得见京华也。

> 又曰："每依南斗望京华"，皎然所谓截断众流句也。孤城砠断，日薄虞渊，万里孤臣，翘首京国，虽复八表昏黄，绝塞惨澹，唯此望阙寸心，与南斗共芒色耳。此句为八首之纲骨，章重文叠，不出于此。听猿奉使，伏枕悲笳，遥夜憯凄，莫可为喻。然石上藤萝之月，已映洲前芦荻之花矣。莫遂谓长夜漫漫何时旦也。细思"请看"二字，又更是不觉乍见讶而叹之之词，作如是解，此二字唤起有力。此翁老不忘君，千岁而下，可以相泣也。①

《有学集文集补遗》（上）之《注秋兴八首》：

> 久之而夔府孤城，果日落矣，正依北斗望中华之候矣。听猿泪切，奉使槎还。剑外茫然，百端交集。伏枕非昔日之香炉，闻笳乃荒城之古堞。秋夜慢慢，不能达旦，而石上藤萝之月，已映乎洲前芦荻之花矣。曰"请看"，曰"已映"，则知夜夜如斯，旦旦如斯，旅人独夜，其秋思尽写于此矣。②

按：《钱注杜诗》卷一五《秋兴八首》其二"笺曰"，与明崇祯十六年（1643）所刻《牧斋初学集》卷一〇八《读杜小笺下》之《秋兴》注全同（个别文字略有出入）③，而题下"笺曰"与其二"又曰"，则为《小笺》所无，当为钱谦益入清后所增补。值得关注的是，除《读杜小笺》与《钱注杜诗》外，钱谦益还有一篇《秋兴八首》注文，即《有学集文集补遗》（上）之《注秋兴八首》，此注文仅存钞本，流布

---

①　《钱注杜诗》，第 506 页。
②　《牧斋杂著》，《钱牧斋全集》，第 7 册，第 525～526 页。
③　《钱牧斋全集》，第 3 册，第 2183 页。

甚稀,近年始排印出版①,故未引起学人的关注探讨。比照上引《小笺》(其二"笺曰")、《钱注》、《补遗》三本之《秋兴》注,《补遗》本注文之写作当介于《小笺》与《钱注》之间②,为牧斋思考过程中一重要关节点。由此,我们发现牧斋注《秋兴》"每依南斗望京华",实隐藏一微妙之演变。

《小笺》之杜诗正文与笺文,皆认同"南斗",解释之重点是"每"字于上下文之照应;《补遗》之《注秋兴八首》,则倾向"北斗","正依北斗望中华之候矣",解释依文衍义,无甚新见;至《钱注》之长笺,高度关注《秋兴八首》"钩锁开阖"之连章体结构,指出"'每依北斗望京华'一句,是三章中吃紧啮节","'每依南斗望京华',皎然所谓截断众流句也。……为八首之纲骨,章重文叠,不出于此"。细致解释句意云:"孤城砧断,日薄虞渊,万里孤臣,翘首京国,虽复八表昏黄,绝塞惨澹,唯此望阙寸心,与南斗共芒色耳。"相较前两次之解释,《钱注》内容充实,独具创发。针对钱注句意之释,叶嘉莹先生按断:"钱本作'南斗',云'望阙'之心'与南斗共芒色',又云'依斗望京',意者盖以南斗当夔州之地,心既与南斗争辉,此身亦与南斗相依近,而遥望京华。此说颇牵强","按诗句语气依斗望京,则'依'字当指所望之方位","且杜诗每以长安与北斗连言③","因北斗在北,长安亦在北,故循北斗而遥望长安耳"④。叶

---

① 据钱仲联标校《钱牧斋全集》之《出版说明》:"《有学集文集补遗》上中下三卷,用虞山瞿氏所藏钞本为底本,凡已见于《有学集》、《尺牍》、《文钞补遗》中的文章,俱删去,出校记于彼。这里只保存其题以备考。复见于《牧斋外集》的,取以校勘。"(第1册,第8页)《注秋兴八首》仅见《有学集文集补遗》,他本未载。《钱牧斋全集》本《有学集文集补遗》为此钞本首次排印出版。

② 《补遗》本注文"正依北斗望中华之候矣"与《小笺》"又是依斗望京之时候矣"相似,当作于《小笺》之后。《补遗》本注文"秋夜慢慢,不能达旦"与《钱注》其二又曰"长夜漫漫何时旦"相似;《补遗》本注文"石上藤萝之月,已映乎洲前芦荻之花矣"与《钱注》其二又曰"石上藤萝之月,已映洲前芦荻之花矣"相似;《补遗》本注文"夜夜如斯,旦旦如斯"与《钱注》题下笺曰"夜夜如此,朝朝亦然"相似,《补遗》本注文当作于《钱注》长笺之前。又《补遗》本注文云:"'玉露凋伤'一首,《秋兴》之总也。……'匡衡'以下四句,《秋兴》之本怀,古人所谓词赋之中心也。……此下(笔者按:指第五至第八首)睠怀宗国,皆以'有所思'三字起兴。……此下诸诗,皆以'有所思'卒章。……'昆吾御宿自逶迤','自'之一字,承接上文而来。……度公此诗,必成于江楼信宿、徘徊俛仰之候。以故天地之阴晴,江山之上下,指事淋漓,杯酒凄宕,非有意乎敷排谦逊而分为八章也。岂唯《秋兴》哉! 凡《诸将》、《咏怀古迹》、《秦州》、入蜀诸诗,其盘龙结脉,深靓曲折,大率如此。"(《钱牧斋全集,第7册,第525~528页)此对《秋兴八首》连章体结构之认识当早于《钱注》。综上可知,《补遗》本注文之写作当介于《小笺》与《钱注》之间。

③ 如同样作于夔州时期之《历历》:"巫峡西江外,秦城北斗边。"《月三首》其一:"故园当北斗,直指照西秦。"《哭王彭州抡》:"巫峡长云雨,秦城近斗杓。"《太岁日》:"西江元下蜀,北斗故临秦。"

④ 叶嘉莹《杜甫秋兴八首集说》五《分章集说》其二《集解》,第65、71页。

先生对钱注之批评固有理有据,但其仅就钱注字面之意立论,尚未由表及里,剔肤见骨。实际上,钱谦益对"每依南斗望京华"句之解释,自寓其苦心孤诣,若欲窥见其深层蕴涵于文字之表,则须参读钱谦益之诗歌。

《牧斋有学集》卷六《秋槐诗别集》之《悼郁离公子》:"腥风吹浪海天昏,蹙缩鲸波战血浑。万里龙城沉水府,一身鱼腹答君恩。下从乃祖良无愧,上对高皇定有言。南斗朱旗应在眼,不劳楚些与招魂。"①据金鹤冲《钱牧斋先生年谱》甲午(南明永历八年,清顺治十一年):"正月六日,定西侯(张名振)合国姓(郑成功)之师入长江,直抵金、焦。姚志卓及刘孔昭、刘永锡以众至,战败而退,攻崇明不克,志卓愤而自刭。"又丙申(南明永历十年,清顺治十三年):"八月,舟山失守,陈六御、阮骏死焉。刘永锡同时战死。先生《悼郁离公子》诗,为刘永锡而作。"②清徐鼒《小腆纪传》卷二〇《刘永锡传》:"刘永锡,诚意伯孔昭子,世所称郁离公子也。南都亡,孔昭以所部操江兵斩关奔太平,寻入海。癸巳、甲午,张名振再以舟师入长江,掠瓜洲,抵仪征,登金山,望祭孝陵,孔昭偕永锡以其军会。丙申八月,王师复攻舟山,永锡随英义伯阮骏御之横水洋、金塘间,风发舟胶,投水死。"③刘永锡为诚意伯刘孔昭之子,明朝开国元勋刘基之后人,明亡后以武装抵抗清军,终至壮烈殉国,故诗有"下从乃祖良无愧,上对高皇定有言"之句。据此,诗所言"南斗朱旗应在眼"之"南斗",当隐指南明抵抗政权;"朱旗",则隐指奉朱明正朔的郑成功水军及其他抗清武装。

《牧斋有学集》卷七《高会堂诗集》之《云间诸君子肆筵合乐饷余于武静之高会堂饮罢苍茫欣感交集辄赋长句二首》其二:"尊开南斗参旗动,席俯东溟海气更。"④此诗作于南明永历十年,即清顺治十三年(1656)。据金鹤冲《钱牧斋先生年谱》丙申(南明永历十年,清顺治十三年):"九月,有云间之行。盖马进宝升苏松提督,是岁移镇松江。先生之往也,宋子建所谓效伏波之聚米者,岂徒与云间多士诗酒酬酢而已哉!"⑤陈寅恪先生考释《高会堂诗

---

① 《钱牧斋全集》,第4册,第313页。
② 《牧斋杂著》附录,《钱牧斋全集》,第8册,第944~945页。
③ [清]徐鼒:《小腆纪传》,中华书局1958年版,第213页。
④ 《钱牧斋全集》,第4册,第319页。
⑤ 《牧斋杂著》附录,《钱牧斋全集》,第8册,第945页。

集》"绝大部分乃游说马进宝响应郑成功率舟师攻取南都有关之作"①。此诗乃钱谦益初到云间，松江诸友人相聚徐武静之高会堂，为其接风洗尘时作。《高会堂酒阑杂咏有序》云："又若西宗宿好，耳语慨慷；北里新知，目成婉娈。酒阑灯灺，月落乌啼。杂梦呓以兴谣，蘸杯盘而染翰。口如衔箠，常见吐吞；胸似碓舂，难名上下。语同谲谜，词比俳优。……我之怀矣，谁则知之？"②陈寅恪先生指出此段"意谓筵席间与座客隐语戏言，商讨复明之活动，终觉畏惧不安，辞不尽意也"③。牧斋此诗之创作情境如是，其所言"南斗"，当隐指两广云南的南明永历政权；"参旗"、"东溟"，则隐指东南沿海的郑成功水军。

《投笔集》④卷上《金陵秋兴八首次草堂韵》其二："杂虏横戈倒载斜，依然南斗是中华。"⑤诗题下自注："己亥七月初一日作。"是为南明永历十三年，即清顺治十六年(1659)七月，郑成功、张煌言率水师入长江进攻金陵之际。金鹤冲《钱牧斋先生年谱》己亥(南明永历十三年，清顺治十六年)："国姓(郑成功)有北伐之举。……七月一日，先生闻焦山师屡败北兵，慨然有从戎之志，于是和杜甫《秋兴》而以《投笔》名其集。发摅指斥，一无鲠避。其志弥苦，而其词弥切矣。"⑥此诗作于钱谦益满怀喜悦，认为胜利在即、中兴可望之时，"依然南斗是中华"之"南斗"，当借指南明永历政权及中国南方的抗清力量。又《后秋兴之三》其三："北斗垣墙暗赤晖，谁占朱鸟一星微？"⑦诗题下自注："八月初十日，小舟夜渡，惜别而作。"金鹤冲《钱牧斋先生年谱》己亥(南明永历十三年，清顺治十六年)："八月初八日国姓至崇明，而某将军有伏舰百馀，在常熟之白茆港。先生盖夜渡白茆港耳。……先是，(八月)初四日，国姓遣蔡政往见马进宝。而先生亦于初十后往松江晤蔡、马。"⑧郑成功水师败北撤军，钱

---

① 陈寅恪：《柳如是别传》第五章《复明运动》，第1128页。
② 《钱牧斋全集》，第4册，第315页。
③ 陈寅恪：《柳如是别传》第五章《复明运动》，第1132页。
④ 陈寅恪《柳如是别传》第五章《复明运动》："《投笔集》诸诗摹拟少陵，入其堂奥，自不待言。且此集牧斋诸诗中颇多军国之关键，为其所身预者，与少陵之诗仅为得诸远道传闻及追忆故国平居者有异。故就此点而论，《投笔》一集实为明清之诗史，较杜陵尤胜一筹，乃三百年来之绝大著作也。"(第1193页)
⑤ 《钱牧斋全集》，第7册，第2页。
⑥ 《牧斋杂著》附录，《钱牧斋全集》，第8册，第946页。
⑦ 《钱牧斋全集》，第7册，第11页。
⑧ 《牧斋杂著》附录，《钱牧斋全集》，第8册，第947页。

谦益周旋联络,打算随军入海。此诗正作于其即将渡海,与柳如是惜别之时。钱曾注"垣墙"云:"王氏《星经》:'长垣四星,在少微西,南北列。主界城域邑墙,防□①夷之入,即今长城是也。'"②"北斗"与"垣墙"连用,隐指入主中原之满清。"赤辉",即红色日光,隐指朱明王朝。"北斗垣墙暗赤晖",在此当隐指郑成功北伐燃起的复明之火被满清所扑灭。

由上四诗可知,"南斗"与"北斗",在钱谦益入清后以隐语抒写故国之思与复明之志的部分诗歌中,分别代表了南方之永历与北方之满清。明此,我们顿悟牧斋于杜诗异文中高度认同"南斗",除依循吴若本之外,尚有一层不能明言之隐蕴③。钱笺所谓"老不忘君","望阙寸心与南斗共芒色"之"万里孤臣",是身经天宝乱离之杜甫,亦是亲历明清鼎革之钱谦益。牧斋于异文取舍及相应笺注中,隐微寄托了其对南明永历政权此明朝最后一线命脉,忠爱缠绵、超越空间阻隔之上的刻骨相思,堪为古典今典同用之妙文④。"依然南斗是中华",在某种程度上,亦可视为牧斋《后秋兴》组诗之"纲骨"。综而言之,钱谦益经过对异文的反复斟酌(三次笺注),力排前代优势之"北斗"论,最终认同"每依南斗望京华",在明末与清初实具不同之意义:在明末,其认同大体是出于对吴若本之遵从;在清初,更渗透了深沉的现实寄慨。此中之深微曲折,须细读牧斋诗歌方能确切体认。

综上所述,《钱注杜诗》在诗歌笺注中,借注释古典,寄托注释者长期积淀的深刻反思与不能明言的重大时事、隐曲心志,取得中国微言诗学史上的新创获。此点与前揭钱注学术创见核心体系开启对杜甫微言政治抒情诗的深度系统解读⑤,共同奠定了《钱注杜诗》在中国微言诗学史上的里程碑地位。钱谦益诗文,则为确切体悟钱注中隐含之微言(今典),提供了最有力的内证。

---

①　按:此处原书为□。
②　《钱牧斋全集》,第7册,第11页。
③　按:在版本依据的掩护下,此层隐蕴更是不易察证。
④　邓小军先生所揭钱注《江南逢李龟年》引《云溪友议》记李龟年唱"红豆生南国","合座莫不望行幸而惨然",改变"望行幸"而为"望南幸",以确切寄托其南望远在南国之永历政权的今情(《红豆小史——以王维、杜甫、〈云溪友议〉、钱谦益为中心》,《诗史释证》,第474~479页),与本书所论实可相互发明,相互映照。
⑤　详本书第三章第三节《〈钱注杜诗〉学术创见核心体系之价值与意义》。

## 第三节　通过钱注深入体认
## 钱谦益诗歌

　　本节旨在以钱谦益杜诗笺注为参照,深入体认牧斋诗歌的用典、制题及长律章法。以钱证钱,辅以他证,希冀为钱诗研究提供一新的学术视野与解读角度。

### 一、用典: 以钱注重点笺释的杜诗与唐史之古典确指今典

　　钱谦益诗歌,用钱注中重点笺释的杜诗与唐史之古典(语典、事典),以确指今典(今事、今情),古典今典,古事时事,相影射复相映发。牧斋诗此类用典,受到其杜诗笺注潜移默化的影响,类似博兰霓(Michael Polanyi)所谓"支援意识"(subsidiary awareness)①。若不读钱注,我们实无法深刻领会牧斋诗歌古典字面背后的丰富蕴涵。兹举三例,以证上说。

　　1. "但令中使催房琯"

　　《牧斋初学集》卷一六《丙舍诗集下》②之《雪中杨伯祥馆丈廷麟过访山堂即事赠别》(节录):

　　　　去年燕山雪如掌,巢车雪暗胡尘上。紫髯参军匹马嘶,黑头总理靴

―――――――――

　　① 林毓生《什么是理性》:"思想中的意图与关怀用博兰霓(Michael Polanyi)的话来讲是'集中意识'(focal awareness),我们意识中有一个集中点。另外一层是,在我们思想的时候,往往受了我们在潜移默化中所受的教育的影响,用博兰霓的名词来讲,是受了'支援意识'(subsidiary awareness)的影响很大。一个人在思想的时候,虽然他在想他的意识中集中要想的东西,实际上,后面的根据是他过去在成长过程当中,一些经过潜移默化所得到的东西。换句话说,这种'支援意识'影响一个人的思想很大。"又《一个培育博士的独特机构:"芝加哥大学社会思想委员会"——兼论为什么要精读原典》:"博兰霓区分人的意识为明显自知的'集中意识'(focal awareness)和无法表面明说,在与具体事例时常接触以后经由潜移默化而得到的'支援意识'(subsidiary awareness)。人的创造活动是这两种意识相互激荡的过程。但在这种过程中,'支援意识'所发生的作用更为重要。博兰霓说:'在支援意识中可以意会而不能言传的知的能力是头脑的基本力量。'"(见林氏著《中国传统的创造性转化》,三联书店1988年版,第50、301页)

　　② 本卷卷首此诗集题下注:"起(明崇祯)十三年庚辰正月,尽二月。"(《钱牧斋全集》,第1册,第560页)

刀响。今年江南春雪飞,雪花满头来欸扉。菡萏灯前谈战垒,梅花树下看征衣。自从瞽史持汉节,瞽人周元忠以琵琶出入奴营,边廷倚以讲款。金缯辇载边庭血。虏骑争夸曳落河,庙堂自倚中行说。翰林飞书叫帝阍,至尊感激模御床。但令中使催房琯,指卢督师。肯为金人缚李纲。指伯祥。贾庄战血高楼橹,元戎堂堂徇旗鼓。周处诡死齐万年,指督师。韩愈宁作孔巢父?指伯祥。匝天锋刃一头颅,鬼护神扶九死馀。秦庭自效无衣哭,汉党终惭举网疏。①

钱曾注"虏骑争夸曳落河"句之古典:

　　《新唐书·回鹘列传》:同罗距京师七千里。安禄山反,劫其兵用之,号曳落河者也。曳落河,犹言健儿。

钱曾注"但令中使催房琯"句之古典:

　　东坡《仇池笔记》:"子美《悲陈陶》云:'四万义兵同日死。'此房琯之败也。琯既败,犹欲郑重有所伺,而中人郑廷[邢延]恩促战,遂大败。故后篇云:'焉得附书与我军,忍待明年莫仓卒。'"②

钱曾注"贾庄战血高楼橹"句之今典③:

　　瞽人周元忠,狡而有口,弹琵琶琥珀,时出入虏帐中,自诡曾为王化贞用间,以讲款说辽抚方一藻。崇祯十年丁丑八月,辽抚密疏上闻。武陵杨嗣昌在中枢,力主其说,日夕以讲款为事。十一年戊寅二月,遣元忠渡海往。四月,还报款议可就,且携蛮书一通与总督关宁太监高起潜。武陵又为大言罔上,引舜、禹、文王乐天保天下之语。上下诏切责,款议不敢决。九月二十二日,建骑从墙子岭入,……京师报至戒严。十月初三日,上诏兵部尚书卢象升入对……以出剿之事委之。……十一月初九日,以编修杨廷麟为职方主事,监象升军。廷麟先有疏直纠武陵和款之误,上特令发抄传布。象升与中枢意左,又数攻高起潜,武陵因令中官催战。十二月十二日,象升军至鸡泽县之贾庄遇故,援师不继。象升志在殉国,力战死之,廷麟经纪其丧以归。

《牧斋初学集》卷一〇九《读杜二笺上》之《洗兵马》笺注:

史称(房)琯登相位,夺将权,聚浮薄之徒,败军旅之事。……琯以宰相自请讨贼,可谓之夺将权乎?刘秩固不足当曳落河,王思礼、严武亦可谓浮薄之徒乎?……琯之求将兵,知不安其位而以危事自效也。许之将,而又使中人监之,不欲其专兵也,又使其进退不得自便也。……余读杜诗,感"鸡鸣问寝"之语,考信唐史房琯被谮之故,故牵连书之如此。①

按:此诗作于明崇祯十三年(1640)年初"江南春雪飞"之时。清吴伟业《梅村诗话》记杨廷麟"过宜兴访卢公子孙,再放舟娄中,与天如师及余会饮十日。嘉定程孟阳为画《髯参军图》,钱虞山作短歌,余得《临江参军》一章,凡数十韵"②。钱谦益之"短歌"即是诗③。钱曾之牧斋诗注,不仅注其古典出处,而且详细注出了诗中"自从瞽史持汉节"至"元戎堂堂徇旗鼓"一段之今典。明崇祯十一年(1638)九月,清军入塞,京师戒严。杨廷麟、卢象升之主战派与杨嗣昌、高起潜之主和派展开激烈较量④。同年十二月十二日卢象升贾庄之役战败殉国,实由"象升与中枢(武陵杨嗣昌)意左,又数攻高起潜(总督关宁太监),武陵因令中官催战",且"援师不继"所致,而唐肃宗至德元载(756)十月房琯陈涛斜兵败,亦因"中人邢廷恩促战,遂大败",钱谦益用"虏骑争夸曳落河"、"但令中使催房琯"之唐史典故,以唐喻明,古典与今典之间的相似点

① 《钱牧斋全集》,第3册,第2191~2192页。《钱注杜诗》卷二同诗笺曰(第67~68页)与此内容同,本书第二章已引。
② [清]吴伟业:《梅村诗话》,《续修四库全书》集部诗文评类第1697册据清道光十三年刻娄东杂著本影印,上海古籍出版社2002年版,第494页。
③ 《牧斋有学集》卷四七《题程穆倩卷》追忆:"清江(杨廷麟)自监军还,访余山中,余赠诗有'梅花树下解征衣'之句。"(《钱牧斋全集》,第6册,第1549页)
④ 详可参《明史》卷二六一《卢象升传》,第22册,第6762~6765页。

是中官促战导致对敌（异族）作战失败。

　　值得深思的是，就安史之乱间的唐史而论，唐玄宗天宝十五载（756）六月哥舒翰潼关失守，同年十月房琯陈涛斜兵败，肃宗乾元二年（759）三月九节度使邺城兵败，皆与宦官监军、促战有关，情况约略相似。但钱谦益以唐喻明，为何独独选取房琯陈涛斜兵败呢？由上所引，牧斋明崇祯七年（1634）撰写《读杜二笺》之《洗兵马》长笺，从杜诗细节出发，钩稽史料，揭示出一段隐匿未发之唐史真相（"考信唐史房琯被潛之故"），房琯事件是其核心关注域，后来即成为《钱注杜诗》学术创见核心体系关键支撑链之一①。牧斋"但令中使催房琯"诗句用典潜在的影响源，是其笺注杜诗过程中对房琯事件的高度关注与深刻记忆。

　　2. "一个唐朝宰相儿"

　　《牧斋有学集》卷八《长干塔光集》②之《金陵杂题绝句二十五首继乙未春③留题之作》其二十二：

　　　　西佩心衔五世悲，饰巾祈死复何疑？天公趣召非聊尔，一个唐朝宰
　　相儿。④

诗末自注：

　　　　西佩，名斯玮，南昌刘文端之次子，丁酉嘉平殁于芜湖旅舍。

钱曾注"一个唐朝宰相儿"句之古典：

　　　　少陵《奉谢口敕放三司推问状》："窃见房琯以宰相子，少自树立，晚
　　为醇儒，有大臣体。"

---

　　①　详本书第二、三章《〈钱注杜诗〉学术创见核心体系考释》"肃宗对玄宗旧臣之排斥"条目。
　　②　目录此诗集题下注："起丙申年（清顺治十三年），尽丁酉年（清顺治十四年）。"
　　③　题中"乙未"二字当是"丙申"之讹，《牧斋有学集》卷六《秋槐诗别集》有《丙申春就医秦淮寓丁家水阁浃两月临行作绝句三十首留别留题不复论次》（《钱牧斋全集》，第 4 册，第 280～291 页）。
　　④　《钱牧斋全集》，第 4 册，第 421 页。下两条注文同。

据金鹤冲《钱牧斋先生年谱》丁酉(南明永历十一年,清顺治十四年):"秋冬游南京,逼除乃归。"①陈寅恪《柳如是别传》第五章《复明运动》:"顺治十三年丙申秋冬间,牧斋往松江游说马进宝反清告一段落。次年复往金陵,盖欲阴结有志复明之人,以为应接郑延平攻取南都之预备。其流连文酒,咏怀风月,不过一种烟幕弹耳。"②此题为清顺治十四年(1657)秋冬间钱谦益金陵之行结束后所作。牧斋自注,明确道出了此诗之今典。兹举刘斯玮家世生平之相关文献如下:

《牧斋有学集》卷二八《明特进光禄大夫柱国少傅兼太子太傅吏部尚书中极殿大学士谥文端刘公墓志铭》:

> 明兴二百五十三年,当万历之庚申(四十八年),期月三朝,国运促数。故相南昌刘文端公定议移宫,镇抚社稷,岿然为一代宗臣。……庚申之八月,光宗皇帝宅忧嗣服,即日拜公礼部尚书东阁大学士。……熹庙登极逾月,加太子太保、文渊阁大学士、户部尚书。次岁……阶由少保加少傅,兼太子太傅,官由户部尚书改吏部,殿学自武英进中极、建极,皆与荫。……要典既定,诏削官追夺诰命,勒令养马③。……崇祯改元,天子鉴公孤忠,复原官致仕,补给诰命。……以崇祯八年十一月十八日薨,年六十有九。讣闻,辍朝赐祭葬如彝典。有司议谥曰文端。公讳一燝,字季晦……妻徐氏,赠一品夫人,生五子,斯琦、斯玮、斯琇、斯琭、斯琡。孙几人,曰元钊等。④

《牧斋初学集》卷八二《刘西佩僧相赞》:

---

① 《牧斋杂著》附录,《钱牧斋全集》,第 8 册,第 945 页。

② 陈寅恪:《柳如是别传》,第 1168 页。

③ 此句原在"熹庙登极逾月"前,今引略作调整。

④ 《钱牧斋全集》,第 5 册,第 1038～1045 页。参读《牧斋初学集》卷七七《祭南昌刘宫保文》(《钱牧斋全集》,第 3 册,第 1673 页)。《明史》卷二四○《刘一燝传》:"刘一燝,字季晦,南昌人。……光宗即位,擢礼部尚书兼东阁大学士,参预机务。……已而忠贤大炽,矫旨责一燝误用(熊)廷弼,削官,追夺诰命,勒令养马。崇祯改元,诏复官,遣官存问。一燝在位,累加少傅、太子太傅、吏部尚书、中极殿大学士。八年卒,赠少师。福王时,追谥文端。"(第 20 册,第 6238～6242 页)陈寅恪《柳如是别传》第五章《复明运动》:"季晦在福王时追谥文端,殆由牧斋之力。盖此时牧斋任礼部尚书故也。"(第 1169 页)

以为非僧,僧相宛然。以为是僧,僧在谁边?儒衣僧帽,笔床应器。一弹指顷,现去来世。破琴无弦,瓮书有迹。梦中了了,觉时已失。君往求之,谁与证者?覆蕉之中,古松之下。①

《牧斋初学集》卷八六《题刘西佩放生阁赋后》:

豫章王于一持刘西佩《放生阁赋》示余,以锦绣綦组之文,宣扬戒杀放生第一义谛。以慈月之事观之,此诸天鬼神所共护念者也,而况于人乎?东坡作《岐亭》诗,岐亭之人化之,有不食肉者。坡作诗以戒杀,西佩作赋以放生。世之君子,愿以文章作佛事者,应作如是观。②

清王猷定《四照堂文集》卷五《祭尚宝丞刘公文》:

丁酉(清顺治十四年)冬十二月朔,尚宝寺[司]丞刘公西佩以疾终芜湖之邸舍。……友弟王猷定闻讣金陵,欲为招魂之词,每执笔辄呜咽涕泪不胜。越二年己亥(清顺治十六年)春,嗣君将奉丧归里,乃勉为文以告曰:……丙戌(清顺治三年)吾与兄脱身锋镝,未几里中乱,亲朋相食殆尽,兄三至广陵,虽共相庆幸,而余阴察之,已觉兄不言而神伤也。十年以前,兄约身不取一钱,余卖文以食,穷且殆。恒念两人俱老,思一上父母丘墓,相与谋归不得。……兄病噎,医者谓久郁伤肺。人诘其故,不答。余曰此非药可治,退而涕泪劝勉,告以知命之学,兄然其言而不能用也。呜乎!兄以沉忧而自殒其躯,即今人不知,后世必有知兄者。况当文端公时,主少国危,宵壬窃柄,而兄以英年远略,密参大政。迨国步既移,昔日忠孝之裔,走富贵如鹜,能不辱其身如兄者,亦可告无愧于先人矣。③

按:由上材料可知,刘斯玮,字西佩,南昌人,明故相文端公刘一燝次子,

① 《钱牧斋全集》,第3册,第1739页。
② 同上,第1807页。
③ [清]王猷定:《四照堂文集》五卷《诗集》二卷,《四库未收书辑刊》伍辑第27册影印清康熙二十二年王玠刻本,北京出版社2000年版,第281页。

官尚宝司丞。熹宗时,文端辅政,斯玮以英年远略,密参机务。儒释兼修,慈怀善心。明亡后孤介自守,誓不取一钱,清顺治十四年(1657)冬于芜湖旅舍忧愤而卒。钱谦益与王猷定(字于一)当时同在金陵①。牧斋闻讣后作诗追悼,"西佩心衔五世悲②,饰巾祈死复何疑③",以张良刺秦报韩、陈寔不应征辟之古典,隐指斯玮志在复明、不事满清的遗民品节。斯玮挚友王猷定《祭文》所云"迨国步既移,昔日忠孝之裔,走富贵如鹜,能不辱其身如兄者,亦可告无愧于先人矣",与牧斋诗正可互相发明。斯玮兄斯琦④,子元钊(字远公)⑤,亦为节义之士。牧斋与斯玮父子两代遗民皆有交往⑥,志同道合,知许甚深,故下笔不虚,暗喻其心事。

钱谦益诗进云"天公趣召非聊尔,一个唐朝宰相儿",用杜甫《奉谢口敕放三司推问状》之语典,以房琯喻指刘斯玮。古典与今典之间最重要的两个相似点,亦即触发牧斋用典之关键:一是刘斯玮以故相之子不负先朝、无愧先人,房琯亦"以宰相子⑦,少自树立,晚为醇儒,有大臣体";二是斯玮之沉忧隐痛有待后人体察探微,即王猷定所谓"即今人不知,后世必有知兄者",房琯之厚诬玷辱亦有待后人发覆洗雪。牧斋《跋朱长文琴史》一文,读书会意,相互

---

① 《牧斋有学集》卷八《长干塔光集》之《金陵杂题绝句二十五首继乙未春留题之作》其十六:"于一抠衣请论文,高曾规矩只云云。老夫口噤如暗哑,梦语如何举似君?"诗末自注:"南昌王猷定,字于一。"(《钱牧斋全集》,第 4 册,第 419 页)

② 钱曾注此句之古典:"《汉·张良传》:'良求客刺秦王,为韩报仇,以五世相韩故。'"(《钱牧斋全集》,第 4 册,第 421 页)

③ 钱曾注此句之古典:"《后汉·陈寔传》:'何进、袁隗欲特表以不次之位。寔谢曰:寔久绝人世事,饰巾待终而已。'"(《钱牧斋全集》,第 4 册,第 421 页)

④ 罗继祖《明宰相世臣传》:"(刘斯玮)兄斯琦遭乱,仿杜甫《北征》诗作忆篇,同郡陈宏绪、朱徽皆称之。"(1936 年上虞罗氏墨缘堂石印本,国家图书馆普通古籍部藏,书号:39854:2)

⑤ 清裘君弘辑《西江诗话》卷一〇"刘元钊"条:"字远公,南昌相国文端公孙也。流寓芜湖。婿黎祖功往就婚焉,将归,呈诗为别,元钊和而送之,云:'才名到处有逢迎,老我飘摇得缔盟。洒酒慇懃传别赋,傥装徙倚动归情。岸梅欲放人同远,江雪初融梦亦清。举目河山空怅望,难销咏史扣舷声。'"(《四库禁毁书丛刊》集部第 138 册影印北京大学图书馆藏清康熙四十二年妙贯堂刻本,北京出版社 2000 年版,第 219 页)

⑥ 《牧斋有学集》卷八《长干塔光集》之《櫂歌十首为豫章刘远公题扁舟江上图》其一:"家世休论旧相韩,烟波千里一渔竿。扁舟莫放过徐泗,恐有人从圯上看。"诗末自注:"远公,故相文端公之孙,尚宝西佩之子。"其三:"吴江烟艇楚江潮,濑上芦中恨未消。重过子胥行乞地,秋风无伴自吹箫。"(《钱牧斋全集》,第 4 册,第 378~379 页)陈寅恪《柳如是别传》第五章《复明运动》:"远公之至南京,不知有何企图,据牧斋诗旨,以张良伍员报韩复楚相期许,则远公之志在复明,为牧斋所特加接纳者之一,又可推知矣。"(第 1169 页)

⑦ 《旧唐书》卷一一一《房琯传》:"房琯,河南人,天后朝正议大夫、平章事融之子也。"(第 10 册,第 3320 页)

证发,订补了杜甫《奉谢口敕放三司推问状》与唐史书房琯门客董庭兰"招纳货贿"(《旧唐书·房琯传》)事之误阙①。《读杜小笺》、《二笺》中,《洗兵马》长笺"感'鸡鸣问寝'之语,考信唐史房琯被谮之故",《有感五首》其四、《承闻故房相公灵榇自阆州启殡归葬东都有作二首》其一之笺注②,皆反复称赞房琯分镇讨贼之议乃首定兴复之策,可见牧斋对房琯实深切知之、深切许之。此外,其他次要相似点,如房、刘二人皆信奉佛教,皆客死他乡,亦可助成古典与今典间之联想。综而言之,牧斋"一个唐朝宰相儿"句用典潜在的影响源,是其读书与笺注杜诗过程中对房琯人品的深刻了解与高度认同,择此深悉之古典喻彼深悉之今典,洵非偶然。

3.“转恨亲贤授钺违”

《投笔集》卷上《后秋兴之七》其三:

> 重华又报日重晖,中路何曾叹式微。高庙肃将三矢命,定陵快睹五云飞。即看灵武收京早,转恨亲贤授钺违。翘首南天频送喜,丹鱼红蟹亦争肥。③

“转恨亲贤授钺违”句下自注:

> 指甲申春李忠文监国分封之议。

钱曾注“即看灵武收京早”句之古典:

> 少陵《惜别行》:“肃宗昔在灵武城,指挥猛将收咸京。”

钱曾注“转恨亲贤授钺违”句之今典与古典:

---

① 详本书第三章第一节《围绕〈洗兵马〉笺注形成的学术创见核心体系》对钱注《奉谢口敕放三司推问状》之考释。

② 分别见《牧斋初学集》卷一〇七《读杜小笺中》、卷一〇九《读杜二笺上》,《钱牧斋全集》,第 3 册,第 2174、2201 页。

③ 《钱牧斋全集》,第 7 册,第 34 页。下三条注文同。

甲申二月，李忠文公邦华，具疏请用成祖朝仁宗皇帝监国故事，急遣皇太子监国南京。越数日，又请分封永、定王于南京。皆不报。少陵《有感》诗云："授钺亲贤往。"

按：《后秋兴之七》诗题下自注："庚子中秋。"是为南明永历十四年，即清顺治十七年(1660)。此诗"即看灵武收京早，转恨亲贤授钺违"，钱谦益自注与钱曾注虽已明白揭示了其古典与今典，但就此句之材料来源及构思过程而论，实尚具待发之覆。循诸牧斋自注所云"甲申春李忠文监国分封之议"，我们在其文集中检得下篇文章。

《牧斋有学集》卷三四《明都察院左都御史赠特进光禄大夫柱国太保吏部尚书谥忠文李公神道碑》：

> （崇祯）甲申三月，贼破潼关，上召见群臣，泣数行下。公（李邦华）退，熏浴具疏，请下明诏，励臣民死守，用成祖朝仁宗皇帝监国故事，急遣皇太子监国南京。越数日，又请命定、永二王分封江南。先帝袖公疏，绕殿巡行，且读且叹。疏稿衔袖，袖已复出，纸牍漫烂，犹不去手。密谕阁臣陈演："宪臣言是。"演颇泄其语，既而群臣争疏南迁，台臣争言诋谰。上恚且恨，公二疏并阁不行。……昔者有唐开元房琯画诏而分藩，有宋靖康李纲抗议于决战。公忠谟伟略，不下二公，救亡图存，绰有成算。先帝识路自迷，操刀不割，却国医而待尽，仰毒药以趣亡。遂使次律拱手，伯纪结舌，死贼舒拊膺之虑，杂种快脱帽之谋，庙社沦胥，主臣同尽。……以先帝之神明，不深维唐室元子北略，诸王分镇之制词，俾公之老谋石画，与蜩螗沸羹之徒，同类而共置之，国家存亡大故，实系于此。……向令先帝当危急时，摆落群小，以国成委公，则庶几病危可救，弱症可起，奉天之围可解，灵武之功可奏。[①]

按：钱谦益为李邦华撰写之《神道碑》亦作于清顺治十七年(1660)[②]，与上引

---

① 《钱牧斋全集》，第 6 册，第 1206～1207、1209、1214 页。
② 金鹤冲《钱牧斋先生年谱》庚子（清顺治十七年）："撰李忠文公、刘文端公碑志，先生自谓一字一句，流出心腑，足以征信史传。而识者亦谓文直事核，不减苏子瞻之于君实、景文也。"（《牧斋杂著》附录，《钱牧斋全集》，第 8 册，第 948 页）

《后秋兴》之诗约略同时。证诸是文,我们发现:第一,钱曾注"转恨亲贤授钺违"之今典实出于此,遵王当亦是依牧斋自注寻检至是篇而得①。第二,《李公神道碑》当为牧斋据以构思"即看灵武收京早,转恨亲贤授钺违"句之直接材料②。牧斋将李邦华比作房琯(字次律),"有唐开元房琯画诏而分藩","先帝识路自迷……遂使次律拱手……死贼舒拊膺之虑","(先帝)不深维唐室元子北略,诸王分镇之制词","向令先帝当危急时,摆落群小,以国成委公,则庶几……灵武之功可奏"。牧斋于文中对唐史之运用,于诗中对杜诗之运用,皆精到娴熟,而二者之融会实要溯源于其杜诗笺注。

《牧斋初学集》卷一〇七《读杜小笺中》之《有感五首》其四("受钺亲贤往")笺注:

> 初,房琯建分镇讨贼之议。诏曰:"令元子北略朔方,命诸王分守重镇。"诏下,远近相庆,咸思效忠于兴复。禄山抚膺曰:"吾不得天下矣。"

---

① 据本书此例观,钱谦益之文章,尤涉及重大时事之《墓志铭》、《神道碑》等,实为钱曾笺注牧斋诗时事内容所依循之一大宗资源。

② 《牧斋有学集》卷三四《明都察院左都御史赠特进光禄大夫柱国太保吏部尚书谥忠文李公神道碑》:"(崇祯)甲申三月十九之事,文臣殉难者十有二人,而李公(邦华)为首。……甲申四月,公之丧自北京,诏赠少保吏部尚书,谥忠文,赠葬,予祭六坛,荫一子,建祠京师,赐额'精忠'。十一月二十四日,葬仁寿乡鳌山钓鱼台之谕茔。……公既葬,(其长孙)长世采集行事,撰次为□,泣而言曰:'隧道之碑铭,有与吾祖游而载史笔者谁乎?'谋于诸父,渡江来请者至再。"(《钱牧斋全集》,第6册,第1204~1205、1216~1217页)《牧斋有学集》卷三八《与吉水李文孙书》:"(李)忠文公神道之文,去岁克期下笔。偶游陪京,见一二野乘稗史,记载甲申议南迁事,不考核忠文建议固守分封之始末,猥与仓皇避敌、委弃庙社者,同类而共列之。彼援据者,即一时私家撰录,起居召对之文,阴推阳附,巧借山斗巨公以张皇耳目。竖儒小生,不能通晓国家大计与大臣元老建置兴复之本谋,以目借目,以耳食耳,目萧兰为同心,混薰莸于一器。讹缪流传,将使百世而下,丹青无稽,泾渭莫别,良可叹也!良可虑也!循览行状,文直事核,大阐定、哀之微词,一洗阳秋之曲笔,幸哉!忠文有后,吾可藉手以告成矣。然而命笔之期,所以迁延改岁者,以斯文之作,殊非聊尔,用以证明信史,刊定国论,其考订不得不详,而叙述不得不慎也。……伏望为我再考掌故,重核阙遗。……仆今年馀殃未尽,长孙夭折。一切世事,冰销灰冷。独未能忘情此文,为馀生未了公案耳。"(《钱牧斋全集》,第6册,第1330~1331页)据金鹤冲《钱牧斋先生年谱》戊戌(南明永历十二年,清顺治十五年):"中秋日,孙佛日殇。"(《牧斋杂著》附录,《钱牧斋全集》,第8册,第945页)由上可知,钱谦益受李长世之请撰写其祖李邦华之神道碑,实由来已久。长世采集行事,撰次行状,牧斋亦早已"循览",并于清顺治十五年提出核查再考之要求。所谓"命笔之期……迁延改岁"云云,表明牧斋准备此篇碑志用时之久,用力之深,考订翔实,叙述审慎,兹可"用以证明信史,刊定国论"。要之,此篇《李公神道碑》绝非一时立就,而是长期思考,逐步撰成。目前暂不能考知此篇碑志确作于《后秋兴之七》之前,退一步说,即使作于其后或同时,碑志之主体内容早已成熟酝酿于牧斋胸中,作为构思"即看灵武收京早,转恨亲贤授钺违"句之材料来源,实无疑义矣。

肃宗即位,恶琯,贬之。用其诸子统师,然皆不出京师,遥制而已。广德初,宗藩①削弱,藩镇不臣。公追叹朝廷不用琯议,失强干弱支之义,而有事则仓卒以亲贤授钺也。②

按:钱谦益明崇祯六年(1633)所作《读杜小笺》,早于清顺治十七年(1660)所作《后秋兴》与《李公神道碑》近三十年。比照三文,《后秋兴》"既看灵武收京早,转恨亲贤授钺违"句,其用典潜在的根本影响源是牧斋笺注杜诗过程中对杜诗、唐史的深刻体悟,其直接影响源则是《李公神道碑》撰写过程中对此等深刻体悟之唤起(因明史与唐史之相似)③。然则牧斋此句诗,必与其杜诗笺注及受杜诗笺注涵摄之碑志参证并读,始能得其真解,断可知矣。

综上所述,杜诗笺注在钱谦益诗歌融通古典与今典的过程中,实为不可忽视的重要一环。我们从上举三例中,即可管窥其古典演进轨迹之一斑。"但令中使催房琯",古典仅停留在唐史事典层面,且诗语直白;"一个唐朝宰相儿",拓展至杜文语典层面,同时包蕴唐史;"转恨亲贤授钺违",则糅合了牧斋笺注杜诗以史证诗的核心学术创见,是为专属牧斋之典。三例之共同点,是古典皆集中于有关房琯的杜诗(文)、唐史,此正与牧斋注杜之核心关注域吻合。同中见异,从明末到清初,随着时间之推移,三例之古典呈现出一越来越深入、越来越隐蔽之演进历程,此与牧斋笺注杜诗以来对杜诗、唐史的长期思考密不可分。此等长期思考,逐渐内化为一份"支援意识",在牧斋以古典喻指今典的择取过程中,发挥了潜移默化的深刻影响。

---

① 按:"藩"字,明崇祯毛氏汲古阁刻本《读杜小笺》作"支"(国家图书馆善本特藏部藏,书号:2580)。

② 《钱牧斋全集》,第3册,第2174页。《钱注杜诗》卷一二同诗笺曰(第431页)与此内容同,本书第三章已引。

③ 《牧斋初学集》卷二四《向言下》:"房琯建分镇讨贼之议,诏下,禄山抚膺曰:'吾不得天下矣。'谋国者制置天下,犹弈棋然。从房琯之议,可以救全局;从王扩之议,可以收残局。如其不然,未有不推枰敛手,坐视其全输者也。"(《钱牧斋全集》,第2册,第779页)按:钱谦益明崇祯十六年(1643)作《向言》三十首,集中表现了他的政治思想和治国方略。上引《向言》文字,亦可视为牧斋笺注杜诗过程中对唐史深刻体悟应用于现实的一个轨迹。

## 二、制题：明末以显言记述重要人生经历与清初以微言书写隐秘政治活动

　　钱谦益于《读杜小笺》、《二笺》中零星的艺术评赏文字①，虽吉光片羽，亦弥足珍贵，它不仅呈露出牧斋对杜诗艺术造诣之胜解，更成为打开牧斋诗歌艺术之门的一把钥匙。以下两个专题，我们试以此类钱注为参照，解析牧斋诗歌之制题与长律章法，希冀可获致一份新知。

　　杜甫创制了一系列舒徐详曲，细叙情事，体兼诗序之长题②，开拓了唐诗制题艺术的新境界。在杜诗众多长题中，钱谦益慧识《至德二年〔载〕，甫自京金光门出，间道归凤翔。乾元初，从左拾遗移华州掾，与亲故别，因出此门，有悲往事》一诗，《牧斋初学集》卷一○七《读杜小笺中》云：

　　　　公自拔贼中，间关九死，得达行在。近侍未几，移官远出。此诗盖深叹肃宗之少恩也。题云"自金光门出"，又云"因出此门"，此诗之题即序，亦即诗也。③

――――――――――――

　　① 《钱注杜诗》中此类艺术评赏文字大多被删去，除下文所述两条外，如《牧斋初学集》卷一○九《读杜二笺上》之《秦州杂诗》注："'晴天养片云'，吴季海本作'养'，他本皆作'卷'。晴天无云，而养片云于谷中，则崖谷之深峻可知矣。'山泽多藏育'，'山川出云'，皆叶'养'字之义。'养'字似新而实稳，所以为佳。"（《钱牧斋全集》，第3册，第2197页）此条对杜诗精允炼字之慧解，亦未见《钱注杜诗》。但《钱注杜诗》卷一五对《秋兴八首》连章体结构之发覆，则为《读杜小笺》、《二笺》所无。关于钱谦益笺注杜甫《秋兴八首》与自己七律组诗创作之关系，可参阅〔日〕长谷部刚文、李寅生译《从"连章组诗"的视点看钱谦益对杜甫〈秋兴八首〉的接受与展开》，《杜甫研究学刊》1999年第2期，第23～32页。

　　② 如《天宝初，南曹小司寇舅于我太夫人堂下累土为山，一匮盈尺，以代彼朽木，承诸焚香瓷瓯，瓯甚安矣，旁植慈竹，盖兹数峰，欻岑婵娟，宛有尘外数致，乃不知兴之所至，而作是诗》；《临邑舍弟书至，苦雨黄河泛溢，隄防之患，簿领所忧，因寄此诗，用宽其意》；《七月三日亭午已后，校热退，晚加小凉，稳睡，有诗因论壮年乐事，戏呈元二十一曹长》；《得舍弟观书，自中都已达江陵，今兹暮春月末，行李合到夔州，悲喜相兼，团圆可待，赋诗即事，情见乎词》；《见王监兵马使，说近山有白黑二鹰，罗者久取，竟未能得，王以为毛骨有异他鹰，恐腊后春生，骞飞避暖，劲翮思秋之甚，眇不可见，请余赋诗》；《聂耒阳以仆阻水，书致酒肉，疗饥荒江，诗得代怀，兴尽本韵，至县呈聂令，陆路去方田驿四十里，舟行一日，时属江涨，泊于方田》。

　　③ 《钱牧斋全集》，第3册，第2167页。《钱注杜诗》卷一○同诗注无此条。

此诗作于杜甫因疏救房琯被贬华州司功参军，痛感肃宗排斥迫害玄宗旧臣之时，是为杜甫一生出处行藏的重要关节点之一。诗题详著时、地、人、事、情，用意深婉，与诗蕴相映照。钱谦益窥破诗题云两出金光门所隐藏之微旨，契会杜甫以微言书写诗史之精神，可谓独具只眼。在此，我们要进一步指出，钱谦益借注杜发表的对杜诗制题之观点，实为其夫子自道。换言之，此条关于杜诗制题之钱注，乃叩问牧斋诗歌制题策略之津筏①。

检阅钱谦益诗集，我们发现明末《初学集》中，当诗歌内容涉及重大政治事件与关系己身大关节目时，牧斋皆郑重制题，详细著明，或时、地、人、事、情兼具，或选取分具。浏览其题目，即可对牧斋明末重要经历，有一概观之了解。兹依《初学集》卷次（编年）列举如下②：

**《牧斋初学集》卷一《还朝诗集上》[起泰昌元年九月，尽一年③]**

《九月初二日，奉神宗显皇帝遗诏，于京口成服哭临，恭赋挽词四首》

《九月十一日，次固镇驿，恭闻泰昌皇帝升遐，途次感泣，赋挽词四首》

《丁未（万历三十五年）春，与李三长蘅下第，并马过滕县贳酒看花，已十四年矣④。感叹旧游，如在宿昔，作此诗以寄之》

**《牧斋初学集》卷二《还朝诗集下》[起天启元年辛酉，尽四年甲子]**

《天启甲子六月，河决彭城，居民漂溺者数万。余以季秋过之，水尚

① 廖美玉《钱牧斋及其文学》："牧斋立题颇为慎重，而约略可分为三种：其一为详细著明……其次有概括性题目，盖遭时遇事，不敢或不愿显言……其或如平常立题，可不赘言。"（台湾大学中国文学研究所博士学位论文，1983年，第339页）笔者未见此文，转引自刘福田著《钱曾〈牧斋诗注〉之史事考察》，台湾东海大学中国文学系博士学位论文，2001年，第7页，国家图书馆学位论文阅览室藏。

② 以下诗题中之标点，为笔者所加。

③ 方括号中内容为卷首本卷名下之自注。下同。

④ 《牧斋有学集》卷三九《答山阴徐伯调书》："仆年十六七时，已好陵猎为古文。空同、弇山二集，澜翻背诵，暗中摸索，能了知某行某纸。摇笔自喜，欲与驱驾，以为莫己若也。为举子，偕李长蘅上公车，长蘅见其所作，辄笑曰：'子他日当为李、王辈流。'仆骇曰：'李、王而外，尚有文章乎？'长蘅为言唐、宋大家，与俗学迥别，而略指其所以然。仆为之心动，语未竟而散去。浮湛里居又数年，与练川诸宿素游，得闻归熙甫之绪言，与近代剽窃儇赁之病。"（《钱牧斋全集》，第6册，第1347页）《牧斋初学集》卷四○《归文休七十序》："余与嘉定李长蘅游，因以交长蘅之友新安程孟阳、昆山归文休。"（《钱牧斋全集》，第2册，第1077页）由上可见，李长蘅不但直接激发了钱谦益对自己文学观念的反思，而且通过长蘅牧斋又结交了嘉定诸君，进一步促成了其文学观念的转变与学术体系的建立。正如孙之梅所言："钱谦益与李长蘅的结识，是他生命史和文学生涯中一件值得大书特书的事件。"（《钱谦益与明末清初文学》，齐鲁书社1996年版，第59页）

与雉堞齐,方议改筑。悼复河之无人,忧改邑之不易,停车感叹而作是诗》

《牧斋初学集》卷三《归田诗集上》[起天启五年乙丑,尽六年丙寅]

《天启乙丑五月,奉诏削籍南归,自潞河登舟,两月方达京口,涂中衔恩感事,杂然成咏,凡得十首》

《牧斋初学集》卷四《归田诗集下》[起天启七年丁卯,尽一年]

《天启七年九月九日,闻大行皇帝遗诏二首》

《九月二十六日,恭闻登极恩诏有述》

《牧斋初学集》卷六《崇祯诗集二》[起戊辰(崇祯元年)七月,尽一年]

《戊辰七月,应召赴阙,车中言怀十首》

《十一月初六日,召对文华殿,旋奉严旨,革职待罪,感恩述事,凡二十首》

《牧斋初学集》卷七《崇祯诗集三》[起(崇祯)二年己巳,尽五月]

《阁讼将结,赴法司对簿,口号三绝句》

《牧斋初学集》卷八《崇祯诗集四》[起己巳(崇祯二年)六月,尽八月]

《六月廿七日,舟发潞河,书事感怀,寄中朝诸君子凡四首》

《牧斋初学集》卷九《崇祯诗集五》[起己巳(崇祯二年)八月,尽四年辛未]

《己巳八月,待放归田,感怀述事,奉寄南都诸君子四首》

《牧斋初学集》卷一四《试铦诗集下》[起戊寅(崇祯十一年)八月,尽一年]

《戊寅九月初三日,奉谒少师高阳公于里第,感旧述怀,即席赋诗八章》

《崇祯十一年九月十五日,谒孔林。越翼日,谒先圣庙,恭述一百韵》

《牧斋初学集》卷一八《东山诗集一》[起庚辰(崇祯十三年)十一月,尽十四年辛巳三月]

《庚辰仲冬,河东君至止半野堂,有长句之赠,次韵奉答》

《牧斋初学集》卷二〇《东山诗集三》[起辛巳(崇祯十四年)六月,尽十五年壬午]

《合欢诗四首,六月七日茸城舟中作》

《送程九屏领兵入卫二首。时有郎官欲上书请余开府东海,任搜剿之事①,故次首及之》

---

① 《牧斋初学集》卷二〇《东山诗集四》之《元日杂题长句八首》其四诗末自注:"沈中翰上疏,请余开府登莱,以隶水师。疏甫入,而奴至,事亦中格。"(《钱牧斋全集》,第1册,第709页)

《牧斋初学集》卷二〇《东山诗集四》[起癸未(崇祯十六年)正月,尽十二月]

《癸未四月,吉水公总宪诣阙,诒书辇下知己及二三及门,谢绝中朝寝阁启事,慨然书怀,因成长句四首》

《嘉禾司寇再承召对,下询幽仄,恭传天语①,流闻吴中,恭赋今体十四韵,以识荣感》

《中秋日得凤督马公书,来报剿寇师期,喜而有作》②

由上诸例,钱谦益诗题,遽可视为其于明末之一缩微年谱。除天启元年(1621)"浙闱关节案"与崇祯十年(1637)"丁丑狱案"外,牧斋在万历、天启、崇祯三朝的重要人生经历(政治、仕宦、学术、情感),于《初学集》诗题中皆得到体现。"诗之题即序,亦即诗也",以题为序,补充诗歌抒情内蕴未逮之叙事性元素。此等制题策略,充分运用史学征实的手法,在使诗歌叙事、抒情相互映照的同时,更凸显了钱诗的诗史特质。读者只一开卷,阅其题次,一种忧时念乱、忽悲忽喜之情以及荣辱升沉、亦闷亦畅之怀,宛然在目。若如《天启乙丑五月,奉诏削籍南归,自潞河登舟,两月方达京口,涂中衔恩感事,杂然成咏,凡得十首》与《(崇祯元年)十一月初六日,召对文华殿,旋奉严旨,革职待罪,感恩述事,凡二十首》,于题中用微言笔法,对阉党乱政肆恶与崇祯偏听偏信,隐露不满之微意。正是基于此等自身创作实践,牧斋在明末笺注杜诗时,对《至德二年[载],甫自京金光门出,间道归凤翔。乾元初,从左拾遗移华州掾,与亲故别,因出此门,有悲往事》之题,产生强烈共鸣,故有上举杜笺。

入清后,钱谦益以忍辱含垢之身,秘密从事反清复明活动,其诗歌与此相关者,借微言隐语寄托故国之相思,纪录复明之志事。此类诗歌之题目,亦皆出之以隐晦迷离。牧斋于详著时、地、人、事、情的诗题中,势难延续明末之显言,不得不变化以微言,大体采取两种制题策略。

第一种,诗题表面著以流连风月,优游山水,谈禅礼佛,诗酒宴饮,实借此作复明活动之烟幕弹,以掩人耳目。如:

① 此诗"虚名劳物色,朴学愧天人"句下自注:"上曰:'钱某博通今古,学贯天人。'咨嗟询问者再。"(《钱牧斋全集》,第1册,第725页)

② 以上诸题见《钱牧斋全集》,第1册,第1、4、22、81、96、156、157、179、183、233、238、261、502、512、616、663、705、722、725、731页。

《丙戌(顺治三年)南还,赠别故侯家妓人冬哥四绝句①》(《牧斋有学集》卷一《秋槐诗集》)

《乙未(顺治十二年)秋日,许更生扶侍太公邀侯月鹭、翁于止、路安卿登高莫厘峰顶,口占二首②》(《牧斋有学集》卷五《敬他老人诗集》)

《丙申(顺治十三年)春,就医秦淮,寓丁家水阁浃两月,临行作绝句三十首,留别留题,不复论次③》(《牧斋有学集》卷六《秋槐诗别集》)

《乙未(顺治十二年)小至日,宿白塔寺,与介立师兄夜话辛卯(顺治八年)秋憩友苍石门院扣问八识规矩④,屈指又五年矣,感而有作二首》(《牧斋有学集》卷六《秋槐诗别集》)

《丁酉(顺治十四年)长至,宿长干禅榻》(《牧斋有学集》卷八《长干塔光集》)

《丁酉(顺治十四年)仲冬十有七日长至,礼佛大报恩寺,偕石溪诸道人然灯绕塔,乙夜放光,应愿欢喜,敬赋二十韵纪其事》(《牧斋有学集》卷八《长干塔光集》)

《(丁酉)腊月八日长干薰塔,同介道人、孙鲁山、薛更生、黄舜力、盛伯含众居士》(《牧斋有学集》卷八《长干塔光集》)⑤

---

①　据金鹤冲《钱牧斋先生年谱》丙戌隆武二年、鲁监国元年(清顺治三年):"正月,清廷以先生为礼部右侍郎,管秘书院事,充修《明史》副总裁。五月,弘光帝被害,潞王等亦见杀。六月,先生即引疾归。"(《牧斋杂著》附录,《钱牧斋全集》,第8册,第939页)诗题中"故侯家"指刘泽清,弘光朝江北四镇之一,封东平侯。清程穆衡《吴梅村诗集笺注》之《临淮老妓行》注:"尤展成《宫闱小名录》:'冬儿,刘东平歌伎。吴梅村作《临淮老妓行》。'陈其年《妇人集》:'临淮老妓,某威畹府中净持也,后为东平侯女教师。'"转引自钱仲联主编《清诗纪事》(三)顺治朝卷,江苏古籍出版社1987年版,第1280页。

②　诗言"眼底三吴腥腐界,满城风雨定萧骚","夕阳橘社龙归处,笑指红云接海东","三吴腥腐界"指满清蹂躏下之江南,"红云"、"海东"指东南沿海的郑成功水师。同游之许更生、侯月鹭、翁于止、路安卿,当皆为志在复明之同道。

③　陈寅恪《柳如是别传》第五章《复明运动》考证这一组诗"大抵为(钱谦益)与当日南京暗中作政治活动者,相往还酬唱之篇什。其言就医秦淮,不过掩饰之辞","此次留滞金陵,与有志复明诸人相往还,当为接应郑延平攻取南都之预备"(第1096~1127页)。

④　陈寅恪《柳如是别传》第五章《复明运动》:"盖当日志怀复明诸人,往往托迹方外……栖止于佛寺。……其言与禅侣研讨内典,恐不过掩饰之辞。后来牧斋再往金陵,亦尝栖止于报恩寺,仍是为顺治十六年己亥郑延平大举攻取南都之准备也。"又第四章《河东君过访半野堂及其前后之关系》:"(牧斋)平生虽博涉内典,然实与真实信仰无关。初时不过用为文章之藻饰品,后来则藉作政治活动之烟幕弹耳。"(第1058、810页)下三首亦同一机杼。

⑤　以上诸题见《钱牧斋全集》,第4册,第3、236、280、251、389、391、409页。

《辛丑(顺治十八年)二月四日,宿述古堂,张灯夜饮,酒罢有作①》
(《牧斋有学集》卷一一《红豆诗三集》)②

第二种,诗题表面即蕴涵深意,隐微透露出牧斋复明心事与秘密活动之蛛丝马迹。如:

《辛卯(顺治八年)春尽,歌者王郎北游告别,戏题十四绝句,以当折柳赠别③。之外杂有寄托,谐谈无端,谲谜间出,览者可以一笑也》(《牧斋有学集》卷四《绛云馀烬集》)

《甲午(顺治十一年)十月二十,夜宿假我堂,梦谒吴相,伍君(子胥)延坐前席,享以鱼羹,感而有述④》(《牧斋有学集》卷五《敬他老人诗集》)

《丙申(顺治十三年)重九海上作四首⑤》(《牧斋有学集》卷七《高会堂诗集》)

《己亥(顺治十六年)夏五十有九日,灵岩夫山和尚偕鱼山相国、静涵司农,枉访村居,双白居士、确庵上座诸清众俱集,即事奉呈四首⑥》(《牧

---

① 钱谦益《投笔集》卷下《后秋兴之十》题下自注:"辛丑二月初四日,夜宴述古堂,酒罢而作。"(《钱牧斋全集》,第7册,第53页)据金鹤冲《钱牧斋先生年谱》鸿朗庄严辛丑(清顺治十八年):"二月初四日夜,宴述古堂,酒罢,有诗云:'而今建女无颜色,夺尽燕支插柰花。'又云:'朝来靧面枕尸悲。'又云:'旄头摧灭岂人功,太白星[新]占应月中。扫荡沉灰元夕火,吹残朔气早春风。'云云。按:顺治于正月初七夜亡。二月初一日,哀诏至苏州。此先生之所以不能无诗也。"(《牧斋杂著》附录,《钱牧斋全集》,第8册,第949页)按《有学集》此诗亦有"春寒料峭管弦清,坐看人间沧海更"之句,但相较《投笔集》卷下《后秋兴之十》,牧斋在是诗中并未过多涉及时事,当是为此次夜宴述古堂之真实意图作掩饰。故两诗相参读,方可窥破其中隐情。

② 《钱牧斋全集》,第5册,第519页。

③ 徐珂编撰《清稗类钞·优伶类》:"王稼,字紫稼,一作子玠,又作子嘉,明末之吴伶也。风流儇巧,明慧善歌。顺治辛卯,年三十矣,从龚芝麓入京师。先至常熟,告别于钱牧斋,牧斋乃为送行十四绝句,以当折柳,盖于赠别之外,杂有寄托,谐谈无端,谲谜间出也。"(中华书局1984年版,第11册,第5103页)

④ 孙之梅选注《钱谦益诗选》谓此诗"在历史的鸿荒和梦境的迷离虚幻中抒发自己的复仇之志"(第243页)。

⑤ 据金鹤冲《钱牧斋先生年谱》丙申(南明永历十年,清顺治十三年):"九月,有云间之行。盖马进宝升苏松提督,是岁移镇松江。"(《牧斋杂著》附录,《钱牧斋全集》,第8册,第945页)

⑥ 据金鹤冲《钱牧斋先生年谱》己亥(南明永历十三年,清顺治十六年):"国姓有北伐之举。四月,师抵宁波港。五月十八日,至崇明。十九日,夫山和尚、熊鱼山相国、张静涵司农访先生于村居。先生尝答静涵书云:'台示蒿目时艰,以度世之深心,兼经国之大手'云云。盖与鱼山等皆有心人也。"(《牧斋杂著》附录,《钱牧斋全集》,第8册,第946页)

斋有学集》卷一〇《红豆诗二集》)①

《红豆树二十年复花,(顺治十八年)九月贼降时,结子才一颗,河东君遣僮探枝得之。老夫欲不夸为己瑞,其可得乎? 重赋十绝句,示遵王,更乞同人和之②》(《牧斋有学集》卷一一《红豆诗三集》)

《壬寅(康熙元年)三月十六日,太仓太原王端士、异公、怿民、虹友,琅琊王惟夏、次谷、许九日、顾伊人,吴江朱长孺,族孙遵王,婿微仲,集于小阁。是日,敬题烟客奉常所藏文肃公南宫墨卷③。论文即事,欣感交并。予为斐然,不辞首作》(《牧斋有学集》卷一二《东涧诗集上》)④

以上两种诗题,需详考题面之隐情,细味诗歌之内蕴,方可窥见牧斋思怀故国之心志与策足复明之踪迹,如草蛇灰线,虽幽而显。就制题而言,钱谦益着笔之审慎,运思之缜密,用意之深邃,皆非比寻常,牧斋将此类诗题视为其构筑微言诗史(南明抗清史与策足复明心史)之一重要组成部分,遽可断言矣。

综上所述,钱谦益诗歌制题之一重要策略,是于题中详著时、地、人、事、情,从明末以显言记述重要人生经历,至清初以微言书写隐秘政治活动,其表现形式虽有变化,精神实质却一脉相承。牧斋此类郑重运意之诗题,是其实现以诗纪史、以诗补史的"诗史"理想之重要环节。而杜诗笺注中一条精要文字,则为我们深刻体悟牧斋诗歌制题,提供了重要启示。

----

① 以上诸题见《钱牧斋全集》,第 4 册,第 124、210、328、486 页。

② 邓小军《红豆小史——以王维、杜甫、〈云溪友议〉、钱谦益为中心》:"在钱柳心目中,二十年来红豆树第一次开花结子,真是老天对满怀红豆相思之人的回报。九月,正是牧斋八十生日,如《柳如是别传》第五章云:'河东君于牧斋生日,特令童探枝得红豆一颗以为寿,盖寓红豆相思之意,殊非寻常寿礼可比。'这红豆相思,原来是爱情与爱国赤诚凝聚的两重相思。"(《诗史释证》,第 479～487 页)

③ 王时敏(1592～1680),字逊之,号烟客,江苏太仓人,祖父为明末万历年间内阁首辅王锡爵(谥文肃)。此题其三诗末牧斋自注:"奉常家藏神宗赐剳,御墨如新。"其四诗末牧斋自注:"拂水竹廊有人题壁云:'传语东山好避秦。'"(《钱牧斋全集》,第 5 册,第 578～579 页)参读:《牧斋有学集》卷二四《王奉常烟客七十寿序》:"辛丑(清顺治十八年)岁,奉常年七十,门人归子玄恭,周子孝逸辈请余为祝嘏之文。……文肃事神宗皇帝,当盛明日中……股肱国本,眉目清流也。……今观于王氏之寿宴……升其堂,所藏弆而供奉者,神庙之宝章御札,如藏河雒之图,而抱鼎湖之弓也。……凡百君子,与于燕会者,相与念国恩,仰旧德,颂丰芑而歌燕喜,忠孝之心,有不油然而生矣乎? 余定陵老史官也,佩文肃琬琰之遗训,故记斯宴也,亦用史法从事。"(《钱牧斋全集》,第 5 册,第 949～951 页)

④ 以上两题见《钱牧斋全集》,第 5 册,第 549、577 页。

### 三、长律章法：隐显映带之妙

杜诗众体兼备，排律亦称独绝。唐元稹《唐故工部员外郎杜君墓系铭并序》称其："铺陈终始，排比声韵，大或千言，次犹数百，词气豪迈而风调清深，属对律切而脱弃凡近。"①老杜长律，以雄厚之笔力，铺展波澜层叠的恢弘结构，为历代诗家所瞩目。钱谦益对杜甫排律之章法亦有其精到之鉴识。

《牧斋初学集》卷一〇七《读杜小笺中》之《寄张十二山人彪》"时来故旧少，乱后别离频。世祖修高庙，文公赏从臣。商山犹入楚，渭水不离秦。存想青龙秘，骑行白鹿驯。耕岩非谷口，结草即河滨"诸句笺注：

> 当天地翻覆之时，耕岩结草，想青龙而骑白鹿，静者之妙如此。此数句隐显映带，其妙处未易名言，亦可以悟作长律之法。②

按：钱谦益将"存想青龙秘，骑行白鹿驯。耕岩非谷口，结草即河滨"诸句，置诸杜诗全篇结构之中，悟出"隐显映带"的"长律之法"。分疏此法"未易名言"之"妙处"，笔者以为，当有两层，其一，此诸句叙"耕岩结草，想青龙而骑白鹿，静者之妙如此"（隐），实照应前"静者心多妙"（显）之句，正所谓"隐显映带"，呈现出一种回环吞吐之美感。其二，此诸句于"天地翻覆之时"（政治社会），突然叙写一片安详静好的隐逸情境，呈现出一种宽裕从容之风姿，使全诗节奏张弛有度，旋律舒缓互致。上述两点，牧斋于杜注中虽未明白道出，但从其长律创作实践中，实可获得印证。兹各举一例：

《牧斋初学集》卷一二《霖雨诗集》之《送何士龙南归兼简卢紫房一百十韵》（‖为笔者自分段之标识）：

> 崇祯圣天子，帝德迈陶唐。畴咨若余采，共叹乱纪纲。钩党穷部牒，告讦登岩廊。群小竞趋走，翕若中风狂。峨峨格天阁，沉沉偃月堂。聚族谋旦晚，锁门算昏黄。手缮女奴迹，足摩胥史床。讽指变鹿马，蜚语沸

---

① 〔唐〕元稹撰，冀勤点校：《元稹集》卷五六，中华书局1982年版，第601页。
② 《钱牧斋全集》，第3册，第2168页。《钱注杜诗》卷一〇同诗注无此条。

蜩螗。牢修既告变，朱並复上章。纳言敢封驳，投匭任披猖。‖伊余退废士，杜门事耕桑。十年守环堵，一朝锁锒铛。天威赫震电，门户破苍黄。诏纸疾若飞，官吏仆欲僵。有母殡四载，西风吹画荒。有儿生九龄，读书未盈箱。宾客鸟兽散，亲族忧以痒。或有强近者，惧累遗祸殃。目笑复手笑，坚坐看戏场。或有狰狞者，黠鼠而贪狼。毁室谋取子，坏垣隳我宎。揶揄反皮面，谣诼腾诽谤。唯有负佣流，弛担语蠹伤。唯有庞眉叟，戟手呼彼苍。市人为罢市，僧院各炷香。‖我心鄙儿女，刺刺问束装。暮持襆被出，诘朝抵金阊。门生与朋旧，蜂涌来四方。执手语切切，流襟泪浪浪。惜我傔从弱，念我道路长。或云权倖门，刺客如飞蝗。穴颈不见血，探头入奚囊。或云盘飧内，鸩堇寘稻粱。匕箸一不慎，坟裂屠肺肠。谁与警昏夜？谁与卫露霜？谁与扶跛蹇？谁与分劻勷？何生奋袖起，云也行所当。阖门置新妇，问寝辞高堂。曲衣买书剑，首路何慨慷！是时冯使君元飏，送我临京江。逝将解符印，从我俱存亡。敬子执高节，再拜举壶觞。‖江流怒飞立，三山摆雷硠。白日忽西匿，青天为低昂。行行度淮水，登顿相扶将。吊古漂母庙，祈灵岱宗阳。杜亭贤主人卢德水家有杜亭，寄馆仍异粻。不惮开车载，不难复壁藏。窥户无停屦，追踪多饮章。‖归死赴司败，垂头就桁杨。【汹汹同文狱，剜肌生痏疡。】共庄籍口语，曾史主盗臧。百死无一免，引义自激昂。嘱累皮与肉，坚忍枝蘻榜。多谢老头颅，旦暮虎穴葬。何生夜草疏，奋欲排帝阊。黯淡蚊扑纸，倾欹蚓成行。残灯焰明灭，房心吐寒芒。祖宗牖惚恍，天心鉴明朗。眉山摘牙牌，分宜放铃冈。执彼三尸虫，打杀铜驼傍。孤臣获更生，朝市喜相庆。吁嗟祸福交，谁能保故常？兴曾附萧傅，畏终叛吕防。何以见鲁卫？徒然痛陈臧。叹子一逢掖，眇小少不飏。秉锧乞收李，举幡请留阳。拟子于何蕃，谱谍诚有光。‖孟冬家书来，念母心不遑。有忧食三叹，翃乃惰与翔。星言卷衣被，别我归故乡。我欲縶子驹，顾视心伥伥。子行急师难，子归慰母望。丹青或可渝，此义永不爽。我欲送子去，铁门限堵墙。圜土无尺水，何以当河梁？我欲与子诀，有如瞽失相。駏蛩一相背，啮负徒彷徉。【旋思狱急日，痛愈抚巨创。炙手势转热，弥天网高张。叫阍远万里，引刀耻自戕。和药趣朱游，呼囚到王章。黑暗牢狱苦，炎蒸三伏炀。矮栅栖鹅鸭，粪壤转蛣蜣。卧熏腐胔臭，渴饮伏尸浆。夜夜入针孔，朝朝坐剑铓。此日吾与尔，志壹气益强。高论穷结绳，和歌出宫商。

人生如嗜味,患难宜饱尝。阽陈良亦乐,在莒安可忘。】道远兵甲阻,岁暮雨雪雾。单行寡命侣,寒驴艰服箱。冰坚扫狐踪,雪深埋鹿远。禽兽犹踯躅,子行慎蚨蝎。‖我行亦不远,归心急鸹鸽。介恃圣明主,数日离火汤。纵使荷戈受,终然反荪蒋。买舟具笒箬,结庵依桃榔。矫志历桑榆,与子共缥缃。学诗辨四始,识字探三仓。频年苦病患,学殖日以荒。我欲师宁越,秉烛代日光。勿复慕富贵,时世难颉颃。引镜看头目,岂是鼠与獐。勿复忧贫贱,顺逆随牛羊。譬如死牢户,谁以躯命偿?拂水有丙舍,青山抱长廊。老桂长新枝,江梅发古香。‖君归持此诗,洒扫揭东厢。解鞍憩杜亭,先以告紫房。①

按:此篇长律记叙了明崇祯十年(1637)钱谦益于丁丑狱案②间之经历。《牧斋初学集》卷一一《桑林诗集》自识:"丁丑春尽赴急征,稼轩并列刊章,士龙相从,草索渡淮而北。"③同书卷一二《霖雨诗集》自识:"闰四月二十五日,下刑部狱。"④金鹤冲《钱牧斋先生年谱》丁丑(明崇祯十年):"六月,(温)体仁佯引疾,得旨放归。狱渐解。"⑤何云(字士龙)急师之难,冒死从牧斋于牢狱灾变之际,至崇祯十年冬,狱渐解,何云起程归家探母,牧斋作此长律送别。诗中顺叙温体仁诬陷逮系,乡里震悸,己身于仓惶惊惧中匆匆就道,门生朋旧关切襄助,尤何云"置新妇"、"辞高堂"而慷慨相从,一路颠连劳顿,赴司入狱,备尝荼毒,直至温体仁被逐,狱方渐解。此数月中,牧斋孤危艰苦,身陷囹圄,何云始终相伴左右,又为之草疏伸冤以洗雪不白。诗中自"孟冬家书来"至"子行慎蚨蝎",转入送别何云之叙写,值得关注的是,牧斋于其中插入"旋思狱急

① 《钱牧斋全集》,第1册,第428~430页。

② 关于丁丑狱案之始末,参读本诗"三尸虫"条"原注补钞",周法高编《足本钱曾牧斋诗注》,第2册,第914~915页;亦见卿朝晖辑校《牧斋初学集诗注汇校》,第690~691页。又《牧斋初学集》卷二五《丁丑狱志》,《钱牧斋全集》,第2册,第802~804页;《牧斋初学集》卷八七《微臣束身就系辅臣蜚语横加谨平心剖质仰祈圣明洞鉴疏》、《剖明关节始末以祈圣鉴以明臣节疏》,《钱牧斋全集》,第3册,第1815~1819页;《牧斋外集》卷二〇《辨冤疏》,《钱牧斋全集》,第8册,第806~808页。

③ 《钱牧斋全集》,第1册,第355页。

④ 同上,第385页。

⑤ 《牧斋杂著》附录,《钱牧斋全集》,第8册,第936页。

日"到"在莒安可忘"一段,详细记述"狱急日"暗无天日、苦辱不堪之生存状态①。此段详述与前顺叙线索中"汹汹同文狱,剞劂生痏疡"之简略相互映照,前面隐去的"狱急日"情境于后面又明确补书,如是安排,突出了牧斋对何云冒死从行的深切感佩,送归时,牧斋脑中再次浮现出何云于"狱急日"与己患难与共的日日夜夜,详记当日狱难之危苦,更显今日感怀之真挚,"陋陈良亦乐,在莒安可忘",表明何云之情义自己将永志铭记。牧斋此诗之结构布置,实践了上述"隐显映带"之第一层涵义。

《牧斋初学集》卷一〇《崇祯诗集六》之《送座主王文肃公之子故户部郎中淑扗归关中叙旧述怀一百韵》(同上文节录部分之体例):

> 盗贼南山里,干戈左辅边。黔黎成狗鼠,沃野变烽烟。长吏婴城免,将军弃甲遄。流离逾四塞,侵略过三川。力拒君何勇,潜攻寇颇猲。儿能张两翼,身即领中坚。据险乘墙屋,飞机褫瓯砖。苍头咸用命,赤手或当先。浴血扪创面,椓喉数断咽。长安舒羽檄,馀贼返戈鋋。(户部捍御流贼,身自搏战。贼退,携家口入吴。此后并述其事。)国有孤臣哭,家亡坐客毡。所欣文未坠,敢叹室如悬。秦市难增减,金陵好椠镌。提携书数十,跋涉路三千。汳水秋风急,淮河落日玄。岇陨荒店马,眩运下江船。握手翻疑梦,沉吟却问年。酒巡街鼓缓,语热烛花圆。撩眼风尘色,经心香火缘。可堪今契阔,还记昔骈阗。(此后并言文肃长翰典试及余登第及门之事。)万历丁中叶,三秦甲大贤。举朝推柱地,寰海望回天。子又登高第,师将秉化权。槐堂纡紫绶,杏苑簇红笺。座主龙门峻,诸生雁塔联。愚蒙惭造士,流俗艳登仙。衣钵援垂手,宫墙企及肩。断金容冶铸,攻玉荷陶甄。拟议纶扉笔,追陪浴殿员。风从征翕习,雨散邅迍邅。(此后并言文肃领袖清流,党人拔猾,避位去国之事。)世豫私门荜,朝清国论偏。部魁南北署,党禁绍熙沿。杓直星依指,芒寒宿避躔。清流常皎皎,丑类正骞骞。伏莽兴戎壮,高墉射隼便。钟原因物扣,镜不为人妍。肯待三年报,都将一网寋。搆兵弥浙楚,馀烬合昆宣。枉状波翻覆,飞章矢属连。门兰嗟并芟,釜豆泣相煎。保定公为公元兄,党人借名齮龁,郎中为宝坻县令,亦罢归。自解蓬池直,归耕漆水田。人

---

① 关于牧斋之牢狱生活,参读《牧斋初学集》卷一二《狱中杂诗三十首》,《钱牧斋全集》,第1册,第388～405页。

知马融草，孰赠绕朝鞭？门人为台谏，起草劾公，故有马融飞章之喻。敛手临空局，抠衣任老拳。城南瞻气象，渭北钓清泉。雏下居仍介，关西望益专。窗棂题障塞，草野画征尘。虎观敷陈邈，龙楼羽翼捐。储宫商老虑，国步杞人怜。纷浊登楼外，忧危揽镜前。龙胡衔主恸，狼尾望公还。天启初，以先帝旧学，起公田间，旋罢。山斗看崔峛，沧桑又改迁。（此已下并言奄寺钩党，考系削籍之事。）少阳蒙出震，雌霓比连卷。簸扇金壬巧，冯依妹寺癫。决藩咨万燎，钩党考杨涟。削籍空三事，刊章沸八埏。拖肠难仰药，折骨美沉渊。媪子繁螟蟊，阍儿长蚁蟓。咸宁王绍徽新乳虎，狷氏乔应甲老饥鸢。日日惊追捕，家家庇橐馢。槛车拌并载，牢户尽平填。（已下叙公忧愤没身之事。）祈死身如赘，忧生骨亦痟。鬼神犹助虐，夫子遂长眠。拉折灵胡掌，崩愤玉女莲。关河悲黯澹，魑魅喜蹁跹。高冢侯芭土，修门宋玉篇。百身吁可赎，七尺愧犹全。（崇祯元年，予自废籍召入京，旋搆阁讼，再遭谤铄。）暂许茅连茹，俄看草蔓延。孤踪何朴邀，群刺总翩翻。封印藤麻格，堆盘火齐鲜。覆金供鼠赫，点玉聚蝇膻。共叹詹来鲁，空招隗至燕。食宁留硕果，饮遽散初筵。霾曀箕风暗，飞流斗域殷。舽棱朝恋阙，襆被夜乘艑。（此已下自叙归田屏居之事。）藿食还初服，衡门省宿愆。折铛煨粥饭，秃笔弄丹铅。幸得悬车轴，知谁任屋椽？解嘲真懒作，骂鬼托残编。小筑西湖畔，巾车拂水巅。山窗云淰淰，洞户竹娟娟。石罅泉奔射，林皋月漏穿。拈花迎夏蝶，选树荫秋蝉。割肉归神社，挑灯送佛钱。经行寻北涧，谭谶度南阡。蟹舍长腰米，渔庄缩项鯿。不材羞拥肿，为用惮牺牷。（已下叙余与郎中赠处之意。）旧雨来人少，寒风送客旋。含言心悄悄，分手泪潸潸。弟子吾衰甚，恩门或忘焉。逢迎谁倒屣？宴会罕加笾。陆氏庄荒矣！廉公市寂然。世涂同乌鼠，薄俗异夔蚿。底事防人面？何妨坐马鞯。文肃门生满吴下，郎中远来，不为具宾主之礼。弛张求省括，燥湿学安弦。物论将昭雪，郎君定洗湔。还期温比玉，莫倚直如弦。离别中年恶，凉温昔梦牵。骊歌声惨怆，鸡酒恨缠绵。下马陵终拜，金銮集早传。赋诗当赠处，餐饭勉加旃。①

按：此篇长律钱谦益叙写王图在明末万历、天启朝和自身在崇祯朝的宦海沉浮，勾勒出肇端于万历后期的晚明党争纷繁交错之演变，深具诗史（"叙

① 《钱牧斋全集》，第1册，第318～320页。

旧")特质,兼显"述怀"情致。循诸牧斋梳通脉络、统摄诗意之自注,诗中于"户部捍御流贼,身自搏战。贼退,携家口入吴"两段惊险急迫的叙写后,以万历中叶"文肃长翰典试及余登第及门之事"一段振奋喜悦之文字为"叙旧"之开端,既符合时间顺序,又微略缓和了前两段的紧张氛围。此后牧斋以一气贯注、寸步不移之力叙写王图与己身亲历之三朝党争,意密节促,笔势如江河海流,浑浩奔涌,似已不可遏节,直至"觚棱朝恋阙,襆被夜乘艑"收束上文,开启下文"自叙归田屏居之事"。自"藿食还初服"到"为用惮牺牷"一段,牧斋详述其居乡读书礼佛的悠游生活,尤"小筑西湖畔,巾车拂水巅。山窗云淰淰,涧户竹娟娟。石罅泉奔射,林皋月漏穿。拈花迎夏蝶,选树荫秋蝉"诸句,娴静舒徐,清泠雅洁,直是绘制出一幅拂水山庄行乐图。此段"归田屏居"之细叙,本可简略带过,但实际上,其与上文"奄寺钩党"、"忧愤没身"、"旋搆阁讼"三段篇幅相当且稍详。牧斋如此安排,是欲以柔缓之姿与上文刚健之势回环映带,进而形成一种刚柔相济、姿态横生之韵致。此一张一弛之法,调谐平衡了全诗节奏,亦为下文"叙余与郎中赠处之意"作一缓冲。牧斋此诗之结构布置,实践了上述"隐显映带"之第二层涵义。

综上所述,钱谦益的创作实践,为其杜笺中所悟长律章法之内蕴,作出了最佳注脚,亦印证了笔者缕析两层涵义之不虚。杜诗笺注中一条精要文字,实为我们窥测牧斋长律千变万化之章法,指示一门径,开启一入路。

# 结　　语

　　唐代杜甫(712～770)，八世纪人。明末清初钱谦益(1582～1664)，十七世纪人。杜甫微言诗中隐藏的肃宗迫害玄宗及其旧臣的历史真相，杜甫当此之际如何做人的正直人格，以及弃官漂泊后对房琯及琯党始终不渝的坚贞情谊，要过九百年，才被《钱注杜诗》所揭示出。此一"凿开鸿蒙，手洗日月"①之表揭，关系到这一段唐史真相之了解，亦关系到杜甫后半生之命运和大半部杜诗之了解，所以意义重大。清康熙六年(1667)季振宜刊刻钱谦益《杜工部集》，撰《序》云："杜曲浣花，拂水红豆。千载而遥，精气相感。"②牧斋之于少陵，堪称旷代相知，千古印心。

　　《钱注杜诗》以直凑单微的体认，诗史互证的方法，揭示杜诗微言和唐史隐曲面，取得革命性突破，开创了有清一代杜诗笺注的新局面。事实上，《钱注杜诗》不仅为杜诗学史上的重要注本，亦为深入体察钱谦益诗文、诗学之突破口，其蕴涵之研究价值，可谓深刻而丰富。本书围绕钱注择取三项论题，以专题研究之方式，分别进行细致考量与深入阐析，对拓展清代杜诗学个案研究的新视域，升华杜诗历史蕴涵研究的新境界，开启钱谦益诗歌研究的新思路，皆有重要学术意义。

　　《钱注杜诗》版本研究，是为一部典籍研究的文献基础。本书宏观巡览了《钱注杜诗》成书、刊刻、流传过程中所产生之不同版本，在此基础上微观细索，发现钱谦益注杜实尚存一"隐形"的稿抄本系统，是为刊本系统之重要参照。通过钩稽相关史料，考知钱谦益注杜之初稿本、清稿本及历次修订增删之批校本，今大多已亡佚不存。台湾中研院史语所傅斯年图书馆藏"钱牧斋

---

① ［清］钱谦益：《草堂诗笺元本序》，《钱注杜诗》卷首，第4页。
② 《钱注杜诗》卷首，第2页。

杜注写本"，是笔者所见稿抄本系统唯一存世本，傅藏写本作为前刊本形态的文本，不仅反映了钱谦益杜诗笺注相对原始之面貌，更重要的是，在写本与季振宜静思堂刻本的对比中，我们可以考见钱注由未定稿本，经由增补删校，向最终勘定刻本流变之轨迹。复缘季刊本雕刻过程中的复杂情况，此写本对刻本尚具一定之校勘价值。通过对傅藏写本陆㑇跋文、各家藏书印所涉及人物、年代、地点、事实之详证，细致还原其流传情境，考明"钱牧斋杜注写本"之递藏源流为：柳如是──→ 钱曾 ──→季振宜──→ ? ──→太仓王氏──→吴门陆氏──→ ? ──→东方文化事业总委员会［傅增湘寓目］──→中研院历史语言研究所图书馆──→台湾中研院史语所傅斯年图书馆。

《钱注杜诗》学术创见核心体系研究，是为对钱注最具创发性成就的揭示研讨。本书首次将钱注学术创见核心成果《洗兵马》笺注发明杜诗微旨之相关注文所引用史料，分主题线索一一覆核原文，证明其符合唐史实际；将此等笺注置于全诗意境语脉中，证明就理性维度而言，钱注对全诗微旨的把握大体准确；简要梳理《洗兵马》钱注笺注方法要点为：注释与作品历史背景直接有关的人物和事件──→揭示诗中较为隐秘的历史人物和事件，即古典字面背后之今典实指──→运用辩证性考证方法，由对《洗兵马》一诗之注释，进而揭示作为大半部杜诗背景的相关唐史的隐曲面。首次揭示《钱注杜诗》围绕《洗兵马》笺注构筑的学术创见核心体系，通过细致梳理其内在脉络，考释其承继发明，辨正其疏失误读，呈露出此核心体系独具之创发性与系统性，从而判定其在古典诗歌（杜诗）注释史上之价值与意义在于：开启了对杜甫微言政治抒情诗的深度系统解读，堪称学术革命之典范。首次揭示钱注学术创见核心体系之独特接受方式，即后世注家、学者深刻理解认同钱注学术创见核心内容，并据钱注已笺诗篇之发明来体味其未笺诗篇之深旨，此等支持、补充、发展，在某种程度上，可作为《钱注杜诗》学术创见核心体系之丰富与延扩。

钱谦益杜诗笺注与诗文作品关系研究，是为在新的学术视野下对《钱注杜诗》与钱谦益诗歌的互证式解读。本书一方面以钱谦益诗文作品为参照，深入体认牧斋杜诗笺注非囿于字句、章段之细琐爬梳，而以发明杜诗蕴藏为旨归的笺注理念，并探考其背后海虞钱氏家族以《春秋》名家，不做章句小儒，追寻经世大义的家学渊源；深入体认牧斋观照杜诗特质，由以婉讽寓笃厚深情到以隐语寄伤时悲慨，烛照牧斋心中独特的杜诗面向及其背后隐寓的易代感怀；深入体认牧斋在诗歌笺注中，借注释古典，寄托注释者长期积淀的深刻反思（党争误国）与不能明言的隐曲心志（故国之思与复明之志），取得中国微言诗学史上的新创获，此点与钱注学术创见核心体系开启对杜甫微言政治抒情诗的深度系统解读，共同奠定了《钱注杜诗》在中国微言诗学史上的里程碑地位。另一方面以钱谦益杜诗笺注为参照，深入体认牧斋诗歌用典，以钱注重点笺释的杜诗与唐史之古典以确指今典，古典今典，古事时事，相影射复相映发，杜诗笺注在钱谦益诗歌融通古典与今典的过程中，实为不可忽视的重要一环；深入体认牧斋诗歌制题之一重要策略，是于题中详著时、地、人、事、情，由明末以显言记述重要人生经历，转变为清初以微言书写隐秘政治活动，此类郑重运意之诗题，是钱谦益实现以诗纪史、以诗补史的"诗史"理想之重要环节；深入体认牧斋诗歌隐显映带的长律章法，在一定程度上调谐了百韵长篇排律的冗长板滞之感，使其节奏张弛有度，旋律舒缓互致，呈现出一种回环吞吐之美感与宽裕从容之风姿。

杜诗研究之盛，在唐诗中为第一。宋代已有"千家注杜"之称（《黄氏补千家集注杜工部诗史》、《集千家注分类杜工部诗》），在当时虽是夸张，但杜诗注本之"浩若烟海"，已可见一斑。承宋人辑校集注，元、明两代批选盛行之后，明末清初钱谦益以博精的学问、截断众流的魄力，披沙拣金，独辟新境，肇开清代杜诗笺注风气之先，深具不可磨灭的学术价值，此正《钱注杜诗》历经三百年人事沧桑，学海浪淘而光彩犹存的奥妙所在。

# 主要参考文献

## 一、古籍文献

### (一) 杜集注本

［唐］杜甫《宋本杜工部集》,《续古逸丛书》之四十七,上海：商务印书馆影印上海图书馆藏本,1957年,南京：江苏古籍出版社重印,2001年。

［唐］杜甫撰,［宋］赵次公注,林继中辑校《杜诗赵次公先后解辑校》(修订本),上海：上海古籍出版社,2012年。

［唐］杜甫撰,托名［宋］王十朋等集注《王状元集百家注编年杜陵诗史》,清宣统三年贵池刘氏玉海堂影宋刻本,扬州：江苏广陵古籍刻印社重印,1981年。

［唐］杜甫撰,［宋］郭知达集注《新刊校定集注杜诗》,北京：中华书局影印南宋宝庆元年曾噩刊本,1982年。

［唐］杜甫撰,［宋］郭知达集注《九家集注杜诗》,上海：上海古籍出版社影印《杜诗引得》(哈佛燕京学社引得编纂处据清嘉庆刻本排印),1985年。

［唐］杜甫《分门集注杜工部诗》,《续修四库全书》据北京图书馆藏宋刻本影印,上海：上海古籍出版社,2002年。

［唐］杜甫撰,［宋］蔡梦弼笺注《杜工部草堂诗笺》,《中华再造善本》据中国国家图书馆、北京大学图书馆藏宋刻本影印,北京：北京图书馆出版社,2006年。

［唐］杜甫撰,［宋］蔡梦弼笺注《杜工部草堂诗笺》,《中华再造善本》据上海图书馆藏元刻本影印,北京：北京图书馆出版社,2005年。

［唐］杜甫撰,［宋］蔡梦弼笺注《覆麻沙本杜工部草堂诗笺》,［清］黎庶昌辑刻《古逸丛书》本,扬州：江苏广陵古籍刻印社重印,1997年。

［唐］杜甫撰，［宋］黄希原注，黄鹤补注《黄氏补千家注纪年杜工部诗史》，《中华再造善本》据山东省博物馆藏元至元二十四年詹光祖月崖书堂刻本影印，北京：北京图书馆出版社，2006 年。

［唐］杜甫撰，［宋］黄希原注，黄鹤补注《黄氏补千家集注杜工部诗史》（《补注杜诗》），《景印文渊阁四库全书》本，台北：台湾商务印书馆，1983 年。

［唐］杜甫撰，［元］高楚芳编《集千家注杜工部诗集》，《景印文渊阁四库全书》本，台北：台湾商务印书馆，1983 年。

［明］单复《读杜诗愚得》，明天顺元年朱熊梅月轩刻本，中国国家图书馆善本特藏部藏，书号：01990。

［明］单复《读杜诗愚得》，《四库全书存目丛书》影印北京大学图书馆藏明天顺元年朱熊梅月轩刻弘治十四年重修本，济南：齐鲁书社，1997 年。

［明］谢省《杜诗长古注解》，明弘治五年王弼、程应韶刻本，中国国家图书馆善本特藏部藏，书号：04502。

［明］张綎《杜工部诗通》，《四库全书存目丛书》影印北京大学图书馆藏明隆庆六年张守中刻本，济南：齐鲁书社，1997 年。

［明］林兆珂《杜诗钞述注》，《四库全书存目丛书》影印福建省图书馆藏明万历刻本，济南：齐鲁书社，1997 年。

［明］钱谦益《读杜诗寄卢小笺》、《二笺》，明崇祯毛氏汲古阁刻本，中国国家图书馆善本特藏部藏，书号：2580。

［明］胡震亨《杜诗通》，清顺治七年朱茂时刻本，中国国家图书馆普通古籍部藏，书号：81869。

［明］王嗣奭《杜臆》，上海：上海古籍出版社，1983 年。

［清］钱谦益笺注《杜工部集》，清写本，台湾中研院历史语言研究所傅斯年图书馆善本室藏，书号：A 844.1 156—153。

［清］钱谦益笺注《杜工部集》，《四库禁毁书丛刊》影印清华大学图书馆藏清康熙六年季振宜刻本，北京：北京出版社，2000 年。

［清］钱谦益笺注《杜工部集》，《续修四库全书》据清康熙六年季氏静思堂刻本影印，上海：上海古籍出版社，2002 年。

［清］钱谦益《钱注杜诗》，上海：上海古籍出版社，1979 年。

［清］钱谦益《读杜小笺》、《读杜二笺》，清宣统三年上海国学扶轮社石印本，中国国家图书馆普通古籍部藏，书号：81872。

〔清〕钱谦益《钱虞山注杜工部集》，清宣统二年上海寄青霞馆铅印本，中国国家图书馆普通古籍部藏，书号：101609。

〔清〕钱谦益《钱牧斋先生笺注杜工部集》，清宣统二年上海国学扶轮社铅印本，中国国家图书馆普通古籍部藏，书号：99563。

〔清〕钱谦益《诸名家评定本钱牧斋笺注杜诗》，清宣统三年上海时中书局石印本，中国国家图书馆普通古籍部藏，书号：96643。

〔清〕钱谦益《钱牧斋先生笺注杜工部集》，1921 年上海广益书局铅印本，中国国家图书馆普通古籍部藏，书号：147451。

〔清〕朱鹤龄辑注《杜工部诗集辑注》，《四库禁毁书丛刊补编》影印中国科学院图书馆藏清康熙金陵叶永茹刻本，北京：北京出版社，2005 年。

〔清〕朱鹤龄辑注，韩成武、孙微、周金标、韩梦泽、张岚点校《杜工部诗集辑注》，保定：河北大学出版社，2009 年。

〔清〕卢元昌《杜诗阐》，《四库全书存目丛书》影印吉林省图书馆藏清康熙刻本，济南：齐鲁书社，1997 年。

〔清〕黄生《杜工部诗说》，《四库全书存目丛书》影印中国人民大学图书馆藏清康熙三十五年一木堂刻本，济南：齐鲁书社，1997 年。

〔清〕张溍《读书堂杜工部诗集注解》、《读书堂杜工部文集注解》，清康熙三十七年张氏读书堂刻本，中国国家图书馆普通古籍部藏，书号：86603、97370。

〔清〕张溍《读书堂杜工部诗集注解》、《读书堂杜工部文集注解》，《四库全书存目丛书》影印辽宁大学图书馆、北京大学图书馆藏清康熙三十七年张氏读书堂刻本，济南：齐鲁书社，1997 年。

〔清〕沈德潜《杜诗偶评》，清乾隆十二年潘承松赋闲草堂刻本，中国国家图书馆善本特藏部藏，书号：09410。

〔清〕夏力恕《杜文贞诗增注》，清乾隆十四年古泉精舍刻本，中国国家图书馆普通古籍部藏，书号：81845。

〔清〕仇兆鳌《杜诗详注》，北京：中华书局，1979 年。

〔清〕浦起龙《读杜心解》，北京：中华书局，1961 年。

〔清〕杨伦《杜诗镜铨》，上海：上海古籍出版社，1998 年。

萧涤非主编《杜甫全集校注》，北京：人民文学出版社，2014 年。

### （二）其他古籍文献

**经部**

〔汉〕孔安国传，〔唐〕孔颖达等正义《尚书正义》，《十三经注疏》本，北京：中华书局影印世界书局缩印清江西书局重修阮元校刻本，1980 年。

〔晋〕杜预注，〔唐〕孔颖达等正义《春秋左传正义》，《十三经注疏》本，北京：中华书局影印世界书局缩印清江西书局重修阮元校刻本，1980 年。

〔魏〕何晏等注，〔宋〕邢昺疏《论语注疏》，《十三经注疏》本，北京：中华书局影印世界书局缩印清江西书局重修阮元校刻本，1980 年。

〔汉〕赵歧注，〔宋〕孙奭疏《孟子注疏》，《十三经注疏》本，北京：中华书局影印世界书局缩印清江西书局重修阮元校刻本，1980 年。

〔清〕皮锡瑞《经学通论》，北京：中华书局，1954 年。

**史部**

〔汉〕司马迁撰，〔南朝宋〕裴骃集解，〔唐〕司马贞索隐，〔唐〕张守节正义《史记》，北京：中华书局，1959 年。

〔汉〕班固撰，〔唐〕颜师古注《汉书》，北京：中华书局，1962 年。

〔南朝宋〕范晔撰，〔唐〕李贤等注《后汉书》，北京：中华书局，1965 年。

〔梁〕沈约撰《宋书》，北京：中华书局，1974 年。

〔宋〕薛居正等撰《旧五代史》，北京：中华书局，1976 年。

陈尚君辑纂《旧五代史新辑会证》，上海：复旦大学出版社，2005 年。

〔后晋〕刘昫等撰《旧唐书》，北京：中华书局，1975 年。

〔宋〕欧阳修、宋祁撰《新唐书》，北京：中华书局，1975 年。

〔宋〕吴缜《新唐书纠谬》，《四部丛刊三编》史部影印江安傅氏双鉴楼藏明刊本，上海：上海书店据商务印书馆 1935 年版重印，1985 年。

〔元〕脱脱等撰《宋史》，北京：中华书局，1977 年。

〔清〕张廷玉等撰《明史》，北京：中华书局，1974 年。

方诗铭、王修龄《古本竹书纪年辑证》（修订本），上海：上海古籍出版社，2005 年。

〔宋〕司马光编著，〔元〕胡三省音注《资治通鉴》，北京：中华书局，1956 年。

〔清〕徐鼒《小腆纪传》，北京：中华书局，1958 年。

王钟翰点校《清史列传》，北京：中华书局，1987 年。

〔唐〕李林甫等撰，陈仲夫点校《唐六典》，北京：中华书局，1992 年。

〔宋〕宋敏求编《唐大诏令集》，北京：中华书局，2008 年。

〔宋〕王溥《唐会要》，北京：中华书局，1955 年。

〔清〕黄本骥编《历代职官表》，上海：上海古籍出版社，2005 年。

〔唐〕李吉甫撰，贺次君点校《元和郡县图志》，北京：中华书局，1983 年。

〔宋〕程大昌撰，黄永年点校《雍录》，北京：中华书局，2002 年。

〔明〕李镜修，刘玑、刘袭纂《（弘治）岳州府志》，《天一阁藏明代方志选刊续编》据宁波天一阁藏明弘治元年刻本影印，上海：上海书店，1990 年。

〔明〕李元芳修，钟崇文纂《（隆庆）岳州府志》，《天一阁藏明代方志选刊》据宁波天一阁藏明隆庆刻本影印，上海：上海古籍书店，1982 年。

〔清〕李遇时修，杨柱朝纂《（康熙）岳州府志》，中国科学院图书馆编《稀见中国地方志汇刊》据清康熙二十四年刻本影印，北京：中国书店，1992 年。

〔清〕许国璠纂修《（康熙）平江县志》，中国国家图书馆善本特藏部藏，书号：A05086。

〔清〕谢仲坑纂修，石文成增修《（乾隆）平江县志》，《中国地方志集成·湖南府县志辑》据清乾隆二十年增修刻本影印，南京：江苏古籍出版社，2002 年。

〔清〕钱谦益《列朝诗集小传》，上海：上海古籍出版社，2008 年。

〔清〕顾震涛撰，甘兰经等校点《吴门表隐》，南京：江苏古籍出版社，1999 年。

〔清〕瞿中溶编《瞿木夫先生自订年谱》，《乾嘉名儒年谱》影印民国间吴兴刘氏嘉业堂刻本，北京：北京图书馆出版社，2006 年。

罗继祖《明宰相世臣传》，1936 年上虞罗氏墨缘堂石印本，中国国家图书馆普通古籍部藏，书号：39854：2。

《乾隆三十三年戊子科顺天乡试录》，清乾隆刻本，中国国家图书馆善本特藏部藏，书号：A03848。

［宋］范祖禹《唐鉴》，上海：上海古籍出版社据上海图书馆藏宋刻本影印，1984 年。

［清］王夫之著，舒士彦点校《读通鉴论》，北京：中华书局，1975 年。

［清］王夫之著，舒士彦点校《宋论》，北京：中华书局，1964 年。

［清］赵翼著，王树民校证《廿二史札记校证》（订补本），北京：中华书局，1984 年。


［宋］陈振孙著，徐小蛮、顾美华点校《直斋书录解题》，上海：上海古籍出版社，1987 年。

［宋］晁公武撰，孙猛校证《郡斋读书志校证》，上海：上海古籍出版社，1990 年。

［清］钱谦益藏并编《绛云楼书目》，《中国著名藏书家书目汇刊》明清卷影印黄永年藏清初抄本，北京：商务印书馆，2005 年。

［清］钱谦益藏并编，［清］陈景云注《绛云楼书目》，《中国著名藏书家书目汇刊》明清卷影印南开大学图书馆藏清抄本，北京：商务印书馆，2005 年。

［清］钱谦益撰，［清］陈景云注《绛云楼书目》，《海王邨古籍书目题跋丛刊》影印清道光三十年南海伍崇曜刻《粤雅堂丛书》第九集本；［清］钱谦益《绛云楼书目补遗》，《海王邨古籍书目题跋丛刊》影印清光绪二十八年湘潭叶德辉刻《观古堂书目丛刻》本，北京：中国书店，2008 年。

［清］钱谦益撰，潘景郑辑校《绛云楼题跋》，上海：上海古籍出版社，2005 年。

［清］祁理孙藏并编《奕庆藏书楼书目》，《中国著名藏书家书目汇刊》明清卷影印国家图书馆藏抄本，北京：商务印书馆，2005 年。

［清］钱曾撰，瞿凤起编《虞山钱遵王藏书目录汇编》，上海：上海古籍出版社，2005 年。

［清］钱曾著，管庭芬、章钰校证，佘彦焱标点《读书敏求记校证》，上海：上海古籍出版社，2007 年。

［清］季振宜藏并编《季沧苇藏书目》，《中国著名藏书家书目汇刊》明清卷影印清嘉庆十年吴县黄氏士礼居刻本，北京：商务印书馆，2005 年。

［清］黄丕烈《荛圃藏书题识》，《宋元明清书目题跋丛刊》清代卷影印 1919 年金陵书局刻本，北京：中华书局，2006 年。

〔清〕瞿世瑛藏并编《清吟阁书目》,《中国著名藏书家书目汇刊》近代卷影印 1918 年仁和吴氏双照楼刻本,北京:商务印书馆,2005 年。

〔清〕丁丙《善本书室藏书志》,《宋元明清书目题跋丛刊》清代卷影印清光绪二十七年钱塘丁氏刻本,北京:中华书局,2006 年。

〔清〕杨绍和、〔清〕杨保彝撰,王绍曾、崔国光等整理订补《订补海源阁书目五种》,济南:齐鲁书社,2002 年。

〔清〕缪荃孙著,黄明、杨同甫标点《艺风藏书记》,上海:上海古籍出版社,2007 年。

〔清〕莫友芝撰,傅增湘订补,傅熹年整理《藏园订补郘亭知见传本书目》,北京:中华书局,2009 年。

〔日〕河田罴编《静嘉堂秘籍志》,贾贵荣辑《日本藏汉籍善本书志书目集成》影印日本大正六年刻本,北京:北京图书馆出版社,2003 年。

〔清〕永瑢等撰《四库全书总目》,北京:中华书局,1965 年。

## 子部

〔五代〕王仁裕等撰,丁如明辑校《开元天宝遗事十种》,上海:上海古籍出版社,1985 年。

〔唐〕郑处诲撰,田廷柱点校《明皇杂录》,北京:中华书局,1994 年。

〔唐〕姚汝能撰,曾贻芬点校《安禄山事迹》,北京:中华书局,2006 年。

〔唐〕封演撰,赵贞信校注《封氏闻见记校注》,北京:中华书局,2005 年。

〔唐〕李肇《唐国史补》,上海:上海古籍出版社,1979 年。

〔唐〕刘肃撰,许德楠、李鼎霞点校《大唐新语》,北京:中华书局,1984 年。

〔唐〕段成式撰,方南生点校《酉阳杂俎》,北京:中华书局,1981 年。

〔宋〕李昉等编《太平广记》,北京:中华书局,1961 年。

〔宋〕张耒《明道杂志》,《丛书集成初编》据《顾氏文房小说》本排印,北京:中华书局,1985 年。

〔宋〕王铚撰,朱杰人点校《默记》,北京:中华书局,1981 年。

〔宋〕洪迈撰,孔凡礼点校《容斋随笔》,北京:中华书局,2005 年。

〔宋〕王应麟《困学纪闻》,《四部丛刊三编》子部影印江安傅氏双鉴楼藏元刊本,上海:上海书店据商务印书馆 1935 年版重印,1985 年。

〔宋〕赞宁撰,范祥雍点校《宋高僧传》,北京:中华书局,1987 年。

［宋］朱长文《琴史》，清康熙四十五年曹寅扬州使院刻棟亭十二种本，中国国家图书馆善本特藏部藏，书号：00139。

［明］茅元仪《三戌丛谭》，《续修四库全书》据北京图书馆藏明崇祯刻本影印，上海：上海古籍出版社，2002 年。

［清］钱泳撰，张伟点校《履园丛话》，北京：中华书局，1979 年。

徐珂编撰《清稗类钞》，北京：中华书局，1984 年。

柴萼《梵天庐丛录》，1926 年上海中华书局石印本，中国国家图书馆普通古籍部藏，书号：37382 、8965。

［唐］林宝撰，岑仲勉校记《元和姓纂》（附四校记），北京：中华书局，1994 年。

［宋］王钦若等编《宋本册府元龟》，北京：中华书局影印南宋眉山刻本及南宋蜀新刊监本残本，1989 年。

［宋］王钦若等编《册府元龟》，北京：中华书局影印明刻本初印本，1960 年。

［宋］王钦若等编纂，周勋初等校订《册府元龟》（校订本），南京：凤凰出版社，2006 年。

［明］陈耀文《天中记》，扬州：广陵书社影印清光绪刊本，2007 年。

### 集部

［晋］陶渊明撰，［宋］汤汉注《陶靖节先生诗注》，《古逸丛书三编》之三十二，北京：中华书局据北京图书馆藏宋刻本原大影印，1988 年。

［晋］陶渊明撰，［宋］李公焕笺注《笺注陶渊明集》，《四部丛刊初编》集部影印宋刊巾箱本，上海：上海书店据商务印书馆 1926 年版重印，1989 年。

［晋］陶渊明撰，逯钦立校注《陶渊明集》，北京：中华书局，1979 年。

［南朝宋］鲍照撰，黄节注《鲍参军诗注》，北京：中华书局，2008 年。

［唐］李白撰，［清］王琦注《李太白全集》，北京：中华书局，1977 年。

［唐］李白撰，瞿蜕园、朱金城校注《李白集校注》，上海：上海古籍出版社，1980 年。

［唐］颜真卿《颜鲁公文集》，《四部丛刊初编》集部影印明锡山安氏馆刊本，上海：上海书店据商务印书馆 1926 年版重印，1989 年。

〔唐〕韩愈撰,马其昶校注,马茂元整理《韩昌黎文集校注》,上海:上海古籍出版社,1987年。

〔唐〕刘禹锡著,瞿蜕园笺证《刘禹锡集笺证》,上海:上海古籍出版社,1989年。

〔唐〕元稹撰,冀勤点校《元稹集》,北京:中华书局,1982年。

〔唐〕李德裕著,傅璇琮、周建国校笺《李德裕文集校笺》,石家庄:河北教育出版社,2000年。

〔唐〕李商隐撰,刘学锴、余恕诚著《李商隐诗歌集解》,北京:中华书局,1998年。

〔唐〕李商隐撰,〔清〕钱谦益校《东涧写校李商隐诗集》,台北:学海出版社影印,1998年。

〔宋〕王安石《临川先生文集》,北京:中华书局,1959年。

〔宋〕苏轼撰,孔凡礼点校《苏轼文集》,北京:中华书局,1986年。

〔宋〕黄庭坚撰,〔宋〕任渊、史容、史季温注,刘尚荣校点《黄庭坚诗集注》,北京:中华书局,2003年。

〔宋〕黄庭坚《豫章黄先生文集》,《四部丛刊初编》集部据嘉兴沈氏藏宋乾道刊本影印,上海:上海书店据商务印书馆1926年版重印,1989年。

〔明〕茅元仪《石民四十集》,《四库禁毁书丛刊》影印北京图书馆藏明崇祯刻本,北京:北京出版社,2000年。

〔明〕茅元仪《石民江村集》,《四库禁毁书丛刊》影印北京大学图书馆藏明末刻本,北京:北京出版社,2000年。

〔明〕茅元仪《石民横塘集》,《四库禁毁书丛刊》影印北京图书馆藏明崇祯刻本,北京:北京出版社,2000年。

〔清〕钱谦益著,〔清〕钱曾笺注,钱仲联标校《钱牧斋全集》,上海:上海古籍出版社,2003年。

〔清〕钱谦益撰,〔清〕钱曾笺注,周法高编《足本钱曾牧斋诗注》,台北:三民书局,1973年。

〔清〕钱谦益撰,〔清〕钱曾笺注,卿朝晖辑校《牧斋初学集诗注汇校》,上海:上海古籍出版社,2012年。

〔清〕钱谦益撰,潘重规校著《钱谦益投笔集校本》,台北:文史哲出版社,1973年。

［清］王时敏撰，邹登泰辑《王烟客先生集》，1916 年苏州振新书社铅印本，中国国家图书馆普通古籍部藏，书号：97143。

［清］王猷定《四照堂文集》，《四库未收书辑刊》影印清康熙二十二年王玑刻本，北京：北京出版社，2000 年。

［清］朱鹤龄《愚庵小集》，上海：上海古籍出版社据上海复旦大学图书馆藏清康熙刻本影印，1979 年。

［清］黎元宽《进贤堂稿》，《四库禁毁书丛刊》影印复旦大学图书馆藏清康熙刻本，北京：北京出版社，2000 年。

［清］钱曾撰，谢正光笺校《钱遵王诗集笺校》（增订版），台北：中研院中国文哲研究所，2007 年。

［清］阎若璩《潜邱札记》，清乾隆九年阎学林眷西堂刻本，中国国家图书馆善本特藏部藏，书号：00185。

［清］潘耒《遂初堂文集》，《续修四库全书》据清康熙刻本影印，上海：上海古籍出版社，2002 年。

［清］潘奕隽《三松堂集》，《续修四库全书》据天津图书馆藏清嘉庆刻本影印，上海：上海古籍出版社，2002 年。

［清］萧穆撰，项纯文点校，吴孟复审订《敬孚类稿》，合肥：黄山书社，1992 年。


［宋］李昉等编《文苑英华》，北京：中华书局据明刊本及宋刊残本影印，1966 年。

［明］唐汝询选释《唐诗解》，《四库全书存目丛书》影印吉林大学图书馆藏明万历四十三年杨鹤刻本，济南：齐鲁书社，1997 年。

［明］唐汝询编选，王振汉点校《唐诗解》，保定：河北大学出版社，2001 年。

［清］彭定求等编《全唐诗》，北京：中华书局，1960 年。

［清］董诰等编《全唐文》，北京：中华书局影印清嘉庆原刊本，1983 年。

［清］沈德潜等编《清诗别裁集》，上海：上海古籍出版社，1984 年。

［清］王昶辑《湖海诗传》，《续修四库全书》据清嘉庆八年三泖渔庄刻本影印，上海：上海古籍出版社，2002 年。

张其淦撰，祈正注《明代千遗民诗咏》，《清代传记丛刊》本，台北：明文书局,1985 年。

〔宋〕张戒《岁寒堂诗话》,丁福保辑《历代诗话续编》本,北京:中华书局,1983 年。

〔宋〕胡仔纂集,廖德明校点《苕溪渔隐丛话》,北京:人民文学出版社,1962 年。

〔宋〕叶梦得《石林诗话》,〔清〕何文焕辑《历代诗话》本,北京:中华书局,1981 年。

〔明〕胡震亨《唐音癸签》,上海:上海古籍出版社,1981 年。

〔清〕吴伟业《梅村诗话》,《续修四库全书》据清道光十三年刻娄东杂著本影印,上海:上海古籍出版社,2002 年。

〔清〕裘君弘辑《西江诗话》,《四库禁毁书丛刊》影印北京大学图书馆藏清康熙四十二年妙贯堂刻本,北京:北京出版社,2000 年。

张忠纲编注《杜甫诗话六种校注》,济南:齐鲁书社,2002 年。

邝健行、陈永明、吴淑钿选编《韩国诗话中论中国诗资料选粹》,北京:中华书局,2002 年。

## 二、近现代著作

钱穆《国史大纲》(修订本),北京:商务印书馆,1996 年。

岑仲勉《隋唐史》,北京:中华书局,2004 年。

吕思勉《隋唐五代史》,上海:上海古籍出版社,2005 年。

〔英〕崔瑞德编,中国社会科学院历史研究所、西方汉学研究课题组译《剑桥中国隋唐史》,北京:中国社会科学出版社,2007 年。

陈寅恪《唐代政治史述论稿》,北京:三联书店,2001 年。

黄永年《六至九世纪中国政治史》,上海:上海书店出版社,2004 年。

任士英《唐代玄宗肃宗之际的中枢政局》,北京:社会科学文献出版社,2003 年。

岑仲勉《通鉴隋唐纪比事质疑》,北京:中华书局,2004 年。

岑仲勉《唐史馀瀋》,北京:中华书局,2004 年。

唐长孺《唐书兵志笺正(外二种)》,北京:中华书局,2011 年。

郁贤皓《唐刺史考全编》,合肥:安徽大学出版社,2000 年。

陈垣《通鉴胡注表微》,北京:科学出版社,1958 年。

孟森《明史讲义》,上海:上海古籍出版社,2002 年。

钱海岳《南明史》,北京:中华书局,2006 年。

谢国桢《南明史略》,长春:吉林出版集团有限责任公司,2009 年。

顾诚《南明史》,北京:中国青年出版社,1997 年。

〔美〕司徒琳著,李荣庆等译,严寿澂校订《南明史:1644—1662》,上海:上海书店出版社,2007 年。

樊树志《晚明史》,上海:复旦大学出版社,2003 年。

孟森《清史讲义》,北京:中华书局,2006 年。

孟森《明清史论著集刊》,北京:中华书局,2006 年。

萧一山《清史大纲》,上海:上海古籍出版社,2005 年。

萧一山《清代通史》,上海:华东师范大学出版社,2006 年。

梁启超《清代学术概论》,上海:上海古籍出版社,1998 年。

梁启超《中国近三百年学术史》,北京:东方出版社,2004 年。

钱穆《中国近三百年学术史》,北京:商务印书馆,1997 年。

谢国桢《明末清初的学风》,上海:上海书店出版社,2004 年。

谢国桢《明清之际党社运动考》,上海:上海书店出版社,2004 年。

〔日〕小野和子著,李庆、张荣湄译《明季党社考》,上海:上海古籍出版社,2006 年。

陈垣《清初僧诤记》,《明季滇黔佛教考》(外宗教史论著八种),石家庄:河北教育出版社,2000 年。

陈寅恪《柳如是别传》,北京:三联书店,2001 年。


傅增湘《藏园群书经眼录》,北京:中华书局,2009 年。

罗振常遗著,周子美编订《善本书所见录》,上海:商务印书馆,1958 年。

王欣夫撰,鲍正鹄、徐鹏标点整理《蛾术轩箧存善本书录》,上海:上海古籍出版社,2002 年。

王重民《中国善本书提要》,上海:上海古籍出版社,1983 年。

潘景郑《著砚楼书跋》,上海:上海古籍出版社,2006 年。

中国古籍善本书目编辑委员会编《中国古籍善本书目》,上海:上海古籍出版社,1998 年。

天津图书馆编《稿本中国古籍善本书目书名索引》,济南:齐鲁书社,2003 年。

中国科学院图书馆整理《续修四库全书总目提要(稿本)》,济南:齐鲁书社,1996 年。

汤蔓媛纂辑《傅斯年图书馆善本古籍题跋辑录》,台北:中研院历史语言研究所,2008 年。


王树民《史部要籍解题》,北京:中华书局,2003 年。

〔日〕池田温编《唐代诏敕目录》,西安:三秦出版社,1991 年。

黄永年《唐史史料学》,上海:上海书店出版社,2002 年。

〔英〕杜希德著,黄宝华译《唐代官修史籍考》,上海:上海古籍出版社,2010 年。

周勋初《唐人笔记小说考索》、《唐代笔记小说叙录》,《周勋初文集》第 5 册,南京:江苏古籍出版社,2000 年。

李剑国《唐五代志怪传奇叙录》,天津:南开大学出版社,1993 年。

谢国桢编著《增订晚明史籍考》,上海:上海古籍出版社,1981 年。

冯尔康《清代人物传记史料研究》,天津:天津教育出版社,2005 年。


万曼《唐集叙录》,北京:中华书局,1980 年。

杜甫纪念馆《成都杜甫纪念馆馆藏杜集目录》,《草堂》1982 年第 1 期。

周采泉《杜集书录》,上海:上海古籍出版社,1986 年。

郑庆笃、焦裕银、张忠纲、冯建国编著《杜集书目提要》,济南:齐鲁书社,1986 年。

张忠纲、赵睿才、綦维、孙微编著《杜集叙录》,济南:齐鲁书社,2008 年。

孙微《清代杜诗学文献考》,南京:凤凰出版社,2007 年。

张舜徽《清人文集别录》,武汉:华中师范大学出版社,2004 年。

李灵年、杨忠主编《清人别集总目》,合肥:安徽教育出版社,2000 年。

柯愈春《清人诗文集总目提要》,北京:北京古籍出版社,2001 年。

任道斌编《方以智、茅元仪著述知见录》,北京:书目文献出版社,1985 年。

朱东润《杜甫叙论》,北京:人民文学出版社,2006 年。

陈贻焮《杜甫评传》,北京:北京大学出版社,2003 年。

莫砺锋《杜甫评传》,南京:南京大学出版社,1993 年。

四川省文史研究馆编《杜甫年谱》,成都:四川人民出版社,1981 年。

闻一多《少陵先生年谱会笺》,《唐诗杂论》,上海:上海古籍出版社,1998 年。

华文轩编《古典文学研究资料汇编·杜甫卷》上编(唐宋之部),北京:中华书局,1964 年。

萧光乾整理《萧涤非杜甫研究全集》,哈尔滨:黑龙江教育出版社,2006 年。

曹慕樊《杜诗杂说》,成都:四川人民出版社,1981 年。

曹慕樊《杜诗杂说续编》,成都:巴蜀书社,1989 年。

叶嘉莹《杜甫秋兴八首集说》,石家庄:河北教育出版社,2000 年。

蔡锦芳《杜诗版本及作品研究》,上海:上海大学出版社,2007 年。

宋开玉《杜诗释地》,上海:上海古籍出版社,2004 年。

萧涤非选注《杜甫诗选注》,北京:人民文学出版社,1979 年。

邓魁英、聂石樵选注《杜甫选集》,上海:上海古籍出版社,1983 年。


彭毅《钱牧斋笺注杜诗补》,台北:台湾大学文学院印行,1964 年。

郝润华《〈钱注杜诗〉与诗史互证方法》,合肥:黄山书社,2000 年。

陈莐珊《〈钱笺杜诗〉研究》,北京:学苑出版社,2011 年。

简恩定《清初杜诗学研究》,台北:文史哲出版社,1986 年。

刘重喜《明末清初杜诗学研究》,北京:中华书局,2013 年。

许总《杜诗学发微》,南京:南京出版社,1989 年。

胡可先《杜甫诗学引论》,合肥:安徽大学出版社,2003 年。

孙微《清代杜诗学史》,济南:齐鲁书社,2004 年。

孙微、王新芳《杜诗学研究论稿》,济南:齐鲁书社,2008 年。

蔡志超《杜诗旧注考据补证》,台北:万卷楼图书股份有限公司,2007 年。


陈寅恪《元白诗笺证稿》,北京:三联书店,2001 年。

傅璇琮《唐代诗人丛考》,北京:中华书局,1980 年。

邓小军《唐代文学的文化精神》,台北:文津出版社,1993年。

陈尚君《唐代文学丛考》,北京:中国社会科学出版社,1997年。

谢思炜《唐宋诗学论集》,北京:商务印书馆,2003年。

胡可先《唐代重大历史事件与文学研究》,杭州:浙江大学出版社,2007年。

傅绍良《唐代谏议制度与文人》,北京:中国社会科学出版社,2003年。

李彬《唐代文明与新闻传播》,北京:新华出版社,1999年。

安旗《李太白别传》(增订本),西安:西北大学出版社,2005年。


裴世俊选注《钱谦益诗选》,北京:中华书局,2005年。

孙之梅选注《钱谦益诗选》,北京:人民文学出版社,2009年。

裴世俊《四海宗盟五十年——钱谦益传》,北京:东方出版社,2001年。

裴世俊《钱谦益诗歌研究》,银川:宁夏人民出版社,1991年。

孙之梅《钱谦益与明末清初文学》,济南:齐鲁书社,1996年。

丁功谊《钱谦益文学思想研究》,上海:上海古籍出版社,2006年。


邓之诚《清诗纪事初编》,上海:上海古籍出版社,1984年。

钱仲联主编《清诗纪事》,南京:江苏古籍出版社,1987年。

钱仲联《梦苕盦清代文学论集》,济南:齐鲁书社,1983年。

钱仲联《梦苕盦论集》,北京:中华书局,1993年。

谢正光《清初诗文与士人交游考》,南京:南京大学出版社,2001年。

谢正光、佘汝丰编著《清初人选清初诗汇考》,南京:南京大学出版社,1998年。

严迪昌《清诗史》,杭州:浙江古籍出版社,2002年。

范景中、周书田编纂《柳如是事辑》,杭州:中国美术学院出版社,2002年。

周书田、范景中辑校《柳如是集》,杭州:中国美术学院出版社,2002年。


吴晗《江浙藏书家史略》,北京:中华书局,1981年。

简秀娟《钱谦益藏书研究》,台北:汉美图书有限公司,1991年。

蔡焜主编,曹培根编著《常熟藏书家藏书楼研究》,上海:上海文化出版社,2002 年。

黄裳《来燕榭书跋》,上海:上海古籍出版社,1999 年。

黄裳《来燕榭读书记》,沈阳:辽宁教育出版社,2001 年。

黄裳《劫馀古艳:来燕榭书跋手迹辑存》,郑州:大象出版社,2008 年。

董洪利《古籍的阐释》,沈阳:辽宁教育出版社,1995 年。

龚鹏程《诗史本色与妙悟》,台北:台湾学生书局,1986 年。

颜昆阳《李商隐诗笺释方法论——中国古典诠释学例说》,台北:里仁书局,2005 年。

李红霞《注释学与诗文注释研究》,北京:中国大地出版社,2008 年。

陈智超编《励耘书屋问学记:史学家陈垣的治学》(增订本),北京:三联书店,2006 年。

陈智超编注《陈垣史源学杂文》(增订本),北京:三联书店,2007 年。

严耕望《治史三书》,沈阳:辽宁教育出版社,1998 年。

傅斯年《史料论略及其他》,沈阳:辽宁教育出版社,1997 年。

〔美〕托马斯·库恩著,金吾伦、胡新和译《科学革命的结构》,北京:北京大学出版社,2003 年。

王古鲁编著《最近日人研究中国学术之一斑》,生活书店,1936 年。

罗振玉撰述,萧文立编校《雪堂类稿》,沈阳:辽宁教育出版社,2003 年。

陈寅恪《金明馆丛稿初编》,北京:三联书店,2001 年。

陈寅恪《金明馆丛稿二编》,北京:三联书店,2001 年。

牟润孙《海遗丛稿(二编)》,北京:中华书局,2009 年。

林毓生《中国传统的创造性转化》,北京:三联书店,1988 年。

余英时《士与中国文化》,上海:上海人民出版社,2003 年。

〔美〕狄百瑞著,黄水婴译《儒家的困境》,北京:北京大学出版社,2009 年。

钱锺书《管锥编》,北京:中华书局,1986 年。

高阳《高阳说诗》,沈阳:辽宁教育出版社,1998 年。

邓小军《诗史释证》，北京：中华书局，2004 年。

郭绍虞《照隅室古典文学论集》，上海：上海古籍出版社，2009 年。

周祖譔主编《中国文学家大辞典》唐五代卷，北京：中华书局，1992 年。

钱仲联主编《中国文学家大辞典》清代卷，北京：中华书局，1996 年。

黄秀文主编《中国年谱辞典》，上海：百家出版社，1997 年。

## 三、学位论文

张国文《评杜甫〈洗兵马〉诗的钱谦益笺》，香港中文大学学士学位论文，1986 年。

李爽《〈钱注杜诗〉暗中流传与突破禁毁考述》，首都师范大学硕士学位论文，2007 年。

易乐《〈钱注杜诗〉"以注为著"研究》，四川师范大学硕士学位论文，2007 年。

楼军熠《钱谦益〈钱注杜诗〉研究》，陕西师范大学硕士学位论文，2008 年。

王欢《钱谦益与杜甫诗学关系浅探》，复旦大学硕士学位论文，2007 年。

古尊师《钱谦益诗歌三变》，北京大学硕士学位论文，2005 年。

邬烈波《钱谦益心态与文学思想研究》，南开大学博士学位论文，2003 年。

焦中栋《论钱谦益的明代文学批评》，浙江大学博士学位论文，2005 年。

苏勇强《钱谦益诗学研究》，南京大学博士学位论文，2006 年。

杨思贤《钱谦益政治生涯与文学》，南京师范大学硕士学位论文，2007 年。

张永贵《钱谦益与晚明社会》，复旦大学博士学位论文，2000 年。

刘福田《钱曾〈牧斋诗注〉之史事考察》，台湾东海大学中国文学系博士学位论文，2001 年。

綦维《金元明杜诗学研究》，山东大学博士学位论文，2002 年。

〔越南〕阮氏明红《汤汉注〈陶靖节先生诗〉研究》，首都师范大学博士学位论文，2004 年。

林琼华《茅元仪研究》，浙江大学硕士学位论文，2008 年。

## 四、论文集、期刊论文

〔日〕冈野诚《论唐玄宗奔蜀之途径》，《第二届国际唐代学术会议论文集》

下册,台北：文津出版社,1993年。

林伟洲《灵武自立前肃宗史料辨伪》,《第四届唐代文化学术研讨会论文集》,台南：成功大学印行,1999年。

贾二强《唐永王李璘起兵事发微》,《陕西师范大学报》(哲学社会科学版)1991年第2期。

张振《唐永王璘事件考辨》,《青岛大学师范学院学报》2005年第4期。

邓小军《永王璘案真相——并释李白〈永王东巡歌十一首〉》,《文学遗产》2010年第5期。

任道斌《茅元仪生平、著述初探》,《明史研究论丛》第三辑,南京：江苏古籍出版社,1985年。


洪业《杜诗引得序》,《洪业论学集》,北京：中华书局,1981年。

程千帆《杜诗伪书考》,《古诗考索》,上海：上海古籍出版社,1984年。

莫砺锋《杜诗"伪苏注"研究》,《文学遗产》1999年第1期。

胡小石《杜甫〈北征〉小笺》,《江海学刊》1962年4月号,收入《杜甫研究论文集》三辑,北京：中华书局,1963年。

邓小军《杜甫〈北征〉补笺》,《北京大学学报》(哲学社会科学版)2007年第3期。

邓小军《杜甫疏救房琯墨制放归鄜州考——兼论唐代的制敕与墨制》,《杜甫研究学刊》2003年第1期、第2期。

邓小军《隐藏的异代知音》,《文学遗产》2007年第3期。

邓小军《杜甫曲江七律组诗的悲剧意境》,《北京大学学报》(哲学社会科学版)2011年第4期。

邓小军《杜甫与李泌》,《杜甫研究学刊》2012年第2期、第4期。

杨承祖《杜甫政治生涯的新探讨——东川奔走真相的解释》,《唐代研究论集》第一辑,台北：新文丰出版股份有限公司,1992年。


邓魁英《房琯事件与杜甫后期的生活及创作》,《古代诗文论丛》,北京：北京师范大学出版社,1993年。

刘明华《〈八哀诗〉无房琯考辨》,《杜甫研究学刊》1995年第1期。

雷虹《论房琯事件与杜甫从政的失败》,《徐州师范学院学报》(哲学社会科学版)1995 年第 1 期。

　　曾广开、郭新和《杜甫疏救房琯辨》,《周口师专学报》1995 年 9 月第 12 卷第 3 期。

　　陈冠明《房琯行年考》,《杜甫研究学刊》1998 年第 1 期、第 2 期。

　　宋文桃《葵藿倾太阳 稷契永不忘——论杜诗对房琯的看法》,《杜甫研究学刊》2002 年第 2 期。

　　李利民、梅水燕《论疏救房琯事件对杜甫的心理影响》,《湖北经济学院学报》(人文社会科学版)2007 年 11 月第 4 卷第 11 期。

　　陈冠明《论房琯集团》,《杜甫研究学刊》2007 年第 4 期。

　　封野《论杜甫社会心态在安史之乱时期的演变》,《云南社会科学》2001 年第 6 期。

　　封野《论杜甫任左拾遗前后政治心态的变迁》,《新疆师范大学学报》(哲学社会科学版)2004 年第 1 期。

　　封野《论杜甫人生心态在华州弃官前后的改变》,《漳州师范学院学报》(哲学社会科学版)2004 年第 2 期。

　　余祖坤《乾元二年的杜甫及其诗美升华》,《杜甫研究学刊》2008 年第 4 期。


　　谢思炜《杜诗解释史概述》,《文学遗产》1991 年第 3 期。

　　廖仲安《杜诗学》(上)、(下),《首都师范大学学报》(社会科学版)1994 年第 5 期、第 6 期。

　　胡可先《杜诗学论纲》,《杜甫研究学刊》1995 年第 4 期。

　　林继中《杜诗学——民族的文化诗学》,《杜甫研究学刊》1995 年第 4 期。

　　胡可先《杜诗史料学论纲》,《杜甫研究学刊》1997 年第 2 期。

　　莫砺锋《论宋代杜诗注释的特点和成就》,《中华文史论丛》2006 年第 1 辑。

　　张忠纲《宋代杜集"集注姓氏"考辨》(上)、(下),《文史》2006 年第 1 辑、第 2 辑。


　　许永璋《取雅去俗 推腐致新——略评〈钱注杜诗〉》,《草堂》1982 年第 2 期。

赵刚《从〈钱注杜诗〉谈钱谦益的治学风貌》,《清史研究通讯》1988 年第 1 期。

杜萌若《杜诗〈月夜〉钱注发微》,《杜甫研究学刊》1995 年第 3 期。

〔日〕长谷部刚文,李寅生译《从"连章组诗"的视点看钱谦益对杜甫〈秋兴八首〉的接受与展开》,《杜甫研究学刊》1999 年第 2 期。

綦维《孝子忠臣看异代 杜陵诗史汗青垂——试析〈钱注杜诗〉中钱氏隐衷之抒发》,《杜甫研究学刊》2001 年第 4 期。

周生杰、韩召强《钱笺〈秋兴八首〉发微》,《聊城大学学报》(社会科学版)2005 年第 5 期。

林继中《杜诗〈洗兵马〉钱注发微》,《中华文史论丛》2011 年第 3 辑。

綦维《钱谦益"诗史"观念与实践及其对注杜的影响》,《固原师专学报》(社会科学版)2001 年 7 月第 22 卷第 4 期。

周兴陆《"诗史"之誉和"以史证诗"》,《杜甫研究学刊》1999 年第 1 期。

朱易安《〈钱注杜诗〉与"诗史互证"的批评方法》,《中华文史论丛》2001 年第 4 辑。

位云霞《钱谦益"诗史"观念论》,《重庆科技学院学报》(社会科学版)2008 年第 1 期。

丁功谊《杜诗三笺与钱谦益诗史观的深化》,《江汉论坛》2009 年第 2 期。

明月熙《阐释的自由与维度——论〈钱注杜诗〉"诗史互证"阐释方法》,《安顺学院学报》2013 年第 1 期。

裴世俊《杜诗学史中的〈钱注杜诗〉——钱谦益笺注杜诗的缘起》,《聊城大学学报》(哲学社会科学版)2002 年第 1 期。

邬国平《以杜诗学为诗学——钱谦益的杜诗批评》,《学术月刊》2002 年第 5 期。

杨春俏《李念慈批点〈钱注杜诗〉辑考》,《杜甫研究学刊》2004 年第 3 期。

周兴陆《王铎、钱陆灿批点〈杜工部集〉提要》,《杜甫研究学刊》2006 年第 4 期。

李爽《〈钱注杜诗〉禁毁后原刻批校本题识辑述》,《文献》2010 年第 2 期。

陈道贵、鲍恒《黄生〈杜诗说〉与〈钱注杜诗〉关系述论——兼及钱注之得失》,《中国韵文学刊》2005 年 6 月第 19 卷第 2 期。

李海燕《〈钱注杜诗〉和〈读杜心解〉阐释特色之比较》,《湖南文理学院学报》(社会科学版)2009年第2期。

李爽《夏力恕〈杜诗增注〉与〈钱注杜诗〉关系述论》,《杜甫研究学刊》2009年第1期。

张浩逊《论〈钱注杜诗〉对〈读杜小笺〉的吸纳》,《杜甫研究学刊》2009年第1期。

孟飞《从〈读杜小笺〉到〈钱注杜诗〉》,《杜甫研究学刊》2013年第2期。

李爽《〈钱注杜诗〉决定性突破清廷禁毁令考述》,《杜甫研究学刊》2009年第4期。

蔡锦芳《朱鹤龄〈辑注杜工部集〉研究》,《杜甫研究学刊》1990年第1期。

郝润华《朱鹤龄〈辑注杜工部集〉略论》,《杜甫研究学刊》2001年第4期。

莫砺锋《朱鹤龄杜诗辑注平议》,《文史》2002年第4辑。


邓小军《红豆小史——以王维、杜甫、〈云溪友议〉、钱谦益为中心》,《中国文化》第21期,2002年。

邓小军《周法高〈足本钱曾牧斋诗注〉书后》,《学林漫录》十六集,北京:中华书局,2007年。

孙之梅《钱谦益早期存诗考》,《文学遗产》2007年第1期。

蒋寅《钱谦益的诗学理论及其批评实践》,《中国社会科学院文学研究所学刊》,北京:中国社会科学出版社,2007年。

周金标《钱诗证杜——以钱谦益〈有学集〉为例》,《杜甫研究学刊》2014年第3期。


缪钺《二千多年来中国士人的两个情结》,《中国文化》第4期,1991年。

邓小军《陶渊明书甲子辨——陶渊明诗文书国号、书年号、书天子、书甲子之考察》,《中国文化》第29期,2009年。

邓小军《魏晋宋微言政治抒情诗之演进——以曹植、阮籍、陶渊明为中心》,《中国文化》第32期,2010年。

邓小军《元结撰、颜真卿书〈大唐中兴颂〉考释》,《晋阳学刊》2012年第2期。

〔日〕吉川幸次郎《我的杜甫研究》,《吉川幸次郎全集》第二十五卷,东京:筑摩书房,1986年。

连清吉《吉川幸次郎及其杜甫研究》,《杜甫与唐宋诗学》,台北:里仁书局,2003 年。

黄萱《怀念陈寅恪教授——在十四年工作中的点滴回忆》,《纪念陈寅恪教授国际学术讨论会文集》,广州:中山大学出版社,1989 年。

邓实编录《国学保存会藏书志》,《国粹学报》1908 年第 49 期,扬州:广陵书社影印(底本为民国初年分类汇编本),2006 年。

# 附录　钱注写本书影

**图录说明：**

1　第一册首叶书影。钤有"柳隐如是"朱白文中方印、"陆沅字冰篁"白文中方印、"陆僎字树兰"朱文中方印、"东方文化事业总委员会所藏图书印"朱文大方印、"史语所收藏珍本图书记"朱文长方印、"傅斯年图书馆"朱文小长方印。

2　第二册首叶书影。钤有"吴门陆僎一字树兰之印"白文大方印（同上者不重出）。

3　第六册《少陵先生年谱》末附宋高宗授杜甫裔孙杜邦杰承节郎敕书影。

4　续上。

5　第六册末某叶书影。《注杜诗略例》末叶空白处题"道光庚戌重装并系以跋爰志所由"，并钤"苏台陆僎"白文中方印。

6　第六册末某叶书影。空白叶钤有"季沧苇藏书印"朱文长方印。

7　全书末叶清陆僎跋书影。跋文下钤"名余曰僎"、"陆树兰"两方白文小方印，同叶另钤有"东方文化事业总委员会所藏图书印"白文大方印。

以下书影之原件系台湾中研院历史语言研究所傅斯年图书馆藏品，特此说明。

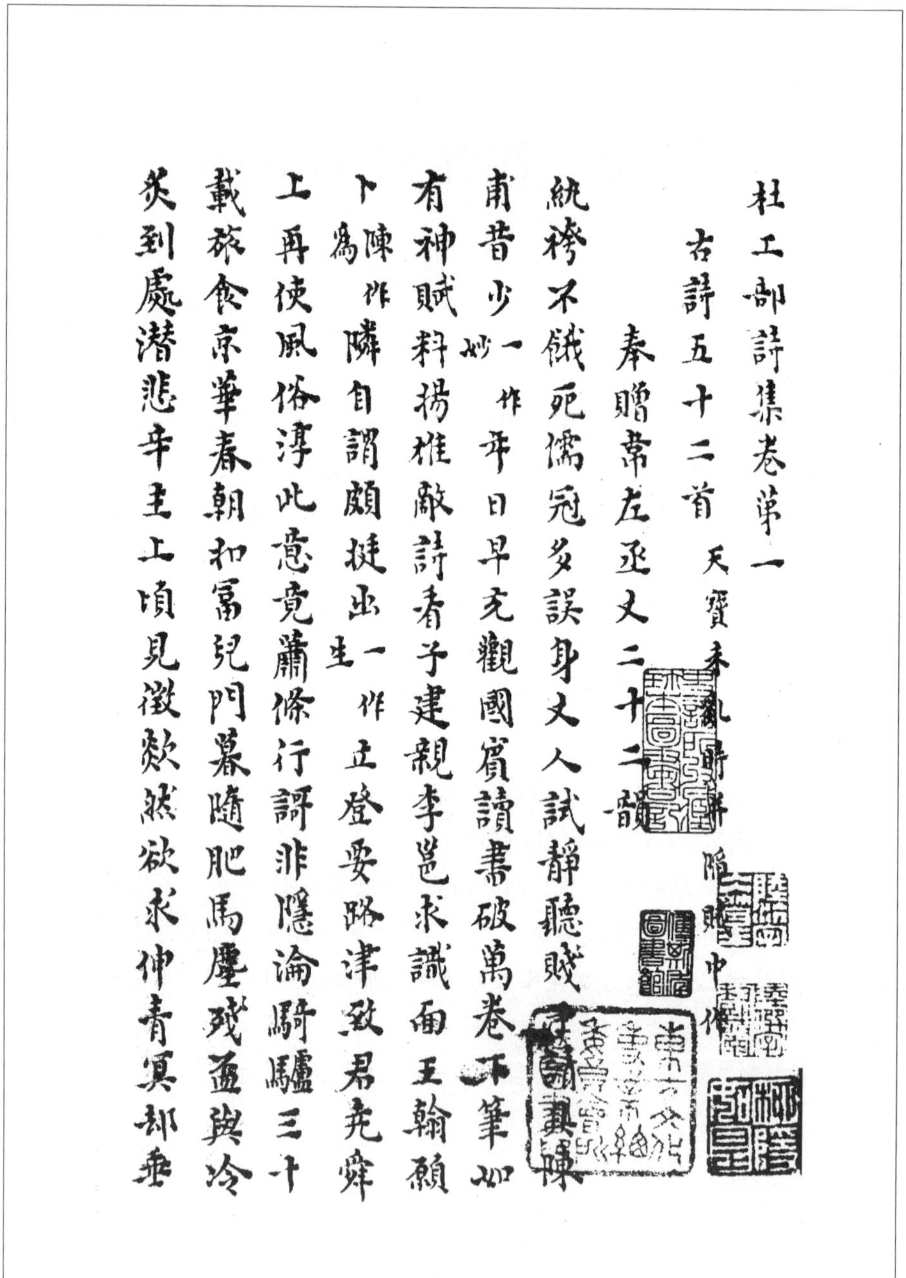
杜工部詩集卷第一
古詩五十二首 天寶未亂時并陷賊中作
奉贈韋左丞丈二十二韻
紈袴不餓死儒冠多誤身丈人試靜聽賤子請具陳
甫昔少一作妙年日早充觀國賓讀書破萬卷下筆如
有神賦料揚雄敵詩看子建親李邕求識面王翰願
卜陳作為鄰自謂頗挺出一作生立登要路津致君堯舜
上再使風俗淳此意竟蕭條行歌非隱淪騎驢三十
載旅食京華春朝扣富兒門暮隨肥馬塵殘盃與冷
炙到處潛悲辛主上頃見徵欻然欲求伸青冥却垂

图一

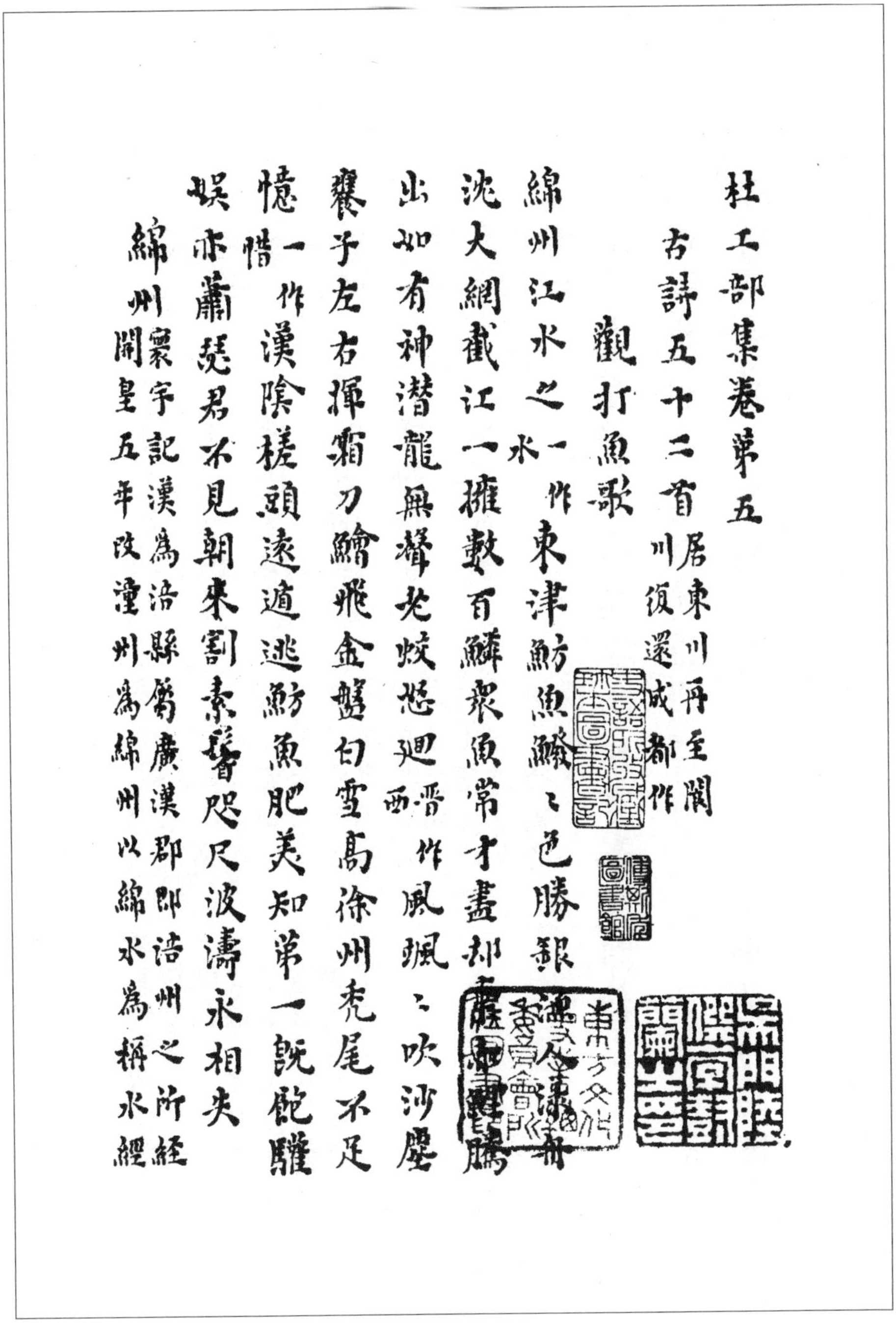

杜工部集卷第五

古詩五十二首居東川再至閬川復還成都作

觀打魚歌

綿州江水之一作水東津魴魚鱍鱍色勝銀漁人漾舟

沈大網截江一擁數百鱗衆魚常才盡却棄赤鯉騰

出如有神潛龍無聲老蛟怒迴晋作西風颯颯吹沙塵

饔子左右揮霜刀鱠飛金盤白雪高徐州禿尾不足

憶一作惜漢陰槎頭遠遁逃魴魚肥美知第一既飽歡

娛亦蕭瑟君不見朝來割素鬐咫尺波濤永相失

綿州寰宇記漢爲涪縣屬廣漢郡即涪州之所經開皇五年改潼州爲綿州以綿水爲稱水經

图二

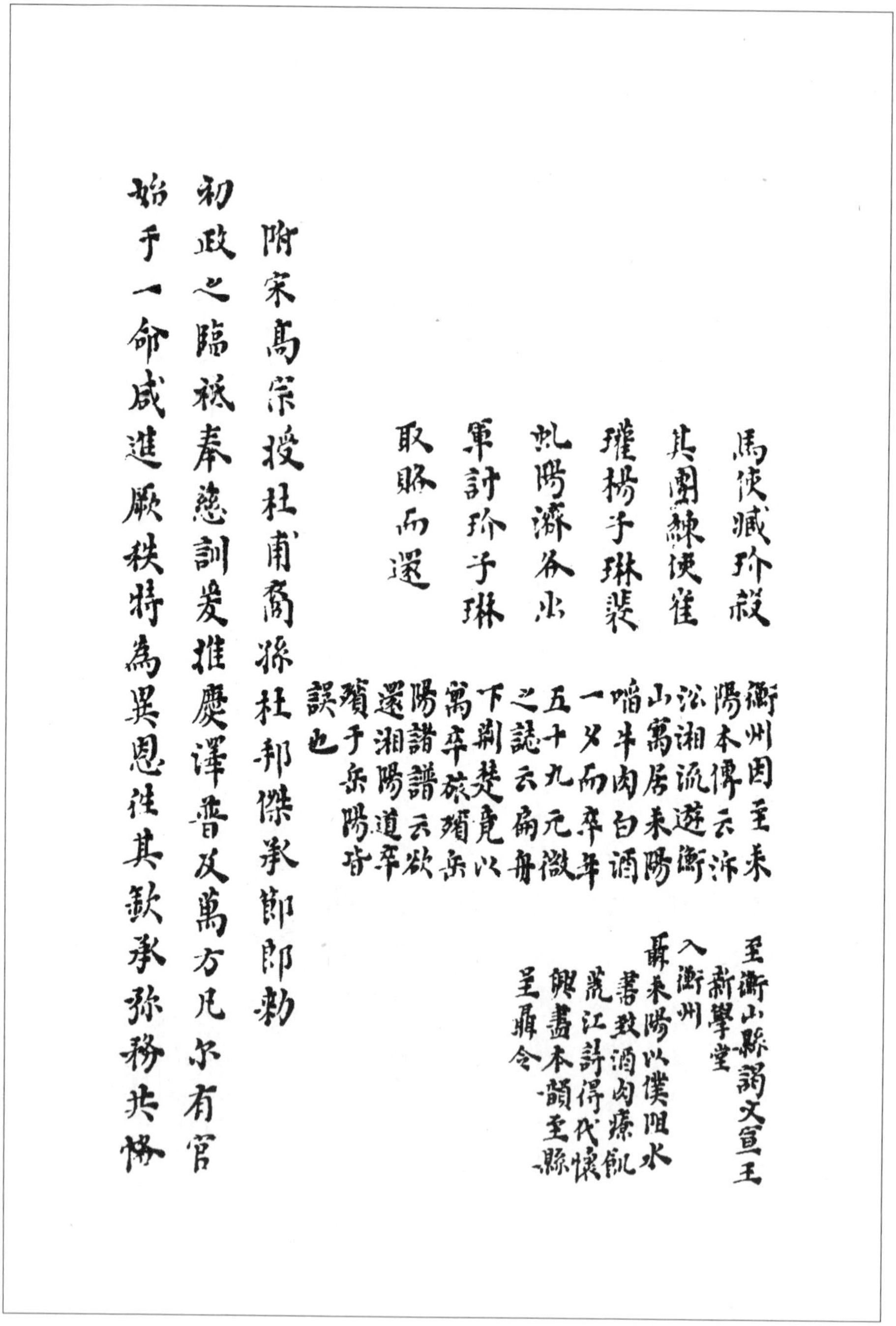

馬俟賦升殿

其圑練使崔

汴湘流遊衡

璀楊子琳裝

虯蚳滌谷水

軍計孫子琳

取照而還

衡州因至耒
陽本傳云
汴湘流遊衡
州

山寓居耒陽
啗牛肉白酒
一又而卒年
五十九元微
之誌云扁舟
下荊楚竟以
萬卒旅殯乐
陽還湘陽道卒
陽譜譜云欲
殯于岳陽皆
誤也

至衡山縣謁文宣王
新擊堂
入衡州
聶來陽以僕阻水
書致酒肉療飢
荒江詩得代懷
興書本韻至縣
呈聶令

附宋高宗授杜甫裔孫杜邦傑承節郎勅

初政之臨稅奉慈訓爰推慶澤晉及萬方凡尔有官

始于一命咸進厥秩特為異恩往其欽承孫務共協

图三

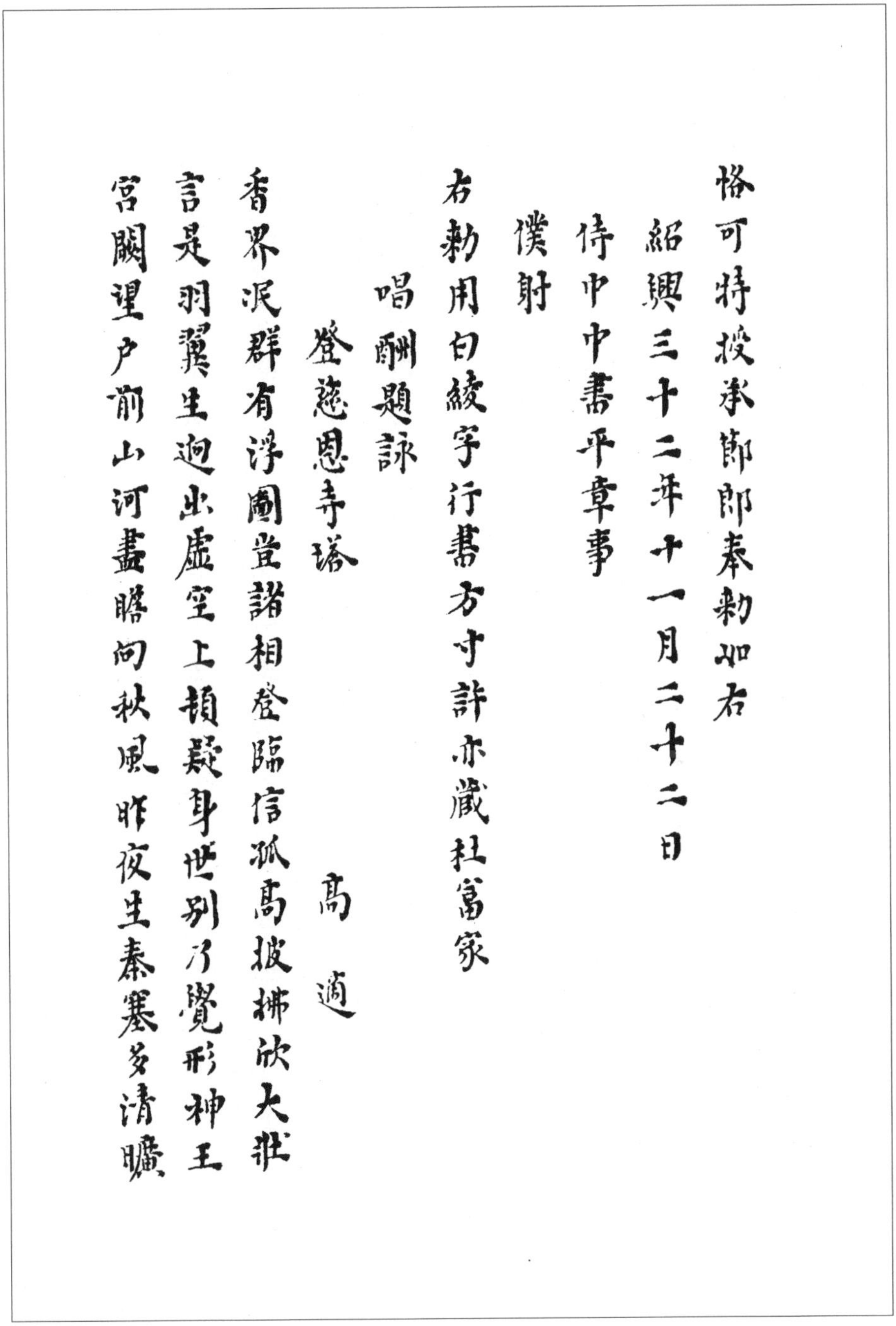

悕可特授承郎郎奉勑如右

紹興三十二年十一月二十二日

侍中中書平章事

僕射

右勑用白綾字行書方寸許亦藏杜富家

唱酬題詠

登慈恩寺塔

高　適

香界泯群有浮圖登諸相登臨信孤高披拂欣大壮

言是羽翼生迥出虚空上頡頏身世別方覺形神王

宮闕望戸前山河畫瞻向秋風昨夜生秦塞多清曠

图四

熊瘡之說宗文谷晴之戲李觀墳土之辨韓愈攘遺
之詩皆委巷小人訛傳之語君子所不道也飯顆山
頭一詩雖出于孟棨本事而以謂譏其拘束非通人
之譚也吾亦無取焉

道光庚戌重裝幷係以跋爰由

图五

图六

178013

右杜工部集一部為明人鈔本惜無欵識查　高大父

點勘樓書目康熙丁亥秋仲於太倉王氏得明鈔杜

集六冊卷端有柳如是圖記即此集也爰付重裝

并志數語于卷末省道光庚戌三月十三日吳邑

陸儁記於洗馬里之東皋草堂

图七

# 后　记

　　六年前,在这个春暖风和、叶绿花繁的五月,我顺利通过了博士论文答辩,获评优秀。如今,论文经过修改,得以正式出版。展读书稿,回首一路,万绪千言,却一时无语。而最想写在这里的,是感谢。

　　对杜诗的热爱、研读,始于硕士导师邓小军先生的启引。入门之初,邓师为我们开设了杜甫研究课程,从杜诗的思想蕴涵、艺术造诣,杜集的版本,到诗史互证的研究方法,细细剖析,娓娓道来。我心中豁然开朗,中国古典诗歌不仅有美,更"有史有玄"(马一浮《蠲戏斋诗自序》语),真实呈露了士人深邃而丰富的精神世界。在邓师的指引下,我选定钱谦益《钱注杜诗》为研究对象,在深入研读钱注文本、全面考察钱注版本的基础上,先从其流传入手,以《清代〈钱注杜诗〉暗中流传与突破禁毁考述》为论题,撰写了硕士论文。

　　2007 年,我考入北京师范大学文学院,师从赵仁珪先生攻读博士学位。赵师是启功先生的弟子,谈及启先生生前十分推崇《钱注杜诗》,鼓励我继续研究,有所突破。《钱注杜诗》研究成果颇丰,想有所突破,必须"上穷碧落下黄泉",掌握大量第一手材料,我用近一年的时间,搜求辑录相关文献,编纂了十五万字的资料长编(原始文献)。当时赵师眼睛手术后,目力不佳,却坚持阅读了资料长编,细致批改,并提出了将长编转变成论文的路径。有了充分的资料准备与较成熟的研究思路,论文撰写比较顺利。

　　求学之路上,我幸运地遇到了两位受业恩师。邓师朴直宽厚,治学严谨,追求学术的价值关怀,发愿弘深,坚刚而不可夺其志;赵师儒雅温和,从容淡定,对诗歌艺术有着精妙入微的体悟,每次问学,如沐春风,如润清泓。《中庸》有言:"宽裕温柔,足以有容也;发强刚毅,足以有执也。"有容乃大,有执方恒。我从两位恩师身上汲取的智慧,受用终生。最深切的感谢与敬意,献给老师!

2010 年毕业后,我到中华书局历史编辑室任职。业余时间,仍念念不忘答辩时,谢思炜、刘石、张廷银、张海明、康震诸位老师对论文提出的宝贵意见,关注最新研究情况,思考如何修订完善。在书局协助柴剑虹先生工作时,曾将论文奉上求教,柴先生仔细阅读批改,惠我良多,并荐引出版,这份珍贵的师生情谊,令人感铭。上海古籍出版社吕瑞锋老师审查并接受了本书出版,责任编辑颜晨华老师悉心审阅书稿,谨致谢忱!论文修改过程中,求教邓师,获益匪浅。出版之际,赵师题写了书名,翰墨馨香,为本书增辉。

感谢父母多年来的默默奉献,母亲无微不至的照顾,父亲博大深挚的疼爱,给了我前行最坚实最温暖的力量。感谢一路上诸多师友、同道的帮助,中心念之,何能忘之。赵师在序中言"十年磨一剑",这十年,有失落,有困顿,有迷茫,但从未有放弃。钟爱清人张惠言的一句词:"花外春来路,芳草不曾遮。"叶嘉莹先生的解读最为有得:天心春意可以常留在"见道者"心中,决非春花之落便可以断送,也决非春草之生便可以阻隔。无论今后的道路如何,境遇如何,我都将坚守心中的一方净土,一片春意。

本书是《钱注杜诗》研究的阶段性成果,一家之言,期待读者的会心,亦期待读者的教正,更期待后来者以此为进阶,取得新的学术创获。我也会继续努力,与诸君共勉。

李　爽
二〇一六年五月于北京